Karl Pilny

Japan Inc.

Thriller

KARL PILNY

JAPAN INC.

Thriller

Osburg Verlag

Erste Auflage 2011

www.osburgverlag.de

Lektorat und Bearbeitung: Clemens Brunn, Hirschberg
Herstellung: Prill Partners producing, Berlin
Umschlaggestaltung: Toreros, Lüneburg
Satz: Dörlemann Satz, Lemförde
Druck und Bindung: GGP Media GmbH, Pößneck
Printed in Germany
ISBN: 978-3-940731-69-2

Inhalt

Prolog 9

Die Sendung 15

Der Turm 156

Das Boot 347

Epilog 533

Nachbemerkung 539

Glossar japanischer Begriffe 541

Alles ist in uns selbst vorhanden
Meng Tse

Prolog

Die vier Chinesen, die am 1. Mai des Jahres 2012 kurz vor 02:30 Uhr morgens den Haupteingang des Shanghai World Financial Centers an der Century Avenue betraten, wurden vom Facility Manager bereits sehnlichst erwartet. Sie waren mit Overalls der deutschen Firma »ThyssenKrupp Elevator« bekleidet und trugen, wie es Vorschrift war, Montagehelme aus Polycarbonat, auf denen ebenfalls das Firmenlogo prangte. Es handelte sich um einen Wartungstrupp, bestehend aus einem Ingenieur und drei Mechatronikern. Die Techniker hatten zwei schwere Werkzeugkoffer sowie ein Mini-Laptop dabei. Sie waren etwa acht Minuten zuvor alarmiert und vom Facility Manager persönlich über die Störung informiert worden. Anscheinend steckten zwei Gäste des zweithöchsten Hotels der Welt in einem Fahrstuhl zwischen der 93. und der 94. Etage fest. Es handelte sich allerdings nicht um einen hoteleigenen Aufzug des Park Hyatt. Genaueres ließ sich nicht sagen, da die eingebaute Überwachungskamera offenbar ausgefallen und auch die Notrufleitung seit dem ersten Hilferuf unterbrochen war. Das alles ließ auf ein größeres technisches Problem schließen.

Die vier Männer passierten die Sicherheitsschleuse ohne Beanstandung, die Metalldetektoren blieben stumm. Ihre Namen auf den elektronischen Firmenausweisen stimmten mit der vorliegenden Personenliste überein. Die holografischen Porträtfotos ebenfalls. Daraufhin wurden die Werkzeugkoffer und das Mini-Laptop nur oberflächlich untersucht.

Die gesamte Sicherheitskontrolle dauerte kaum zwei Minuten. Danach bestiegen die Techniker in Begleitung des nervösen Facility Managers einen der insgesamt vier Doppeldecker-Fahrstühle, die von ThyssenKrupp Elevator eigens für das World Financial Center entwickelt worden waren. Sobald sich die aerodynamisch geformten Türen geschlossen hatten, wurden die fünf Männer mit einer Geschwindigkeit von zehn Metern pro Sekunde nach oben katapultiert – im schnellsten Aufzug der Welt.

Als sie einige Tage später von chinesischen Sicherheitsbeamten befragt wurden, konnte sich keiner der Mitarbeiter des Wachpersonals, die in dieser Nacht Dienst gehabt hatten, an irgendwelche Auffälligkeiten erinnern. Die vier einheimischen Mitarbeiter des deutschen Konzerns seien absolut glaubhaft und souverän aufgetreten. Im Übrigen habe man während der dreijährigen Planungs-, Fertigungs- und Montagephase, in der ThyssenKrupp Elevator für den Einbau von über 40 verschiedenen Anlagen im gesamten Gebäude verantwortlich gewesen war, stets ausgesprochen gute Erfahrungen mit den Mitarbeitern des Unternehmens gesammelt. Ja, der Publikumsverkehr sei an jenem frühen Morgen vielleicht etwas stärker gewesen, als zu solch nachtschlafender Stunde gemeinhin üblich, was jedoch aufgrund der zahlreichen anstehenden gesellschaftlichen Ereignisse im Haus zu erwarten gewesen sei. Nein, die routinemäßige Sicherheitsüberprüfung sei trotzdem streng vorschriftsmäßig durchgeführt worden. Ja, absolut korrekt *und* vorschriftsmäßig. Nein, es habe wirklich auch nicht die leisesten Hinweise auf etwaige terroristische Absichten oder Ähnliches gegeben. Selbstverständlich nicht.

Es dauerte keine zwei Minuten, bis die Männer ihren Einsatzort im 94. Stockwerk erreicht hatten. Hier oben befindet sich die knapp 800 Quadratmeter große »Sky Arena«. Hunderte von Metern über den großen Konferenzsälen in den niedrigeren Etagen gelegen, ist diese höchste Veranstaltungsplattform der Welt exklusiven Anlässen wie den festlichen Banketten der chinesischen und internationalen Hautevolee oder der werbewirksamen Präsentation neuer Luxusprodukte vorbehalten. Hier sollten, auf Einladung der Moto Corporation, drei Tage später rund 200 Persönlichkeiten aus der internationalen Politik- und Geschäftswelt zusammenkommen, wenn die Firma ihren Festempfang zu Ehren ihres Präsidenten Minato Moto gab. Dieses Event, das mehr oder weniger zufällig zeitgleich mit der Eröffnung der großen ostasiatischen »New Energy Conference« in den Konferenzräumen viele Etagen tiefer stattfinden sollte, wurde als eines der wichtigsten gesellschaftlichen Großereignisse des Jahres 2012 im World Financial Center gehandelt.

Schließlich war die Moto Corporation für das Shanghai World Financial Center nicht irgendein Unternehmen – sie hatte es gebaut. Elf Jahre nach dem ersten Spatenstich und nach so manchen Problemen und zwischenzeitlichen Unterbrechungen konnte die japanische Firma im Sommer 2008 endlich den erfolgreichen Abschluss der Bauarbeiten vermelden. Die wahren Kosten waren geheim gehalten worden, die Schätzungen reichen von »etwa 875 Millionen« bis »weit über

1,5 Milliarden US-Dollar«. Auf jeden Fall ist das SWFC ein Bauwerk der Superlative. Mit seinen 492 Metern dominiert der schlanke, komplett verspiegelte Turm die spektakuläre Skyline der Pudong New Area: jenes gigantischen Stadtteils aus der Retorte, der seit 1990 in atemberaubender Geschwindigkeit aus dem Boden gestampft worden ist. Wo 20 Jahre zuvor noch sumpfiger Ackergrund war, leben und arbeiten inzwischen mehr als drei Millionen Menschen. Mit dem »Oriental Pearl«-Fernsehturm, dem Jin Mao Tower, der Börse und dem Pudong New International Airport beherbergt Pudong alle neuen Wahrzeichen der wiedererweckten »Stadt über dem Meer« – denn nichts anderes bedeuten die chinesischen Schriftzeichen »Shanghai«. Auch wenn das zeitgleich errichtete »Taipeh 101« auf Chinas »abtrünniger Provinz« Taiwan dem SWFC knapp den Rang abgelaufen hat, ist es immerhin das höchste Haus auf dem ostasiatischen Festland. Die zahlreichen Störungen während der langen Bauphase hatten zum Teil auch politische Gründe – kein Wunder, wenn ausgerechnet ein *japanischer* Konzern ein chinesisches Bauwunder errichten soll. So hatten die Architekten, um den in knapp 500 Metern Höhe oft starken Winden weniger Angriffsfläche zu bieten, zwischen 93. und 97. Stockwerk ursprünglich einen kreisrunden Durchlass vorgesehen. Doch dieser Entwurf erinnerte vor allem die chinesischen Patrioten fatal an eine aufgehende Sonne. Die japanische Nationalflagge! Nach allerlei wütenden revanchistischen Protesten musste der Entwurf geändert werden. Jetzt krönt ein trapezförmiger Durchlass zwischen 96. und 100. Stockwerk das elegante Gebäude. So kam das Shanghai World Financial Center zu einem wenig charmanten Spitznamen: Flaschenöffner.

Letztendlich hatte die Moto Corporation durch den Riesenbau aber doch ein deutliches Zeichen der japanischen Präsenz auf dem asiatischen Kontinent gesetzt. Ein unübersehbares Zeichen! Und das ließ da und dort alte Wunden erneut aufbrechen, die eigentlich nie so richtig vernarbt waren. Japanische Aktivitäten auf chinesischem Boden hatten für China in der Vergangenheit selten Gutes bedeutet. Nanking war nicht vergessen. Nanking durfte niemals vergessen werden.

Aus Furcht vor terroristischen Attacken – ob nun von nationalistisch-revanchistischer, fundamentalistischer oder anderer Seite – war nach den Anschlägen vom 11. September 2001 auf das World Trade Center in New York das Sicherheitskonzept für das in Bau befindliche Gebäude gründlich überdacht und verbessert worden, was entsprechend die Baukosten noch einmal deutlich in die Höhe getrieben hatte.

Doch der Mehraufwand hatte sich ausgezahlt: Man war in Shanghai nun überzeugt, mit dem SWFC den sichersten Wolkenkratzer der Welt zu haben.

In den Verhören durch Beamte der chinesischen Geheimpolizei einige Tage später erinnerte sich Facility Manager Herr Shi, dass die Techniker als Erstes eine Telefonverbindung in die stecken gebliebene Aufzugskabine hergestellt hatten. Wenn sie nun erleichtert waren, so ließen sich die vier Männer das mit keiner Miene anmerken. Auch die Stimmen der beiden Eingeschlossenen hätten vor allem ruhig und gefasst geklungen.

Offenbar hatte es einen Kurzschluss gegeben, der das automatische Bremssystem auslöste. Nachdem man sich davon überzeugt hatte, dass für die beiden Hotelgäste in der Kabine keine Gefahr bestand und man sie in wenigen Minuten würde befreien können, bat der Ingenieur, der das Laptop mit sich führte, den Facility Manager höflich, ihn kurz in die Steuerungszentrale im 24. Stock zu begleiten, wo sich auch der zentrale Kontrollraum für die Aufzugsanlagen befindet. Es sei unbedingt erforderlich, die betreffenden Strom- und Anschlusskreise schnellstens auf eventuelle Fehler zu überprüfen – gerade im Hinblick auf die bevorstehenden Großveranstaltungen, zu denen man so viele Gäste erwartete. Dazu ließe es sich leider nicht vermeiden, die beiden nebeneinanderliegenden Aufzugsschächte zwischen dem 79. und 100. Stockwerk für etwa drei Minuten komplett außer Betrieb zu nehmen. Ob sich dies vielleicht rasch und diskret bewerkstelligen ließe? Solch peinliche Pannen wie ein stecken gebliebener Aufzug sollten sich schließlich keinesfalls wiederholen.

Während der intensiven Verhöre sollte sich der Facility Manager auch daran erinnern, dass sich die angeblichen Mitarbeiter des Wartungstrupp untereinander kaum unterhalten hatten. Auch sei kein einziger Name gefallen. Er habe sich auf die Bitte des IT-Spezialisten hin mit ihm nach unten begeben und könne daher keine genaueren Aussagen über die Arbeiten machen, die die Mechatroniker während seiner Abwesenheit am Aufzug erledigt hatten. Soviel er wisse, sei auch keiner der Wachmänner direkt vor Ort gewesen. Und als er hinterher das Ergebnis ihrer Tätigkeit inspiziert habe, war alles bereits wieder wunschgemäß instand gesetzt. Nur als es den drei Mechatronikern gelungen war, über die Notausstiegsluke der Fahrstuhlkabine zu den Eingeschlossenen vorzudringen, habe es einen kurzen telefonischen Kontakt gegeben. Außerdem habe der IT-Spezialist, sobald er sein Laptop im Kontrollzentrum verkabelt hatte, seine drei Kollegen knapp darüber informiert, dass nun die Energiezufuhr für die abgesprochenen drei Minuten unterbrochen werde, damit er sein Fehlerdiagnoseprogramm durchführen könne. Bald darauf hätten sie sich beide gemeinsam wieder auf den Rückweg in den 94. Stock gemacht. Ja, bei den beiden Befreiten habe er sich persönlich entschuldigt. Das seien sehr höfliche und verständnisvolle Männer gewesen, die sich nach dem Schock zu ungastlicher Stunde verständlicherweise rasch auf ihre jeweiligen Zimmer zurückgezogen hätten. Was sie mitten in der Nacht mit ihren grauen Anzügen und schwarzen Köfferchen, die sie wie Vertreter aussehen ließen, ausgerechnet im Stockwerk *über* der höchsten Hoteletage zu schaffen gehabt hatten, habe er sie nicht gefragt. Er habe sich auch keine Gedanken darüber gemacht. Nein, es habe keinerlei Anhaltspunkte dafür gegeben, dass die beiden Männer im Fahrstuhl und die vier von der Wartungstruppe sich bereits gekannt haben könnten.

Von den Ergebnissen des Abschlussberichts der chinesischen Polizei wurden zweifellos nicht alle Details an die Öffentlichkeit weitergegeben. Möglicherweise hatten die beiden Männer im Fahrstuhl einen speziell manipulierten Elektroschocker benutzt, um den entscheidenden Kurzschluss auszulösen, der das automatische Bremssystem des Aufzugs aktiviert und die Elektrik des Fahrstuhlschachtes lahmgelegt hatte. Das Gerät könnten sie, zusammen mit den Sprengkörpern, leicht in ihren Musterkoffern transportiert haben. Fest steht, dass die vier etwa handtellergroßen Haftminen, mit denen die Aufzüge bestückt wurden, jeweils mit einem starken Magneten sowie einem kleinen Funkempfänger versehen waren, über den die Zündung ausgelöst werden konnte. Weniger Klarheit herrscht hinsichtlich der Frage, wie die Männer die Zünder am oberen Rand der Laufschienen der Fahrstuhltüren im 94. Stockwerk angebracht hatten. Und zwar in *beiden* Fahrstuhlschächten. Möglicherweise hatten sie die drei Minuten, in denen der Facility Manager auf Bitten des IT-Spezialisten die Fahrstühle außer Betrieb genommen hatte, dazu genutzt, um von dem einen Schacht in den danebengelegenen zweiten zu gelangen. Um an den Verstrebungen der Wände hinüberzuklettern, bedurfte es allerdings eines außerordentlich geschickten, durchtrainierten und minutiös vorbereiteten Mannes, der gewillt war, eine nicht nur lebensgefährliche, sondern offenbar auch recht schmerzhafte Kletterpartie auf sich zu nehmen – dass sich an den messerscharfen Kanten einer der weniger stark zerstörten Querstreben Spuren von Blut entdecken ließen, sprach jedenfalls für die Richtigkeit dieser nicht unumstrittenen Hypothese.

Alle etwaigen weiteren Erkenntnisse halten die chinesischen Behörden nach wie vor unter Verschluss. So ist zum Beispiel völlig unbekannt, was aus den vier chinesischen ThyssenKrupp-Mitarbeitern geworden ist. Ein wenig mehr weiß man über das mysteriöse Verschwinden der beiden aus dem Fahrstuhl befreiten Hotelgäste: Es handelte sich um zwei Japaner, die noch am gleichen Tag ausgecheckt hatten und in ihr Heimatland zurückgeflogen waren. Offenbar waren sie unter falschen Namen im Park Hyatt abgestiegen, denn beim Versuch weiterer Ermittlungen in Japan verlor sich schon bald ihre Spur.

Erster Teil

Die Sendung

Erster Tag

Shanghai, 1. Mai 2012. 17:00 Uhr
Am ersten Nachmittag im Mai herrschte am Bund, der berühmten Uferpromenade der südchinesischen Metropole, wie üblich ein reges Treiben. Vermutlich war das Treiben sogar noch reger als üblich. Aus den imposanten Bank- und Geschäftsgebäuden am breiten Boulevard strömten Menschen um Menschen und fluteten in hektischem Gewimmel die Gehsteige und Seitenwege hinab. Nebenan auf der zehnspurigen Fahrbahn brummte der Verkehr. Autos hupten, Motoren heulten, Fahrer fluchten oder ergaben sich seufzend in die unabänderliche Tatsache, dass im unerbittlich anrollenden Verkehrsaufkommen der Rushhour ohnehin nur Stop and Go möglich war – wie sehr man auch hupen und fluchen mochte.

Vor den monumentalen Kulissen der Prachtbauten im Kolonialstil wirkten die wogenden, schnatternden und brummenden Massen, die namenlos die Straßen und Plätze bevölkerten, wie wimmelnde Ameisen. Wie Ungeziefer. Irgendein übermenschliches Wesen einer höheren Existenzform könnte auf die Idee kommen, dass man über dieses lästige, wertlose Ungeziefer nur das entsprechende Gift zu sprühen bräuchte, um es ein für allemal loszuwerden. Dann würde plötzlich gespenstische Ruhe einkehren in den Straßen und Häusern dieser eben noch vor Leben strotzenden Stadt …

Es war ein sonniger Tag. Auf der eigentlichen Promenade, direkt am Wasser des träg dahinfließenden Huangpu mit Blick auf die futuristisch aufragende Skyline des neuen Stadtviertels Pudong am anderen Ufer gegenüber, waren neben spazierenden Touristen und eilenden Geschäftsleuten wie immer auch zahlreiche Jogger unterwegs. Unter ihnen besonders viele »Langnasen« – Geschäftsleute aus Europa und Amerika, die seit der Öffnung Chinas zu Zehntausenden in die fernöstliche Boomtown geströmt waren und in ihrer raren freien Zeit versuchten, sich fit zu halten.

Der durchtrainierte, etwa vierzigjährige Läufer, der mit elastischen Sätzen den Bund entlangschnellte, hatte für die kurzatmigen abendländischen Freizeittraber nur ein verächtliches Lächeln übrig. Er hätte als Japaner durchgehen können, auch wenn er für einen Japaner wohl etwas überdurchschnittlich groß gewachsenen war. Immerhin war er im japanischen Osaka geboren und aufgewachsen, doch sein Name – Kim Park – verwies auf seine wahre Herkunft: Kims Eltern stammten aus dem nördlichen Korea und gehörten zu jenen etwa zweieinhalb Millionen Koreanern, die während der japanischen Besatzungszeit auf Nippons Inseln verschleppt und zur Zwangsarbeit verdammt worden waren. Etwa 700000 von ihnen – darunter auch Kims Großeltern – waren nach der Kapitulation des Kaiserreichs im August 1945 in Japan geblieben, wo ihnen der erhoffte gesellschaftliche Aufstieg indes meist versagt blieb. Kim Park war, nach vielen Umwegen, einer der wenigen Japan-Koreaner, die es geschafft hatten. Doch dafür hatte er einen hohen Preis gezahlt.

Während die meisten der europäischen Langnasen und »Butterstinker«, an denen der Koreaner wie selbstverständlich vorbeizog, in der abgasgeschwängerten Luft der Industriemetropole schon bald nach Sauerstoff japsten, wirkte Kim wie ein ausgeruhter Athlet, der sich aufwärmte. Dass er gerade erst ein hartes, sechzigminütiges Taekwondo-Training absolviert hatte, war ihm beim besten Willen nicht anzumerken. Bis zum Kerry Center an der Nanjing Xi Lu, wo er, nur einige Stockwerke über seiner kleinen Filmproduktionsfirma, in der 30. Etage in einem Penthouse residierte, hatte er noch etwa vier Kilometer vor sich. Ein Klacks.

Kim erhöhte die Schrittfrequenz, als er auf die Nanjing Lu einbog, die turbulente Hauptgeschäftsstraße und pulsierende Lebensader der Stadt. Doch er hatte keinen Blick für die bunten Leuchtreklamen, die aggressiven Straßenhändler und die Scharen von Shoppern, Schaufensterbummlern und Touristen, die Chinas bedeutendste Einkaufsmeile bevölkerten. Er schielte auf den Pulsmesser an seinem schlanken Handgelenk und tat das, was ihm beim Laufen immer schon am leichtesten gefallen war: nachdenken.

Den ganzen Tag schon drehten sich seine Gedanken nur um zwei Dinge. Das eine war eine aufregende Frau, die ihn für heute Abend eingeladen hatte. Das andere war ein aufregendes Drehbuch, dessen Exposé und Anfangsszenen ihm – wie er meinte – *zugespielt* worden waren. Der Arbeitstitel dieses Werks lautete *Yellow Submarine*, aber der Inhalt hatte nichts mit dem gleichnamigen Film jener vier Pilzköpfe aus dem fernen Liverpool zu tun. Als Autor firmierte ein gewisser Julian Peek. Kim Park hatte gründlich recherchiert und war zu dem Ergebnis gekommen, dass es sich bei diesem Namen um ein Pseudonym handeln musste. Kein Einziger der ihm bekannten Filmagenten hatte jemals von einem Drehbuchautor namens Julian Peek gehört – und Kim, der seit fast zehn Jahren in diesem Geschäft unterwegs war, kannte viele Agenten. Selbst die ihm bis dato unbekannte, gutaussehende Agentin mit der sinnlichen Stimme, die einige Tage zuvor unangemeldet in sein Büro geplatzt war, hatte ihm außer dem Filmstoff nur eine gefälschte Visitenkarte hinterlassen.

Kim Parks filmische Produktion ruhte im Wesentlichen auf zwei Säulen: Zum einen produzierte er in Zusammenarbeit mit mehreren großen amerikanischen und britischen Werbeholdings Commercials für den ostasiatischen Raum. Das war sein Brot-und-Butter-Geschäft, mit dem er ganz gut über die Runden kam. Zum anderen hatte er an einer Sendereihe filmisch aufbereiteter Interviews mit asiatischen Berühmtheiten gebastelt: vom thailändischen Punkmusiker mit Drogenproblemen über den provokanten koreanischen Installationskünstler bis hin zum chinesischen Anwalt, der sich für die Rechte der Wanderarbeiter einsetzt. Ihre minimalistische Machart war das Markenzeichen dieser Porträts, die sich unter den seriösen Redakteuren der großen TV-Anstalten mittlerweile eine treue Fangemeinde erworben hatten. Als Interviewer konnte er unbequem werden, wobei er aber stets fair zu bleiben versuchte und eine asiatische Zurückhaltung übte. CNN Asia hatte sich schließlich dazu durchgerungen, dem Newcomer einen Exklusivvertrag anzubieten. Seit anderthalb Jahren hieß es daher einmal im Monat *An Appointment with Kim Park*.

Er hatte Erfolg. Er war ein bekanntes Gesicht im Fernsehen geworden und die ostasiatische Prominenz riss sich förmlich um seine Interviews. Nur zu gerne hätte er auch diesen nebulösen Drehbuchautor Julian Peek zu einem Treffen vor der Kamera eingeladen. Doch wer seinen wahren Namen nicht nennt, zeigt meist erst recht nicht sein wahres Gesicht.

Kim Parks Unternehmen hatte mit der Produktion von Spielfilmen bisher nichts zu tun gehabt. Und Japan spielte in seinen Arbeiten nur insofern eine Rolle, als zu seinen Auftraggebern im Werbebereich etliche japanische Firmen gehörten. Von einer ersten, erfolglos gebliebenen dokumentarischen Fingerübung einmal abgesehen, hatte er noch nie in Japan gedreht. Daher wunderte er sich, dass man mit diesem unerhört brisanten Projekt ausgerechnet an ihn herangetreten war. *Yellow*

Submarine war ein Film, für den man einen Autor in Japan mit an Sicherheit grenzender Wahrscheinlichkeit öffentlich gelyncht hätte. Die Story, die auf bisher unveröffentlichten Fakten zu beruhen schien, erzählte von den Verwicklungen hoher Militärs in grausame Menschenversuche, deren Spätfolgen bis in die jüngste Vergangenheit hineinreichten und die zweifellos auch noch die Gegenwart bewegten. Ein Thema, das Kim Park sofort packte und nicht mehr losließ. Besonders reizvoll fand er auch die erzähltechnische Umsetzung der Filmidee: Nach einer atmosphärisch dichten Einleitungssequenz wurde der Plot konsequent aus der Sicht eines jungen Rechtsanwalts in Tokio aufgefächert, der – angestellt bei einer großen, internationalen Sozietät – eher aus Zufall mit der Führung eines komplizierten Schadenersatzprozesses gegen einen mächtigen japanischen Großkonzern beauftragt wird, dabei zunächst grandios scheitert und erst mit Hilfe seiner couragierten japanischen Freundin weitere Beweise herbeischaffen kann, die nun eine Wiederaufnahme des Verfahrens in greifbare Nähe rücken. Doch dann muss der junge Anwalt erkennen, dass er erneut gegen Windmühlenflügel ankämpft, während eine dunkle Vergangenheit ihre langen Schatten immer bedrohlicher über die Gegenwart wirft.

Als er eine knappe halbe Stunde später sein mit funktionalem Schick eingerichtetes Penthouse auf dem Dach des Kerry Centers betrat, führte Kims erster Weg zum Kühlschrank. Er nahm eine Flasche Perrier heraus, goss den Inhalt in ein großes Glas und warf zwei Magnesiumtabletten hinterher. Er nutzte die Zeit, in der sich die Tabletten sprudelnd auflösten, um in sein Arbeitszimmer zu gehen, wo er die oberste Schublade eines roten Lackschränkchens öffnete, in dem er seine persönlichsten Schätze verwahrte: einige militärische Rangabzeichen und Verdienstmedaillen, seine verbeulte »Hundemarke« aus Aluminium sowie einen Schlüsselanhänger aus Sterlingsilber. Sein Vater hatte darauf zwei gekreuzte Anker prägen lassen, als Sohn Kim sein erstes Kommando als U-Boot-Kapitän erhielt. Wie lange war das schon her? Es waren tolle Zeiten gewesen, damals, bei der südkoreanischen Marine. Zum ersten Mal in seinem Leben hatte er zur Elite gehören dürfen – und nicht zum Abschaum wie in seiner Jugend in Japan. Aber der Preis war grausam hoch. Davon kündete eine große Narbe, die von seinem rechten Schlüsselbein schräg bis hinunter zur siebten Rippe auf seiner linken Körperhälfte führte. Er hatte noch nie über seine Verwundung gesprochen. Auch nicht über die Monate danach; diese dunkelsten Momente seines Lebens in den unmenschlichen Gefängnissen eines der schlimmsten Regimes dieser Welt.

Ganz oben in der Schublade lag die dünne Klarsichtmappe, die das – leider unvollständige – Exposé sowie die ersten Drehbuchszenen zu *Yellow Submarine* enthielt. Kim zog die Mappe vorsichtig, beinahe ehrfürchtig, heraus und ging, mit einem kleinen Umweg über die Küche, wo er nach seinem Mineraldrink griff, in sein weiträumiges Wohnbüro hinüber. Dort setzte er sich an den Schreibtisch, trank einen Schluck und vertiefte sich erneut in die Lektüre.

»Yellow Submarine«
Drehbuch – Rohfassung
von Julian Peek

MARINEBASIS KURE – AUSSEN / TAG
Über der langgezogenen Bucht der Marinebasis von Kure, nicht weit von Hiroshima, erhebt sich die Sonne majestätisch aus dem milchigen Grau des Morgens und lässt Himmel und Meer miteinander verschmelzen. Im silbrigen Glitzern der flachen Wellen schiebt sich ein langer Schatten langsam aufs offene Meer hinaus. Das Rauschen des Kielwassers mischt sich mit den heiseren Schreien der Möwen, die das auslaufende Unterseeboot begleiten. Hoch oben an der Abbruchkante der Steilküste beobachtet eine junge Frau, wie das U-Boot Kurs auf die offene See nimmt und zum Tauchgang ansetzt. Der Bug senkt sich, die Flagge am Turm beginnt heftig zu schlagen. Das dunkel schimmernde Haar der Frau steht in reizvollem Kontrast zum hellen Glanz der Gold- und Silberfäden, mit denen ihr festlicher Kimono durchwirkt ist. Auf ihren kalkweiß geschminkten Wangen sind Tränenspuren zu sehen. Während im Hintergrund das Boot unter der Wasseroberfläche verschwindet, hebt sie plötzlich ihre rechte Hand vors Gesicht. Stahl blitzt auf. Mit einer entschlossenen Bewegung zieht sie sich die scharfe Klinge quer über den Hals. Aus der durchschnittenen Kehle spritzt ein hellroter Blutstrahl. Dann fällt sie lautlos über den Rand der Klippe in die Tiefe, hinunter in die brodelnde Gischt, und bleibt seltsam verrenkt auf einem von den Wogen umspülten Felsen liegen. In ihre starren Pupillen eingebrannt: die stolz wehende »Rising Sun« – die alte Kriegsflagge der Kaiserlichen Marine Japans.
Schnitt.

Kim Park atmete tief durch, legte das Manuskript auf den Schreibtisch und trat hinaus auf seine großzügig bemessene Dachterrasse. Aus 130 Metern Höhe ließ er seinen Blick über das abendliche Shanghai schweifen. Über diese herrliche, geheimnisvolle, wuchernde »Perle des Ostens«. Da unten schwirrten mehr als 18 Millionen rastlose Menschen umher, die in zahllosen Hochhausbauten wie die Termiten immer höher hinauswollten. Auch Kim hielt eine bis an den Horizont ungetrübte Sicht für lebensnotwendig, ja *überlebensnotwendig*. Überleben, ohne verrückt zu werden, war schon immer sein Spezialgebiet gewesen. Mit gutem Grund. Was sollte man auch anderes erwarten von jemandem, der seine besten Jahre eingesperrt verbracht hatte: freiwillig und voller Begeisterung (von jenen unfreiwilligen dunklen Monaten einmal abgesehen). Mit drei Dutzend anderen jungen Männern zusammengepfercht auf engstem Raum in einer knapp siebzig Meter langen Röhre aus Stahl. *And we lived beneath the waves in our yellow submarine …*

Wer da draußen wusste eigentlich von seiner militärischen Vergangenheit? War dieser Julian Peek etwa ein Marinekamerad von damals, womöglich auch ein Japan-Koreaner? Auf jeden Fall besaß der Mann eine Menge Mumm. Und er kannte sich verdammt gut mit den japanischen Gepflogenheiten aus – und mit einer japanischen Vergangenheit, von der man noch heute nicht gern sprach. Kim *musste* endlich einen Weg finden, um an ihn heranzukommen. Verflixt, wer sind Sie, Mister Peek?

Kim Park begab sich wieder nach drinnen, nahm die Klarsichtmappe und legte sie an ihren Platz in der Schublade zurück. Heute Abend würde seine Frage jedenfalls nicht mehr beantwortet werden. Heute Abend war die Party bei Cathy – das andere Thema, um das sich seine Gedanken den ganzen Tag schon bewegten. Cathy Wong, diese umwerfende Chinesin aus Los Angeles und Shanghaier Korrespondentin des amerikanischen *Vanity Fair*-Magazins, hatte dem im Umgang mit anderen immer nüchtern und beherrscht wirkenden Kim gründlich den ansonsten so kühlen Kopf verdreht. In seinen Augen war sie die vollkommene Frau, die mittlerweile allerdings einen gravierenden Fehler hatte: Sie war nicht mit ihm zusammen, sondern mit einem Butterstinker. Jeremy Gouldens – pah! Ein abgehalfterter Winkeladvokat mit dubioser Vergangenheit, der sich erfolglos in der Welt herumgetrieben hatte, bis er vor etwa einem Jahr in die kosmopolitischen Zirkel Shanghais hineingeplatzt war und die vielversprechenden ersten zarten Bindungen zwischen Kim und Cathy brutal gekappt hatte. Was sie nur an diesem hässlichen, latent versoffenen Riesenbaby fand? Gouldens war mindestens zwanzig Jahre älter als Cathy. Viel zu alt für sie. Kim warf einen raschen Blick auf seine Panerai. Es wurde langsam Zeit, zu duschen und sich anzuziehen.

Vor den Fenstern begannen die Lichter der Großstadt zu glitzern. Cathy würde schon noch begreifen, dass sie einen besseren Mann verdient hatte. Er durfte jetzt nicht lockerlassen. Er würde ihr Herz erobern. Irgendwann. Bald.

Shanghai, 1. Mai 2012. 18:15 Uhr
Während Kim Park unter die kühle Brause stieg, saß besagter Butterstinker gerade schwitzend in einem offenen schwarzen Porsche 911 und fluchte. Wenige Hundert Meter vor der Einfahrt in den Renmin-Tunnel, der den Fluss Huangpu unterquert und so das traditionelle Geschäftszentrum Puxi mit der Pudong New Area im Osten der Stadt verbindet, ging nichts mehr. Fünfzig Meter in fünf Minuten. Warum hatte er nicht auf Cathy gehört? Warum hatte er den Wagen nicht in der Tiefgarage des Jin Mao Towers stehen lassen und vernünftigerweise die U-Bahn genommen? Warum würde er einmal mehr zu spät kommen? Ausgerechnet heute Abend, wo er eigentlich den perfekten Gastgeber hatte mimen wollen. Seine Hektik, die brütende Hitze und der erstickende Dunst der Autoabgase begannen sich als leise pochender Kopfschmerz hinter seinen Schädelknochen bemerkbar zu machen. Per Knopfdruck schloss er das Verdeck und hoffte auf die Leistungsfähigkeit der Klimaautomatik.

»Jetzt entspann dich ein bisschen«, sagte sein Beifahrer, Richard Koo, Senior Partner und Grand Seigneur des Shanghaier Büros der internationalen Anwaltssozietät Lexman & Lexman. Und so etwas wie ein guter Freund. Ihn konnte offenbar gar nichts aus der Ruhe bringen. Jeremy hatte ihn noch nie wirklich aufgebracht erlebt. Weder früher, als sie gemeinsam in Japan für Lexman & Lexman Prozesse geführt hatten, noch jetzt, wo sie das Schicksal – und Richards soziale Kompetenz – in Shanghai wieder in einem Büro zusammengebracht hatten.

Jeremy hatte Richard viel zu verdanken. Als sie einander im Frühjahr 2010 nach zehn Jahren ohne Kontakt auf dem Chek Lap Kok Airport in Hongkong zufällig wieder über den Weg gelaufen waren, hatte Jeremy ausgesehen wie ein abgebrannter Hippie und sich auch so gefühlt. Mit seinem Anwaltsleben hatte er abgeschlossen und vegetierte auf hohem Niveau ziellos in den Tag hinein. Richards Menschenkenntnis und seinem geschulten Blick für den wertvollen Kern im Wesen eines Mannes war es zu danken, dass Jeremy wieder Tritt gefasst hatte und nun hier in Shanghai in einem nagelneuen Porsche-Cabrio saß. Dessen knapp 300 Stundenkilometer Höchstgeschwindigkeit ihm im Moment allerdings von begrenztem Nutzen waren.

Fünfzig Meter in fünf Minuten. Macht 0,6 Stundenkilometer. Wenn das so weiterging, konnten die Champagnerkorken ohne ihn knallen. Während Jeremy nervöser wurde, las Richard Koo auf dem Beifahrersitz seelenruhig im *Shanghai Daily* das Kinoprogramm. »Oh, heute Abend kommt *Nanking Nanking*«, sagte er zu Jeremy, »dieser aufsehenerregende preisgekrönte Kriegsfilm von Lu Chuan über das Nanking-Massaker von 1937/38. Den hast du mir doch mal empfohlen, oder?«

»Ja, aber nicht für heute Abend. Ist außerdem ziemlich starker Tobak. Als ich mit Cathy drin war, mussten wir nach der Hälfte rausgehen. Sie hat es nicht mehr ausgehalten. Ein ›Gemetzel für die Seele‹, wie mal ein Kritiker geschrieben hat.«

»War wohl auch keine besonders clevere Idee, deine zarte Holde zu so einem Schlachtfest einzuladen«, konstatierte Richard scharfsinnig.

»Yep«, antwortete Jeremy knapp, der sich nicht an den verpatzten Kinoabend erinnern wollte. Aber Richard konnte bisweilen unerbittlich sein. »Ist das nicht der Film, wo Chinesen mit Stacheldraht verschnürt, mit Benzin überschüttet und angezündet werden, damit die japanischen Soldaten besseres Licht haben, um in die Luft geschleuderte Babys mit Bajonetten aufzufangen?«

»Komm, hör auf, Richard!« Jeremys Stimme klang gequält. »Wenn man einen Film über Kriegsverbrechen dreht, muss man die Verbrechen eben auch zeigen. Und besonders zartbesaitet ist Cathy ansonsten gar nicht. Erst als wir später in der Century Bar oben im World Financial Center saßen, hat sie mir erzählt, dass auch Verwandte von ihr bei den Massakern umgekommen sind. Davon wusste ich ja nichts. Und dann konnte sie plötzlich nicht mehr weiterreden. Sie war total blockiert. Dass diese schreckliche Nanking-Geschichte und die übrigen japanischen Kriegsverbrechen auch in meinem früheren Leben eine wichtige Rolle gespielt haben, weiß sie bis heute nicht.« Nach einer kleinen Pause fügte er leise und wie zu sich selbst hinzu: »Aber vor der Hochzeit muss ich da wohl endlich reinen Tisch machen.«

Doch Richard Koo hatte scharfe Ohren. »Was höre ich da?«, rief er aufrichtig überrascht, »du willst Cathy heiraten?«

Jeremy versuchte vergeblich, die Frage zu überhören.

»Du willst also im zarten Alter von 49 Jahren wirklich ernsthaft noch eine Heirat ins Auge fassen? Ihr lebt doch ohnehin schon zusammen wie ein altes Ehepaar!«

»Seit über sechs Monaten«, bestätigte Jeremy, der in diesem Moment eine Lücke entdeckte und mit aufheulendem Motor die Spur wechselte. Die halsbrecherische Aktion hatte sie 20 Meter nach vorne gebracht.

»Aber für ein Glas Milch kauft man nicht gleich die ganze Kuh.« Richard Koo zog die Augenbrauen hoch.

Jeremy musterte ihn mit gespielter Empörung. »Dein Vergleich hinkt, Richard. Zugegeben: Manchmal schwanke ich noch ein wenig. Aber eigentlich bin ich fest entschlossen. Jedenfalls gab es noch nie eine Frau, die mich dermaßen fasziniert hat.«

»Im Bett wahrscheinlich.« Es klang nicht ordinär.

»Nein, auch sonst.« Jeremy zupfte nachdenklich an seinem rechten Ohrläppchen. »Man hält es nicht ein halbes Jahr lang mit einer Frau aus, die einen nur im Bett fasziniert.«

»Darf ich daraus schließen, dass du es umgekehrt *ohne* diese Faszination im Bett wohl nicht mit ihr aushalten würdest?«

»Hm.« Jeremy zuckte die Schultern. »Na ja, sie kann mitunter schon ganz schön anstrengend sein.«

»Du meinst – sie ist eine Frau.«

Jeremy lächelte. Das war Richard. Immer schön nüchtern-lakonisch und *down to earth*. Die scheinbar verzwicktesten Probleme konnte er schnell auf die einfachsten Grundfakten zurückführen. Kein Wunder, dass Cathy mit ihm so ihre Probleme hatte, sich mal »nicht richtig ernst genommen«, mal »mental unterfordert« fühlte. Frauen sind eben stolz auf ihre Kompliziertheiten.

»Na ja, meinen Segen hast du«, brummte Richard gönnerhaft. »Ich habe es schließlich auch nicht bereut, dass ich auf meine alten Tage noch Mimi geheiratet habe. Unterm Strich jedenfalls. Und mit der ist es auch nicht immer ganz einfach.« Er machte eine versonnene Pause. »Dann fühlst du dich jetzt also endlich geheilt?«

Jeremy warf seinem Freund einen prüfenden Blick zu. Sollte sich ihr Geplauder jetzt zu einem tiefschürfenden Männergespräch entwickeln? Lieber nicht. Nicht heute. »Wie meinst du das?«

»Wir beide wissen doch, dass es dich damals in Japan schon einmal richtig erwischt hat. Der Satz, dass dich noch nie eine Frau so fasziniert hat, kommt mir ziemlich bekannt vor. Und trotzdem ging die Sache damals katastrophal in die Binsen. Und als du dann mit leeren Händen dastandest, hast du alles hingeworfen, und ich habe einen guten Freund und Kollegen verloren. Und die Welt beinahe einen guten Anwalt. Wie hieß sie nochmal, deine schmucke Japanerin? Aikiko?«

»Yukiko«, verbesserte Jeremy zögernd, »und du weißt, dass ich nicht gerne darüber rede. Du bist so ziemlich der Einzige, der von der ganzen Geschichte weiß. Ja – damals ist irgendwas in mir zerbrochen. Aber das ist lange vorbei.«

»Und du hast nie wieder von ihr gehört?«

»Nope. Kein Lebenszeichen. Seit 13 Jahren – nichts.«

Was mochte wohl aus ihr geworden sein? Sie war damals ungefähr so alt wie jetzt Cathy.

»*Anyway* …«, seufzte Richard Koo.

»Eben. Das Leben geht weiter. Vielleicht bin ich jetzt wirklich ›geheilt‹, wie du das nennst. Cathy hat mich geheilt. Vielleicht bin ich endlich an dem Punkt, wo ich mit meiner Traumfrau eine Familie gründen möchte. Warum auch nicht? Soll ich warten, bis ich so alt und klapprig bin wie du? Am besten, ich frag sie gleich mal, wie viele Kinder sie von mir will.« Damit griff er zum Mobiltelefon, um Cathy anzurufen und das unerquickliche Thema zu beenden.

Besonders erquicklich gestaltete sich das nun anschließende Gespräch mit der Traumfrau – in dem es weniger um Kinder als um unzuverlässige Männer ging – allerdings auch nicht. Jeremy kam ohnehin kaum zum Zug. Richard konnte jedes Wort hören, das aus ihr heraussprudelte. Herrje, war die Kleine sauer. *Warum hast du nicht die U-Bahn genommen, du unverbesserlicher Trampel?* Jeremys Züge nahmen einen zunehmend leidenden Ausdruck an.

Dennoch war Richard beruhigt. Sein Freund schien sich auf dem richtigen Weg zu befinden.

Damals, als er dem Aussteiger Jeremy Gouldens in Honkong wiederbegegnet war, hätte er ihn um ein Haar nicht wiedererkannt. Wie ein gestrandeter Seefahrer hatte er ausgesehen. Langhaarig, unrasiert und braungebrannt, in verwaschenen Bermudashorts, einem gestreiften T-Shirt und mit vietnamesischen Flip-Flops an den Füßen. Allerdings besaß er zu Richards Erleichterung noch immer seine Kreditkarten, seine Bankkonten in der Schweiz und seine elterliche Wohnung im Londoner Nobelviertel Chelsea. Jeremy hätte sein vergleichsweise bescheidenes Luxusleben wahrscheinlich noch bis an sein Lebensende untätig fortführen können, ohne sein beträchtliches ererbtes Vermögen restlos zu verjubeln.

Jeremy und Richard hatten zwei Stunden in der Frequent Traveller Lounge des Flughafens von Honkong verbracht und über alte und neue Zeiten geredet. Wie ein moderner »Fliegender Holländer« war Jeremy jahrelang in seiner geliebten Jacht »Hebridean Spirit« über die Weltmeere gesegelt. Doch die Begeisterung, mit der er davon berichtete, war Richard gleich etwas aufgesetzt vorgekommen. Schnell hatte er begriffen, wie sehr die furchtbare berufliche und persönliche Niederlage, die Jeremy als Rechtsanwalt in Japan erlitten hatte, noch immer an ihm nagte. Davor konnte man nicht einfach wegsegeln. Der Mann brauchte Hilfe; etwas, woran er sich festhalten konnte. Beim letzten Aufruf seiner Maschine nach Shanghai war Richard entschlossen aufgestanden und hatte dem Herumtreiber eine Gardinenpredigt gehalten: »So kannst du nicht weiterleben, alter Junge. Willst du vor die Hunde gehen? Weil du nicht abschütteln kannst, was einmal gewesen ist? Weil du es vielleicht gar nicht abschütteln *willst*? Glaubst du denn, an mir ist die Sache spurlos vorübergegangen? Aber ich habe den Arsch zusammengekniffen und weitergemacht. Über das Trauma deines Scheiterns kannst du nur wegkommen, wenn du dich nicht permanent im alten Leid suhlst, sondern nach vorne blickst und dich mit neuen Herausforderungen konfrontierst.« Dann hatte er Jeremy seine Visitenkarte in die Hand gedrückt. »Du kannst jederzeit wieder in die Firma zurück. Darauf gebe ich dir mein Wort. Komm nach Shanghai und fang wieder an. Nicht als Partner, sondern zunächst als angestellter Anwalt. Du brauchst nur anzurufen. Und überleg nicht wieder zehn Jahre!«

Jeremy überlegte zehn Monate, dann rang er sich zum Anruf durch. Als er in Shanghai eintraf, trug er, sehr zu Richards Erleichterung, einen maßgeschneiderten Anzug aus der Londoner Savile Row und statt Flip-Flops handgemachte Schuhe von John Lobb. Ohne großes Tamtam führte Richard den neuen alten Kollegen in sein Büro im 35. Stockwerk des Jin Mao Towers und überhäufte ihn mit Arbeit. »Am besten, du legst gleich los. Es gibt eine Menge zu tun.« Wenige Wochen später hatte Jeremy dann Cathy getroffen. Seither hatte er seinen Entschluss, ins geregelte Leben zurückzukehren, nicht wieder bereut. Höchstens manchmal ein bisschen.

Wie jetzt gerade.

Mit nervtötender Langsamkeit verschwand die endlose Autoschlange vor ihnen nach und nach in einem schwarzen Loch. Die Einfahrt zum Tunnel erinnerte Jeremy an das klaffende Maul eines Drachen, der sich gierig selbst verschlingt. Gleich würden auch sie verschlungen werden.

Shanghai, 1. Mai 2012. 18:45 Uhr

Im Innenhof der betagten Kolonialvilla in der Französischen Konzession, jenem noblen Villenviertel, das der tobenden Bauwut bislang einigermaßen unbeschadet zu trotzen vermocht hat, hing die modrige Luft schwer und drückend über dem Teichbecken mit den Lotusblumen. Jeremys Anruf hatte die dicke Luft nicht vertreiben können. Im Gegenteil. Cathy Wong war wütend. Sehr wütend sogar. Punkt sechs hatte er zu Hause sein wollen. Warum musste er immer unpünktlich sein? Das durfte er sich vor Gericht doch auch nicht erlauben. Warum hatte er nicht auf sie gehört und die Metro genommen? Er hatte doch versprochen, noch etwas beim Vorbereiten zu helfen. Jetzt ließ er sie hier alleine rotieren, und die ersten Gäste konnten jeden Augenblick eintreffen. Typisch!

Seit einem halben Jahr bewohnten sie nun gemeinsam dieses Kleinod. Cathy hatte nie begriffen, wie es Jeremy geschafft hatte, für sie so ein Haus zu finden. Sogar zu einem annehmbaren Mietpreis – und das im angesagtesten Wohnviertel der Stadt, einen Steinwurf entfernt von der Einkaufsstraße Changle Lu. In einem Viertel, wo sich alles, was Rang und dicke Geldbeutel hat, gegenseitig überbietet, um eines der begehrten alten Häuser zu ergattern: neureiche Yuppies, internationale Galeristen, weltweit operierende Unternehmen der Systemgastronomie und nicht zuletzt die Strippenzieher aus der Welt der organisierten Kriminalität – die »chinesischen Mafia« der Triaden war bekanntermaßen stark in den hiesigen Immobilienmarkt involviert. »Ich kenne zufälligerweise den Besitzer«, hatte Jeremy wortkarg gemurmelt, als Cathy einmal nachzubohren versuchte, »und der schuldet mir was …« Cathy selbst hatte Gao Feng, ihren großzügigen Vermieter, noch nicht kennengelernt. Aber seinem Namen war sie schon des Öfteren begegnet, leider in zumeist wenig vertrauenserweckenden Zusammenhängen. »Er ist viel auf Reisen«, so Jeremys knappe Auskunft, »und außerdem scheut Gao die Öffentlichkeit.« Mehr sagte er nicht.

Vielbeschäftigt und öffentlichkeitsscheu. Das passte in dieses Viertel. Die Französische Konzession hatte schon immer als ideales Terrain für zwielichtige Figuren gegolten. Als sie vor zwei Jahren wieder nach Shanghai gekommen war, zurück in die chinesische Heimat ihrer Eltern, hatte sie ein kleines Appartement in der 14. Etage eines Wohnblocks weit außerhalb mit Kakerlaken teilen müssen und dafür eine fast ebenso hohe Miete gezahlt. Cathy hatte sich mit Jeremys dünnen Ausflüchten abspeisen lassen und sich vorgenommen, keine weiteren Fragen zu stellen.

Mit dem »Besser-keine-Fragen-Stellen« hatte sie bereits hinreichend Erfahrungen gesammelt. Cathy Wong war amerikanische Staatsbürgerin; die Wongs hatten sich im Jahre 1938, nach einer dramatischen Flucht aus dem von den Japanern besetzten Nanking, schließlich in Los Angeles niedergelassen. Nicht allen Mitgliedern der weitverzweigten Familie war es gelungen, den Kriegsgräueln zu entkommen. Solange sich Cathy zurückerinnern konnte, war das Thema Nanking innerhalb der Familie tabu gewesen. Über die Massaker an der Zivilbevölkerung, die Massenvergewaltigungen und sonstigen Grausamkeiten wurde konsequent geschwiegen. So hielten es die Wongs seit 75 Jahren. Was Cathy über den Japanisch-Chinesischen Krieg wusste, hatte sie sich in der Universitätsbibliothek und im Internet angelesen. Aber über dieses Wissen konnte sie sich mit ihrer Familie nicht austauschen. Sie hatte niemals Fragen stellen dürfen. So hatte sie auch ihre gesamte Jugend hindurch klaglos akzeptiert, dass ihr Vater ihr strengstens verboten hatte, japanische Produkte zu kaufen. Nicht einmal einen harmlosen Walkman hatte er ihr gegönnt.

Cathy war zweisprachig und behütet aufgewachsen. In Kalifornien hatte sie sich immer wohlgefühlt. Ihr Vater, der bereits seit Mitte der fünfziger Jahre die amerikanische Staatsbürgerschaft besaß, betrieb eine kleine Take-away-Kette im Großraum Los Angeles, die aus dem Chinarestaurant seiner Eltern hervorgegangen war. Er war das mit Abstand erfolgreichste Mitglied des Wong-Clans und vergaß nie, sich um die anderen Familienmitglieder zu kümmern. Für Cathys »kleinen Cousin« Chen zum Beispiel, einen hochintelligenten, aber psychisch labilen Jungen, dessen Vater viel zu früh verstorben war, hatte er gesorgt wie für einen eigenen Sohn. Er hatte ihm die komplette Ausbildung bezahlt und finanzierte ihm jetzt sogar noch ein Zweitstudium an der renommierten Fudan University, hier in Shanghai. Chen studierte Chinesische Geschichte, denn Restaurantchefs, so meinte Cathys Vater, wenn einmal die Rede auf ihren verschrobenen Cousin kam, hätten die Wongs bereits genug in ihren Reihen. Auch wenn sie Chen, der in einem Studentenwohnheim der Universität hauste, für einen kommunikationsgestörten Nerd hielt, mit dem sie herzlich wenig anfangen konnte, hatte es sich nicht vermeiden lassen, ihn zu ihrer Party einzuladen. Familienbande sind eben Familienbande.

Während Chen letztlich mehr ein Sorgenkind war, konnte sich Cathys bisheriger Lebenslauf wahrlich sehen lassen. Makellose Schulzeugnisse hatten ihr zunächst ein Stipendium an der New Yorker School of Journalism ermöglicht, wo sie als eine der Besten ihres Jahrgangs abgeschlossen hatte. Danach war sie zum ersten Mal wieder in die alte Heimat ihrer Eltern zurückgekehrt, um in Shanghai Chinesische Literatur zu studieren – ebenfalls an der Fudan-Universität. Obwohl sie nebenher noch einen eigenen Internetblog unterhielt und als freie Rechercheurin für westliche Medien arbeitete, absolvierte sie ihr Studium zwei Semester unter der Regelstudienzeit. Nach ihrer Rückkehr in die Staaten hatte Cathy ein Angebot der *Los Angeles Times* vorgefunden und sich voller Enthusiasmus ins Reporterleben gestürzt. Mit ihrem umfangreichen Hintergrundwissen, ihrer freundlich-bestimmten Hartnäckigkeit und ihrem blendenden Aussehen hatte sie einige aufsehenerregende Storys ausgraben können. Als sich ihr dann vor zwei Jahren die Chance geboten hatte, für das namhafte *Vanity Fair*-Magazin in dessen neu eröffnetes Büro in Shanghai zu wechseln, hatte sie keine Sekunde gezögert. Plötzlich war sie Korrespondentin und die Nummer 5 im Büro. Mit gerade einmal 30 Jahren! Ihr Vater hatte sie zu diesem gewagten Schritt ermutigt. Cathy war auch der Meinung, ihren Eltern etwas zurückzahlen zu müssen. Sie wollte ihnen nicht so auf der Tasche liegen wie ihr feiner Herr Cousin, der ihrer Meinung nach völlig nutzlos mit dem mühsam Ersparten ihres Vaters gepäppelt wurde.

Die alte englische Standuhr in der Diele schlug sieben. Wo blieben die Gäste? Wann würde Jeremy endlich kommen? Sie versuchte ihn noch einmal anzurufen, erreichte ihn aber nicht. Wahrscheinlich befand er sich noch immer tief unter dem schlammigen Grund des Huangpu.

Als sie gerade entschieden hatte, lieber noch ein paar Bier- und Weisweinflaschen mehr kaltzustellen, läutete es an der Tür. Für einen Moment hoffte Cathy, dass schuldbewusst grinsend ihre Langnase vor ihr stehen würde. Doch das breite Grinsen, in das sie nach dem Öffnen der Haustür starrte, entsprang nicht kantig britischen, sondern runden chinesischen Zügen. »Chen!«, rief Cathy, »schön, dass du da bist. Du bist der Erste. Wolltest du nicht erst später kommen?«

Chen, der ein legeres weißes Hemd über einer dunkelblauen Drillichhose trug, verzog säuerlich den Mund. »Ich konnte es eben kaum erwarten, dich wiederzusehen«, antwortete er knapp. »Und natürlich Jeremy«, schob er in einem etwas gelangweilt wirkenden Tonfall hinterher wie ein Schüler, der vor dem Lehrer sein Sprüchlein aufsagen muss.

Cathy wusste natürlich, dass ihr kleiner Cousin – der im Übrigen nur zwei Jahre jünger war als sie – Jeremy nicht ausstehen konnte und anlässlich seiner sporadischen Telefonate nach Los Angeles jede Gelegenheit nutzte, um bei seinem Ziehvater gegen Cathys Lebensgefährten zu stänkern. Dabei kannte er Jeremy nicht einmal richtig. Aber Chen mochte keine Ausländer. Die *Gweilos* hatten *sein* Volk in den Opiumkriegen gedemütigt; sie hatten den Pekinger Sommerpalast zerstört und den Boxeraufstand blutig niedergeschlagen, sie hatten wiederholt auf Kosten Chinas mit den Japanern paktiert – er könnte die Liste noch endlos fortsetzen. Dass Chen in China im Grunde selbst eine Art Ausländer war, hatte wahrscheinlich eher noch dazu beigetragen, seinen Patriotismus zu steigern. Seine Eltern waren Ende der siebziger Jahre, in der Zeit der Modernisierung nach Maos Tod, aus Kalifornien nach Shanghai zurückgekehrt, hatten hier aber nie wieder so recht Fuß fassen können, und der bald darauf geborene Chen hatte sich in seiner Kindheit und Jugend immer ein wenig wie ein Fremdkörper behandelt gefühlt.

»Wo steckt sie denn eigentlich, deine imperialistische Langnase?«

»Jeremy? Im Stau«, seufzte Cathy. »Mein guter Chen«, setzte sie hinzu, während sie ihn am Arm zur Bar im Innenhof führte, »vielleicht kannst du mir heute Abend ja einen klitzekleinen Gefallen tun …« Chen sah seine Cousine misstrauisch an »… und dich mit deinen politischen Ansichten etwas zurückhalten – ausnahmsweise mal keine deiner dogmatischen Chinareden halten und auch deine despektierlichen Äußerungen über Angehörige anderer Völker unterlassen? Wir haben heute Abend ein – na ja – *internationales* Publikum hier.« Statt zu antworten, zog er mit provozierender Langsamkeit eine Flasche Tsingtao-Bier aus einem Berg von Scherbeneis. Das Bier aus der größten Brauerei Chinas, ursprünglich als »Germania-Brauerei« von deutschen Siedlern in Quingdao gegründet, stellte in seinen Augen eine der wenigen positiven Hinterlassenschaften der Kolonialzeit dar.

»Ja?«, fragte Cathy geduldig, »versprochen?« Sie hätte ihn ohrfeigen können.

»Es ist schließlich deine Party, Cathy«, antwortete Chen unerträglich lässig und trank.

»Ich glaube an dich, mein Lieblingscousin!« Cathy konnte die spätpubertäre Überheblichkeit dieses Grünschnabels nicht ausstehen. Sie war erleichtert, als es in diesem Moment erneut an der Haustür läutete.

Chen sah ihr verächtlich nach. Immerhin trug seine rehäugige Cousine heute keinen Designerfummel, sondern ein knöchellanges klassisches *Qipao* aus karmesinroter Seide. Aber warum stöckelte sie darunter in so geschmacklosen High Heels herum? Traditionelle Lotusfüßchen, dachte Chen, ja – die wären perfekt gewesen. Schließlich konnten Frauen, die sich freiwillig in diese hochhackigen Pumps zwängten, auch nicht besser laufen als die lotusfüßigen chinesischen Frauen früher, denen die Fußknochen von Kindesbeinen an abgebunden und dauerhaft verkrüppelt worden waren. Aber seine Cousine war ja so modern, so aufgeklärt, so entsetzlich *verwestlicht*. Anders als Chen fehlte ihr der Sinn für die große chinesische Idee, die eines nahen Tages die Welt erobern würde. Er nahm noch einen kräftigen Schluck, dann öffnete er rasch eine zweite 0,33-Liter-Flasche. Heute hatte er Durst.

Cathy war zum zweiten Mal zum Eingang geeilt. Voll freudiger Erwartung – doch weder standen neue Gäste noch Jeremy vor der Haustür. Sondern ein junger Kurierfahrer von UPS, der fragte: »Wohnt hier ein Mr. Jeremy Gouldens? Eine Expresssendung.«

Mit Verblüffung nahm Cathy die Sendung entgegen und quittierte den Empfang. Sie schloss die Eingangstür und wiegte nachdenklich das Paket in ihren Händen. Es war in geschmackvolles grün-weißes Geschenkpapier eingeschlagen, nicht besonders schwer und in Japan aufgegeben. In Kyoto. Hatte Jeremy nicht dort gelebt, bevor er nach Tokio ging? *Kyoto-shi, Kamitakano 13–7, Sakyo-ku.* Dabei schien es sich um die Adresse zu handeln. »Y. Murata«: Das war der Absender. Auf Englisch hatte jemand, wohl dieser Murata, hinzugefügt: »Unbedingt persönlich zu übergeben.« Vielleicht hätte man das noch auf Chinesisch ergänzen sollen, damit es auch der Kurierfahrer mitbekommt, dachte Cathy. Sollte da etwas vor ihr verheimlicht werden?

Vielleicht handelte es sich auch bloß um irgendeinen Anwalt. Oder es war jemand von der juristischen Fakultät. Sie erinnerte sich, dass Jeremy einmal erwähnt hatte, eine Zeit lang an der Universität von Kyoto gearbeitet zu haben. Im Grunde ging sie das alles auch nichts an. Er kannte viele Leute, sie kannte viele Leute. Ihr wurde schmerzhaft deutlich, wie wenig sie über sein früheres Leben wusste – über die Zeit, bevor sie sich kennengelernt hatten. Die Zeit, als noch nicht sie sein Leben gefüllt hatte. Na gut, sie band ihm ja auch nicht lang und breit auf die Nase, mit wem sie geflirtet hatte, bevor es zwischen ihnen beiden gefunkt hatte. Schon gar nicht heute Abend.

Das hübsche Geschenkpapier irritierte sie aber doch. Immerhin duftete es nicht nach Frauenparfüm. Aber warum wohl sollte es nur ihm persönlich übergeben werden? Und nicht seiner Lebensgefährtin? Auf einmal schlug sie sich mit der flachen Hand an die Stirn. Wie konnte sie nur so begriffsstutzig sein! Wer hatte denn um Mitternacht Geburtstag? Sie! Cathy musste unwillkürlich lächeln.

Vorsichtig legte sie *sein Geschenk* deutlich sichtbar auf den Frisiertisch der Garderobe. Dort konnte er es nicht übersehen.

Kyoto, 24. Mai 1997. Kurz vor Mitternacht

Sakura! Die letzten zarten Kirschblüten lösten sich von ihren Zweigen und schwebten im leichten Wind taumelnd zu Boden. Der weiße Rausch war fast so schnell wieder verflogen, wie er gekommen war. Alles Leben ist vergänglich. Jeremy Gouldens lief mit offenem Hemdkragen vor dem U-Bahnhof Kokusaikaikan auf und ab und wartete auf die letzte Bahn. Sein Haar war zerzaust, sein Gesicht leicht gerötet, das zerknitterte Sakko trug er über der Schulter. Er hatte ein wenig zu viel getrunken. *Sakura, Sakura!* Schon oft hatte Jeremy dieses beliebte japanische Volkslied in einer Karaokebar mitgesungen. Sake und Singen war ein gut verträgliches Medikament gegen die Einsamkeit, die ihn jetzt häufiger überfiel, zwölf Flugstunden entfernt vom heimatlichen London. Es half zuverlässig, den Druck abzubauen, der auf ihm lastete, seitdem er eine einjährige Dozentur für Zivilprozessrecht an der ehrwürdigen ehemaligen Kaiserlichen Universität von Kyoto angetreten hatte. Er war nun schon seit acht Monaten in diesem fremden Land und wurde täglich mit strengen Regeln konfrontiert. Wie hieß es hier so schön? *Herausstehende Nägel werden eingeschlagen.* Der junge Rechtsdozent hatte angefangen zu begreifen, warum die so erfolgreich expandierende Japan Inc., das undurchsichtig verschlungene »Unternehmen Japan«, eine der höchsten Selbstmordraten auf dem Globus aufwies.

Sakura, Sakura! Gesinge und Sake schienen ihm immer noch besser, als sich nach einem harten Arbeitstag den verlockenden Angeboten des *Mizu Shobai* hinzugeben, des »Wasserhandels«, wie man hier die eher frivolen Seiten des nächtlichen Amüsierbetriebs nannte. Besser auch, als sich an einem der zahlreichen öffentlichen Sexautomaten mit gebrauchten Schulmädchenhöschen oder Sadomaso-Mangas zu versorgen. So etwas gehörte sich nicht für einen jungen britischen Juradozenten in Japan. Schon gar nicht, wenn man so ein ehrwürdiges japanisches Haus bewohnen durfte wie er. Das Haus gehörte einem Sake-Brauer aus Kobe. Es lag etwas außerhalb im Nordosten Kyotos in den Bergen, in der Nähe des alten kaiserlichen Sommerpalastes Shugakuin, und hatte einen klassischen japanischen Garten, in dem ein Dutzend seltener Bambusarten wuchsen.

Trotz des schönen Hauses fiel es Jeremy immer noch schwer, in diesem fremden, rätselhaften Land heimisch zu werden, dessen gleichermaßen feudale wie konforme Gesellschaft vom Unterschied zwischen *uchi* und *soto* – innen und außen – bestimmt wurde. Sowie von der Tatsache, dass sich die Bewohner Nippons für Abkömmlinge der Sonnenkönigin Amaterasu hielten. Und sich damit grundlegend von allen anderen »Rassen« zu unterscheiden glaubten. In jeder größeren Buchhandlung gab es ein paar Regalmeter mit *Nihonjinron*-Literatur; pseudowissenschaftlichen Werken, in denen »bewiesen« wird, dass die japanische Haut anders ist, ebenso das japanische Blut, die japanischen Haare und natürlich das japanische Gehirn. Seit prähistorischen Zeiten bewahre die japanische Rasse eine einzigartige, mystische Essenz, die sie allen anderen Rassen überlegen mache. In den dreißiger und vierziger Jahren hatte – ähnlich wie auf der anderen Seite des eurasischen Doppelkontinents der Wahn der »Arier« – die propagierte Einzigartigkeit der Eroberer furchtbare Konsequenzen für die Bewohner der von Japan besetzten Staaten Asiens gezeitigt; seit den achtziger Jahren diente sie nun vor allem als wirtschaftspolitisches Instrument: Wegen des *anderen* japanischen Schnees durften zum Beispiel keine westlichen Skier importiert werden. Die rigorose Durchsetzung solcher Handelshemmnisse hatte zu Spannungen mit den westlichen Industrienationen geführt.

Nein, dachte Jeremy, der in der milden Nachtluft langsam wieder nüchtern wurde: Dies ist längst ein Wirtschaftskrieg, der mit härtesten Bandagen geführt wird. Sogar das Rockefeller Center in New York gehörte inzwischen Mitsubishi! Und er, der Idealist und selbsternannte Weltverbesserer, wollte vermitteln. Er wollte übersetzen und Brücken bauen, er wollte helfen und für gegenseitiges Verständnis werben. Dafür war er nach Japan gekommen. Es durfte kein *uchi* und kein *soto* mehr geben. Für ihn existierte nur ein *uchi*. Begriff denn niemand, dass die gesamte Menschheit vor riesigen Problemen stand? Überbevölkerung, Umweltverschmutzung, Krieg und Terror, die zunehmende Verarmung der Dritten Welt. Jeder Mensch war gleich, hatte die gleichen Rechte und Pflichten. Aber offenbar gab es zu viele Japaner, die das anders sahen.

Und im November würde er nun also nach Tokio gehen. Spätestens seit heute Abend gab es kein Zurück mehr. Er hatte das exzellente Angebot der Tokioter Dependance der internationalen Anwaltssozietät Lexman & Lexman angenommen. Die Aussichten waren auch allzu verführerisch, nicht nur was das Gehalt betraf. Wenn man dort Wort hielt, würde er gleich an einem sehr komplizierten größeren Fall mitarbeiten können. Und das nicht einmal erst ab November. Man hatte ihn gefragt, ob er schon jetzt, selbstverständlich gegen Bezahlung, stundenweise vor Ort in Kyoto einige Recherchearbeiten übernehmen könne, vorrangig in der Universitätsbibliothek und an verschiedenen Archiven und Seminaren. Seine eher dürftig bezahlte Dozententätigkeit ließ ihm bei allem Druck doch einen gewissen Rahmen an Freizeit, und so sagte er sofort zu.

Heute Abend hatte er sich mit dem für ihn zuständigen Prozessanwalt, Mr. Koo, getroffen, der gerade in Kyoto unterwegs war – anscheinend in gewissen Angelegenheiten, die ebenjenen Prozess betrafen. Jeremy hatte zu dem besonnen und sympathisch wirkenden Mitvierziger spontan Vertrauen gefasst, und die Aussichten, die Mr. Koo ihm bei Bier und Sake in der Karaokebar eröffnet hatte, elektrisierten ihn. Soviel Jeremy seinen Andeutungen hatte entnehmen können, ging es da um gewaltige Schweinereien eines international operierenden Pharmakonzerns, die dies bisher stets zu vertuschen gewusst hatte. Aber Mr. Koo war zuversichtlich, diesmal gewinnen zu können. Wenn er, Jeremy, ihm dabei half! Genau dafür war er ja Anwalt geworden: um für die Gerechtigkeit und das Gute zu kämpfen. Und plötzlich war er mittendrin im Heldenkampf. Wieder schwirrte ihm der Kopf.

Sakura, Sakura, Kirschblüten unter dem Frühlingshimmel.
So weit das Auge reicht.

Shanghai, 1. Mai 2012. 20:30 Uhr

Wenn die Korrespondentin eines bedeutenden Magazins zu einem festlichen Abendessen Gäste nach Hause einlädt, ist das immer auch mit Arbeit verbunden. Mit Stress und Versagensängsten. So viel konnte schiefgehen. Doch wenn sie sich jetzt in ihrem von Fackeln erhellten Innenhof umschaute, konnte sie durchaus zufrieden sein. Cathy besaß seit jeher ein Faible für bunte Mischungen. Sie hatte ihren etwas gewagten, scharf gewürzten Gästecocktail offensichtlich doch perfekt gemixt, und es war ein überraschend harmonisches Ganzes entstanden. Abgesehen davon, dass die Olive noch fehlte: Jeremy, der noch immer im Stau stand. Aber es ging auch ohne ihn. Die Gäste standen in Paaren oder kleinen Gruppen herum, Gläser in der Hand, übten sich im Smalltalk und schienen sich zu amüsieren. Einzig Chen, der etwas abseits auf einem Bistrostuhl saß, getrocknete Krebsschwänze und gedämpfte *Shanghai Crabs* in sich hineinschaufelte und nebenher in einem Stapel alter *Vanity Fair*-Hefte blätterte, wirkte wie üblich etwas isoliert. Aber wie er so dasaß und sich an seiner Tsingtao-Flasche festhielt, machte auch er einen recht zufriedenen Eindruck. Und es war ihm hoch anzurechnen, dass er heute in der Tat wild entschlossen schien, sich manierlich aufzuführen und allen potenziellen Fettnäpfchen aus dem Weg zu gehen.

Für Punkt 21 Uhr war das Abendessen angesetzt, das ein eigens für den Anlass engagierter Koch sowie zwei hübsche weibliche Bedienungen im großzügigen Speisezimmer der alten Villa anrichten würden. Vorweg ließ sie klassische chinesische Horsd'œuvres reichen. Dazu gab es Bier, Wein, Scotch, diverse Longdrinks und – als Besonderheit – auch Sake. Cathy hatte die Aufnahme des japanischen Nationalgetränks in ihr Getränkesortiment für eine clevere Idee gehalten, da sie, Jeremy zuliebe, auch ein japanisches Pärchen eingeladen hatte: Yoshi und Kumiko Satori. Kumiko war eine alberne Gans, die ständig kicherte und aus irgendeinem unerfindlichen Grund in einer unmöglichen Schulmädchenuniform gekommen war. Cathy ging ihr möglichst aus dem Weg. Jeremy, wäre er denn da gewesen, hätte sich ohnehin nur für ihren Ehemann Yoshi interessiert, der seit kurzem die Shanghaier Dependance der Waguni K.K. leitete. Obwohl wenig bekannt, sei das doch eine sehr wichtige Firma, hatte Jeremy ihr eingeschärft. Eine *Sogo Shosha*, wie man die berühmten japanischen Handelshäuser nennt, die von Chemikalien und Textilien bis hin zum Kernkraftwerk oder Flugzeugträger so gut wie alles besorgen können. Mit seinen 45 Jahren war Yoshi, ein schmallippiger dünner Mann, aus japanischer Sicht noch relativ jung. Natürlich war es für Jeremy ein großartiger Glücksfall, dass dieses einflussreiche Unternehmen gerade an ihm so interessiert war. Trotzdem ärgerte es sie plötzlich, diese wildfremden Leute auf *ihrer* Party zu haben. Soweit Cathy es beurteilen konnte, war auch noch keiner der Eingeladenen mit den Satoris warmgeworden. Toll, dass Jeremy so pünktlich war: wie immer, wenn sie ihn brauchte!

Die meisten anderen Gäste, Kollegen aus Zeitungs- und Fernsehredaktionen, kannten sich bereits. Da war etwa ihre beste Freundin Coco, die für die amerikanische *Vogue* die Laufstege Asiens abklapperte und es heute wie immer genoss, mit ihrer Konversationskunst und ihrem Aussehen eine andächtige Schar vornehmlich männlicher Zuhörer um sich zu sammeln. Oder Mei-Ling, eine etwa 50 Jahre alte, hagere Chinesin mit wasserstoffblonden Strähnen, die sich zur Feier des Tages in einen hautengen, schwarz glänzenden Latexoverall hineingequetscht hatte. Mei-Ling drehte seit zwei Jahrzehnten Independent-Filme. Ihr jüngstes Werk, *Land der Töchter*, war recht erfolgreich auf einigen internationalen Festivals gelaufen. Sie stand im Ruf, lesbisch zu sein, was für ihre Arbeit an diesem Film über das funktionierende Matriarchat des chinesischen Bergvolks der Mosuo in der Provinz Yunnan sicherlich von Vorteil gewesen war.

Mimi Koo stand im krassen Gegensatz zu Mei-Ling. Die hinreißend schöne Malaiin war mit Jeremys Vorgesetztem Richard verheiratet. Wann immer Cathy von taktlosen Bekannten auf den recht großen Altersunterschied zwischen ihr und Jeremy angesprochen wurde, verwies sie auf Mimi und Richard, zwischen denen die Kluft noch etliche Jahre breiter war, deren Ehe aber dennoch harmonisch zu funktionieren schien. Mimi stammte aus einem schwerreichen Elternhaus, und das sah man. Es hieß, allein ihre Armbanduhr, eine Sonderanfertigung des Hauses Bulgari, habe eine Million Dollar gekostet: das bescheidene Hochzeitsgeschenk ihres Vaters, eines malaiischen Reeders, der angeblich über beste Beziehungen zu den Piraten verfügte, die die Straße von Malakka mit ihren Schnellbooten unsicher machten. Seine Tochter stand heute als zweites Attraktionszentrum mit in der Gruppe um Coco, schien sich ein wenig zu langweilen und war wohl verärgert, dass ihr Mann noch nicht gekommen war. Der saß noch im Auto mit Jeremy.

Neben ihr stand der koreanische Werbefilmproduzent, wie immer sein Glas Perrier in der wohlgeformten, genauso schlanken wie kräftigen Hand. Aha, der scheint sich wohl auch von Coco bezirzen zu lassen. Na ja, vielleicht ist er ja was für sie. Coco steht auf animalische, athletische Typen. Als er sah, wie Cathy zur Gruppe hinüberblickte, löste er sich von Mimi und Coco und kam zu ihr herüber. »Na, wo bleibt denn dein Sugar Daddy so lange?«, fragte er mit der Miene eines Unschuldslamms.

Sie funkelte ihn an. »Du bist heute wieder sehr witzig, Kim«, meinte sie schnippisch. »Alte Männer sind eben nicht mehr so schnell, da muss man Geduld haben. Das hat auch seine Vorteile.« Wie sie es hasste, auf den Altersabstand zwischen ihr und Jeremy angesprochen zu werden! Gerade von Kim, der schließlich auch nicht mehr der Jüngste war, auch wenn er sich, zugegeben, *sehr* gut gehalten hatte. »Weißt du, ich habe Jeremy für heute ein wenig Ausgang gegeben, weil er die letzten Wochen so brav abgewaschen hat«, ergänzte sie scherzend, um im gleichen Atemzug Ming-Lei zu sich heranzuziehen und sie dem Produzenten vorzustellen. »Kennt ihr euch? Ihr arbeitet zwar auf verschiedenen Seiten, doch in derselben Branche. Vielleicht kannst du sie ja mal interviewen, Kim.« Und schon unterhielt sich die chinesische Vogelscheuche mit der koreanischen Testosteronbombe. So einfach ging das. Manchmal jedenfalls.

Die Standuhr in der Diele schlug neunmal. Genau jetzt hätte das Essen serviert werden sollen. Sie hatte dem Koch und seinen Mädels signalisiert, noch eine Viertelstunde zu warten. Jeremy fehlte noch immer. Vielleicht sollte sie ihn doch noch einmal anrufen. Als sie sich ihren Weg in den Flur gebahnt hatte, wo es ruhiger war, stieß sie auf Yoshi Satori, der vor dem Frisiertisch stand und musternd Jeremys grün-weißes Paket in den Händen hielt. Als er sie kommen sah, streckte er es ihr entgegen und meinte lachend. »Wusste ich es doch, dass es heute noch einen besonderen Anlass zu feiern gibt. Darf man schon gratulieren?« Er bemerkte, dass Cathy die Sache eher peinlich war, und schob rasch hinterher: »Aber eigentlich suche ich ja nur einen Ort, wo ich mir vorm Essen mal die Hände waschen kann.«

»Die Tür, vor der Sie jetzt stehen, ist jedenfalls der Ausgang«, informierte ihn Cathy mit einem Lächeln. »Die Toiletten sind auf der anderen Seite gegenüber.«

Satori bedankte sich und drückte ihr mit einer gezierten Verbeugung das Päckchen in die Hände, als handele es sich um *sein* Geschenk. Sie stand einen Moment nachdenklich, nahm dann die ominöse Sendung und schloss sie im Sekretär in der Diele ein. War doch keine so gute Idee gewesen, das Päckchen hier offen hinzulegen und so gleichsam alle Gäste schon beim Hereinkommen mit der Nase darauf zu stoßen, dass heute Nacht ihr Geburtstag war und sie keine Geschenke mitgebracht hatten. Etwas taktlos, Cathy! Jeremy ging noch immer nicht ans Telefon. Es würde doch wohl nichts passiert sein?

Von draußen im Hof hörte sie das schrille Geschnatter Kumikos und eine sich überschlagende hohe, ungehaltene Jungmännerstimme – Chen. Bitte nicht.

Bis Cathy im Innenhof angelangt war, hatte sich die Situation offenbar wieder etwas beruhigt. Kumiko und Chen standen sich schweigend an der Bar gegenüber und taxierten einander mit funkelnden Blicken. Chen war also, allen Versprechungen zum Trotz, doch ausfallend geworden. Während er die Japanerin finster anstarrte, schenkte er sich mit seiner bekannten demonstrativen Langsamkeit ein Weißweinglas voll Sake ein, schnupperte daran, täuschte ein kurzes Nippen vor, verzog angewidert das Gesicht – und leerte den gesamten Inhalt in den Ausguss. »Das Zeug ist ja widerlich, schmeckt wie Benzin. Warum schüttet ihr das nicht lieber gleich in eure Autos, wo euch doch eh längst der Sprit ausgeht?«

»Chen!«, rief Cathy dazwischen. Als er seine Cousine sah, stemmte er entrüstet die Arme in die Hüften. »Cathy, Cathy, wieso tischst du uns dieses entsetzliche Gesöff auf? Willst du uns alle vergiften? *Japanischer* Reiswein! Warum nicht der gute *Shao Xing* aus China? Das muss ich jetzt aber gleich kräftig mit Bier runterspülen.« Er griff sich eine weitere Pulle aus dem dahinschmelzenden Scherbeneis.

»Vielleicht solltest du stattdessen lieber nach Hause gehen. Ich zahl dir das Taxi.« Sie hätte ihn doch besser im Auge behalten sollen. Während er scheinbar friedlich herumsaß, hatte er vielmehr die Zeit genutzt, sich unverschämt rasch einen Affen anzutrinken. Und dann wurde er unleidlich, das wusste Cathy. Da entwickelte er ein geradezu dämonisches Vergnügen daran, andere zu provozieren und bevorzugt alle Nichtchinesen mit seinen chauvinistischen Thesen vor den Kopf zu stoßen. Frau Satori wirkte allerdings auch nicht mehr ganz nüchtern. Sie schien sich mehr über Chen zu amüsieren, als wirklich beleidigt zu sein. »Du bist aber lustig, Kleiner!«, kicherte sie. »Gehst du schon zur Schule?«

Hinter Cathy erschien plötzlich Yoshi Satori und griff seine Frau etwas unsanft am Arm, was sie sofort verstummen ließ. »Immerhin darf er schon Bier trinken und damit unsere verdienstreiche Getränkeindustrie unterstützen, auch wenn er keinen Sake mag«, sagte Yoshi Satori und verbeugte sich knapp vor Chen, der die höfliche Geste mit einem angedeuteten Kratzfuß persiflierte. Satori runzelte die Stirn. »Mit wem haben wir das zweifelhafte Vergnügen?«

»Chen Wong. Ich bin Cathy Wongs Cousin. Cathys *chinesischer* Cousin!«

»Na, dann zum Wohl«, sagte Satori und deutete auf Chens schon wieder halb geleerte Flasche. »Chinesisches Bier«, betonte Chen. »*Chinesische* Getränkeindustrie.«

»Natürlich«, erwiderte Satori, der kein Interesse daran hatte, die Situation eskalieren zu lassen. Trotzdem verspürte er eine brennende Neugierde, diesen chinesischen Feuerkopf ein wenig *auszutesten*. Und so fuhr er fort: »Aber dir ist doch wohl sicher nicht entgangen, mein Junge, dass die Tsingtao-Brauerei seit 2009 zu einem Drittel dem japanischen Brauereikonzern Asahi gehört? Du siehst, Japans Globalisierung macht auch vor deiner Plörre nicht halt.«

»Und bald wird sie uns ganz gehören. Ganz China wird uns bald wieder gehören!«, rief Kumiko triumphierend dazwischen. »Wir sind die Weltmacht!«

»Shanghai wird euch niemals mehr gehören«, rief erregt Chen, dem es offensichtlich zu schaffen machte, was er soeben über seinen Lieblingstrunk gehört hatte. Satori sah ihn mitleidig an. »Ja, ich weiß, du bist stolz auf deine tolle Stadt. Wo ihr 2010 eure ach so tolle Weltausstellung hattet. Mit über 70 Millionen Besuchern aus aller Welt, sieh an. Und dem schönen Motto *Better City, Better Life.*«

»Ihr Japaner musstet vor Neid erblassen«, unterbrach ihn Chen höhnend. »Ihr habt eure große Zeit eben längst hinter euch. Eure Weltausstellung 1970 in Osaka, okay da wart ihr vielleicht noch wer, auch wenn das längst vergessen ist ... Aber eure Expo in Tsukuba City, nur fünfzehn Jahre später, mal ehrlich: Hat die überhaupt stattgefunden? Da hat euer Niedergang doch schon begonnen. Und jetzt liegt ihr völlig am Boden.«

»Blas dich nicht so auf, du kleiner hundefressender Chinake!« Kumiko Satoris Schulmädchenlächeln war plötzlich verschwunden. »Was haben denn *eure* Olympischen Spiele 2008 in Peking bewirkt? Ach so: Ihr habt in eurer Hauptstadt nun endlich eine U-Bahn ...« Sie lachte kreischend auf.

»Better City, Better Life«, griff Satori, nach einem mahnenden Seitenblick auf seine Frau, den angefangenen Gedanken wieder auf. »Kunststück, solange diese *bessere Stadt* auch von den *besseren Menschen* gebaut wird. Euer tolles Shanghai World Financial Center, auf das ihr so stolz seid, mussten bekanntlich *wir* bauen, weil ihr es allein garantiert nie hinbekommen hättet, eines der größten Gebäude der Welt hochzuziehen.«

»Wenn ihr es gebaut hättet, wäre es umgefallen!«, gackerte die Gans.

»Wenn ihr es *bei euch* gebaut hättet, wäre es auch umgefallen. Ihr baut ja nur woanders, weil ihr es zu Hause nicht hinkriegt. Weil bei euch sowieso alles gleich umfällt oder in die Luft fliegt. Weil bei euch alles kaputt und verseucht ist. Das ganze Land ist marode, das ganze Land! Nippons Größe, pah! Aus und vorbei! Soll es beim nächsten Erdbeben doch gleich ganz im Meer versinken. Als Rache für all eure Schandtaten! Und wir blühen gerade erst auf.«

Cathy zog Chen heftig am Arm, wild entschlossen, die sich anbahnende Katastrophe im letzten Moment zu verhindern.

Plötzlich ertönte schallend ein chinesischer Gong und ließ alle zusammenzucken. Über sein brummendes Nachklingen und durch das erschrockene Schweigen ringsum tönte eine laute Männerstimme, die betont fröhlich einen Guten Abend wünschte und verkündete, dass die Tafel bereitet sei. Cathy breitete mit gespielter Glückseligkeit ihre Arme aus. Mit seinen stämmigen 1,85 Metern, dem bereits lichter werdenden graumelierten Haar und seinen eher herben, kantigen Zügen stand plötzlich Jeremy im Eingang zum Innenhof, schenkte den Anwesenden das breite Lächeln eines Olympiasiegers, klatschte in die Hände und rief: »Kinder, was steht ihr herum. *Vite, vite – à table!*«

Im selben Moment wurden die Schiebetüren zum Speisezimmer geöffnet. Niemand hatte Jeremys und Richards Erscheinen bemerkt. Cathy wusste, was sie ihren Gästen schuldig war. Eine Szene vor aller Augen würde sie ihnen jetzt bestimmt nicht liefern. Sie flog mit ausgebreiteten Armen auf Jeremy zu, der ihre Umarmung mit einem frechen Funkeln seiner graublauen Augen erwartete.

»Du Schuft«, flüsterte sie ihm ins Ohr, »darüber reden wir noch. Aber ich bin heilfroh, dass du gekommen bist.«

»Ich vermute: viel zu spät, dafür genau im richtigen Augenblick«, raunte er leise zurück. »Mir scheint, Chen ist gerade dabei, zur Höchstform aufzulaufen. Entschuldige bitte, Liebling. Lass uns Platz nehmen, sonst wird das Essen kalt.«

»Ich verzeih dir«, lächelte Cathy und dachte an das Päckchen, das sie weggeschlossen hatte. »Hauptsache, du bist da. Jetzt soll der Abend nochmal neu anfangen und alles andere vergessen sein!« Von der Sendung würde sie ihm trotzdem erst nach dem Essen erzählen. Er konnte ruhig noch ein bisschen schmoren.

Tuschelnd begab sich die Gesellschaft Richtung Speisezimmer. Kumiko und Chen warfen sich noch ein paar bitterböse Blicke zu, doch schien nun allerseits der Hunger die Wut zu überwiegen. Cathy hoffte inständig, dass ihr endlich kompletter Gästecocktail dank der anstehenden Gaumenfreuden zur alten Harmonie zurückfinden würde. Mit all den exquisiten Leckereien, die jetzt aufgetragen wurden, schien sich auch wirklich eine allgemeine Gelöstheit breitzumachen. Chen saß am anderen Ende der Tafel, weit weg von den Satoris, hatte seine halbvolle Bierflasche an der Bar stehen lassen und schaufelte die traditionell chinesischen Speisen mit sichtlicher Begeisterung in sich hinein. Dass sich die Satoris direkt gegenüber von Jeremy und Cathy niedergelassen und damit Coco ihren Platz weggeschnappt hatten, passte Cathy weniger, aber sie wusste natürlich, wie wichtig Jeremy der potenzielle neue Mandant war. Und sie machte sich keine Illusionen darüber, dass sicher die meisten der heutigen Gäste eben *auch* gekommen waren, weil sie Partys wie die ihre als ideale Gelegenheit zum »Networking« betrachteten.

Sie war froh, dass die hysterische Gans an Yoshis Seite wieder ruhig, geradezu kleinlaut geworden war und sie sich kaum mit ihr zu unterhalten brauchte. Yoshi wiederum erschien ihr als zunehmend angenehmer Konversationspartner, der im Unterschied zu seiner Frau durchaus Manieren hatte. Zwischen dem ersten und dem zweiten Gang (erst gebackener Karpfen, dann dreierlei Ente mit Soße aus schwarzen Bohnen) entwickelte sich zwischen den beiden ein zwangloses Gespräch. Er fragte sie nach ihrer Arbeit und ob sie denn auch über die große ostasiatische New Energy Conference im World Financial Center berichte, die am Freitag eröffnet werden sollte.

»Wissen Sie, ich mache ja mehr die Society-Themen und weniger Politik oder Wirtschaft.«

»Klatsch«, warf Jeremy, der mit halbem Ohr mithörte, erläuternd ein.

Sie ignorierte das. »Allerdings bin ich am Freitag wahrscheinlich trotzdem im Center. Da gibt es einen großen Empfang der Moto Corporation zu Ehren ihres Präsidenten Minato Moto. Eine Mordsgeschichte, mit viel internationaler Prominenz. Das ist mehr mein Metier. Vielleicht haben Sie davon gehört?«

»Aber natürlich«, antwortete Satori schmunzelnd. »Ist ja ein hochverdienter Landsmann von mir. Fürwahr ein exklusiver Zirkel, zu dem Sie da geladen sind.«

»Genau das sagt meine Freundin Coco Kingston auch. Sie wissen ja gar nicht, wie neidisch die ist, weil sie keine Einladung bekommen hat. Aber Coco ist eben Modejournalistin, und bei dem Empfang gibt es wahrscheinlich wieder nur alte Männer in langweiligen Anzügen. Also, ich bin da ja überhaupt nicht scharf drauf. Ich könnte gerne verzichten.«

»Oh, sagen Sie das nicht. Ich an Ihrer Stelle würde mir so ein unvergessliches Ereignis auf keinen Fall entgehen lassen. Glauben Sie mir: Da erleben Sie was! Aber eine Bitte.« Satori beugte sich vor und raunte ihr, während er mit gespielter Leidensmiene zum unteren Ende der Tafel hinabsah, verschwörerisch ins Ohr: »Nehmen Sie Ihren werten Herrn Cousin nicht mit.« Cathy verschluckte sich fast an ihrer Ente vor Lachen. »Da können Sie mal *ganz* unbesorgt sein.«

»Und bei Ihnen läuft das Geschäft, Mr. Gouldens?«, wandte sich Satori nun Jeremy zu.

»Ich kann mich nicht beklagen, danke.«

»Haben Sie schon über meinen Vorschlag nachgedacht?«

Wie auf Kommando verfiel Jeremy nun in einen Redefluss, der kein Ende mehr nahm. Cathy hörte nicht weiter hin, seine vielen Geschäftsangelegenheiten interessierten heute nicht. »Na schmeckt's?«, wandte sie sich lieber an Coco, die zwei Sitze neben Satori noch einen Platz gefunden hatte.

»Ganz großes Kino – aber ich muss leider auf meine Linie achten. Was habt ihr da eben vom Moto-Empfang getuschelt?«

Cathy seufzte. Dass Coco ihre Ohren immer überall haben musste. Jetzt war sie wieder bei ihrem Lieblingsthema. Sie begannen ein langes Gespräch über die Praxis der Presse-Einladungen bei exklusiven Empfängen, den internationalen Jetset, schlechtgekleidete Männer aus Wirtschaft und Politik, über japanische Baulöwen und Modepäpste.

Beim Dessert fiel Cathy das Päckchen wieder ein, und sie konnte es sich nun doch nicht verkneifen, erste Andeutungen zu machen.

»Na – du scheinst mir etwas unruhig zu wirken«, sagte sie schelmisch zu Jeremy.

»Wieso? Ich amüsiere mich prächtig.«

»Hast du nicht heute noch etwas erwartet? Eine *Sendung*?«

»Ich weiß nicht, wovon du sprichst.«

»Jetzt tu nicht so. Ich seh doch, dass du wie auf Kohlen sitzt. Aber keine Angst: Sie ist noch rechtzeitig gekommen, es ist alles in Ordnung.« Jeremy schob sich noch einen Löffel Vanilleparfait in den Mund. »Natürlich ist alles in Ordnung, mein Schatz«, lächelte er unsicher. »Außer vielleicht, dass du in Rätseln sprichst.«

Jetzt war es aber genug. Sie stand auf, trippelte zum Sekretär in der Diele und kam beladen zum Esstisch zurück. »Vielen Dank, Liebling – im Voraus«, hauchte sie und legte das grün-weiße Päckchen neben seinen Platzteller.

Nichts war in Ordnung.

Er war plötzlich kalkweiß. »Was ist denn das?«, krächzte er. »Das glaube ich nicht!« Alle Gespräche verstummten. Neugierige Blicke richteten sich zum Kopf der Tafel. »Das kann doch nicht sein! Ich glaub's einfach nicht«, stammelte der Gastgeber des heutigen Abends. Die Gastgeberin beugte ihm besorgt ihren Kopf zu. »Was kann nicht sein, Schatz?« Jeremy starrte Cathy durchdringend an. Sein Blick war so leer, dass sie erschauerte. Die Anwesenden, die nun begriffen hatten, dass etwas Unvorgesehenes vorgefallen war, das sie im Grunde nichts anging, beeilten sich, wieder so zu tun, als sei nichts geschehen.

»Ein köstliches Essen, Cathy!«, posaunte Richard Koo etwas überlaut, »war lange nicht mehr so satt. Heut Abend pfeif ich auf meinen Cholesterinspiegel!« Cathy zwang sich zu einem beherrschten Gastgeberlächeln. »Greift zu, Leute! Es darf nichts übrig bleiben.«

»Bin gleich wieder da«, warf Jeremy, um Verständnis bittend, in die Runde. Er verließ langsam den Raum, sorgfältig darauf bedacht, dass niemand das Zittern seiner schweißnassen Hände sehen konnte, die die Sendung umklammert hielten und das grün-weiße Papier knistern ließen. Sobald er die Tür zur Diele erreicht hatte, begann er zu rennen. Die Treppe hinauf und in sein Arbeitszimmer, wo er das vermeintliche Geburtstagspäckchen rasch in der untersten Schublade seines Sekretärs verschwinden ließ, als gälte es, einen giftigen Skorpion zu fangen. Er versuchte sich zu beruhigen, doch sein Puls raste. Jeremy kannte den Absender.

Y. Murata. »Y«, nicht »A«. Nicht Aikiko.

Yukiko.

Kyoto, Juni 1997

Jeremy Gouldens war Yukiko Murata am frühen Abend des 21. Juni 1997 das erste Mal begegnet.

Seine Nebentätigkeit für Lexman & Lexman hatte der junge Rechtsdozent absprachegemäß am 1. Juni begonnen. Jeremys Aufgabe war es zunächst einfach nur, einige Details zur Geschichte des Kuroi-Juchi-Konzerns zu recherchieren. Hierzu hatte man ihm eine Liste übersandt, die er Punkt für Punkt abzuarbeiten hatte. Was genau Gegenstand des Prozesses war, wusste er nicht. Damit und mit allen vertraulichen Einzelheiten sollte er erst nach seiner Anstellung in Tokio detaillierter bekanntgemacht werden. So kam es ihm bei seiner Recherchetätigkeit ein wenig so vor, als würde er plan- und ziellos im Dunklen stochern. Dennoch fand er seine Arbeit bald mächtig aufregend. Nach und nach taten sich ihm bislang unbekannte Abgründe der Geschichte auf, die ihn zunehmend fesselten und beunruhigten.

Mit den japanischen Quellen tat er sich allerdings noch sehr schwer. Trotz Intensivkurs und täglichem Kontakt mit der schwierigen Sprache machte er erst allmählich Fortschritte. Gott sei Dank gab es auch einiges an englischsprachigem Material: Bücher, Zeitungsartikel, Aufzeichnungen. Oft war es allerdings äußerst beschwerlich, an die angeforderten Unterlagen heranzukommen. Gerade offizielle Stellen verweigerten ihm häufig den Zugang – mit vielfach fadenscheinigen bis hanebüchenen Begründungen.

Bevorzugt vertiefte er sich in die wenigen verfügbaren englischsprachigen Artikel und Bücher über die japanische Geschichte der dreißiger und vierziger Jahre, auch wenn ihr Inhalt ihm manchmal schier den Magen umdrehte. Die schlimmen Verbrechen der *Krauts* im Zweiten Weltkrieg waren ihm natürlich bekannt; wieso er dagegen von den gleichzeitigen japanischen Gräueltaten an Millionen bisher noch nie gehört hatte, war ihm unbegreiflich. Genauso wenig begriff er aber auch, was die Massaker 1937 in Nanking und geheime Experimente in der Mandschurei mit einem Prozess des Jahres 1997 zu tun haben sollten.

Zu seinen Aufgaben gehörte auch die Abarbeitung einer Liste von Namen ehemaliger Mitarbeiter von Kuroi-Juchi und sonstiger Personen, die in irgendeiner Weise mit dem Unternehmen und seiner Entstehung in Verbindung gestanden hatten. Er musste herausfinden, ob diese Personen noch leben, wer ihre Nachkommen waren, ob eventuell irgendwo ein Nachlass existierte et cetera. Nur selten war ihm ein Erfolgserlebnis vergönnt. Die meisten dieser Menschen waren entweder tot oder nicht aufzufinden. Und all die verwirrenden japanischen Namen machten ihn ganz konfus. Als er bei seinen Nachforschungen nach dem Namen »Akira Murata« auf eine Spur stieß und schließlich erfuhr, dass dieser Mann als rüstiger Endachtziger hier in Kyoto lebte, war das für ihn ein kleiner Sieg.

Kurzentschlossen begab er sich an die angegebene Adresse: ein betagtes Holzhaus unweit des Flusses Kamo. Das war zwar in seinem Aufgabenprofil nicht vorgesehen, aber er war begierig danach, seine hohe Motivation unter Beweis zu stellen, und wollte möglichst schnell mit überraschenden Ergebnissen trumpfen. Erst später wurde ihm klar, dass er damit beruflich eine riesige Dummheit begangen hatte. Privat hatte er in den Glückstopf gegriffen.

Nein, Herr Murata sei nicht da. Sie sehe hier nur manchmal nach dem Haus, solange er nach seiner Hüftoperation auf Kur sei. Was er denn von ihm wolle.

Jeremy hörte nicht recht zu. Er durfte sie nicht so anstarren. Nie hatte er eine schönere Japanerin gesehen. Natürlich nicht: Nie hatte er einen schöneren *Menschen* gesehen. Diese leuchtenden Augen brachten ihn um. »Sind Sie seine Enkeltochter?«

Sie lächelte ihn an und schüttelte sanft den Kopf. »Ich wüsste nicht, was Sie das angehen sollte. Aber, wo wir schon beim Fragen sind: Kenne ich Sie nicht von der juristischen Fakultät?«

Jeremy schüttelte den Kopf. Dann nickte er. Er war verwirrt. Völlig unmöglich, dass sie etwa eine seiner Studentinnen sein konnte. Diesen

Anblick vergisst man nicht. Es stellte sich heraus, dass sie in der Tat ihr Juraexamen bereits hinter sich hatte, gerade ein Praktikum in einer kleinen Kanzlei in Kyoto absolvierte und nebenher an der Universität für ein Promotionsprojekt im Bereich Wirtschaftsrecht forschte. Ob er dort nicht manchmal in der Bibliothek zu tun habe? Da sei er ihr wohl schon einmal über den Weg gelaufen. Sie habe ein gutes Gedächtnis für Gesichter. Besonders für manche.

Als er ihr daraufhin ein Treffen vorschlug, zögerte sie. »Mal sehen«, sagte sie. Dann machte sie ihm die Tür vor der Nase zu.

Aber Jeremy blieb hartnäckig. Schließlich ging es hier nicht darum, eine Japanerin anzubaggern, sondern er recherchierte für seinen Fall ... In den Akten zu Akira Murata stieß er auf den Hinweis, dass Murata mit fast sechzig noch einmal Vater geworden war. Eine Yukiko Murata fand sich im Promovierendenverzeichnis. Auch Adresse und Telefonnummer. Als er sie anrief, klang ihre Stimme erleichtert, als hätte sie schon gewartet und freue sich, dass er sie endlich gefunden hatte. Verstehe einer diese Japaner! Sie verabredeten sich für Samstag in der Universitätscafeteria. Am ersten Nachmittag blieb es noch bei *American Cheesu-keki* und *Kohi*. Und ein Grüntee für die Dame. Bald trafen sie sich regelmäßig.

Yukiko war vier Jahre jünger als er. Sie hatte zunächst einige Semester an der privaten Ritsumeikan-Universität Pharmazie studiert und war dann an die prestigeträchtigere ehemalige Kaiserliche Universität gewechselt, wo sie ein Jurastudium begann. Vor einem Jahr hatte sie ihr Examen mit Auszeichnung bestanden. Sie war so wissbegierig und fröhlich. Geschwister habe sie nicht, sagte sie. Ihre Mutter sei vor einigen Jahren gestorben, und sie verbringe viel Zeit damit, ihren störrischen und schwierigen Vater zu pflegen.

Als Jeremy in seinem Überschwang Richard Koo in Tokio anrief, von seinem Ausflug zum Murata-Haus und der dortigen Begegnung erzählte, erlebte er den väterlichen Anwalt zum ersten Mal leicht ungehalten. Freundlich, aber in einem Ton, der keinen Widerspruch duldete, riet er Jeremy, sich streng an die vereinbarten Aufgaben zu halten und seinen Kompetenzbereich nicht zu überschreiten. Einen privaten Umgang mit der Murata-Tochter könne er ihm natürlich nicht verbieten, aber er möge das Berufliche da um Gottes willen außen vor lassen. Gegenüber allen Menschen, einschließlich Yukiko, verordnete er ihm eisernes Stillschweigen.

Auf der anderen Seite war man da noch viel weniger tolerant. Irgendwann konnte Yukiko ihre gemeinsamen Ausflüge nicht mehr geheim halten. Ihre Freunde, Verwandten und vor allem ihr Vater fragten schockiert, ob die Gerüchte denn stimmten – ob sie tatsächlich mit einem behaarten Butterstinker liiert sei.

Einen Monat nach jenem ersten »Kaffee, Tee und Käsekuchen«-Rendezvous und drei Wochen nach ihrem ersten Kuss unter dem großen Ginkgobaum im Botanischen Garten hatte sich Jeremy aus einer Laune heraus ein Motorrad gekauft, eine 500er Enduro von Yamaha, mit der sie nun die zahlreichen Tempelanlagen und heiligen Schreine um Kyoto abgrasten. Besonders beeindruckt hatte sie der herrliche alte Moostempel der *Rinzai-shu* im Stadtbezirk Nishikyo, wo Amitabha, dem Buddha der umfassenden Liebe, gehuldigt wurde. Sie badeten nackt im Biwasee und in den heißen Quellen, den *Onsen*, von Beppu, und verbrachten zwei unvergessliche Wochenenden im alten Fischerdörfchen Takahama am Japanischen Meer; in einer kleinen, alten Pension, wo sie die einzigen Gäste waren.

Für Yukiko war es nicht einfach, wie ein Klammeräffchen auf der hohen Rückbank des Motorrads zu sitzen und sich Jeremy völlig auszuliefern, wenn er todesmutig tief in die Kurven der schmalen Küstenstraßen hineintauchte. Vor sich fühlte sie seinen breiten Rücken, neben ihr war ein Abhang und hinter ihr lag ihr altes Leben. Als sie auf dem Rückweg von Matsumoto einmal aus einer Kurve herausgeschossen kamen, stand plötzlich die untergehende Sonne als riesiger glutroter Ball vor ihnen. Statt zu bremsen, gab Jeremy noch einmal kräftig Gas. Da war es, als würden sie abheben und wie Ikarus mitten in die Sonne hineinfliegen, um in einer gewaltigen Explosion mit ihr eins zu werden. Zu verschmelzen mit ihr, mit einander, mit allem. Jetzt waren sie wirklich Sonnenkinder.

Oh Göttin Amaterasu hilf!

Shanghai, 1. Mai 2012. 23:36 Uhr

»Was meinst *du*, Jeremy?«

Als er nach einer gefühlten Ewigkeit zum Esstisch zurückgekehrt war, hatte er sich krampfhaft bemüht, souverän zu wirken. Aber er konnte seine wild durcheinanderrasenden Gedanken noch immer nicht stoppen. Auf einmal war alles wieder aufgebrochen. Jeremy kam sich vor wie ein Schwein. Vielleicht war er auch eins. Eigentlich hatte er vorgehabt, gerade morgen, an Cathys Geburtstag, um ihre Hand anzuhalten. Warum nur hatte diese Sendung nicht zwei Tage später kommen können?

Weil er sich dann weiter vor der Wahrheit hätte drücken können.

Weil er dann weiter vor der Vergangenheit davongelaufen wäre. Weil Cathy vor diesem gewaltigen Schritt, der sie für immer zusammen- oder auseinanderbringen konnte, das Recht hatte, die Wahrheit zu erfahren. Die ganze Wahrheit. Insofern war es gut, wie es gekommen war. Aber es schmerzte. Und er hatte Angst, das Päckchen zu öffnen, als handele es sich dabei um eine neue Büchse der Pandora, aus der sogleich alles Böse der Welt quellen und über ihn herfallen würde. Große Angst.

»*Was meinst du, Jeremy?*«

»Bitte?« Jeremy sah Cathys Cousin irritiert an.

»Sag mal, träumst du? Ob es deiner Meinung nach stimmt, dass japanische Soldaten sich 1937 und 38 lebende Chinesen als Marschverpflegung mitgenommen haben?« Vor Aufregung und Alkohol glühte Chens runder, fast kahlrasierter Schädel; so rot wie der Sonnenball, mit dem Jeremy und Yukiko einst hatten verschmelzen wollen. Jeremy merkte, dass er orientierungslos durch ein Gespräch schlingerte, dem er nicht gefolgt war.

Die ersten Gäste waren bereits gegangen. Gegen elf hatte sich Coco verabschiedet. Sie bedauere es sehr, nicht bis Mitternacht bleiben zu können, aber sie müsse am nächsten Morgen zeitig zu einem Fotoshooting nach Singapur fliegen. Auch Mei-Ling hatte sich mit Hinweis auf einen bevorstehenden langen Drehtag empfohlen und Cathy schon einmal mütterlich alles Gute gewünscht. Obwohl sich die Nachricht von Cathys bevorstehendem Geburtstag schließlich doch noch vielfach herumgesprochen hatte, erwies es sich nun als Nachteil, den eigentlichen Partyanlass im Vorfeld verschwiegen zu haben. Der mitternächtliche Kreis zum gemeinsamen Anstoßen würde jedenfalls sehr überschaubar sein. Als der harte Kern geblieben waren noch das Ehepaar Koo, Kim Park, zum Leidwesen aller auch Chen – der Cathys Taxiangebot mehrfach ausgeschlagen hatte – sowie, sehr zu Jeremys Erstaunen, die Satoris.

»Komm, sag schon: *Was meinst du, Jeremy?* Haben sie sie *aufgefressen*? Und gib ruhig zu, dass dich all die unmenschlichen Schandtaten der Japaner am chinesischen Volk einen Dreck interessieren. Eure Imperialistengeschichtsschreibung interessiert sich ja bekanntlich auch einen Dreck dafür.«

»Redet ihr schon wieder von Nanking?« Jeremy begann langsam wieder in einer Gegenwart Fuß zu fassen, in der eine hässliche Vergangenheit offensichtlich noch unerbittlich lebendig war. »Also, in Daniel Barenblatts Buch *A Plague upon Humanity* über das geheime japanische Biowaffenprogramm im Zweiten Weltkrieg wird das Thema Kannibalismus in der Tat angeschnitten.« Ein etwas unglückliches Verb, dachte Jeremy, doch es schien keinem aufzufallen. Verflucht auch, warum musste Chen gerade jetzt mit diesem Thema ankommen. Er griff unterm Tisch nach Cathys rechter Hand und drückte sie zärtlich. Sie zeigte keine Reaktion, doch Jeremy ließ nicht los.

»Also, ich finde …« Cathy ergriff tapfer das Wort, während sie ihre Hand unauffällig aus Jeremys Griff befreite. »Muss man denn immer in der Vergangenheit herumwühlen? Haben wir aus der Geschichte nichts gelernt? Können wir es in Zukunft nicht einfach besser machen? Und optimistisch nach vorne schauen?«

»Endlich hast du's erfasst«, rief Chen und deutete mit dem ausgestreckten Zeigefinger auf Yoshi Satori. »*Die* haben aus der Geschichte nichts gelernt. Solange so ein rechtsradikales Politschwein wie der mit den höchsten japanischen Literaturpreisen dekorierte Schmierfink Shintaro Ishihara in einem *Playboy*-Interview behaupten kann, die Nanking-Massaker, bei denen über 300000 Chinesen abgeschlachtet wurden, seien bloß eine *chinese fabrication* und hätten niemals stattgefunden, hat sich nichts geändert!« Er nahm einen bekräftigenden Schluck aus der Flasche *Mei Jiu*-Pflaumenwein, die er irgendwo in der Hausbar aufgestöbert hatte.

Yoshi Satori hatte ein steinernes Pokerface aufgesetzt, an dem Chens Anklagen einfach abzuprallen schienen. Kumiko wirkte noch betrunkener als zuvor und schien gar nicht mehr recht zuzuhören. Zufrieden registrierte Jeremy, dass die, wie er gehört hatte, so elitäre und mächtige Waguni K.K. offensichtlich stärkstes Interesse an einer Mandatsbeziehung mit Lexman & Lexman besaß. Sonst hätte Satori Chens Provokationen sicher längst ein Ende gesetzt, indem er unter einem höflichen Vorwand aufgestanden wäre, um mitsamt seiner entsetzlichen Ehefrau das so ungastliche Haus zu verlassen. Richard Koos Körpersprache signalisierte, dass Jeremys Vorgesetzter dies genauso interpretierte. Dennoch wurde es höchste Zeit, Chens agitatorischem Treiben Einhalt zu gebieten. Selbst wenn, wie Jeremy plötzlich aufging, sehr viel klare Wahrheit in Chens trunkenen Schmähreden steckte, konnte kein Gastgeber es tolerieren, wenn seine Gäste derart rüde beschimpft wurden. Wenn er ein Mann war, musste er handeln. Warum zögerte er noch?

»Chen: Es reicht jetzt!«, sagte in diesem Moment in scharfem Ton Kim Park. Er hatte bis dahin kaum den Mund aufgemacht. »Entweder setzt du dich jetzt hin und reißt dich zusammen … Oder ich schmeiß dich eigenhändig raus.«

Cathy warf ihm einen dankbaren, fast zärtlichen Blick zu. Solch eine entschlossene Geste hatte sie sich seit zwei Stunden von ihrer geliebten Langnase gewünscht. Cathys kleiner Cousin aber war in voller Fahrt und so leicht nicht zu bremsen. »Gerade du, Kim, hältst es auch noch für nötig, sie zu verteidigen«, murmelte er finster. »Gerade du! Hast du etwa vergessen, was sie *deinem koreanischen Volk* angetan haben?«

»Das ist kaum zu glauben, *du* bist ein Kimchi?«, prustete die aus ihrem Dämmerzustand hochschreckende Kumiko Satori. Plötzlich sprach sie Japanisch. »Kimchi-Kohl stinkt, weil man ihn monatelang unter Verschluss hält. Dann ist er besonders scharf!«, schob sie mit maliziösem Lächeln hinterher und leckte sich die Lippen. »Und *du* bist ein Kimchi?«

Ein knackendes Geräusch ließ die Knöchel an Kims rechter Hand weiß hervortreten. Die Narbe an seinem sehnigen Hals pochte. Seit seiner Verletzung hatte er ein besonderes Verhältnis zum milchsauer vergorenen koreanischen Nationalgericht.

»Jeder, der regelmäßig seine Sendung schaut, weiß, dass unser Kim ein Japan-Koreaner ist«, meldete sich Richard dazwischen und kehrte zur englischen Sprache zurück, die es jedem ermöglichte, mitzureden.

»Ein Kimchi!«, kicherte Kumiko Satori, »ich weiß doch schon lange, dass du ein *so* scharfer Kimchi bist!«

»Nachdem wir das nun geklärt haben, schlage ich vor, endgültig zum gemütlichen Teil des Abends überzugehen. Gleich gibt's was zu feiern«, meldete sich Jeremy etwas matt zu Wort. Ihm fiel die Gastgeberrolle zunehmend schwer. »Der Champagner ist im Kühlschrank«, pflichtete Cathy ihm bei. »Soll ich die Gläser holen?«

»Fein! Champagner für mich und meinen scharfen Stinke-Kimchi!«, trällerte Kumiko fröhlich.

Kim Park hatte den Respekt, den man ihm als vermeintlichem Japaner entgegenbrachte, oft zu seinem Vorteil auszunutzen gewusst. Aber er hatte weder die Spottreime seiner japanischen Klassenkameraden vergessen noch die Repressalien, die er später auf der Nihon-Universität in Tokio ertragen musste. Und er war ein Wanderer zwischen zwei Kulturen geblieben. Korea war ein Land, auf das er ebenso stolz sein wollte. Oh ja, er konnte sich noch gut daran erinnern, wie er von Mitschülern mit Kendo-Holzschwertern halb totgeschlagen worden war. Nur weil er einen Klassenkameraden mit chinesischen Wurzeln verteidigt hatte, der den Geschichtslehrer naiv gefragt hatte: »Stimmt es, dass früher mehr als die Hälfte der japanischen Adeligen koreanischer Abstammung waren?« Die Ohrfeige hatte den kleinen Kerl vom Stuhl gefegt. Doch bevor der Lehrer nochmal zuschlagen konnte, war Kim aufgestanden und hatte gerufen: »Natürlich stimmt das. Sogar der Tenno soll von uns abstammen!« Diese *unglaubliche* Kombination von Gottes- und Majestätsbeleidigung hatte zu einem heillosen Tumult geführt.

Kim, dem der von Chen und den Satoris angeschlagene undifferenziert gehässige Ton zunehmend gegen den Strich ging, war versucht, darauf hinzuweisen, dass die systematische Geschichtsfälschung an den Schulen in Verbindung mit lebenslangem Brainwashing in Japan leider eine ziemlich unwissende und eigendünklerische Gesellschaft hervorgebracht habe. Aber ihm war bewusst, dass für eine sachlichere Diskussion über Bildung, Erziehung und Geschichtsbewusstsein der Abend schon zu spät und die Stimmung zu angespannt war. Und so sagte er in versöhnlichem Ton: »Wir Japaner sind an so scharfe Gerichte gar nicht gewöhnt, nicht wahr, Kumiko?«

»*Wir* Japaner? *Ware ware*«, äffte sie lallend seinen Tonfall nach.

Der im Umgang mit anderen gemeinhin nüchtern und beherrscht wirkende Kim erhob sich, griff nach einem herumstehenden Becher Sake und leerte ihn langsam über Kumikos Kopf. Ging heute Abend ja gut weg, der Sake. Die Japanerin erstarrte, um dann in ein hysterisches Wiehern auszubrechen. Yoshi Satori machte Anstalten aufzuspringen, doch Kim legte ihm warnend die linke Hand auf die Schulter. Ein Tonnengewicht. Satori verstand die Warnung sofort. Dieser Koreaner war niemand, mit dem man scherzte. Genauso wenig wie Satori selbst.

Kim, wachsbleich vor Zorn, verbeugte sich tief zu Cathy hin, drehte sich wortlos um und verließ die Party.

Allgemeines Schweigen. Jeremy blickte auf seine Armbanduhr und sagte schließlich mit gespielter Leichtigkeit: »Na, wenigstens wirst du diesen Geburtstag nie vergessen, Darling. Es ist kurz vor zwölf. Lass uns zum letzten Programmpunkt des Abends kommen und den Herrschaften den Champagner servieren.«

Jeremy ging in die Küche. Cathy folgte ihm, wie in Trance.

»Fühlst du dich jetzt besser?«, fragte Chen mit schwerem Zungenschlag, nahm noch einen Schluck chinesischen Pflaumenwein und starrte die begossene Kumiko verächtlich an. »Schade, dass es kein Benzin ist, dann würde ich dich jetzt anzünden, damit wir besseres Licht haben. Na ja, bei euch Japsen taugt Alkohol ohnehin nur zur äußerlichen Anwendung.« Zu Richard Koo gewandt, fügte er hinzu: »Diese wandelnde Schnapsleiche ist ein trauriges Beispiel dafür, dass der gemeine Japaner eben keinen Alkohol verträgt. Liegt an ihren minderwertigen Genen. Das ganze Volk ist genetisch defekt.«

»Ruhe jetzt«, befahl Richard Koo und stieß Chen, der sich schwerfällig erheben wollte, sanft, aber bestimmt auf seinen Stuhl zurück. Yoshi Satori wurde von niemandem zurückgehalten. Er stand auf und riss seine Frau grob vom Stuhl. »Was lallst du da, Kleiner?«, wandte er sich mit kaltem Lächeln an Chen. »Man braucht dich ja nur anzusehen und hat den lebendigen Beweis, dass auch der Chinese mit diesem *Enzym* nicht gerade gesegnet ist. Wohl so ziemlich die einzige Gemeinsamkeit zwischen unseren Völkern. Im Übrigen werden wir schon noch sehen, wer hier die überlegenen Gene hat. *Deine* Gene und Enzyme möchte ich jedenfalls nicht haben, armseliger Chen.«

Doch der hatte nun beschlossen, den aufgeblasenen Japaner wie Luft zu behandeln. »Auch Korea war den Japanern schon immer haushoch überlegen. Nicht nur genetisch – auch kulturell«, meinte er beiläufig zu Richard. »Wahrscheinlich haben die Japaner deshalb diesen Minderwertigkeitskomplex, der sie sogar versuchen ließ, die koreanische Kultur komplett auszurotten. Wissen Sie, wie die berühmte japanische Arita-Keramiktradition entstanden ist? Das Imari-Porzellan?«

»Halt endlich dein chinesisches Drecksmaul!«, schrie Kumiko Satori. Ihr Mann stieß ihr energisch den Ellenbogen in die Seite, ohne zu berücksichtigen, wie schwer sie auch so schon mit ihren alkoholbedingten Koordinationsschwierigkeiten zu kämpfen hatte. »Halt deinen Mund, Bengel!«, sagte Yoshi irritiert. »Du wirst deine Beleidigungen Japans noch bereuen. Denk daran, wenn du mir mal wieder über den Weg läufst.«

Mit einem dumpfen Schlag plumpste Kumiko zu Boden, um auf Cathys kostbarem dunkelroten Seidenteppich liegenzubleiben.

Cathys Cousin grinste. Er hatte es endlich geschafft, diesen blasierten Wicht aus der Reserve zu locken. Aber er wollte mehr. Dass Yoshi Satori sein Gesicht verlor. Wie schon sein Land das Gesicht verloren hatte. »Sie wissen also nicht, wie die Arita-Keramik entstand? Dann erfahren Sie es jetzt: Die Japaner haben die berühmtesten koreanischen Keramikmeister einfach auf ihre Bambusinseln verschleppt!« Triumphierend blickte Chen in die Runde. »Tausende von koreanischen Künstlern! Weil sie selbst zu blöd waren!«

»Das halte ich nicht mehr aus«, seufzte Mimi Koo und verließ den Raum. Chen schlug sich vor Vergnügen auf die Oberschenkel.

Yoshi Satori stützte sich mit den Armen auf dem Esstisch ab und musterte ihn scharf. »Bevor ich dir deinen dicken Hals umdrehe, möchte ich dir noch eine Frage stellen, kleiner Chen«, sagte er kalt. »Wem haben denn die südkoreanischen Kimchi-Fresser ihren ganzen Aufstieg zu verdanken? Wem die Infrastruktur, die Bildung, die modernen Unternehmen? Nur den Wohltaten der japanischen Besatzung, die zum Segen Koreas und aller asiatischen Völker erfolgte! Wer hat denn bis 1945 die Völker Ostasiens von der Kolonialherrschaft *befreit*? Wir, die Japaner!«

»Ach so«, meldete sich nun Richard Koo zu Wort, der sich an dieser müßigen Diskussion eigentlich nicht hatte beteiligen wollen. Doch zu so später Stunde und in einer so verrückten, aufgeheizten Atmosphäre wie heute konnte sein ausgeprägtes Gerechtigkeitsgefühl schon einmal über seine charakteristische Besonnenheit triumphieren. »Großzügige Wohltäter an den anderen Völkern seid ihr also! Zum Segen Koreas wurden demnach nach dem großen Erdbeben 1923 in Tokio koreanische Mitbürger zu Tausenden als vermeintliche Brunnenvergifter erschlagen. Und im Zweiten Weltkrieg wart ihr so gütig, den Koreanern selbstlos den Vortritt zu lassen, als sie die Hälfte aller ›freiwilligen‹ Kamikazepiloten stellen durften. Und weil ihr so großzügig seid, mussten eure koreanischen Mitbürger auch nur jahrzehntelang darum kämpfen, bis den 35 000 umgekommenen koreanischen Zwangsarbeitern in Hiroshima eine Gedenktafel gewidmet werden konnte. Von den Zehntausenden koreanischen Zwangsprostituierten, den ›Trostfrauen‹, die noch heute auf eine japanische Entschuldigung warten, ganz zu schweigen.« Richard Koo stand kurz vor der Pensionierung und durfte es wagen, aufrichtig seine Meinung zu sagen, selbst wenn er dadurch womöglich die Aussicht auf eine lukrative Mandatsbeziehung verspielte. Im Moment pfiff er auf diese suspekte Waguni K.K. Verbrecherbande! »Mit Verlaub, Herr Satori – da sollte Ihr Kultusministerium die Schulbücher nochmals umschreiben ...«

Was sollte Yoshi Satori darauf antworten? Er wusste, dass Richard Koo die historische Wahrheit auf seiner Seite hatte. Aber was kümmerte ihn die Vergangenheit. Für Satori zählte die Zukunft. Der japanische Geschäftsmann deutete knapp eine Verbeugung an. Dann versuchte er, Kumiko auf die Beine zu stellen, was grandios misslang. Richard wollte helfen, aber eine abwehrende Handbewegung des Japaners hieß ihn sitzen bleiben.

Komplizenhaft beugte sich Chen zu dem Anwalt hinüber, der unverhofft für ihn in die Bresche gesprungen war. »Das, mein Freund, ist noch harmlos im Vergleich zu dem, was diese Horde von Bauern und Piraten *unserem* Volk angetan hat. Dabei kam alles, was Japan heute auszeichnet, letztlich von uns über die koreanische Landbrücke auf die Inseln …« Chen rieb sich zufrieden die Hände.

»Seid ihr noch immer nicht am Ende mit eurem Dritten Japanisch-Chinesischen Krieg? Lasst einen Moment die Waffen schweigen!«, rief Jeremy, hörbar um Heiterkeit bemüht. Er balancierte ein Tablett mit sieben Champagnerkelchen und vermied es galant, über die weibliche Schnapsleiche auf dem Seidenteppich zu stolpern. Hinter ihm führte Mimi Koo eine frustrierte Cathy am Arm. Ein fürwahr unvergesslicher Geburtstag.

»Mitternacht!«, sagte Jeremy feierlich und küsste Cathy, die es reglos über sich ergehen ließ, schmatzend auf die Wange. »Kommt, Freunde, lasst uns mit einem 1980er Dom Pérignon rosé auf das Geburtsjahr der wundervollsten Frau der Welt anstoßen und Frieden zwischen den Völkern schließen.« Hatte er eben Geburts*jahr* gesagt? Man verrät nicht das Alter von Frauen über dreißig. Unter normalen Umständen ein Fauxpas, den ihm Cathy nicht ungestraft durchgehen ließ; heute würde das angesichts all der übrigen Desaster aber wohl unter »ferner liefen« rangieren. Er begann mit dem Verteilen der Gläser.

Kumiko Satori musste den Champagner gewittert haben. Leise grunzend rappelte sie sich vom Teppich auf, schubste ihren Mann von sich, zog sich am Stuhl hoch und kam gefährlich schwankend zum Stehen. Ihr Make-up war verschmiert. »Happy Birthday, Misses Wong«, nuschelte sie mit schwerer Zunge, riss Jeremy den Kelch aus der Hand und stürzte den edlen Champagner in einem Zug hinunter. Feinperlig, extraktreich, langer Abgang, 96 Parker-Punkte. 329 Dollar.

Dann zeigte sie mit ausgestrecktem Zeigefinger auf den Gastgeber und begann mit eigentümlich hohler, sich schrill überschlagender Stimme ein Lied zu singen, das sich in ihrer Version wie eine japanische Totenklage anhörte. *In the town where I was born, lived a man, who sailed to sea. And he told us of his life …*

Jeremy zuckte zusammen. In ihrem Suff bekam Kumiko den Rest der Strophe nicht mehr zusammen und sprang direkt in den Refrain: *We all live in a Yellow Submarine, Yellow Submarine, Yellow Submarine …* Dazu führte sie eine Art grotesken Tanz auf.

Ein scharfes Wort von Yoshi brachte Kumiko abrupt zum Schweigen. Niemand schien zu bemerken, dass sich Jeremy verzweifelt um Fassung bemühte. Cathy mochte zu Recht über eine rundum verpatzte Party jammern, die sie niemals vergessen würde. Aber was sollte erst er sagen? Für ihn war es heute Abend schon zum zweiten Mal, als würde er unversehens mit ferngesteuerten Elektroschocks gefoltert.

Was hat das zu bedeuten, fragte er sich, warum ausgerechnet dieser Song?!

»Hast du ihnen etwa erzählt, was für ein großer Beatles-Fan du bist, Jeremy?«, fragte leicht verwirrt Cathy, in die wieder etwas Leben gekommen war, und versuchte zu lächeln. Vielleicht wollte sie auch nur irgendetwas sagen, um die peinliche Situation zu überbrücken. Jeremy schüttelte abweisend den Kopf. Cathy, die wusste, wie sehr es ihn ärgerte, wenn sie sich über seinen »altmodischen« Musikgeschmack mokierte, interpretierte sein verfinstertes Gesicht als Warnung, jetzt bitte nicht wieder mit dieser leidigen Musikdiskussion anzufangen, und konnte sich eben deshalb nicht verkneifen, noch ein wenig weiterzureden und weiterzusticheln. »Aber heute legst du das Weiße Album bitte nicht auf, ja? Das vertreibt mir noch die letzten Gäste. Ein Stimmungskiller, sage ich euch! *Revolution, Revolution* ...«

Die Satoris jedenfalls hatten auch ohne Weißes Album schon genug. »Entschuldigen Sie bitte, dass wir jetzt gehen müssen«, sagte Yoshi Satori, der sichtlich um Haltung rang. »Ich bin sicher, dafür haben Sie alle Verständnis.«

Jeremy saß ein dicker Kloß im Hals. Er sah, wie Satori seine Frau unterhakte und aus dem Raum schleifte. Kumikos Schulmädchenzöpfe hatten sich aufgelöst. Sekunden später hörte man die Eingangstür ins Schloss fallen. Dann herrschte Stille.

Mimi Koo ergriff als Erste das Wort. »Was war das eben?«

»Ich weiß es nicht«, sagte Cathy.

»Ein Menetekel«, flüsterte Jeremy düster.

»*Anyway* ...«, tröstete Richard.

»Ein Sieg!«, lachte Chen, der als Einziger sitzen geblieben war. Er prostete seiner Cousine zu. »Alles Gute, Cathy!«

»Mit dem Sieg wäre ich mir an deiner Stelle nicht so sicher«, konterte Cathy und schritt auf ihn zu. Sie blieb vor Chen stehen, der sie fragend anblickte – um im nächsten Moment eine Ohrfeige zu kassieren, die er sein Leben lang nicht mehr vergessen würde.

Ein Teilerfolg.

Shanghai, 2. Mai 2012. 00:37 Uhr

Yoshi Satori und Kumiko standen schweigend nebeneinander am Straßenrand der Chongle Lu und warteten. Lauwarmer Regen hatte eingesetzt. Satori starrte stumm zu Boden. Er würdigte die Frau neben ihm keines Blickes. Ihr Make-up lief ihr als braunrote Soße die Wangen herunter und verschmierte ihre weiße Bluse. Die Nachtluft hatte sie wieder etwas nüchterner gemacht, und man konnte sehen, dass es heftig in ihr arbeitete. Die Straßen waren fast leer, nur ein paar Taxis waren unterwegs. Aus der Ferne dröhnte dumpf und schwerfällig ein Linienbus heran. Schließlich trat die Frau vor den Mann und verbeugte sich. »Verzeihen Sie mir«, sagte sie leise, *honto ni shitsurei shimashita*. Yoshi sah sie mit leerem Blick an. »In deiner Haut möchte ich jetzt nicht stecken.« Da richtete sie sich jäh auf, drehte sich um, trat auf die Changle Lu hinaus und lief zwei Schritte. Dann sprang sie. Der Bus erwischte sie frontal, überrollte sie mit den Vorderrädern und schleifte sie noch etwa 30 Meter über den Asphalt, bis er endlich stehen blieb.

Satori, der mit starrer Miene dem Bus nachgeblickt hatte, bemerkte erst jetzt das rote Mazda-MX-5-Cabrio, das mit quietschenden Bremsen neben ihm zum Halten kam. Er riss die Beifahrertür auf und sprang hinein. »Du hast dich etwas verspätet«, sagte Yoshi mit belegter Stimme.

Aus dem CD-Spieler drang leise westliche Rockmusik. Der Fahrer hatte chinesische Züge. Sein gepflegtes Äußeres, seine ebenmäßigen Gesichtszüge und besonders seine dunkel leuchtenden, mandelförmigen Augen verliehen ihm eine geheimnisvolle Attraktivität, die durch den latent grausamen Zug um seine Mundwinkel und den bisweilen etwas stechenden Blick seiner schönen Augen womöglich noch gesteigert wurde. »Und du hast dich mächtig in die Nesseln gesetzt«, gab der Fahrer in einem akzentfreien Japanisch zurück. »Um ein Haar wärst du aufgeflogen.« Er gab Gas und fuhr am Bus vorbei, vor dem jetzt einige schreiende Passanten und ein bleicher Fahrer standen. »Mann, was ist denn das wieder für eine Sauerei …«

»Ja, John, ich weiß. Kumiko … Es ist einiges schiefgelaufen.« Yoshi Satori öffnete sein Hemd und riss sich das winzige, fleischfarbene Mikrofon von der Haut. »Wer hat denn eigentlich diese Frau angeschleppt? Ein Totalausfall. Und dein Chen ist womöglich eine noch größere Pfeife.« Der andere sah ihn verächtlich an. »War es nicht deine glänzende Idee, lieber mit der guten Frau Gemahlin zu kommen? Du weißt, dass ich Bedenken hatte, ob sie wirklich für den Job geeignet ist, aber der werte Herr Satori weiß ja immer alles besser. Wohl bekomm's. Totalausfall, tja …« Ein gespieltes Bedauern lag in seiner Stimme. »Hast ein bisschen geschubst, was?«

»Nein John, war nicht mehr nötig.«

»Egal. Und wegen Chen mach dir mal keine Sorgen. Der ist sowieso bloß ein kleiner Statist – Kanonenfutter.«

»Ein wichtigtuerischer, wirrer Hitzkopf, bei dem sofort alle Sicherungen durchbrennen.«

Der Mann, den Satori »John« nannte, zuckte die Schultern. Was kümmerte ihn Chen. »Du weißt, dass ich Tokio informieren muss«, setzte er mit kalter Stimme hinzu. »Ich hatte dich gewarnt.« Satori nickte matt. »Du fliegst noch heute nach Japan. Vorher schreibst du mir einen ausführlichen Bericht. Wir haben nicht alles auf der Aufnahme.« Satori nickte wieder. Er nahm ein zerknautschtes Päckchen Zigaretten aus der Tasche seines Anzugs, zündete sich eine Filterlose an und betrachtete mit einem etwas beklommen wirkenden Stirnrunzeln die Finger seiner linken Hand. Der gutaussehende Chinese grinste wie ein Haifisch vorm Zubeißen. »Vielleicht kann ich in der Zentrale ein gutes Wort für dich einlegen.«

Yoshi Satori antwortete nicht.

Shanghai, 2. Mai 2012. 00:42 Uhr

Kein Kuss. Keine Umarmung, keine dramatische Versöhnungsszene mit Tränen, Geständnissen, Versprechen, die schließlich im Bett besiegelt würden. Nicht heute, bitte nicht. Ein klärendes Wort vielleicht, ja, auch wenn ihr im Moment nicht besonders nach Reden war. Den Anfang würde ohnehin er machen müssen. Aber Jeremy, der aus unerfindlichen Gründen mitten im südchinesischen Mai und bei weit geöffnetem Fenster im Kamin ein Feuer entfacht hatte, saß seit einer halben Ewigkeit schweigend mit einem dreistöckigen Single Malt in der Hand da und stierte in die Glut. Cathy war immer noch ratlos. Wie konnte ein unscheinbares Päckchen aus Japan ihn nur dermaßen aus der Bahn werfen?

Plötzlich ließ sie ein Geräusch zusammenzucken. Kam es von der Straße durchs Fenster oder hatte eben ihr Herz kurz ausgesetzt?

Fast im selben Moment zersplitterte der kleine Tempelwächter aus grüner Jade, der auf einem der zierlichen Beistelltische aus kostbarem Huanghali-Holz neben Jeremys Sessel stand. Ein Schatten flog durch den Raum, streifte den elektrifizierten Kronleuchter über dem Esstisch und verschwand, so schnell, wie er gekommen war, draußen in der regnerischen Nacht. »Bloß eine Fledermaus«, sagte Jeremy dumpf und drehte ihr langsam sein Gesicht zu. Derselbe leere Blick wie vorhin, als sie ihm das Päckchen neben den Platzteller gelegt hatte.

»Jeremy …?«, hob Cathy an. »Ja?« Eine Stimme wie aus dem Grab. »Ach nichts«, winkte sie ab. »Ich geh ins Bett.« Fern heulte ein Blaulicht durch die Nacht. »Mach nur, Schatz.«

»Du solltest auch …«

Jeremy schüttelte den Kopf. »Ich komm gleich nach«, versprach er und wandte sich wieder dem Kaminfeuer zu. »Schlaf gut.«

»Alles Gute zum Geburtstag, liebe Cathy«, murmelte sie zu sich selbst, stand auf, starrte einen schweren Atemzug lang durchs Fenster in die Regennacht hinaus, dann schloss sie es sorgfältig und machte sich auf den Weg ins Badezimmer.

»Alles Gute«, hörte sie Jeremy sagen. »Ich hab dich lieb, Cathy.«

Sie verkniff sich die Antwort, die er von ihr erwartete. Erwartete er sie wirklich? Im Moment schien er ihr nur unendlich weit weg.

Shanghai, 2. Mai 2012. 01:10 Uhr

Chen saß im Schneidersitz inmitten der meterhoch aufgetürmten Papierstapel seines Zimmers in einem Studentenwohnheim der Fudan-Universität im Süden der Stadt, nippte an der Flasche Pflaumenwein, die er mitgehen lassen hatte, als er nach jener demütigenden Ohrfeige aus dem Haus geschlichen war, und ließ die Ereignisse des Abends noch einmal Revue passieren. Was für eine elende Party! Was für widerliche Leute! Das oberflächliche Geschwätz, die aufgetakelten Weiber in ihren hochhackigen Schuhen – sogar die Aufmachung seiner Cousine hatte ihn, trotz traditionellem *Qipao*, an eine Hure erinnert. Und als Krönung dieser stinkarrogante japanische Rassist mit seinem unflätigen Flittchen. Je mehr Details ihm einfielen, desto mehr kochte Chen vor Wut.

Sein Blick wanderte über das reichhaltige Material zur jüngeren chinesischen Geschichte sowie zum politisch-wirtschaftlichen Zeitgeschehen, das er in den vergangenen Semestern zusammengetragen hatte, und blieb zuletzt an dem vergilbten Foto des letzten chinesischen Kaisers, Pu Yi, hängen, das er gerahmt an die Wand gehängt hatte. Pu Yi war zwar nur eine Marionette gewesen, aber immerhin ein Kaiser. Nein, kicherte Chen lautlos in sich hinein, ich bin nicht verrückt: Ich lebe bloß in der falschen Zeit.

Ohne Frage hatte er sich heute Abend danebenbenommen und für einen Skandal gesorgt. Doch *keine* Provokation hieß *Stillstand*. So hatte es der große John Huang ihm und den anderen Getreuen der »Neuen Bewegung der Nationalen Kraft« erklärt, die seit ihrem letzten konspirativen Treffen allerdings, so hatte es der Führer per Dekret verkündet, »Neue Bewegung des Vierten Mai« hieß – was ihre geschichtliche Verantwortung besser unterstreiche. Für ein starkes China gelte es, genau wie damals 1919, Opfer zu bringen.

Und die zu bringen war er, Chen, bereit. Warum hatte er vorhin die beiden imperialistischen Japse aus dem Haus gejagt, während der feige Anwalt und all die anderen weggeschaut hatten? Ganz einfach: weil er, Chen, die Verantwortung übernommen hatte. Weil er sich nichts mehr bieten lassen würde. Weil er die permanenten japanischen Provokationen satthatte, die China noch immer stillschweigend erduldete. Wo war etwa der ganz große Aufschrei der Entrüstung geblieben, als der japanische Toyota-Konzern seinen Geländewagen Prado in Werbebildern ausgerechnet vor der Kulisse der steinernen Löwen auf der Marco-Polo-Brücke vor den Toren von Peking präsentierte – wo im Sommer 1937 ein simuliertes Attentat japanischer Kollaborateure den Vorwand für den japanischen Einmarsch in China geliefert hatte. Vorwand für einen geplanten Völkermord, dem am Ende 20 Millionen Chinesen zum Opfer fallen sollten. 20 Millionen!

Der *vierte Mai*. Übermorgen war es so weit. Seit Monaten fieberte Chen diesem Datum entgegen. Kaum jemand erinnerte sich noch, dass an diesem Datum vor genau 93 Jahren eine studentische Protestbewegung ins Rollen gekommen war, die bald große Teile der chinesischen Jugend erfasste und eine Radikalisierung in Gang brachte, die letztlich zum Bürgerkrieg und zur Gründung der Volksrepublik führte. Der historische Tag hatte der Bewegung sogar ihren Namen gegeben: »Die Bewegung des 4. Mai«. Anlass der spontanen Kundgebungen war die Nichtberücksichtigung Chinas bei der Versailler Friedenskonferenz gewesen. Genauer gesagt, die unverschämten Gebietsansprüche der Japaner, die sich das wertvolle deutsche Pachtgebiet um Tsingtao in der Küstenprovinz Shandong unter den Nagel reißen wollten. Was ihnen, dank willfähriger Unterstützung durch die europäischen Imperialistenmächte Großbritannien und Frankreich, auch gelang. Und jetzt wollten Konzerne wie Toyota und der Brauriese Asahi sowie japanische Nationalisten wie dieser Satori China erneut in die Knie zwingen. Nur die *Bewegung* würde eine Wiederholung solcher Schmach verhindern können. Der allmächtigen Kommunistischen Partei trauten sie dies schon lange nicht mehr zu.

Chen bewunderte John Huang. Nicht nur weil der Führer der Bewegung so smart und klug war. Ein Mann von Welt und Stil. Sondern auch weil er ihm eindrucksvoll vorlebte, dass man mit Visionen nicht nur den Verstand erobern konnte, sondern auch die Herzen. Besonders auch die Herzen von Frauen, die Chen bislang leider weitestgehend verschlossen geblieben waren. Doch er hatte keine Lust, sich bis ans Lebensende ins Millionenheer der sogenannten »kahlen Äste« zu reihen – jener Unglücklichen, die aufgrund des gravierenden Männerüberschusses in China zum ewigen Junggesellendasein verdammt sind. Um ein solches Schicksal zu vermeiden, war er sogar bereit zu kämpfen.

Chen bekam richtig Schluckauf vor Aufregung. Nur noch bis übermorgen. Dann würde hier in Shanghai vor den Augen der ganzen Welt ein unübersehbares Zeichen gesetzt werden, das alles verändern musste. Ähnlich wie damals vor 93 Jahren. Und Chen würde ganz vorne mit dabei sein. Bei ihrem letzten konspirativen Treffen heute Nachmittag im Hu Xin Ting, dem berühmtesten Teehaus der Stadt, hatte John Huang persönlich ihm die Hand gereicht, Chen aus seinen schönen Augen eindringlich angesehen und ihn, neben fünf anderen, mit feierlichen Worten ins neue Aktionskomitee der Bewegung aufgenommen. In jeder Sechsergruppe gab es nun zwei dem Gruppenkommandanten direkt nachgeordnete Aktionisten, denen die drei einfachen Mitglieder ohne operative Befugnis unterstellt waren. Bald würde ihn alle Welt für seine mutige Tat bewundern – und er sich vor Frauen nicht mehr retten können. Ihn schwindelte bei diesen Aussichten.

Richtig übel war ihm auf einmal.

Vom Magen her verspürte er ein dumpfes Wallen, das langsam den Brustkorb hinaufzog und ihm die Kehle zuschnürte. Dieser schreckliche Pflaumenwein! Er sprang auf und hoffte inständig, es noch rechtzeitig zur Toilette zu schaffen. Zu dumm, dass ihm die Japaner auch noch sein Lieblingsbier weggeschnappt hatten. Das sollten sie büßen.

Shanghai, 2. Mai 2012. 02:06 Uhr

Jeremy Gouldens trank mit Vorliebe die Whiskys der Inneren-Hebriden-Inseln Skye und Islay. Vom schweren Ardbeg über den komplexen Bowmore bis zum torfigen Laphroaig, dem pfeffrigen Talisker und dem raren Port Ellen. Am allerliebsten aber hatte er Lagavulin mit seiner fulminanten Rauchigkeit und dem zarten Beigeschmack von Seetang und Honig. Und mit einer Flasche 16-jährigem Lagavulin hatte er sich heute Nacht hinter den Schreibtisch seines Arbeitszimmers zurückgezogen. Cathy, im Schlafzimmer nebenan, schlummerte bereits seit einer Stunde. Doch er konnte nicht schlafen. Der Blues war wieder da, und er hatte beschlossen, sein Leiden mit edlem Single Malt zu verstärken und zugleich etwas zu versüßen.

Fragen über Fragen. Unangenehme Fragen, denen er sich jetzt nicht stellen wollte. Im Moment wünschte er sich nur aus allem raus. Einfach alles hinschmeißen und verschwinden. Er hatte das schließlich schon einmal gemacht. Vielleicht war es doch ein Fehler gewesen, dass er damals auf Richard Koo gehört hatte und in den Moloch Shanghai eingetaucht war. Wo er jetzt wieder Vollgas im Hamsterrad gab. Warum war er nicht einfach auf seiner Jacht »Hebridian Spirit« mit ihrer wohlgefüllten Bordbar geblieben und hatte entschleunigt weitergelebt, in der Südsee, auf den Spuren Jack Londons, den er schon als Junge bewundert hatte?

Natürlich wäre er nicht so erfolgreich geworden wie Jack. Vermutlich hätten seine eigenen Versuche als Autor auch weiterhin keine Verleger oder Produzenten gefunden. Wenn schon: Was das Geld betraf, war er ohnehin ein *Sohn der Sonne*. Knapp die Hälfte der üppigen Honorare, die er während seiner anderthalb Jahre bei Lexman & Lexman in Japan verdient hatte, war konsequent in Fonds und Anleihen geflossen. Für lukrative Geldanlagen hatte er schon immer ein Händchen besessen. Dazu gesellten sich die jährlichen Mieteinnahmen für seine elterliche Wohnung im Londoner Nobelviertel Chelsea. Von seinem sonstigen Familienerbe, das er nur selten anzurühren brauchte, ganz zu schweigen.

Statt sich also mit einem Longdrink in der Hand an Bord seiner Jacht zu sonnen und Abenteuerromane und philosophische Bücher zu lesen, keulte er nun, ohne eigentliche finanzielle Notwendigkeit, durchschnittlich 75 Stunden pro Woche als Anwalt und führte in der knapp bemessenen Freizeit ein Leben auf der Überholspur. Immerhin an der Seite der wundervollsten Frau der Welt, die ihn faszinierte wie keine zuvor. Oder sollte es ehrlicherweise heißen: wie *nur eine* zuvor? Und gerade jetzt, wo er in wenigen Stunden um die Hand der einen anhalten wollte, meldete sich die andere zurück. Und stürzte ihn in neue Zweifel. War seine Entscheidung die richtige? Warum denn wollte er Cathy heiraten? Um vor sich wegzulaufen und sich dadurch nur in neue Abhängigkeiten zu stürzen? Das würde ihm wohl ein Psychologe unterstellen. Oder weil er umgekehrt nun angekommen war, seinen Platz gefunden hatte und endlich sesshaft werden, eine Familie gründen wollte – mit dem Hintern, mit dem Herzen, mit dem Verstand? Das war Jeremys »offizielle« Begründung, von der er in seinen optimistischen Stunden auch felsenfest überzeugt war. Doch alles zerrann, wenn der Blues kam.

Welche Antwort war die richtige? Jeremy betrachtete nachdenklich sein Spiegelbild im dunklen Glas. »Komm schon«, sagte er, »entscheide dich!« Sein verzerrtes Gegenüber lächelte verlegen und schwieg. Hatte er Cathy überhaupt verdient? Er schämte sich. Wusste er doch, dass er sie beinahe täglich enttäuschte, ihren hohen, aber für eine Frau ihres Formats nur zu angemessenen Erwartungen nur selten gerecht wurde. War es, nüchtern betrachtet, nicht völlig illusorisch zu glauben, jemandem wie ihm – einem unzuverlässigen, 49-jährigen Anwalt mit Haarausfall und eher gewöhnungsbedürftigem Äußeren –, sei auf Dauer eine Zukunft an der Seite *dieser* Frau vergönnt? Wenn er sich nicht schleunigst änderte, konnte er diese Zukunft jedenfalls abhaken. »Verdammt«, flüsterte er, »was willst du wirklich, Jeremy Gouldens?«

Sein whiskygeschwängerter Blues war mittlerweile tiefschwarz geworden.

Jeremy lauschte in die nächtliche Stille des Hauses. Er füllte sein Glas noch einmal vier Finger breit. Der Whisky beruhigte ihn und gab ihm Mut. Den würde er brauchen, um das grün-weiße Päckchen zu öffnen, das jetzt vor ihm auf dem Schreibtisch lag. Er hatte sich vorgenommen, Cathy gegenüber reinen Tisch zu machen. Gleich heute, an ihrem Geburtstag. Noch *vor* seinem Antrag. Wenn er ihr die geheimen Kammern seiner Seele öffnete, würde er ihr damit letztlich ein persönlicheres Geburtstagsgeschenk machen, als es der teure Zwölfkaräter war, den er bisher sorgfältig vor ihr versteckt gehalten hatte. Davon war er überzeugt. Nicht überzeugt war er davon, dass sie das genauso sehen würde. War es nicht eher stark zu bezweifeln? Er wusste, dass er viel aufs Spiel setzte, aber seine Entscheidung war gefallen. Wenn sie ihn heiraten wollte, dann musste sie ihn *ganz* heiraten, samt seinem Vorleben. Er musste zu sich stehen, auch vor ihr, mit der Heimlichtuerei Schluss machen und der Vergangenheit unerschrocken ins Gesicht blicken. Doch dazu musste er auch das Päckchen öffnen.

Entschlossen riss Jeremy das Geschenkpapier auf. Darunter verbarg sich ein gelber Umschlag. Er enthielt zwei DVDs sowie einige Ausdrucke und Papiere. Da war noch ein handgeschriebener Brief, kunstvoll zusammengefaltet wie ein Origami, in Form eines Kranichs. Jeremy faltete ihn auseinander und fand nur einen einzigen Satz:

Lieber Jeremy, wenn Du diese Zeilen liest, habe ich endlich meinen Frieden gefunden. Yukiko

Die Mauer um seine Erinnerungen stürzte endgültig ein und Jeremy war, als müsste er sterben.

Kyoto, 3. November 1997. Früher Nachmittag

Der glückliche Sommer ihrer Liebe war einem kühlen, windigen Herbst gewichen. Und längst war nicht mehr alles so heiter und unbeschwert wie am Anfang. Der Druck auf Yukiko wuchs und gleichzeitig rückte der Zeitpunkt ihres Abschieds unerbittlich näher. Oh Göttin Amaterasu hilf!

Besonders Vater Akira begann, seiner Tochter zunehmend das Leben zur Hölle zu machen. Er hasste alle Ausländer, die Angelsachsen fast noch mehr als die Chinesen, und wollte seiner Tochter den Umgang mit Jeremy um jeden Preis verbieten. Für welche Spannungen zwischen Tochter und Vater er gesorgt hatte, konnte Jeremy allerdings nur aus gelegentlichen Andeutungen und Stimmungsäußerungen Yukikos erschließen, die in Bezug auf ihre Familie sehr schweigsam war. Er fragte nicht weiter nach. Jeremys Neugier nach dem Vater hatte schlagartig nachgelassen, sobald er der Tochter nähergekommen war. Außerdem war er fest entschlossen, sich strikt an seine Abmachung mit Richard Koo zu halten, die ihm vorschrieb, Berufliches und Privates peinlich zu trennen.

Nur einmal sollte er den Alten selbst zu Gesicht bekommen: als er im Überschwang des Frischverliebten eines Samstagabends trotz aller Warnungen zum alten Holzhaus am Kamo-Fluss hinausgefahren war, wo Yukiko oft die Wochenenden verbrachte. Er hatte sie einfach nur sehen und mit zwei Eintrittskarten fürs No-Theater überraschen wollen. Trotz seiner nahezu 90 Jahre war Akira Murata eine imposante Gestalt. Kräftig, sehnig, von einer geradezu jugendlichen Rüstigkeit. Als der dämonisch vitale Greis drohend auf den fremden Eindringling in sein Leben zugeschritten kam, hatte Yukiko ihn so beschwörend angefleht, bitte zu gehen, dass Jeremy verwirrt gehorchte. Bei ihrem nächsten Treffen bat sie ihn, solange ihr Vater lebte, das Haus am Kamo nie wieder zu betreten. Dabei versuchte sie vergeblich, den Striemen an ihrer rechten Schulter mit einem Tuch zu verdecken. Jeremy war entsetzt. Hier taten sich Abgründe auf, die er nicht für möglich gehalten hatte.

Sie müsse weg von dort, weg aus Kyoto, warum sie denn nicht mitkomme nach Tokio, auch dort gab es Kanzleien, wo junge Juristinnen arbeiten konnten, vielleicht konnte er sie sogar bei Lexman & Lexman unterbringen, und sie würden immer zusammen sein. Aber Yukiko schüttelte jedes Mal nur den Kopf, wenn er wieder davon anfing. Sie müsse hierbleiben und ihren Vater pflegen. Das sei sie ihm schuldig. Es gebe eben Dinge, die er nicht verstehe.

Und dann kam der 3. November, ein Sonntag. Der Tag des Abschieds. Am nächsten Morgen würde Jeremy seine Anwaltstätigkeit für Lexman & Lexman in Tokio aufnehmen. Sie hatten sich für den frühen Nachmittag auf ihren Lieblingsspaziergang verabredet – durch den Botanischen Garten im Bezirk Sakyo-ku im Nordosten der Stadt. Am Abend würde Jeremy dann den Shinkansen nach Tokio besteigen. Der Hochgeschwindigkeitszug legte die 480 Kilometer in wenig mehr als zwei Stunden zurück.

Es war ein kalter, sonniger Tag. Sie gingen am Teich mit den Schwänen vorbei und setzten sich auf die Bank vor dem mächtigen alten Ginkgobaum, dessen herbstliche Blätter nun goldgelb verfärbt waren und zu fallen begonnen hatten. Hier hatten sie sich vor vier Monaten zum ersten Mal geküsst. Wie lange war das jetzt schon her!

Sie saßen einige Zeit schweigend und hielten sich die klammen Hände. »Wir wollen diesen Ort nie vergessen«, sagte Yukiko schließlich.

»Wir hatten zu Hause auch einen Ginkgobaum«, erinnerte sich Jeremy. »Das heißt, draußen auf dem Landgut meiner Großeltern in Surrey.« Nachdenklich hob Jeremy ein besonders großes Ginkgoblatt vom Boden auf, betrachtete es, lächelte, als in ihm eine Erinnerung aufstieg, und begann unvermittelt zu rezitieren.

Dieses Baums Blatt, der von Osten
Meinem Garten anvertraut,
Gibt geheimen Sinn zu kosten,
Wie's den Wissenden erbaut.

Ist es ein lebendig Wesen,
Das sich in sich selbst getrennt?
Sind es zwei, die sich erlesen,
Daß man sie als eines kennt?

Solche Fragen zu erwidern,
Fand ich wohl den rechten Sinn:
Fühlst du nicht an meinen Liedern,
Daß ich eins und doppelt bin?

Yukiko hatte ihn verwundert angesehen. »Uh, das klingt aber roh und hart«, befand sie jetzt. »Was ist denn das für eine aggressive Sprache? Russisch?«

»Nein, Deutsch.« – »Und was bedeutet es?«

»Keine Ahnung.« Jeremy lächelte. »Ich hab es als Kind von meiner Großmutter gelernt.«

»Deine Großmutter war Deutsche?«

»Ja, sie ist in den dreißiger Jahren nach England emigriert. Das sind Verse von einem Dichter namens Goethe. Vielleicht hast du den Namen schon mal gehört.«

»Hör mal, ich bin Japanerin und zur Schule gegangen! Ich habe Goethes gesammelte Gedichte auf Japanisch im Regal stehn. Und so klingt das im Original? Und du weißt nicht, worum es geht?«

»Doch, natürlich schon. Soviel ich weiß, geht es um ein Ginkgoblatt. Wie dieses hier.« Er hielt ihr das aufgehobene Blatt entgegen. »Schau, es ist in der Mitte durch einen Einschnitt in zwei Hälften geteilt, ist aber trotzdem *ein* Blatt. Und für Goethe ist es mit zwei Menschen, die sich lieben, genauso. Sie sind zwei, aber doch irgendwie eins. Dafür dient ihm das Ginkgoblatt als Symbol. Na ja, so eine Art nostalgisches Gedicht über die Liebe, weißt du.«

»Danke, das kann ich gerade gebrauchen.«

Dann nahm sie von Jeremy das große gelbe Blatt, durchtrennte es vorsichtig in der Mitte und reichte ihm die eine Hälfte. »Das bin ich«, sagte sie. »Heb es gut auf.« Die andere Hälfte schlug sie vorsichtig in ihr Taschentuch ein und legte sie sich an die Brust. »Und das bist du. Wir sind getrennt und doch eins. Versprichst du, dass du mich genauso in Ehren halten und mir treu bleiben wirst wie ich dir?«

Jeremy schluckte und nickte.

Shanghai, 2. Mai 2012. 02:40 Uhr

Jeremy saß noch immer reglos. Sein Blick so leer wie sein Whiskyglas. Vor ihm lag ausgebreitet der Inhalt der Sendung: DVDs, Papiere, der gelbe Umschlag, der auseinandergefaltete Origami-Kranich. Er versuchte zum wiederholten Male, eines der Blätter zu lesen, doch sein Blick verschwamm und kapitulierte vor den japanischen *Kanji*-Schriftzeichen. Oben auf der Rückseite des letzten Blattes fiel ihm ein handschriftlich auf Englisch nachgetragener Zusatz ins Auge. Mit einiger Mühe erkannte er die feine, gestochene Handschrift Yukikos und setzte die Worte zusammen: »Bei allen Fragen wende Dich zuerst an meinen Bruder Joe.« Daneben eine lange japanische Telefonnummer.

Wieso hatte sie auf einmal einen Bruder?

Er schob alles Material zusammen, um es in den Umschlag zurückzustecken. Für heute Nacht war es definitiv genug. Sein Maß war voll. Würde er noch zwei Minuten länger hier sitzen, das spürte er, würde er nun doch noch in ungehemmtes Heulen ausbrechen. Das musste nicht sein. Als er mit einer fahrigen Bewegung nach dem gelben Umschlag griff, musste er ihn wohl ein wenig geschüttelt haben. Da fiel noch etwas heraus. Etwas Leichtes, Kleines, Zerbrechliches.

Die Hälfte eines trockenen, gelben Ginkgoblattes, das man vor langer Zeit in der Mitte durchtrennt hatte.

Zweiter Tag

Shanghai, 2. Mai 2012. 08:15 Uhr

Kim Park trabte in ruhigem Dauerlauftempo den Bund hinunter. Seine übliche Morgenrunde, bevor er, meist gegen neun, mit der Arbeit des Tages begann. Heute hatte er keinen Blick für all die anderen Jogger, an denen er gemächlich vorbeizog. Er dachte an gestern, die verunglückte Party und die unerträglichen Provokationen dieser merkwürdigen Japaner, die ihm von Anfang an höchst suspekt vorgekommen waren. Wie konnte Cathy nur solche Leute einladen? Alles die Schuld dieses dubiosen Butterstinkers!

Als er gerade in Begriff stand, in die Nanjing Lu einzubiegen, klingelte sein Mobiltelefon. Das ärgerte ihn. Normalerweise ging er beim Joggen nicht ran, um nicht aus dem Rhythmus zu kommen. Aber vielleicht war es ja Cathy, die sich für gestern Abend und die unmöglichen Gäste entschuldigen wollte.

Es meldete sich eine äußerst sympathisch klingende Frauenstimme. Aber es war nicht die von Cathy. Natürlich, die lag zu so früher Stunde sicher noch neben ihrer schnarchenden Langnase im Bett. Dennoch erkannte er die Anruferin sofort. Rau, tief und voller Sex-Appeal – das war die Stimme der jungen chinesischen Filmagentin mit der gefälschten Visitenkarte, die ihm vor einigen Tagen die ersten Seiten jenes ominösen Drehbuchs dagelassen hatte.

Er möge heute Vormittag um 10:30, *bitte pünktlich*, in der Shine Art Space Gallery in der Moganshan Lu sein, der Galeristenmeile von Shanghai. Dort sei auf seinen Namen eine Eintrittskarte für die Vernissage des chinesischen Pop-Art-Künstlers Feng Zhengjie hinterlegt. Wenn er den Rest des Drehbuchs von *Yellow Submarine* lesen wolle, solle er unbedingt kommen. Allein.

Kim fand so viel Heimlichtuerei ein wenig übertrieben, und das sagte er auch. »Hören Sie, ich bin durchaus an diesem Drehbuch interessiert, wirklich. Aber wenn Sie nicht nur irgendwelche Versteckspielchen spielen, sondern Nägel mit Köpfen machen wollen, dann kommen Sie bitte zu mir ins Büro, und wir besprechen das Ganze. Und vor allem: Sagen Sie mir erst einmal Ihren wahren Namen.«

Kurzes Schweigen am anderen Ende. »Es ist nicht ungefährlich«, hörte er wieder die raue, erotische Stimme der Agentin. »Und wir dürfen keine Fehler mehr machen. Wenn Sie mich treffen wollen, dann passen Sie auf, dass Ihnen niemand folgt. Wir wissen, wie gut Sie das können.« Dann war die Verbindung unterbrochen.

Während er weitertrabte, dachte Kim Park darüber nach, wer zum Teufel wissen konnte, dass er tatsächlich bestens darauf trainiert war, etwaige Verfolger abzuschütteln. Und wieso eigentlich *wir*?

Shanghai, 2. Mai 2012. 09:25 Uhr

Cathy hatte an ihrem Geburtstag, für den Jeremy und sie sich beide freigenommen hatten, eigentlich in Ruhe ausschlafen wollen. Doch ab etwa sieben hatte sie sich nur noch unruhig auf der Matratze hin und her gewälzt und konnte kein Auge mehr zutun. Als die Standuhr von unten neun schlug, hatte sie endlich beschlossen aufzustehen. Neben ihr lag Jeremy, noch in den Kleidern von gestern, und roch aus dem halbgeöffneten Mund wie ein altes Whiskyfass. Er sah schlecht aus. Mit roten Augen, fast als hätte er geheult. Das gefiel ihr nicht. Seufzend kroch sie aus dem Bett. Sie fühlte sich wie gerädert. Auch wenn von draußen eine strahlende Sonne hereinschien – der Geburtstag fing nicht gut an.

Sie ließ ihn schnarchen, ging angesäuert nach unten, bereitete sich ihren speziellen Morgentee und begab sich mitsamt ihrer Tasse wieder hinauf ins Bad, um zu duschen. Sie war gerade dabei, ihr Gesicht zu pflegen, als Jeremy seinen Kopf zur Badezimmertür hereinstreckte, um ihr nuschelnd »Alles Gute zum Geburtstag« zu wünschen. Bevor sie antworten konnte, hatte er sein unrasiertes Gesicht schon wieder aus dem Türspalt verschwinden lassen, in der Hand Zahnbürste und Mundwasser, die er sich rasch aus dem Regal gegriffen hatte. Sie hörte, wie er, unverständliche gutturale Laute ausstoßend, hinunter in die Küche stapfte, wohl über der Spüle seine Zähne putzte und ausgiebig gurgelte. Später begann die elektrische Saftpresse zu röhren und der Duft frisch aufgegossenen Kaffees zog verführerisch die Treppe hinauf.

Wahrscheinlich traute er sich nicht hoch und wollte sie locken. Gut, dann tat sie ihm eben den Gefallen. Sie stieg die Stufen hinunter und nahm das Glas frisch gepresster Orangensaft, das er ihr verlegen lächelnd an der Tür entgegenstreckte. »Ich habe mir erlaubt, für elf einen Tisch zum Brunch im Westin-Hotel zu reservieren«, sagte er schnell. »Ein kleines Champagnerfrühstück. Wenn dir nicht danach ist, kein Problem. Wir können es uns auch hier gemütlich machen, Liebling.«

Liebling?

»Tut mir leid wegen gestern Abend, da lief einiges – etwas unglücklich.«

Konnte man so sagen.

»Chen nehme ich auf meine Kappe«, hörte sie sich murmeln.

»Meinetwegen, aber lass mich trotzdem versuchen, es wiedergutzumachen. Ich will dir auch alles erklären. – Was hältst du vom ›M on the Bund‹, heute Abend?«

Die angesagteste Adresse der Stadt. Internationale Spitzengastronomie. »Hört sich ganz gut an«, versetzte sie spitz, »wie hast du es geschafft, dort einen Tisch zu bekommen?« Er zuckte die Schultern. »Das lass ruhig meine Sache sein. Jetzt erst mal ausgiebig im Westin-Hotel frühstücken und danach machen wir einen Ausflug rüber nach Chungxing. Ein wenig Bewegung an frischer Luft wird uns guttun. Und wir haben ausgiebig Zeit, uns zu unterhalten.«

»Wenn du meinst.«

»Ich hab dir heut auch was Wichtiges zu sagen.«

»Ich bin gespannt.«

Jeremy, der ihre letzten sechs Wörter als uneingeschränkte Zustimmung zu seinem Tagesprogramm interpretierte, drückte ihr erleichtert einen dicken Schmatz auf die Wange, sprang polternd die Treppe empor, riss sich die Kleider vom Leib und hüpfte mannhaft unter die Dusche, wo er juchzend unter dem kalten Wasserstrahl zu zappeln begann.

Cathy blieb stehen und nippte gedankenvoll an ihrem Saftglas.

Ich hab dir heut auch was Wichtiges zu sagen.

Hatte sie das *I Ging*-Orakel, das sie sich am gestrigen Nachmittag gelegt hatte, doch richtig interpretiert? *Hong*, das 32. Hexagramm: *Die Dauer.* Beharrliche Dauer im Hafen der Ehe – das war es, was sie sich von Jeremy seit langem wünschte. Und auch erwartete.

Hong: Die Dauer. Oben ›Dschen‹, das Erregende, der Donner; unten ›Sun‹, das Sanfte, der Wind. Das Urteil: Gelingen. Kein Makel. Fördernd ist Beharrlichkeit. Fördernd ist, zu haben, wohin man gehe.

Wohin ging sie? Gespannt hatte sie weitergelesen: *Donner und Wind: das Bild der Dauer.* Ein seltsames Bild für den Hafen der Ehe, dachte sie – wenn auch für viele Paare womöglich ein realistisches.

Trotzdem war sie entschlossen gewesen, den Orakelspruch als *gutes* Omen für eine bald bevorstehende Eheschließung – und die Einkehr von *Dauer* in ihr Leben – zu nehmen. So weit der Stand von gestern. War sie heute noch genauso entschlossen? Sie war sich nicht sicher.

Während Jeremy duschte, nahm sie sich noch einmal ihre amerikanische Ausgabe des *I Ging* vor und blätterte im Kommentarteil. *Seinem Charakter Dauer geben durch Beharrlichkeit, das ist für eine Frau von Heil, für einen Mann von Unheil. Eine Frau soll ihr ganzes Leben einem Manne folgen, der Mann aber soll sich an das halten, was jeweils seine Pflicht ist; wenn er sich dauernd nach der Frau richten wollte, so wäre das für ihn ein Fehler.*

Sie schlug das Buch so energisch zu, dass es staubte. Was kümmerten sie über 2000 Jahre alte Orakeltexte! Sie wusste schon, was gut für sie war. Und für Jeremy sowieso. Sie würde sich schon holen, was sie wollte.

Shanghai, 2. Mai 2012. 10:45 Uhr

Der Raum war rechteckig und wurde ausschließlich von diversen Lichtinstallationen erleuchtet. Nichts dämpfte die ohrenbetäubende Technomusik, die ihm schon beim Hereinkommen schmerzhaft ins Ohr gejagt war. Er hatte einige Zeit gebraucht, um sich an das diffuse Licht zu gewöhnen und sich umblicken zu können: Frauen mit knallroten Lippen, glänzend porzellanener Haut, wallendem pechschwarzem Haar und seltsam leeren weißen Augen, die fast pupillenlos waren. Da war nichts Lebendiges, keine Wärme, Tiefe und Persönlichkeit in diesen Gesichtern, nur blanke Oberfläche und starrende Kälte. Ein einziges Mal war er wie gebannt für einen Moment stehen geblieben: Das eisige Gesicht, das ihm blicklos aus der Leinwand entgegensah, erinnerte ihn auf unheimliche Weise an Cathy.

Nein – auch wenn Kim Park schon den einen oder anderen prominenten Künstler, der gerade nicht unter Hausarrest stand oder im Gefängnis saß, in seiner Sendung zu Gast gehabt hatte –, mit moderner chinesischer Kunst konnte er im Grunde nichts anfangen. So war es auch kein Wunder, dass er fast auf eine Installation aus ineinander verschlungenen Neonröhren getreten wäre, die sich in alle Richtungen über den betonierten Fußboden des Ausstellungsraums schlängelten. »Vorsicht, Mann!«, schrie ihm eine zierliche, grell geschminkte Chinesin ins Ohr, die ein neonfarbenes Lackkostüm trug, passend zu den gelb-rosa leuchtenden *Regenwürmern auf Eroberungszug*, die Kim beinahe unter seinen englischen Loafers zertreten hätte. Eine für den großen Feng Zhengjie eher untypische Arbeit: Die leuchtenden Würmer quollen aus einem komplexen Arrangement aus schwarzen und roten Fiberglasskulpturen an der Rückwand des Raumes, die zusammen die Umrisse eines menschlichen Schädels nachzeichneten – eine Allegorie auf den Kreislauf von Leben und Tod, in der einige Kritiker auch verborgene politische Implikationen zu erkennen glaubten.

In den Wänden entdeckte Kim mehrere mit kleinen Halogenleuchten versehene Durchbrüche, hinter denen sich schmale Gänge auftaten, durch die man vermutlich zu weiteren Ausstellungsräumen gelangen konnte. Es wimmelte von Frauen, doch die geheimnisvolle Agentin konnte er nirgendwo finden. Alle sahen sie gleich aus. Kaum eine war über 30. Sie trugen Miniröcke, zumeist mit kniehohen Stiefeln, und hatten ungezähmte, kreischend bunte Frisuren. Kim erschienen sie kaum lebendiger als die grellen Porträts an den Wänden. Er biss sich auf die Unterlippe. Er hasste es, wenn ihm andere einschärften, pünktlich zu sein – das war er immer –, und dann selbst zu spät kamen. Sollte er wieder gehen?

In diesem Moment tippte ihn jemand von hinten an die Schulter. Kim fuhr herum. Ja, das war sie, auch wenn sie ihre Haarfarbe inzwischen geändert hatte und eine knallrot eingefasste Sonnenbrille trug, die ihr halbes Gesicht verdeckte. Kim nickte ihr zu. Wortlos bedeutete sie ihm, ihr zu folgen. Die Agentin führte ihn durch einen der Durchbrüche in ein Séparée, das am Ende eines schneckenförmigen Gangs lag. Der kreisrunde Raum maß höchstens drei Meter im Durchmesser. Eine Installation aus elektrischen Insektenfallen an der Decke verbreitete ein bläuliches, schummriges Licht. Eine runde Ledercouch zog sich um den Raum herum. »Nehmen Sie bitte Platz, Kim«, sagte die Agentin, entledigte sich ihrer Sonnenbrille und blickte ihn aus ihren großen, warmen Augen an, die ihn schon bei ihrer ersten Begegnung so beeindruckt hatten. »Entschuldigen Sie bitte die Umstände, aber ...« Da war sie wieder, die tiefe, sinnliche Stimme.

Kim setzte sich. Die Agentin nahm ihm gegenüber Platz und stellte ihre große Einkaufstasche – einen teuren Prada Shopper – neben sich auf die Couch. Ihre Knie berührten sich leicht. Die dicken Betonwände dämpften die Bässe der nervtötenden Technomusik auf ein erträgliches Minimum.

»Sie haben wahrscheinlich einige Fragen, Kim?«

»Ich hätte viele Fragen.«

»Dann fragen Sie.«

»Wer sind Sie wirklich? Name, Adresse, Telefonnummer?«

»Nennen Sie mich Lan Liang. Das kann vorerst genügen. Wir müssen noch immer etwas vorsichtig sein.« Kim warf ihr einen misstrauischen Blick zu, begnügte sich aber vorerst mit der Antwort. Schließlich hatte er noch wichtigere Fragen. Also weiter. »Wer ist *wir*? Warum gerade *ich*? Wer ist dieser ominöse Julian Peek?«

»Die zweite dieser Fragen möchte ich zuerst beantworten, wenn Sie nichts dagegen haben: Warum Sie? Nun, weil wir zu der Überzeugung gelangt sind, dass Sie der geeignete Produzent für diesen Film wären – genau der richtige Mann.«

»Wie kommen Sie auf so was? Ich produziere Werbefilme, keine Kinothriller.«

»Sie sind ein smarter Typ, Kim. Sie genießen in der Branche einen guten Ruf. Und Sie kennen sich hervorragend mit U-Booten aus. Nicht nur theoretisch oder nur als Liebhaber ... Außerdem haben Sie schon einmal bewiesen, dass Sie den Mut haben, auch unbequeme Themen anzupacken.«

»Was meinen Sie?« Kim musste sich anstrengen, sich seine Überraschung nicht anmerken zu lassen. Offenbar hatte man ihn nach allen Regeln der Kunst ausspioniert. Was ihn beunruhigte – andererseits fühlte er sich dadurch auch wieder fast geehrt.

»Wer hat denn damals in Japan den Film *Itai Itai* produziert, Kim?«

»Woher wissen Sie davon?«

»Woher wir das wissen, tut nichts zur Sache.«

Kim schüttelte den Kopf. Diesen dreißigminütigen Dokumentarfilm über die berüchtigte Itai-Itai-Krankheit, der in der Präfektur Toyama auf der Hauptinsel Honshu zahlreiche Menschen, darunter viele Kinder, auf grausame Weise zum Opfer gefallen waren, hatte er vor über acht Jahren in Eigenregie geschrieben, gedreht, geschnitten und produziert. Direkt im Anschluss an sein Studium an der Tokioter Nihon-Universität, als er nach seiner Freilassung wieder nach Japan gegangen war und sein zweites Leben begann. *Itai Itai* heißt nichts anderes als »Aua, aua«: Die durch eine schleichende Cadmiumvergiftung hervorgerufene Krankheit verursacht beim Betroffenen bestialische Schmerzen, Nierenschäden und eine Verformung des Skeletts. Skrupellose Bergbauunternehmen hatten das hochgiftige Schwermetall jahrelang in einen Fluss eingeleitet, aus dem Tausende von Familien ihr Trinkwasser bezogen. Wie so oft waren die juristischen Schritte und Ermittlungen weitestgehend im Sande verlaufen – und natürlich konnte Kims dokumentarischer Erstling in Japan bis heute nicht gezeigt werden.

»Und ich dachte, mir wäre es wohl oder übel gelungen, als Skandalfilmer genauso unbekannt zu bleiben wie dieser Julian Peek«, lächelte Kim Park. »*Itai Itai* war in der Tat mein erster Film, aber er passt längst nicht mehr in mein Portfolio. Sie wissen vielleicht, dass ein nicht unbeträchtlicher Teil meiner Kunden aus Japan stammt.«

»Wir werden auch nicht mehr über *Itai Itai* reden. Einverstanden?« Kim nickte. »Allerdings: Wenn Sie für uns *Yellow Submarine* produzieren, können Sie Ihre japanischen Kunden garantiert ebenfalls vergessen. Natürlich würden Sie dann aber auch in einer ganz anderen Liga spielen. Dann blicken Sie mehr Richtung Hollywood als Richtung Tokio, Mr. Park.«

Hollywood? Klang wie ein billiger Köder. Man wollte ihn offenbar auf den Leim locken. Und noch immer waren zwei seiner Fragen unbeantwortet. »Wer ist *wir*?«, wiederholte er.

Mit einer lässigen Bewegung zog sie aus ihrer Luxuseinkaufstasche eine rote Mappe und legte sie zwischen Kim und sich auf die Couch. Die Mappe war wesentlich dicker als der Schnellhefter, der seit einigen Tagen in der obersten Schublade seines Lackschränkchens lag.

»Mein Auftraggeber hat großes Interesse daran, dass dieser Film öffentlich gezeigt wird«, sagte sie, ohne direkt auf seine Frage einzugehen. »Der Film wäre, wie soll ich es erklären, ein Teil seines Lebenswerks. Sie mögen die Japaner doch auch nicht, Kim. Oder?«

»Dazu möchte ich mich hier nicht äußern«, entgegnete er hart.

»Ich verstehe. Als Japan-Koreaner haben Sie eine andere Bindung zum Reich der aufgehenden Sonne.«

»Was wissen Sie schon darüber.«

»Oh, Kim, so ziemlich alles. Ich vertrete eine mächtige Organisation. Das ist auch gut so, denn unsere Gegner sind ebenfalls sehr mächtig.« Kim Park sprang auf. »Ich glaube, mir reicht es jetzt. Ich bin Filmproduzent und kein Geheimagent auf einer neuen *Mission Impossible*. Suchen Sie sich Ihren James Bond woanders.«

»Setzen Sie sich, Kim. Bitte.« Er gehorchte.

»Sie werden meinen Auftraggeber sicher bald kennenlernen. Ein ehrenwerter und sehr großzügiger, vielbeschäftigter Mann, der nicht gern an die Öffentlichkeit tritt.«

»Ist er aus der Filmbranche?«

»Nein«, lächelte Lan Liang, »ich möchte es so ausdrücken: Er dreht ein großes Rad.«

»Julian Peek?«, schoss Kim ins Blaue. Diese Frage war schließlich auch noch offen. Sie blinkerte ihn etwas mitleidig, doch umso herzerwärmender an. »Ach, kommen Sie, Kim. Wir hätten eigentlich gedacht, dass Sie eins und eins längst zusammenzählen können. Na ja, lesen Sie erst einmal weiter ... Oder wollen Sie wirklich aussteigen? Haben Sie Angst? Damals auf der ›Chung-Loo‹ waren Sie doch auch nicht so feige.«

Kim zuckte zusammen. Was wussten die über jene schrecklichen Ereignisse, die ihn körperlich und seelisch versehrt hatten? Sie hielt ihm mit ihrem verführerischen Lächeln die rote Mappe hin wie die Dompteuse einem dressierten Sibirischen Tiger ein Stück rohes Fleisch. »Bei uns kämpfen Sie auf der richtigen Seite, Kim«, fügte sie ernst hinzu. Er nahm die Mappe.

»Das Drehbuch wird allerdings bald noch einiger gründlicher Überarbeitungen bedürfen, Kim. Nach *den Ereignissen.* Als unser Autor vor ein paar Jahren die Erstfassung schrieb, kam er der Wahrheit schon ziemlich nahe, doch musste er sich zum Teil noch in recht wilden Spekulationen ergehen. Aber jetzt tauchen neue Informationen auf – äußerst kompromittierende Informationen. Äußerst beängstigende Informationen. Der Film wird am Ende die Geschichte eines Verbrechens erzählen, das noch immer nicht aufgearbeitet, ja noch immer nicht *beendet* ist. Ein Verbrechen, dessen Folgen die Menschheit noch heute fürchten muss – ja, die sie vernichten könnten.«

»Ach?« Ging es nicht auch eine Stufe kleiner? Es war Zeit, da ein wenig die Luft rauszulassen. »Wissen Sie, bisher dachte ich, es geht um eine ganz banale Liebesgeschichte ...« Lan Liang durchbohrte ihn mit ihrem Blick. »Kommen Sie, Kim, hier ist kein Ort für Scherze. Die endgültige Fassung von *Yellow Submarine* wird die Dinge beim Namen nennen. Und es werden Namen *fallen*, die in der heutigen Gesellschaft eine bedeutende Rolle spielen. Glauben Sie mir, Kim, es gibt in Japan – und wohl selbst in den USA – Personen, die absolut kein Interesse daran haben, dass dieser Film produziert wird. Und die alles tun werden, um seine Produktion zu verhindern. *Alles.*«

»Kunst ist Provokation. Filmkunst auch«, erwiderte Kim Park. »Und sie ist frei. Sie muss frei sein.«

»In diesem Fall«, antwortete die Frau, die sich Lan Liang nannte, »könnte es für den Provokateur allerdings ungemütlich werden. Damit müssen Sie rechnen, wenn Sie annehmen. Und von frei zu *vogelfrei* ist es oft nur ein kleiner Schritt.« Sie blickte Kim fast bekümmert an. Doch dann erschien wieder ihr unwiderstehliches Lächeln.

»Aber lesen Sie erst einmal das Manuskript. Und dann entscheiden Sie sich. Wenn Sie nach der Lektüre noch immer der Meinung sind, es handele sich bloß um eine sentimentale Liebesgeschichte zwischen einer Japanerin und einem Butterstinker, dann werden wir uns eben nach einem anderen Produzenten umsehen. Okay?« Kim Park nickte. Dabei umklammerte er das Drehbuch wie einen kostbaren Schatz.

»Rufen Sie mich an, Kim? Sie haben ja jetzt die Nummer in Ihrem Cellphone.«

»Es wird mir ein Vergnügen sein«, antwortete Kim und ließ seinen Blick auf ihr ruhen.

Kyoto, 20. November 1998. Nachmittag

Seitdem er sein Bilderbuchleben als Dozent für Zivilprozessrecht an der Kaiserlichen Universität von Kyoto aufgegeben und seine Karriere bei Lexman & Lexman in Tokio angetreten hatte, sahen sie sich von Monat zu Monat seltener. Anfangs hatten sie es, dem Shinkansen sei Dank, geschafft, sich mindestens jedes Wochenende zu treffen. Manchmal gar zwei- oder dreimal die Woche. Aber zunehmend holten Jeremy die unvorhergesehen hohen Belastungen – und die Misserfolge – seiner Arbeit ein. Als das Frühjahr kam und wieder die Kirschen blühten, hatte er nicht einmal mehr Zeit, die Liebe seines Lebens zu vermissen, geschweige denn um in lauschigen Bars *Sakura! Sakura!*-Gesänge anzustimmen. Die langen Telefonate, die sie in den ersten Wochen und Monaten beinahe jede Nacht miteinander geführt hatten, hatte Jeremy inzwischen stark eingeschränkt. Yukiko war zu rücksichtsvoll, von sich aus anzurufen. Sie hätte ihn sowieso praktisch nur in der Kanzlei erreichen können, am Schreibtisch, wo er mittlerweile 250 Monatsstunden und mehr mit der Schadensersatzklage gegen den japanischen Pharmariesen Kuroi-Juchi K.K. beschäftigt war.

Anfangs, so hatte ihm Richard Koo erzählt, hatte alles nach einem eher unkomplizierten Fall ausgesehen, obwohl es immerhin um die stolze Summe von 100 Millionen Dollar ging, die Kuroi Inc., die US-Tochter der Kuroi-Juchi K.K., an insgesamt 244 Geschädigte auszahlen sollte. Diese Summe hatte Richard gemeinsam mit seinen amerikanischen Kollegen von Lexman & Lexman in Los Angeles vor dem County Court of California erstritten. Der Prozess vor dem US-Gericht hatte nur acht Monate gedauert – die Faktenlage war eindeutig. Die Kläger konnten lückenlos beweisen, dass die Kuroi Inc. mit dem Grippeimpfstoff »Virovital« bewusst ein fehlerhaftes Medikament mit gefährlichen und zum Teil sogar tödlichen Nebenwirkungen auf den Markt gebracht hatte. Nach den ersten Todesfällen war der Verdacht schnell auf Virovital gefallen, doch die Kuroi Inc. hatte keine Veranlassung gesehen, das Medikament vom Markt zu nehmen und die Verbraucher zu schützen. Im Gegenteil: Informationen waren unterschlagen oder manipuliert worden; Unterlagen zu potenziell belastenden klinischen Testergebnissen waren plötzlich spurlos verschwunden oder offenkundig vernichtet. Allerdings hatte das skrupellose Pharmaunternehmen dann doch nicht sorgfältig genug gearbeitet, um die akribischen und hartnäckigen Anwälte von Lexman & Lexman sowie die von der Kanzlei eigens für diesen Fall engagierten Privatdetektive hinters Licht zu führen, und so waren den Klägern schließlich Teile eines geheim gehaltenen Dossiers in die Hände gefallen, das die Schuld von Kuroi zweifelsfrei bewies. Doch als es dann um die Vollstreckung des Titels ging, war die Kuroi Inc. auf wundersame Weise über Nacht insolvent geworden, und die Geschädigten gingen leer aus.

Doch Lexman & Lexman gaben sich noch nicht geschlagen. Nach diesem ersten Rückschlag – das war Anfang 1997 – hatte das Executive Committee der Großkanzlei entschieden, das Team um Richard Koo aufgrund »seiner guten Beziehungen zum japanischen Establishment« beurteilen zu lassen, ob und wie man jetzt gegen die japanische Muttergesellschaft vorgehen könne. Damals hatte man begonnen, sich auch eingehender über die japanische Kuroi K.K. und ihre Geschichte zu informieren und nach möglicherweise belastendem Material zu forschen. Zu diesem Zweck hatte Richard Koo Ende Mai Jeremy mit ins Boot geholt. Nach und nach – und schneller als ursprünglich beabsichtigt – hatte Koo ihn mit den verzwickten Einzelheiten der Angelegenheit vertraut gemacht, so dass Jeremy, als er im November nach Tokio kam, sofort *in medias res* gehen konnte. Der ohnehin überlastete Koo gab ihm gern einen Teil seiner Kompetenzen nach dem anderen ab, bis das Kuroi-Verfahren letztendlich zu *seinem* Prozess geworden war.

Um nun gegen die japanische Muttergesellschaft vorzugehen, gab es im Wesentlichen zwei Möglichkeiten: Jeremy und Koo konnten versuchen, den Titel gegen die insolvente Tochter auf den Mutterkonzern umschreiben und die 100 Millionen Dollar in Japan vollstrecken zu lassen. Die wesentlich aufwendigere Variante hieß, einen neuen Prozess gegen die Kuroi K.K. in Japan anzustrengen. Dafür hätten nicht nur alle Beweise neu aufbereitet werden, sondern der Kläger hätte auch nachweisen müssen, dass die amerikanische Tochtergesellschaft auf Weisung, zumindest aber mit Billigung der Muttergesellschaft gegen die Arzneimittelgesetze verstoßen hatte.

Jeremy hatte für die erste Variante plädiert. Japan hatte erst kurz zuvor ein Produkthaftungsgesetz nach westlichem Vorbild eingeführt. Ausgerechnet Richard Koo und sein Team waren vom MITI, dem allmächtigen Ministerium für Internationalen Handel und Industrie, zu einer Expertengruppe hinzugezogen worden, die sich mit einer Analyse des Gesetzestextes und verschiedenen Änderungsanträgen befasste. Ein Richter am Obersten Gerichtshof hatte sich in dieser Sache mit dem hoch angesehenen Professor Takeda von der Universität Kyoto heftig zerstritten. Im Gegensatz zum Professor hatte der Richter die analoge Anwendung des neuen Gesetzes verfochten und auf den Boeing-Fall hingewiesen: Durch den Absturz eines amerikanischen Jumbos waren am 12. August 1985 in der Nähe von Osaka 520 der 524 Passagiere ums Leben gekommen. Ein vom Hersteller fehlerhaft repariertes Druckschott im Heck hatte zu der Katastrophe geführt. Daraufhin war Boeing in Japan verklagt und zur Zahlung von Schadenersatz verurteilt worden. Der fällige Titel war in den USA direkt vollstreckt worden. Der Richter hatte hinzugefügt: »Natürlich gibt es noch keinen Präzedenzfall, aber wenn ein ähnlicher Fall in Japan anhängig gemacht würde, müsste man einem ausländischen Kläger schon aus Billigkeit die gleichen Rechte zugestehen.«

Dergestalt ermutigt hatten Jeremy und Koo Klage eingereicht und waren nach der erwarteten Niederlage in der ersten Instanz durch eine Sprungrevision beim Obersten Gerichtshof gelandet. Das Schicksal hatte es sogar gewollt, dass sie in der Verhandlung ausgerechnet auf jenen Richter trafen, den sie bereits aus der Expertengruppe kannten. Dann war Jeremy aus allen Wolken gefallen: Mangels Präzedenzfällen wurde der Klageantrag abgelehnt und es wurden keine weiteren Rechtsmittel zugelassen. Dabei hatte derselbe Mann wenige Monate zuvor noch die komplett gegenteilige Haltung vertreten.

Das war Ende August 98 gewesen, und seitdem hatten Yukiko und Jeremy praktisch nur noch über *seinen* Fall gesprochen, wenn sie sich trafen. Seine Beförderung zum Partner bei Lexman & Lexman stand auf dem Spiel. Er *musste* diese Sache erfolgreich zum Abschluss bringen. Blieb also nur noch der Versuch, den zweiten, aufwendigeren Weg zu gehen und einen neuen Prozess anzustrengen. Doch dazu bedurfte es vor allem auch neuer Beweise

Yukiko, die, selbst Juristin, noch immer zwischen Promotion und Praktikum rotierte, wusste, dass dies der Preis war, den sie beide für den Erfolg zahlen mussten. So versuchte sie sich einzureden, dass es sich lediglich um eine Prüfung handelte, die ihnen vielleicht von ihrer Schutzgöttin Amaterasu auferlegt worden war und die ihre gegenseitige Zuneigung in Zukunft nur verstärken würde.

Als sie ihn an diesem Freitagnachmittag vom Bahnhof abholte, hatte Jeremy furchtbar ausgesehen. Sein Gesicht war grau und eingefallen. Drei Wochen waren seit ihrem letzten Treffen vergangen. »Ich glaube, ein wenig frische Luft wird dir guttun«, sagte Yukiko. »Du siehst schlecht aus, Liebster.«

Yukiko entschied, mit Jeremy durch die Palastgärten des Kyoto Gosho zu wandeln. Vierzig Minuten später standen sie vor dem verschlossenen Haupttor an der Südseite des kaiserlichen Palasts, das zu beiden Seiten von heiligen Bäumen gesäumt wird: links eine Kirsche, rechts ein Tachibana-Baum. Während sie durch die ganzjährig geöffneten Parkanlagen schlenderten, hatten sie kaum ein Wort miteinander gewechselt. Es war nun klar, dass er den letzten Shinkansen zurück nach Tokio nehmen wollte – obwohl doch eigentlich das Wochenende noch vor ihnen lag. Yukiko hatte schon bei seiner Ankunft bemerkt, dass er ohne Gepäck angereist war.

Kurz darauf standen sie nebeneinander auf einer schmalen Steinbrücke und blickten hinab auf die spiegelnde Oberfläche des kunstvoll angelegten kaiserlichen Gartenteichs. Jeremy zog eine zerknitterte Schachtel Mild Seven aus der Manteltasche und zündete sich eine Zigarette an. »Wenigstens rauchst du eine japanische Marke«, scherzte Yukiko tapfer, die Geruch und Geschmack von Tabakrauch nicht ertragen konnte. »Wann hast du damit angefangen?«

Jeremy zuckte die Schultern und nahm einen tiefen Zug. »Ich weiß nicht«, antwortete er, unvermittelt ins Japanische wechselnd. »Die Tage und Nächte verschwimmen. Es ist alles die eine gleiche, endlose Tretmühle. Eine Sisyphusarbeit. Es kommt mir vor wie ein ewiges Anrennen im Hamsterrad.«

In diesem Moment bemerkte Yukiko, wie große Fortschritte Jeremys Japanisch gemacht hatte. Untereinander hatten sie bisher fast immer nur Englisch gesprochen. Komisch, dachte sie, eigentlich sollte uns sein gutes Japanisch enger zusammenbringen. Tatsächlich fühlte sie sich ihm fremd, wenn er Japanisch sprach. Hatten Sie sich inzwischen wirklich *so* aus den Augen verloren? »Kommst du voran?«, versuchte sie, das stockende Gespräch zu beleben.

»Nein. Aber …« Jeremy räusperte sich. Sie sollte nicht glauben, dass sein Prozess ihm wichtiger war als ihre Beziehung. Schließlich wollte er das selber nicht glauben. Nicht glauben, dass er im Begriff stand, einen Schritt zu tun, den er doch eigentlich nicht mehr hatte tun wollen, seit ihm diese Augen das erste Mal entgegengestrahlt hatten. Nicht glauben, dass er beschlossen hatte, seine alte Abmachung mit Richard Koo aufzukündigen. Nicht glauben, dass er ausschließlich deshalb nach Kyoto gekommen war. »Yukiko, ich brauch deine Hilfe«, platzte es dennoch aus ihm heraus.

»Wie kann ich dir helfen, Liebster?« Sie rückte näher an ihn heran und legte ihre Hand auf seinen Arm.

»Hast du schon mal etwas von einer *Einheit 731* gehört?«

»Einheit 731? Was soll das sein? Ist das denn wichtig?«

»Ob das wichtig ist?« Jeremy lachte leise auf. »Dutzende Kinder müssen ohne Eltern aufwachsen, nur weil ein solcher Schweinekonzern wie Kuroi-Juchi ein lebensgefährliches Medikament viel zu spät vom Markt genommen hat. Aus Profitgier? Oder etwa aus Scham, weil man in eurer japanischen ›Kultur der Schande‹ alles verlieren darf, nur nicht sein Gesicht?«

»Jeremy«, sagte Yukiko sanft, »bitte beruhige dich. Ich frage dich doch nur, was diese militärische Einheit – oder was auch immer das ist – mit deinem Kuroi-Prozess zu tun hat. Bevor du dich weiter verrennst, erzähl mir erst einmal, was es auf sich hat mit dieser ominösen Einheit 731. Wenn ich dir helfen soll, muss ich das wissen.«

»Natürlich, entschuldige. Eigentlich wollte ich dich da nicht mit hineinziehen.« Kaum ausgesprochen, schämte sich Jeremy schon für seinen Satz. So könnte auch ein Ertrinkender sprechen, der gerade von Strudeln in die Tiefe gezogen wird und einer zufällig am Ufer Stehenden verzweifelt seine Hand entgegenstreckt. Entschuldige, *eigentlich wollte ich dich da nicht mit hineinziehen*. Aber ich gehe das Risiko ein, dass du jetzt mit mir zusammen ersäufst.

»Jetzt tu nicht so geheimnisvoll«, lächelte sie.

Jeremy zuckte wieder die Schultern, trat seine Kippe aus und zündete eine neue an. Yukiko sagte nichts. Nach ein paar Zügen wandte er sich ihr zu, nun ruhiger: »Okay, also ich bin da auf eine sonderbare Sache gestoßen. Seit langem habe ich alles zur Unternehmensgeschichte von Kuroi zusammengetragen, was ich finden konnte. Ich – das heißt, ursprünglich war es Richard Koo – hatte die Idee, dass die Lösung unseres Problems vielleicht in der Vergangenheit von Kuroi liegen könnte. Hast du schon mal von einem Doktor Tadashi Ishii gehört?« Yukiko schüttelte den Kopf.

»Tadashi Ishii war ein Verwandter von Shiro Ishii, dem Leiter der Einheit 731 – einer geheimen japanischen Militäreinrichtung zur Biowaffenforschung in den Jahren des Zweiten Weltkriegs. Wie er war er Arzt. Direkt nach dem Krieg hat Tadashi dann zusammen mit drei Kompagnons Kuroi gegründet; von 1946 bis zu seinem Tod war er Vorstand des Unternehmens. Seine beiden Söhne haben dort heute noch wichtige Posten inne. Jetzt kommt's: Tadashi Ishii hatte am Chinafeldzug teilgenommen, offiziell als Spezialist für Infektionskrankheiten innerhalb der ›Abteilung für Seuchenprävention und Wasserreinigung‹, so einer der gängigen Tarnnamen für Einheit 731 und ihre Dependancen. Von 1937 bis 1945 war er in Nanking und anderen chinesischen Städten und hat angeblich geforscht. Jedenfalls hat er ausgerechnet in jener schrecklichen Zeit bahnbrechende Erkenntnisse über die künstliche Verbreitung von *Bacillus anthracis* gewinnen können.«

»Dem Milzbranderreger?«

»Genau. Darüber hinaus hat er auch bei der Schmerzbekämpfung verblüffende Erfolge erzielt, etwa durch die Verabreichung von Strychnin. Und er hat mit Grippeviren geforscht. Offenbar gelang es ihm und seinem engsten Mitarbeiter, besonders aggressive Erregerstämme zu isolieren, die zur massenhaften Züchtung im Rahmen des sogenannten »Seuchenpräventions«-Programms vorgesehen waren – wer einmal Orwell gelesen hat, weiß, wie er solche Bezeichnungen zu lesen hat. Parallel arbeitete Ishii zugleich an besonderen Impfstoffen gegen diese Supermikroben. Es bestand nämlich damals wie heute das große Problem, dass man Viren und Bakterien, anders als etwa Hunden, nicht einfach vorschreiben kann, wen sie attackieren sollen und wen nicht. Und so geschah es in den Laboren und auf den Schlachtfeldern immer wieder, dass sie sich sozusagen gegen ihre ›Halter‹ wandten. Auch hier mit verheerenden Folgen. Daher brauchte man Medikamente und Impfstoffe. Für jedes Gift ein Gegengift. Tadashi Ishii verkündete in einem wissenschaftlichen Aufsatz, in Sachen Impfstoff unmittelbar vor einem bahnbrechenden Durchbruch zu stehen, doch dazu müssten zunächst weitere Experimente durchgeführt werden.«

»Weitere Experimente? Welcher Art?«, fragte Yukiko, von einer düsteren Vorahnung beschlichen. »Experimente mit Tieren?«

»Mit mandschurischen Affen, hieß es. Die seien am menschenähnlichsten.«

»Gibt es in der Mandschurei denn Affen? Da ist es doch viel zu kalt!«

»Nicht dass ich wüsste, Yukiko.« Beide schwiegen einen Moment. Jeremy fuhr fort: »Das dürfte Ishii und Co. auch ziemlich egal gewesen sein. Nach allem, was wir von den Gräueltaten der Japaner in China wissen, hatten sie jedenfalls keine Scheu ...«

»Du spielst auf die Massaker in Nanking an, Jeremy«, unterbrach ihn Yukiko ernst, »und du weißt, dass du dir mit der Erwähnung dieser Stadt in Japan keine Freunde erwirbst.«

»In dieser Stadt erwirbst du dir mit der Erwähnung von Japan noch weniger Freunde, Yukiko. Wie auch immer: Ich glaube, dass eines dieser uralten Mittel aus Kriegszeiten in neuer Form auf den Markt gebracht wurde: als Virovital.« Jeremy wirkte grimmig und entschlossen, als er dies sagte.

»Aber was ist nun mit dieser Einheit 731?«, hakte Yukiko nach. »Und was hat sie konkret mit deinem Fall zu tun?«

»Das eben möchte ich herausfinden. Die anderen drei Gründungsmitglieder von Kuroi sollen ebenfalls dieser Einheit angehört haben. Außerdem haben sie nach dem Krieg alle gemeinsam im Sugamo-Gefängnis gesessen, zusammen mit jenen sieben ›Klasse-A‹-Kriegsverbrechern, die 1948 hingerichtet wurden. Aber kurz bevor auch ihnen der Prozess gemacht werden sollte, hat man diese japanische Viererbande unter dubiosen Umständen freigelassen. Und die US-Militärverwaltung unter General McArthur ist nicht eingeschritten.« Jeremy knetete sich mit finsterer Miene das Kinn. »Auf jeden Fall scheint die Einheit 731 in der Vorgeschichte der Kuroi-Sache eine zentrale Rolle zu spielen. Aber gerade hierzu gibt es so gut wie nichts in den Archiven. Zumindest rückt da niemand was raus.«

Jeremy fixierte seine Freundin mit ernstem Blick und fuhr fort: »Man erzählt sich die schlimmsten Dinge über diese Einheit, Yukiko. Menschenversuche. Experimente mit Medikamenten und Biowaffen. Biowaffen als Medikamente. Medikamente als Biowaffen. Der Arzt vom Lebensretter zum Todesengel pervertiert. Frauen, Kinder, Säuglinge, dahingemetzelt wie die Labormäuse. Ich habe an Literatur darüber gelesen, was ich auftreiben konnte; aber es gibt nicht allzu viel, und nur sehr wenig auf Japanisch. Und es gab überhaupt nur einen einzigen Prozess gegen Mitglieder dieser Einheit. In Chabarowsk, in der Sowjetunion, 1949, kurz nach dem Krieg. Aber er wurde offensichtlich von der sowjetischen Propaganda instrumentalisiert und, wie zu erwarten, haben Japaner und Amerikaner die ganze unvorstellbare Geschichte immer als russisches Gräuelmärchen abgetan. Ist ja schließlich für den gesunden Menschenverstand auch viel zu haarsträubend, um es zu glauben. So wie es in Deutschland noch heute Leute gibt, die behaupten, der Holocaust sei eine Erfindung der Amis. Aber dort werden diese Leute bestraft. Diese Einheit 731 war genauso real wie der Holocaust, Yukiko. Ich muss die letzten Zeitzeugen finden.«

»Wenn es diese widerwärtigen Untiere, von denen du da erzählst, je gegeben hat und wenn sie ihre gerechte Strafe nie gefunden haben und einige der Massenmörder vielleicht sogar heute noch leben und frei herumlaufen – was ich alles bezweifele –, dann werden sie die Mördergrube ihres Herzens sicher nicht gerade vor dir öffnen, Jeremy.« Sie sah ihn kopfschüttelnd an. »Außerdem – wie soll denn gerade *ich* dir bei deiner Suche helfen können, lieber Jeremy?«

»Yukiko …« Schon wieder musterte er sie mit diesem ernsten, fast bekümmerten Blick. »Es gibt ernstzunehmende Hinweise darauf, dass auch dein Vater ein Mitglied der Einheit 731 war.«

Dass es genau das war, was sie zusammengeführt hatte, sagte er ihr nicht. Sie litt so schon genug.

Shanghai, 2. Mai 2012. 17:25 Uhr

Noch immer saß Kim Park, in die Lektüre der roten Mappe vertieft, auf seiner Dachterrasse. Lan Liang hatte wahrlich nicht zu viel versprochen. *Yellow Submarine* war wirklich der couragierte Versuch einer Aufarbeitung der japanischen Vergangenheit, der den Finger auf offene Wunden legte. Der Mann hinter dem Pseudonym Julian Peek hatte sich mit der japanischen Mentalität ebenso intensiv wie kritisch auseinandergesetzt. Schnell schon zeichnete sich ab, dass die in den ersten Szenen entfaltete Beziehung zwischen dem jungen britischen Anwalt und der Tochter eines rechtsnationalen, kaisertreuen Militärattachés mit undurchsichtiger Vergangenheit zum Scheitern verurteilt war: Der alte Mann konnte es nicht zulassen, dass ausgerechnet seine Tochter diesem hergelaufenen *Gaijin* dabei half, nach wie vor ungesühnte japanische Kriegsverbrechen aufzudecken und damit an die Interessen jener mächtigen Instanzen zu rühren, die noch immer Wohl und Wehe im Land bestimmten.

Recht realistisch wurde dargestellt, wie der Fremde sowohl an sich selbst als auch an den Verhältnissen, den starren Sitten im Land, scheitern musste. Als sich die Hauptfigur, Rechtsanwalt Adrian Bell, eines Tages mit dem rätselhaften Verschwinden seiner angebeteten Hana-ko konfrontiert sieht und befürchten muss, dass er mit jeder weiteren Suche nach der Geliebten nur ihr Leben gefährdet, kapituliert er schließlich schweren Herzens und dreht dem Reich der aufgehenden Sonne den Rücken zu. Ende erster Teil.

Was für ein Feigling, hatte sich Kim gedacht, als er bei seiner Lektüre an dieser Stelle angelangt war. Aber so sind sie, die Butterstinker. Sobald es brenzlig wird, ziehen sie den Schwanz ein. Er hatte sich ein neues Glas Perrier eingegossen, die trockenen Lippen benetzt und gierig weitergelesen. Die nun anschließende Szenenfolge war überschrieben mit »Einschub: Historische Rückblende, Mandschuko, Frühjahr 1945«. Kim, der zu neugierig darauf war, wie die Geschichte um Adrian Bell und Hana-ko weiterging, hatte die entsprechenden Seiten kurzentschlossen überblättert. Dafür war später noch Zeit.

Die zweite Hälfte des Drehbuchs, in der Adrian Bell lange Jahre später wieder nach Japan zurückkehrt wie der gealterte Robert Mitchum in Sydney Pollacks Hollywoodstreifen *Yakuza*, gefiel Kim nicht mehr ganz so gut. Das war nun sicher der Teil, der – wie Lan Liang angekündigt hatte – in der nächsten Zeit noch einmal gründlich überarbeitet werden sollte. Auf den völlig unerwarteten Hilferuf seiner lange verschollenen Hana-ko hin begibt sich Adrian Bell zurück nach Tokio – oder wird vielmehr dorthin gelockt, denn das Ganze stellt sich später als eine sorgfältig eingefädelte Falle heraus. Hana-kos Vater ist tot, doch Bells übrige Widersacher von damals haben nun hohe Posten in den japanischen Wirtschafts- und Regierungskreisen inne, von denen aus sie ihre kriminellen Machenschaften steuern. Es kommt zu einer ergreifenden Wiederbegegnung mit Hana-ko, die aber bald darauf nach einem spektakulären Anschlag von einem verbrecherischen Syndikat entführt wird, das auf diese Weise den Anwalt zu erpressen versucht. Fest entschlossen, nicht noch einmal zu versagen, wächst der in die Enge getriebene Adrian Bell nun über sich hinaus und beginnt einen grausamen Rachezug, bei dem auf beiden Seiten die Köpfe fliegen wie in Ridley Scotts Actionthriller *Black Rain* – bis hin zum finalen Showdown in einem geheimen atomgetriebenen japanischen U-Boot.

Immerhin ein effektvolles Ende, befand Kim anerkennend. Allerdings merkte man hier dann doch, dass sich der Autor zwar gut mit U-Booten auskannte, sicherlich jedoch nie selbst eins gesteuert hatte. Aber für diese Dinge hatten sich Lan Liang und ihr Auftraggeber inzwischen ja, wie sie selbst sagte, »genau den richtigen Mann« an Land gezogen. Als Produzent und möglichst auch Regisseur würde er, Kim, schon für packende Realistik sorgen.

Unterm Strich also ein spannendes, brisantes, im Großen und Ganzen gelungenes Drehbuch. Mit einem gewaltigen Potenzial. Unbedingt. Und der tiefere, eigentliche Grund, warum Kim die zweite Hälfte nicht mehr ganz so überzeugt hatte, war, wie er sich nun eingestand, wohl mehr *persönlicher* Natur. Hatte er doch, wie es Lan Liang von ihm erwartete, irgendwann während der Lektüre »eins und eins zusammengezählt«. »Butterstinker« hatte sie gesagt – hatten sie ihn so sorgfältig ausspioniert, dass sie sogar wussten, dass ihm zu diesem klassischen Schimpfwort für einen *Gaijin* als Erstes immer eine ganz bestimmte langnasige Visage einfiel? Immerhin: Auch wenn ihm niemand bis in die Gedanken schauen konnte, so war Lan Liang doch offensichtlich darüber im Bilde, dass auch Kim einen englischen Anwalt kannte, der ein paar Jahre in Japan gearbeitet und dann einen dubiosen Karriereknick erlebt hatte, bevor er sich schließlich hier in Shanghai breitmachte – und aus seiner Abneigung gegen den hatte Kim nie einen Hehl gemacht. *Jeremy Gouldens. Der Butterstinker!* Für Kim Park bestand kein Zweifel mehr, dass *er* der Mann war, der sich hinter Julian Peek und seinem fiktiven Wiedergänger Adrian Bell verbarg. Kims Instinkt hatte ihn also nicht betrogen: Cathys Lebensgefährte war in Wahrheit ein gebrochener Mann, der mit seiner Vergangenheit nicht klarkam, etwas verbarg, »eine Leiche im Keller hatte« – und dann hatte er sich seine Lebenslüge mit einem Drehbuch von der Seele geschrieben, in dem er sein Scheitern schönfärbte und seine Wunschträume wahrmachte: Gouldens, der Loser, nun als Superheld Adrian Bell, der in Rambo-Manier alte Rechnungen begleicht und alles wiedergutmacht.

Kim stand auf, verließ seine Dachterrasse und legte die neue Mappe über die alte in die oberste Schublade seines Lackschränkchens. Gut, er hatte sich entschieden. Er wollte diesen Auftrag annehmen. Aber er würde Bedingungen stellen. Er wollte beim Umschreiben des Drehbuchs ein Wörtchen mitzureden haben. Darauf würde er bestehen. Von nun an war dies auch *sein* Film.

Schon hatte er nach seinem Mobiltelefon gegriffen, um Lan Liangs Nummer herauszusuchen, da fiel ihm Cathy ein. Seit Tagen und Wochen schon schob sie sich ständig wieder ungewollt zwischen seine Gedanken. Er musste sich eingestehen, dass sie förmlich zu seiner Obsession geworden war. Das war nicht gut. Erst gestern hatte er deutlich beobachtet, dass die Beziehung zwischen ihr und ihrem Butterstinker keineswegs so fest und belastbar war, wie es nach außen hin aussehen mochte. Er wusste auch, dass sie noch immer etwas für ihn, Kim, empfand, wie schnippisch sie auch tun mochte; dass seine Chance noch nicht endgültig vertan war. Er wusste aber auch, dass es für einen Mann von Unheil war, sich statt nach seiner Pflicht nach einer Frau zu richten. Das machte ihn abhängig und angreifbar. Es war das erste Mal in seinem Leben, dass er eine Situation nicht im Griff hatte. Das durfte nicht sein. Und wenn es stimmte, was Lan Liang sagte, und er sich mit der Entscheidung zur Produktion von *Yellow Submarine* möglicherweise in Lebensgefahr brachte, dann konnte er sich erst recht keinen Kontrollverlust erlauben. Dann musste alles wieder so werden wie früher, als *alles* an seiner Person hing; an seiner antrainierten Fähigkeit, im Bruchteil einer Sekunde weitreichende Entscheidungen zu treffen, über deren Folgen man besser nicht nachdachte. Entscheidungen über Leben und Tod. Über manchmal sehr viel Leben. Und sehr viel Tod.

Also, was hieß das? Sollte er Cathy jetzt meiden? Oder sie ihrem Sugar Daddy endlich ausspannen? Gerade jetzt, wo er, Kim, in Gefahr war? Aber wenn er sich durch diese Produktion gefährdete, dann hatte sich der Drehbuchautor womöglich längst schon gefährdet – ob er es wusste oder nicht. Und dann hatte er seine Lebensgefährtin wohl oder übel mit gefährdet. Kim dachte an die beiden Japaner von gestern, mit den offensichtlich *irgendetwas* nicht gestimmt hatte. Auf seinen Instinkt konnte er sich immer verlassen.

Wie auch immer er persönlich zu ihr stand: Er musste Cathy vor diesem Mann warnen. Sie über die Vergangenheit dieses Mannes aufklären. Gouldens selbst würde das nicht tun, dazu war er zu schwach. Wie er diese Memme doch verachtete – auch wenn der Knabe, zugegeben, ein guter Drehbuchautor war. Kim schnaubte verächtlich durch die Nase. Was hätte er noch vor ein paar Stunden dafür gegeben, mit Julian Peek Kontakt aufnehmen zu können. Jetzt, wo er ihn plötzlich schon kannte, war er gar nicht mehr so scharf darauf. Er würde den Anruf bei Lan Liang erst einmal zurückstellen. Cathy war wichtiger.

Shanghai, 2. Mai 2012. 17:43 Uhr

Das Schnellboot jagte mit einer Geschwindigkeit von 45 Knoten durch den weitläufigen Mündungstrichter des Jangtsekiang zur Stadt zurück. Jeremy starrte angestrengt auf die vorbeifliegende Küstenlinie der Insel Changxing. Cathy spielte lustlos an ihrem Cellular herum und langweilte sich. »Wonach hältst du eigentlich die ganze Zeit Ausschau?«, fragte sie.

»Sorry, ich war gerade ganz woanders«, murmelte er.

»Das sehe ich. Wo warst du denn diesmal?« Cathy sah ihn spöttisch an. So richtig *da* war er den ganzen Tag nicht gewesen. Eigentlich war er schon ›ganz woanders‹, seit sie ihm gestern das grün-weiße Päckchen neben den Platzteller gelegt hatte.

Das war also ihr 32. Geburtstag. Sie hatten den bisherigen Tag leidlich und mit Anstand herumgebracht – immerhin ohne neue Katastrophen, aber auch ohne Höhepunkte. Nach einem ausgiebigen englischen Frühstück im Westin-Hotel – Jeremy hatte auf Champagner bestanden und die Flasche Louis Roederer Cristal schließlich fast alleine geleert, während sie an ihrem Glas nur genippt hatte – waren sie mit dem Taxi durch den Jangtse-Tunnel hinüber auf die Insel Changxing und dann über die zehn Kilometer lange Hängebrücke weiter zur Hauptinsel Chongming gefahren, wo sie im weitläufigen Nationalpark einen ausgiebigen Spaziergang gemacht hatten. Jetzt waren sie auf dem Rückweg nach Pudong, auf dem Weg zum Abendessen – für 18:30 hatte Jeremy einen Tisch im Nobelrestaurant »M on the Bund« reserviert.

Wo warst du denn diesmal?

Jeremy sah unverändert auf die Flusslandschaft hinaus. »Wusstest du, dass Changxing zum größten Schiffsbauzentrum Chinas ausgebaut werden soll? Acht Kilometer am Südufer sind für Werften reserviert. Die über 140 Jahre alte Jiangnan-Werft ist schon vor Ort, ebenso wie die Shanghai Zhenhua Port Machinery und die Shanghai Edward Shipbuilding. Aber der absolute Clou ist der neue Tiefseehafen Yangshan unten vor den Shengsi-Inseln, der, wenn er 2020 voll ausgebaut ist, alle Rekorde brechen wird. Schon jetzt hat Shanghai Singapur als größter Containerhäfen der Welt abgelöst. Und auch Hongkong wird sich in Zukunft warm anziehen müssen.«

»Ich hätte mich heute auch wärmer anziehen müssen«, sagte Cathy düster. Den ganzen Tag ging das schon so. Entweder schwieg er oder er redete in einem fort über Sachen wie Werften, Häfen, Investmentfonds, Aktienkurse. Wenn er dann merkte, wie sehr er sie langweilte, brachte er das Gespräch krampfhaft auf Themen, von denen er glaubte, dass sie sie interessierten: ihre Lieblingsbücher, Lieblingsfilme, Lieblingssüßspeisen. Sogar nach Kim hatte er sich erkundigt; sie mit einem schelmischen Augenzwinkern recht herablassend gefragt, ob sein »koreanischer Nebenbuhler« ihn denn immer noch als »Butterstinker« tituliere, sobald er ihm den Rücken gekehrt habe. Als ob es heute nicht wichtigere Dinge gäbe. Da hätte er gleich über das Wetter reden können, das wiederum großartig war. Die Luftfeuchtigkeit hatte sich auf ein erträgliches Maß reguliert. Und die Sonne strahlte.

»Ist dir etwa kalt, Liebste? Lass dich wärmen!« Er versuchte, sie an sich heranzuziehen, aber als er fühlte, wie sie sich sperrte, lockerte er die Umarmung.

Typisch, er gibt immer gleich auf, bemüht sich nicht mal, dachte sie. Und verliert sich in hilflosen Belanglosigkeiten. Als ob es heute nicht wichtigere Dinge gäbe. *Ich hab dir heut auch was Wichtiges zu sagen.* Natürlich spürte sie, dass ihn etwas bedrückte, wie ein Tonnengewicht auf seiner Seele lastete. Aber wenn er die angekündigten Enthüllungen den ganzen Tag vor sich herschob, verdarb er ihr nur den Geburtstag und machte nichts besser. War es nur der Heiratsantrag, der ihm so viel Mühe machte? Nein, sicherlich war da noch etwas anderes, das mit der Sendung von gestern zu tun hatte. Das aber auch mit dem Heiratsantrag zu tun hatte. Irgendwie.

Ich hab dir heut auch was Wichtiges zu sagen.

Dass er vorhatte, ihr einen Antrag zu machen, daran zweifelte sie nicht. Wofür hätte er sonst diesen teuren Ring mit den zwei Delfinen gekauft und ihn sorgfältig zwischen seinen Rasiersachen versteckt, wo sie ihn, wie er sicher glaubte, niemals entdecken würde? Und heute hatte er ihn herausgenommen. Aber vorher musste er anscheinend noch eine Beichte ablegen, das befahl ihm seine schlechtes Gewissen. Eine Beichte, die ihm sehr schwerfiel. Etwas Schlimmes. Ein Seitensprung? Das hätte er vor ihr nicht verbergen können. Dass er HIV-positiv war, vielleicht? Quatsch, für eine solche Beichte war der Zeitpunkt definitiv überschritten. Oder dass er schon einmal verheiratet war, damals in Japan? Jetzt aber sei er für sie frei, keine Sorge, Cathy, weil er nämlich seine erste Frau im Affekt eigenhändig erwürgt hatte. Sie müsse sich aber dennoch wohl noch ein paar Jährchen gedulden: In der Sendung von gestern war nämlich eine Vorladung vor ein japanisches Gericht. Sie musste innerlich lächeln: Nein, nein, ihr Jeremy könnte nie einen Menschen umbringen. Der war kein Typ wie Kim. Aber ihre Phantasie hielt Dutzende ähnlich unerquickliche Anlässe für ein schlimmes Geständnis bereit, die sie sich besser vorstellen konnte. Ach, du hast eben schon immer eine lebhafte Phantasie gehabt, Cathy Wong. Doch ihr heimliches Schmunzeln erstarrte ihr auf den Lippen: Sie merkte, dass sie sich vor seinen Enthüllungen fürchtete. Vor seinem *skeleton in the closet*. Und mittlerweile war sie sich fast sicher, dass es sich dabei wohl in der Tat um ein *weibliches* Skelett handelte.

»Woran denkst du, Liebling?«

Jetzt musste ihr dickfelliger Trampel, dieses britische Walross, auch noch mit dieser in so einer Situation verfänglichsten aller Fragen kommen! Aber bitte: Warum sollte sie lügen?

»Daran, dass du mir heute noch etwas Wichtiges sagen wolltest.«

»Richtig. Aber ob dieses Schiff der geeignete Ort dafür ist?«

»Ein Ort ist so gut wie jeder andere.«

»Richtig …« In diesem Moment vibrierte es in ihrer Handtasche. »Augenblick bitte!« Cathy griff in die Tasche und holte ihr Mobiltelefon heraus. Die Nummer des Anrufers war unterdrückt. Sie hätte auch *nicht* rangehen könnten. Aber heute war ihr Geburtstag.

»Ja, Wong, hallo?«

»Hier ist Kim, Kim Park. Alles Gute, Cathy. Kannst du sprechen? Es ist wichtig.«

»Coco!«, jubelte Cathy in den Apparat, »nein, nein – du störst überhaupt nicht ... Wir sind gerade auf dem Rückweg nach Pudong – Jeremy hat mir einen tollen Geburtstagsausflug spendiert!« Sie warf einen kurzen Blick auf Jeremy, der lächelnd abwinkte. Coco war eine Freundin von Cathy. Keine *gemeinsame* Freundin. Ihm kam der Anruf gelegen; ja, er war erleichtert: Da konnte er sich zum x-ten Male noch einmal alles zurechtlegen.

Kim hatte verstanden. Er würde sich kurzfassen. »Tut mir leid wegen gestern Abend«, sagte er mit gesenkter Stimme. »Aber deshalb ruf ich nicht an. Hör zu: Ich bin da auf etwas Merkwürdiges gestoßen. Es betrifft Jeremy. Ich behellige dich ja ungern an deinem Geburtstag damit, aber ...«

»Das ist ja suuuper!«, sagte Cathy, »dann kommst du jetzt doch auch zum Moto-Empfang?«

»Aus dir wird noch eine Spionin«, lachte Kim leise, bevor er zum eigentlichen Zweck seines Anrufs zurückkehrte: »Also: Tu dir und mir einen Gefallen und frage Jeremy noch heute, ob er einen gewissen Julian Peek kennt.«

»Wer soll das sein?«, fragte Cathy. »Kenn ich nicht. Ein Mitarbeiter von Yohji Yamamoto sagst du? Dem berühmten Modedesigner?« Julian Peek? Den Namen hatte Jeremy ihr gegenüber noch nie erwähnt. Was verheimlichte er ihr? Gleichzeitig kam sie sich vor wie eine Verräterin. Jeremy starrte nach wie vor hinaus auf die Küstenlinie. Vor ihnen wuchs die Science-Fiction-Skyline der Pudong New Area immer höher in den rötlichen Abendhimmel.

»Bitte vertraue mir, Cathy, und achte nur genau darauf, wie er reagiert. Okay? Ansonsten bist du ahnungslos.«

»Gut, Coco, das sind ja wirklich tolle Neuigkeiten, dann sehen wir uns ja. Aber weißt du was: Das Boot legt gleich an ... Genau. Stell dir vor: Wir essen heute im ›M on the Bund‹! Cool, was?«

»Guten Appetit«, knurrte Kim ins Telefon. »Julian Peek – der Autor heißt Julian Peek – hast du verstanden? Sag, du hättest mal ein tolles Buch von dem Typ gelesen, wüsstest aber den Titel nicht mehr.«

»Ja ja, Coco. Aber jetzt muss ich wirklich Schluss machen. Wir telefonieren morgen früh – ganz in Ruhe. Ja, ich dich auch. Und grüß Singapur von mir.« Cathy klappte ihr Mobiltelefon zu. »Und was sind die tollen Neuigkeiten?«, brummte Jeremy, hörbar desinteressiert.

»Ach, wieder so eine typische Coco-Geschichte. Sie kommt nun doch zum Moto-Empfang übermorgen im World Financial Center, und das muss sie mir natürlich gleich auf die Nase binden. Die Einladungen sind äußerst rar, aber sehr begehrt, musst du wissen, und sie wollte da doch unbedingt hin. Sie kommt mit einem namhaften japanischen Modedesigner, den sie in Singapur getroffen hat. Offenbar ein Verehrer ... Du kennst doch Coco!«

»Kennen ist ein wenig übertrieben. Aber wolltest du da nicht auch hingehen? Ist das nicht der Empfang, von dem du gestern Yoshi Satori erzählt hast?« Cathy nickte. Jeremy fuhr fort: »Ich könnte mir, ehrlich gesagt, was Besseres vorstellen, als mit einem Haufen steifer Japse meinen Tag zu verbringen – mit all den sonderbaren Zeremonien, die die haben. Ein seltsames Völkchen.«

»Soll ich dir mal was verraten, Jeremy? Ich könnte mir *auch* was Besseres vorstellen. Aber das ist nun mal mein Beruf, Honey. Ohne solche Kontakte könnte ich meinen Job gleich an den Nagel hängen.«

Tokio, 2. Mai 2012. 18:00 Uhr
Yoshi Satori hatte mit viel Glück noch einen Platz in der Mittagsmaschine nach Tokio ergattern können. Dafür hatte er ärgerlicherweise First Class fliegen müssen – wo die Firma ihren Angestellten doch schon seit langem nur noch Economy-Plätze zahlte. Der finanzielle Ärger gehörte momentan freilich zu seinen geringsten Belastungen. Er hatte ganz andere Sorgen.

Drei Stunden und vier doppelte Beruhigungswhiskys später war er gelandet und hatte sich per Taxi zum Prudential Tower im Tokioter Stadtteil Akasaka fahren lassen. Dort stieg er aus, blieb einen Moment stehen, blickte die kalte Hochhausfassade empor, seufzte leise und beschloss, noch eine Zigarette zu rauchen.

Vielleicht war es die letzte Zigarette seines Lebens. Er hatte versagt. Genauer gesagt hatte Kumiko versagt, aber diese Feinheiten spielten jetzt keine Rolle mehr. Kumiko, die als anonyme Tote jetzt wohl starr und ihrer noch verwertbaren Organe beraubt in irgendeiner Leichenhalle lag und eines Tages vermutlich als Übungsmaterial im Präparierkurs für angehende Mediziner enden würde. Und für das Desaster, das sie auf dieser dummen Geburtstagsparty veranstaltet hatte, musste nun er sich verantworten. Satori hatte genau gesehen, wie Jeremy Gouldens zusammengezuckt war, als die betrunkene Japanerin ausgerechnet das scheinbar so harmlose Kinderliedchen vom gelben U-Boot angestimmt hatte. Hatte sorgfältig beobachtet, wie es ihn erschreckt hatte, von dieser Fremden mit einer Vergangenheit konfrontiert zu werden, die er doch meinte, vor aller Welt verborgenen gehalten zu haben. Noch viel mehr würde Gouldens allerdings erschrecken, wenn er wüsste, wie gut jene Männer, denen Yoshi Satori gleich gegenüberknien würde, über ihn und seine Sache im Bild waren. Und wie wenig sie goutierten, was dieser ahnungslose, tapsige *Gaijin* da in die Wege geleitet hatte. Ein mattes Grinsen schlich auf Satoris schmale Lippen, das schnell wieder verschwand – zu groß war seine eigene Angst. Er konnte davon ausgehen, dass die da drinnen bereits über alles Bescheid wussten, was sich gestern auf der Party ereignet hatte. Dafür würde John Huang schon gesorgt haben. Ob er wohl wirklich versucht hatte, ein gutes Wort für ihn einzulegen? Satori hatte allen Grund zu zweifeln. Was wussten Haifische wie Huang von »guten Worten«? Deren gute Worte waren »Zeig deine Zähne« und »Beiß zu«.

Zehn Minuten später betrat Yoshi Satori im 20. Stockwerk des Prudential Towers einen mit Reisstrohmatten ausgelegten Raum und schob die Schiebetüren aus Papier beiseite. Sehr geschmackvolle *Shoji*, dachte er noch, als er schon auf die Knie sank, zum Tisch rutschte und sich jeweils tief vor den drei Männern verbeugte, die um den Tisch knieten. Sie trugen weiße Nylonhemden. Unter der Kunstfaser schimmerten dunkelblaue Drachen. Die kunstvollen Tätowierungen der drei Männer reichten vom Halsansatz bis zu den Handgelenken.

»*Honto ni shipai shimashita, gomen nasai*«, murmelte er unablässig. Sie ließen ihn schmoren. Er wusste, dass es nur zwei Möglichkeiten gab. Entweder man ließ ihn gehen und er konnte am Leben bleiben. Vorerst. Oder sie würden alle drei wortlos aufstehen und ihm ein Samuraischwert präsentieren. Die entschieden unangenehmere Alternative. Yoshi Satori hegte keinerlei Ambitionen, durch *Seppuku* zu sterben, den rituellen Selbstmord der Samurai, bei dem sich der Todeskandidat das Schwert vier Daumenbreit unter dem Nabel in die Eingeweide stoßen und ohne jedes Zeichen von Schmerz in Würde dahinscheiden musste, wollte er nicht für immer entehrt sein.

Er hörte, wie hinter ihm die *Shoji* zur Seite geschoben wurden. Ein junger Bursche, den er hier noch nie gesehen hatte, betrat auf leisen Sohlen den Raum, trat neben Satori und breitete vor ihm auf dem Tisch ein großes weißes Taschentuch aus Leinen aus. Darauf legte er ein weiteres Tuch sowie ein rasiermesserscharfes Kurzschwert und einen handtellergroßen, glatt geschliffenen Stein. Dann verschwand er so lautlos, wie er gekommen war.

Yoshi Satori verstand, was die drei Männer von ihm erwarteten. Das Ritual des *Yubitsume* bietet dem Yakuza, der eine Verfehlung begangen hat, eine Möglichkeit zur Sühne. Nicht, dass die Verfehlung dadurch vergessen gemacht wäre. Im Gegenteil: Bis ans Lebensende trägt er nun das Zeichen seiner Schande offen zur Schau. Satori wäre fortan, wenn man so will, »angeschlagen«, aber am Leben. Doch zuerst musste er da durch. Die Zeremonie in Würde hinter sich bringen.

Schweiß trat ihm auf die Stirn, doch er beherrschte sich eisern, während er seine linke Hand auf dem Stein platzierte, den kleinen Finger abgespreizt. Dann griff er entschlossen nach dem *Wakizashi* und setzte die Klinge direkt hinter dem ersten Glied des Fingers auf die Haut. Ohne zu zögern und einen einzigen Laut von sich zu geben, schnitt er sich das Fingerglied ab. Es knirschte, als die Klinge durch den Knochen fuhr. Kunstvoll wickelte er das Taschentuch um den blutenden Stumpf und zog mit den Zähnen den Verband fest. Dann senkte er die Stirn auf den Tisch und schob mit der rechten Hand das zweite Taschentuch mit dem abgeschnittenen Glied über den Tisch. Die drei Männer verneigten sich kurz vor ihm. Nicht so tief wie Yoshi vorhin.

Erneut wurden die *Shoji* zur Seite geschoben. »Wie hat Mister Gouldens reagiert, als alles schiefging?«, fragte eine sonore Stimme.

Yoshi war angesprochen worden. Er durfte sich wieder aufrichten. Und antworten. »Er wirkte verwirrt – verwundert – verschreckt. Ich bin mir sicher, dass er nicht das Geringste von dem verstanden hat, was vorging. Immerhin haben wir nun absolute Gewissheit, dass *er* unser Mann ist.«

»Ja – das habt ihr fein angestellt. Der einzige noch plumpere Weg wäre vermutlich gewesen, ihn direkt zu fragen.«

»Wie hätte ich denn ahnen können, dass sie sich so gehenlässt?«

Sein neues Gegenüber, ein Bulle von Mann mit einem gewaltigen Stiernacken und prankenartigen Händen, musterte ihn kritisch. Satori erkannte ihn fröstelnd. Der Mann aus Kobe, über den viel gemunkelt wurde, trug den Spitznamen »der Metzger«.

»Und was war in dem Päckchen der Murata-Tochter?«

»Ich weiß es nicht«, antwortete Yoshi Satori wahrheitsgemäß. »Es war mir leider unmöglich, es verschwinden zu lassen; seine Schlampe ist mir dazwischengekommen. Aber soweit ich seine Reaktion beobachten konnte, geriet er völlig aus der Fassung.« Wenn ich hier noch lange verhört werde, könnte mir dasselbe passieren, dachte er. Der frische Stumpf pochte herauf bis in seinen Kopf.

»Hat er es denn geöffnet?«

»Nicht vor unseren Augen, nein. Ich glaube, er ahnte, was drin war.«

»Er wird von dieser Frau kein zweites Päckchen mehr erhalten.«

Wieder machte sich Stille im Hinterzimmer breit. Satori versuchte, gleichmütig dreinzublicken. Er konnte immer noch nicht genau abschätzen, ob seine Opfergabe als ausreichende Entschuldigung angenommen worden war. Kumikos Selbstmord war zwar konsequent und ehrenhaft gewesen, machte die Situation für ihn aber nicht besser. Er beschloss, in die Offensive zu gehen. »Noch ist nichts verloren«, sagte er leise zum Stiernacken. »Ich werde die Produktion dieses Films zu verhindern wissen.« Höchstens seine tonlose Stimme verriet, dass er einer Ohnmacht inzwischen unangenehm nahe war.

»Davon gehe ich aus«, sagte der Stiernacken. »Und wir müssen unbedingt verhindern, dass dieser Engländer in Besitz der Aufzeichnungen gelangt. Aber dazu müssen wir auch herausfinden, wo sie sind. Und was Gouldens darüber weiß.« Der »Metzger« verfiel in ein bedrohliches Schweigen. Als er zu sprechen fortfuhr, war es Satori, als ob ihm seine Worte direkt ins Fleisch schnitten. »Man ist sehr ungehalten über Sie, Satori-san. Es darf uns kein weiterer solcher Fehler unterlaufen. Es sind schon zu viele Fehler passiert. Dafür hat Japan bitter bezahlen müssen. Die Größe und Ehre unseres Vaterlandes steht auf dem Spiel. Das Land ist in seiner schwersten Krise seit seine Helden im Weltkrieg untergingen, und wir haben keine Zeit mehr zu verlieren. Aber die momentane Schwäche ist auch eine Chance für die wahren patriotischen Kräfte, das Ruder herumzureißen und Nippon zum alten Ruhm zurückzuführen. Scheitert unsere Mission, ist auch unsere Heimat, das alte Japan, dem Untergang geweiht. Und dafür bezahlen Sie als Erstes, Satori-san.«

Heftig pochte sein Herz, schlug mit jedem Puls schmerzhaft über den linken Arm bis in den kleinen Finger hinab. Auf dem weißen Taschentuchverband bildete sich ein runder, roter Fleck: wie eine japanische Flagge, die rasch größer wurde.

Stiernacken bedeutete ihm mit einem verächtlichen Nicken, dass die Audienz beendet war. Satori erhob sich und ging langsam rückwärts zur Tür. *»Isshokenme ganbari-masho«*, sagte er mit einer tiefen Verbeugung, »ich werde alles in meiner Macht Stehende tun. *Banzai* – lang lebe der Kaiser!« Und schlüpfte hinaus. Draußen auf dem Flur, vor den Fahrstuhltüren, verharrte er noch einen Augenblick. Niemand folgte ihm. Er bekam also noch eine Chance. Yoshi Satori schwor bei den zwei Gliedern seines kleinen Fingers, dass er diese Chance nutzen würde. Er zündete sich eine Filterlose an. Er musste sofort zurück nach Shanghai.

Shanghai, 2. Mai 2012. 18:45 Uhr

Natürlich hatten sie sich wieder ein wenig verspätet, und Jeremy bangte um den reservierten Tisch. Wenn dort jetzt schon jemand anderes saß, wäre das die nächste Katastrophe.

Tatsächlich war das berühmte Kolonialrestaurant »M on the Bund« wie zumeist bis auf den letzten Platz besetzt. Kein freier Tisch für Cathy und Jeremy. Die Sache klärte sich aber rasch auf. Der nächste frei werdende Tisch sei für sie bestimmt, erläuterte ein dienstfertiger Kellner, der sich immer wieder sehr schuldbewusst vor ihnen verbeugte. Wenn sie wollten, könnten sie noch einen Moment in der »Glamour Bar« Platz nehmen, Getränke gingen selbstverständlich aufs Haus.

»Gegen einen kleinen Whisky vorab hätte ich nichts einzuwenden. Was meinst du, Cathy? Es ist ja schließlich dein Geburtstag.«

Sie willigte seufzend ein.

Er bestellte seinen Lagavulin und sie ein kleines Glas Chardonnay. Jetzt ist vielleicht die richtige Gelegenheit, dachte sie. Also los.

»Jeremy. Ich habe da kürzlich so ein Buch gelesen. Von einem englischen Autor, wie hieß er nochmal …«

»Es gibt Unmengen von englischen Autoren. Erster Buchstabe?«

»Warte, mir liegt es auf der Zunge. Etwas mit Jot. Jedenfalls der Vorname. J wie Jeremy.«

»James Joyce? Der war aber Ire.« – »Nein, nein. Julian …«

»Julian Green war Amerikaner, der auf Französisch geschrieben hat, da verwechselst du was, Schatz. Außerdem hast du ja – ich hab's! – *Room with a View* von E. M. Forster gelesen. Nichts mit Jot. Lag doch wochenlang auf deinem Nachttisch. Na ja, ein ›Zimmer mit Aussicht‹ haben wir mit diesem prächtigen Blick über den Bund auch hier, nicht? Und, wie fandest du Forsters alten Schinken? Also, ich kann mit diesen Liebesverwicklungsgeschichten ja nicht besonders viel anfangen, das ist mehr was für Frauen, denke ich. War übrigens auch ein Lieblingsautor meiner Großmutter, der Forster. Wenn sie nicht gerade ihren alten Goethe las. Sie war ja gebürtige Deutsche, weißt du.«

Cathy gab es auf. Das mit dem Buch war so eine Schnapsidee von Kim gewesen. Und was sie zu hören bekam, war nun wieder so ein nervöser, unkoordinierter Redeschwall, wie er dergleichen den ganzen Tag schon fabrizierte.

»Wann ist deine Großmutter denn eigentlich gestorben?«, fragte Cathy, nur um irgendwas zu sagen. Sie wusste, dass Jeremy, der ein Einzelkind war, eine enge Beziehung zu seiner Großmutter väterlicherseits gehabt hatte, bei der er aufgewachsen war, nachdem er seine

Eltern im Alter von 12 Jahren durch einen tragischen Autounfall verloren hatte.

»Am 5. Februar 1999. Da war ich noch in Japan.«

»Und deine Großmutter war Deutsche, sagst du?«

»Ja, weißt du doch. Berliner Bankierstochter.«

»Warum hat sie dann im November 1938 das Land verlassen?«

»Cathy, viele Deutsche haben in den dreißiger Jahren das Land verlassen. Thomas Mann, Sigmund Freud, Marlene Dietrich, Billy Wilder, Albert Einstein …«

»Aber ich dachte, sie sei Jüdin gewesen.«

»Nein, sie war Deutsche. Sie fühlte sich immer als Deutsche. Sie war voll assimiliert. Gut, später war sie dann Engländerin – als sie meinen Großvater geheiratet hatte.«

»›Voll assimiliert‹, sagst du? Sie war also doch Jüdin.«

»Ich sage doch: Sie war deutsche Staatsbürgerin. Sie fühlte sich immer als Deutsche. Das spielte keine Rolle für sie.«

»Für die Deutschen spielte es offensichtlich eine Rolle.«

»Für das deutsche Regime, ja. Für Hitler und seine willigen Vollstrecker. Die hätten sie wohl umgebracht.«

»Jeremy, du weißt, ich habe nichts gegen Juden. Ich versteh bloß nicht, wieso du *auch darum* so eine Heimlichtuerei betreiben musst.«

Jeremy seufzte. Dieses bösartige »auch«. Zeit, behutsam ein wenig Contra zu geben. »Schau mal, Cathy: Wie ist es denn mit dir?«

»Was soll denn auf einmal mit mir sein. Willst du jetzt persönlich werden? Jeremy, ich bin amerikanische Staatsbürgerin. *Born – in the USA!*«

»Siehst du. Genau wie meine Großmutter.«

»Wieso? War sie denn *amerikanische* Jüdin? Von Brooklyn nach Berlin? Das wird jetzt aber kompliziert. Gerade hast du noch gesagt …«

»Nein. Ich wollte ausdrücken: Genauso wie du amerikanische Staatsbürgerin bist, war meine Großmutter deutsche Staatsbürgerin. Bis dann dieser Österreicher an die Macht kam und entschied, dass Millionen Deutsche von heute auf morgen keine Deutsche mehr waren. Weil plötzlich irgendein obskures ›Blut‹ der Menschen mehr zählte als ihr Kopf – dieser ganze Rassenirrsinn eben. Und anders als dir hat man es meiner Großmutter nicht einmal angesehen. Sie war blond, Cathy. Wenn der Ku-Klux-Klan in Kalifornien die Macht übernimmt, kann dir dasselbe passieren.«

»Was sind denn das für Sprüche, Jeremy? *Anders als mir?* Man sieht mir also nicht an, dass ich Amerikanerin bin, he? Und dem Präsidenten sieht man das wahrscheinlich auch nicht an, was? Meinst du nicht, dass du gerade ein *klein bisschen* rassistisch wirst? Wenn es nach dir ginge, ist man wahrscheinlich nur ein richtiger Amerikaner, wenn man 1620 mit der Mayflower von Plymouth herübergekommen ist. Ja, ihr Engländer seid natürlich die Allerbesten!«

Jeremy hatte das Gefühl, dass sich das Gespräch im Kreis gegen ihn drehte, und beschloss, rasch das Thema zu wechseln. Aber jetzt zu fragen: »Willst du meine Frau werden?«, schien ihm auch kein passender Anschluss. Glücklicherweise kam da lächelnd der schuldbewusste Kellner, um ihnen unter neuen Verbeugungen mitzuteilen, dass der gewünschte Tisch nun frei sei. Jeremy kippte seinen Whisky, während Cathy ihren Weißwein nahezu unangetastet stehen ließ.

Der gewünschte Tisch entpuppte sich als einer der hochbegehrten Plätze an den Fenstern, was Jeremy – wie Cathy mit stiller Genugtuung konstatierte – nur mit einem astronomischen Vorab-Trinkgeld geschafft haben konnte. Sollte er nur bluten, sie hatte seinetwegen in den vergangenen 24 Stunden genug leiden müssen. Bei der Auswahl der Speisen gab sie sich daher alle Mühe, Jeremy weidlich zu schröpfen. Sie bestellte Rindfleisch *Quilin Ganshao Niu*, Acht-Juwelen-Chilipaste, rot gebratenen Mandarinfisch und rasch noch gebackenen Karpfenschwanz *Quingyu Shuaishui* mit *Shengbian Caotou*-Gemüse. Auch beim Wein hatte sich, sehr zu Jeremys Leidwesen, Cathy durchgesetzt, die auf einen 2006er Kistler Chardonnay aus dem Sonoma Valley bestanden hatte, der Jeremy absurd überteuert schien. Dann lehnte sie sich zurück und harrte der Dinge, die da kommen sollten.

Jeremy hatte sich noch einmal seinen Lieblingsmalt als Aperitif bestellt, Cathy einen *Sex on the Beach*-Cocktail. Er nahm einen großen Schluck, den er viel zu rasch hinunterschluckte, und räusperte sich verlegen. »Cathy, Darling: Ich möchte dir etwas sagen … ich hoffe, dass jetzt nicht wieder dein unseliges Telefon klingelt … ich muss zugeben, dass ich etwas nervös bin …« Da er nun wieder ins Stocken geriet, das Telefon tatsächlich nicht klingelte und ihm nichts weiter einfiel, blickte er etwas hilflos hinüber zur Hauskapelle, was der Bandleader als das vereinbarte Handzeichen interpretierte. Im nächsten Augenblick ertönte der *Shanghai Blues*, ein Schlager aus den dreißiger Jahren. Cathy war verblüfft. Dieses Stück hatte sich Jeremy damals auch von der Jazzband der alten Männer im »Peace Hotel« gewünscht. An ihrem ersten Abend, kurz nachdem sie sich kennengelernt hatten. Gleich am nächsten Morgen hatte sie Coco telefonisch davon berichten müssen, dass sie die Liebe wie ein Blitz – ein *coup de foudre* – ereilt hatte. Die seit Jahren vergeblich gesuchte Kombination *philosopher's mind in the body of a Greek God*, von der sie beide immer gesprochen hatten, sei nun endlich, endlich in ihr Leben getreten und sie sei wild entschlossen, von ihrem Philosophengott um keinen Preis mehr loszulassen. Mochten alle anderen – Coco eingeschlossen – doch sagen, was sie wollten. Und sie sagten so manches.

»Das ist aber nicht *so richtig* der griechische Gott, den du immer gesucht hast«, hatte zum Beispiel Coco gesagt, nachdem sie Jeremy zum ersten Mal in Augenschein genommen hatte.

Oh doch, das war er. Auch wenn das nicht für alle Augen sichtbar war. Auch wenn er, zugegeben, nicht im eigentlich »klassischen« Sinn schön war. Und wenn er auch kein Apoll war, so war er Hephaistos: Der Gott des Feuers, der als der liebenswürdigste und freundlichste aller Griechengötter galt. Und wenn der auch der Einzige auf dem Olymp war, den man jedenfalls *nicht* für seine Wohlgestalt rühmte, hatte Hephaistos doch die Begehrenswerteste von allen zur Frau: Aphrodite, die Göttin der Liebe. Aber all das waren Dinge, die jemand wie Coco nicht verstehen konnte. »Nun ja, Sokrates soll ja auch hässlich gewesen sein«, lautete deren Vorschlag zur Güte. »Und solange dein Jeremy nicht wie ein *chinesischer* Gott aussieht, ist ja alles in Ordnung.« Und, wärmer geworden: »Bestimmt hat er auch seine Qualitäten. Wahrscheinlich nicht nur im Bett. Aber findest du nicht, dass er etwas zu alt für dich ist?«

Der *Shanghai Blues, ihr* Lied. Jeremy war sich sicher, dass ihm damit ein großer Coup gelungen war. Eigentlich hatte er vorgehabt, die Sache mit der Hauskapelle doch noch abzublasen. Doch dann war alles Hals über Kopf gegangen, eins hatte ins andere gegriffen, und jetzt gab es kein Zurück mehr. Jetzt musste er, sozusagen, auf den roten Knopf drücken. Aber hatte er Cathy nicht *erst* sein Geständnis machen wollen? Konnte er sich jetzt hier hinstellen und sagen: Bitte Cathy, heirate mich, verbindliche Zusage erwünscht, das Kleingedruckte wird auf zwei DVDs nachgereicht? Konnte er nicht. Aber jetzt lief ihr Lied und sie sah ihn so schmelzend und froh aus ihren Rehaugen an.

Konnte er doch.

»Cathy! Wie wäre es mit einem Geschenk, das dir *und* mir Freude bereitet? Etwas, das so verrückt und gleichzeitig schön ist, dass wir uns noch lange daran erinnern werden? Vielleicht für den Rest unsrer Tage?« Cathy rutschte unruhig auf ihrem Stuhl hin und her und versuchte unbeteiligt auszusehen. »Was meinst du damit?«, fragte sie und schob die Unterlippe vor.

Jeremy beugte sich verschwörerisch nach vorn und blickte langsam nach links und rechts. Dann zog er etwas aus der Tasche und schob es über den Tisch. Es war eine kleine rote Lackschachtel. »Ich habe dich heute ein bisschen lange auf die Folter gespannt«, sagte er feierlich. »Ich hoffe, du bist nicht an mir und meinen Absichten irregeworden.«

Cathy widerstand der Versuchung, die kleine Schachtel augenblicklich aufzureißen. Sie wusste sofort, was dieses Schächtelchen enthalten würde. Da war er, der Ring. Sollte sie oder sollte sie nicht? Eigentlich wollte sie ja schon. *Fördernd ist Beharrlichkeit.* Komme, was wolle. *Fördernd ist, zu haben, wohin man gehe.* Aber es ärgerte sie ein wenig, dass er seine dunklen Enthüllungen jetzt anscheinend doch auf *danach* verschieben wollte. Nachdem er sich den ganzen Tag davor gedrückt und ihr damit den Geburtstag verdorben hatte. Und bevor sie Ja sagte, wollte sie erst wissen, was er vor ihr verbarg. Schließlich kauft man nicht die Katze im Sack. Wollte er sie mit der Schachtel nun in Zugzwang bringen? Damit sie es war, die ihnen diesen entscheidenden Moment verdarb? ›Willst du mich heiraten, Cathy?‹ – ›Oh, kommt ganz darauf an. Erzähl mir erst dein dunkles Geheimnis. Bis dahin kannst du deinen Ring behalten.‹ Nicht sehr romantisch. Sollte sie oder sollte sie nicht? Sie sollte nicht. Sie schob das Schächtelchen zur Seite.

»Willst du es nicht aufmachen?«, fragte Jeremy beklommen.

»Nach dem Essen«, entschied sie.

»Es ist nicht das, was du vielleicht denkst.« Er lächelte geheimnisvoll. »*Noch* nicht.«

Diese Antwort irritierte sie nun aber doch. Nicht, was sie dachte? Das wollte sie aber sehen!

Während sie vorsichtig die Lackschachtel öffnete, stellte Jeremy ihren Cocktail wie unabsichtlich ein Stückchen zur Seite. Als wolle er verhindern, dass sie das Glas umstoßen könnte. Dass er ihr dabei den Ring vorsichtig ins Glas warf, bekam sie nicht mit. Zwei hochkarätige Delfine in der Luft, über einem königsblauen Meer.

Cathy wunderte sich. Außer einem kunstvoll gefalteten Briefchen enthielt die Schachtel nichts. Sie wusste nicht, ob sie nun enttäuscht oder erleichtert sein sollte. Sie war wohl beides. Enttäuscht und erleichtert faltete sie das Papier auseinander und las: *Gutschein für eine Reise … bis ans Ende der Welt und noch über den Horizont hinweg …*

»Na, was sagst du?«

Seine schriftstellerischen Versuche hatten sie noch nie überzeugt. »Hm, etwas kitschig formuliert, findest du nicht?«, bemerkte sie spitz. »Und das ist jetzt also dein Geburtstagsgeschenk?«

»Ich dachte, wir lösen den Gutschein ein und fliegen für ein paar Tage nach Hainan. So bald wie möglich. Sobald es sich bei mir in der Kanzlei irgendwie einrichten lässt. Was meinst du?«

Verstand sie das richtig? Langsam dämmerte ihr ein Verdacht. Hatte er die ganze Sache also kurzerhand *verschoben*? Weil er sich noch immer nicht traute? Jetzt also noch mindestens zwei, drei Wochen warten und dann eine Woche mit einem herumdrucksenden, nervösen, verschlossenen Jeremy auf Hainan in der Hitze schmoren und Däumchen drehen, bis er sich endlich mal traute, Klartext zu reden? Das hielt sie nicht aus. Nein, sie konnte mit all diesen Ungewissheiten nicht mehr leben. Sie war im besten Alter und gerade beruflich am Durchstarten. Sie musste ihre Zukunft planen. Wollte sie Kinder? Wenn ja, wann? Von wem? Wie viele? War Jeremy wirklich der richtige Vater für ihre Kinder? Wie würde sie Kinder und Karriere unter einen Hut bringen? Wie würde sich ihr Mann da einbringen? Sollten die Kinder als kleine Chinesen in Shanghai aufwachsen oder sollte sie besser nach Kalifornien zurück? Möglicherweise erhielt sie bald ein Angebot, für *Vanity Fair* nach London zu wechseln und die nächste Sprosse ihrer Karriereleiter zu erklimmen. Würde Jeremy dann mitkommen und mit ihr in die Luxuswohnung seiner Eltern ziehen, von der er immer so schwärmte? Fragen über Fragen, die geklärt werden mussten; die sie lieber heute als morgen beantwortet haben wollte. Jetzt saß sie hier mit diesem englischen Drückeberger, der bei allen wichtigen Entscheidungen die Reaktionsschnelle eines Faultiers aufwies, und er hatte an ihrem Geburtstag nichts Besseres zu tun, als sie auf einen noch in der Ferne liegenden Kurzurlaub auf einer schwülen Tropeninsel zu vertrösten, wo sie sich wahrscheinlich das Gelbfieber oder sonst was holen würde. Sie hatte es *so satt!* Sie hatte gute Lust, ihm jetzt eine Szene zu machen, hier vor allen Leuten, die ohnehin schon begonnen hatten, ihr neugierige Blicke zuzuwerfen. Aber sie wusste etwas Besseres. Sie musste die Dinge jetzt selbst in die Hand nehmen. Sie musste in die Offensive gehen. Jetzt und hier.

»Jeremy«, sagte sie statt einer Antwort und blickte ihn scharf an. »Jeremy. Wer ist Julian Peek?«

Schade um den teuren Lagavulin. Sie reichte ihm ihre Serviette.

Sie hatte ihn selten so aufgeregt gesehen. Sie hatte ihn, wenn sie es sich recht überlegte, *das ganze Jahr* nicht so aufgeregt gesehen. Abgesehen von den letzten 24 Stunden vielleicht. Da war es nun das zweite, wenn nicht gar schon dritte Mal.

Woher sie das wisse. Ob sie sein privates Aktenschränkchen durchstöbert habe. Woher sie denn überhaupt den Schlüssel habe. Wem sie schon davon erzählt habe. Und so weiter.

Sie habe ja nur gefragt. Er solle sich abregen.

Dass er ihr alles erzählen wolle. Meinetwegen gleich heute. Zu Hause. Aber nicht hier. Nicht beim Geburtstagsessen. Sie wolle sich doch jetzt nicht durch so etwas den Abend verderben lassen. Und dass die Sache mit Julian Peek mit ihnen beiden und dem Anlass des Abends sowieso nicht das Geringste zu tun habe. Höchstens am Rande. Da schon.

Gut, dann eben gleich die zweite Frage. Das Feuer war eröffnet; es gab kein Zurück mehr. Sie wusste nicht, wo das enden würde, aber auch wenn das Ende wieder ein fürchterliches Debakel sein musste – es gab kein Zurück mehr.

»Jeremy. Ist es eine andere Frau?«

Julian Peek? Nein, Julian Peek sei keine andere Frau. Im Übrigen gebe es überhaupt keinen Julian Peek. Aber jetzt bitte das Thema wechseln.

Als ob es für ihn, seit sie ihm gestern Abend das Päckchen neben den Teller gelegt hatte, nicht ohnehin nur noch *ein* Thema gab, das ihn nicht losließ. Und jetzt musste er auspacken, Klartext reden.

»Jeremy. Ist es eine andere Frau?«

»Nein. – Nein, nein. Das heißt ... ja. – Aber nicht ... Na ja, wie soll ich sagen. – Also schon, aber nicht direkt, jedenfalls nicht das, was du jetzt vielleicht denkst, weißt du.«

Sie wusste nicht.

»Also, beruhig dich: Cathy, ich kann dir alles erklären ...«

In dem Moment war bei ihr der Kragen geplatzt. Jetzt, wo sie ihn endlich da hatte, wo sie ihn den ganzen Tag schon hatte hinbringen wollen, da, wo auch er hingewollt hatte, aber hinzukommen nicht den Mut fand – jetzt konnte sie nicht mehr. Sie kapitulierte vor der unrettbar verfahrenen, völlig absurden Situation, in der sie sich gerade verstrickt hatten. Gerade heute und hier, wo es endlich einmal nicht um ihn und seine ganzen Geschäfts- und Anwaltssachen gehen sollte, wo sie endlich einmal der Mittelpunkt sein sollte, wo sie gefeiert und umsorgt sein wollte, wo sie auf einen Heiratsantrag gewartet hatte, nur um wieder einmal vertröstet zu werden – gerade heute und hier sollte sie nun dasitzen, sich bei Kerzenlicht teures Essen und noch teureren

Wein schmecken lassen und sich geduldig und verständnisvoll von ihrem Herzallerliebsten irgendwelche endlosen Beichten über andere Frauen anhören. Das ging nicht. Nicht hier, nicht jetzt. Tut mir leid, Jeremy.

Sie sprang auf. Sollten die Leute nur gaffen. »Jeremy. *Ich* habe heute Geburtstag, und du kannst dir deine Erklärungen sparen. Soll *das* dein Geburtstagsgeschenk sein, Jeremy? Dass du mich ins teuerste Lokal der Stadt einlädst, um mir dein Herz zu öffnen und von einer anderen Frau zu erzählen? Hast du nicht die Spur von Taktgefühl im Leib, du britisches Rhinozeros? Ich bin doch nicht der Abladeplatz für deinen Seelenmüll. Ich pfeif auf deine Erklärungen, Jeremy! *Ich pfeif auf deine Erklärungen!*«

Als sie spürte, wie ihr die Tränen kamen, sprang sie rasch auf, schnappte ihre Handtasche, und ehe Jeremy überhaupt begriff, was hier vor sich ging, war sie schon draußen. Ihr in diesem Zustand zu folgen, war zwecklos. Da war er ein gebranntes Kind. Ihr Feuergott.

Nachdenklich, ein wenig versteinert, blieb er sitzen. »Bitte zahlen«, sagte er irgendwann zum dienstfertigen Kellner, der die ganze Szene über danebengestanden und sich höchst verbissen bemüht hatte, korrekt zu wirken. Schade um das sündhaft teure Essen, dachte Jeremy, schade um ein Essen, das sie beide nicht angerührt hatten. Das sie nicht einmal zu Gesicht bekommen hatten. Da sollten zumindest die Getränke nicht verkommen.

Nachdenklich überprüfte Jeremy seinen Whiskyschwenker. Bis zur Neige. Dann schnalzte er mit der Zunge, griff nach dem herrenlos gewordenen drei viertel gefüllten Cocktailglas und leerte es in einem einzigen großen Zug. Was war da Metallisches in seinem Mund? Ach richtig, da war ja noch was.

Nein, er schluckte nicht. Er tat, als wolle er sich mit den Fingern einen Fleischrest – wovon? – zwischen den Zähnen entfernen, packte den Ring und verstaute ihn wieder in der kleinen roten Lackschachtel. Zwei hochkarätige Delfine in der Luft, über einem königsblauen Meer.

Vielleicht würde er ihn eines Tages ja doch noch brauchen.

Kyoto, 30. Dezember 1998. Später Nachmittag

Jeremy hatte die Weihnachtstage allein in Tokio verbracht, in der Kanzlei, wo er ungestört an seinem Fall arbeiten konnte. Er war nervös, die Zeit drängte. Während seiner letzten beiden Treffen mit Yukiko hatten sie nicht über ihren Vater oder die Einheit 731 gesprochen. Unausgesprochen hatte das Thema im Raum gestanden und ihre Unterhaltungen schleichend vergiftet – ihre Worte umschlungen, das Gespräch allmählich erwürgt, bis sich Totenstille zwischen sie legte. Jeremy hatte nicht den Mut aufgebracht, um nachzufragen, ob sie bei ihrem Vater etwas hatte in Erfahrung bringen können. Dass der alte Murata mit ihm, Jeremy, nicht über seine Vergangenheit sprechen würde, stand für ihn fest. Darüber machte er sich keine Illusionen. Aber würde er auch für die drängenden Fragen der eigenen Tochter nur ein taubes Ohr haben? Mittlerweile waren fünf Wochen verstrichen, seit er sie gebeten hatte, ihm bei seinen Recherchen zu helfen und Erkundigungen einzuziehen. Heute, dachte er, muss ich einmal nachbohren. Vor Monaten schon hatten sie ausgemacht, dass er heute nach Kyoto kommen würde, um den Jahreswechsel mit ihr zu verbringen.

Yukiko holte ihn am Bahnhof ab. Es war ein nasskalter Wintertag. Der böige Wind war unangenehm. Aber es war nicht nur das Wetter, was ihn frösteln ließ. Sie hatte sich verändert. Ihr Gesichtsausdruck war starr, ihre Körperhaltung seltsam versteinert. Steif und gehemmt fiel auch ihre Begrüßung aus. Der Kuss, den sie ihm auf die Wange hauchte, fühlte sich eisig an. Sie entschieden sich, in den Norden Kyotos zu fahren, zu einem ihrer Lieblingstempel, dem Jakko-in in der Nähe des Örtchens Ohara, der ihnen wegen der meditativen Stille im Tempelgarten besonders zusagte. Während der Fahrt fiel Jeremy auf, dass Yukiko häufiger als sonst in den Rückspiegel blickte.

Als sie den Tempel erreichten, hatten sie noch kaum ein Wort miteinander gewechselt. Nur leere Belanglosigkeiten. Sie schritten zwischen den bemoosten Bäumen des Gartens hindurch. An den kleinen Wasserfällen, dem Teich und der alten eisernen Laterne vorbei. Heute sagte Jeremy die Stille im Garten weniger zu. Nicht meditativ – lähmend war sie. Endlich fasste er sich ein Herz. »Liebling, erinnerst du dich noch, als ich dir von der Einheit 731 erzählte …«

»Frag mich bitte nie wieder danach«, entgegnete sie in einem scharfen, fremden Ton, den er noch nie von ihr vernommen hatte.

»Was hast du denn, Liebes?«, fragte er erschrocken, wollte sie beruhigen, umarmen und schützend an sich heranziehen. Aber als er sie berührte, zuckte sie zusammen, als hätte sie eine giftige Schlange gebissen, und entwand sich seinem Griff. Dabei entwich ihr ein leises Stöhnen. *»Itai …«* Jeremy blickte in ein schmerzverzogenes Gesicht. »Hab ich dir wehgetan?«, fragte er besorgt.

»Nein. Du hast mir nicht wehgetan.« Das »Du« hatte sie, wohl unbeabsichtigt, kaum hörbar betont.

»Aber du hast Schmerzen. Was ist passiert? Rede mit mir …!«

»Ich möchte jetzt gern zurückfahren, Jeremy. Mir ist kalt.« Yukiko sah sich verängstigt um. Sie wirkte wie ein gehetztes Tier. Wie in die Enge getrieben. Sie presste ihre Arme wärmesuchend an ihren zitternden Leib und ordnete mit einigen hastigen Bewegungen den langen Seidenschal, den sie heute eng um ihren Hals gewickelt trug. Nur für einen winzigen Moment konnte Jeremy den breiten blaulila Striemen sehen, der ihr vom Hals herab über die linke Schulter lief. Jeremy erinnerte sich daran, dass er einen ähnlichen Striemen schon einmal an ihr gesehen hatte. Vielleicht war es nicht der einzige Striemen an ihrem so makellosen Leib.

Entschuldige, eigentlich wollte ich dich da nicht mit hineinziehen.

Plötzlich spürte er ein lähmendes Druckgefühl in seinem Kopf. Was für ein gedankenloser Idiot er doch war. Und wie wenig er dieses Land und seine Sitten offensichtlich kannte. Und wie wenig Yukiko. Wie ein fernes Donnergrollen überkamen ihn die ersten Vorboten der sich anbahnenden Erkenntnis. Niederschmettern sollte sie ihn erst später. Die Erkenntnis, dass er einen riesengroßen Fehler mit möglicherweise unübersehbaren Folgen begangen hatte. Noch glaubte er, alles wiedergutmachen zu können.

Auch die Rückfahrt verlief größtenteils schweigend.

Etwa eine Stunde später gingen sie, zurück in der Stadt, Hand in kalter Hand durch den Botanischen Garten im Bezirk Sakyo-ku. Von hier aus war es nicht allzu weit zum Haus ihres Vaters am Kamo. Yukiko hatte den Wunsch geäußert, mit Jeremy noch einmal *ihre* Bank aufzusuchen, der sie seit über einem Jahr keinen Besuch mehr abgestattet hatten. Es begann schon zu dämmern. Der große Ginkgo streckte schwarz und drohend seine kahlen Äste in die aufziehende Dezembernacht, wie den Himmel um Erbarmen anflehende Hände.

Er spürte, dass sie ihm noch etwas zu sagen hatte, aber mit den Worten rang. Hatte sie es sich doch anders überlegt? Sollte sie begriffen haben, dass das Opfer ihrer Schmerzen nicht umsonst sein durfte? Wollte sie ihm helfen?

Dann sagte sie schnell: »Jeremy, du must heute Abend wieder nach Tokio zurück.«

»Wieso? Ich bin doch diesmal extra mit Gepäck da. Ich dachte …«

»Es tut mir leid. Ich kann nicht. Ich treffe mich mit einem anderen Mann. Vertrau mir, Jeremy.«

»Aber …« So viel war zu sagen. So viel, dass er nicht wusste, wo anfangen. Sie verschloss seine Lippen, traurig lächelnd, mit ihrem Zeigefinger. »Pass auf dich auf, Geliebter. Versprichst du mir das? Ich meine es ernst: *Pass auf dich auf!* Mehr als warnen kann ich dich nicht.« Dann drehte Yukiko sich um und ging langsam davon. »Vertrau mir, Jeremy.«

Jeremy wollte ihr folgen, aber irgendetwas hielt ihn zurück. Sooft er auch später an diesen Moment zurückdachte: Er konnte sich nicht erklären, was es war. Ein Gefühl der Angst und der Machtlosigkeit, der Fremdheit, das seine Beine und seinen Willen lähmte. Er solle ihr vertrauen, hatte sie gesagt. Sie würde schon zurückkommen.

Er blickte ihr hilflos hinterher, bis sich ihre zierliche Gestalt in der trüben Abenddämmerung verlor.

Für immer.

Shanghai, 2. Mai 2012. 22:15 Uhr

Er hatte etwa eine halbe Stunde am Stück geredet, und sie hatte schweigend zugehört. Jetzt schwieg auch er und wartete auf ihr Urteil. Freispruch oder Verbannung. Sie sagte immer noch nichts. Immerhin hatte sie sich äußerlich wieder beruhigt und ihr schien die Szene vorhin im »M on the Bund« nun doch eher peinlich zu sein.

»Magst du mich trotzdem noch ein bisschen?«, wagte er schließlich vorsichtig.

»Ach Jeremy«, sie schüttelte seufzend den Kopf. »Meinst du, das ist etwas, was man auf Kommando einfach an- oder abstellen könnte? Ich glaube, ich mag jetzt erst mal was zu trinken.«

»Ich hole uns was.« Jeremy stand auf. »Den kalifornischen Chardonnay?« Cathy trank bevorzugt die opulenten, gerne auch süßen Kreszenzen ihrer amerikanischen Heimat, auch wenn – oder gerade weil – Jeremy sie beständig als »industrielles Bubblegum« schmähte.

»Ich glaube, heute brauche ich ausnahmsweise auch einen Whisky.«

Jeremy nickte und stampfte davon; grimmig entschlossen, ihren ungewohnten Whiskywunsch als eine Art Zeichen des Willens zur trotz aller widrigen Prüfungen durchgehaltenen Treue zu interpretieren.

Sie blieb nachdenklich sitzen. Keine ermordeten Frauen. Kein Seitensprung. Kein HIV. So eine Art Studentenliebelei vor 13 Jahren, sich die Hörner abstoßen, weiter nichts. Sie könnte eigentlich ganz erleichtert sein, aber sie war es nicht. Er hatte damals in Japan eine andere Frau geliebt, was soll's? Aber das war es nicht. Ihre Intuition sagte ihr, dass es nicht um dieses *damals* ging. Dass vielmehr diese Frau, oder was sie verkörperte, noch immer eine Bedrohung für sie beide war. Das sei längst Vergangenheit, hatte Jeremy beteuert. Aber jetzt kam diese grün-weiße Sendung, und auf einmal war die gesamte Gegenwart gleichsam wie vom längst Vergangenen aufgesogen. War das der Mann, mit dem sie ihr Leben teilen wollte? Wenn es Jeremy nicht gelang, mit dieser Vergangenheit fertigzuwerden, dann würde auch *ihre* Beziehung keine Zukunft mehr haben, das wusste sie. Sie könnte ihn heiraten und fortan dafür sorgen, dass sie sein weiteres Leben völlig unter Kontrolle hatte. Das *konnte* sie. Aber seine Vergangenheit würde sie nie unter Kontrolle haben. Die entglitt ihr, und das machte sie wütend. Sie war eifersüchtig auf diese Vergangenheit.

Und dann war dahinter natürlich noch diese ganze merkwürdige Geschichte mit seinem Pseudonym und dem Filmdrehbuch, den alten japanischen Kriegsverbrechen und den rätselhaften Leuten, die plötzlich auftauchten. Eine beängstigende Geschichte, gewiss. Vielleicht war Jeremy in Gefahr. Sie hatte das alles noch gar nicht begriffen. Wie auch – hatte er bei allem Ernst und aller Offenheit doch genauso fahrig und sprunghaft erzählt, wie er das den ganzen Tag schon tat. Da klafften noch große Lücken in seinem Bericht. Sie würde nachher dringend noch weiterfragen müssen. Jetzt beschäftigte sie erst einmal die Zukunft ihrer Beziehung.

Jeremy kam mit einer Flasche und zwei Kristallgläsern zurück. »Das Beste, was ich habe. Ein ganz besonderer Lagavulin. Die ›Distillers Edition‹ von 1979. 1997 abgefüllt. Fürs Finish einige Monate in speziellen Pedro-Ximenez-Sherryfässern gelagert.«

Danke, genau das, was sie im Moment brennend wissen wollte. Wenn er in anderen Bereichen nur auch so erzählfreudig wäre. Männer!

Sie schwiegen eine Weile, nippten an ihren Gläsern – schmeckte wie Whisky, befand sie, rauchig und scharf. Ein Faustschlag von Torf, Teer und Schwefel. Etwas für Masochisten. Sie war keiner. Sie gab gern den Ton an. Dann begann sie.

»Jeremy. Du hättest ein Jahr Zeit gehabt, mir davon zu erzählen, und du hast es nicht getan. Weißt du warum?«

»Es hat sich nicht ergeben ...«

Sie beachtete ihn nicht. »Weil du dich schämst. Und warum schämst du dich? Kein Mensch schämt sich dafür, dass er vor 13 Jahren einen anderen Menschen geliebt hat als heute. Das ist die Regel. Du aber schämst dich. Soll ich dir sagen, warum?«

»Ich bitte dich darum, Cathy.«

»Weil das für dich gar keine Vergangenheit ist. Weil du sie immer noch liebst.«

Jeremy saß einen Moment stumm, dann schüttelte er den Kopf.

»Nein, ich liebe sie nicht mehr. Menschen ändern sich, Cathy. Nach 13 Jahren ist kein Atom in deinem Körper mehr am gleichen Platz. Selbst wenn ich mir einbilden würde, dass ich sie noch liebe, würde ich doch nicht sie lieben, sondern die Erinnerung an etwas, das vor 13 Jahren gewesen ist. Ich bin kein nostalgischer Träumer, der sich an einer unwiederholbaren Vergangenheit aufgeilt.«

Cathy überlegte. »Mag sein, aber für mich spielt das letztlich keine Rolle, Jeremy. Ob du deine Erinnerung an eine andere oder die andere selbst mehr liebst als mich, ist mir scheißegal, verstehst du?«

Jeremy verstand. Sie war so eifersüchtig wie der Gott Israels. *Du sollst keine anderen Götter neben mir haben.*

Wieder schwiegen beide. Dann fragte sie hart: »Hast du mit ihr geschlafen?« Jeremy schüttelte den Kopf. »Nein. Sie wollte jungfräulich in die Ehe gehen.«

»Gut.«

Gut. Was war denn *daran* gut? Dass Frauen immer so viel Wert auf die *Äußerlichkeiten* legen müssen. Er hatte mit diversen One-Night-Stands geschlafen. Er hatte mit Yukiko nicht geschlafen. *So what?* Zumindest *das* war nach 13 Jahren nun wirklich Vergangenheit.

»Ich will, dass du das endlich in Ordnung bringst, Jeremy.« Mit diesen Worten stand sie auf und verließ den Raum.

Hast du mit ihr geschlafen? Nein. Hatte er sie angelogen? Nein. Warum aber blieb dieses dumme Gefühl, trotzdem nicht die ganze Wahrheit gesagt zu haben? Schließlich hatte sie *nicht* gefragt, ob er mit ihr Sex gehabt hatte. Sex haben und miteinander schlafen – in Japan war das ein himmelhoher Unterschied. Das war wie mit der Prostitution. Die war in Japan streng verboten. Käuflicher Sex aber nicht. Verboten war einem Mann, gegen Geld mit einer Frau »zu schlafen«: Koitus. Was machte er also, wenn ihn die Sehnsucht quälte, er sich aber nichts Verbotenes zuschulden kommen lassen wollte? Er ging in ein *Soapland* oder einen *Image Club*, praktizierte *Sumata* oder ließ sich im *Pink Salon*, während er an der Bar sein Bier trank, ein Stockwerk tiefer umsorgen. Er ging befriedigt nach Hause, ohne etwas Ungesetzliches getan zu haben. Denn verbotene Prostitution war das ja nicht, er hatte mit der Frau nicht *geschlafen*. Und Jeremy hatte mit Yukiko nicht geschlafen. Doch er war kein Japaner und für ihn machte das keinen Unterschied. Vielleicht hätte er vorhin auf Cathys Frage doch Ja sagen müssen. Aber hätte er dann nicht *gelogen*?

Cathy kam zurück, scheinbar um sich nachzuschenken. »Ich möchte sie sehen.«

Was?

»Ich möchte sie sehen. Du hast doch sicher ein Bild von ihr.«

»Auf meinem Laptop«, sagte er mühsam. »Ich glaube, ich habe es heut Nacht im Suff als Bildschirmhintergrund eingerichtet.«

»Sagte ich's doch«, sagte sie. »Ich bin ja so froh, dass du *kein* Nostalgiker bist.« Es klang eher spöttisch als patzig. Er brauchte nicht zu merken, wie verletzt sie sich fühlte.

Jeremy stand langsam auf, schlurfte hinauf ins Arbeitszimmer und kehrte nach einigen Minuten mit dem eingeschalteten Laptop zurück.

»Darf ich vorstellen«, sagte er. »Yukiko Murata.« Cathy starrte auf das Foto einer lächelnden zierlichen Japanerin mit dunkel glänzenden Augen und langem schwarzen Haar. »Sie ist sehr hübsch.« Ihre Stimme zitterte. »Jetzt weißt du es wenigstens«, sagte Jeremy leise.

»Was weiß ich?« Cathy musterte ihn kalt.

»Mein … dunkles Geheimnis.«

»Und jetzt?«, fragte Cathy.

»Jetzt ist sie tot. Wahrscheinlich. Vielleicht. Ich weiß es nicht. Aber egal: Ich fühle mich schuldig.« Cathy sah mit Unbehagen, wie ihm Tränen in die Augen traten. Er schniefte durch die Nase und wischte sich mit dem rechten Handrücken rasch über die Wangenknochen.

»Warum? Wem gegenüber?« Cathys Stimme war schneidend.

»Dir und ihr. Versteh mich bitte, Cathy: Ich habe sie damals in etwas *hineingezogen*. Ich hab das nicht gewollt. Zuerst hab ich das ja gar nicht erkannt. Oder zumindest nicht wirklich ernst genommen. Und als ich gemerkt habe, was ich angerichtet hatte, war es zu spät. Plötzlich hat sie sich nicht mehr gemeldet. Nach unserem letzten Zusammentreffen war sie wie vom Erdboden verschluckt. Und eine Woche später kam dieser Brief.«

»Welcher Brief?«

»Ihr Abschiedsbrief. Den habe ich noch hier. Aber wenn du hier überall rumwühlst, müsstest du ihn eigentlich schon längst kennen.«

»Jeremy!« Sie starrte ihn entrüstet an. »Ich wühle nicht in deinen Sachen! Ich war noch nie an deinem geheimen Aktenschränkchen. Das mit Julian Peek hab ich von Kim. Er hat mich vor dir gewarnt.«

»Kann ich mir denken, dass der dich vor mir warnt. Der große, selbstlose Kim! Wahrscheinlich hat er dir auch angeboten, dich gleich noch vor mir zu retten. Aber wieso weiß er von dem Drehbuch?«

»Keine Ahnung.«

»Das ist seltsam. Und diese betrunkene Japanerin wusste es auch …«

»Du bist da in irgendwas reingeraten, Jeremy, das macht mir Angst! Du must mir alles erzählen. Was hat das alles mit Yukiko zu tun?«

»Ich weiß es nicht. Willst du ihren Brief lesen?«

»Nein. Ich lese nicht die Liebesbriefe anderer Frauen an dich.«

»Es war, wie gesagt, ein Abschiedsbrief. Sie hat mit mir Schluss gemacht. Sie habe begriffen, dass unsere Beziehung keine Zukunft habe, schrieb sie. Dass wir uns zu fremd seien und unsere Kulturen zu verschieden. Ich solle ihr nicht böse sein, aber wir könnten uns nie wieder sehen.«

»Und du hast das natürlich sang- und klanglos so akzeptiert. Wahrscheinlich war sie einfach eingeschnappt, weil du sie wegen deiner Arbeit so vernachlässigt hast, und wollte dir eben mal einen Schuss vor den Bug geben, um zu sehen, ob du es auch wirklich ernst mit ihr meinst. Mein Gott, ich an ihrer Stelle hätte dich damals längst schon verlassen!«

»Nein, Cathy. Deine weibliche Intuition in Ehren – aber so war es nicht.« Er nahm einen neuen Schluck Distillers Edition. »Sie war plötzlich wie vom Erdboden verschluckt. Ihre Telefonnummer existierte nicht mehr, Briefe kamen zurück mit dem Vermerk ›Unbekannt verzogen‹, und auch im Promovierendenverzeichnis wurde sie nicht mehr geführt. Bei ihrer Kanzlei, wo sie ein Praktikum machte, war sie von einem auf den anderen Tag nicht mehr erschienen. Ich rief all ihre Freundinnen an, die ich kannte. Es waren nicht viele. Ich rief sogar bei ihrem Vater an. Mehrmals. Wenn dort überhaupt mal jemand an den Apparat ging, so legte er auf, sobald ich mich meldete. Nach mehreren Wochen der Trauer, der Wut, aber vor allem der Angst fasste ich mir endlich ein Herz und fuhr noch einmal nach Kyoto, begab mich hinaus an das alte Holzhaus am Kamo-Fluss, wo er wohnte. Mir öffnete eine hübsche junge Frau. Aber es war nicht Yukiko. Vielleicht eine entfernte Cousine. Sie sah mich angstvoll an und wollte mich wegscheuchen. Ich ging aber nicht. Dann kam der Alte.«

»Und? Hat er dir ordentlich den Hintern versohlt?«

Jeremy ging auf Cathys spitze Bemerkung nicht ein. »Im ersten Moment schien er sich auf mich stürzen zu wollen. Dann jedoch nahm er Haltung an und wurde auf eine eigentümlich eisige Art höflich. Seine Tochter sei zu einer fernen Tante gezogen, wo sie sicher sei vor meinen Nachstellungen. Ich solle sie bitte nie mehr belästigen. Sie habe mir doch klipp und klar mitgeteilt, dass sie nichts mehr mit mir zu tun haben wolle. Wenn ich es dennoch wagen sollte, Nachforschungen anzustellen oder ihr hinterherzureisen, würde es *nicht nur mir* schlecht bekommen. Er drohte also mit neuen Misshandlungen seiner Tochter oder Schlimmerem. Das hat er auch so *gemeint.*«

»Und du lässt dich von einem klapprigen Greis derart einschüchtern?«

»Ich weiß nicht, warum – und vermutlich klingt es unwahrscheinlich –, aber ich habe ihm geglaubt. Da schwang so ein Unterton mit in seiner Stimme ... Da war nicht einfach nur Wut und Ausländerhass, Hass auf mich ... sondern auch die Sorge eines Vaters um das Leben seiner Tochter.«

»Du meinst, das war gar nicht er selbst, der ihr diese Verletzungen zufügte, von denen du vorhin erzählt hast?«

»Cathy, ich weiß es nicht. Es gibt viele Väter, die ihre Töchter prügeln, *weil* sie Angst um sie haben. Ich weiß nur, dass ihr Vater nicht *alleine* war. Selbst dann, wenn die Striemen wirklich von ihm waren.«

»Und dann hat er dich aus dem Haus gejagt.«

»Wo ich schon einmal da war, wollte ich natürlich diese einmalige Gelegenheit nutzen, und so fragte ich ihn, ob er etwas Näheres über die Einheit 731 wüsste. Und ob er wirklich damals in Nanking war.«

»Und? Was hat er geantwortet?«

»Er sei Arzt gewesen und habe seinem Vaterland gedient. Er habe sich nichts vorzuwerfen. Doch sollte ich noch einmal über seine Türschwelle treten, sei ich ein toter Mann.«

Cathy war bemüht, sich nicht anmerken zu lassen, dass die Erwähnung der Stadt Nanking auch bei ihr Beklemmungen auslöste. Diese Yukiko hatte sich allem Anschein nach dafür eingesetzt, dass das Leid, dass man *ihrer*, Cathys, Familie zugefügt hatte, aufgeklärt würde. Und sie hatte teuer dafür bezahlt, vielleicht sogar mit dem Leben. Sie hatte aus Liebe Tabus gebrochen, sich für ihren *Gaijin* mit allen angelegt und das höchste Gut riskiert, das ein Japaner zu verlieren hat: seine Ehre. Sie hatte es nicht verdient, von Cathy behandelt zu werden wie ein bösartiger Eindringling, eine gemeine Nebenbuhlerin, die ihr ihren Jeremy wegschnappen wollte. Sie hatte Cathys Respekt und Mitgefühl verdient. Das wusste Cathy. Auch wenn sie momentan weder das eine noch das andere für sie empfand.

»Und dann? Du hast ihm also gehorcht. Und nicht weiter nach ihr gesucht?« Sie könnte nie so sein wie diese tapfere Japanerin, dachte Cathy. Gleichzeitig ärgerte sie, dass sie in ihrem Innern statt Hochachtung noch immer nur Eifersucht fühlte.

»Ich habe sie nicht mehr gefunden, Cathy.«

»Ach ja? Wahrscheinlich hast du nur nicht richtig gesucht, Jeremy. *Sie* hat dich gefunden. Nach all der Zeit. In einem anderen Land.«

»Stimmt.« Daran hatte er noch gar nicht gedacht. Wie war sie an seine Adresse gekommen? Er überlegte. »Es gibt jetzt Internet, Cathy. Und ich arbeite auch heute bei Lexman & Lexman. Mich kann man finden, wenn man will. Bei ihr war das damals anders. Es gab keine Spur. Und vielleicht hatte er ja sogar recht, ihr Vater. Bei unserem letzten Treffen war sie sehr eigentümlich. Kalt und, na ja, nicht direkt abweisend – aber distanziert. Irgendwie weit weg. Und sie sagte etwas von einem anderen Mann, was ich nicht verstanden habe. Ich hab es damals nicht ernstlich als Bedrohung aufgefasst, aber es hat mich beunruhigt. Und ihr Brief war völlig plausibel; vielleicht empfand sie wirklich so, du sagst ja selbst, du hättest in dieser Situation auch mit mir Schluss gemacht. Aber trotzdem war da irgendetwas … Etwas, was sie verbarg, was nicht angesprochen wurde.«

»Na, du bist ja selbst ein großer Spezialist im Nicht-Ansprechen …«

Was, wenn Jeremy die Liebe dieser Frau nur ausgenutzt hatte? Was, wenn Jeremy auch Cathys Zuneigung nur zu seinem eigenen Vorteil ausnutzen wollte? Vielleicht, weil er doch bloß einen einigermaßen intelligenten, attraktiven Bettwärmer benötigte? Um dann eines Tages auch von ihrer Seite zu verschwinden – wenn sie ihren Zweck erfüllt hatte.

»Das war jedenfalls alles nicht die *ganze* Wahrheit. Und deshalb wollte ich mich nicht zufriedengeben, suchte weiter nach ihr, wollte einfach nur noch ein einziges Mal direkt und offen mit ihr über alles sprechen. Das ging ein paar Monate so, bis …« – »Bis?« – »Es hing ja alles zusammen. Yukiko, ihr Vater, Einheit 731, Kuroi, der Prozess, meine Beförderung zum Partner bei Lexman & Lexman …«

»Mir ist immer noch nicht ganz klar, was das eigentlich für ein Prozess war, Jeremy.«

»Du, so ganz ist mir das selbst nicht klar. Prozesse sind kompliziert, Cathy. Es ging um viel Geld und vor allem um Gerechtigkeit für viele Menschen, die durch ein fehlerhaftes Medikament geschädigt oder gar getötet worden sind. Und Kuroi, die Firma, gegen die wir klagten, ist so ein riesiger japanischer Mischkonzern, der vor allem in der Chemie- und Pharmabranche operiert. War erst kürzlich wieder in den Schlagzeilen, weil Kuroi ein Medikament gegen Strahlenschäden entwickelt haben will. Zufällig gerade jetzt, nach Fukushima. Wahrscheinlich haben sie wieder nur so ein zweifelhaftes Präparat aus ihren alten Kriegsforschungen ausgegraben, dessen Nebenwirkungen größer sind als dessen Nutzen – an dem diese Halunken aber wieder Milliarden verdienen werden.«

»Ja, ich erinnere mich, da was gelesen zu haben. Aber bleib jetzt bitte beim Thema, Jeremy. Und bleibe sachlich.«

»Okay, Entschuldigung, Cathy. Wie gesagt, das ging noch ein paar erfolglose Monate so weiter mit meiner Sucherei nach Yukiko, bis mir das Ganze einfach über den Kopf wuchs und die Kanzlei nicht mehr mitmachte. Als ich im April noch immer kein neues belastendes Material in der Hand hatte, gab man bei Lexman & Lexman die Sache auf. Verstehst du? Ich hatte zwei Jahre meines Lebens mit der Angelegenheit zugebracht, von morgens bis nachts geackert und nicht nur meine Beziehung komplett vernachlässigt, sondern sie zum Schluss sogar regelrecht *geopfert* – und auf einmal sollte alles umsonst gewesen sein. Da habe ich hingeschmissen. Ihr könnt mich alle mal, hab ich gesagt. Und bin ausgestiegen.«

»Moment, du arbeitest doch immer noch bei Lexman & Lexman.«

»Richard Koo hat mich wieder in die Kanzlei geholt. Allerdings erst nach über zehn Jahren ...« Cathy riss ihre Augen auf. Jeremy lächelte hilflos. »Ich hab dir doch manchmal von meiner Jacht erzählt und von meinen Fahrten in der Südsee. Das waren keine Urlaubstrips. Das waren diese zehn, zwölf Jahre. So viel zum Thema lückenloser Lebenslauf. Ich hatte das Leben satt. Ich hatte mich von meinen Idealen verabschiedet. Ich wollte kein gutverdienender Pseudo-Weltverbesserer mehr sein, der letztlich alles doch nur komplizierter und schlimmer macht. Und weil ich eigentlich nicht arbeiten muss, entschied ich mich dazu, die Jacht ›Hebridian Spirit‹ zu kaufen und auf den Routen Jack Londons durch die Südsee zu schippern. Ich hatte gedacht, ich könnte mir wie er mit einem Drink in der Hand meinen ganzen Weltschmerz von der Seele schreiben. Da kam dann Julian Peek ins Spiel. Aber zum Schriftsteller hat es nicht gereicht. Julian Peek hat noch nie ein Buch veröffentlicht. Seine Manuskripte wurden abgelehnt. Immerhin habe ich in der Zeit drei Japan-Romane verfasst – und ein Drehbuch.«

»Und wie kommt ausgerechnet Kim Park auf deinen Künstlernamen?«

»Hab ich doch schon gesagt: Keine Ahnung. Meine Manuskripte habe ich hier verschlossen in meinem Aktenschränkchen. Wenn nicht du oder ein anderer da rangegangen ist, dann wird es eng. Selbst die Verlage, die ich damals angeschrieben habe, wussten nicht, wer ich wirklich bin – hat die auch nie interessiert. Wenn ich es mir überlege, gibt es nur einen einzigen Menschen, dem ich das Drehbuch je gezeigt habe.«

»Einer reicht. Und wer ist das?«

»Wir haben uns vor ein paar Jahren auf Samoa kennengelernt. Ich habe ihm damals einen großen Gefallen getan, aber das ist eine andere Geschichte und gehört jetzt nicht hierher. Irgendwie wusste er wohl über meine frühere Tätigkeit bei Lexman & Lexman Bescheid, denn plötzlich fing er an, mir Dinge zu erzählen, die entfernt mit der Kuroi-Sache zu tun hatten. Und irgendwann fing dann auch ich an zu erzählen. Und so haben wir uns allmählich angefreundet. Wir treffen uns heute noch regelmäßig.«

Cathy seufzte. Sie hatte gedacht, einen recht guten Überblick über Leben und Kontakte ihres Butterstinkers zu haben. Und jetzt tauchten wie selbstverständlich ständig neue gute Bekannte auf, von denen sie noch nie etwas gehört hatte.

»Darf ich bitte wissen, was das für ein *Freund* ist?«

»Ein reicher Chinese.«

»Geht es noch etwas genauer? Wieder eine von deinen vielbeschäftigten und öffentlichkeitsscheuen Bekanntschaften? Wie unser zwielichtiger Vermieter? Wie viele von diesen merkwürdigen Leuten kennst du denn noch?«

»Wie du schon sagst: Einer reicht.«

»Du sprichst also von unserem Vermieter – Gao Feng?«

»Du sagst es.«

»Okay, Jeremy. Weiter: Julian Peek, Gao Feng, Kim Park – was haben die alle miteinander zu tun?«

Nachdenklich knetete Jeremy seine Unterlippe. »Gao Feng ist außer Richard Koo der einzige Mensch, der von meinem Japan-Desaster weiß. Irgendwann habe ich ihm sogar meine Romanversuche zu lesen gegeben. Er fand es sehr interessant, wie ich darin diese Japan-Geschichte verarbeite, und ermunterte mich dazu, es mal mit einem Drehbuch zu versuchen. Etwas, was den Stoff neutraler und prägnanter auf den Punkt bringt. Er hat mir sogar ein paar Lehrbücher mitgebracht. Und mich immer wieder mit neuen Hintergrundinformationen gefüttert. Der hat da ein ganz umfangreiches Archiv. Also habe ich mich hingesetzt und ein Drehbuch über die ganze Sache geschrieben, so wie ich es sah. Eine wütende Generalabrechnung mit Japan.«

»*Yellow Submarine.*« – »Exakt. Als wir uns dann später auf Fidschi getroffen haben, habe ich es ihm zu lesen gegeben. Und Gao fand's gut. Allerdings auch äußerst brisant. Er bat mich sogar um eine Kopie.« –

»Und dann?« – »Dann habe ich von ihm nie mehr etwas über den Film gehört. Und auch von sonst keinem Menschen. Bis heute. Oder vielmehr gestern Abend.«

»Du weißt, dass Kim Park Filmproduzent ist?«

»Natürlich. Und mit Gao bin ich … morgen zum Lunch verabredet. Ganz entgegen unserer sonstigen Gewohnheit, sozusagen außerplanmäßig.«

»Hat er dir einen Grund genannt?«

»Gao nennt nie irgendwelche Gründe. Nicht vorab jedenfalls. Und jetzt habe *ich* genügend Gründe. Er wird sich morgen schon ein paar Fragen von mir gefallen lassen müssen.«

Cathy runzelte die Stirn. »Du sagtest doch eben ›eine Abrechnung mit Japan‹. Und dann hat dieses betrunkene japanische Pseudo-Schulmädchen Kumiko Satori auf meiner Party Kim Park zutiefst beleidigt und danach ausgerechnet *Yellow Submarine* gesungen … Wie hängt das zusammen? Wollte sie dir drohen?«

»Cathy, ich habe nicht die geringste Ahnung.«

»Warum sollte ich diesen Satori eigentlich einladen?«

Jeremy kratzte sich an der Nase. »Jetzt, wo du es sagst, fügen sich ein paar Puzzleteile zusammen – aber richtig zu passen scheinen sie noch immer nicht. Nehmen wir mal an, Satori ist Statthalter der Yakuza in Shanghai oder agiert im Auftrag sonstiger dubioser japanischer Interessengruppen und wird von seinen Auftraggebern auf unsere Kanzlei angesetzt – genauer gesagt auf mich. Den Japsen kann es ja nicht recht sein, wenn ein Film wie *Yellow Submarine* produziert wird. Wie er vom Drehbuch Wind bekommen haben soll, ist mir allerdings noch schleierhafter als im Fall von Kim Park; aber egal – offenkundig wussten jedenfalls auch Satori und Frau davon. Und nehmen wir weiter an, hinter Satoris Firma, dieser angeblich so einflussreichen, aber tatsächlich kaum bekannten Waguni, verbirgt sich in Wahrheit eine einflussreiche Firma ganz anderer Art: Nehmen wir also an, dass es sich dabei tatsächlich eher um so etwas wie ein Geldwäsche-Unternehmen der Yakuza handelt, so eine halblegale Tarnung für die kriminellen Machenschaften irgendwelcher verwickelter Netzwerke innerhalb der Japan Inc. Wenn dem alles so ist, dann … dann habe ich mir da ein paar mächtige Feinde gemacht. Diese Typen fackeln nicht lange.«

»Und just in diesem Moment bekommst du zu allem Überfluss auch noch Post von deiner tragisch unerfüllten Liebe aus Japan.« Cathy nippte an ihrem Whisky. Schließlich richtete sie sich auf. »Jeremy. Da braut sich irgendwas zusammen, und meine journalistische Nase sagt mir: nichts Gutes.« Beide saßen sie einen langen Moment schweigend. Jeremy stand auf und schloss das Fenster. Er schien zu frösteln.

Plötzlich fuhr Cathy zusammen und tippte sich an die Stirn. »Er hat es in der Hand gehalten! Ja: Er hat dir wirklich hinterherspioniert.«

»Wer? Was?«

»Na, dieser Satori. Auf der Party. Ich wollte dich anrufen, und da stand er im Flur und hatte das Päckchen in der Hand. Es lag ja zuerst offen auf dem Frisiertisch. Dann erst habe ich es weggeschlossen.«

»Was? Um Himmels willen – ich muss gleich morgen früh diesen Joe anrufen. Warum hast du mir nicht davon erzählt?«

»Jeremy. Ich hab gedacht, das sei ein harmloses Geburtstagsgeschenk. Von dir. Für mich. Da war überhaupt nichts verdächtig. – Und wer ist jetzt plötzlich Joe?« Sie hatte endgültig genug von diesen ständig neu auftauchenden unbekannten Namen.

»Joe? Anscheinend ein Bruder, von dem sie mir aus irgendeinem Grund nie erzählt hat. Weißt du, wenn dieser Satori tatsächlich ein krimineller Japaner ist, der mich ausforschen wollte, dann ist Yukiko jetzt in größter Gefahr!«

»Wenn sie tot ist, wie du sagst, dann hat sich diese Gefahr ja wohl erübrigt, oder?«

»Ich weiß nicht, ob sie tot ist. Sie hat ihrer Sendung ein Blatt mit einem einzigen handgeschriebenen Satz beigefügt: ›Lieber Jeremy, wenn Du diese Zeilen liest, habe ich endlich meinen Frieden gefunden.‹ Das hört sich doch nach dem Abschiedsbrief einer Lebensmüden an, oder?« Er hielt inne. »Es könnte aber auch heißen, dass … dass …«

»Dass sie dir gegenüber eine Verpflichtung gefühlt hat, die sie nicht zur Ruhe kommen ließ. Vielleicht weil du ihr einmal eine Art Auftrag erteilt hast, und den hat sie jetzt endlich erledigt. Der lag ihr die ganze Zeit schwer auf der Seele, und jetzt, wo sie's hinter sich hat, hat sie ihren Frieden gefunden. Warum sollte sie sich gerade in dem Moment umbringen?«

»In Japan hat der Selbstmord eine große Tradition, Cathy, und gilt in einer ganzen Reihe von Situationen letztlich als der einzige einigermaßen ehrenhafte Ausweg. Lieber Selbstmord als Schande.«

»Sie hat also für dich irgendeine Schande auf sich genommen …« Cathy lag mit ihren Vermutungen und Schlussfolgerungen demnach ganz richtig. »Ihre Ehre geopfert. Was wäre denn eine solche todeswürdige Schande?«

Jeremy sah sie mit gequältem Blick an. »Zum Beispiel die Ehre und das Andenken der eigenen Familie zu verraten. Das ist nämlich, wie du vielleicht mittlerweile begriffen hast, in gewisser Hinsicht genau das, was ich damals von ihr verlangt habe: Sie sollte ihren eigenen Vater ausforschen, damit ich die Ergebnisse in meinem Prozess verwenden kann. Ihren Vater, der höchstwahrscheinlich ein hochdekorierter Kriegsverbrecher war. Ein Verbrecher gegen die Menschlichkeit.«

Sie fixierte ihn starr. »Jeremy, du machst mir Angst. Ich weiß nicht, ob ich einen Menschen heiraten würde, der bereit ist, für seine Arbeit über Leichen zu gehen. Und nicht irgendwelche Leichen!« Leiser fügte sie hinzu: »Die Leichen der Frauen, die sich für ihn aus Liebe opfern. Aber ich bin nicht wie deine Yukiko.«

»Cathy, jetzt mach aber mal einen Punkt! Tu doch nicht so dramatisch! Ich war jung und naiv – und allzu unbekümmert, meinetwegen. Gedankenlos. Aber ich habe von alledem doch nichts geahnt. Erst, als es zu spät war. Erst hinterher, als sich die ganze rechtliche Situation um die Kuroi-Klage zu unserem Ungunsten zuspitzte und ich immer mehr Einblick in die Verquickung von Politik, Wirtschaft, Bürokratie und Yakuza bekam, in dieses ganze System aus Korruption und Gemauschel, das die Japan Inc. charakterisiert, da begriff ich wirklich, in was ich sie mit meiner unbedachten Bitte hineingezogen hatte. Und, glaube mir, ich habe bitter dafür bezahlt.«

»Deine instrumentalisierte Freundin anscheinend auch.«

»Ich habe sie nicht ›instrumentalisiert‹ … Ich hab sie nur um Hilfe gebeten. Und sie etwas gefragt, was ich nicht hätte fragen sollen.«

»Wie auch immer: Jedenfalls scheint sie ihren Auftrag letztlich doch noch erledigt zu haben.« Sie musterte ihn ernst. »Und was ist jetzt *dein* Auftrag?«

»Wie meinst du das?«

»Was ist denn genau in dem Päckchen? Zwei DVDs sagtest du? Ich nehme an, es handelt sich nicht nur um lauschige Erinnerungsfotos von damals? Was will sie noch immer von dir?«

Jeremys Körper straffte sich. »Mag sein, dass ich dich zutiefst enttäuscht haben sollte, Cathy. Mag sein, dass ich dafür alles Mögliche verdient habe. Du kannst mich strafen, wie du willst. Aber *sie* hat damit nichts zu tun, und ich verbitte mir, dass du weiter in diesem schnippischen Ton über sie redest.« Jeremy hatte leise, aber bestimmt gesprochen. Cathy schwieg. Doch sie forderte ihn mit ihrem Blick auf, fortzufahren.

Jeremy räusperte sich. »Ich habe das Material bisher nur ganz oberflächlich sichten können. Zu mehr war ich gestern Nacht nicht mehr fähig. Aber wie es scheint, hat sie die ganzen Jahre dazu genutzt, heimlich neue Informationen zu sammeln. Sie hat brisante Dokumente entdeckt, die belegen, dass Kuroi-Juchi das schadhafte ›Virovital‹-Medikament im Wissen um dessen verheerende Nebenwirkungen auf den Markt gebracht hat. Und die haben noch sehr viel mehr Dreck am Stecken. Es scheint, wenn ich es recht verstanden habe, eine Verbindung des Topmanagements zur Einheit 731 und den Massakern von Nanking zu geben. Und ihr Vater, die rechte Hand von Firmengründer Ishii, war da mittendrin.«

»Also kennst du deinen Auftrag?«

»Ja. Ich soll die Wahrheit ans Licht bringen und Gerechtigkeit herstellen. So lautet ihr Auftrag an mich – ihr Vermächtnis. Das bin ich ihr schuldig.«

»Ihr und mir und den Opfern von Nanking. Diese ganze Sache mit den japanischen Verbrechen an China geht schließlich auch mich etwas an; Yukikos Vermächtnis *ist* eine ehrenwerte Sache. Das weiß ich ja selbst. Sorry, wenn ich manchmal schnippisch bin.« Es kostete sie sichtlich Überwindung, das zu sagen. »Ich ärgere mich nur, weil ich … weil ich nicht so – *groß* bin wie sie.«

Sie blickte ihn scharf an. »Jeremy. Ich erwarte, dass du diesen Auftrag annimmst. Nimm ihn an, weil du sonst niemals zur Ruhe kommst – und begrabe dann deine Vergangenheit. Du bist schon viel zu lange mit deiner idiotischen Lebenslüge herumgelaufen.« Mit Erschrecken nahm sie wahr, dass Jeremy zu schluchzen begann. Es gab kaum etwas, was sie so abgrundtief verabscheute wie heulende Männer. »Wirst du jetzt endlich ein Mann sein?«, herrschte sie ihn an. »Was wirst du jetzt tun?« Jeremy blickte hoch. Er wischte sich mit dem Hemdsärmel seine Tränen ab, sah sie an und zuckte die Schultern.

»Also«, sagte sie, plötzlich wieder in einem sehr gefassten, sachlichen Ton. »Fassen wir noch einmal zusammen: Du hast damals in Japan diese Frau kennengelernt, dich in sie verliebt, mit ihr ein Verhältnis begonnen und zugleich versucht, daraus einen Vorteil zu ziehen, indem du sie in deinen Prozessangelegenheiten auf ihren eigenen Vater angesetzt hast. Daran ist eure Beziehung zerbrochen und du hast vermutlich mehr oder weniger ihr Leben zerstört. 13 Jahre später meldet sie sich wieder, schickt dir neues brisantes Material und kündigt ihren Selbstmord an. Oder was auch immer. Sie hat dich also nie vergessen, der Fall ließ ihr offenbar keine Ruhe, und dann hat sie irgendwann doch das Verbot ihres Vaters ignoriert – vielleicht als er tot war. Und jetzt hast du ihr endgültiges Abschiedsgeschenk: neue Details über Kuroi, diese ganzen Nanking-Gräuel, die teuflische Einheit 731 und hoffentlich Aufschlüsse, wie das alles zusammenhängt. Mit anderen Worten: Sie hat dir alles vererbt, was sie hatte. Und du hast jetzt einen Auftrag. Eine Sendung.«

»Was soll ich also deiner Meinung nach tun?« Jeremys Stimme klang heiser.

»Du weißt viel besser, was zu tun ist: Flieg nach Japan, klär die ganze Sache auf und komm erst wieder zurück, wenn du dir sicher bist, den ganzen Fall neu aufrollen zu können.«

»Und was ist, wenn Yukiko noch lebt? Was ist, wenn ich sie in Japan treffe?« Cathy schnaubte verächtlich. Auch wenn ihr beklommen zumute war. »Hast du etwa Angst? Das wolltest du doch. Hast du vorhin nicht gesagt, du wolltest noch ein einziges Mal direkt und offen mit ihr sprechen? Dann tu's! Nach allem, was ich heute Abend begriffen habe, hast du in Japan sicher Schlimmeres zu befürchten als eine lebende Yukiko. Pass auf dich auf, Jeremy.«

Sie warf einen Blick auf die Standuhr. Es war mittlerweile weit nach Mitternacht. Sie stand auf, streckte sich und gähnte herzhaft. Dann sah sie Jeremy an und sagte ruhig: »Tja, aus unserer kleinen Reise nach Hainan wird wohl nichts.«

Jeremy nickte. »Vielleicht später?« Sie zuckte die Schultern. »Ich weiß es nicht. Flieg jetzt erst mal nach Japan. Alleine. Klär deine Vergangenheit. Mach dir klar, was du willst. Ich werde das auch tun. Gute Nacht.« Mit diesen Worten verließ sie das Wohnzimmer.

Jeremy nahm alle Kraft zusammen. »Cathy?«

Im Türrahmen drehte sie sich noch einmal um.

»Ich wollte dir heute auch noch etwas anderes sagen.«

»Wirklich?« Sie sah ihn mit einem unendlich mitleidigen Blick an. »Weißt du was: Sag's mir auf Hainan, ja?« Schon auf der Treppe, fiel ihr noch etwas ein. »Ach ja – und mir wäre es ganz recht, wenn du heute Nacht auf der Couch schlafen würdest.«

»Natürlich. – Klar.«

»Sind ja genug Decken da.« Jeremy hörte, wie die Türe des Schlafzimmers in Schloss fiel; etwas lauter als vielleicht notwendig. Er hörte auch, wie sich, leiser, ein Schlüssel drehte. Beinahe schon automatisch griff er nach seinem Glas. Distillers Edition, 1997 abgefüllt. »Du musst dein Leben ändern, Kumpel«, flüsterte er sich zu, »und zwar ganz schnell.« Er dachte an Cathy, dann Yukiko. Dann Cathy. Cathy und Yukiko. Vergangenheit und Gegenwart. Zwei Lieben, von denen die eine noch immer nicht verblasst war und die andere noch nicht gereift. Vielleicht nie mehr reifen würde. Cathy oder Yukiko. Vergangenheit und Gegenwart drohten ineinander zu verschwimmen. Genauer: wie verschlingende Tsunami-Wogen von zwei Seiten über ihn hereinzubrechen. »Nein, Jeremy«, fuhr er fort, »sag nicht, dass du dein Leben ändern musst. Sag lieber, dass du das *möchtest.*«

Was sollte er jetzt tun? An Schlaf war nicht zu denken, auch wenn er schon die Nacht zuvor wenig geschlafen hatte. Jeremy entschloss sich, mit dem Rest der Nacht etwas Sinnvolles anzufangen und Yukikos Material zu sichten. Dafür müsste er nicht einmal in sein Arbeitszimmer hinaufgehen. Das aufgeklappte Laptop lag in Griffweite und glotzte ihn schwarz an. Er drückte den Knopf, und es erwachte aus dem Stand-by-Modus.

Da waren sie immer noch, die leuchtenden Augen Yukikos.

Dritter Tag

Kure, 3. Mai 2012. 04:05 Uhr

Es wäre zu viel gesagt zu behaupten, dass die schläfrigen japanischen Posten Verdacht schöpften, als zwei Militärbusse vor dem dreifach gesicherten Haupttor des Sperrbezirks hielten, der ungefähr ein Viertel der Gesamtfläche der riesigen Marinebasis umfasste. Aus dem vorliegenden Tagesbefehl des Marine-Oberkommandos ging schließlich hervor, dass an diesem Morgen die »Tancho« auslaufen würde – ungewöhnlich war nur die frühe Stunde. Aus dem ersten Bus sprangen ein schneidiger Offizier im Rang eines Kapitänleutnants sowie sein Adjutant. Beide trugen blütenweiße Uniformen. Die beiden Marinesoldaten betraten das Wachhäuschen, die Posten erhoben sich und nahmen Haltung an. »Kapitänleutnant Mitsuko, Kommandant der Tancho, bittet, mit der Besatzung passieren zu dürfen!«, bellte der Offizier, während sein Adjutant im selben Moment die rosafarbene Kopie des Einsatzbefehls des Oberkommandos auf den Tisch knallte.

Der Wachtposten griff nach dem Papier und verglich es mit dem ihm vorliegenden Original. Stempel und Unterschriften stimmten überein. Eigentlich bestand also kein Grund zum Misstrauen, auch wenn der Zeitplan offensichtlich etwas *gestrafft* worden war. Schließlich hatten sie die Mannschaft der Tancho erst um 6 Uhr erwartet. »Sonderbefehl des OK«, sagte der Kapitänleutnant, dem das leise Zögern des Wachtpostens nicht entgangen war – eine rein routinemäßige Zurückhaltung. Mitsuko schnippte mit den Fingern, woraufhin sein Adjutant einen weiteren schriftlichen Befehl aus seiner Aktenmappe fischte, der vom Wachtposten ebenfalls einer kurzen, aber genauen Prüfung unterzogen wurde. Seitdem die Tancho in der hermetisch abgeschlossenen Sperrzone der Marinebasis am Kai lag, hatte es schon mehrmals Aufregung und widersprüchliche Anweisungen um das U-Boot gegeben. Man wusste nichts Genaues. Es hieß bloß, dass die Tancho unter größter Geheimhaltung umgebaut worden sei.

»Stimmt etwas nicht, Soldat?«, fragte Mitsuko, aber die Frage klang eher wie eine Drohung.

»Nein, nein, Herr Kapitän«, erwiderte der Posten eilfertig, »es ist alles in Ordnung. Aber wenn ich mir die Bemerkung erlauben darf …«

»Sie dürfen nicht, Soldat. Wenn Sie der Meinung sind, mich aufhalten zu müssen, verbinden Sie mich sofort mit Ihrem Vorgesetzten – dem diensthabenden Offizier. Oder Sie öffnen uns jetzt das Tor, und ich vergesse das Ganze.« Die beiden Wachsoldaten tauschten einen raschen Blick. Beide hatten erkennbar wenig Lust, Ärger zu bekommen. Schließlich war auch mit den Papieren alles in Ordnung.

»Genehmigung erteilt, Herr Kapitän«, sagte der Posten. »Na also«, knurrte Mitsuko, »sehen Sie zu, dass Sie das Tor öffnen.«

»Jawohl, Herr Kapitän. Gute Reise!«

»Danke, Soldat«, erwiderte Mitsuko und brachte sogar ein winziges Lächeln zustande, das seine blinkenden Schneidezähne enthüllte.

Acht Minuten später hielten die beiden Busse vor der gut 80 Meter langen Zigarre aus Stahl. 60 Marineoffiziere, die Mindestbesatzung für ein U-Boot dieser Größe, stiegen aus und begannen exakt 58 Aluminiumkisten aus den Gepäckraum der Busse zu entladen. Jede dieser kofferartigen Kisten wog 30 Kilogramm. Sie waren für diese besondere Mission sorgsam ausgewählt worden. Über zweieinhalb Jahre hatte es gedauert, bis die Crew unter größter Geheimhaltung zusammengestellt worden war. Ein offizieller Befehl hierfür hatte niemals existiert, und doch besaßen auch einige nicht minder sorgfältig ausgewählte hochrangige Mitglieder des Marine-Generalstabes Kenntnis von dieser ungewöhnlichen Rekrutierung. Die Männer – und vielleicht zwei oder drei Frauen –, die nun an Bord der Tancho gehen würden, wussten, dass sie Teil eines Himmelfahrtskommandos waren. Doch sie alle verband eines, was ihnen mehr bedeutete als der Tod: ihr unbedingter Glaube an ihr Vaterland, den Kaiser und die Vormachtstellung Japans. Sie waren der Überzeugung, dass die demokratisch gewählte Regierung in Tokio zu sehr die globalen Interessen der internationalen Politik vorantrieb, statt die anzustrebende Unterjochung Ostasiens mit der gebotenen Aggressivität zu verfolgen. Und dass gerade jetzt die

Zeit gekommen war, Japan wieder das Gesicht zu geben, das es verdiente. Sein wahres Gesicht.

Als Kapitänleutnant Mitsuko das Deck seines Bootes betrat, stand bereits die 20-köpfige Wachmannschaft der Tancho Spalier. »Erster Offizier meldet: keine besonderen Vorkommnisse, Herr Kapitän. Boot klar zum Auslaufen.«

»Danke, I. WO«, erwiderte Mitsuko lässig, »lassen Sie jetzt rasch die übrige Besatzung mit unserer Fracht an Bord gehen – und dann: Leinen los. *Banzai!* Lang lebe der Kaiser.«

Auch wenn es sich ob des Ernstes der Lage nicht schickte, grienten sich die beiden Offiziere breit an. So viel war schon einmal geschafft.

Etwa 20 Minuten später glitt die Tancho nach einem perfekt ausgeführten Ablegemanöver aus dem schlafenden Marinestützpunkt Kure ins offene Meer hinaus und nahm Kurs auf die Nordspitze Taiwans.

Shanghai, 3. Mai 2012. 06:50 Uhr

Chen lag hellwach im Bett und dachte an morgen. Und an Michelle Mao. Hatte sie ihn nicht mit ihren schönen, blitzenden Zähnen so freundlich – so *verführerisch* – angelächelt, vorgestern, beim letzten vorbereitenden Treffen? Und das genau in dem Moment, da John Huang, der weise Führer, Chen nicht nur zum Mitglied des Aktionskomitees gemacht, sondern ihn zu allem Überfluss auch noch ausgerechnet Michelles Gruppe zugeordnet hatte? Yu Ling, der zweite »Aktionist« seiner Kampfgruppe, meinte ja, er, Chen, hätte sicher nicht den Hauch einer Chance bei ihr; außerdem »habe« sie etwas mit John Huang, wie jeder wüsste. Chen konnte beides nicht glauben. John war der Führer der Bewegung, er stand über allem. Der »hatte« nichts mit Frauen. Der opferte sich für die Sache, ohne sich von so profanen Dingen wie der Geschlechtsliebe beirren zu lassen. John und Michelle – das war im Grunde genauso unsinnig wie Yu Lings Behauptung, er habe John kürzlich in einem *japanischen* Sportwagen durch die Stadt brausen sehen, wobei laute westliche Rockmusik durchs geöffnete Dach schallte. Nein – es sei denn, der Führer war wieder einmal *under cover* unterwegs, in einer geheimen Mission für die gute, chinesische Sache –, Huang tat so etwas nicht. Er war rein. Ein reiner Held. In seinem Tun, in seinem Denken, in seinem Aussehen. Fast wie ein höheres Wesen, ein Engel, ein Halbgott: Er hatte so etwas *Erhabenes*. Anders als Michelle. Die 25-jährige Schönheit aus Nanking war atemberaubend irdisch. Und sie hatte ihm zugelächelt.

Chen war mittlerweile so aufgeregt, dass er nicht mehr an Einschlafen denken konnte. Nur noch gut 30 Stunden, dann war es so weit. Dann würde er erreicht haben, was Langnase Andy Warhol einst allen Menschen prophezeit hatte: Einmal im Leben für mindestens eine Viertelstunde berühmt zu sein. Chens Viertelstunde würde sich aber anders gestalten als diejenige all dieser erbärmlichen, sofort vergessenen Talkshow-Berühmtheiten. Da hielt er es lieber mit Herostrates: dem antiken Heros, dessen Namen man heute noch unauslöschlich mit seiner Tat verbindet – seiner Viertelstunde von damals, als er Brand legte und der Antike eines ihrer Weltwunder raubte. Und wenn auch die Moderne Weltwunder hatte, dann stand mindestens eines davon in Shanghai.

Angst, so vergewisserte sich Chen, hatte er keine. Natürlich nicht. Wovor auch? John Huang hatte allen noch einmal versichert, dass es sich um eine gewaltfreie Aktion handelte. Möglicherweise, gut, müssten sie nach Beendigung des Spektakels mit einer vorübergehenden Festnahme durch chinesische Sicherheitskräfte rechnen. Aber keine Sorge, er würde schon seine Kontakte zu den höchsten Etagen spielen lassen. Schließlich ging es um die Sache Chinas. Dem könnten sich auch die trägen Behörden nicht verschließen.

Chen wälzte sich noch ein paarmal im Bett herum, dann beschloss er, ganz gegen seine Gewohnheit früh aufzustehen und in den Fitnessclub des Kerry Centers hinüberzugehen, für den er ein ermäßigtes Studentenabonnement besaß. Er sprang aus dem Bett und stracks unter die Dusche. Vielleicht würden ihn ein paar Einheiten Spinning noch schnell etwas schlanker und fitter machen – für die große Aufgabe, die vor ihm lag.

Und für Michelle.

Shanghai, 3. Mai 2012. 07:45 Uhr

Jeremy war völlig übernächtigt, aber er fühlte sich nicht müde. Er hatte Zigdutzend der gescannten Dokumente und Dateien, die Yukiko auf die Datenträger gebrannt hatte, gesichtet und gelesen: Formulare, Faksimile von Marschbefehlen, Aktenabschriften sowie eine Menge Notizen und Zusammenfassungen, vielfach von Yukiko handgeschrieben und mit weiteren Dokumenten als Belegen versehen. Hier hatte er nun zum ersten Mal Schwarz auf Weiß Beweise für die Verstrickungen ihres Vaters in den Skandal um Kuroi-Juchi in der Hand. Und darüber hinaus noch überreichlich weiteres Material, das erahnen ließ, dass seine alten Mutmaßungen größtenteils stimmten. Und dass die Wirklichkeit sogar noch viel furchtbarer war, als seine schwärzesten Vermutungen es hatten befürchten lassen.

Die Geschichte reichte zurück bis in die Tage des Zweiten Japanisch-Chinesischen Krieges, als nach der Eroberung Nankings im Dezember 1937 gewisse militärische Verbände Teile der Universität der damaligen Kriegshauptstadt des Chiang-Kai-shek-Regimes besetzten. Mit dabei auch der junge Leitende Stabsarzt Akira Murata, der eine wichtige Rolle beim Aufbau der Einheit 1644 – einer Dependance der berüchtigten Einheit 731 – in einem beschlagnahmten chinesischen Krankenhaus spielen sollte. Offensichtlich handelte es sich bei seiner Spezialeinheit um eine getarnte Forschungsgruppe zur Entwicklung und Erprobung biologischer Kampfstoffe. In den entsprechenden Unterlagen wimmelte es von medizinischen und biologischen Fachbegriffen, die Jeremy nicht kannte. Aber er wusste, dass die dem Militär untertane japanische Wissenschaft zu jener Zeit bereits an Plänen zum flächendeckenden Einsatz tödlicher Mikroben gegen China arbeitete. Und Yukikos Dokumente brachten nun den Beweis, dass ausgerechnet die Forschungsarbeiten von Tadashi Ishii und seinem engsten Mitarbeiter Akira Murata maßgeblich zur Entwicklung eines revolutionären Verfahrens zur Konzentration von Anthraxsporen beigetragen hatten, mit denen sich nun ganze Flüsse und das Trinkwasser von Millionen verseuchen ließen.

Jeremy rieb sich die Augen und die Stirn. Die Grenze zwischen Wahrheit und Fiktion schien ihm zu verschwimmen. Er dachte an *Yellow Submarine* und daran, dass sich mit Yukikos Material ein noch viel packenderes, brisanteres, faktenreicheres Drehbuch realisieren ließe – das wohl die allermeisten Produzenten allerdings mit dem Hinweis auf eine allzu unwahrscheinliche Handlung und übertriebene Grausamkeiten ablehnen würden. Doch hier ging es nicht um ein neues Drehbuch. Hier ging es um verbürgte historische Fakten. Jeremy kostete es einige Mühe, sich das klarzumachen.

Aus Nanking zurückgekehrt, arbeitete Akira Murata in einem geheimen Forschungskomplex in der Nähe der nordchinesischen Stadt Harbin (damals Teil des japanischen Marionettenstaates Mandschuko), wo er zum engen Mitarbeiter von Shiro Ishii avancierte, dem ärztlichen Leiter der Einheit 731. Shiro Ishii und das mandschurische Schreckenslager von Pingfang – Jeremy hatte seit seinen Jahren in Japan viel Neues über diesen Teufel und seine Hölle auf Erden in Erfahrung gebracht. In dieser Zeit der Zusammenarbeit mit Ishii und seinem Team vertiefte Murata seine Forschungen mit Milzbrandbakterien und Grippeviren. Nachdem er durch spektakuläre wissenschaftliche Erfolge auf sich aufmerksam gemacht hatte, wurde er während des Zweiten Weltkriegs als Gesandter des japanischen Kriegsministeriums nach Deutschland beordert; zuständig für den geheimen Erfahrungsaustausch, besser »Technologietransfer«, zwischen den beiden verbündeten Staaten. Über seine Betätigung in Deutschland war nur wenig bekannt. Unter anderem forschte er am Robert Koch-Institut in Berlin; auch soll er zeitweise am »Zentralinstitut für Krebsforschung« in Posen tätig gewesen sein, wo nach Ansicht einiger Historiker weniger Krebs- als Biowaffenforschung betrieben wurde. Zwischenzeitlich war er wieder längere Zeit in Japan und Mandschuko.

Tatsächlich hatte es, wie Jeremy wusste, zwischen dem japanischen Kaiserreich und dem Dritten Reich einen Technologietransfer vor allem von Deutschland nach Japan gegeben. Mehr noch als auf dem Gebiet der Medizin profitierte Japan vom deutschen Know-how hinsichtlich der Entwicklung von Nukleartechnik und Atombombe sowie des Düsenantriebs. Angeblich war mit deutscher Hilfe sogar der Prototyp eines japanischen Atom-U-Bootes entstanden. Erst die deutsche Kapitulation am 8. Mai 1945 sollte dann das Ende der deutsch-japanischen Atomprogramme besiegeln. Aber auch wenn Deutsche und Japaner, sehr zum Wohle der übrigen Menschheit, die »Früchte ihrer Arbeit« nicht hatten ernten können, so hieß das nicht, dass deren Ergebnisse ungenutzt blieben. Jeremy hatte gehört, dass manche Historiker sogar so weit gingen zu behaupten, das von den Amerikanern in Deutschland erbeutete Uran und atomtechnische Know-how habe – auch im Weg über kooperationsbereite deutsche Wissenschaftler – die Bomben auf Hiroshima und Nagasaki erst möglich gemacht. Fakt ist jedenfalls, dass sich zum Zeitpunkt der deutschen Kapitulation das deutsche U-Boot U 234 mit 560 Kilogramm Uranoxid auf dem Weg nach Japan befand. Nach Überzeugung des US-Militärhistorikers Robert K. Wilcox fand das spaltbare Material nach seiner Beschlagnahme durch die Amerikaner Verwendung im berüchtigten hochgeheimen »Manhattan Project« zum Bau der Atombombe – Material, das ursprünglich die Deutschen für Japan vorgesehen hatten ...

Hierzu fanden sich in den Dokumenten allerdings nur dürftige Hinweise. Dagegen spielten der direkte deutsch-japanische Forschungs- und Technologieaustausch auf den Gebieten von Medizin und Bakteriologie in der Nazizeit sowie Akira Muratas ungeklärte Funktion bei diesen undurchsichtigen Geschäften eine bedeutende Rolle. Im Krieg war die Kooperation, wie Jeremy wusste, vor allem durch deutsche U-Boote, die regelmäßig nach Japan fuhren, und die großen U-Boote der japanischen I-Klasse aufrechterhalten worden. Diese japanischen

Boote – damals die größten der Welt – waren etwa 30 Meter länger als die deutschen, wogen rund 1000 Tonnen mehr und hatten bis zu 145 Mann Besatzung an Bord. Sie konnten 20000 Seemeilen zurücklegen, ohne neuen Treibstoff bunkern zu müssen. 1942 hatte offensichtlich der erste größere Technologietransfer stattgefunden. Im März 1944 lief dann die I-52 zu ihrer Jungfernfahrt aus Kure aus. Ihr Ziel war eine Position im Atlantik – 15° Nord, 40° West –, wo sich I-52 mit einem deutschen U-Boot treffen sollte, das im bretonischen Kriegshafen von Lorient mit Radargeräten, Vakuumröhren, Stahlkugellagern sowie, wie später auch U 234, mit Uranoxid beladen wurde, das für die Atomwaffenforschung der Japaner bestimmt war.

Nach einem kurzen Zwischenstopp in Singapur ging die Fahrt der I-52 über den Indischen Ozean und um das Kap der guten Hoffnung in den Atlantik. Das U-Boot hatte unter anderem 2,8 Tonnen Opium, 60 Tonnen Rohgummi und zwei Tonnen Gold für die Deutschen geladen – daher der Beiname dieses U-Boots: *Golden Submarine.* An Bord befanden sich 95 Besatzungsmitglieder sowie 14 Wissenschaftler, die sich in Deutschland unter anderem mit der neuesten Waffentechnologie vertraut machen sollten. Der Auftrag war streng geheim, doch Yukiko hatte, aus welchen Quellen auch immer, Abschriften von Akten des Pentagons eingescannt, die zweifelsfrei belegten, dass nicht nur Berlin und Tokio, sondern auch Washington und London von der Fahrt der I-52 gewusst hatten. Die Amerikaner waren sogar im Besitz der Ladeliste und kannten Namen und Funktion der zivilen Passagiere, unter denen sich auch Yukikos Vater befunden hatte.

Das konnte nur bedeuten, dass die Mission verraten worden war – und dass die beiden U-Boote in eine ausgeklügelte Falle der Alliierten gelaufen waren. Nach den vorliegenden Dokumenten hatten sich die U-Boote am 22. Juni tatsächlich an der verabredeten Position vor den Kapverdischen Inseln getroffen. Offenbar wurde auch die Ladung umgeschlagen, danach waren die 14 japanischen Wissenschaftler an Bord des deutschen Bootes gegangen. Aus unerklärlichen Gründen war die I-52 nach dem Treffen noch über eine Stunde lang an der Oberfläche geblieben und dann von einem amerikanischen »Avenger«-Bomber versenkt worden, während das deutsche U-Boot nicht wieder auftauchte – wohl aber Akira Murata, der im Herbst 1962 aus dem lange beendeten Krieg nach Japan heimkehrte.

Jeremy konnte nur vermuten, dass Yukikos Vater und die 13 übrigen japanischen Wissenschaftler von den Amerikanern gefangen genommen und in geheimen Labors interniert worden waren, wo sie ihr

Wissen preisgeben und für die Militärmaschinerie der USA im Kalten Krieg wertvolle Entwicklungsarbeit leisten mussten. Hatten sich die Amerikaner nicht auch die deutschen Raketenexperten von Peenemünde geschnappt und die Russen zahllose andere Experten? Basierte nicht nahezu die gesamte amerikanische Vorherrschaft nach dem Krieg auf ehemals deutscher Technologie? Raketen, Düsenantrieb, Raumfahrt und auch die Atombombe – letztlich genauso deutsche Erfindungen wie der Computer, das Telefax und selbst der Walkman, den der Deutsche Andreas Pavel unter dem Namen »Stereobelt« bereits 1977 zum Patent angemeldet hatte. Und mit dem die japanische Sony über 30 Jahre hinweg mit über 200000000 produzierten Stück Millionen machte.

Dass Akira Murata erst Anfang der sechziger Jahre nach Japan zurückgekehrt war, half erklären, wieso Yukiko einen Bruder hatte, der allerdings nur ein Halbbruder war: diesen Joe, von dem sie ihm damals unbegreiflicherweise nie erzählt hatte – und den er dringend noch heute Vormittag würde anrufen müssen. Ob sie sich seiner schämte? Der alte Murata schien seinen unverhofften Stiefsohn jedenfalls nie richtig akzeptiert zu haben. Als das japanische Kriegsministerium Akira Murata offiziell für tot erklärt hatte, ging Muratas Ehefrau Kimiko nach zwei Trauerjahren eine Verbindung mit einem amerikanischen Offizier ausgerechnet aus dem Stab von General Douglas MacArthur, dem Besatzer und neuen »Shogun« Japans, ein. Mit Colonel Thomas Doolittle zeugte sie ihren unehelichen Sohn Joseph, genannt Joe, der am 6. Mai 1952 geboren wurde; kurz bevor sein Vater in der Endphase des festgefahrenen Koreakriegs während des »Battle of Old Baldy« im Isolationstrakt eines Militärlazaretts an einer geheimnisvollen Krankheit starb.

Kimiko verlor damit schon ihren zweiten Mann in einem Krieg, und es darf vermutet werden, dass sie unter diesem zweiten Verlust mehr litt als unter dem ersten. Hatte die damals 19-Jährige den auf Heimurlaub befindlichen 34-jährigen Deutschlandgesandten des japanischen Kriegsministeriums Akira Murata im Februar 1944 doch sehr überstürzt geheiratet und ihn in den kurzen Wochen ihres Beisammenseins vor seiner Einschiffung auf der I-52 im Grunde nie wirklich kennengelernt. Die völlig unerwartete Heimkehr ihres fast vergessenen, totgeglaubten Mannes annähernd zwanzig Jahre später musste für sie auch mehr ein Schock als eine freudige Überraschung gewesen sein. Erst nach heftigen Auseinandersetzungen hatten sich die beiden mit ihrem Ehestand arrangiert und erneut zueinandergefunden. Das Symbol ihrer Versöhnung hieß Yukiko, die im Jahr 1967 geboren wurde. Der Halbamerikaner Joe blieb das Symbol ihrer Schuld – beide hatten sich auf ihre Weise mit den Besatzern eingelassen.

Obwohl er sich mit der Lektüre die Nacht um die Ohren geschlagen hatte, war Jeremy längst nicht am Ende. Noch jede Menge Material harrte einer Sichtung. Der imposante Datenkorpus schien – sofern sich überhaupt eine Systematik ausmachen ließ – vage chronologisch geordnet. Am jüngsten waren wohl einige beigelegte Papiere und Kopien, die mit Datumsangaben aus den Jahren 2010 bis 2012 versehen waren. Manche Passagen waren mit dickem Filzstift markiert, sie schienen Yukiko besonders wichtig gewesen zu sein. Jeremy wurde noch nicht recht schlau daraus, auch verfluchte er sein eingerostetes Japanisch, das dringend einer Auffrischung bedurfte. Diese jüngeren Dokumente waren recht unterschiedlicher Natur: mehrere auf schlechtes Papier gedruckte Artikel einer linksalternativen Untergrundzeitschrift aus Osaka; Ausdrucke aus Websites eines offenbar namhaften, ihm aber unbekannten japanischen Bloggers; offensichtlich interne Akten einer japanischen Forschungseinrichtung, mit Namen, Daten und Zahlen, auf die er sich im Moment keinen Reim machen konnte. Yukiko hätte mit Erläuterungen wahrlich weniger geizen können. Wollte sie ihn auf die Probe stellen? Oder hatte ihr für derlei einfach die Zeit gefehlt? Dass sie diese letzten Dokumente nicht auch eingescannt hatte, sprach dafür.

Jeremy griff sich den aktuellsten der Zeitschriftenartikel: Er trug das Datum vom 20. April 2012 und berichtete von einem gefährlichen Wiedererstarken der nationalen Rechten nach der japanischen Katastrophe von Erdbeben, Tsunami und atomarem Super-GAU im Vorjahr, die das Land in eine tiefe Krise gestürzt habe. Der ungenannte Verfasser befürchtete nun, eine Allianz aus reaktionären Politikern, revanchistischen Militärs und macht- und geldhungrigen Industriellen könnte Japans momentane Schwäche ausnutzen, einen antidemokratischen Umsturz herbeiführen und die alten expansionistischen Pläne wieder ausgraben – nicht zuletzt um Japan sein verlorenes Gesicht wiederzugeben. Der Autor sprach auch das alte Problem der bedrohten japanischen Energieversorgung an, das mit der akuten Stromknappheit nach dem Ausfall der Atomkraftwerke von Fukushima und dem anvisierten Ausstieg aus der Kernkraft auf ungeahnt drängende Weise wieder virulent geworden war. Er thematisierte die gerade im Bereich der Energiesicherung und Ressourcenkontrolle wachsenden Spannungen zwischen China, Japan und Korea und erinnerte daran, dass schließlich auch der japanische Erstschlag von Pearl Harbor seinerzeit die Reaktion auf ein Energieembargo der Westmächte gewesen sei. Nach einem Umsturz und einer Machtergreifung besagter rechter Kreise, so warnte er, könne sich die Geschichte jederzeit wiederholen.

Zum Erreichen ihrer größenwahnsinnigen Ziele seien dieser Gruppe alle Mittel recht – bis hin zu den irrwitzigsten terroristischen Aktionen. Der Artikel schloss mit einem düster orakelnden Verweis auf die von den nationalistischen Kreisen Japans bis heute geleugneten Gräueltaten der Einheit 731. Jeremy legte den Ausschnitt zur Seite. Ihm kam das Ganze wie der übliche verschwörungstheoretische Unfug vor. Das Internet war voll von dergleichen. Doch Yukiko war der dick umrandete Artikel offenbar wichtig gewesen. Wusste sie mehr?

Er hörte, wie Cathy die Treppe herunterkam. Erwartungsvoll hob er den Kopf, aber sie ging in die Küche, wo sie, wie jeden Morgen, den Wasserkocher anstellte, um sich ihren vietnamesischen Artischockentee zuzubereiten. Ein grässliches Wellnessgesöff für die schlanke Linie und zur Ankurbelung des Stoffwechsels. Jeremy war jetzt mehr nach einem dicken, schwarzen Kaffee zumute. Seufzend stand er auf, um ihr in die Küche zu folgen.

Sie hatte, ungeachtet der frühen Stunde, bereits ihr Mobiltelefon am Ohr und quasselte aufgeregt hinein. Jeremy verstand erst im Näherkommen. »Um halb acht im ›La nave va‹, sagst du? Gut …« Da sah sie ihn die Küche betreten und warf ihm einen bösen Blick zu. »Gut, ich überleg's mir nochmal. Du, ich muss jetzt Schluss machen, ja? Ich melde mich vielleicht später nochmal. Tschaui!«

»Guten Morgen«, sagte er. »Wer war das denn – so früh am Morgen?«

»Nur eine Freundin«, meinte Cathy und rümpfte ihre Nase.

»Coco?« – »Ja. Wer denn sonst? Sie kommt heute aus Singapur zurück. Sie will mir heut Abend ihren neuen Schwarm vorstellen. Du weißt schon, den koreanischen Modedesigner.«

»War das nicht ein *japanischer* Modedesigner?«

»Ja ja, ein japanisch-koreanischer Modedesigner. Warum nimmst du das immer so genau? Seine japanischen Eltern sind die Abkömmlinge koreanischer Einwanderer, die …«

»Schon gut, ich will's gar nicht wissen.«

»Ich bin mir auch gar nicht sicher, ob ich wirklich hingehen will.« Sie sah ihm prüfend ins Gesicht. »Du siehst müde aus. Sag mal, hast du heute Nacht überhaupt geschlafen?«

»Nein«, gab Jeremy zu, während er seine roten Augen über die Biegungen und Kurven ihres Körpers wandern ließ, bis ihm fast schwindelig wurde. Zu dumm, dass es gerade nicht so rund lief zwischen ihnen. »Ich war nicht müde – und jetzt bin ich's erst recht nicht. Ich brauch nur erst mal 'nen Kaffee.« Cathy zuckte die Schultern, ignorierte mit Bedacht das von seinem ungehemmten Blick ausgelöste sanfte Kribbeln im Bauch und nippte an ihrem Tee. »Bist du weitergekommen?«

»Ja – stell dir vor, ich habe neue Informationen gefunden, die ...«

»Ich will's gar nicht wissen. Verschone mich mit Einzelheiten, Jeremy. Es ist zu früh, um mich aufzuregen.«

»Entschuldige. Ich kann dich verstehen.«

»Das wäre immerhin als *Fortschritt* zu verbuchen«, meinte Cathy schnippisch und verließ das Wohnzimmer, Teetasse in der Hand.

Jeremy setzte Wasser für seinen Kaffee auf. Er verachtete Kaffeemaschinen und trank seinen Morgenkaffee immer frisch aufgebrüht. So viel Zeit musste sein. Er blickte auf die Uhr. Kurz vor acht. Konnte man um diese Zeit schon bei Joe Murata anrufen? Keine Ahnung, er kannte ihn ja nicht. Für ihn war ›Joe Murata‹ bislang bloß ein Name und eine lange Telefonnummer. Vielleicht war der Träger dieses Namens bei der Arbeit, vielleicht lag er schnarchend im Bett. Jeremy holte das Festnetztelefon aus dem Flur und wählte die lange japanische Nummer. Ein Freizeichen ertönte. Sonst nichts. Nicht gut für Yukiko – falls sie noch lebte.

Oben war Cathy auf dem Weg ins Badezimmer. »Ich habe heute Morgen übrigens schon einen Flug gebucht«, rief er die Treppe hinauf.

»Glückwunsch. Wann fliegst du?«

»Gleich morgen früh, wenn es dir recht ist. Nach Osaka ... Ich muss mir den Flug nur noch bestätigen lassen.«

»Warum sollte es mir denn nicht recht sein?«, hallte es zurück. »Aber komm mir nicht verstrahlt zurück.«

»Cathy, ich geh nach Osaka und Kyoto. Das ist Hunderte von Kilometern weit weg von Fukushima.«

»Mir egal. Japanverseucht bis du sowieso.« Dann schloss sich unüberhörbar die Badezimmertür. Bald hörte Jeremy die Dusche prasseln. Die sollte sie wohl reinwaschen.

Er seufzte und ballte die Fäuste. Was hatte er da angerichtet!

Er wählte wieder die lange Nummer. Noch immer nichts.

Ashyia bei Kobe, 3. Mai 2012. 12:55 Uhr (11:55 in Shanghai)
Joseph »Joe« Murata saß in seiner winzigen Zweizimmerwohnung auf dem Sofa und dachte über sein verpfuschtes Leben nach. Dieses Nachdenken nahm die meiste Zeit des Tages in Anspruch – ein Tag, der meist gegen Mittag begann und irgendwann in den frühen Morgenstunden endete. Nur heute hatte ihn das verdammte Telefon viel früher geweckt. Das hatte nicht gerade zur Verbesserung seiner Laune beigetragen. Was mussten das für idiotische Menschen sein, wenn sie ausgerechnet mit *ihm* reden wollten? Er wollte es gar nicht erst wissen.

Richtig gut nachdenken konnte er nur nach vorhergegangener Inspiration durch hochgeistige Getränke. Inzwischen hatte er seine Tagesration auf eine Flasche Bourbon gesteigert. Die Jalousien vor den Fenstern hatte er seit Monaten nicht mehr hochgezogen. Es gab schließlich weitaus schönere Anblicke als die abgeblätterten Fassaden der kastenförmigen Wohnblocks, die das Bild in diesem Teil der Stadt Ashyia im Ballungsraum zwischen Osaka und Kobe prägten. Wenn Joe Murata etwas von der Welt draußen sehen wollte, schaltete er den Fernseher an. Im Grunde schaltete er den Fernseher schon gar nicht mehr aus. Nur manchmal drehte er den Ton ab – wenn er Musik hörte.

Das Telefon klingelte. Wo war nochmal sein Feuerzeug?

Auf dem Couchtisch vor ihm stand ein brauner Aschenbecher aus Steingut mit einem Logo der Whiskeymarke Wild Turkey. Er war geformt wie ein Truthahn und beherbergte in seinem Bauch unzählige Zigarettenstummel. Joe Murata hatte zu seiner Verblüffung festgestellt, dass er diesen Aschenbecher nur zweimal pro Woche leeren musste, obwohl er mittlerweile drei Schachteln Lucky Strike am Tag qualmte. Wenn er die mal nicht bekam, taten es auch die japanischen Mild Seven oder eben die Billigzigaretten vom Supermarkt.

Joe Murata hasste seine Wohnung. Sie war zu einer Müllhalde verkommen, vollgestopft mit Baseballschlägern, Baseballhandschuhen und Büchern über Baseball einerseits und mit Büchern über Elvis sowie den LPs, MCs, CDs und VHS-Videokassetten seines Idols andererseits; die Wände wahllos mit Postern beklebt, die ebenfalls nur zwei Grundmotive zeigten: den King und längst vergangene Heroen des Schlagballsports. Kein einziger dieser Einrichtungsgegenstände war jünger als zehn bis 15 Jahre. Jünger waren nur die leeren Flaschen und Zigarettenschachteln, die überall im Raum verteilt lagen.

Joe Murata hasste seine Müllhalden-Museumswohnung. Er hasste die Sauferei, er hasste die Zigaretten, und er hasste sich selbst. Wieder klingelte das Telefon. Wieso konnten Menschen so entsetzlich *aufdringlich* sein?

Jetzt musste er doch aufstehen, um sich eine neue Flasche Bourbon aus dem Vorrat zu holen, den er im Küchenschrank über der Spüle bunkerte. Kein Wild Turkey, sondern billiger Supermarktfusel, den er in der Regel mit Pepsi Cola mixte. Manchmal gönnte er sich auch eine Flasche Jim Beam, doch den edlen Bourbon mit dem Truthahnetikett konnte er sich bei seinem Tageskonsum längst nicht mehr leisten. Und heute war ihm selbst das Pepsi ausgegangen.

Er hasste es, das Wohnzimmer zu verlassen. Dann musste er an dem billigen Schreibtisch aus Sperrholz vorbei, auf dem drei Fotorahmen standen: Das erste Foto zeigte seinen Erzeuger, den großen Colonel Thomas Doolittle, dessen Traum, in einer Schlacht zu sterben, von einer geheimnisvollen Krankheit zerstört worden war, die ihn in einem Lazarett der US-Streitkräfte elend hatte verrecken lassen. Das zweite Foto zeigte ihn selbst in der Uniform der US-Marines, als er noch 25 Kilo weniger draufhatte. Das dritte Foto, auf dem ein etwa 17 Jahre altes, hübsches japanisches Mädchen zu sehen war, das etwas traurig in die Kamera lächelte, war um die gleiche Zeit entstanden wie die zweite Fotografie.

Endlich hatte das Telefon ein Einsehen. Sollte er, um weitere ungebührliche Attacken auf seine Einsamkeit zu unterbinden, nicht einfach auf »besetzt« schalten?

Joe Murata fühlte sich entsetzlich leer. Er war nicht dumm; er hatte die internationale Schule in Kyoto besucht, danach das College of Science and Engineering in Seattle, aber die zunehmende Leere in seinem Leben hatte ihn träge werden lassen. Er wusste, dass er mit dem Trinken und Kettenrauchen Selbstmord auf Raten beging. Gut so. Angefangen hatte sein Verfall schleichend, als er seine »Familie« verloren hatte: die Marines, bei denen er, im direkten Anschluss an seine Collegejahre, zuerst in San Diego und dann auf der größten amerikanischen Militärbasis außerhalb der USA gedient hatte – auf Okinawa, der Hauptinsel der südlichsten japanischen Präfektur und dem »unversenkbaren Flugzeugträger« der Vereinigten Staaten. Sie hatten ihn ehrenhaft entlassen, im Range eines First Lieutenant. Seine Pension reichte ihm, um sein Leben zu fristen – jedenfalls solange er sich an die billigen Bourbonsorten hielt. Er hätte nach seiner Entlassung überall hingehen können, entschied sich jedoch für sein Heimatland. Nicht das Land seiner Väter, aber doch das seiner Mutter. Kurze Zeit nachdem er sich, unweit von Schwester und Stiefvater, bei Kobe niedergelassen hatte, besuchten ihn zwei nette Herren in dunklen Anzügen, um ihm eine freie Mitarbeit in der Agency zu offerieren. Aber die CIA hatte nicht das Format, um ihm, dem großen, unglücklichen Joe Murata, die Familie zu ersetzen.

Trotzdem erledigte er seine Aufträge gewissenhaft und mit einigem Erfolg. Bis der Geheimdienst nach einigen Jahren mit einem ungewöhnlichen Ansinnen an ihn herantrat, das ihn in Gewissenskonflikte brachte und dem er sich schließlich verweigerte. Er hatte seinen Vorgesetzten klipp und klar die Meinung gesagt, aber sie versuchten es immer wieder. Sicher, er hatte seinen Stiefvater gehasst, seit er ihm im zarten Alter von neun Jahren das erste furchtbare Mal begegnet war und der ihm seine Mutter weggenommen hatte. Aber dennoch war Joe zur Hälfte Japaner und darüber hinaus gab es so etwas wie Familienloyalität. Als er störrisch blieb, versuchte »die Firma«, ihn unter Druck zu setzen. In dieser Zeit hatte er seinen Whiskeykonsum erheblich gesteigert. Schließlich gaben sie es auf – und er war gefeuert. Und jetzt saß er hier, in Ashyia, in seinem verdreckten Loch mit Elvis und Baseball, und wartete. Auf irgendetwas. Vielleicht aufs Ende, wahrscheinlich nicht auf einen neuen Anfang und ganz bestimmt nicht auf einen Anruf.

Wieder begann es zu klingeln. Verflucht, da war einer beharrlich. Man würde ihn niemals in Ruhe lassen. Er hasste diesen Klingelton, und er hasste den impertinenten, verständnislosen Menschen am anderen Ende der Leitung. Dennoch würde er nicht tun, was früher, in einer besseren, alten Zeit, einmal »den Hörer neben die Gabel legen« hieß. Immer noch bestand ja die leise Chance, dass es einmal doch sein Schwesterherz sein könnte. Auch wenn er nicht mehr so recht daran glaubte.

Dieser Anrufer jedenfalls war nicht Yukiko. Sie wusste, dass er nur alle Jubeljahre mal ans Telefon ging – und für Joe Murata gab es keine Jubeljahre mehr –, und kündigte sich daher immer mit einem speziellen Signal an. Dreimal klingeln, dann auflegen, dann neu wählen.

Das Klingeln setzte aus. Puh. Nachschenken!

Nach etwa einer Minute begann es erneut. Er zählte die Klingeltöne, bis er die Zahl Neun erreicht hatte, dann stand er seufzend auf und ging ran.

Shanghai, 3. Mai 2012. 12:55 Uhr

Das legendäre »Fairmont Peace Hotel« befindet sich am Nordende des Bund, wo die Nanjing Lu beginnt. Es besticht zum einen durch sein Art-Déco-Interieur, zum anderen durch seine hervorragende Küche.

Darüber hinaus ist es berühmt für seine hochbetagte Jazzband, die jeden Abend alte Schlager spielt. Den *Shanghai Blues* zum Beispiel. Jeremy konnte das Gebäude nie betreten, ohne wehmütig an seinen ersten Abend mit Cathy zu denken. Jetzt saß er allein in der Lobby, beobachtete die Menschen und grübelte, ob es denn richtig war, diese Reise in seine Vergangenheit anzutreten, um auf diesem Weg seine Zukunft zu retten. Und nicht zuletzt auch seine gemeinsame Zukunft mit Cathy. Der Weg würde kein leichter sein. Wohin würde er ihn führen? *The long and winding road that leads to your heart …*

Nun war es ein Uhr mittags, und Gao Feng hatte seinen großen Auftritt. Jeremy las es zuerst an den Gesichtern der Hotelgäste ab, die, mit einem verwunderten oder amüsierten Ausdruck im Gesicht, auf einmal alle zum Haupteingang starrten. Tatsächlich, da kam er durch die messingbeschlagene Drehtür hereinspaziert. Ein kleines, zartgliedriges, vielleicht 70 Jahre altes Männchen mit fein geschnittenen Lippen, Sonnenschirm und einer grauen Melone auf dem Kopf, das einen perfekt sitzenden Anzug mit Nadelstreifen trug. Um seinen Hals hatte er einen weißen Seidenschal geschlungen, im Knopfloch steckte eine frische rosafarbene Nelke. Noch bevor sie sich die Hände gaben, roch Jeremy bereits den üppigen Blumenduft des legendären »Penhaligon«-Rasierwassers aus London, das Gao Feng schon immer zu dick aufgetragen hatte. Wohl auch deshalb hielten ihn die meisten Menschen für schwul. Doch um wirklich schwul zu sein, passte er einfach zu platt ins gängige Schwulenklischee. Jeremy wusste dagegen, dass sein väterlicher Freund eher *something in between* war – aber es war ihm letztlich auch egal. Jeremy wusste auch noch etwas anderes: dass dieser agile, erfrischende »Siebzigjährige« noch in diesem Jahr seinen 85. Geburtstag feiern wollte.

Während sie im Restaurant auf ihre *Dim Sum*-Häppchen warteten, parlierten sie höflich über die neuesten Modetrends, die ältesten Bordeauxweine und die Zukunft der ostasiatischen Energieversorgung – da am nächsten Tag im World Financial Center die internationale New Energy Conference beginnen sollte, war die Energiefrage gerade in allen Medien ein großes Thema. Jeremy hatte Geduld. Mit solcherlei Geplänkel hatten bislang all seine Treffen mit Gao begonnen. Diesmal allerdings kam der Chinese schneller zur Sache als gewöhnlich. »Nun, wie war eure kleine – Festivität?«, fragte er unvermittelt. Jeremy blickte ihn verwundert an. »Deine liebreizende Freundin Cathy hat doch im erlesenen Kreise ihr Wiegenfest begangen, nicht?«

»Doch, doch«, antwortete Jeremy, »aber an diesen Abend möchte ich mich nicht so gern erinnern …« Gao Feng setzte ein schräges Lächeln auf. »Die Komposition der Gäste war auch ein wenig schrill, wie mir scheint«, sagte er in seinem typischen hohen und etwas nasalen Singsang, der die Worte übermäßig dehnte und dadurch etwas hypnotisch Einschläferndes transportierte. Jeremy stutzte. »Ein wahrhaft unleidlicher Zeitgenosse, dieser Satori, nicht wahr?« Gao rümpfte pikiert die Nase. »Da waren Querelen quasi vorprogrammiert.«

»Du warst doch gar nicht dabei«, sagte Jeremy verblüfft, »aber wenn du schon alles weißt, brauche ich dir auch nichts zu erzählen.«

Gao Feng hob die rechte Schulter und blickte ihn scharf an: »Es hat ein bedauerliches Vorkommnis gegeben, Jeremy. Just im Anschluss an euer geselliges Beisammensein mit den Satoris.«

»Ich verstehe nicht …«

»So muss ich dir denn die traurige Kunde von Kumiko Satoris Ableben überbringen. Ungefähr eine halbe Stunde nachdem sie von ihrem Gemahl aus eurem Domizil geleitet wurde, hat sie ein Omnibus der Linie 42 überrollt.« Er ließ Jeremy diese Nachricht kurz verdauen, bevor er fortfuhr: »Im Übrigen ist unser ehrenwerter Yoshi Satori gar nicht mit ihr vermählt gewesen. Dieses bedauernswerte Geschöpf namens Kumiko war eine, sagen wir, fehlgeleitete Gespielin.«

»Das ist ein wenig viel auf einmal«, erwiderte Jeremy und lockerte seine Krawatte. Er hatte Gao von sich aus mit der Sache um Kumiko, Kim und das Drehbuch konfrontieren wollen, und jetzt kam der nach fünf Minuten gleich mit diesem Hammerschlag.

»Gao«, begann er mühsam. »Sie hat das Lied gesungen. Sie hat am Ende der Party das Lied gesungen. Das Lied von der *Yellow Submarine*, verstehst du? Dann hat er sie sofort gepackt und ist mit ihr verschwunden. Und jetzt ist sie auch noch tot. Was hat das alles zu bedeuten, Gao?«

»Vielleicht wollte sie dich warnen, Jeremy. Vielleicht hatte sie einen Narren an dir gefressen und es tat ihr leid um dein markiges Charaktergesicht. Oder sie wollte sehen, wie du reagierst. Um sicherzugehen, dass du wirklich Julian Peek bist. Wie dem auch sei: Auf jeden Fall war ihr eigenmächtiges Vorgehen nicht mit ihrem Weisungsgeber Satori abgesprochen. Und damit hatte sie ihr Leben verwirkt. Diese Halunken fackeln nicht lange.«

»Sie war sturzbesoffen, Gao.«

»Na, siehst du. In diesem Zustand treiben die Adamskinder bekanntlich die unbedachtesten Dinge. Glaube mir, mein Freund: Selbst ich weiß nicht immer alles. – Ach, da kommt ja unser Trunk. Lass ihn dir munden, Jeremy. Ein durchaus edler Tropfen. 1945 war in Margaux ein hervorragender Jahrgang. Da gibt es weltweit nicht mehr allzu viele Bouteillen.«

Jeremy stand im Moment nicht der Sinn danach, sich um uralte Weine mit fraglos astronomischen Preisen zu kümmern. »Gao – steckst du dahinter?«

»Mit Verlaub: Wohinter? Hinter ihrem Tod? Nein. Hinter der unpassenden Auswahl ihres bevorzugten Liedgutes für festliche Gesänge? Ich fürchte, diese Frage redlicherweise letztlich wohl mit Ja beantworten zu müssen. Leider – es war ein bedauerliches Missgeschick, das nicht direkt auf mich zurückgeht, für das ich aber einstehen muss. Auch in meiner kleinen Firma entstehen bisweilen, allerdings äußerst selten, undichte Stellen, die selbstverständlich unverzüglich eliminiert werden. In diesem Fall sind sie bereits eliminiert worden. Mit allzu profanen Details möchte ich dich indes nicht belasten, lieber Jeremy. Allein – es konnte bedauerlicherweise nicht verhindert werden, dass im Zuge der Suche nach einem geeigneten Produzenten eine Kopie deines so verdienstvollen Drehbuchs in die falschen Hände geriet.«

»*Eine* Kopie? Nur eine? Das reicht nicht! Kim Park und diese Japaner sahen jedenfalls nicht gerade so aus, als würden sie in dieser Sache zusammenarbeiten.«

Gao Feng musterte Jeremy tadelnd. »Hast du dir die Hände von diesem Kim Park einmal näher angesehen, Jeremy?«

»Nein. Ich befasse mich nicht so mit Männerhänden.«

»Sieh sie dir ruhig einmal an. Es sind sehr schöne, geschmeidige Hände, musst du wissen. Und sehr geschickte. Das sind nicht die falschen Hände, Jeremy. Ich bin vielmehr umgekehrt der Überzeugung, dass es für uns genau die richtigen sind.«

Jeremy seufzte. Gaos blumig verblasene, ausschweifend gewundene Redeweise konnte bisweilen sehr nervig sein. Besonders dann, wenn man an raschen, klaren Informationen interessiert war.

»Ach, Jeremy.« Gao Feng blickte ihn bekümmert an. »Du befindest dich auf dem Weg in ein gefährliches Abenteuer, woran ich zugegebenermaßen nicht ganz unschuldig bin.« Er beugte sich vor und dämpfte seine Stimme. »Dein Drehbuch ist gegenwärtig aktueller denn je. Du kannst mir glauben, dass ich über die Ursachen dieser Sachlage alles andere als erfreut bin. Aber nun, wo es so weit ist, müssen wir handeln.«

»Das verstehe ich alles nicht«, gestand Jeremy mit ehrlicher Verblüffung.

»Hast du dich denn niemals gefragt, warum du seit damals, als du mir auf den Fidschi-Inseln die Rohfassung zu *Yellow Submarine* anvertraut hast, nie mehr von deinem Drehbuch gehört hast?«

»Nein«, sagte Jeremy ehrlich. »Das ist doch völlig normal, wenn man etwas geschrieben hat. Von den Verlagen, an die ich meine Romanvorlagen geschickt habe, habe ich ja auch nichts mehr gehört.«

Mit einem süffisanten Lächeln schüttelte Gao den Kopf. »Jetzt bitte keine falsche Bescheidenheit, Jeremy. Ich kann dir sagen warum: weil die Zeit noch nicht *reif* dafür war. Nunmehr ist sie das. Und jetzt wird dein Drehbuch umgeschrieben und unser Projekt realisiert. Nun wird der Film Wirklichkeit!« Jeremy war sich noch immer im Unklaren, worauf Gao hinauswollte. Das klang alles so verschwommen und mehrdeutig.

Gao Feng räusperte sich und hob sein Weinglas. »Auf dein Wohlsein, Jeremy. Ich darf dich beglückwünschen: Auch wenn ich dich damals mit so manchem nicht unwesentlichen Zusatzfaktum ausstaffiert habe – deine Logik, deine Kombinationskunst und Assoziationsgabe und nicht zuletzt deine fruchtbringende Phantasie haben eine Geschichte geschaffen, die jetzt von der Realität eingeholt wird. Und nun ist es an der Zeit, dass wir uns alle noch einmal gemeinsam an das Drehbuch setzen und es überarbeiten. Mein bescheidenes Selbst könnte dir helfen, die Dinge beim Namen zu nennen und die letzten losen Enden zu verknüpfen. Na – was hältst du davon?«

»Gao. Das klingt alles ein wenig – na ja, *extravagant*«, sagte Jeremy, erleichtert, das passende Wort gefunden zu haben. »Aber das bin ich von dir im Grunde ja gewohnt. Ich werde mir die Sache überlegen, ja? Für die nächsten Tage oder Wochen muss ich dich allerdings enttäuschen. Ich hab da zunächst noch eine andere Rechnung mit der Geschichte zu begleichen. Komisch, in den letzten 48 Stunden wurde ich permanent mit meiner japanischen Vergangenheit konfrontiert. Weißt du, ich fliege morgen nach Osaka.«

»Ich weiß«, antwortete Gao. »Ich weiß, dass dieser bedeutsame Schritt nunmehr anstand. Und bin froh, dass du dich endlich durchgerungen hast. Gleichwohl verstehst du mich noch immer nicht richtig, mein Freund. Genau das *ist* ja schon die Arbeit an unserem Film. Wir sprechen im Grunde von derselben Sache, Jeremy.«

Jeremy wurde ganz schwindelig im Kopf. »Wie auch immer, Gao. Ich weiß, du sprichst gern in Bildern. Ich aber habe genug von den Bildern, sie haben mich lange genug verfolgt. Ich will jetzt die Wirklichkeit. Es geht mir schlicht und ergreifend um meine fatale Geschichte mit Yukiko Murata – und alles, was daran hängt. Ich hab dir davon erzählt. Doch diesmal will ich sie nicht verfilmen. Und auch keinen Roman darüber schreiben. Ich will sie zu Ende bringen. Allein daher fliege ich nach Japan. Es geht um die Wirklichkeit, nicht um Fiktion.«

»Wirklichkeit, Fiktion, was spielt das denn für eine Rolle.« Gao Feng schmunzelte geheimnisvoll. »Es geht um den großen Wurf, Jeremy. Das ist alles, was zählt.«

Jeremy hörte nicht hin. Er war entschlossen, nicht hinzuhören. »Yukiko hat mir ein Päckchen mit brisantem Inhalt geschickt. Wer weiß, vielleicht ist das alles nichts Neues für dich. Vielleicht verfügst du ja schon über ganz ähnliche Informationen über die Zusammenhänge zwischen den Massakern von Nanking, der Einheit 731 und all diesen anderen Kriegs- und Nachkriegsverbrechen, deren Folgen bis in unsere heutige Zeit hineinreichen, und ...«

Gao Feng hatte seine dürren Arme in Hüfthöhe ausgebreitet. »Vielleicht«, sagte er leise. »Vielleicht hat Yukiko die gleichen Quellen angezapft wie ich. Aber höchstwahrscheinlich hat sie nicht so viel Geld dafür bezahlt wie ich – vielleicht hat sie einen höheren Preis gezahlt. Und dort, wo meine Quellen herkommen, liegt wahrscheinlich noch mehr.«

»Was sind das für Quellen?« Jetzt flüsterte auch Jeremy.

»Zum Beispiel Aufzeichnungen und Tagebücher japanischer Militärs, die damals dabei waren. Die Vermächtnisse von Offizieren, die nach dem Krieg noch bis in die neunziger Jahre hinein in hohen Positionen saßen – und ihre äußerst zweifelhaften Geschäfte an die nachfolgenden Generationen übergaben.«

Jeremy und Gao Feng schwiegen gemeinsam. Dann sagte Jeremy: »Ich glaube, einem solchen Vermächtnis bin ich gerade auf der Spur. Deshalb fliege ich morgen nach Osaka. Und wenn ich Erfolg habe, kann ich den alten Fall neu aufrollen. Du kennst die Geschichte.«

»Natürlich kenne ich sie. Tja, Akira Murata ist fürwahr eine interessante Persönlichkeit.« Gao Feng nickte heftig. »Sehr vielversprechend. Mit Kontakten bis ins Herz der Japan Incorporated – eine liebreizende Mischung von korrupten Ministerialbeamten aus dem Gesundheitsministerium, skrupellosen Industriellen und der Yakuza. Drei Gruppen, die durch den Zweiten Weltkrieg miteinander verknüpft wurden und es bis heute geblieben sind – sieht man von der kurzen Unterbrechung durch die US-Militärregierung unter General McArthur ab, als sich einige dieser feinen Herren im Militärgefängnis Sugamo wiedergefunden haben. Für diese enge Verflechtung von Bürokratie, Politik und Wirtschaft in Japan wird bekanntlich auch der Begriff ›Das Eiserne Dreieck‹ verwendet. Aber ich schweife ab, wie das alte Herren, die viel auf dem Herzen haben, gerne tun. Ja, ja, dein Murata hätte viel zu erzählen, Jeremy. Davon bin ich überzeugt. Allein – er ist tot und, soviel ich weiß, sind seine Aufzeichnungen verschollen.«

Jeremy, der Gao zwar von Yukiko erzählt, niemals jedoch ihren Familiennamen oder den Namen ihres Vaters erwähnt hatte, beschloss, sich vorerst über gar nichts mehr zu wundern. »Ich habe vorhin mit Yukikos Halbbruder Joe telefoniert«, berichtete er so schnell wie möglich, damit ihn Gao nicht wieder unterbrechen konnte. »Akiras Stiefsohn. Die Nummer habe ich von Yukiko. Satori hat meine Verbindung zu ihr ausspioniert, und jetzt befürchte ich, dass sie in höchster Gefahr schwebt – wenn sie überhaupt noch am Leben ist. Er war am Telefon ziemlich unfreundlich, dieser Joe. Schien allerdings auch ehrlich besorgt um Yukiko. Er hat schon seit Wochen keinen Kontakt mehr mit ihr und befürchtet, dass ihr etwas zugestoßen sein könnte. Wenn er Wort hält, treffen wir uns morgen in Osaka.«

»Du nimmst den Kampf wieder auf. Bravo Jeremy!«, lächelte Gao.

»Weißt du, mir wurde damals unmissverständlich signalisiert, dass ich meine Finger von dem Kuroi-Fall lassen soll. Ich habe es mir bis heute nicht verziehen, dass ich diesen Drohungen letztlich nachgegeben habe. Und was ich mit Yukiko …«

»Du kannst die Vergangenheit nicht ungeschehen machen, Jeremy. Niemand kann die Zeit umkehren. Aber noch ist es nicht für alles zu spät. Noch.«

In Jeremy stieg plötzlich ein mulmiges Gefühl auf. »Du, Gao: Falls mir die Yakuza in Japan Schwierigkeiten machen, könntest du mir dann vielleicht aus der Klemme helfen? Ich kenne mich mit diesen ganzen chinesischen Triadengeschichten ja nicht aus, will auch gar nicht wissen, ob du dein Geld mehr mit zwielichtigen Immobiliengeschäften oder dem Schmuggel von Waffen, Drogen, Frauen verdienst, aber jedenfalls hast du dir mit alledem ein sicherlich nicht nur in Shanghai mächtiges Imperium aufgebaut, dessen Arme wohl auch bis nach Japan reichen.«

»Reichen schon«, brummte Gao etwas verdrießlich, der es nicht mochte, in diesem profanen Tonfall auf seine Geschäfte angesprochen zu werden. »Ich fürchte aber, so leid es mir tut, dass ich in *dieser* Angelegenheit in Japan weitgehend machtlos bin.« Er stülpte bedauernd die fein geschnittene Unterlippe vor. »Doch das *Netzwerk* wird dir

Beistand gewähren: Hasekawa. Sobald du im Land der aufgehenden Sonne angelangt bist, wird alles Nötige in die Wege geleitet.«

Hasekawa? War das nicht der Name jenes Internetbloggers, von dem Yukiko ihrer Sendung einige Dateien und Ausdrucke beigelegt hatte? Jeremy war sich nicht sicher.

»Und wenn du an brisante Informationen gelangst, dann lasse sie mir sogleich via elektronische Post zukommen. Aber wie immer: nie ohne steganografische Verschlüsselung; die Internetzensur braucht von alledem nichts zu wissen. Am besten, du sprichst gleich heute noch mit meinem IT-Spezialisten und lässt dich auf den neusten Stand bringen.«

Gao winkte dem Kellner. Von seiner Seite her war die kleine Audienz im Wesentlichen beendet. Jeremy wusste: Sie würden jetzt wieder in den Smalltalk vom Anfang zurückfallen, noch den Rest der Flasche leeren und dann wohl auseinandergehen. Wenn er Glück hatte, nahm Gao ihn noch zum Jin Mao Tower mit hinüber, wo Jeremy einen Termin mit Richard Koo hatte. Aber zuvor hatte er noch eine Frage, die ihm auf der Seele brannte. Das verstieß zwar gewissermaßen gegen die Etikette, aber es musste jetzt sein. Beklommen hob er die Stimme. »Gao: Woher weißt du das alles? Das von Murata und so weiter? Wenn du auch von Yukiko etwas weißt, musst du es mir sagen.«

Gao Feng lächelte traurig. »Ich weiß viel, Jeremy. Ich weiß Dinge, die ich lieber selbst nicht wissen würde. Und noch viel mehr, was *du* besser nicht wissen sollst. Ich kann dir leider nicht alles sagen. Ich würde es gerne. Das eine oder andere, was dir hilfreich wäre, würde ich dir jedenfalls gerade jetzt sehr gerne mitteilen. Aber ist es auch nötig? Im Grunde weißt du, was du zu wissen nötig hast. Es ist in dir vorhanden. Und schau – zu viel Wissen kann auch gefährden. Ich darf keinen von meinen Informanten gefährden. Ich darf auch mich nicht gefährden, weißt du. Es erfüllt mich schon mit rasendem Ingrimm genug, dass ich ungewollt *dich* gefährdet und misslicherweise den Yakuza eine komplette Kopie von *Yellow Submarine* in die Hände gespielt habe.«

»Satori! Ich habe es geahnt, dass er und seine Waguni mit den Yakuza unter einer Decke stecken. Aber auch wenn er und Kumiko das Drehbuch kannten: Wieso konnten sie wissen, dass *ich* der Mann hinter Julian Peek bin?«

»Da bin ich überfragt, Jeremy. Vielleicht beherrschten sie das Einmaleins besser als Kim Park.« Jeremy konnte mit dieser typisch wolkigen Gao-Antwort nichts anfangen. Egal, anderes interessierte ihn im

Moment drängender. »Noch einmal Gao: *Wenn du auch von Yukiko etwas weißt, musst du es mir sagen.*«

»Noch einmal, Jeremy: Es wäre zu gefährlich, dir alles zu sagen, was ich weiß. Für mich, dich und andere. Weißt du, diese Japaner haben Foltermethoden, denen kann am Ende doch keiner widerstehen. Keiner! Auch du nicht. Die ziehen dir bei lebendigem Leibe die Haut ab, Jeremy. Und das ist noch nicht das Schlimmste.«

Jeremy musste schlucken. »Ja, ich glaube, ich hab davon gelesen ...«, meinte er hilflos.

Gao Feng blickte ihn ernst an. »Ich zitiere nicht aus dem Drehbuch zu *Yellow Submarine*, Jeremy. Und ich mache auch keine Späße.« Dann wurde er wieder fröhlicher: »Noch einen letzten Schluck Château Margaux, Jeremy? So einen Wein bekommst du dein Lebtag nicht mehr, so viel kann ich dir prophezeien.«

Ashyia bei Kobe, 3. Mai 2012. 14:15 Uhr (13:15 in Shanghai)

Joe Muratas Nachdenken über sein Leben war durch den Anruf empfindlich gestört worden. Seltsam, dachte er. Da sitzt man jahrelang herum und denkt nach, bis man fast zu Ende gedacht hat, und dann kommt so ein Anruf und wirft alles über den Haufen. Joe würde nun in neue Richtungen denken müssen.

Daran, das Yukiko einmal ein Verhältnis mit einem britischen Butterstinker gehabt hatte, der Anwalt war und in der japanischen Vergangenheit herumschnüffelte, erinnerte er sich vage. Nicht, dass es ihn besonders berührt hätte. Sie hatten damals nicht gerade viel Kontakt gehabt. Spätestens seit dem Tod seiner Mutter hatte er nicht mehr viel Kontakt zu seiner Familie gehabt. Yukikos Affäre dürfte wohl auch ungefähr in jene Zeit gefallen sein, als die CIA auf eine erneute Intensivierung von Joes Kontakten zu seiner Familie drängte. Und er ließ sich nun mal nicht gerne drängen. Hätte er damals engeren Kontakt zu seiner Schwester gepflegt und hätte sie ihn um Rat gefragt – zwei dicke Wenns –, hätte vermutlich auch er ihr ans Herz gelegt, die Sache mit dem Briten zu beenden. Nicht, weil er die Briten nicht mochte; nein, er hätte es ihr selbst dann empfohlen, wenn dieser Gouldens Amerikaner gewesen wäre. Auch nicht, weil er ihr den *Gaijin* nicht gönnte oder in der Verbindung gar eine Schande gesehen hätte wie sein sogenannter Stiefvater. Nein, er dachte weiter, und es tat ihm leid um ihre ungeborenen Kinder, die möglichst nicht aufwachsen sollten wie er: auf der Suche nach der unmöglichen Vereinigung zweier Welten letztlich heimatlos zwischen die Kulturen gefallen, gescheitert am vergeblichen

Versuch einer gelungenen Verschmelzung der traditionellen japanischen Lebensart mit dem weitaus lässigeren *American Way of Life*, der längst auch das europäische Denken bestimmte. Er wollte keine weiteren Joe Muratas aufwachsen sehen. Er war sich selbst schon zu viel.

Aber natürlich hatte Yukiko ihn damals nicht um Rat gefragt. Und natürlich war die Beziehung auch ohne seinen Rat gescheitert. Und dennoch hatte sich ihr Fehltritt gerächt und schien sie jetzt nach über zehn Jahren sogar nachträglich noch eingeholt zu haben. Und daher rief ihn nun dieser Gouldens an, störte ihn in seinem Nachdenken und warf ihm sein Leben durcheinander, das doch eigentlich längst so statisch geworden war, dass es da gar nichts mehr umzuwerfen gab. Sie hatte mit Gouldens wieder Kontakt aufgenommen, so erfuhr er, und Gouldens Joes Telefonnummer zukommen lassen, woraus Gouldens schloss, dass sie (a) wohl tot und (b) in größter Gefahr sei. Daraus sollte einer schlau werden. Und Joe sollte sie warnen. Aber Joe hatte sie selbst seit Wochen nicht mehr erreicht.

Seit der entsetzliche Akira Murata, der Mann seiner Mutter, vor vier Jahren endlich das Zeitliche gesegnet hatte, war Joes Kontakt zu seiner Schwester wieder intensiver geworden, wobei die Impulse hauptsächlich von ihr ausgegangen waren. Es ging ihr nicht gut. Auch sie hatte die falsche Wahl getroffen, auch *ihr* Leben war irgendwie verpfuscht; und auch wenn sie den umgekehrten Weg gewählt hatte und sich in hektische Betriebsamkeit flüchtete, schien es ihr doch nie zu gelingen, es auch wirklich mit Inhalt zu füllen. Und so suchte sie, wenn sie konnte, immer wieder Trost bei ihm, dem heillos kaputten Bruder. Und sie war der einzige Mensch, den er ertrug. Sie hatte ihm angeboten, nach Kyoto umzuziehen, in das alte Holzhaus am Kamo-Fluss, das sie geerbt hatte. Aber wozu sollte er das tun? Er war hier, wo er hingehörte, hinter den abblätternden Fassaden der Plattenbauten von Ashyia, er brauchte kein stilvolles Landhaus mit verspielten *Shoji* und Ginkgobonsais und Bambushainen. Es reichte ihm, hier zu sein und Bourbon zu trinken, Elvis und die Glotze laufen zu lassen und sich alle zwei, drei Wochen ein wenig zu freuen und zu sorgen, wenn sie mal wieder vorbeikam, die leeren Flaschen wegbrachte und jedes Mal etwas verhärmter aussah. Sie hatte kein gutes Leben da draußen. Und sie hatte sich offenbar auf etwas eingelassen, dem er sich immer verweigert hatte. Nicht nur aus Familienloyalität. Sondern auch aus Angst um sein Leben. Obwohl sein eigenes Leben bei aller Leere schon kompliziert genug war, hatte Joe beim täglichen Nachdenken stets auch

Zeit gefunden, sich Sorgen um seine kleine Schwester zu machen. Besonders jetzt, wo ihr Besuch anstand und sie nicht kam. Und er von wildfremden Engländern erfuhr, dass sie in Gefahr sei. Oder tot. Und er solle sie warnen.

Er nahm wieder Platz auf dem durchgesessenen Sofa und zündete sich eine Lucky Strike an. Als er sie knappe fünf Minuten später im Bauch des Steinguttruthahns ausdrückte, hatte er sich zu einer Entscheidung durchgerungen. Es gab eine Zeit fürs Tun und eine Zeit fürs Nichtstun. Und da es zum Thema Joe Murata auf dieser Welt nichts mehr zu tun gab, war es lange Zeit sehr richtig gewesen, nichts zu tun. Aber nun ging es nicht mehr um Joe Murata. Also war es Zeit, etwas zu tun. Also würde er sich mit Jeremy Gouldens treffen. Morgen. Sobald seine Maschine landete. Was war nochmal die Uhrzeit?

Er erhob sich ächzend, um sein altes Mobiltelefon zu suchen, das er seit Ewigkeiten nicht mehr aufgeladen hatte. Wie er das hasste.

Shanghai, 3. Mai 2012. 14:20 Uhr

Gao Feng liebte Spielzeuge. Sie mussten, wie bei Jeremy, stets vom Feinsten sein. Nur dass er noch über ganz andere Möglichkeiten verfügte als Jeremy. Schließlich war er kein reicher Erbe aus dem alten Europa, sondern, wenn man so will, ein erfolgreicher Aufsteiger aus dem neuen China. Das war eine ganz andere Kategorie; auch wenn diese neuen Aufsteiger sich gerne mit dem alten europäischen Klunker umgaben. Ob es nun Weine waren. Oder Autos. Gao Fengs Büro im Jin Mao Tower drüben in Pudong lag nur 25 Etagen über den Räumen von Jeremys Arbeitgeber Lexman & Lexman, und so hatte er nach Abschluss ihres gemeinsamen Mittagessens dem »jungen Freund« die Mitfahrt in seinem Rolls Royce Phantom IV aus dem Jahre 1955 angeboten. Von diesem luxuriösesten aller Modelle, die die englische Autoschmiede jemals konstruiert hatte, waren insgesamt nur 18 Exemplare ausgeliefert worden – ausschließlich an gekrönte Häupter. Gao Fengs Phantom IV hatte einst Aga Khan III. gehört und war nach einer langen Odyssee 2011 bei Sotheby's gelandet, wo Gao Feng als anonymer Telefonbieter zugeschlagen hatte. Mit im Wagen saßen zwei junge, durchtrainierte Chinesen, ohne die sich Gao Feng nie aus dem Haus begab. Jeremy hatte beim Einsteigen bei dem einen ein Schulterholster aufblitzen sehen. Nein, Gao brauchte ihm nichts vormachen: Auch wenn sein väterlicher Freund sein Geld offiziell mit Immobilien sowie mehreren Import- und Exportfirmen verdiente, hatte er sicherlich mehr als nur guten Kontakt zu den Triaden.

»Wenn du heil aus Japan wiedergekehrt bist, werde ich dir etwas ganz Besonderes zeigen«, sagte Gao Feng, als sie wie schwerelos in den Tunnel unter dem Huangpu-Fluss hinabglitten. »Eine Inspiration, möglicherweise sogar Requisite für unser Projekt. Ja, wenn ich es mir so recht überlege: Ich müsste es dir vielleicht wirklich für die Schlussszenen zur Verfügung stellen. Auf der Shangsha-Werft wird nämlich gerade mein neuestes Spielzeug gebaut, musst du wissen.«

»Du hast doch schon eine Jacht, Gao.«

»Wer spricht denn von einer Jacht, junger Freund? Irgendwann wird es langweilig, immer nur auf die endlose Wasserwüste des Ozeans zu blicken. Der Ennui ergreift dich und mit ihm die Neugier, tiefer zu gehen, unter die Oberfläche. Ich war schon immer von der Welt *unter* Wasser fasziniert. Die Stille, das gleichsam schwerelose Schweben, die phantastischen Farben und Lebensformen, die göttliche Ruhe. Tauchen ist das perfekte Pendant zu unserem hektischen, oberflächlichen Leben auf dem Land.«

»Du lässt dir ein Unterseeboot bauen, Gao?«

»Nicht irgendein Unterseeboot, Jeremy! Mir schwebte eine Mischung aus U-Boot und klassischer Luxusjacht vor, du weißt schon, mit viel Mahagoni und Messing und all dem gediegenen Firlefanz. Auf der anderen Seite wollte ich modernste Technik und phantastische Tauchleistungen. So etwas bekommst du nicht auf dem Markt. Es ist wie in der Automobilindustrie: Wenn man nicht serienmäßig kaufen kann, was man haben möchte, muss man es sich eben individuell bauen lassen.« Gao Feng lächelte selbstzufrieden und lehnte sich behaglich zurück.

»Ein U-Boot nach Maß! Wie einst bei Jules Verne. Gao, ich werde dich künftig Kapitän Nemo nennen.« Jeremy schüttelte staunend den Kopf.

»Kapitän Nemo hat eine geheimnisvolle, dunkle Vergangenheit, Jeremy. Nachdem ihm in seiner Jugend bitteres Unrecht angetan wurde, hat er mit den Regeln der Gesellschaft gebrochen und nutzt seine ›Nautilus‹, um zu retten und Rache zu nehmen. Ein interessanter Vergleich.«

»Ich bin jedenfalls schon ganz gespannt auf dein U-Boot. Und freue mich auf eine Besichtigungstour – wenn ich heil aus Japan wiedergekehrt bin.« Gao Feng war nicht entgangen, dass Jeremy die Wörter »wenn« und »heil« über Gebühr betont hatte. »Es wird dir schon gelingen, mein Freund.« Jeremy kämpfte gegen das mulmige Gefühl an, das wieder in ihm aufstieg. »Weißt du, ich bekomme immer stärker den Eindruck, dass ich mich auf eine Sache eingelassen habe, die mir über den Kopf wächst.«

»Du musst einfach an dich glauben und mit offenen Augen und Ohren durchs Leben gehen«, antwortete Gao Feng ruhig. »*Alles ist in uns selbst vorhanden.* Alles ist in *dir* vorhanden, junger Freund.«

»Das hat der weise Meng Tse 300 vor Christus gesagt«, erwiderte Jeremy. »Doch die Zeiten haben sich seitdem geändert.«

»Die Menschen haben sich nicht geändert. Aber du hast recht: Die Sache *ist* dir längst über den Kopf gewachsen. Aber es geht eben auch um viel mehr als um deinen bescheidenen Kopf. Damals ging es nur um Kuroi-Juchi – und um deine Karriere. Inzwischen geht es um nichts weniger als den Frieden und das Leben in diesem Teil der Welt.«

Ging es nicht vielleicht noch eine Stufe größer? Die Rettung der Menschheit? Der Erde? Des Universums? Vor Jeremys Augen begann sich alles zu drehen. »Du überschätzt mich, Gao. Ich bin weder James Bond noch Mahatma Gandhi. Und erst recht keine Kombination aus beiden.«

»Das verlangt auch keiner von dir. Lass dich nicht beirren und vor allem von diesen großen Perspektiven nicht schwindelig machen. Geh einfach deinen Weg zu Ende. Wer in einen Abgrund hinabsteigt, darf nicht in die Tiefe blicken, sondern immer nur auf seinen nächsten kleinen Schritt. Und trotzdem enthalte der immer auch das große Ganze. Denn: *Alles ist in dir vorhanden.*«

In Jeremy freilich hatte das benommene Schwindelgefühl längst eingesetzt – wie immer, wenn Gao in diesem Ton mit ihm sprach. Er war froh, sich in die weichen Rolls-Royce-Sessel sinken lassen und einfach mal die Augen schließen zu können. Gao Feng überließ ihn seinem Sinnieren, bis sie sich in der Tiefgarage des Jin Mao Towers voneinander verabschiedeten.

Eine Viertelstunde später informierte Jeremy seinen Vorgesetzten Richard Koo im Telegrammstil über die Ereignisse der vergangenen 48 Stunden sowie über seinen Reiseplan, der ihn womöglich seinen gesamten Jahresurlaub kosten würde – ein paar Tage wollte er sich aber auf alle Fälle noch für einen eventuellen Trip nach Hainan reservieren. Die Reaktion seines Freundes überraschte ihn: »Wenn Yukiko neues Beweismaterial gefunden hat, könnten wir den Fall neu aufrollen«, sagte Richard.

»Aber alles nachzuprüfen und den einzelnen Spuren zu folgen könnte Monate dauern«, gab Jeremy zu bedenken. »Außerdem ist die Kuroi-Klage längst nicht mehr beim Obersten Gerichtshof anhängig.«

»*Anyway* …« Richard griff sich grübelnd mit der Hand ans Kinn. »Dann beantragen wir eben Wiedereinsetzung in den vorherigen Stand«, versetzte er sodann energisch. »Was wir natürlich nur können, wenn die neuen Beweise wirklich hieb- und stichfest sind. Und dafür musst eben du sorgen. Kurzum: Ich werde dich für diesen Fall abstellen und das Executive Committee informieren. Spar dir deinen Urlaub und mach dich an die Arbeit. Du hast freie Hand, Jeremy. Und nun geh packen!«

Okinawa, 3. Mai 2012. 17:23 Uhr
Lieutenant General William C. Shirer, Kommandierender General der »Third Marine Expeditionary Force« in Camp Courtney auf Okinawa – und damit Vorgesetzter von über 20000 US-Marines und 5000 Soldaten anderer Waffengattungen in Camp Courtney und auf der Kadena Air Base –, war gerade damit beschäftigt, sich vor dem Spiegel seines Ankleidezimmers die passende Fliege zu seiner Galauniform zu binden, als ohne anzuklopfen sein Adjutant hereinplatzte. Shirer, der im Ruf stand, ein harter Hund, aber gerechter Vorgesetzter zu sein, dem allerdings bisweilen ein skurriler Schalk im Nacken saß, fuhr herum. Eine solche Unverfrorenheit durfte sich nur jemand leisten, der eine wirklich wichtige Nachricht zu überbringen hatte.

»Sir. Verzeihen Sie, Sir!«, rief Captain Frank McKenzie und nahm Haltung an.

»Stehen Sie bequem, Captain – und verraten Sie mir, was Sie dazu veranlasst hat, auf diese Weise mein Allerheiligstes zu betreten und ein Kunstwerk zu zerstören …« Shirer zog die seidene Fliege unter dem Hemdkragen hervor und seufzte, als das filigrane Knotenwerk endgültig als schlaffes Seidenläppchen endete.

»Ein Funkspruch, Sir! Kam vor sechs Minuten herein, von der ›USS Blue Ridge‹. Sie haben mehrere verschlüsselte Funksprüche der japanischen Marine abgehört.«

»Verschlüsselt? Verzeihen Sie, Captain: Aber die Japse sind noch immer unsere Freunde. Sollte sich daran heute Nachmittag vielleicht etwas geändert haben?«

»Selbstverständlich, Sir! Nein, Sir. Nur – unsere Verbündeten vermissen anscheinend ein U-Boot.« – »Sie vermissen ein U-Boot?«

»Es handelt sich offenbar definitiv nicht um einen Unfall, Sir! Das U-Boot wurde gestohlen. Oder entführt. Es ist die Tancho – ein bewaffnetes Boot der Oyashio-Klasse.«

»Die Tancho? Ich kann nicht jedes einzelne U-Boot unserer japanischen Freunde kennen, Captain. Ist es sicher, dass es – wie Sie sagen – *gestohlen* wurde? Oder nimmt dieses Boot auch an unserem NATO-Manöver teil?« Shirer vermutete, es eher mit einer Art verspätetem Aprilscherz zu tun zu haben. Einem ärgerlich dummen Aprilscherz.

»Jawohl Sir. Nein, Sir. Zweifelsfrei entwendet. Direkt vom Ausstattungskai der Marinebasis in Kure, Sir. Das Boot legte vier Stunden vor dem offiziellen Auslauftermin zu einer Testfahrt ab – doch niemand ist der Spuk aufgefallen. Es war gerade generalüberholt und umgebaut worden, wie unser Verbindungsmann in den Stab der japanischen Marineführung bereits in Erfahrung gebracht hat.«

»Sonderbar. Vier Stunden *vor* dem Auslauftermin, sagten Sie? Also ohne Mannschaft?« Der seinem Ruhestand entgegensehende General hatte in seiner dreißigjährigen Militärlaufbahn noch nie eine solche Geschichte gehört.

»Das ist ebenfalls äußerst sonderbar, Sir: Ein Drittel der Mannschaft befand sich an Bord. Die anderen regulären Besatzungsmitglieder hatten Landurlaub. Aber Kapitän Mitsuko wiederum ist mit etwa 60 Marineoffizieren von verschiedenen anderen Einheiten frühmorgens an Bord gegangen, Sir!«

Shirer runzelte die Stirn. »Lassen Sie mich zusammenfassen, Captain: Das U-Boot, diese Tancho, wurde demnach von ihrem eigenen Kapitän entführt, der sich dabei der Hilfe mehrerer Dutzend Offiziere von anderen Schiffen der japanischen Marine bediente?«

»Jawohl, Sir! Es sieht jedenfalls danach aus, Sir. An Bord der Tancho befinden sich wahrscheinlich *keine* niederen Mannschaftsdienstgrade.«

»Gut. Das heißt natürlich: gar nicht gut.« Der General blickte auf seine Armbanduhr. »Dann ist mir klar, warum die Japse ihren Funkverkehr verschlüsselt haben. Auch mir wäre es peinlich, wenn man mir ein U-Boot stehlen würde. In einer Dreiviertelstunde beginnt das Galadiner anlässlich unseres bevorstehenden Manövers, an dem auch der geschätzte japanische Admiral Yamada teilnehmen wird. Weiß unser Gast schon von seinem Glück?«

»Das kann ich nicht beantworten, Sir.«

»Na gut. Ich möchte, dass Sie sofort das Pentagon kontaktieren und sich diese Gruselgeschichte noch einmal bestätigen lassen. Vielleicht weiß man dort bereits mehr. Wenn ich mich recht erinnere, hat es etwas Ähnliches schon einmal gegeben: im Februar 1936 – allerdings in etwas größerem Stil.«

»Sir?« McKenzie sah seinen Vorgesetzten fragend an. Der General lächelte. »Damals haben etwa 1500 Offiziere der japanischen Streitkräfte im Namen des Kaisers gegen die Regierung geputscht. Sie brachten drei Kabinettsmitglieder um, aber der Aufstand wurde von den kaiserlichen Truppen niedergeschlagen. Das Ganze endete im Massen-*Seppuku*. Sie wissen schon: dem berühmten japanischen Selbstmordritus.«

Shirer konstatierte mit leisem Bedauern, dass sein Ordonnanzoffizier wieder einmal Schwierigkeiten hatte, ihm in die japanische Geschichte zu folgen, die doch sein heimliches Steckenpferd war. »Tja, wissen Sie, Captain«, fuhr er daher fort, »unsere Verbündeten sind manchmal nicht leicht zu verstehen. Bekanntlich gestattet Artikel 9 der japanischen Verfassung lediglich eine Polizeitruppe zu Selbstverteidigungszwecken – und dennoch verfügt das Land, das offiziell also gar keine Armee, sondern nur ›Selbstverteidigungsstreitkräfte‹ hat, aufgrund der internationalen Verhältnisse inzwischen über die viertgrößte Marine und die achtstärkste Streitmacht auf diesem Globus, was von unserer Seite stillschweigend geduldet wird. Schließlich ist Japan ein direkter Nachbar der unliebsamen Atomstaaten China und Nordkorea. Das Problem dabei ist nur, dass es in Japan auch eine wachsende Gruppe fanatischer Nationalisten gibt, die nach wie vor davon träumen, den gesamten fernöstlichen Raum wieder so zu dominieren wie in den Zeiten nach 1936, und die nur auf den richtigen Zeitpunkt warten, um das damals Begonnene zu Ende bringen. Dafür wäre ihnen die achtstärkste Armee der Welt natürlich gerade recht. Das sind Verrückte, klar; allerdings scheint es sich bei dieser merkwürdigen U-Boot-Entführung auch um die Tat von Verrückten zu handeln.«

»Sir? – Es handelt sich nur um ein U-Boot, Sir.«

»Reden Sie mir nicht dazwischen! Sicher, Captain. Es handelt sich nur um ein U-Boot. Damit lässt sich Asien nicht erobern. Aber vielleicht ist es nur der Anfang ...«

»Sir?« – »Lassen Sie mich jetzt bitte meine Fliege in Ruhe zu Ende binden. Sie können wegtreten, Captain.«

Aber irgendwie wollte es ihm heute nicht so recht gelingen mit der Fliege. Seufzend gab er es auf. Vielleicht sollte er sich erst einmal um seine Malariaprophylaxe kümmern? Das klang alles nicht gut mit diesem U-Boot. Es wurde allmählich Zeit, dass er pensioniert wurde.

Shanghai, 3. Mai 2012. 16:45 Uhr

Die neue Macht der Yakuza
Zum ersten Mal seit den wilden achtziger Jahren mit ihrem Spekulationsboom ist es in jüngster Zeit wieder zu massiven Aktivitäten der Yakuza in Immobilienhandel und Wertpapiergeschäft gekommen. In Japan löst diese Nachricht aber kein großes Entsetzen aus, denn die Yakuza sind eine Form der akzeptierten Kriminalität. Die verschiedenen Syndikate durften bis 1992 ganz legal operieren, und noch heute ist ihr Einfluss bis in höhere politische Kreise hinein groß. Penibel polizeilich erfasst und organisiert in den sogenannten »Gumis« mit Zehntausenden von registrierten Mitgliedern, haben die Yakuza-Organisationen letztlich die Größe von Konzernen. Von der Polizei relativ ungestört gehen die Gangster ihren illegalen Geschäften wie Prostitution, Drogenhandel, Erpressung und Glücksspiel nach. Im Austausch dafür halten sie die nichtorganisierte Kriminalität auf einem niedrigen Stand und sorgen für entsprechend geschönte Verbrechensstatistiken.

Als in den neunziger Jahren die Immobilien- und Aktienmärkte einbrachen, reagierten die Yakuza-Syndikate wie normale Firmen mit Personaleinsparungen. Von den rund 100 000 geschätzten Mitgliedern 1991 entließen die Bosse in einem ersten Schritt zehn Prozent. Weitere Entlassungen folgten. Der Anteil der Teilzeit-Gangster stieg von 30 auf 50 Prozent. Von 88 000 im Jahr 2006 stieg »die Belegschaft« wieder auf heute etwa 102 500.

Die Yakuza sind bestrebt, ihren Einfluss in breite Wirtschaftskreise auszuweiten. Nachdem sie mit ihren gegenwärtigen Aktivitäten ihre Position in der Finanzbranche weiter festigen konnten, haben sie mittlerweile offenbar auch die Energiebranche ins Visier genommen. Sprichwörtlich ist allerdings schon seit langem die enge Verbindung der Yakuza mit der Bauwirtschaft. So bedeutet das Wort »Gumi« im Japanischen »Bautrupp«, aber auch »Bande«. Während die einfacheren Mitglieder mit Tätowierungen und dunklen Sonnenbrillen die Straßen unsicher oder (je nach Sichtweise) sicher machen, sind ihre Bosse respektable Geschäftsleute, die enge Beziehungen zur Politik unterhalten. Vor allem im Bauministerium, das für die Vergabe öffentlicher Aufträge zuständig ist, tummeln sich viele Förderer der organisierten Kriminalität. Diese Leute sind Teil des Systems. Politiker beschließen zum Beispiel sinnlose Bauprojekte, damit die Baufirmen Arbeit haben. Baufirmen wiederum bieten den Politikern in Wahlkampfzeiten ihr Personal als freiwillige Helfer an. Nach ihrer Pensio-

nierung, dem »Amakudari«, was so viel wie »Abstieg vom Himmel« bedeutet, erhalten Topbeamte von den Baukonzernen lukrative Beraterverträge inklusive Dienstfahrzeug und anderer Vergünstigungen. Ähnliche Strukturen gibt es auch in vielen weiteren Bereichen – mit und ohne direkte Beteiligung der Yakuza. Wer etwa im Energieministerium für den Bau von Kraftwerken oder die Reaktorsicherheit zuständig ist, tut gut daran, schon als Beamter seinen späteren Posten bei einem der führenden Energieunternehmen im Auge zu haben – je großzügiger und nachsichtiger er sich als Ministeriumsbeamter erweist, desto lukrativer werden nach seinem »Abstieg vom Himmel« auch die dankbaren Großzügigkeiten des Konzerns ausfallen.

Jedes Jahr werden die Kuchenstücke zwischen der Bauindustrie, dem Finanzamt und dem Bauministerium neu verteilt. Bei den öffentlichen Aufträgen wird zum Teil auch schmutziges Geld und Schutzgeld von den Politikern und Unternehmen an die Yakuza weitergeleitet. Das ist alles umso erstaunlicher, wenn man bedenkt, dass Japan nur knapp vier Prozent der Fläche der USA besitzt (und nur zwei Fünftel ihrer Bevölkerung), aber dennoch ein Drittel mehr für öffentliche Bauprojekte ausgibt. Nach Schätzungen der CIA sind in den letzten zehn Jahren beinahe 200 Milliarden US-Dollar aus dem japanischen Staatshaushalt über öffentliche Aufträge an die Yakuza geflossen. Wer ausscheren will oder das Verschwiegenheitsgebot bricht, wird erbarmungslos liquidiert. Ganz gemäß dem zynischen japanischen Sprichwort: »Herausstehende Nägel werden eingeschlagen.« Kenichi Kitagawa, der Boss der »Yamaguchi-gumi«, des weitaus größten Yakuza-Syndikats, wurde 1994 während des Baus des Kansai-Flughafens bei Osaka ermordet. Die Baukosten beliefen sich auf etwa 14 Milliarden US-Dollar – Kitagawa war anscheinend zu gierig und wollte mehr als seine versprochenen zehn Prozent …

Der Text ging noch weiter, aber Jeremy hatte erst einmal genug. Den Artikel, der am übernächsten Tag in der *Far Eastern Economic Review* erscheinen sollte, hatte ihm Gao Feng mitgegeben: »Als kleine Einstimmung für dich.« Der Satz, wo es um die Liquidationen ging, war mit gelbem Marker hervorgehoben. Es gab noch ein paar weitere unterstrichene Passagen. Jeremy würde morgen im Flugzeug noch Zeit genug zum Lesen haben. Jetzt war erst einmal Zeit zu packen. Das würde er heute völlig ungestört tun können. Leider.

Schon beim Aufschließen der Haustür hatte er gefühlt, dass Cathy ihn verlassen hatte. Dem Haus fehlte sein Duft, seine Aura, sein Klang. Fast schon wieder tröstlich war es gewesen, dann auf dem Küchentisch einen Nachricht zu finden. »Bin über Nacht bei Coco. Trink nicht so viel. Viel Glück in Osaka. C.« Den Zettel hatte sie mit einer Flasche Lagavulin beschwert. Ihre Rücksichtnahme füllte Jeremy wieder mit Zuversicht. Mannhaft hatte er den Malt stehen lassen, sich eine Flasche Mineralwasser aus dem Kühlschrank genommen und war hinauf in sein Arbeitszimmer gegangen.

Nun, wo er sich also ein wenig über sein Reiseziel – über Sitten, Land und Leute – informiert hatte, begann er damit, seine Fahrt sorgfältig vorzubereiten. Seine *Mission*. Er verbrachte geraume Zeit damit, den Inhalt der beiden DVDs, die ihm Yukiko zugespielt hatte, auf sein iPad zu kopieren und einige der Dokumente, die ihm am wichtigsten erschienen, zusätzlich auszudrucken und zu ordnen. Von den Yukikos Sendung beigefügten Papierdokumenten fertigte er Kopien an. Das gesamte Konvolut aus Ausdrucken und Kopien steckte er in eine abgewetzte, rotbraune Aktentasche aus weichem Pferdeleder. Er hatte die Tasche seit seinen Tagen in Tokio nicht mehr benutzt. Yukiko hatte sie ihm einst geschenkt. Dann brannte er die DVDs in doppelter Ausführung und steckte je zwei der DVDs in Umschläge, auf die er Adressen im Jin Mao Tower notierte. Die Umschläge würde er heute noch in die Post geben, das übrige Material, soweit er es nicht in der Pferdeledertasche mitnahm, zusammen mit dem Laptop und einem dicken Stapel von Papieren aus seinem Aktenschränkchen in einem Schließfach am Flughafen deponieren. Wenn ihm Satoris Yakuza wirklich hinterherspionierten, musste er von nun an vorsichtiger sein.

Er stellte sich ein kleines mobiles Büro aus unentbehrlichen Gerätschaften und Utensilien zusammen und griff dann zum Telefon, um ein längeres Gespräch mit Gao Fengs IT-Spezialisten Midji Tilodu zu führen. Danach wählte er die Nummer des Hilton-Hotels in Osaka, wo er zumindest die beiden ersten Nächte bleiben wollte. Zum einen ließ er sich seine Reservierung bestätigen, zum anderen erkundigte er sich vorsorglich nach dem hoteleigenen Bügelservice. Beide Antworten befriedigten ihn. Der Kleidungskodex in Japan war konservativ. Jeremy entschied sich für einen dunkelblauen und einen dunkelgrauen Anzug, vier weiße Hemden sowie zwei dezent gestreifte Krawatten. Für die Reise wählte er einen maßgeschneiderten olivgrünen Baumwollanzug und dunkelbraune Loafer aus Wildleder.

Gegen viertel vor acht standen schließlich drei Gepäckstücke auf dem Flur in der ersten Etage. Im Haus herrschte Stille. Ihm war kalt, obwohl es ein milder Frühsommerabend war. Und er war müde. Kein Wunder, nach der schlaflosen Nacht. Er würde sich heute zur Abwechslung einmal zeitig ablegen. Und nicht so viel trinken. Jeremy überlegte, ob er vielleicht noch etwas vergessen haben konnte. Nach kurzem Zögern betrat er sein Arbeitszimmer, begab sich zum Schreibtisch, öffnete die Schublade und nahm ein vergilbtes Papierfoto heraus. Es zeigte Yukiko, in glücklichen Tagen.

Jetzt wurde es wirklich Zeit für einen Absacker. Unten stand die Flasche Lagavulin noch immer als Briefbeschwerer. *Viel Glück in Osaka. C.*

Shanghai, 3. Mai 2012. 19:40 Uhr

Cathy war zehn Minuten lang vor dem »La nave va« auf und ab gestöckelt. Nervös und unschlüssig, auf den höchsten Absätzen, die sie besaß. Und in karmesinroter Reizwäsche unter ihrem knapp geschnittenen Kostüm. Obwohl Jeremy sich unmöglich verhalten hatte und sie das ungeschriebene Recht der Frau in Anspruch nehmen konnte, sich nun ungestraft an ihm zu rächen, war sie sich plötzlich billig vorgekommen. Sollte sie nicht besser einfach wieder gehen? Sicher, Kim Park wäre eine Sünde wert – und, da sie wusste, was er für sie empfand, vielleicht sogar zwei oder drei oder so viele Sünden, bis sie aufhörten, Sünden zu sein. Dennoch hatte sie sich zum berühmten »Bäumchen-wechsel-dich-Spiel« noch nie hingezogen gefühlt. Das war etwas für unentschlossene Leute, die keine klare Linie hatten, und sie hasste so etwas. Andererseits wäre es natürlich unhöflich, den schmachtenden Kim schmählich zu versetzen. Und schließlich ging es hier um ein rein informatives Gespräch, sozusagen geschäftlicher Natur. Das hatte mit Sinnlichkeit und Seitensprüngen und der unabweisbaren biologischen Tatsache, dass er nun einmal ein Mann war und sie eine Frau, nicht das Geringste zu tun. Ein Schelm, wer Böses dabei denkt. Also besser nicht gehen. Und *wenn* sie schon blieb und ihn traf, konnte sie dem armen Kerl auch zumindest was fürs Auge bieten. Das knapp geschnittene Kostüm ging also vollauf in Ordnung. Und die Reizwäsche war ja mehr oder weniger eine reine Präventivmaßnahme.

Nachdem sie also solcherart mit sich und ihrem Gewissen ins Reine gekommen war, drängelte sie sich entschlossen an der Schlange der geduldig Wartenden vorbei zum Eingang des neuen italienischen Fresstempels, wobei sie das Murren der Anstehenden mit damenhafter Arroganz überhörte. »Ich habe eine Reservierung auf den Namen *Endeavor*«, sagte sie zu einem der beiden muskulösen Türsteher, die in marineblauen Blazern steckten. Aus dem Eingang trat eine gelangweilt blickende Chinesin mit blondgefärbtem Haar. Sie überflog die Reservierungsliste und bedeutete den beiden, die schwere Stoffkordel zu öffnen, die den Eingang eher symbolisch versperrte, und Cathy passieren zu lassen. »Der *Commander* erwartet Sie bereits«, sagte sie, als sich hinter Cathy die Absperrung schloss. Wieso »Commander«, dachte Cathy verwundert, warf der Blondgefärbten ein knappes Lächeln zu und folgte einer weiteren Angestellten in das Restaurant, das wie das Innere eines Luxusliners eingerichtet war. In der Mitte des Raumes befand sich ein beinahe zwanzig Meter hoher Glaszylinder, in dem unzählige bunte Tropenfische schwammen. Die Angestellte führte sie durch das gesamte Restaurant bis zum Fuß eines erhöhten Podests, auf dem eine stilvoll nachempfundene Kommandobrücke eingerichtet war. Dort oben, etwa sechs Meter über den Köpfen der übrigen Gäste, erhob sich jetzt Kim Park. Anders als Jeremy verliert er wenigstens nie den Überblick, dachte sie.

»Schön, dich zu sehen«, sagte Kim, als sie den Niedergang emporgestöckelt kam, küsste ihr altmodisch-galant die Hand und half ihr aus ihrem dünnen Jäckchen. Gut sah er aus. Und dieses Feuer in seinen Augen. Cathy wandte ihren Blick von ihm ab und schaute sich um. »Nicht schlecht«, befand sie anerkennend. »Beeindruckender Schuppen. Was heißt eigentlich *Lanawwewa*?«

Kim lächelte. »La nave va«, sagte er und sprach die drei Wörter sorgfältig voneinander getrennt aus. »Es ist Italienisch und heißt ›Das Schiff fährt‹ – übrigens auch der Titel eines großartigen Films von Federico Fellini ... Aber auch eine Metapher – für das Leben im Allgemeinen und das Schicksal mancher Passagiere in bewegten Zeiten.« Er blickte ihr intensiv in die Augen. Das sollte wohl eine Anspielung sein?

»Fellini ist mir ein Begriff, auch wenn ich *diesen* Film nie gesehen habe«, fuhr ihm Cathy prompt über den Mund. »Und *La Strada* ist mir viel zu rührselig. Ich halte es lieber mit den starken Frauen, Kim. So *Kill Bill* und so weiter. Außerdem habe ich großen Hunger, und hier soll es den besten Fisch der Stadt geben.«

»Selbstverständlich«, bestätigte er in geschäftsmäßigem Ton und fragte sich, wohin ein Abend, der so begann, überhaupt noch führen konnte. »Mit dem ›M on the Bund‹ kann dieses fahrende Schiff allerdings nicht ganz mithalten, fürchte ich. Wie war's denn gestern Abend? Hat es geschmeckt?«

»Hörst du denn nicht? Ich habe *Hunger!*«, rief sie plötzlich wirklich zornig und sah ihn so entschlossen an, als wolle sie ihn gleich auffressen. Gerne, dachte Kim. Oh, ich liebe dein Gesicht und deine ganze Körperhaltung, wenn du wütend bist.

Auch während des Aperitifs und der Vorspeisen – Kim trank wie immer nur Wasser – hatte Kim noch mehrmals Gelegenheit, sich an ihrer grimmig herausfordernden Körpersprache zu erfreuen. Doch mit dem Zwischengang, einem unerhört erfrischenden Basilikumsorbet, fragte Cathy schließlich: »Komm, jetzt rück raus mit der Sprache: Was ist denn so ungeheuer wichtig, als würde es um Leben und Tod gehen? Mir wirken Sie ja nicht besonders ängstlich, *Commander* Park. Wieso eigentlich ›Commander‹?« Ihr schmeckte der Chardonnay heute wesentlich besser als gestern.

Diesen schnippischen, leicht überheblichen Ton mochte Kim weniger. Er reizte ihn. »Hier in diesem Lokal, wo ich häufig zu Gast bin, ist das nur so etwas wie ein Spitzname, Cathy. Oder sagen wir: ein verhüllendes Pseudonym. Wie zum Beispiel Julian Peek.«

»Du hast gewusst, dass Jeremy der Mann hinter Julian Peek ist?«

»Ich habe es vermutet.«

»Ich hab Jeremy mit meiner Frage einen so großen Schrecken eingejagt, dass er sich an seinem Lieblingswhisky verschluckt hat, Kim. Das war teuer.«

»Na ja, gut für euch, dass er noch nicht gleich ganz erstickt ist.«

»Er hat mir die ganze Geschichte gebeichtet. Und noch viel mehr. Aber er konnte sich nicht erklären, was du mit der Sache zu tun hast. Kannst du mich da aufklären, Kim?«

Er erzählte ihr. Wie ihm auf geheimnisvolle Weise das Drehbuch zu *Yellow Submarine* zugespielt worden war. Wie er lange Tage einem Phantom hinterherjagte. Er verschwieg ihr nicht sein persönliches Interesse an diesem Film, den ihm ein großer Unbekannter im Hintergrund offensichtlich finanzieren wollte.

Also hat Jeremy mit seiner Vermutung ins Schwarze getroffen, dachte sie. Dass sie den Namen dieses großen Unbekannten vermutlich kannte, sagte sie Kim aber nicht.

»Weißt du, wovon dieser Film handelt, Cathy?«

»Nur ganz grob. Es geht um die japanischen Kriegsverbrechen in Nanking und irgendwelche geheimen Medikamentenversuche. Und jetzt muss Jeremy genau in dieser Angelegenheit dringend nach Japan fliegen, gleich morgen. Also – im Grunde wegen einer anderen Sache, die aber irgendwie damit zusammenhängt. Doch darüber will ich jetzt nicht sprechen. Für mich ist das alles noch immer sehr verworren, weißt du? Sehr.«

Nach Japan, morgen? Das war Kim neu. Also machte der Butterstinker ernst und wollte nun doch tatsächlich *als realer Mensch* in die

Fußstapfen Adrian Bells treten – seiner eigenen Schöpfung. Na, er würde dort bald merken, dass das Leben kein Drehbuch ist. So schnell dürfte er da nicht zurückkommen. Das gab Kim vielleicht die nötige Zeit, um die Sache mit Cathy zu klären. Er war sich allerdings noch nicht ganz im Klaren darüber, ob es wohl sinnvoll und machbar sein würde, dem Butterstinker gleichzeitig seine Freundin auszuspannen und ihm sein Drehbuch zu realisieren. Und was hier Priorität hatte. Wenn Gouldens allerdings wirklich beschlossen hatte, in Japan nicht noch einmal den Schwanz einzuziehen, dann war die Chance ohnehin groß, dass er in einer länglichen Kiste zurückkam, Kopf und Körper separat. Und dann konnte er Kim sowieso nicht mehr reinreden.

»Es geht um ein wirklich wichtiges Thema, Cathy«, betonte er. »Der Film wird einiges in Bewegung bringen.«

»Weißt du eigentlich, wie *verdammt satt* ich eure ganze Vergangenheitsfixierung habe?« Endlich funkelten ihre Augen wieder wütend. »Ich kann diese alten Geschichten nicht mehr hören. Es muss doch irgendwann vorbei sein mit dem ewigen gegenseitigen Aufrechnen von Toten und Schuld, von Leid und Verbrechen und Leichenbergen. Natürlich gab es auf allen Seiten Opfer und Untaten, aber, meine Güte, der Krieg ist über sechzig Jahre vorbei ... Es wäre höchste Zeit, die alten Kapitel zuzuschlagen und endlich optimistisch nach vorn zu blicken. Und es in Zukunft besser zu machen.«

»Nicht alle Menschen denken wie du, Cathy«, presste Kim hervor. »Und man kann die Zukunft nicht besser machen, wenn man nicht aus der Vergangenheit lernt. Weil sich sonst die Geschichte immer und immer wiederholt. Wie in einem Teufelskreis.«

»Aber wir *haben* doch längst gelernt. Und die Menschen *sind* besser geworden. Menschen können sich ändern, weißt du, können bereuen und verzeihen und noch einmal von vorn anfangen. Man muss ihnen diese Chance geben, ohne sie immer nur nach ihrer Vergangenheit zu bemessen. Das haben sie verdient. Ich jedenfalls räume ihnen diese Möglichkeit ein.«

Kim schwieg. Ihr emphatischer Ausbruch irritierte ihn. Offensichtlich schien ihr das Thema der chinesisch-japanischen Vergangenheitsbewältigung persönlich doch näher zu gehen, als er gedacht hätte. Dabei hatte er sie doch jetzt warnen wollen. Vor den dunklen Schatten der Vergangenheit, die sie gerade leugnete und die dennoch unverändert lebendig geblieben waren, sich über Jeremy und Kim und vielleicht auch über sie zu legen drohten. Warnen vor den Menschen, die nichts gelernt hatten. Warnen vor Leuten wie Satori. »Jedenfalls ist es gut für uns alle, wenn der Film jetzt endlich gemacht wird«, sagte er stattdessen nur. »Und wenn dein Jeremy der Drehbuchautor ist und ich der Produzent und vielleicht auch Regisseur, dann sitzen wir nun alle drei im selben Boot. Auf Gedeih und Verderb.«

Cathy nickte. Ein feines Lächeln umspielte ihre Mundwinkel. Für einen Moment dachte Kim, dass es ihm gelten könnte. Was nicht ganz falsch war, denn Cathy war in diesem Moment die eine oder andere nicht ganz züchtige Assoziation zum Themenfeld *Ménage-à-trois* durch den Schädel geblitzt, die sie allesamt natürlich sofort wieder vertrieben hatte. Nein: Auch wenn Kim Park ein verdammt gutaussehender Mann mit einer ungeheuren Ausstrahlung war – ihre karmesinrote Reizwäsche hätte sie sich unbedingt sparen können. Es wurde Zeit, optimistisch nach vorn zu blicken. In die Zukunft. Und ihrem trotteligen Barbaren zu verzeihen. Sie musste ihm, sich selbst und ihrer Beziehung noch eine Chance geben, das war Jeremy gegenüber nur zu fair. Und in *diesem* Boot war für Kim Park dann definitiv kein Platz mehr. Nein, er durfte sich einfach keine Hoffnungen mehr machen auf sie. Vielleicht sollte sie es ihm noch einmal direkt ins Gesicht sagen? So stark musste sie sein. Und sie liebte die klare Linie. Sie sah auf und blickte ihm traurig in sein ebenmäßiges, kluges, verschlossenes Männergesicht. Diese Fassade, die man unmöglich jemals durchdringen konnte.

»Kim?«, sagte sie mit etwas belegter Stimme.

»Ja?« Er legte seine Hand wie zufällig auf die ihre. Diese Hände. Cathy hatte sich auch schon Phantasien über Männer hinzugeben begonnen, bloß weil ihr deren knackiger Hintern gefallen hatte. Bei anderen war es der Körperbau, der ihr Interesse geweckt hatte. Bei den meisten aber das Gesicht. Oder die Stimme. Und bei Jeremy waren die tiefen, graublauen Augen das Entscheidende gewesen, auch wenn Coco das nie verstanden hatte. Ein einziger Mensch auf der Welt hatte sie über seine Hände überzeugt. Die so schlank und doch so kraftvoll, die so muskulös und doch so zart und geschmeidig waren. Das war ihr gleich bei ihrer allerersten Begegnung aufgefallen, vor über anderthalb Jahren. Sie machten sie verrückt, diese Hände. Wenn diese Hände zu streicheln beginnen würden, dann konnte sie für nichts mehr garantieren, das wusste sie. Bei der bloßen Vorstellung sträubten sich ihr die abrasierten Nackenhaare. Das war besser als Sex. Also sicherheitshalber die Hand lieber wegziehen. Aber Kim war ja so ein korrekter, beherrschter, so *unnahbarer* Japan-Koreaner, dass man ihn sich überhaupt nicht als zärtlich streichelnden Mann vorstellen konnte. Mit diesen schönen Händen schlug er wahrscheinlich eher seinen Feinden mal eben rasch die Schläfen ein, als eine Frau zu berühren. Schade eigentlich. Schade um die schönen Hände, mit denen sich so viele schöne Dinge anstellen ließen. Also ruhig liegen lassen. Konnte ja doch nichts passieren. »Ja, Cathy?«, wiederholte Kim und begann sachte, seine Hand zu bewegen.

»Was ist das eigentlich für eine Narbe?«, fragte sie unvermittelt. Kim Park sah sie nur an und schwieg. Beide schwiegen sie.

Schließlich sagte er: »Die Narbe stammt aus meinem früheren Leben, als ich tatsächlich ein Commander war.«

»Darf ich mal fühlen?«

»Fühlst du denn nichts?«

Okinawa, 4. Mai 2012. 20:45 Uhr
So hatte sich General William Shirer sein Galadiner anlässlich des Beginns des großen NATO-Manövers »Pirate Style 2012« nicht vorgestellt. Von Entspannung – in jeder Bedeutung des Wortes – keine Spur. Nicht nur, dass hier die Durchführung eines sorgsam vorbereiteten internationalen Manövers zur Einschüchterung der Piratenszene im asiatischen Raum auf der Kippe stand; nicht nur, dass die Nordkoreaner wieder einmal *pünktlich*, das hieß zum schlechtmöglichsten Zeitpunkt, damit beginnen wollten, die Großmächte mit unterirdischen Atomtests sowie Starts ihrer mittlerweile stark verbesserten Kurzstreckenraketen zu provozieren: Jetzt war auf mysteriöse Weise auch noch dieses japanische U-Boot aus der Marinebasis Kure verschwunden; entführt, gestohlen oder vielleicht bloß unfreiwillig abgetaucht. Die meisten Spekulationen bewegten sich in Richtung »Geheimauftrag« oder »Unglück«; nur die wenigsten der anwesenden Marinegeneräle wollten sich vorstellen, dass es sich um einen dreisten Coup einer Verbrecherorganisation handeln könnte. Oder um Terroristen. Oder Verschwörer ... Denn inzwischen stand fest (und wurde von japanischer Seite zumindest inoffiziell bestätigt): Die Tancho war mitsamt ihrem Kapitän sowie 62 weiteren Offizieren der japanischen Marine und vermutlich auch einigen Zivilisten in noch unklarer Funktion an Bord auf große Fahrt gegangen. Mit unbekanntem Ziel.

»Höchst rätselhaft, das Ganze«, knurrte der amerikanische Stützpunktkommandeur, der heute Abend in einer etwas stillosen rot-weiß gestreiften Krawatte mit blau-weißen Sternen erschienen war, als er nach einem zehnminütigen Ausflug in den Lageraum wieder den geschmückten Festsaal betrat. Er winkte einen farbigen Sergeant heran, um sich einen weiteren Gin Tonic mixen zu lassen. Malariaprophylaxe.

Shirer hatte vor fünf Minuten neue Informationen erhalten; direkt aus der »Central Intelligence Agency« in Langley, Virginia. Admiral Toru Yamada, der stellvertretende Oberkommandeur der japanischen Meeresselbstverteidigungsstreitkräfte, dessen verspätetes Erscheinen aufgrund der jüngsten Entwicklung keiner besonderen Entschuldigung bedurfte, wurde bei seiner Ankunft sofort von den Gästen aus Europa, Asien und den USA umringt. Doch der kleine, drahtige Mann mit dem kecken Oberlippenbart breitete nur entschuldigend die Hände aus. »Es ist mir sehr unangenehm, meine Herren, aber ich weiß ebenso wenig wie Sie. Es gibt bisher keine offizielle Erklärung, und abgesehen von Zusammensetzung und Stärke der Mannschaft ist noch kaum etwas bekannt. Kapitän Mitsuko, Kommandant der Tancho, galt stets als äußerst zuverlässig. Der Oberleutnant besitzt einen tadellosen Ruf und ist – nun, war – für eine weitere Karriere innerhalb des Generalstabs vorgesehen.« Yamada sprach beinahe akzentfrei Englisch.

Shirer schritt gemächlich auf Yamada zu. Im Vorbeigehen griff er nach dem frischen Glas, das ihm der Sergeant auf einem kleinen Silbertablett entgegenhielt. »Es ist vielleicht nicht der richtige Augenblick, um mich in Ihre Spekulationen einzuschalten, meine Herren«, begann er, »aber mich würde interessieren, warum es gerade die Tancho gewesen ist, die, wie ich erfahren habe, noch bis vorgestern im Trockendock gelegen hat.« Die Generäle bildeten ein kleines Spalier, so dass Shirer ungehindert bis zu Yamada vordringen konnte.

»Die Tancho, General, wurde meines Wissens generalüberholt«, erwiderte Yamada.

»Generalüberholt? Ich denke, das Boot ist eines der jüngsten Ihrer gesamten U-Boot-Flotte, Admiral?«

Admiral Yamada zauberte ein undurchdringliches Lächeln auf sein schmales Gesicht. »Sie können natürlich nicht wissen, dass die U-Boot-Flotte nicht unbedingt in meinen Zuständigkeitsbereich gehört. Aber wenn Sie möchten, kann ich gerne Kontakt zum Stab aufnehmen und versuchen, Näheres zu erfahren.«

»Das wäre sehr zuvorkommend«, sagte Shirer mit süffisantem Unterton, »vielleicht ist das aber gar nicht erst nötig. Sehen Sie«, er griff in die Hosentasche und holte einen Notizzettel heraus, »*uns* wurde soeben berichtet, dass die Tancho im Zuge dieser Generalüberholung, wie Sie es nennen, ein neues Waffensystem erhalten hat. Wir wissen nur noch nicht, welches. Aber wir haben bereits so unsere Vermutungen«

»Davon ist mir nichts bekannt«, beeilte sich Yamada zu antworten.

Shirer wartete geschickt einige Sekunden ab, bevor er fortfuhr. »Soweit *mir* bekannt ist, wurde die Tancho weniger generalüberholt als modifiziert. Um es in aller Deutlichkeit zu formulieren: Vielleicht ist es einigen, sagen wir, *extremen* Gruppierungen in Ihrem Land sauer aufgestoßen, dass die militärische Strategie Japans bisher nur auf die Selbstverteidigung ausgerichtet war. Angesichts der negativen Entwicklung im Streit mit China um die Grenzen der von Japan reklamierten Wirtschaftszone – etwa im Bereich der Inselgruppe Diaoyutai, die auf Japanisch, glaube ich, Senkaku heißt – könnte ich mir vorstellen, dass es in Japan viele Militärs und Politiker gibt, die größtes Interesse daran hätten, über ein U-Boot zu verfügen, dass in der Lage sein könnte, auch größere Flugkörper auf die Reise zu schicken.«

»Was wollen Sie damit andeuten?«, fragte Yamada, der blass geworden war.

»Raketen. Lenkwaffen. Wer weiß – möglicherweise auch mit nuklearen Sprengköpfen? Ja ja, ich weiß, dass es die in Japan offiziell nicht geben darf. Ich denke ja bloß laut. Und ich nehme an, das Weiße Haus macht sich ebenfalls Gedanken und Sorgen über seine treuen Verbündeten. Immerhin geht es im Streit um die Inselgruppe nicht nur um ein paar Felsen im Pazifik, sondern auch um ein Erdgasvorkommen von geschätzten 200 Milliarden Kubikmetern.«

»Ich bin mir nicht sicher, ob ich mir Ihre Unterstellungen gefallen lassen muss, General Shirer. Sie kennen unsere chinesischen Freunde genauso gut wie wir. Die maritime Strategie Pekings ähnelt dem Go-Spiel, bei dem es darum geht, ein möglichst großes Gebiet zu besetzen und die Steine des Gegners zu umzingeln. Das können wir nicht einfach hinnehmen.«

Shirer nickte. »Ich will Ihnen da gar nicht widersprechen, Admiral. Die Chinesen lieben die doppelte Logik der Abschreckung einerseits und der harmonischen Einbindung andererseits – siehe Taiwan. Ich hoffe aber nicht, dass wir die anderen Herren mit unserem kleinen Disput allzu sehr langweilen.« Der US-General hob sein Glas, in dem die Eiswürfel bereits zu kleinen Plättchen geschmolzen waren, und brachte einen kurzen Toast aus, der bei den knapp zwei Dutzend Männern auf dankbaren Beifall stieß. Nur Admiral Yamada sah etwas unglücklich drein. Seine Position war nicht zu beneiden: Die in den japanisch-amerikanischen Sicherheitsverträgen von 1952 und 1960 besiegelte Westanbindung war für sein Land eine Überlebensgarantie. Denn Japan war von Feinden wie den Atommächten Nordkorea und

China umgeben und profitierte davon, dass es unter dem atomaren Schutzschild der USA in Ruhe seinen Geschäften nachgehen konnte. Gerade jetzt, wo Japan nach den Katastrophen des Jahres 2011 geschwächt war, während China immer stärker wurde und womöglich in absehbarer Zeit sogar eine koreanische Wiedervereinigung anstand, wäre es für Japan töricht, den amerikanischen Schutzschirm zu verlassen, ganz gleich, ob es liberale oder rechtsnationale Kräfte waren, die einen solchen Schritt anvisierten. Yamada konnte nicht daran gelegen sein, den Eindruck zu erwecken, dass er es befürwortete, wenn es in Japan Kräfte gab, die einen Keil zwischen die japanischen und die amerikanischen Interessen treiben wollten.

»Verzeihen Sie bitte«, unterbrach Jacques Grandjean, Kapitän des einzigen französischen Flugzeugträgers »Charles de Gaulle«, die Stille, »doch was hat das alles mit diesem verschwundenen U-Boot zu tun?« Admiral Yamada zuckte die Schultern. Shirer wusste, dass der Japaner keine Antwort geben durfte. Also antwortete er für ihn. »Japan befindet sich nach dem Super-GAU von Fukushima im ungebremsten Niedergang. Wirtschaftlich und politisch. Außerdem hat das Land vor aller Welt sein Gesicht verloren. Einige Kräfte im Land sind sehr daran interessiert, diese Schande nicht auf sich sitzenzulassen und jetzt in die Offensive zu gehen, um *mit aller Gewalt* Nippons alte Größe wiederherzustellen. Das, meine Herren, wäre meine bescheidene und ganz persönliche Erklärung für das Verschwinden der Tancho, wiewohl ich beim besten Willen nicht zu sagen vermag, was um alles in der Welt denn ein einzelnes U-Boot gegen einen Giganten wie China ausrichten könnte. Aber vielleicht ist ja das, was wir jetzt sehen, nur der Anfang.«

Shanghai, 4. Mai 2012. 23:50 Uhr
Es hätte nicht passieren dürfen. Es war Jeremy gegenüber nicht fair. Es war irgendwie sogar *Kim* gegenüber nicht fair.

Aber es war ihr gutes Recht.

Wo gehörte sie denn hin? Wo war denn ihr Zuhause? Warum war denn nicht auch Jeremy so: fordernd, bestimmend, unerbittlich männlich und zugleich um Gnade winselnd wie ein in Ketten liegender, darbender, dürstender Gefangener, der es nicht verdient hat, dem aber dennoch nur du, nur du allein, das erlösende Wort sprechen kannst. In den Tod würde er für dich gehen. Nur du. Aber wie sollte es jetzt weitergehen? Es war Jeremy gegenüber nicht fair.

Auch wenn er es verdient hatte, der Schuft.

Er kann auch dich erlösen, raunt von irgendwo tief in dir drin eine altvertraute Stimme, singt das alte, alte Lied. Warum riss er ihr dann nicht endlich auch die restlichen Kleider vom Leib?

Und er hatte seine Hand auf sie gelegt. Gestreichelt. Und dann hatte er sie geküsst. Und er hatte nicht nach Whisky gerochen. Nur nach Mann. Erklär mal einem Mann, wie »Mann« riecht. Das Parfüm gibt es nicht zu kaufen.

Und jetzt, plötzlich, – wie war das zugegangen? – lag sie hier in einem fremden Bett, in einem fremden Penthouse und schluchzte. »Ich kann nicht, Kim. Ich kann nicht! Das hat wirklich nichts mit dir zu tun.« Sie dachte an seine Küsse und an seinen muskulösen, harten Körper. Seine so zärtlichen Killerhände. Und fieberte. »Du musst verstehen: Ich kann einfach nicht!«

Sie fühlte seine Hand über ihr nacktes Fleisch streichen.

»Ich helf dir, Cathy«, sagte er. Und löschte das Licht.

Zweiter Teil

Der Turm

Vierter Tag

Shanghai, 4. Mai 2012. 07:00 Uhr
Bereits jetzt, am frühen Morgen, kündigte sich an, dass es ein heißer Tag werden würde. Vor den Sicherheitsschleusen am Personaleingang des World Financial Centers hatten sich lange Schlangen gebildet. Die Metalldetektoren waren im Dauereinsatz. Ausnahmslos alle Mitarbeiter wurden kontrolliert. Die Angestellten des Park Hyatt Hotels in den Etagen 79 bis 93 – es war einige Jahre lang das höchste Hotel der Welt gewesen, bis es Anfang 2011 vom »Ritz-Carlton« in Hongkong überholt wurde – empfanden diese stets wiederkehrende Prozedur längst als Routine. Die Mitarbeiter externer Dienstleistungsunternehmen kannten sie nicht und verhielten sich dementsprechend unruhig. Sie verstanden erst jetzt, warum sie dazu aufgefordert waren, sich mindestens eine Stunde *vor* ihrem eigentlichen Arbeitsbeginn am Personaleingang einzufinden – eine Stunde, die selbstverständlich nicht bezahlt wurde.

Chen Wong war weit davon entfernt, sich über derlei Knausrigkeiten aufzuregen. Er war nicht zum Center gekommen, um Geld zu verdienen. Er hatte sich in eine der Warteschlangen eingereiht und sah sich nun unauffällig um, doch noch konnte er niemanden aus seiner Unit entdecken. An der eigentlichen Aktion würden insgesamt 18 »Kämpferinnen« und »Kämpfer« in drei Sechsergruppen teilnehmen. Die Gruppen hatte John Huang beim letzten Treffen im Hu-Xin-Ting-Teehaus eigenhändig zusammengestellt. Chen würde gemeinsam mit Michelle – der schönen Michelle, ausgerechnet! – und weiteren Aktivisten die Ehre haben, Prinz Taesu, einen Großneffen des Kaisers, sowie den japanischen Energieminister, den japanischen Botschafter in China und den für die Errichtung des Shanghai World Financial Centers verantwortlichen Baulöwen Minato Moto höchstpersönlich hinauf in die 100. Etage zu begleiten, wo sich der »Sky Walk«, die Aussichtsplattform mit dem gläsernen Fußboden, befindet. Dort würden die vornehmen Herren ein weithin sichtbares Transparent zwischen sich aufspannen müssen, auf dem in großen chinesischen, japanischen und englischen Schriftzeichen stand: *Japan entschuldigt sich aus tiefstem Herzen für seine verbrecherischen Gräueltaten am chinesischen Volk 1931–1945.*

Die Welt würde staunen. 1931 hatte mit dem Mukden-Zwischenfall vom 18. September und der Eroberung der Mandschurei jenes bis heute ungesühnte Verbrechen begonnen, das ohne die japanische Kapitulation von 1945 noch viel entsetzlichere Ausmaße angenommen hätte.

Das Einzige, was John Huang noch nicht verraten hatte, war, *wie* sie ihre Geiseln dazu bringen würden, genau das zu tun. Chen war überhaupt schleierhaft, wie John – der erst später mit den offiziellen Gästen eintreffen würde – es anstellen wollte, etwa 200 Menschen in Schach zu halten, die sicherlich kein Bedürfnis hatten, als Geiseln zu fungieren. Wie konnte das alles gewaltfrei über die Bühne gehen? Ihr Führer hatte sich bedeckt gehalten. Der Einsatz von körperlicher Gewalt sei etwas für mental Minderbemittelte, versicherte er. Der weise Mann verfüge über ganz andere Möglichkeiten, seine Überlegenheit auszuspielen. Selbstverständlich halte er sich an sein Versprechen, dass keinesfalls Blut fließen dürfe. Gut, die eine oder andere *Ruppigkeit* würde sich womöglich nicht vermeiden lassen. Aber was war das im Vergleich zu den hunderttausendfachen Verbrechen der Japaner?

Das Transparent bestand aus 18 Einzelteilen aus weißem, federleichtem, bedrucktem Organzastoff, die sie erst am Ort des Geschehens mit speziellem Stoffkleber miteinander verbinden würden. Chen hatte den Stoff wie befohlen straff um seinen Oberkörper gewickelt. Nach einer knappen Stunde hatte Chen die Sicherheitsschleuse passiert. Die etwa 50 externen Servicekräfte versammelten sich in einem Küchenraum im 5. Stock. Jetzt entdeckte er nach und nach auch die anderen, und sie alle verhielten sich genau so, wie John es angeordnet hatte: Sie gaben sich gegenseitig nicht zu erkennen. Und da war ja auch seine Schönheit aus Nanking. Chen war die langbeinige Michelle Mao schon früher, bevor er zur Bewegung gestoßen war, auf dem Campus der Fudan-Universität ins Auge gefallen. Er hatte sie heimlich beobachtet, sich aber nie getraut, sie anzusprechen. Jetzt war alles anders. Er gehörte dazu – und Michelle war Kommandantin seiner Unit. Und er war ihr Stellvertreter, zusammen mit seinem Kampfgenossen Yu Ling. Chen versuchte, sich in ihrer Nähe zu halten.

Ein groß gewachsener Japaner mit blondiertem Bürstenhaarschnitt stand auf einem Podest und teilte die Servicekräfte ein. Die Aufgerufenen mussten sich in Gruppen aufstellen. Verwunderlicherweise fanden sich die 18 Kämpferinnen und Kämpfer jeweils in ihren drei Units wieder. Wie sollte der Japaner auf dem Podest das wissen? Das konnte nur bedeuten, dass er in den Plan eingeweiht war. Chen begann zu begreifen, dass sie Helfer hatten – Leute, die verdeckt im Untergrund arbeiteten. Merkwürdig nur, dass sich unter ihren heimlichen Unterstützern offensichtlich auch Japaner befanden. Chen fand das ein wenig befremdlich.

Stoisch ließen die Servicekräfte die Anweisungen über sich ergehen. Dann wurden sie mit den Hochgeschwindigkeitsfahrstühlen hinauf in den knapp 800 Quadratmeter großen Veranstaltungssaal »Sky Arena« in der 94. Etage katapultiert, der über Nacht in einen großen Speisesaal mit integrierter Bar verwandelt worden war. Um 13 Uhr sollte der Empfang beginnen. Zehn mitsamt ihrem Hilfspersonal eigens eingeflogene japanische Köche bauten in einem extra abgeteilten Raum bereits das opulente Büffet auf. Jetzt galt es, 20 runde Tische à zehn Personen im europäisch-japanischen Stil einzudecken, 1000 Gläser zu polieren, 200 Leinenservietten zu falten. Der Blumenschmuck war noch nicht fertig, Haustechniker bastelten fieberhaft an einer Rednertribüne sowie der Licht- und Tonanlage, eine Fernsehcrew des japanischen Fernsehens richtete eine mobile digitale Schnittregie mit drei Fernsehkameras ein. Chen konnte sich noch gut erinnern, wie drei Jahre zuvor der deutsche Porsche-Konzern seinen neuen »Panamera« ausgerechnet hier oben der Weltöffentlichkeit präsentiert hatte. Es hatte einige Probleme bereitet, die Nobelkarosse heraufzubefördern. Zeitungsberichten zufolge hatte man den teuren deutschen Luxusschlitten schließlich einfach hochkant in den normalen Personenaufzug gequetscht. Mit einem bescheideneren Wagen aus chinesischer Produktion hätte es sicher nicht so viele Probleme gegeben. Chen hatte für derlei Werbeaktionen der internationalen Großkonzerne nur Verachtung übrig. Der Ausblick von hier oben in die Tiefe und über die umliegenden Türme und Hochhäuser Pudongs hinüber auf das von hier aus so insektenhaft klein gewordene alte Shanghai war allerdings in der Tat überwältigend.

Hübsch, wenngleich angesichts des atemberaubenden Panoramas etwas bemüht protzig, auch die Raumdekorationen. Besonders imposant waren die drei großen Elchköpfe mit Geweih, die aus einer matt polierten Seitenwand herausragten und offenbar aus feinstem chinesischem Porzellan gebrannt waren.

»He, was steht du so rum? Du wirst hier nicht fürs Gaffen bezahlt!«

Chen riss sich los und begann mechanisch, aus den gestärkten Leinenservietten »Seerosen« zu falten. Als er später im Vorbeilaufen unauffällig eine Elchnase anstupste, stellte er fest, dass es sich in Wahrheit lediglich um lackierten Gips handelte.

Shanghai, 4. Mai 2012. 07:23 Uhr

Die Rakete flog mit ohrenbetäubendem Getöse direkt auf ihn zu. Wie gelähmt starrte Kim auf den fauchenden Feuerschweif. Er stand allein auf dem winzigen Eiland mitten im Japanischen Meer und wartete auf das Unvermeidliche. Auf den Einschlag, die Explosion, den Tod. Doch die Rakete detonierte wenige Meter über ihm und zerbarst in tausend glühende Stücke, die wie ein Kometenschauer ins Meer fielen. Auf einmal ratterte ein Maschinengewehr, und er war nicht mehr allein. Kugeln klatschten in Leiber, Schädel zerplatzten wie Eierschalen, Männer schrien in Todesangst. Kim Park schreckte in Schweiß gebadet aus dem Alptraum hoch, der ihn seit fast 14 Jahren immer wieder heimsuchte.

Hatte er wieder geschrien? Er durfte nicht schreien. Keiner durfte ihn so erleben. Sie erst recht nicht. Er tastete im Bett nach dem warmen Körper neben ihm.

Doch da war niemand mehr außer ihm und seinen Alpträumen.

Diese schrecklichen Alpträume.

Shanghai, 4. Mai 2012. 08:20 Uhr

Cathy war über Nacht nicht nach Hause gekommen. Jeremy war zu stolz, um sie auf ihrem Mobiltelefon anzurufen. Wenn sie bei Coco geschlafen hatte: gut. Wenn sie woanders geschlafen hätte: nicht so gut. Aber er vertraute ihr. Vermutlich hatte er mehr Grund, ihr zu vertrauen, als sie ihm. Aber das würde jetzt alles anders werden. Sobald er aus Japan zurückgekommen war. Vielleicht sollte er sie doch einmal anrufen.

Das Taxi hielt vor dem Haus. Der Fahrer lud sein Gepäck ein. »Pudong International«, sagte Jeremy und nahm im Fond Platz. Ursprünglich hatte er ja mit dem Transrapid hinausfahren wollen, aber angesichts des langen Weges vom Flughafenbahnhof in die Abfertigungshalle war ihm das Taxi dann doch etwas bequemer erschienen. Sie waren kaum auf die Nanjing Xi Lu einbogen, da hatte er schon Cathys Nummer gewählt. Aber da war nur ihre Mailbox. Schlief sie etwa noch? Wahrscheinlich stand sie bei Coco unter der Dusche und machte sich hübsch für diesen albernen Moto-Empfang im World Financial Center. Wann war der überhaupt? Ihm fiel auf, wie wenig sie in den letzten Tagen über sie und *ihre* Angelegenheiten gesprochen hatten. Er würde es vom Flughafen aus noch einmal probieren.

Vor Musudan-Ri, 31. August 1998. Abends

Sie hatten sich nur etwa 35 Seemeilen südlich vor Musudan-ri, dem hermetisch abgeschirmten Raketenzentrum an der Ostküste des Bruderlandes und gleichzeitigen Erzfeindes Nordkorea befunden, wo sie lautlos in einem Seegebiet kreuzten, in dem es nur so wimmelte von Sonaranlagen, Horchbojen und Küstenradarstationen, mit denen die »Demokratische Volksrepublik« ihre Militärkomplexe vor Spionageangriffen zu schützen versuchte. Nicht auszudenken, was passieren könnte, wenn man sie entdeckte. Noch schlimmer gar, wenn Kim Parks U-Boot in die Hände der Steinzeitkommunisten fiele. Ausgerechnet die »Chung-Loo«, die neben ihren vier jeweils 1250 PS starken MTU-Dieselmotoren und dem seriellen Siemens-Elektroantrieb über eine von der Außenluft unabhängige Brennstoffzelle verfügte. Dieses nachgerüstete Antriebsaggregat leistete 400 PS und ermöglichte dem Boot nicht nur längere Tauchfahrten, sondern war vor allem extrem leise, was die Ortung für jeden Gegner nahezu unmöglich machte. Um diese Annahme auch praktisch zu bestätigen, hatten sie zwei Wochen dicht vor der nordkoreanischen Küste gekreuzt. Südkorea befand sich in Kaufverhandlungen für mindestens drei weitere deutsche U-Boote der neuen Baureihe 214, die spätestens ab dem Jahr 2002 mit den notwendigen Bauteilen aus Deutschland in Lizenz auf den Hyundai-Werften in Ulsan auf Kiel gelegt werden sollten: leistungsfähigere U-Boote mit mindestens doppelter Tauchtiefe und Reichweite, einer seriellen Brennstoffzelle sowie der Option, im Ernstfall auch Nuklearraketen abzufeuern.

In diesem ersten wichtigen Einsatz der Chung-Loo ging es darum, unter realistischen Bedingungen die Zuverlässigkeit der neuen, mit deutscher Technik gebauten Brennstoffzelle zu testen – eine für die technische Zukunft der südkoreanischen U-Boot-Flotte sehr bedeutsame Mission, bei der auch viel Geld auf dem Spiel stand. Die Admiralität hatte die Verantwortung für diese nicht ungefährliche Unternehmung ausgerechnet dem jüngsten U-Boot-Kommandanten der südkoreanischen Marine übertragen: Kim Park, dem Vielversprechendsten seines Jahrgangs, und gerade erst 28 Jahre alt geworden.

Hier, oberhalb und unterhalb des 38. Breitengrades, wo der Kalte

Krieg noch immer gegenwärtig und der Eiserne Vorhang geschlossen war, hatte jede Form von Spionage nach wie vor Hochkonjunktur. Der letzte ernsthafte Konflikt zwischen den beiden koreanischen Staaten lag zu diesem Zeitpunkt gerade zwei Jahre zurück: Am frühen Morgen des 18. September 1996, etwa 16 Stunden nachdem ein Taifun über das Japanische Meer hinweggefegt war, entdeckten südkoreanische Fischer etwa auf Höhe der Hafenstadt Uljin ein stark beschädigtes »Sang-o«-U-Boot der nordkoreanischen Marine. Diese Klasse wird den Erkenntnissen westlicher Geheimdienste zufolge vorzugsweise zum Absetzen und Abholen von Agenten eingesetzt. Die gesamte Mannschaft des havarierten U-Boots war spurlos verschwunden. Sofort wurde eine großangelegte Suchaktion gestartet. Sieben Stunden später gelang es einem Stoßtrupp, den nordkoreanischen Oberleutnant Lee Kwang Soo festzunehmen, bevor der sich eine Kugel in den Kopf jagen konnte: seine chinesische QSZ-92-Pistole hatte, was selten vorkommt, eine Ladehemmung. Gemäß seiner Aussage, die man Lee Kwang Soo mehr oder weniger aus dem Leib prügelte, hatte das Boot nach einer zweitägigen Mission drei Spione wieder aufnehmen sollen. Doch dann hatte es einen Totalausfall der Elektrik gegeben. Das U-Boot mit angeblich 26 Besatzungsmitgliedern an Bord war in der schweren See manövrierunfähig auf Grund gelaufen und schließlich von den Brechern auf die Klippen geworfen worden. Vier Stunden später machten die Suchtrupps einen grausigen Fund: In einem Entwässerungsgraben lagen die Leichen von elf Nordkoreanern, die offensichtlich von ihren eigenen Leuten mit Sturmgewehren vom Typ AK-47 mit Kopfschüssen regelrecht hingerichtet worden waren. Die übrigen Besatzungsmitglieder waren verschwunden. Kurz darauf kam es zu erbitterten Feuergefechten, bei denen insgesamt 13 nordkoreanische Soldaten und 16 südkoreanische Soldaten und Zivilisten getötet wurden. Von einem Nordkoreaner fehlt bis heute jede Spur. Vielleicht gelang ihm die Flucht zurück nach Nordkorea, vielleicht auch hat ihn ein ganz anderes Schicksal ereilt. Oder es hat ihn nie gegeben. Der Vorfall sollte schließlich auch den UN-Sicherheitsrat beschäftigen und internationale Sanktionen zur Folge haben – keine Nahrungsmittellieferungen mehr aus dem Süden und den USA, was vermutlich neue Hungertote bedeutete –, bis sich Nordkorea Ende 1996 schließlich förmlich entschuldigte.

Das havarierte nordkoreanische U-Boot sollte nun in den »Gangneung Unification Park« an der südkoreanischen Pazifikküste überführt und dort ausgestellt werden – ähnlich wie die U 995, das letzte deutsche U-Boot vom Typ VII C aus dem Zweiten Weltkrieg, das seit 1972 als Museum am Fuß des Marine-Ehrenmals in Laboe bei Kiel liegt. Im fernen Deutschland war Kim Park noch nie gewesen, doch das nordkoreanische Boot hatte er im Rahmen seiner Vorbereitung auf den Einsatz mit der Chung-Loo besichtigen können. Es befand sich weitestgehend im Originalzustand. Er hatte sich gewundert: Wäre er der Kommandant gewesen, hätte er alles dafür getan, das Boot total zu zerstören, damit es keinesfalls in die Hände des Feindes gelangen konnte.

An der Chung-Loo waren entsprechende Vorbereitungen getroffen worden. Im Auftrag der Admiralität hatte Kim Park an acht neuralgischen Punkten der Chung-Loo Haftminen anbringen lassen, deren Explosion er mit Hilfe eines Funksenders auslösen konnte. An *seinem* Boot würde keine Entermannschaft lange Freude haben. Exakt 180 Sekunden nach Aktivierung der Zeitzünder würden die acht Sprengsätze gleichzeitig detonieren und das Vorderschiff zerreißen. Eine Demontage oder gar Entschärfung der Sprengsätze war in der kurzen Zeit unmöglich. Offiziell kannten nur der Kommandant sowie Han Yong, Kims bester Freund und Erster Wachoffizier, das Codewort für diesen allerletzten Befehl. Es lautete »Sunjong«, der Name des letzten koreanischen Kaisers.

An jenem 31. August 1998 hatten die Nordkoreaner zum dritten Mal versucht, vom Raketenzentrum Musudan-ri aus einen Satelliten ins All zu schicken. Das Regime meldete einen erfolgreichen Start; die Abtrennung der ersten Stufe sei nach 95 Sekunden erfolgt, nach 266 Sekunden sei die zweite Stufe ausgebrannt und 27 Sekunden später habe sich dann der Satellit »Hell leuchtender Stern« planmäßig von der dritten Stufe getrennt. Doch weder von westlichen noch von russischen Beobachtern war das Zünden einer dritten Raketenstufe registriert worden. Auch konnten keine Signale des Satelliten empfangen werden. Viele westliche Beobachter vermuteten daher, dass es sich bei dem gesamten Unternehmen in Wirklichkeit um einen lediglich als Satellitenstart getarnten Raketenversuch gehandelt hatte.

Der Westen hätte nun gerne gewusst, wie die Treiber der Taepodong I konstruiert waren, die offenbar in vielerlei Hinsicht verblüffende Ähnlichkeiten zu den iranischen Shahab-Raketen aufwies. Gelang es, etwaige Trümmerteile aufzuspüren, könnte man außerdem feststellen, ob – und welche – Industriestaaten das Embargo gegen Nordkorea verletzt hatten. Es war ein dummer Zufall, dass ausgerechnet die Chung-Loo sich unmittelbar in dem Seegebiet aufgehalten hatte, wo die versagende »Taepodong I«-Trägerrakete niedergegangen und zerschellt war. Also musste sie ran. Als aber das südkoreanische Boot bald darauf an der Westseite der kleinen, namenlosen Insel auftauchte, wo den Aufzeichnungen eines amerikanischen AWACS-Flugzeugs zufolge größere Raketenteile ins Meer und aufs Eiland gestürzt waren, wusste die Besatzung nicht, dass bereits zwei Schnellboote der nordkoreanischen Marine auf der Ostseite der Insel ankerten.

Während die Chung-Loo etwa anderthalb Seemeilen vor der Insel in tiefem Wasser trieb, steuerten Kim Park und 13 Marinesoldaten in zwei Schlauchbooten eine kleine Bucht an, wo sie mehrere größere Metallteile entdeckt hatten. Die dicht bewachsene Insel lag menschenleer, der Strand vom Vollmond in silbriges Licht getaucht. Doch als sie knappe 50 Meter vor dem Strand den natürlichen, felsigen Wellenbrecher erreichten und ins brusttiefe Wasser sprangen, um die Boote durch die Brandung aufs Land zu ziehen, landeten sie direkt in der Hölle: Ohne Vorwarnung eröffneten Nordkoreaner, die sich im Sand eingegraben hatten, das Feuer. Bereits mit der ersten Garbe aus ihren Maschinengewehren verlor Kim Park fast die Hälfte seiner Männer. Eine Flucht war unmöglich. Die Schlauchboote trieben mit zerschossenen Luftkammern im Meer. Er und der Rest seines Stoßtrupps versuchten, sich von der starken Strömung unter Wasser an den Rand der Bucht treiben zu lassen. Vier Mann kamen dort an. Plötzlich tauchten hinter einer Landspitze die nordkoreanischen Schnellboote auf. U-Boot-Jäger. Gleichzeitig erschienen zwei Kampfhubschrauber chinesischer Bauart über den buschigen Hügeln der namenlosen Insel. Kim Park flehte zum Himmel, die Besatzung an Bord der Chung-Loo möge es irgendwie schaffen, rechtzeitig abzutauchen.

30 Sekunden später traf eine Rakete den Turm der Chung-Loo und zerstörte den Kommandostand. Kim Park hatte keine Wahl: Er war nun gezwungen, sein eigenes Boot zu versenken, damit die revolutionäre Antriebstechnik nicht in die Hände des Erzfeindes fiel. Er tastete nach dem wasserdichten Funksender in seiner rechten Hosentasche und aktivierte den Zündungsmechanismus der Haftminen. Die Besatzung hatte jetzt noch drei Minuten Zeit, das Boot zu verlassen. Dann ertönte eine heftige Explosion, und es dauerte keine drei weiteren Minuten, bis der Stolz der südkoreanischen U-Boot-Flotte mit abgerissenem Bug in der Tiefe verschwunden war.

Kim und die letzten drei Mann seines Stoßtrupps hörten das Geschrei nordkoreanischer Soldaten. Man warf ihnen Seile zu, forderte sie auf, sich zu ergeben. Hatten sie überhaupt noch eine Chance? Kim ergriff das Seil und kletterte die felsige Uferböschung hoch. Als er seinen Oberkörper über die Kante wuchtete, sah er Metall aufblitzen und spürte einen furchtbaren Schmerz am Hals. Er verlor das Bewusstsein.

Später sollte er erfahren, dass alle Besatzungsmitglieder der Chung-Loo ums Leben gekommen waren. Nur er und seine drei Kameraden hatten die Katastrophe überlebt. Elf Monate sollte er in einem Loch sitzen. Elf Monate gefoltert werden. Doch was hatte er schon zu verraten? Nichts – das eigentliche Objekt der nordkoreanischen Begierde lag in über 2000 Metern Tiefe am Grund des Japanischen Meers. Ein eisiges Grab für 56 Männer. Und seinen Freund Han-Yong.

Die Schergen der »Demokratischen Volksarmee« gingen geschickt vor. Wenn ihn der ständige Schlafentzug zu müde gemacht hatte, rieben sie seine tiefe Hiebwunde, die er von einem Bajonett davongetragen hatte, mit scharfem Kimchi-Kohl ein und fesselten seine Hände, damit er sich nicht kratzen konnte. Doch sie ließen Kim Park nicht sterben. Wenn sich sein Zustand zu sehr verschlechterte, wurde er in Ruhe gelassen. Und erst einmal wieder folterreif gepäppelt.

Eines Tages wurden ihm die Augen verbunden und er bekam einen schwarzen Sack über den Kopf gestülpt. Man riss ihm die zerlumpten Fetzen seiner Kapitänsuniform vom Leib und spritzte ihn mit eiskaltem Wasser ab. Man verband ihm seine Wunde. Dann zog man ihm grobes Drillichzeug an. Er müsse sich jetzt vor Gericht wegen Spionage verantworten, erzählten ihm seine Peiniger. Mit verbundenen Augen nahm er drei Stunden später sein Todesurteil entgegen. Sie zerrten ihn vor ein Exekutionskommando. Unter den nackten Füßen spürte er rauen Steinboden. Blut und Schweiß rannen in Strömen über den entzündeten Schnitt am Hals, in dem der Kimchi wie Feuer brannte. Er hörte, wie Gewehre entsichert und auf Befehl eines Offiziers abgefeuert wurden. Kim Park fiel um.

Kurz darauf nahmen sie ihm lachend die Kapuze ab, er kam nur mühsam auf die Knie. Nach endlosen Sekunden öffnete er die Augen und blinzelte in einen gleißenden Scheinwerfer. Eine Scheinhinrichtung. Er befand sich allein in einem kahlen Raum. Eine metallisch klingende Stimme aus einem Deckenlautsprecher befahl ihm, sich hinzuknien und sich nicht zu rühren, bis sich die Tür vor ihm öffnete. Es werde jemand den Raum betreten und an ihm vorbeigehen. Sie dürften sich jedoch keinesfalls ansehen, berühren oder miteinander sprechen. Er solle dann *sofort* durch die offene Tür nach draußen treten. Da wusste Kim, dass er freikommen würde.

Zwei seiner Kameraden waren in der nordkoreanischen Haft gestorben. Damit hatten nur zwei Männer die Ereignisse um den Untergang der Chung-Loo überlebt. Später erfuhr Kim Park, dass man ihn und den Bootsmann gegen einen Offizier der nordkoreanischen Marine ausgetauscht hatte – jenen Oberleutnant Lee Kwang-Soo, der 1996 nach dem Zwischenfall mit dem nordkoreanischen »Sang-o«-U-Boot aufgegriffen worden war. Diesem Mann hätte er gerne ins Gesicht geblickt. Aber er hatte nur seine Füße gesehen. Schließlich war er irgendwo in der Nähe des 38. Breitengrades in die Freiheit gekrochen.

Zwischen Shanghai und Osaka, 4. Mai 2012. 10:30 Uhr
Jeremy hatte seine Aktentasche aus Pferdeleder als Handgepäck mit in die Maschine genommen. Mit all dem Material Yukikos hätte er vermutlich auch auf einer Segeljacht die Welt umrunden können, ohne dass ihm der Lesestoff ausgegangen wäre. Ein Flug von Shanghai nach Osaka dauert dagegen nur etwa zwei Stunden – auch wenn Jeremy aufgrund der Zeitumstellung eine Stunde später ankommen würde.

Ganze Bücher hatte Yukiko eingescannt und mit auf die beiden DVDs gebrannt. Viele davon kannte Jeremy schon. Seit seiner Zeit in Japan waren einige wichtige neue Publikationen zu den so lange verheimlichten dunkelsten Kapiteln der jüngeren japanischen Geschichte erschienen, am bedeutendsten wohl – neben Sheldon Harris' *Factories of Death* – Daniel Barenblatts erschütterndes Buch *A Plague upon Humanity* von 2004, in dem Japans unmenschliches Biowaffenprogramm, dem zuerst Tausende als menschliche Versuchskaninchen und dann Hunderttausende als direkte Kriegstote zum Opfer fielen, detailliert beschrieben wird. Und dann war da natürlich *The Rape of Nanking*. Durch dieses mutiges Werk hatte die aus China stammende US-Journalistin Iris Chang 1997 erstmals ein breiteres Publikum mit dem »vergessenen Holocaust des Zweiten Weltkriegs« konfrontiert und einige der ungeheuerlichen Geheimnisse Japans an die Öffentlichkeit gebracht. Auch ältere Bücher hatte Yukiko aufgetrieben, darunter *Imperial Conspiracy* aus dem Jahr 1971 von David Bergamini und *The Knights of Bushido: A Short History of Japanese War Crime* von Lord Russell of Liverpool, erschienen 1958. Edward Russell war bei den Tokioter Kriegsverbrecherprozessen einer der Ankläger gewesen.

Zur Lektüre all dieser Werke brauchte man starke Nerven, und Jeremy konnte nie länger als einige Seiten am Stück darin lesen. Auch die Autoren hatten offensichtlich mitunter Schwierigkeiten gehabt, mit dem in ihren Büchern beschworenen Grauen zu leben. Bergamini wurde mit 55 Jahren von einem Herzinfarkt dahingerafft. Und die

36-jährige Iris Chang hatte man 2004 erschossen in ihrem Auto aufgefunden. Als Todesursache wurde Selbstmord angegeben. Seit ihrem Buch über Nanking war sie ein zutiefst verstörter Mensch gewesen, und ihre Arbeit an einem weiteren Buch über japanische Kriegsverbrechen hatte sie in neue tiefe Depressionen gestürzt. Auch litt sie offenbar unter Verfolgungswahn. In einer Art Abschiedsbrief hatte sie am Tag vor ihrem Tod notiert: »Ich bin der unerschütterlichen Überzeugung, von Kräften, die viel mächtiger sind, als ich geahnt hätte, zuerst umworben und dann verfolgt worden zu sein. Ob es sich dabei um die CIA oder irgendeine andere Organisation handelt, werde ich nie wissen. Solange ich lebe, werden diese Mächte nie aufhören, mich zu verfolgen.«

Auch diese Sätze aus Changs englischem *Wikipedia*-Artikel hatte Jeremy in Yukikos Datensammlung gefunden. Sicher, Chang hatte gerade einen Aufenthalt in der Psychiatrie hinter sich gehabt und sah offensichtlich Gespenster. Aber dennoch konnte Jeremy ihre Empfindungen gut nachfühlen. Als hätten ihn einflussreiche Mächte angeworben, um ihn dann zu verfolgen: So empfand auch er gerade. Und war es nicht auch so? Vielleicht nicht ganz: Er hatte sie *herausgefordert*. Und nun hatte er die Folgen zu tragen. Und augenblicklich war er dabei, nach Japan zu fliegen, um herauszufinden, was die geheimen Aufzeichnungen eines japanischen Arztes und Biologen der Einheit 731 mit einem Medikamentenskandal der neunziger Jahre und seinem verlorenen Prozess zu tun hatten.

Auf Yukikos Datenkorpus gestützt, fasste er für sich noch einmal zusammen, was er über die Einheit 731 und das japanische Biokriegsprogramm wusste. Da gab es etwa die nüchternen Zahlen, Daten, Orte: Dass auf Drängen des Majors Shiro Ishii 1932 mit dem Aufbau eines Biowaffen-Forschungszentrums in der besetzten Mandschurei begonnen worden war, offiziell deklariert als »Abteilung für Seuchenprävention«, zuerst in einer ehemaligen Sakefabrik mitten in der Großstadt Harbin, dann, versteckter, im abgelegenen Vorort Beiyinhe und schließlich im unzugänglichen Großkomplex von Pingfang. Dass es daneben noch weitere, unterstellte Einheiten und Lager gab – Einheit 1644 in Nanking, Einheit 1855 in Peking, lokale Niederlassungen in Singapur, Thailand, Neuguinea und so weiter –, in denen insgesamt wohl allein 20000 Ärzte und Wissenschaftler beschäftigt waren. Mindestens genauso groß ist die Zahl der menschlichen Versuchsopfer, die für immer in diesen Lagern verschwanden. Hinzu kommen die annähernd 600000 Menschen, vornehmlich Zivilisten, die dem japanischen Biowaffenprogramm bei den Feldeinsätzen zwischen 1939 und 1945 zum Opfer fielen. Und manche auch noch Jahre später. Selbst heute lassen sich im Blut mandschurischer Ratten noch Antikörper gegen jene Pestbakterien feststellen, mit denen die Einheit 731 einst das Land verseucht hat. Geschichte ist immer auch ein Stück Gegenwart.

So weit die nackten Fakten und Ziffern. Aber wer kannte die Schicksale dahinter? Jeremy hatte Fotos und Filme von auf Tischen festgeschnallten Männern gesehen, die nur schmutzige Lappen im Mund hatten, während sie bei lebendigem Leibe aufgeschnitten wurden, damit man ihnen Leber, Lunge, Magen, das zuckende Herz entnehmen konnte. Das alles geschah ohne Narkose, da man die kostbaren Testdaten nicht verfälschen wollte. Manchmal träumte Jeremy von dem, was er gesehen hatte, und die Fotos und Filme wurden beängstigende Wirklichkeit.

Nicht nur die Effektivität von Biowaffen und Impfstoffen gegen insgesamt 18 Krankheiten hatte man an den todgeweihten Lagerinsassen getestet. Hartnäckig war beispielsweise auch nach Möglichkeiten gesucht worden, ob sich bei Bluttransfusionen Menschenblut nicht durch billiges Pferdeblut ersetzen ließe. Doch was man auch versuchte: Alle Probanden starben jämmerlich an ihrer eigenen Immunabwehr. Es war untersucht worden, wie viel Frost, Hunger, Durst ein Mensch überleben kann. Und wer wirklich überlebte, konnte fürs nächste Experiment wiederverwendet werden. Auch von der tödlichen Wirkung radioaktiver Strahlung überzeugte man sich in Pingfang bereits einige Jahre vor Hiroshima. Um die Übertragung der Syphilis zu untersuchen, zwang man weibliche Insassen zum Sex mit infizierten Häftlingen. Auch unter den Wärtern traten daraufhin häufiger Fälle von Syphilis auf – und die im Lager geborenen halbjapanischen Babys wurden von den Experimenten und Vivisektionen nicht ausgenommen. Überhaupt wurden die unendlichen Abgründe der menschlichen Phantasie bis in ungeahnte Tiefen ausgelotet und aus bloßer »wissenschaftlicher« Neugier die absurdesten Versuche gemacht. Etwa wurden einem Opfer beide Hände abgesägt und, vertauscht, wieder angenäht. »Auch Fachleute spielen halt gerne«, hat ein japanischer Professor, dem 1945, wie unzähligen anderen, während seines Medizinstudiums an der Kaiserlichen Universität Kyoto Lehrfilme von den Experimenten der Einheit 731 gezeigt worden waren, später entschuldigend eingeräumt.

Natürlich musste bei einem so hohen Verschleiß für permanenten Nachschub gesorgt werden. Wenn die Zahl der angelieferten mandschurischen Widerstandskämpfer oder der Kriegsgefangenen aus China, Russland, Amerika nicht mehr ausreichte, um die Nachfrage zu decken, ging man in der Nähe der Lager auf Menschenfang. Entweder wurden die Unglücklichen mit falschen Arbeitsangeboten gelockt oder gleich von der Straße weggeschnappt. Ihre Familien hörten von ihnen nie mehr. Einmal im Lager angekommen, hörte der verlorene Vater, Bruder, Gatte, Sohn auf, einen Namen zu haben. Es gab nur die Nummern 101 bis 1500. Sobald die 1500 »verbraucht« worden war, begann man wieder mit 101, 102, 103. Während die einstmals menschlichen Versuchsgegenstände in den offiziellen Forschungsberichten und Publikationen als die neue Primatenart »Mandschurischer Affe« figurierten, hatte sich inoffiziell bald die Bezeichnung *Maruta* – »Holzklotz« – eingebürgert. Behördenseits war der Riesenkomplex von Pingfang in den mandschurischen Weiten nämlich kurzerhand zur »Holzmühle« deklariert worden, und wenn sie also in einer Holzmühle arbeiteten – so hatte ein gewitzter Kopf geschlossen –, mussten ihr Arbeitsmaterial folgerichtig Holzklötze sein. Und wie Holzklötze endeten die *Maruta*, nachdem sie der Wissenschaft ihren Dienst geleistet hatten, zerhackt und vollständig ausgeweidet worden waren, in den großen Verbrennungsöfen des Lagers, namenlos, spurlos – wenn man von Rauch, Asche und den Fotos frisch sezierter Gehirne einmal absieht, die sich bis heute in den Archiven japanischer Universitäten erhalten haben. »Maruta« wird manchmal auch »Murata« transkribiert: Ob Yukikos namhafter Vater über diesen Scherz wohl auch so herzlich hatte lachen können?

Shanghai, 4. Mai 2012. 10:00 Uhr

Gao Feng saß in seinem privaten Büro an einem prächtigen Schreibtisch mit herrlichen Intarsien. Es war derselbe Schreibtisch, an dem im Dezember 1936 Chiang Kai-shek unter Androhung von Gewalt zur Unterzeichnung des Waffenstillstandsabkommens zwischen seiner Kuomintang-Partei und den Kommunisten unter Mao Zedong gezwungen und so die Zweite Einheitsfront geschmiedet worden war – eine Front des gemeinsames Kampfes gegen die japanischen Aggressoren und für ein neues Nationalchina. Wie immer war das historische Möbelstück sorgfältig aufgeräumt. Rechts lagen Gaos kostbarer Füllfederhalter, sein edler, skalpellscharf geschliffener Brieföffner und einige Bögen blütenweißes, handgeschöpftes Büttenpapier, links standen sein altmodisches Gabeltelephon und seine noch weitaus altmodischere Remington-Schreibmaschine.

Von diesem Tisch aus regierte Gao sein weltumspannendes Immobilienreich, kontrollierte etwa zwei Dutzend Textil- und Schuhfabriken und hielt zugleich abhörsicheren Kontakt zu seinem zweiten Firmensitz in Hongkong, der in einem großen, aber unauffälligen Bürohaus im Hafen der ehemaligen britischen Kronkolonie beheimatet war. Hier liefen die geheimen Fäden der 14K-Triade zusammen. Hervorragend organisiert kontrollierte sie 15 Prozent des internationalen Rauschgifthandels. Die Hälfte seiner Hongkonger Angestellten arbeitete vorwiegend im Untergrund. Gao Fengs zweites geheimes Standbein war wiederum legal: Ihm gehörten vier Casinohotels in der Sonderverwaltungszone Macao.

Mit den enormen Gewinnen seiner verschiedenen Geschäftsfelder konnte er zum einen seine Spielzeuge und Gaumenfreuden, zum anderen sein historisches Lebenswerk finanzieren, das vollumfänglich allerdings erst nach seinem Tod der Öffentlichkeit präsentiert werden sollte. Dies hatte er testamentarisch so verfügt. Ein Teil dieses Lebenswerks befand sich im achten Büro auf dieser 60. Etage des Jin Mao Towers. Es lagerte in rund 150 Archivschränken aus feuerfestem Stahl. Hier hatte Gao Feng über die Jahre hinweg Tausende von Dokumenten aus den dunkelsten Jahren Chinas gehortet, als die Japaner große Teile des Landes besetzt hatten.

Auch Gao Feng war in Nanking geboren, wo er als Zehnjähriger die Gräueltaten der Eroberer hautnah miterlebte. Bis auf ihn waren sämtliche Familienmitglieder erschossen, erstochen, aufgespießt, verbrannt, vergewaltigt und umgebracht oder einfach nur erschlagen oder bei lebendigem Leibe begraben worden. Der Junge hatte das Massaker überlebt, weil er länger als 28 Stunden in der Latrine seines Elternhauses ausgehalten hatte. Der kleine Gao hatte unzählige Male in der Kloake untertauchen müssen und dabei durch ein Bambusröhrchen geatmet. So hatte er auch mitbekommen, wie Dutzende japanische Soldaten hintereinander über seine Mutter und seine drei elf-, zwölf- und 14-jährigen Schwestern gestiegen waren und sie brutal geschändet hatten. Danach hatten die Soldaten die vier mitgenommen, als sogenannte *comfort women*, »Trostfrauen«, die im Tross der vorrückenden japanischen Einheiten mitmarschieren mussten und jede Nacht zigmal vergewaltigt wurden. Gao Feng hatte Mutter und Schwestern nie wiedergesehen.

Der kleine Gao hatte sich unter Lebensgefahr zu Fuß und auf Fuhrwerken bis nach Hongkong durchgeschlagen und war nach langen Wochen vollkommen entkräftet in der 1200 Kilometer entfernten britischen Kronkolonie angekommen. Dort hatte ihn ein Mann namens Sun-Lee Deng auf der Straße aufgegriffen. Irgendetwas an dem kleinen Kerl hatte ihn fasziniert. Jahrzehnte später sollte Sun-Lee Deng davon berichten, dass es Gaos Lippen gewesen seien. In ihnen habe er Stolz, Tapferkeit und eine gewisse höfliche Gerissenheit gelesen. Sun-Lee Deng war das Clan-Oberhaupt der 14K-Triade – und kinderlos.

Es gab zu jener Zeit Schlimmeres, als ausgerechnet von einem der mächtigsten Gangsterbosse Chinas adoptiert zu werden. Gao dankte es seinem Gönner mit exzellenten Schulleistungen, einem hervorragenden Abschluss in Wirtschaftswissenschaften an der Universität Cambridge und mit enormem Durchsetzungsvermögen. Als Sun-Lee Deng 1981 den anderen Clanführern innerhalb der Organisation den Adoptivsohn als seinen Nachfolger präsentierte, benötigte Gao exakt 48 Stunden, um die wenigen abtrünnigen Organisationsmitglieder wieder auf den rechten Kurs einzuschwören. Auf seinen Kurs.

Wenn er nahe genug ans Fenster herantrat, konnte er bis zum obersten Stockwerk des Shanghai World Financial Centers hinaufblicken. Das tat Gao Feng allerdings nur ungern. Es gefiel ihm nicht, dass das Nachbargebäude seinen geliebten Jin Mao Tower übertrumpft hatte, der mit seinen 420 Metern zehn Jahre lang das höchste Gebäude Chinas gewesen war. Dass dem WFC durch den in Bau befindlichen Shanghai Tower, der einmal 632 Meter über die Stadt ragen sollte, längst das gleiche Schicksal drohte, war da ein schwacher Trost.

In der vergangenen Woche hatte er aber so etwas wie Vergnügen verspürt, mit einem japanischen Professor aus Kyoto dort drüben im WFC in der 100 Century Bar auf der 92. Etage am Fenster zu sitzen, an einem »Cucumber Gimlet« zu nippen und auf den Jin Mao Tower hinabzublicken. Wenn er nicht gerade rare französische Rotweine degustierte, war der Cucumber Gimlet eines von Gaos Lieblingsgetränken: ein Cocktail auf Ginbasis mit pürierter Gurke und Minze, der ein herb-saures Aroma auf die Geschmacksknospen zaubert. Wie das Leben. Der Professor für jüngere japanische Geschichte hatte sich zunächst am einzigen erhältlichen Fassbier, »Suntory Dry«, schadlos gehalten, um dann auf das »Gold Japans« umzusteigen, den 18-jährigen »Yamazaki Suntory« Single Malt. Der Abend hatte Gao eine Kleinigkeit gekostet, doch war es ihn jeden einzelnen Yuan wert gewesen.

Der Professor hatte ihm die Tagebücher des Großvaters von Hideo Nakaizumi offeriert, jenem bekannten japanischen Schauspieler, der im Film *Nanking Nanking* einen japanischen Soldaten spielt, der unter seinen Gewissensbissen derart leidet, dass er zu weinen beginnt. Nakaizumis Großvater war als einfacher Soldat in Nanking gewesen. Die unvorstellbaren Kriegsverbrechen, die er beobachtet hatte und an denen er sich auch hatte beteiligen müssen, hatten sein Gewissen so belastet, dass er nach seiner Rückkehr im Herbst 1945 Selbstmord durch *Seppuku* beging. Zuvor hatte er der führenden japanischen Tageszeitung *Mainichi Shimbun* mit den Worten, er könne »mit dieser Schande für das japanische Volk nicht weiterleben«, seinen Freitod schriftlich angekündigt. Doch die Kriegstagebücher, die er der Zeitung im gleichen Brief versprochen hatte, waren niemals in der Redaktion angekommen.

Inzwischen kannte Gao Feng die meisten erhaltenen Berichte über die Nanking-Massaker, und er besaß außerdem ein umfangreiches Archiv zu den japanischen Kriegsverbrechen in allen Teilen Chinas. Seine Sammlung umfasste beglaubigte Zeugenberichte, Originalfotos, dazu Dutzende Kriegstagebücher, Wachbücher und unzählige Fotos sowie Originalausgaben japanischer Zeitungen. Von deren Titelseiten grinsten häufig die Sieger der beliebten Enthauptungswettbewerbe neben Türmen von abgeschlagenen Köpfen stolz in die Kamera. All das hatte Gao Millionen gekostet.

An diesem Morgen nun war der japanische Professor zum zweiten Mal innerhalb von sieben Tagen von Kyoto nach Shanghai geflogen, und dieses Mal hatte er Gao Feng in seinem privaten Büro im Jin Mao Tower aufgesucht. Auf dem prächtigen Intarsienschreibtisch lagen mehrere abgegriffene Kladden, die sorgfältig in Plastikfolie eingeschweißt waren. »Warum ist Ihnen das alles eigentlich so viel Geld wert?«, fragte ihn sein Gast. »Warum sind Sie so besessen von dieser Vergangenheit?«

Ja, warum war es ihm so viel wert? Ein Professor für jüngere japanische Geschichte sollte das doch eigentlich nachfühlen können. Gao zog es vor, nicht zu antworten. »Dann sind wir uns also einig. Oder nicht?«, fragte er schlicht. Der japanische Professor nickte. Dann sagte er leise: »Mich lässt es ja auch nicht los.« Und schob die Kladden langsam über den Tisch. »Danke.« Gao Feng nahm die Papiere an sich. »Übrigens hätte ich noch eine Bitte an Sie. Ich nehme an, dass Sie in den nächsten Tagen Besuch erhalten werden.«

»Von einem Ihrer Leute?«

»Sagen wir: von einem Freund. Ich möchte, dass Sie ihm dann weiterhelfen.«

»Ich werde tun, was in meiner Macht steht.«

»Warten Sie.« Gao schien eine Idee zu haben. »Ich gebe Ihnen noch etwas mit.«

Tokio, 4. Mai 2012. 12:00 Uhr (11:00 in Shanghai)
Im 20. Stockwerk des Prudential Towers im Tokioter Stadtteil Akasaka war die Aufmerksamkeit der sechs anwesenden Herren auf einen 64 Zoll großen Flachbildschirm gerichtet, der am Ende des rechteckigen, niedrigen Konferenztisches auf einem Rollwagen stand. Knapp zwei Tage zuvor hatte genau an dieser Stelle Yoshi Satori gekniet und, als Entschuldigung für sein Versagen in Shanghai, Yoki, dem Metzger, den kleinen Finger seiner linken Hand übereignet. Tatsu Ishii, der jüngere Sohn des Firmengründers Tadashi Ishii, blinzelte hinter seiner Gucchi-Brille, als pünktlich um elf Uhr ein Fanfarenstoß den Beginn der Nachrichtensendung des staatlichen japanischen Fernsehens, NHK, ankündigte. Die sechs weißhaarigen Herren beugten sich ein wenig vor. Die kindlich aussehende Moderatorin verlas mit piepsiger Stimme die Wetteraussichten, während der seriös wirkende Mann an ihrer Seite die Zuschauer im Anschluss mit sonorer Stimme zu einer Sondersendung zur Shanghaier »New Energy Conference« begrüßte.

Über ein Jahr nach dem Tohoku-Erdbeben, den Tsunamis und der Kernschmelze im Atomkraftwerk Fukushima Daiichi ist das Gebiet in der Sperrzone um Fukushima weiterhin massiv verstrahlt. Noch immer kommen die Arbeiten an den Unglücksreaktoren nur schleppend voran und es herrscht Unklarheit über das wahre Ausmaß der Zerstörung und der ausgetretenen Radioaktivität. Hoffnung verspricht nun ein vom Chemie- und Pharmariesen Kuroi in komplizierten Testreihen entwickelter Wirkstoff, der den Tod strahlengeschädigter Zellen über die Gabe eines speziellen Proteins zu verhindern verspricht. Die Markteinführung dieses radikal neuartigen Medikaments soll schon in wenigen Tagen im großen Maßstab erfolgen.

Die von der Bevölkerung und der in den letzten Monaten immer größer gewordenen Anti-Atomkraft-Bewegung lauthals geforderte und von der Regierung nach Vorwürfen von Korruption, Vertuschung und Missmanagement schließlich in Angriff genommene Verstaatlichung der bisher mit staatlichen Milliardenhilfen gestützten Betreibergesellschaft, deren Aktie seit Beginn der Katastrophe den Großteil ihres Wertes verloren hat, ist gestern überraschend gescheitert. Bei einer Abstimmung im Oberhaus fehlten plötzlich drei Stimmen. Ein Aufsichtsratsmitglied des größten japanischen Energieversorgers, der immerhin ein Drittel der über 50 japanischen Atomkraftwerke betreibt, war früher ein führendes Mitglied der Atomaufsichtsbehörde. Junnichi Ken soll über beste Kontakte zur national-konservativen Faktion der LDP verfügen.

»Die sollten mal zur Sache kommen, das interessiert hier doch keinen«, sagte Ishii zweideutig lächelnd. Die übrigen Herren nickten beifällig.

Ungeachtet dieser Turbulenzen wird der Konzern heute auf der Shanghaier New Energy Conference der Weltöffentlichkeit erstmals sein neustes Projekt vorstellen: den Prototypen einer in Zusammenarbeit mit dem vorerwähnten großen Chemieunternehmen Kuroi entwickelten neuartigen Brennstoffzelle mit einem revolutionären Antriebssystem auf Bakterienbasis, von dem sich der Kraftwerksbetreiber in naher Zukunft die Lösung der drängenden Energieprobleme unseres Landes verspricht. Ein Konzernsprecher verkündete am Morgen zuversichtlich, unmittelbar vorm entscheidenden Durchbruch zur kommerziellen Nutzbarmachung dieses »Bakterienantriebs« zu stehen. Allerdings müssten, bis die neue Zelle zur Marktreife gelange, zunächst noch weitere Experimente durchgeführt werden.

»Wenn diese Trottel wüssten, dass die entscheidenden Experimente schon angelaufen sind …«, murmelte Ishii. »Auf Kuroi ist Verlass.« Zustimmendes Gemurmel im Raum.

Doch nun zum gesellschaftlichen Leben. Die kürzlich bekräftigte Absicht der chinesischen Regierung, Shanghai zum einzigen internationalen Finanzzentrum Chinas zu machen, ist in ihrer Tragweite nicht hoch genug einzuschätzen. Die Bedeutung Hongkongs als Zentrum des kapitalistischen Systems und gleichzeitig als Schaufenster Chinas nimmt seit Jahren kontinuierlich ab. So sind etliche Banken und Finanzinstitute nach Peking gezogen, um in der Nähe der Regierung zu sein, doch die größte Börse des Landes befindet sich in Shanghai. Symbol der neuen Finanzkraft Chinas ist das im August 2008 offiziell eröffnete World Financial Center. Das in China schon wegen der ursprünglich vorgesehenen runden Öffnung an der Spitze nicht unumstrittene Gebäude ist der besondere Stolz Japans. Das SWFC wurde von dem bekannten japanische Immobilienunternehmer Minato Moto erbaut, der die geschätzten anderthalb Milliarden Dollar Baukosten ausschließlich mit Unterstützung japanischer Kreditinstitute aufgebracht hat. Für seine besonderen Verdienste um das Ansehen Japans in der Welt hat Moto jüngst vom Kaiser den »Großen Verdienstorden fürs Vaterland« verliehen bekommen.

»In Kürze werden wir diese Auszeichnung viel mehr verdient haben, meine Herren«, bemerkte Ishii. »Auch wenn sie uns vielleicht ein neuer Kaiser verleihen muss.« Seine Gäste lächelten vieldeutig. »Hoffen wir nur, dass Satori nicht wieder Mist baut«, grummelte der Metzger.

Als Dank für diese seltene Auszeichnung und als Signal an die freie Welt hat das Unternehmen heute, am Tag der Eröffnung der New Energy Conference, zu einem festlichen Empfang und Galadiner in die oberen Stockwerke des Shanghai World Financial Centers geladen. Unter den über 200 Gästen befinden sich – neben vielen prominenten Teilnehmern der Energy Conference wie etwa dem japanischen Energieminister Takumi Yamada –, seine Exzellenz der japanischen Botschafter in China, Vorstandsmitglieder der großen Konzerne unseres Landes, bekannte Künstler sowie andere bedeutende Persönlichkeiten vorwiegend aus den gemäßigt konservativen und liberalen Kreisen von Wirtschaft, Finanzwesen, Politik und Kultur. Der Moto-Konzern hat mehrere Privatjets bereitgestellt, um seine Gäste aus Tokio und Osaka nach Shanghai zu fliegen. Schon jetzt gilt der Empfang als einer der Höhepunkte des gesellschaftlichen Lebens in diesem Jahr. Es heißt aus Insiderkreisen, wer nicht zu diesem glanzvollen Ereignis geladen wurde, kann sich getrost darauf verlassen, in Japan keine wirklich maßgebliche Rolle zu spielen. Beobachter bezeichnen es dennoch als kleinen Wermutstropfen für Moto, dass sich Vertreter einiger der wichtigsten Unternehmen des Landes dringender Aktivitäten halber kurzfristig entschuldigten. Und damit geben wir zurück in unser Nachrichtenstudio in Tokio. Wir werden uns ab 13 Uhr live aus der »Sky Arena« über dem Hyatt-Hotel im Shanghai World Financial Center melden.

Tatsu Ishii blickte sich mit einem indignierten Stirnrunzeln um. Dann stieß er ein kehliges Lachen aus. »Ist es nicht interessant, dass wir in Japan offenbar *keine* maßgebliche Rolle spielen?« Die anderen fünf Herren feixten verschwörerisch. »Ich bin jedenfalls dringender Aktivitäten halber entschuldigt«, vermerkte einer von ihnen, ein gewisser Junnichi Ken.

Zwischen Shanghai und Osaka, 4. Mai 2012. 11:37 Uhr

An jenem Abend im Herbst des Jahres 1934 wurde im Komplex von Beiyinhe nahe der Großstadt Harbin in der Mandschurei ein rauschendes Fest gefeiert – jedenfalls auf der Seite jenseits der Gitterstäbe. Die im Dienst befindlichen Wärter hatten natürlich striktes Alkoholverbot, aber angesichts der Vergnüglichkeiten ringsum fiel es so manchem etwas schwer, sich daran zu halten. Einer der Wärter trat seinen Dienst in der Nachtschicht jedenfalls in verdächtig gelöster Stimmung an. Was sollte auch passieren? Schließlich hatte er nichts anderes zu tun, als die ganze Nacht herumzusitzen und sehr gut verschlossene Käfige zu bewachen. Neben einem der Käfige döste er ein, und vermutlich hat er es gar nicht richtig mitbekommen, als ihn mitten in der Nacht ein harter Schlag auf den Schädel traf. Sicherlich trafen ihn andere Schläge später härter.

Ein Chinese namens Li – der, bevor er zu einer bloßen Nummer reduziert worden war, ein ergebenes Mitglied der kommunistischen Partei gewesen war – hatte nach dem Schlag dennoch größte Mühe, den Körper des Wärters so nahe an die Gitterstäbe heranzuziehen, dass er den Schlüssel aus seiner Tasche fischen konnte. Nachdem er seine Fußfesseln und die Zellentür aufgeschlossen hatte, öffnete er auch all die anderen Gittertüren im Gang. Um ihn versammelte sich eine kleine, graue Schar. Die meisten waren in ihren Zellen oder beim Versuch, über deren Schwellen zu kriechen, liegen geblieben, sie waren zu krank, zu ausgehungert oder hatten zu viel Blut oder sonstige Körpersubstanz verloren. »Und was jetzt?«, fragte einer, der noch sprechen konnte. »Jetzt haben wir zumindest die Gelegenheit, nach unseren eigenen Bedingungen zu sterben.« Vermutlich durchströmte diese wenigen Männer, die noch stehen konnten, in diesem Moment, in einem der bestbewachten Gefängnisse der Welt, ein ungeahnter, kaum erträglicher, prickelnder Rausch von Freiheit. Dann rannten sie los.

Unerhörte Glücksfälle gibt es reichlich in Büchern und noch reichlicher in Filmen und Fernsehserien. Hin und wieder gibt es sie auch im schrecklich wirklichen Leben. Unter den weit über sechs Millionen vom Holocaust gejagten Juden etwa gibt es gleich mehrere Dutzend, denen die unwahrscheinlichsten Zufälle das Leben gerettet haben. Deren Geschichten kennt heute oft die Welt. Aber wäre es den übrigen gegenüber nicht ein wenig unfair, deshalb an ein gütiges Schicksal zu glauben?

Sicherlich stellten die aus ihren Käfigen befreiten menschlichen Versuchskaninchen von Beiyinhe in jener Herbstnacht des Jahres 1934 auf dem Weg nach draußen keine derartigen Überlegungen über fair und unfair an – auch nicht, als sie feststellten, dass ein heftiger Schauer kurze Zeit zuvor einen Kurzschluss im Sicherheitssystem des Lagers ausgelöst und den elektrischen Zaun und die Suchlichter lahmgelegt hatte. Fair und unfair spielte auch keine Rolle, als Häftling Li, der große Befreier, eine Art Räuberleiter über die Mauer organisierte, deren letzter Mann unweigerlich unten am Boden, innerhalb der Todesmauern, stehen bleiben musste. Ob Kapitän Li sich wohl für diesen Posten geopfert hätte? Doch ihm blieb die Entscheidung erspart, da er bereits zuvor im Kugelfeuer der schließlich doch alamierten Wärter starb. 20 Chinesen mit weniger Skrupeln als Li hatten sich derweil schon über die Mauer geflüchtet, um dann draußen vor der Anlage auf der Flucht erschossen oder wieder eingefangen zu werden. Aber es traf nicht alle 20.

Der Chinese Wu, Krämer in einem nahegelegen Dorf, erinnerte sich 1984 gegenüber Befragern, wie es in einer Herbstnacht 50 Jahre zuvor gespenstisch an seine Tür gepocht hatte. Und nur widerwillig habe er die sieben Männer mit den Fußfesseln eingelassen. Wu und seine Nachbarn waren noch mit den Eisenfeilen zugange, als die japanischen Suchtrupps im Dorf eintrafen. Die sieben verließen sein Haus durch ein Hinterfenster und erreichten drei Tage später ein Guerillalager im Wald. Ihre Geschichten verbreiteten sich über die Ebenen und Felder Mandschukos, um schließlich selbst die Ohren der Kuomintang-Regierung Chinas zu erreichen, wo man ihnen aber weder Glauben noch Gehör schenkte. Schließlich war dieser Li, der Held der Geschichten, ein eingetragener Kommunist gewesen. Und es konnte nicht sein, was nicht sein durfte.

Wenn überhaupt Konsequenzen gezogen wurden, dann in Tokio. Bald nach jenem unrühmlichen Herbstgelage wurde das Lager in Beiyinhe dem Erdboden gleichgemacht. Rund 50 Kilometer nördlich, in einer ruhigen, ungestörten Zone, wurde über einen Zeitraum von drei Jahren hinweg der sechs Quadratkilometer große Pingfang-Komplex errichtet. Gesichert mit einem tiefen Graben, Zäunen, elektrischem Stacheldraht, hohen, fensterlosen Mauern, Wachhäusern, Türmen. Keinem Chinesen war es erlaubt, den weiteren Umkreis der Anlage zu betreten. Pingfang wurde störungsfrei betrieben, bis im August 1945 die sowjetischen Truppen anrückten und auf einen gewaltigen Schutt- und Steinhaufen stießen, ein riesiges qualmendes Trümmerfeld. Ein verheerender Brand hatte die rätselhafte Großanlage verwüstet und allein die Grundmauern übrig gelassen. Nur einigen Ratten, vielen Flöhen und Myriaden winziger einzelliger Wesen war die Flucht gelungen. Noch Monate später wütete in der Gegend eine unerbittliche Pestepidemie. Kommandant Ishii und seine wichtigsten helfenden Hände waren zu diesem Zeitpunkt längst nach Japan ausgeflogen worden und hatten alle wesentlichen Unterlagen mitgenommen. Einige niedrigere Chargen, denen später in Chabarowsk der Prozess gemacht wurde, fielen in die Hände der Russen. Und all die kostbaren Holzklötze? Keiner von ihnen hat Pingfang je lebend verlassen. Ihre Geschichten, Zehntausende, bleiben unerzählt.

Der Landeanflug auf den Kansai-Flughafen hatte begonnen. Jeremy musste sein iPad jetzt ausschalten. Er wollte auch nicht weiterlesen.

Shanghai, 4. Mai 2012. 12:05 Uhr

Minato Moto stand in seinem für die Verhältnisse des Baulöwen eher bescheidenen Privatappartement im 96. Stockwerk des SWFC vor dem Spiegel und blickte zufrieden auf das, was er sah. Kaum Fett und Falten am Körper, ein wohlgeformtes, glattes Gesicht und für sein vergleichsweise hohes Alter kräftige Muskeln. Das sollte ihm einer nachmachen: Sein Leben lang hatte er hart gearbeitet – meist an etwa 350 Tagen im Jahr, die, nach einer Stunde Schwertkampf, gegen 6 Uhr früh begannen und selten vor Mitternacht endeten. Erst jetzt, auf seine alten Tage, hatte er begonnen, etwas kürzerzutreten. Seine großen Erfolge hatte er sich hart erkämpft. Natürlich hatte ihm der Einstieg ins familiäre Unternehmen eine günstige Ausgangsposition verschafft – sein Vater hatte einst als der reichste Mann der Welt gegolten. Doch die großen Coups hatte er im Alleingang gelandet. In Tokio, wo das entscheidende Monopoly gespielt wurde, hatte sich Moto in den vergangenen Jahrzehnten eine AAA-Lage nach der anderen gesichert und dann immer spektakulärere Bauideen entwickelt. Das SWFC aber betrachtete er in mehrfacher Hinsicht als die Krönung seines Lebenswerks.

Er selbst hatte seinen Lebensmittelpunkt in das vierstöckige Dachgeschoss im Moto Tower Nr. 14 im mondänen und für seine moderne Architektur berühmten Tokioter Viertel von Omotesando gelegt. Dort lebte er auf 1200 Quadratmetern mit einer 600 Quadratmeter großen windgeschützten Dachterrasse und einem eigenen Heliport. Die meisten seiner Gebäude besaßen einen Heliport, ebenso auch seine Megajacht »Chiyo«, die gerade mit einer zwölfköpfigen Rumpfmannschaft in internationalen Gewässern vor der chinesischen Küste kreuzte. Das Schiff war sein neuestes Spielzeug. Er hatte es vor drei Jahren bei den »Howaldtswerken-Deutsche Werft« (HDW) in Auftrag gegeben; ein knapp 100 Meter langer schlanker weißer Traum mit 45 voll ausgestatteten Luxuskabinen und einem Rumpf aus Aluminium. Auf der Bremer Lürssen-Werft war die Chiyo nach Plänen des deutschen Stardesigners Jörg Beiderbeck ausgebaut worden.

Vor 35 Minuten war Minato Moto mit seinem Privathubschrauber auf einem eigens improvisierten Heliport über dem 96. Stockwerk gelandet – dort, wo das Trapezportal des »Flaschenöffners« beginnt. Moto liebte solche spektakulären Auftritte. In einer knappen Stunde würde er Gastgeber eines der in diesem Jahr bedeutendsten gesellschaftlichen Ereignisse Japans außerhalb des eigenen Landes sein. Bezeichnenderweise fand dieses Ereignis mitten im pulsierenden neuen Herzen von Shanghai auf chinesischem Boden statt. Er fühlte sich wie der Steuermann auf der Brücke eines Schlachtschiffes, das wieder an Fahrt aufnahm.

In Tokio kann man wegen der Erdbebengefahr nicht so hohe Türme bauen. Ein Jahr zuvor hatte das Tohoku-Beben mit der Stärke 9 die lauernden Gefahren eindringlich aufgezeigt. Trotz seiner furchtbaren Ausmaße mit rund 20000 Toten war es zwar das stärkste Beben seit Beginn der japanischen Aufzeichnungen gewesen, aber doch noch nicht »The Big One«, das seit Jahren für die weiter südlich gelegene Kanto-Ebene um Tokio vorhergesagt wird. Die Folgen eines großen Bebens dort wären heute viel schlimmer als im Fall des letzten großen Kanto-Erdbebens 1923, das fast 150000 Todesopfer gefordert hatte – ja, sie wären überhaupt nicht auszudenken. Schon das 300 Kilometer entfernte Beben in Sendai hatte des Alltagsleben in der 35-Millionen-Metropole Tokio vorübergehend zusammenbrechen lassen. Moto wusste nur zu gut, dass Evakuierungspläne für Tokio nicht einmal existierten, so aussichtslos erschien es, die Menschen rechtzeitig wegzubringen. Dieses Dilemma war angesichts der Fukushima-Atomkatastrophe nur etwa 250 Kilometer nördlich von Tokio in den Medien breit diskutiert worden. Egal, *shoganai,* da kann man nichts machen, dachte Moto trotzig.

Shanghai dagegen war nun das neue Manhattan. »Was für ein Tag für uns alle«, sagte Minato Moto zu sich selbst und betrachtete sein Spiegelbild. »Wie lange haben wir darauf hingearbeitet!« Der in eine altmodische blaue Kapitänsuniform gekleidete Mann nickte sich bescheiden zu.

Osaka, 4. Mai 2012. 13:08 Uhr (12:08 in Shanghai)

Jeremys Maschine war pünktlich in Osaka gelandet. Als er durch den langgestreckten »Finger« hinüber ins Terminal stolperte und zum ersten Mal seit 13 Jahren japanischen Boden betrat, stieg in ihm wieder jenes mulmige Gefühl auf, das ihn seit der Ankunft von Yukikos Päckchen mit unbarmherziger Regelmäßigkeit heimsuchte. Worauf ließ er sich da ein? Schließlich war er Rechtsanwalt und kein James Bond. Andererseits gehörte sorgfältige Recherche zu seinem Handwerk. Zu seinem Beruf. Er wollte Richard Koo nicht enttäuschen, der ihm großzügigerweise freie Hand gegeben hatte – bei vollem Grundgehalt. Er wollte auch Lexman & Lexman nicht enttäuschen; zum Jahresende stand in New York eine neue Auswahlrunde für Partner an. Erst recht wollte er Cathy nicht enttäuschen und Yukiko natürlich auch nicht – falls sie noch lebte. Und vor allem wollte Jeremy sich selbst nicht noch einmal enttäuschen.

Sein Gepäck kam bereits nach fünf Minuten. Weitere 20 Minuten dauerte es, bis er die Passkontrolle hinter sich gebracht hatte. Der Nachmittag fing verheißungsvoll an. Es wurde noch besser. Als er durch die Milchglas-Schiebetür in die überfüllte Ankunftshalle trat, fiel sein erster Blick auf ein Pappschild, das von einem hünenhaften Halbjapaner hochgehalten wurde. Auf dem Schild stand sein Name: Mr. Jeremy Gouldens.

»Joe? Der große Joseph Murata?« Das also war Yukikos Halbbruder? Der Mann sah verlebt aus. Seine Augen waren gerötet, das Haar dünn, die mächtige Nase leicht purpurn eingefärbt, auf den aufgedunsenen Wangen fielen zwei dünne haarige Streifen auf, die etwa in Mundhöhe endeten: als versuche hier jemand verzweifelt, sich Koteletten wachsen zu lassen. Jeremy fühlte sich alt, aber dieser Typ in einem ausgebeulten braunen Ledertrenchcoat war sicher noch zehn Jahre älter. Er streckte ihm die Hand entgegen. Joe hatte Kraft. Jeremy musste dagegenhalten. Auch Joes Stimme war kräftig. »Wie ich sehe, haben Sie Ihre Drohung wahrgemacht. Sie sind also wirklich gekommen.«

»Sie doch auch Joe. Die Überraschung ist ganz auf meiner Seite. Ehrlich gesagt, nach unserem gestrigen Telefonat hätte ich nicht unbedingt damit gerechnet.«

»Also sind wir beide überrascht«, lächelte Joe Murata. »Kommen Sie. Ich werde Sie in Ihr Hotel bringen.«

Er fuhr einen klapprigen Corolla, geschätztes Baujahr 1984, der aber älter aussah. Sobald sie die künstliche Flughafeninsel verlassen hatten und auf die Schnellstraße zum Festland eingebogen waren, drückte Joe das Gas durch und drehte das Kassettenradio an.

Well, it's one for the money, two for the show, three to get ready, now go, cat, go … Das Band eierte. Jeremy fragte sich, wann er das letzte Mal eine Audiokassette gehört hatte. Joe wandte den Kopf. »Mögen Sie Elvis?«

»Es geht. Ich bin Brite.«

»Hm. Was gibt's denn da so? Radiohead? Ich kenne den ganzen neuen Kram nicht.«

»Beatles. Die *gab* es jedenfalls. War immer Beatles-Fan. Die Beatles sind doch noch immer die besten.« Joe nickte. »Also auch die ganz alte Schule«, stellte er fest. Was irgendwie traurig, aber auch erleichtert klang. Er drehte das Kassettenradio noch etwas lauter.

Shanghai, 4. Mai 2012. 12:50

Cathy hatte sich kurz nach sieben unter Vermeidung jeglicher Geräusche aus dem fremden Bett gestohlen, war ein wenig ziellos durch Puxi geirrt, hatte noch eine Zeit lang untätig auf einer Bank im Fuxing Park gesessen und war schließlich gegen halb neun zu Hause angekommen. Der Kaffee in der halbgefüllten Tasse auf dem Tisch war noch warm, Jeremy musste gerade erst gegangen sein. Gut so. Dann hatte ihr Mobiltelefon geklingelt, und sie war nicht rangegangen, weil es Jeremys Nummer war. Zuvor hatte es auch schon Kim bei ihr probiert, mehrfach. Mit beiden wollte sie heute morgen nicht reden. Sie wollte erst einmal allein sein. Und sich sortieren. Sie hatte versucht, sich noch einmal hinzulegen, aber nicht schlafen können. Sie hatte ihren Artischockentee getrunken und sich gezwungen, ein paar Cornflakes zu essen, obwohl sie keinerlei Hungergefühl verspürte. Dann hatte sie ausgiebig geduscht und sich für den Moto-Empfang fertig gemacht. Das Telefon hatte noch ein paarmal geklingelt, aber es war stets nur Kims Nummer gewesen, nie Jeremys. Was sie ärgerte. Gegen elf hatte sie sich dann durchgerungen, ihn doch anzurufen, ihn aber nicht erreicht. Wahrscheinlich saß er gerade im Flugzeug.

Jetzt stand sie kurz vor der Einfahrt in den Renmin-Tunnel im Stau und nichts ging mehr. Der Empfang begann in zehn Minuten. Sie würde beträchtlich zu spät kommen. Warum bloß hatte sie nicht die U-Bahn genommen? Seit Minuten hatte sich ihr Taxi keinen Zentimeter von der Stelle bewegt. Sie war gereizt und gelangweilt. Sollte sie jetzt Kims Nachrichten auf der Mailbox abhören? Bloß nicht. Sie probierte es bei Coco, aber selbst die war gerade nicht zu erreichen. Dabei war Coco sonst immer zu erreichen. Was wohl, wenn Jeremy einmal nachfragen würde, ob Coco denn wirklich auch auf dem Empfang war? Nein, das würde er nicht. Mit Sicherheit hatte er die ganze Sache längst vergessen, wie er alles immer gleich vergaß, was sie von sich erzählte. Wenn er aber doch einmal fragte, sollte sie sich rechtzeitig irgendeine Geschichte einfallen lassen. Lügen haben kurze Beine. Coco hatte lange Beine.

Doch im Moment gab es in ihrer Beziehung ganz andere Probleme als solche kleine Notlügen. Möglicherweise würden sie sich bald nie wieder belügen müssen. Weil sie gar nicht mehr miteinander sprachen. Sie seufzte. Noch immer ging es nicht vorwärts. Um sich abzulenken, wählte sie Jeremys Nummer. Wieder ging er nicht ran. Nach ein paar Klingelzeichen gab sie es auf. Er musste doch längst gelandet sein. War sie ihm denn völlig egal? Dieser unsensible britische Trampel!

Osaka, 4. Mai 2012. 13:52 Uhr (12:52 in Shanghai)
»Könnten Sie die Musik nicht etwas leiser stellen? Ich glaube, ich habe eben einen Anruf verpasst.« Joe Murata reagierte nicht. Nichts hasste er so sehr, wie wenn ihn jemand aufforderte, seinen Elvis leiser zu stellen. Kein Anruf konnte wichtiger sein. Der Butterstinker konnte doch froh sein, das Klingeln seines Mobiltelefons nicht zu hören. Joes altes CIA-Cellphone klingelte nie, und er war ganz glücklich damit.

Jeremy blickte aufs Display seines iPhones. Natürlich Cathys Nummer, Mist. Er hatte sie doch vom Flughafen aus anrufen wollen. Warum hatte er das bloß wieder vergessen? Jetzt war sie sicher ungehalten, dass er sich nicht meldete. Also gleich zurückrufen. Aber dieser verlebte Hüne machte keinerlei Anstalten, den Krach leiser zu machen. *Blue, blue, blue suede shoes, baby!* Eigentlich hasste er dieses laszive Gejodel. Er wurde nun ungehalten. Er beugte sich zum Fahrer hinüber und brüllte ihm ins Ohr: »Wissen Sie, eigentlich fand ich die Originalversion immer viel besser. Wer war das nochmal? Carl Perkins?«

Joe, der halbamerikanische Halbjapaner, drehte das Kassettenradio auf volle Lautstärke, bis die immerhin gnädig kurze Nummer zu Ende war, dann schaltete er den Apparat aus, wandte sich mit grimmigem Blick zu Jeremy und sagte, jedes Wort sorgfältig betonend: »*You can do anything, don't you step on my blue suede shoes!* Kapiert? Und jetzt will ich so etwas nie wieder hören. Sonst halte ich hier an und Sie steigen aus und können Ihr Ding alleine durchziehen.«

»In Ordnung«, meinte Jeremy, dennoch erleichtert. »Reden wir über etwas anderes.« Cathy würde er nachher vom Hotel aus anrufen. »Ich bin wirklich froh, dass Sie mir helfen wollen«, begann er rasch, nur um irgendetwas zu sagen. Wieweit ihm Joe wirklich helfen wollte, wusste er gar nicht. »Wenn Sie allein losmarschieren, haben Sie in Japan keine Chance. Sie sind ein Butterstinker«, lachte Joe, »und würden überall auf Granit beißen.«

Bald darauf hatten sie das Stadtgebiet von Osaka erreicht. Joe fuhr unsicher. Er knallte die Gänge knirschend ins Getriebe und würgte seinen Wagen an fast jeder Ampel beinahe ab. Jeremy sagte nichts. Er hatte bereits Mühe mit dem japanischen Linksverkehr. Obwohl er den als geborener Brite doch eigentlich im Blut hatte. Joe stellte das Kassettenradio wieder an, nun dankenswerterweise in einer gesprächsfreundlichen Lautstärke. *Don't be cruel to a heart that's true.*

Er pfiff ein wenig mit, dann sagte er: »Wissen Sie eigentlich, dass ich mich heute Ihretwegen zum ersten Mal seit Monaten weiter als 500 Meter von meiner Wohnung entfernt habe?« Jeremy schüttelte den Kopf. Woher sollte er das wissen? Er wusste nach wie vor so gut wie nichts über diesen Menschen. Nur dass er nicht Auto fahren konnte, offensichtlich eher minderbegütert und verwahrlost war, anscheinend in der Welt von Vorgestern lebte, keine Kritik in Sachen Elvis vertrug und außerdem nach einem unangenehmen Fusel roch, den er, Jeremy Gouldens, freiwillig sicher nicht anrühren würde. Und dass er Yukikos Halbbruder war.

»Na ja, nicht nur Ihretwegen hab ich meine alte Schrottlaube wieder flottgemacht. Hauptsächlich eigentlich Yukikos wegen. Ich glaube, es wird nicht ganz ungefährlich.« Jeremy zuckte die Schultern. Wie zur Bestätigung schlug Joe Murata seinen braunen Ledertrenchcoat um und ließ Jeremy einen Blick auf den Griff einer 9 mm Browning werfen. »War es nun das Hilton oder das Hyatt?«

»Das Hilton«, erwiderte Jeremy und tat so, als wäre es das Normalste der Welt, mit einem alternden, aufgeschwemmten und bewaffneten Halbamerikaner in einem verrosteten Toyota Corolla zu den Klängen von Elvis durch Osaka zu fahren, um nach einer vermissten Frau zu suchen, die vielleicht tot war. Und die er vor 13 Jahren von der Stelle weg geheiratet hätte, wenn sie nicht von einem auf den anderen Tag verschwunden wäre.

Joe hielt mit der Linken das Lenkrad und legte die Rechte auf den Griff seiner Knarre. »Ich geb Ihnen einen guten Rat, Kumpel: Trauen Sie niemandem. Nicht einmal mir. Es geht ja wohl immer noch um den Kuroi-Fall, nicht? Heikel. Sehr heikel.«

»Sie wissen darüber Bescheid?« Jeremy war überrascht.

»Ein wenig. Yukiko war in dieser Sache recht verschlossen. Aber manchmal hat sie mich eben doch um Rat gefragt, besonders in der letzten Zeit. Wissen Sie, ich war mal CIA-Agent und sollte mich gewissermaßen selbst um die Geschichte kümmern. Unabhängig von Ihrem Prozess – obwohl der vermutlich auch bei der CIA für ein wenig Unruhe gesorgt hat. Egal: Die Jungs hatten wohl noch ein paar Rechnungen mit dem alten Murata offen. Aber ich habe mich geweigert.«

Don't, don't, that's what you say, each time that I hold you this way ... Don't, don't leave my embrace ...

Joe ein CIA-Agent? Das wurde ja immer doller! »Hören Sie, Joe, Sie müssen mir alles erzählen, was Sie darüber wissen.« Vor ihnen tauchte das Hilton-Hotel auf. »Wenn ich es schaffen könnte, auch nur die Hälfte der neuen Informationen zu verifizieren, könnte man das Verfahren wieder aufrollen«, fuhr Jeremy fort. »Allerdings scheint sich der Fall mittlerweile beträchtlich über den ursprünglichen Medikamentenskandal hinauszuentwickeln.«

»Ach ja?«, meinte Joe spöttisch und brachte den Corolla ruckartig vor dem Hoteleingang zum Stehen. »Wie kommen Sie denn auf so was?« Jeremy wäre fast frontal gegen die Windschutzscheibe gedonnert. »Nun«, meinte er, sobald er sich gefangen hatte, »Sie kennen doch auch die Verwicklungen und Verstrickungen der Japan Inc., oder?«

Während ein livrierter Wagenmeister die Beifahrertür aufriss und Jeremy aussteigen wollte, hielt Murata ihn am Ärmel fest. »Hören Sie mir zu, Mister Rechtsanwalt. Was Sie sich da vorgenommen haben, ist kein Spiel. Es geht nicht nur um Wirtschaftskriminalität, sondern vor allem auch um historische Wahrheiten, die hier niemand hören will. Und um brisante internationale Angelegenheiten, die nicht nur Japan betreffen, sondern auch die USA. Und den alten Rivalen China sowieso. Es gibt ein paar Leute, die wollen sich nicht auf den Füßen herumtrampeln lassen. Besonders nicht auf ihren zierlichen japanischen Füßchen. Und nicht von so tollpatschigen Riesenlatschen wie den Ihren. Ich nehme doch an, dass Sie bereits gemerkt haben, dass Sie gelandet sind. Okay?«

Jeremy nickte. Dann sagte er leise: »*Bei allen Fragen wende Dich zuerst an meinen Bruder Joe.* Das hat mir Yukiko in einer Randnotiz hinterlassen.« Und, noch etwas leiser. »Ich glaube, ich brauche wirklich Ihre Hilfe.« Eine unangenehme Pause entstand. Joe schien mit sich zu ringen. »Okay«, meinte er schließlich, »ich komme mit rauf. Auf Ihr Zimmer.«

Eine knappe Viertelstunde später betraten sie Jeremys reservierte Junior Suite, Zimmernummer 5022. Als der Boy das Gepäck abgeladen hatte, schloss Joe die Tür und deutete auf das Kopfkissen, auf dem ein Briefumschlag lag. »Öffnen Sie ihn, Jeremy.« Er gehorchte. Aus dem Briefumschlag glitten zwei zerbrochene Essstäbchen heraus, eine Vogelfeder sowie eine kurze und bündige Aufforderung: *Ami, go home.* »Dabei bin ich Engländer«, sagte Jeremy pikiert, »Was hat das zu bedeuten, Joe?«

»Fühlen Sie mal über die Enden der gebrochenen Stäbchen. Sind sie glatt?«

»Ja.« Jeremy sah den Halbjapaner fragend an. »Das bedeutet, dass die Leute, die – wie ich schon sagte – über Sie Bescheid wissen, Ihnen nicht die Knochen brechen wollen.«

»Da bin ich aber beruhigt.«

»Das wäre ich an Ihrer Stelle nicht. Wenn sie kommen, dann mit dem Schwert. Deshalb der glatte Schnitt.« Joe erhob sich. »Bleiben Sie sitzen!«, forderte er Jeremy auf. »Und nicht reden.« Er schaltete das in den Nachttisch eingebaute Radio an und begann dann mit der systematischen Durchsuchung des Zimmers. Nach etwa zehn Minuten meinte er, schon etwas verschwitzt: »Oberflächlich betrachtet: keine Wanzen. Aber lassen Sie uns trotzdem auf den Balkon gehen.«

Draußen auf dem Balkon zündete sich Joe eine Lucky Stricke an; die erste seitdem sie seine Schrottkarre verlassen hatten. Er schaute auf die vierspurige Straße hinab. Sein Blick blieb an einer schwarzen Mercedes-Limousine hängen, die auf der gegenüberliegenden Straßenseite parkte. Im Halteverbot. Den Rücken ans Balkongitter gelehnt, deutete er mit dem Daumen hinter sich. »Schauen Sie jetzt nicht hin – und wenn doch, dann bitte schön unauffällig. Gegenüber parkt ein schwarzer Mercedes, Modell E 500.«

»Ja, ich sehe ihn«, raunte Jeremy und hielt die Luft an. »Es sitzen vier Männer drin und der Fahrer glotzt herauf.«

»Natürlich tut er das. Sie wollen wissen, wie Sie auf ihre persönliche Nachricht reagieren. Da verwette ich eine Palette Bourbon drauf.«

»Ich werde mich hüten, dagegenzuhalten. Ich für meinen Teil bevorzuge im Übrigen Scotch.« Joe Murata verzog indigniert das Gesicht. Jeremy wechselte das Thema. »Wollen wir jetzt darüber reden, was ich in Japan zu finden hoffe?« Murata nickte auffordernd. »Mir geht es – neben der juristischen Verifizierung einiger Informationen – um die Tagebücher und sonstigen Aufzeichnungen Ihres Stiefvaters, die ominöse Einheit 731 und die Verbrechen von Nanking betreffend. Vielleicht könnte er dieses Konvolut vor seinem Tod in seinem Haus versteckt haben. Vielleicht hat er das Material auch im Garten vergraben. Ich weiß jedenfalls, dass es existiert.«

»Vergessen Sie's«, schnaubte Joe und zündete sich am Stummel eine neue Zigarette an. »Ich glaube nicht, dass in seinem Haus am Kamo noch was zu holen ist. Auch wenn dort noch alles so ist wie vor vier Jahren, als er starb. Wie so'n beknacktes Murata-Museum. Nein, Sie sollten erst einmal mit jemandem reden, der Ihnen noch mehr über die Japan Inc. und speziell die Waguni erzählen kann als ich.«

»Das besondere Geschäftsprinzip der Japan Incorporated habe ich bereits kennenlernen dürfen. Am Obersten Gerichtshof. Danke, ich verzichte«, sagte Jeremy. Joe Murata ließ die Fingerknöchel knacken. »Das *können* Sie nicht. Meine Schwester hat Jahre benötigt, um für Sie all diese Informationen zusammenzutragen. Haben Sie denn so viel Zeit, die neuen Verbindungen zu überprüfen?«

»Ich fürchte nicht«, gestand Jeremy kleinlaut.

»Sehen Sie. Wir müssen jemanden finden, der Ihnen weiterhelfen kann.«

»Wer soll das sein, wenn nicht Yukiko?« Jeremys Stimme klang belegt. Joe schüttelte den Kopf. »Yukiko hat getan, was sie konnte. Auf sie können wir nicht mehr bauen.«

»Auf wen dann?« Murata verzog nachdenklich die Lippen. »Leider bin ich schon zu lange aus dem Ganzen draußen. Aber vielleicht kann uns Yukiko doch helfen. Indirekt. Es gibt hier in Osaka so ein Netzwerk, eine Art Untergrundbewegung aus kritischen Intellektuellen, Anarchisten, linken Friedensaktivisten, Atomkraftgegnern und so weiter. Yukiko hat während ihrer letzten Besuche angefangen, da Verbindungen aufzubauen. Und sie hat mir auch von diesem Mann erzählt.«

»Dem Internetblogger? Wie heißt er gleich – Tassekaba?«

Joe pfiff erstaunt durch die Zähne. »Ich sehe, Sie sind gut informiert. *H*asekawa.«

»Yukiko hat mir Material von ihm geschickt. Und dann hat mir …« Jeremy redete nicht weiter. *Trauen Sie niemandem. Nicht einmal mir.* Es war vielleicht besser, Joe Murata nichts von Gao Feng zu erzählen. *Diese Japaner haben Foltermethoden, denen kann am Ende doch keiner widerstehen.*

Murata fuhr ungebremst fort. »Ich kenne mich ja nicht gut aus mit dem Internet und dem ganzen neumodischen Kram, aber er scheint da eine große Nummer zu sein. Sie können ihn telefonisch nicht erreichen und wohl auch nicht einfach so über seine Website anmailen, aber er geht jeden Abend in dieselbe Sushibar. Da hat ihn Yukiko getroffen. Ich selbst kenne ihn flüchtig noch von früher. Er war einmal Redakteur bei der *Asahi Shimbun*.«

»… der linksliberalen Tageszeitung. Und hat seine Nase wahrscheinlich in alle möglichen Dinge gesteckt, die ihn nichts angehen. Wollten Sie mir das sagen?«

»Sie kennen doch unsere Redensart: *Herausstehende Nägel werden eingeschlagen.*« Jeremy nickte. Die kannte er nur zur Genüge. Joe fuhr fort: »Bei Hasekawa lief es anders. Eines Nachts haben sie ihm aufgelauert und ihm die Nägel rausgezogen. Mit einer ordinären Kneifzange.«

»Oh Gott!«, stöhnte Jeremy auf.

»Aber Hasekawa lässt sich seitdem erst recht nicht mehr aufhalten. Es gibt sicher nach wie vor niemanden, der sich besser in diesem Sumpf zurechtfindet als er. Allerdings scheint er mittlerweile so seine ... Probleme zu haben, wie ich gehört habe.«

Jeremy strich sich nachdenklich über die Fingerkuppen. »Weißt du, eigentlich mag ich Sushi, Joe. Yukiko und ich waren immer ganz wild darauf. Ich habe allerdings seit 13 Jahren kein Sushi mehr angerührt. Ist vielleicht so 'ne Marotte von mir.«

»Dann wird es langsam wieder Zeit. Ich hole Sie heute Abend im Hotel ab. Ruhen Sie sich aus, Jeremy. Hasekawa kann mitunter anstrengend sein.« Er nahm die Hand vor den Mund und machte eine charakteristische Trinkbewegung. Da bin ich ja in bester Gesellschaft, dachte Jeremy.

Shanghai, 4. Mai 2012. 12:50 Uhr

Michelle und Chen hatten sich mit einem kurzen Blick verständigt. Chen, du bist dran! Diesmal lächelte sie nicht, doch ließ sie aus ihrem leicht geöffneten Mund ihre makellosen spitzen Zähne blitzen. Kampfgenosse Yu Ling saß, eine kleine Plastiktüte mit Stoffkleber neben sich, in der hintersten Kabine der Personaltoilette und wartete geduldig, dass die 17 einzelnen Teile des Transparents von den Aktivisten eins nach dem anderen unter der Trennwand hindurchgeschoben wurden. Chen war der Letzte. Sie hatten es ausprobiert: Die etwa 20 Meter lange und knapp zwei Meter breite Stoffbahn wog zusammengesetzt nicht einmal drei Kilogramm.

Chen verschwand in der Personaltoilette, betrat die vorletzte Kabine, zog sich rasch das schwarze Jackett und das Hemd aus, wickelte sich den Organzastoff vom Oberkörper, knüllte ihn zusammen und schob ihn hinüber in die Nachbartoilette. Weder er noch sein Genosse auf der anderen Seite sprachen ein Wort. Kurze Zeit später betrat Chen, mit frisch gewaschenen Händen, wieder den Veranstaltungssaal, wo er die Aufgabe hatte, der versammelten Prominenz nach dem Einlass Champagner anzubieten. Hier hatte bereits die Parade der Eitelkeiten begonnen: Die ersten Gäste trafen ein. Sie wurden am Aufzug von einer Journalistenmeute empfangen, die wiederum von einem

Dutzend Sicherheitskräften in Schach gehalten wurde. Nur das auch live berichtende japanische Fernsehen NHK hatte von der Moto-Gruppe die Sondererlaubnis erhalten, an dieser letzten von insgesamt drei strengen Eingangskontrollen kurze Interviews zu führen. Als ungefähr hundertster Gast traf Prinz Taesu, ein Großneffe des Kaisers, mit einer kleinen Gruppe enger Freunde ein, mit denen er gemeinsam die kaiserliche Grundschule in Mejiro besucht hatte. Unter häufigen Verbeugungen geleiteten ihn dienstfertige Japaner soeben in einen Nebenraum, wo er offenbar erwartet wurde. Chen folgte ihm mit grimmigen Augen, bis sich die Tür hinter ihm schloss.

Aber wer war denn das? Den kannte er doch! Chen musste schlucken: Auf einmal stand ausgerechnet der arrogante Japaner von Cathys Party vor ihm, musterte ihn kurz und nahm sich dann ungefragt ein Glas Taittinger rosé von Chens Tablett. »Na, ist der werte Kopf wieder klar?«, fragte Yoshi Satori in einem überaus freundlichen Ton. »Wie geht es Ihnen denn heute, junger Freund?« Chen hätte alles andere erwartet. »Sehr gut, danke!«, stammelte er.

»Haben Sie alles gut vorbereitet?« – »Verzeihung, Herr Satori?«

»War nur eine Frage, Chen Wong.« Satori lachte leise und gab ihm mit der rechten Hand einen leichten Klaps auf die Schulter. »Sehen Sie mich doch nicht so erschrocken an: Ich hatte Ihnen ja schon neulich bei unserem so anregend geselligen Abend prophezeit: Man sieht sich immer zweimal im Leben!« Mit diesen Worten ließ er ihn stehen und schlenderte davon.

»Aha, man kennt sich«, flüsterte eine Stimme neben ihm, direkt in sein linkes Ohr. Chen fuhr herum. Die hohen Gläser auf dem Tablett schwankten bedenklich. »John …!« Chen hatte seinen Führer noch nie im Anzug gesehen. Mann, sah der schick aus! In diesem Aufzug strahlte er seine überragenden Fähigkeiten förmlich in die Welt hinein und alle mussten ihm zu Füßen liegen. Chen fing sich wieder. »Nein, John. Na ja, doch. Aber ›kennen‹ ist übertrieben. Ein ultranationaler Japse-Kaufmann, mit dem ich mich neulich auf der stinklangweiligen Geburtstagsparty meiner Cousine angelegt habe.«

»Mit was für merkwürdigen Leuten du dich rumtreibst!« Der Satz wirkte eher gelangweilt als überrascht. Dann senkte Führer John seine Stimme zu einem Flüstern. »Mach dich bereit, Chen. Es geht los. Der Energieminister wird gleich da sein. Hast du alles im Griff?« Chen nickte entschlossen. John Huang ballte die linke Hand zur Faust. »Wir werden siegen«, raunte er, »Gerechtigkeit für China! Nieder mit den japanischen Imperialisten! Nieder mit Leuten wie Yoshi Satori!«

Draußen vor der Eingangskontrolle brach in diesem Moment ein Blitzlichtgewitter los: Der japanische Energieminister war eingetroffen, in Begleitung des japanischen Botschafters in China. Jetzt fehlte nur noch Minato Moto. Chen spürte, wie seine Handflächen feucht wurden. Er schluckte. Bald würde es kein Zurück mehr geben.

Gleichzeitig grübelte er über zwei Dinge. *Nieder mit Leuten wie Yoshi Satori!*, hatte John gesagt. Also kannte er das widerliche Imperialistenschwein auch. Auch John trieb sich also wohl mit *merkwürdigen Leuten* herum. Natürlich war es immer von Vorteil, seine Feinde gut zu kennen – und doch wunderte sich Chen. Das war das eine. Und dann dachte er an Satoris letzte Worte und überlegte sich, wann auf Cathys Party dieser merkwürdige Satori ihm denn prophezeit hatte, dass sie sich wiedersehen würden, wie er es eben behauptet hatte – *man sieht sich immer zweimal im Leben.* Gut, Chen konnte sich begreiflicherweise nicht an alles klar erinnern, diesen Satz hätte er sich aber wohl gemerkt. Nach reiflichem Grübeln fiel ihm allerdings ein anderer, ähnlicher Satz Satoris ein. Und der klang noch wesentlich unangenehmer: *Du wirst deine Beleidigungen Japans noch bereuen. Denk daran, wenn du mir mal wieder über den Weg läufst.*

Was ging hier vor?

Shanghai, 4. Mai 2012. 13:17

Prinz Taesu schien ein wenig erschöpft. Aber es schickt sich nicht für ein Mitglied der kaiserlichen Familie, eine Schwäche zuzugeben. Schon gar nicht in der Öffentlichkeit. Der Prinz, ein Großneffe des amtierenden Kaisers Akihito, war im Februar 1955 geboren und hatte seinen offiziellen Titel im Jahre 1990 erhalten. Damit war er autorisiert, einen neuen Zweig der kaiserlichen Familie zu gründen.

Minato Moto war stolz darauf, ein Mitglied des japanischen Hofes in *seinem* World Financial Center mitten in China empfangen zu können. Aber er zeigte es nicht. Mit einer leichten Verbeugung trat er vor und sagte: »Hoheit, heute empfinde ich es als einen großen Tag, ja, als einen *großartigen* Tag für unser Land, für unser Unternehmen und nicht zuletzt für mich.«

Der Prinz nickte wohlwollend. »Männern wie Ihnen, verehrter Moto Minato, haben wir es zu verdanken, dass wir jetzt wieder auf dem besten Wege sind, nicht mehr wie ein Flugzeugträger für die Interessen anderer bereitzustehen. Nicht nur die Chinesen werden dies bald zu spüren bekommen – auch die Amerikaner, unsere Besiegermacht.« Solche politischen Statements ließ ein Mitglied der kaiserlichen Familie natürlich niemals in der Öffentlichkeit verlauten. Minato Moto durfte sich in der Tat geehrt fühlen. »Ich habe für meine kurze Tischrede ein paar passende Worte vorbereitet«, fuhr Prinz Taesu fort, »ich wollte jedoch nicht die Gelegenheit versäumen, Ihnen im privaten Kreise meine *wahren* Gefühle mitzuteilen.«

Minato Moto verbeugte sich höflich und dankte ihm. »Darf ich Sie nun bitten, mich in die Sky Arena zu begleiten? Der Empfang hat bereits begonnen, und wir werden erwartet. Es ist Zeit.«

Osaka / Shanghai, 4. Mai 2012. 14:58 / 13:58 Uhr

»Ja? Cathy Wong?« Jeremy erwischte Cathy im Taxi. »Ach, du bist es«, sagte sie zur Begrüßung nur. »Alles klar?«

»Zunächst mal bin ich gut gelandet«, meinte Jeremy gedehnt.

»Du hättest mich ruhig mal anrufen können«, sagte sie in beleidigtem Tonfall. Jeremy räusperte sich. »Das tu ich gerade, Cathy. Vorher ging's nicht. Stell dir vor: Joe Murata hat mich abgeholt. Weißt du, Yukikos Bruder. Wir machen jetzt gemeinsame Sache gegen die Yakuza. Er hat Kontakte in den Untergrund. Und selbst zur CIA.« Er lauschte in den Hörer. Er hörte ein Knacken und Rauschen sowie schwachen Verkehrslärm. Wenn er da noch ein *Atmen* hörte, dann bildete er sich das sicherlich ein. »Bist du noch dran, Cathy?«

»Ja«, antwortete Cathy. Sie klang nicht gut. Gar nicht gut. Als belaste sie etwas. »Wo bist du überhaupt? Schon auf dem Moto-Empfang?«

»Nein, noch im Taxi, aber ich bin jetzt gleich am SWFC. Dieser Verkehr ist die reinste Katastrophe. Bis ich ankomme, ist das Spektakel wahrscheinlich schon fast wieder vorbei.«

»Hättest du halt besser mal die U-Bahn genommen.«

»Weißt du was: Spar dir deine blöden Ratschläge, Jeremy Gouldens. Rufst du deshalb extra aus Japan an? Hast du mir nichts Besseres zu sagen? Nach allem, was passiert ist? *Dass ich besser die U-Bahn nehmen soll?* In so einer Situation, wo wir beide eh schon Sorgen genug haben und ich nicht mehr weiß, wo mir der Kopf steht? Ich könnte gleich wieder platzen, Jeremy. *Ich könnte gleich wieder platzen!*«

»Cathy, ich …«

»Ich will es gar nicht wissen! Es ist doch immer dasselbe mit dir.« Sie pausierte und sagte in gefasstem Ton ein paar chinesische Wörter, die offensichtlich dem Taxifahrer galten. »Du – vergiss es, ich bin jetzt da. Machen wir Schluss.«

»Okay, okay – ich probier es heute Abend nochmal. Wenn du nicht mehr so gereizt bist. Viel Spaß bei Herrn Moto. Und grüß Coco von mir.« Als Antwort ertönte vom anderen Ufer des Chinesischen Meers nur ein Tüten. *Machen wir Schluss.* Natürlich hatte sich diese Floskel aufs Telefongespräch bezogen. Trotzdem packte Jeremy wieder sein mulmiges Gefühl. Er legte auf. Wieso hatte er eigentlich das Hoteltelefon und nicht sein iPhone benutzt? Das würde ihm wieder teuer zu stehen kommen.

Während Jeremy sich auf dem King-Size-Bett ausstreckte und überlegte, wie er die nächsten vier Stunden herumbringen sollte; während Cathy nur fünf Minuten zum Passieren der beiden ersten Sicherheitskontrollen benötigte, da sie definitiv zu spät zum Empfang der Moto-Gruppe gekommen war; während oben im WFC John Huang auf seine Uhr sah und während der japanische Energieminister Takumi Yamada sein Redemanuskript ordnete, griff der Concierge des Hilton Osaka zum Telefon und wählte eine Nummer im Tokioter Prudential Tower. Er hatte die seiner Meinung nach zentralen Schlüsselwörter, die er dem Telefonat zwischen Mr. Jeremy Gouldens und seiner Gesprächspartnerin Misses Wong entnommen hatte, sorgfältig notiert: *Cathy Wong, Yakuza, Joe und Yukiko Murata, Untergrund, CIA, Moto-Empfang, SWFC.*

Als Cathy im 94. Stock aus dem Fahrstuhl stieg, wusste nicht nur die Security bereits, wer sie war. John Huang wusste es auch. Gut, dass jetzt alle wichtigen Gäste beisammen waren. Dann konnte die Party ja losgehen. Lassen wir's knallen!

Shanghai, 4. Mai 2012. 14:04 Uhr

Kim versuchte zum wiederholten Male, Cathy auf ihrem Mobiltelefon zu erreichen. Aber er erreichte, wie stets, nur ihre Mailbox. Warum ging sie nicht ran? Warum hatte sie ihn heute morgen einfach überlistet und war davongeschlichen? Jetzt, wo zwischen ihnen alles geklärt war? Wo sie ihm gehörte? Sie hatten miteinander geschlafen, und jetzt waren sie ein Paar. Und ihr Butterstinker war Geschichte. Punkt. So einfach war das. Da half kein Weglaufen mehr. Das musste ihr doch genauso klar sein wie ihm. Sie war keine Frau, die nur so mal einfach aus Spaß mit einem anderen in die Kiste steigt. Das hatte sie ihm gestern Abend selbst gesagt. Das Körperliche sei nur der äußerliche Vollzug einer inneren, seelischen Verschmelzung. Und umgekehrt. So oder so ähnlich hatte sie es formuliert. Gut, das war vorher gewesen, im »La nave va«, als sie sich noch dagegen gespreizt hatte, mit ihm zu kommen. Aber es waren ihre Worte, und die ändern ihren Sinn nicht, auch wenn sich alles andere ändert. Und nun gehörten *sie* zusammen. Das musste er ihr noch einmal klar und deutlich sagen. Warum ging sie nicht ran? »Cathy …«, begann er nach dem Piepston.

Osaka, 4. Mai 2012. 15:06 Uhr (14:06 in Shanghai)
Lustlos begann Jeremy seinen Koffer auszupacken. Dann baute er auf dem Schreibtisch sein mobiles Büro auf, legte sein iPad bereit und begann, das ausgedruckte Archivmaterial nach Themen zu ordnen. Vorgesehen waren fünf Haufen: *Kuroi (Firmengeschichte, Vorstand, Verträge), Einheit 731, Berlin–Tokio, bakteriologische Kriegsführung* und *Washington–Tokio.* Nach einigen Minuten, in denen der nicht vorgesehene sechste Haufen »noch eindeutig zuzuordnen« rasch zum größten überhaupt geworden war, gab er es auf. Nachher wollte er sich die Dokumente noch einmal vornehmen. Aber zuerst musste er sich ausruhen. Der Minibar entnahm er ein Tonic, vermied es jedoch eisern, auch nach dem passenden Gin zu greifen, legte sich aufs Bett, fingerte nach der Fernbedienung und schaltete den Fernseher an. Noch vier Stunden. Dann würde Joe Murata ihn abholen.

Jeremy zappte sich durch die Programme. Was war das? – Na so was: eine Liveübertragung aus dem World Financial Center in Shanghai! Stimmt, da wurde ja heute diese New Energy Conference eröffnet, bei der es um die Zukunft der ostasiatischen Energieversorgung ging – besonders um die Ressourcenprobleme Japans. In dieser Liveschaltung schien aber etwas speziell Japanisches im Vordergrund zu stehen. Jeremy hatte größte Mühe, die Minnie-Maus-Stimme der Ansagerin zu verstehen. Erst als wiederholt die Wortfolge ›Moto Minato‹ gefallen war und Jeremy sie als japanischen Namen identifiziert hatte, fiel auch bei ihm der Groschen. Minato Moto: Der Moto-Empfang. Das war doch ebenjener Empfang, wohin auch Cathy unterwegs gewesen war! Interessiert stellte er den Fernseher lauter. Gerade erhob sich, wie er dem eingeblendeten Text entnahm, der japanische Energieminister Takumi Yamada und stieg das kleine Treppchen zum erhöhten Rednerpult empor, verbeugte sich rasch vor der seitlich rechts angebrachten japanischen Flagge und trat ans Mikrofon. Dann Schnitt auf den Tisch so eines japanischen Prinzen unweit des Podiums. Wieder half der eingeblendete Untertitel Jeremy bei der Identifizierung. Das drahtige alte Männchen in der albernen blauen Uniform daneben war wohl Moto, der Baulöwe höchstpersönlich.

»Exzellenzen, meine Damen und Herren«, sagte der Energieminister. »Ich kann Ihnen gar nicht sagen, wie es mich freut, heute in dieser illustren Runde vor Ihnen sprechen zu dürfen. Ich begrüße Sie alle sehr herzlich zu …«

Wozu er sie begrüßte, blieb unausgesprochen, da in diesem Moment ein gewaltiger Knall ertönte. Irgendetwas blitzte am Bildrand gleißend auf, während die Detonation sofort schwarze Wolken aufsteigen ließ. Durch sich verdichtende Schleier war noch zu erkennen, wie sich der Minister geistesgegenwärtig hinter das Rednerpult duckte. Dann wackelte das Bild für ein paar Sekunden, es flimmerte noch ein wenig, und der Bildschirm wurde endgültig dunkel.

Jetzt waren nur noch Schreie zu hören.

Shanghai, 4. Mai 2012. 14:12 Uhr

Kim Park hatte beschlossen, es für heute Nachmittag aufzugeben. Er würde ihr nicht blind hinterherlaufen wie eine frisch verliebte Langnase. Er durfte nicht den Überblick verlieren, nicht die Situation aus der Hand geben. Es war von Unheil, sich abhängig zu machen und einer Frau zuliebe seine Pflicht zu vernachlässigen. Den ganzen Vormittag über war er schon nicht in der Lage gewesen, sich konzentriert seiner Arbeit zu widmen: seiner Pflicht, dem Drehbuch. Er hatte den Auftrag angenommen und würde ihn vollenden, ob der Butterstinker nun lebend aus Japan zurückkehrte und seine ehemalige Freundin von ihm zurückforderte oder nicht.

Er goss sich ein Glas Wasser ein und beugte sich wieder über das Manuskript. Diesmal würde er seinen Gedanken kein Abschweifen mehr erlauben. Er hatte sich die »Historische Rückblende« vorgenommen, die zwischen erstem und zweitem Teil eingefügt war und die, wie er jetzt, bei der zweiten Lektüre, begriff, als eine Art Klammer fungierte: Hana-kos Hilferuf an Adrian Bell, der den zweiten Teil von *Yellow Submarine* eröffnete, war mit dem Hinweis verbunden, dass es ihr gelungen sei, neue Beweise für die schuldhafte historische Verstrickung des großen Pharmakonzerns zusammenzutragen. Die Rückblende erzählte nun die Geschichte hinter diesen Beweisen.

Kim Park musste sich ein ums andere Mal fragen, woher wiederum Jeremy Gouldens all die Informationen hatte, die es ihm ermöglichten, eine derart unter die Haut gehende Geschichte aus der japanischen Besatzungszeit in China zu erzählen. Soweit er es beurteilen konnte, handelte es sich nur zum Teil um historisch allgemein anerkannte Fakten – jedenfalls was die japanische Geschichtsdarstellung anging. Doch selbst wo der Plot nach Frankenstein und Science-Fiction roch, erzählte er erschreckend stringent die Geschichte von Versuchen japanischer Militärwissenschaftler der Einheit 731, einen gegen alle möglichen Infektionskrankheiten resistenten Supermenschen zu züchten: wie diese perversen Zeitgenossen eines Josef Mengele die Essenz des Lebens aus Tausenden von Menschen herausgekocht hatten – »Menschensuppe«, nannten sie das. Wie sie Hunderte von Litern aller Arten von Körperflüssigkeiten durch neuartige Labortechniken auf wenige Reagenzgläser verdichtet hatten. Und wie sie gegen Kriegsende schließlich versucht hatten, ihre Forschungsergebnisse sowie ihr noch unverbrauchtes menschliches Forschungsmaterial zusammen mit einem ganzen Arsenal aus hochkonzentrierten Anthrax-, Grippe- und Beulenpest-Erregern von Nordchina aus mit einem in heimlicher Zusammenarbeit mit den Deutschen gebauten Proto-Atom-U-Boot nach Japan zu schmuggeln, wo die neue Superwaffe gegen die alliierten Streitkräfte in die Massenproduktion gehen sollte. Doch ein Agent bekam Wind von dem Plan, und die Jagd auf das gelbgoldene U-Boot begann …

Dies alles spielte im Januar 1945, sieben Jahre nach den Massakern von Nanking und sechs Jahre nachdem das japanische Biowaffenprogramm im Krieg gegen Sowjets und Chinesen in seine praktische Erprobungsphase getreten war – und zu einem Zeitpunkt, als sich bereits deutlich abzeichnete, dass Japan den Krieg im pazifischen Raum verlieren würde, wenn es nicht noch in letzter Sekunde gelang, eine Waffe zu entwickeln, die größere Durchschlagskraft besaß als das Heer von Kamikazefliegern. Eine »Wunderwaffe«: Horrorwaffe wäre ein besseres Wort. Die Rückblende endete mit einer gewaltigen Explosion vor der Südküste Honshus. Doch so mancher der totgeglaubten Militärwissenschaftler tauchte auf geheimnisvolle Weise in zivilen Laboren wieder auf. Und die Forschung ging weiter.

Shanghai, 4. Mai 2012. 14:15 Uhr

In dem Moment, als John Huang den funkgesteuerten Auslöser für die Haftminen betätigte, hatte sich Cathy gerade über die Besucherliste auf dem Tisch gebeugt und ihren Namen gesucht, weil der ignorante Securitytyp, der sie seit Minuten aufhielt, noch immer nicht einsehen wollte, wie eine geladene Journalistin über eine Stunde zu spät zu diesem Ereignis kommen konnte. Durch die Wucht der Explosion, die den Sturz über den Fahrstuhltüren praktisch pulverisiert und die Türen selbst in den Raum gebogen hatte, war sie von den Beinen gerissen und über den Tisch gegen den Brustkorb des Mannes geschleudert worden. So gesehen war sie relativ weich gefallen. Es kam ihr vor wie eine halbe Ewigkeit, bis sie sich aufrappeln und von der Tischplatte befreien konnte, die sich wie eine Art Schutzschild hinter ihr aufgetürmt hatte. Sie war benommen und ihr Blick war vernebelt. Der aufgewirbelte Staub ließ sie husten. Irgendetwas lief ihr warm übers Gesicht. Sie fuhr sich mit der Hand über Haar und Stirn, und als sie das viele Blut sah, brach sie in eine Art hysterisches Lachen aus. Auch der Securitymann, auf dem sie immer noch halb lag, halb kniete, blutete. Aber er lachte nicht, auch wenn sein Mund weit offen stand. Er starrte sie nur aus aufgerissenen Augen an. Ein großer Metallspan hatte sich über der Nasenwurzel tief in den Kopf des jungen Mannes gebohrt wie der eiserne Stachel der Bestrafungsmaschinerie in die Stirn des Offiziers aus Franz Kafkas *Strafkolonie*. Cathys unkontrollierte hysterische Urlaute verstummten, doch noch war sie zu geschockt, um zu schreien. Dafür schrien andere.

Wie aus weiter Ferne vernahm sie plötzlich eine ruhige, aber kräftige und im Grunde durchaus sympathisch klingende Stimme aus den Lautsprechern der Mikrofonanlage: »Bleiben Sie ruhig, meine werten Damen und Herren – niemand bewegt sich von der Stelle. Bitte! Sonst wäre ich leider gezwungen, einen weiteren Sprengsatz zu zünden der – wie sie sich als intelligente Vertreter der gesellschaftlichen Elite sicherlich vorstellen können – noch weitaus gravierendere Folgen haben würde als der kleine Vorgeschmack, den Sie soeben erleben durften. Alle Ausgänge sind mit Sprengfallen gesichert. Das betrifft selbstverständlich auch die Notausgänge. Sie können nicht fliehen, also seien Sie bitte so gut und denken Sie nicht einmal daran. Folgen Sie den Anweisungen, und Ihnen wird nichts geschehen.«

Doch Cathy konnte nicht anders. Sie *bewegte* sich von der Stelle, ganz langsam, auf den Knien rutschend, bloß um vom Leichnam des Sicherheitsmannes wegzukommen. Überall war Blut, lagen Trümmer und Glassplitter, hing Staub in der Luft.

Sie kroch weiter. »Misses Wong«, raunte plötzlich jemand neben ihr auf Englisch, »geben Sie mir Ihre Hand. Hier, ein Stuhl! Setzen Sie sich, kommen Sie, schön langsam! Sie sind nur leicht verletzt, glaube ich.« Die Stimme kam Cathy irgendwie bekannt vor. Sie blickte verwundert auf und sah in das schmallippige Gesicht dieses obskuren Japaners von ihrer Party, der ihr seine Hände hilfreich entgegenstreckte. Auch er war leicht verletzt, trug einen Verband an der linken Hand. Wie gelähmt ließ sie sich von ihm nach oben ziehen und sich eine Stoffserviette auf die linke Schläfe legen.

Was hatte ihr Kim gestern auf der Fahrt zum Penthouse auf dem

Kerry Center noch eingeschärft? *Nimm dich vor diesem Satori in Acht.* Damals. Da hatte sie noch ganz anderes im Kopf gehabt. Auch Jeremys Satz von vorgestern schoss ihr durch den Kopf: *Diese Typen fackeln nicht lange.* Plötzlich fiel ihr ein, dass sie ihre Handtasche vermisste. Sie musste noch irgendwo vorne am Eingang liegen.

Osaka, 4. Mai 2012. 15:18 Uhr (14:18 in Shanghai)
Jeremy ließ es immer wieder läuten, bis Cathys Mailbox ansprang. »Melde dich bitte bei mir, sofort!«, schrie er ins Telefon. Doch sie meldete sich nicht. Dafür stabilisierte sich das Bild aus dem World Financial Center. Eigentlich sah der Saal fast normal aus – vielleicht, so hoffte Jeremy für einen winzigen Moment, war es ja doch nur ein Kurzschluss gewesen. Aber warum lag da ein feiner Staub über allem? Und warum lagen da Menschen und stöhnten? Oder regten sich nicht. Und immer noch hing ein zarter Dunst von Rauch und Staub wie Nebel in der Luft, den ein frischer Wind nun allerdings mehr und mehr durch die große geborstene Panoramascheibe hinaustrieb, hinter der sich ein neuer, unverstellter Blick auf das serene Blau des Himmels eröffnete.

Die Kamera zoomte jetzt auf einen gutaussehenden Mann mit halblangem Haar in einem schicken dunklen Anzug, der am Rednerpult stand und beschwichtigend die Arme ausbreitete. Neben ihm stand, in demütiger Haltung, der japanische Energieminister Yamada; umrahmt von zwei jungen Männern, die ihn fest untergehakt hatten. Jeremy griff nach der Fernbedienung und stellte den Apparat auf volle Lautstärke.

Shanghai, 4. Mai 2012. 14:23 Uhr
Chen und Michelle hatten an der Bar gerade zwei neue Tabletts mit frischen Getränken bestückt, als die beiden Fahrstühle in die Luft flogen und den mit Blumen geschmückten Eingangs- und Kontrollbereich in ein blutiges Schlachtfeld verwandelten. Obwohl sich Chen und Michelle am anderen Ende des Saals außer Reichweite der Detonation befanden, hatte sich Chen sofort auf den Boden geworfen. So bekam er nicht mit, wie die Menschen, die sich in unmittelbarer Nähe der Aufzugskabinen aufgehalten hatten, durch den Raum geschleudert und manche von ihnen durch die Wucht der Explosion regelrecht zerrissen wurden. Aber Chen konnte hören, was um ihn herum geschah. Er hörte die Schreie. Er war außer sich. Keine Gewalt, oder höchstens ein *Minimum an Gewalt*: Das hatte John ihnen allen versprochen. Vielleicht war die Explosion auch nur ein Unglück, ein Versehen? Mit Ent-

setzen wurde ihm bewusst, dass ihre Aktion einen ganz anderen, blutigen Gang zu nehmen begann und dass die Ereignisse auf eine Weise eskaliert waren, mit der er niemals gerechnet hätte. Auf die er nicht vorbereitet war. Worauf hatte er sich da eingelassen? Nein, das war nicht sein Kampf. Nicht so. Das würden die anderen doch hoffentlich auch so sehen. Vorsichtig hob er den Kopf, um nach seinen Verbündeten Ausschau zu halten. Wo war Michelle?

In diesem Augenblick geschah etwas Unerwartetes: Im ganzen Raum erklangen plötzlich fast gleichzeitig die verschiedensten Tonsignale von Mobiltelefonen. Ein gespenstisches Konzert von Klingeltönen. Doch noch bevor jemand ein Gespräch entgegennehmen konnte, donnerte auch schon Johns Stimme durch den Saal: »Schalten Sie augenblicklich Ihre Telefone aus. Wer telefoniert, wird sofort erschossen. Aktivisten: Seid so gut und sammelt bitte die Cellulars und Blackberrys unserer Gäste ein! Ausnahmslos alle!«

Ein unsanfter Fußtritt katapultierte Chen in die Wirklichkeit zurück. »Los, steh auf, fette Sau!«, sagte Michelle Mao. »Hast du nicht gehört, was unser Führer gesagt hat?« Chen glaubte, sich verhört zu haben. Hatte ihn Michelle eben *fette Sau* genannt? Seine Michelle? Er rappelte sich ächzend auf. »Du bist für die drei Tische am Eingang verantwortlich. Und mach ja keinen Fehler!« Michelle drückte ihm ein Tischtuch in die Hand, das sie bereits zu einem provisorischen Sack gefaltet hatte. »Michelle«, stotterte Chen, »was ist da los?«

»Halt's Maul und beeil dich … ist halt was schiefgegangen.« Chen sah Michelle mit großen Augen verständnissuchend an. »Und glotz mich nie wieder so an, ja?«, zischte sie scharf, »sonst reiß ich dir eigenhändig die Eier ab!« Chen lief puterrot an. »Weißt du, Chen: John und ich haben uns manchmal echt totgelacht über dich. Und jetzt mach deine Arbeit, Kleiner!« Sie drehte sich um, lief mit energischen Schritten in den Saal und begann ihrerseits, John Huangs Befehle auszuführen.

Trotz des gewaltigen Tumults nach der Explosion – dem Chaos aus Staub und Schutt; dem Inferno aus Schreien und Heulen; dem Schreckensbild aus Leibern und Körperteilen, Blut, Hirn und Gedärm; dem Durcheinander von schutzsuchenden Gästen, fliehendem Personal, orientierungslosen Sicherheitsleuten und überraschten Aktivisten – hatten Huang und der harte Kern seiner Leute die Situation erstaunlich rasch unter Kontrolle gebracht. Suzuki, der blondierte Japaner, hatte mit seinen vier besten Yakuza – üppig tätowierte Gesellen, die unter dem japanischen Küchenpersonal versteckt gewesen waren und ihn nun wie eine Leibgarde umgaben – die zwei oder drei Bodyguards, die sich zu wehren anschickten, überwältigt und die übrigen noch kampffähigen Waffenträger entwaffnet: Da die meisten Securitymänner in unmittelbarer Nähe der Fahrstuhltüren Position bezogen hatten, waren nicht allzu viele übrig geblieben. Suzukis Leute hatten die panisch durch den Saal stürmenden Empfangsgäste vom erhöhten Podium weggetrieben und dann vor der vordersten Tischreihe, an der die prominentesten Ehrengästen saßen, mit gezogenen Waffen Position bezogen. Der Saal war nun in zwei Zonen geteilt. Die kleine Bühne mit dem Rednerpult, der VIP-Tisch und der Kamerabereich vorne wurde von Huangs Getreuen vom übrigen Saal mit all den unfreiwilligen Zuschauern des kommenden Spektakels abgeschirmt.

Einer der wenigen, die sofort gewusst hatten, dass es sich bei der Explosion nur um ein Attentat handeln konnte, war Minato Moto gewesen. Instinktiv hatte er an einem wenig bequemen Ort Unterschlupf gesucht, der ihm zumindest vorläufig ein wenig Sicherheit zu bieten versprach.

Tokio, 4. Mai 2012. 15:24 Uhr (14:24 in Shanghai)
Die Sendezentrale von NHK, der ersten und einzigen öffentlich-rechtlichen japanischen TV-Anstalt, ist in einem vielstöckigen Hochhausklotz in Jinnan, einem Stadtteil des Tokioter Bezirks Shibuya, untergebracht. Nach dem kurzen Bild- und Tonausfall, der Augenblicke lang zu hektischer Aktivität geführt hatte, benötigte das eingespielte Team in der Senderegie nur Sekunden, um zu begreifen, dass man es mit einer journalistischen Sensation zu tun hatte. Einem echten, wenn auch unfreiwilligen Scoop. Terrorismus *live!*

Die Entscheidung fiel rasch, auch wenn es einige Minuten dauerte, bis sie durch alle Etagen und über alle bürokratischen Instanzen hin und her kommuniziert worden war: weitermachen! Die Vorbereitungen für eine komplette Programmänderung liefen auf Hochtouren. Das Sendesignal würde ab 14:30 Uhr auch ins zweisprachige Programm von NHK World eingespeist, das rund um den Globus über Satellit zu empfangen ist.

Über die Ton-Rückleitung hatte der Chef vom Dienst in der NHK-Zentrale vom Bildmischer im WFC erfahren, dass die Crew von den Terroristen gezwungen worden war, mit dem Sendesignal *drauf* zu bleiben, um zunächst eine Ansprache des mutmaßlichen Anführers zu übertragen. Weitere Regieanweisungen würden folgen. Im Falle einer Befreiungsaktion oder auch nur des Versuchs, die besetzten Stockwerke von der Energiezufuhr abzuschneiden, drohten die Terroristen mit der Sprengung der gesamten oberen Etagen.

Keine 45 Minuten später hatten sich die Bilder vom Anschlag auf das Shanghaier World Financial Center rund um den Globus verbreitet. Knapp doppelt so lange dauerte es, bis die alarmierten chinesischen Sicherheitskräfte das Gebäude weiträumig abgesperrt hatten. Gleichzeitig wurde mit der Evakuierung des WFC bis einschließlich der 93. Etage begonnen. Peking verhängte eine sofortige Nachrichtensperre – was zugleich die Terroristen und das japanische Fernsehteam zu Exklusivberichterstattern machte. Dies wiederum bewegte China rasch zu einer ungewöhnlichen Kehrtwende in der Informationspolitik, und Berichterstatter aus aller Welt begannen vor Ort in Pudong Stellung zu beziehen. Die vernetzte Welt richtete sich auf einen langen Tag, eine lange Nacht ein. Vor allem wartete man gespannt darauf, wie die Forderungen der Terroristen lauten würden.

Osaka, 4. Mai 2012. 15:50 Uhr (14:50 in Shanghai)

Jeremy war kurz davor, durchzudrehen. Cathy meldete sich einfach nicht. Er versuchte vergeblich, den sich unabweisbar aufdrängenden Gedanken an das Schlimmste zu verdrängen. Und probierte es immer und immer wieder, während er zugleich die ganze Zeit gebannt auf den Bildschirm starrte, um vielleicht auf diese Weise zu erfahren, was dort im Center wirklich passiert war.

Die Führungskamera zoomte über die Köpfe der apathisch wirkenden versammelten Prominenz hinweg auf den dunkel gekleideten Mann am Rednerpult, der die »verehrten Gäste« sowie das anwesende Personal und die Sicherheitskräfte in und vor dem Gebäude nochmals höflich, aber energisch darauf hinwies, dass sie, falls nötig, nicht den Bruchteil einer Sekunde zögern würden, die oberen Etagen des WFC mittels weiterer verborgener Sprengladungen zu pulverisieren. Er bitte um Verständnis und Kooperationsbereitschaft. Nachdem er seine knappe Ansprache auf Japanisch gehalten hatte, wiederholte er sie auf Chinesisch und Englisch.

Dieser sehr gepflegt wirkende Mann sprach, wie Jeremy konzedieren musste, ein hervorragendes Englisch mit gewähltem Oxford-Einschlag. Sicher einer dieser Topterroristen aus bestem Hause, ein Mann von Geschmack und hohem geistigen Vermögen, mit blendenden Anlagen ausgestattet, doch irgendwann moralisch-intellektuell fehlgeleitet. Wahrscheinlich handelte es sich dann auch um einen von langer Hand sorgfältig geplanten Anschlag. Zudem schien der gutaussehende

Mann im teuren dunklen Anzug jede Menge Helfer zu haben; vielleicht sogar das Fernsehteam selbst. Auf jeden Fall gehörte dazu ein sehr japanisch wirkender Mann mit blond gefärbtem Bürstenhaarschnitt, der in diesem Augenblick ans Rednerpult herantrat und dem Gutaussehenden etwas ins Ohr flüsterte. Jeremy kratzte sich irritiert am Kopf. Gesetzt, es handelte es sich bei dem Blondgefärbten wirklich um einen Japaner – dann ergab der Anschlag irgendwie keinen rechten Sinn mehr: Japaner überfielen Japaner, und das auf chinesischem Boden … Vermutlich, überlegte er, geht es den Halunken doch bloß wieder um Geld.

»Erlauben Sie, dass ich mich vorstelle«, ergriff der gepflegte Chinese mit den Mandelaugen nun wieder das Wort. »Ich bin John Huang, der Führer der ›Neuen Bewegung des Vierten Mai‹.« Selbstgefällig lächelte er in die Runde. Ganz klar: dieser Mensch – der schön zu nennen gewesen wäre, hätte er nicht diesen stechenden Blick und den etwas grausamen Zug um die üppigen Lippen – war sich seiner Wirkung auf andere sehr wohl bewusst. Dann hob er zu einer mächtigen Deklamation an, die so manchem geübten Schauspieler alle Ehre gemacht hätte. »Endlich ist der Tag gekommen, um in Stärke und Liebe zu unserem Vaterland aufzustehen«, brüllte er mit stolzgeschwellter Brust und einer ähnlich geschwollenen Wortwahl ins Mikrofon. »Nieder mit dem japanischen Imperialismus, der sich schon wieder wie ein Krebsgeschwür über unser Land ausbreitet!« Er begann zu schwitzen. Und doch genoss er seinen Auftritt sichtlich. Er begann zu reden, und er hörte nicht wieder auf zu reden. Allmählich begriff Jeremy, dass es sich um eine Art Brandrede zu handeln schien: das Manifest jener »Neuen Bewegung des Vierten Mai«. Stimmt, heute war ein historischer Jahrestag. Jeremy kannte die chinesische Geschichte gut genug, um die Tragweite dieses Datums zu kennen. Die Attentäter hatten also offensichtlich doch – zumindest vorgeschobene – politische Ziele.

Da trat unvermittelt der japanische Energieminister zwei Schritte vor und unterbrach den Redner. Seltsamerweise ließen ihn seine beiden Bewacher gewähren. »Stellen Sie doch endlich Ihre Forderungen!«, sagte Takumi Yamada mit fester Stimme, bevor ihn seine Bewacher wieder am Arm packten und ins zweite Glied zurückführten. Vor ihm scheinen sie Respekt zu haben, dachte Jeremy.

»Sehr gerne, Herr Yamada«, fuhr Rädelsführer Huang fort, sein Gesicht wieder der Kamera zugewandt. »Wenn Sie es so eilig haben – bitte. Wir haben allerdings nur *eine einzige* Forderung: Wir haben noch immer den ungesühnten Tod von über 20 Millionen Menschen vor Augen. Er ist nicht vergessen, und er wird niemals vergessen werden. 20 Millionen Menschen, unschuldige Opfer, auf bestialische Weise getötet von den Truppen eines imperialistischen Kaiserreichs, erschossen, zerstückelt, erschlagen, verseucht und vergiftet. Doch heute erfüllt es mich mit Freude und Ehre, dass sich der japanische Aggressor nach langen Jahrzehnten der verschwiegenen Schande endlich zu seinen Taten bekennt, die Verantwortung für die Massaker am chinesischen Volk übernimmt und sich daher am heutigen Tag in aller Form vor der gesamten Weltöffentlichkeit für seine Kriegsverbrechen entschuldigen wird.«

Ein hörbares Raunen ging durch den Saal. Der Mann sah auf seine Uhr. »Es ist jetzt 15 Uhr 10. Die japanischen Kriegsverbrechen an China begannen vor gut 80 Jahren Ende 1931 mit der Besetzung der Mandschurei. Ich gebe der japanischen Regierung für jedes Jahr eine Minute: 80 Minuten der Besinnung. Wenn unsere Forderung – vielleicht sollte ich besser sagen unserer Wunsch – nicht innerhalb dieser Frist erfüllt wird, stirbt alle 15 Minuten eine Geisel.«

Jeremy saß mit offenem Mund vor dem Fernseher, hing förmlich an den vollen Lippen des gepflegten Terroristen. Von diesem so höflichen, so gefassten, so kaltschnäuzigen Menschen ging eine eigenartige Faszination aus, und Jeremy sträubte sich vehement, ihr zu erliegen. Gleichzeitig hatte dieser hübsche Kerl auch etwas ausgesprochen *Widerliches* an sich, was seine Faszination jedoch keineswegs minderte. Im Gegenteil. Jeremy schüttelte sich. Warum üben oft die abscheulichsten Verbrecher zugleich eine so dämonische Anziehungskraft aus? In diesem Moment kam Jeremy wieder Cathy in den Sinn, und ein lähmendes, ekelhaftes Gefühl der Angst stieg in ihm auf.

Shanghai, 4. Mai 2012. 15:34 Uhr

Während der gesamten Ansprache hatte Cathy sich über die Disziplin gewundert, mit der die etwa 200 geladenen Gäste – in der Hauptsache Japaner – diese extreme Situation durchlebten. Sie erinnerte sich an die furchtbaren Bilder, die sie von der Erdbeben- und Tsunamikatastrophe im Vorjahr gesehen hatte. Und von den Japanern, die alles, ihr Haus, ihre Familie, ihre Habe, verloren hatten und bei all ihrer Verzweiflung doch irgendwie *gefasst* wirkten. Menschen, die auch die schlimmsten Schicksalsschläge ohne Auflehnung hinnahmen. Cathy hatten sie irgendwie an duldsame Schafe erinnert. Doch es besteht ein Unterschied zwischen der höheren Gewalt von Naturkatastrophen und der dezidiert *niedrigen* Gewalt von Terroristen. Da durfte man nicht ruhig bleiben. Aber nur die Verwundeten und Sterbenden schrien, dass ihr die Ohren gellten. Geht es wieder?«, flüsterte Yoshi Satori.

»Ich glaube schon«, antwortete sie schwach, »ist wohl wirklich nur eine Platzwunde. Ich hab Glück gehabt – bis jetzt. Wer sind diese Leute?« Sie riskierte einen kurzen Blick und erhob sich von ihrem Stuhl.

»Sie sollen sich *hinsetzen!*«, rief der Terroristenboss ins Mikrofon, doch Cathy schien ihn nicht zu hören. »Wer seinen Platz verlässt, wird sofort erschossen!« Erschrocken ließ sich Cathy wieder auf ihren Stuhl fallen. Sie hatte die zerfetzten leblosen Körper vor den zerstörten Fahrstuhltüren gesehen. Und die halbzerfetzten, die sich wanden und brüllten. Diese Monster schreckten wirklich vor nichts zurück.

In diesem Moment schrie jemand von weit hinten, aus den Reihen der Geiseln. »Jemand muss sich um die Verletzten kümmern!« Ein Raunen ging durch die Reihen. Zwei, drei zaghafte Stimmen gesellten sich dazu. Und dann rief der halbe Saal. »Jemand muss sich um die Verletzten kümmern!«

Der schöne Terroristenboss wirkte zum ersten Mal etwas nervös. Fürchtete er eine Revolte? »Soll ich einfach mal reinknallen, John?«, fragte ihn der blondgefärbte Japaner. »Nur zur Klarstellung?« Der Schöne winkte ab und fixierte den Mann, der zuerst gerufen hatte.

»So, um die Verletzten wollen Sie sich kümmern? Dann kommen Sie doch bitte mal nach vorne. Und bringen Sie Ihre hübsche Begleiterin am besten gleich mit.« Er wandte sich an den ganzen Saal. »Sie sehen, im Gegensatz zu den japanischen Aggressoren sind wir keine Unmenschen, meine Damen und Herren. Sind hier vielleicht Ärzte anwesend? Krankenschwestern, Pfleger, Ersthelfer?« Unter der chinesischen und internationalen Topprominenz aus Finanzen und Wirtschaft ist die Zahl der examinierten Krankenschwestern begreiflicherweise begrenzt, doch fanden sich schließlich immerhin zwei Ärzte und einige weitere Freiwillige, von denen vier oder fünf nun nach vorne gebeten wurden. Erst jetzt sah Cathy den mutigen Mann, der die ganze Aktion ins Rollen gebracht hatte. Nanu, den kannte sie doch. War das nicht dieser Ostasienkorrespondent des *Time*-Magazins, den ihr Coco kürzlich auf einer Party vorgestellt hatte? David Morgan hieß er. Und wer war die Frau an seiner Seite? Cathys Gesichtsfeld war noch immer eingeschränkt, weil ihr linkes Augenlid verklebt war. Dann fuhr es ihr stechend durchs Herz. Aber das *konnte* doch nicht wahr sein! Das hatte sie doch bloß so *erfunden!*

Sie sprang auf, um sich der Freundin entgegenzustürzen. Aber Satori hatte sie schon wieder auf ihren Sitz zurückgerissen, bevor der blonde Japaner seine Waffe auf sie richten konnte. Coco jedoch konnte niemand zurückreißen. Sie stieß einen Jubelschrei aus und begann sich mit den Ellbogen einen Weg durch die erstarrte Menge zu bahnen.

»Los, bring sofort die Frau zur Vernunft, Suzuki«, sagte der Mann namens John, »aber leg sie nicht gleich um. Nur auf mein Zeichen!« Der Japaner mit dem blonden Bürstenhaar nickte und sprintete los. Im Laufen zückte er seine Maschinenpistole. Einige Geiseln schrien. Andere brachen in Tränen aus.

»*No!*«, schrie Cathy. Coco hatte sie schon fast erreicht.

»Misses Kingston!«, rief Yoshi Satori, »bitte seien Sie doch vernünftig!«

In diesem Moment war die blonde Bestie bei Coco Kingston, packte sie an den Haaren und presste ihr das kaltes Metall in den Nacken. Coco stöhnte leise. Das Gesicht des Japaners blieb unbewegt. Suzuki sah kurz zu seinem Chef hinüber, als erwartete er einen offiziellen Schießbefehl. Nun hielt er ihr den Lauf an die Stirn. Cathy schloss die Augen.

David Morgan hatte sich inzwischen, von keinem richtig beachtet, an Coco herangearbeitet. »Wenn Sie diese Frau töten, entgleitet Ihnen vielleicht die Kontrolle«, warf er hastig ein. In dem Augenblick waren zwei von Suzukis Leuten bei ihm und drehten ihm die Arme auf den Rücken. Morgan stöhnte auf. Terrorchef John warf ihm einen mitleidigen Blick zu. »Hat Sie jemand nach Ihrer Meinung gefragt?«, fragte er. »Nein«, antwortete Morgan mit fester Stimme, die über den Saal hinwegdröhnte, »aber die Zeiten, in denen Geiseln widerstandslos ihrem Verderben entgegengingen, sind seit dem 11. September 2001 vorbei. *Let's roll*, Sie erinnern sich? Flug 93, United Airlines! Hier sind über 200 Menschen im Saal ...« Morgan schwitzte. Bemüht furchtlos starrte er den Terroristen an. Wenn sie eine Chance haben wollten, dann *musste* er jetzt pokern. Der gutgekleidete Mann im dunklen Anzug wandte sich an seinen Kapo und gab ihm mit der rechten Hand ein Zeichen, *nicht* zu schießen. Suzuki ließ die MP sinken.

»Gut, wenn Sie so begierig sind, den Heldentod zu sterben, will ich Sie nicht hindern«, sagte der Anführer. »Aber gedulden Sie sich doch noch ein wenig. Kommen Sie doch zu uns nach vorn, hier an der Ehrentafel sind noch ein paar Plätze frei.« Er machte eine einladende Handbewegung. »Leider auch der unseres unhöflichen Gastgebers«, fügte er halblaut und ein wenig bekümmert hinzu. Dann lächelte er wieder: »Ihre entzückende Begleiterin darf uns selbstverständlich ebenfalls Gesellschaft leisten.« Er gab Suzuki einen Wink. »Die Ärzte und Helfer können sich nun ans Werk machen. Unsere Aktivisten werden sie betreuen und ein Auge auf sie haben.«

John Huang ärgerte sich. Natürlich hatte Morgan recht: Er verfügte zwar über insgesamt etwa 40 Leute, von denen knapp die Hälfte jedoch unerfahrene und vielfach blauäugig idealistische Studenten waren, die auf die harte Extremsituation des blutigen Kampfes nicht vorbereitet waren und rasch überfordert sein konnten. Von Michelle, dieser herrlichen Raubkatze, und vielleicht noch dem wackeren Yu Ling einmal abgesehen. Aber solche Würstchen wie der dicke Chen waren der Sache letztlich eher von Schaden. Huang hatte Satori versprochen, Chen bei der nächsten Gelegenheit *verheizen* zu dürfen. Dafür war der Junge gut genug. Huang war sich aber noch nicht sicher, ob er nicht lieber als Erstes den Unglücksraben Satori selbst verheizen wollte, mit dessen Arbeit er unzufrieden war und den er persönlich einfach nicht leiden konnte – dieser angezählte Wichtigtuer: Wer die Nase hoch trägt, kann rasch tief fallen. Nein, wirklich Verlass war nur auf Suzukis Truppe – knallharte Yakuza, die weder Tod noch Teufel fürchteten. Noch hatten sich nur einige demaskieren müssen, noch befanden sich die meisten unerkannt unter dem Personal. Zwei weitere befanden sich oben auf dem Dach, wo sie den Hubschrauberpiloten und sein Gefährt in Gewahrsam genommen hatten, während Suzuki selbst und seine vier wichtigsten Helfer im Saal für Ordnung sorgten. Das und die Drohung mit weiteren Detonationen und neuen Toten hatte bisher ausgereicht, die Situation unter Kontrolle zu halten. Aber wie lange noch? Huang war klar, dass seine Leute einer konzertierten Aktion der Geiseln wohl nicht würden standhalten können. Aber diese tolle internationale Prominenz, die Creme der japanischen Gesellschaft, bestand ja größtenteils aus feigen, verängstigten Lämmern, und mit ein paar edelmütigen Großmäulern wie David Morgan würde man schon fertigwerden. Außerdem war das SWFC kein Flugzeug, das man mit ein wenig Chaos zum Absturz bringen konnte, wie mit dem United-Airlines-Flug 93 am 11. September 2001 nahe dem Örtchen Shanksville in Pennsylvania geschehen. Und dort hatten die Leute mit dem Mut der Verzweiflung gehandelt, weil sie wussten, dass sie nur die Wahl zwischen sicherem Tod und Heldentod hatten. Hier wusste jeder, dass er sich nur ganz tief zu ducken brauchte, nur nicht auffällig werden – und er würde schon mit dem Leben davonkommen. Was für erbärmliche Kreaturen! Huang bedauerte es fast, dass er mit einer Revolte vermutlich nicht zu rechnen hatte. Er liebte diesen speziellen Thrill, wenn es brenzlig wurde, und glatte Aktionen wurden ihm rasch langweilig.

Trotzdem war es nun an der Zeit für den Auftritt von Minato Moto, der ja nicht weit sein konnte. Oder sollte er noch ein wenig mit ihm spielen wie die Katze mit der Maus, die sich in einem ausweglosen Winkel verkrochen hat und doch irgendwann rausmuss? Immerhin: Letztlich war der Baulöwe gewissermaßen Huangs Fahrkarte in die Freiheit. Und diese Fahrkarte wollte er mitnehmen, wenn er ging. Satori hatte die Aufgabe gehabt, ihn keine Sekunde aus den Augen zu lassen, so war das mit der Zentrale vereinbart. Jetzt saß er dort am Tisch und schäkerte mit seiner hübschen jungen Freundin, als säße er noch immer an ihrer Geburtstagstafel. Den Part konnte jetzt auch ein anderer übernehmen. Er zum Beispiel, John Huang. Doch das hatte noch ein wenig Zeit.

Er winkte Satori heran und flüsterte ihm etwas ins Ohr. Du weißt, wem dich die Zentrale zugeteilt hat. Finde mir diesen Moto! Er muss noch irgendwo hier in der Nähe sein. Finde ihn auf der Stelle. Oder ich werde Sorge tragen, dass du mal wieder ein kleines Stückchen *kürzer* gemacht wirst. Satori versuchte zu protestieren. »Aber du hast doch vorhin gesagt, John …« Keine Widerrede! Satori verbeugte sich zerknirscht und ging ab.

Osaka, 4. Mai 2012. 17:02 Uhr (16:02 in Shanghai)
Jeremy pochte wild das Herz. Was ging da vor? Das Bild aus dem Veranstaltungscenter zeigte zwar aus unerfindlichen Gründen gerade nur das heitere Blau des Himmels über Shanghai, aber er hatte eben deutlich einen wohlvertrauten Namen gehört: *Bitte seien Sie doch vernünftig, Misses Kingston!* Kingston war der Nachname von Cathys Freundin Coco, so viel wusste er. So sehr häufig war der Name in Shanghai nicht. Es stimmte also: Coco war tatsächlich doch zu dem Empfang eingeladen worden. Was Jeremy wiederum ein wenig wunderte: Als Cathy ihm an ihrem Geburtstag auf dem Schnellboot davon erzählte, hatte sie diesen typischen Tonfall gehabt, der immer in ihrer Stimme lag, wenn sie ihm etwas vorflunkerte. Und mit Sicherheit hatte sie da gerade eben *nicht* mit Coco telefoniert, genauso wenig wie am nächsten Morgen, als er sie in der Küche ertappte. Jeremy hörte es immer an ihrer Stimme, wenn sie mit Männern telefonierte. Aber egal, sie konnte flunkern, wie sie wollte, das war ihre Sache. Etwas anderes be-

schäftigte ihn im Moment viel mehr: Was war das für eine Stimme, die da eben so laut »*No!*« geschrien hatte? War das nicht vielleicht doch die Stimme gewesen, die er von allen am besten kannte? Deren Klang er erkannte, wenn sie flunkerte, wenn sie mit Männern telefonierte – und wenn sie schrie? Halb hoffte er es. Dann war sie am Leben. Noch. Aber warum schrie sie so laut ›Nein‹? *So* hatte er sie noch nie schreien hören. Wegen Coco? Oder doch – wegen ihr?

Nach einigen Minuten lähmender Ungewissheit schwenkte die Kamera langsam zurück auf das Rednerpult. Jeremy sah genau hin, aber er konnte Cathy nicht entdecken. Der Schönling im Anzug tippte auf das Mikrofon und räusperte sich. »Entschuldigen Sie, meine Damen und Herren!«, rief er in den Saal – beinahe fröhlich. Die vor Angst gelähmten Geiseln hoben ihre Köpfe. »Wie Sie sicherlich bemerkt haben, feiern wir unsere kleine Party leider ohne den Gastgeber, den allseits geschätzten Minato Moto. Ich kann mir jedoch vorstellen, dass er mich in diesem Moment hören, vielleicht sogar sehen kann. Deshalb diese persönliche und dringende Nachricht: Seine Anwesenheit ist unbedingt erforderlich. Sollte er sich versteckt haben, gebe ich ihm von jetzt an fünf Minuten Zeit, sein Versteck zu verlassen. Sollte Herr Moto es vorziehen, nach dieser Frist seine unhöfliche Rolle als abwesender Gastgeber weiterzuspielen, wird zunächst einmal diese hübsche junge Frau erschossen.«

Jeremy stockte der Atem, als er sah, wie der blonde Japaner eine geknebelte junge Frau vor die Kamera zerrte, die in Todesangst die Augen verdrehte. Mit der Rechten hielt er ihr eine Pistole an den Schädel gedrückt. Erschrocken erkannte Jeremy die Frau. Es war nicht Cathy, sondern Coco, die *als Erstes* erschossen werden sollte.

»Bitte, Herr Moto! Sie allein haben es jetzt in der Hand, über Leben und Tod von Unschuldigen zu bestimmen! Ich möchte auch die Gelegenheit nutzen, die japanische Regierung an unsere kleine Bitte von vorhin zu erinnern. Sie werden sogleich sehen, *wie* ernst wir es meinen. Sie haben noch – Moment« – wieder der rasche Blick auf die Uhr – »exakt 17 Minuten Zeit.«

Was waren das für Untiere? Und was war dieser Baulöwe Moto nur für ein Hasenfuß, wenn er nicht auftauchte, auch wenn er mitbekam, dass Menschen umgebracht wurden, nur weil es der feine Herr vorgezogen hatte, in der Versenkung zu verschwinden? Und was war das für eine japanische Regierung, die es nicht hinbekam, einfach mal eben »Entschuldigung« zu sagen? Und was war das für ein Fernsehsender, wenn er nun weiter ausstrahlte und in Kauf nahm, die gezielte

Hinrichtung unschuldiger Menschen live zu übertragen? In den USA, so viel wusste Jeremy, werden mittlerweile die meisten Liveübertragungen zeitversetzt ausgestrahlt, nur um etwaig hervorblitzende *Brustwarzen* schnell herausschnippeln zu können. Aber hier ging es um *Mord* vor der laufenden Kamera. War das nicht schlimmer als Brustwarzen?

Bange Minuten vergingen. »Ihre Zeit ist abgelaufen, Herr Moto. Tja schade, Kleine.«

Der Bildschirm wurde schwarz.

Tokio, 4. Mai 2012. 17:21 Uhr (16:21 in Shanghai)

In der 20. Etage des Prudential Towers blickte Tatsu Ishii mit unbewegtem Gesicht in den schwarzen Bildschirm. Wer ihn genau beobachtete, konnte allerdings bemerken, dass er nervös mit den Wimpern zuckte. Als der Bildschirm unverändert schwarz blieb, wandte er sich ab und blickte stirnrunzelnd in die Rund seiner Vertrauten. »Das kann doch nicht wahr sein. Was machen die da drüben? Jetzt bringen sie diese Frau um. *So* war es nicht geplant. Und nicht abgesprochen. Huang ist ein guter Mann, aber er hat einen fatalen Hang zu eigenmächtigem Handeln. Und wenn dieser Moto nicht auftaucht, bringt das den ganzen Plan durcheinander. Wer hat den denn eigentlich aus den Augen gelassen, so dass er unbemerkt verschwinden konnte? Kann ja wohl nur einer gewesen sein.«

Yoki, der Mann, der den Spitznamen »der Metzger« trug, nickte. »Wir hätten ihm *Seppuku* anbieten sollen, Boss. Erst verliert er seine Mitarbeiterin unter einem Bus. Dann lässt er auch noch diesen ordenbehängten Greis entwischen. Der Kerl ist einfach weder fähig noch würdig, um im Auftrag unserer ehrwürdigen Organisation zu agieren.«

»Sicher, alter Freund, ich weiß. Aber jetzt müssen wir konsequent nach vorn schauen und das Problem in den Griff bekommen. Und, wenn es nicht anders geht, eben zu den rabiateren Mitteln greifen, so wie wir das auch mit diesem verdammten Rechtsanwalt vorhaben.«

Ein langes Schweigen setzte ein. Keiner der anderen fünf Männer im Raum wagte, sich zu bewegen. Schließlich meinte Tatsu Ishii: »Haben wir jetzt eigentlich seine kleine Freundin? Holt mir doch nachher mal diesen Nichtsnutz Satori ans Telefon.«

In diesem Moment wurde der Bildschirm wieder hell. Das Bild zeigte aber nicht das SWFC, sondern ein japanisches Nachrichtenstudio. Eine zierliche Moderatorin lächelte in die Kamera und entschuldigte sich mit einer quäkenden Stimme, die direkt aus einem Zeichentrickfilm von Walt Disney zu kommen schien, dass die Leitung ins World Financial Center momentan leider aus *technischen* Gründen unterbrochen sei. Man würde aber sofort zurückgeben, sobald das Problem behoben sei. Dann wechselte das Bild und zeigte einen chinesischen Regierungssprecher. Ein japanischer Fernsehjournalist rasselte dazu einen Text herunter: »In einer ersten Stellungnahme erklärte die chinesische Regierung, alles in ihren Kräften Stehende zu tun, um die Geiseln zu befreien und die Krise zu beenden. Sie sprach den Angehörigen der Opfer des Terroranschlags ihr Mitgefühl aus. Über die genaue Zahl der Opfer sowie der Täter besteht noch Unklarheit. Was die Identität der Geiselnehmer betrifft, scheinen dagegen neue Erkenntnisse vorzuliegen. Es handelt sich offenbar um radikale Studenten der Shanghaier Fudan-Universität. Die japanische Regierung forderte in ihrer ersten Stellungnahme die Geiselnehmer ultimativ auf, die Gefangenen sofort freizulassen. Im Übrigen behalte man sich sämtliche Optionen und Handlungsmöglichkeiten vor.«

»Ich bin sehr gespannt auf die Handlungsmöglichkeiten *dieser* japanischen Regierung«, sagte Ishii in die Runde. »Ich fürchte, sie werden recht begrenzt sein.« Reihum antwortete man mit pflichtschuldigem Schmunzeln.

Wieder wechselte das Bild auf dem Schirm.

Shanghai, 4. Mai 2012. 16:22 Uhr

»Wirklich schade um dich, Kleine«, wiederholte der Terrorist mit dem schönen Gesicht und dem grausamen Lächeln und schüttelte bedauernd den Kopf. »Aber vielleicht will ja dein edler Ritter für dich einspringen. Wie war das nochmal mit der Opferbereitschaft?«

»Wir sind bereit zu sterben, um Gangstern wie Ihnen das Handwerk zu legen. Nicht weil wir uns blind opfern wollen«, ertönte eine trotzige Männerstimme vom vordersten Tisch.

»Ach seien Sie so gut und kommen einmal nach vorne zu mir, da lässt es sich besser unterhalten. Mit wem habe ich eigentlich die Ehre? Ich heiße John. John Huang.«

Einer von Suzukis Gehilfen brachte den Mann, dem man die Hände auf dem Rücken zusammengebunden hatte, zum Podium. »David Morgan«, sagte der Mann düster. »Amerikanischer Staatsbürger. Korrespondent des *Time*-Magazins.«

»Angenehm. – Na, da werden Sie ja schön was zu schreiben haben, wenn wir sie hier lebend rauslassen. Oder die bringen einen netten

Nachruf. Ich bin zuversichtlich, dass Sie auf alle Fälle in der nächsten Ausgabe vertreten sein werden.« Huang griente den Journalisten breit an. »Aber jetzt zur Sache, hier läuft schon gleich das nächste Ultimatum ab. Wie doch die Zeit vergeht ... Na, was halten Sie von meinem Vorschlag, für Ihre Freundin sozusagen in die Bresche zu springen?« Morgan musterte Huang mit einem Blick tiefster Verachtung. »Ich ... ich ...«, begann er. Huang blickte ungeduldig zurück. »Ja, was nun? Soll ich etwa auslosen?« Er wirkte verärgert. Sichtlich hatte er keine sonderliche Lust, eine hübsche Frau erschießen zu lassen, mit der sich auch noch allerlei anderes anstellen ließ. Dann rief er in den Saal. »Verflucht, Herr Moto, zum letzten Mal: Entweder Sie kommen jetzt raus oder ich erschieße sie beide. Zuerst den Journalisten.« Und zum blonden Japaner. »Komm, gib mal kurz das Ding her, Masuhiro.«

In diesem Moment entstand Bewegung im Saal. Rechts neben dem VIP-Tisch vor dem Podium stand ein Tischchen, auf dem ein großes Blumenbukett arrangiert war. Dessen bis zum Boden herabhängende schwarze Tischdecke begann sich nun zu bauschen, und ein dürres, aber drahtiges und offenbar sehr bewegliches altes Männchen in einer eher altmodischen blauen Kapitänsuniform kam darunter zum Vorschein. »Sie haben nach mir gerufen? Minato Moto mein Name. Was kann ich für Sie tun? Bitte entschuldigen Sie die kleine Verspätung. Ich hatte ... Na ja, ehrlich gesagt, ich hatte mich noch ein wenig *hingelegt*. Ich bin ein alter Mann, müssen Sie wissen.«

Dafür wird dieser dämliche Satori mit mehr als nur einem Fingerglied bezahlen, dachte John Huang befriedigt und wandte sich an Moto. Wenn er überrascht war, so ließ er sich seine Überraschung nicht anmerken. »Eine kluge Entscheidung, dass Sie sich endlich dazu durchgerungen haben, als Gastgeber auf Ihrer eigenen Party zu fungieren, Herr Moto«, sagte er süffisant. »Sie beide können sich erst einmal wieder hinsetzen.« Er wies auf Coco und Morgan. »Für die nun anstehenden Exekutionen haben sich schon andere bereitgemacht.« Die beiden wurden von Suzukis tätowierten Männern vom Podium herabgeführt. »Und auch Sie, Herr Moto, können einstweilig an unserem Ehrentisch Platz nehmen.« Huang lachte sein hässlich hämisches Lachen. »Sie sehen, direkt neben Ihrem ganz besonderen Gast, seiner Kaiserlichen Hoheit Exzellenz Prinz Taesu, dem womöglich nächsten Kaiser Japans, haben wir extra für den Gastgeber noch ein Plätzchen freigehalten.«

Suzuki trat auf Huang zu und flüsterte ihm etwas ins Ohr. Es war so weit. »Tja.« Huang rieb sich vergnügt die Hände – wie jemand, der sich auf einen großen Spaß freut. Dann blickte er noch einmal demonstrativ auf seine Uhr. »16 Uhr 29. Die achtzig Minuten sind gleich um. Wir warten noch auf die Antwort aus Tokio, aber man lässt sich dort offensichtlich noch ein wenig Zeit. Solange wollen wir hier schon mal ein wenig die Puppen tanzen lassen. *Wir* halten Wort.«

Okinawa, 4. Mai 2012. 17:29 Uhr (16:29 in Shanghai)
Im Lageraum von Camp Courtney herrschte hektische Betriebsamkeit. Der Beginn des Manövers »Pirate Style« war auf Befehl des Pentagons vorläufig um 48 Stunden verschoben worden. Dafür bereitete man sich auf einen etwaigen Ernstfall vor. Was hat das eigentlich mit uns zu tun, wenn die Gelben sich gegenseitig als Geiseln nehmen und umbringen wollen, dachte General William Shirer und knurrte den diensthabenden Offizier an, er möge doch das Fernsehen einschalten. Und zwar CNN. Bloß nicht das japanische Fernsehen mit seinen Mickymausmoderatorinnen.

Inzwischen war rund um den gigantischen Turm die internationale Journalistenmeute in Stellung gegangen. Noch waren die Lichtverhältnisse exzellent. Shirer blickte auf die Uhr: »In einer Minute läuft das Ultimatum ab«, sagte er, jedoch mehr zu sich selbst. Dann beugte er sich vor. »Seht mal, da tut sich tatsächlich was …«

»Sir!« – »Was gibt es denn so Wichtiges, McKenzie?«, blaffte der General seinen Adjutanten an. »Admiral Yamada würde Sie gerne sprechen, Sir. Sofort, Sir!« Der Captain stand stramm.

»Bitten Sie ihn herein!«, sagte Shirer und starrte dabei ununterbrochen auf das Fernsehbild. »Und bitte nicht immer so förmlich.«

»Ist bereits eingetreten, Sir … *Shit*«, sagte McKenzie, während er einen Blick auf den Fernseher warf, »das werden die doch nicht tun!« Etwas schemenhaft, aber deutlich genug, war nun zu erkennen, dass drei Personen nebeneinander an die zerborstene Panoramascheibe im 94. Stockwerk des Turms herantraten. Ohne überhaupt innezuhalten stießen die beiden Außenstehenden den völlig apathisch, ja wie betäubt wirkenden Menschen dazwischen aus ihrer Mitte heraus ins Freie. *»Oh my God!«*, stieß der CNN-Reporter entsetzt hervor. Es dauerte mehrere quälend lange Sekunden bis die stürzende Geisel aus dem Blickfeld der Kamera verschwand. Im Lageraum war es totenstill. Der mit einer stummen Verbeugung herangetretene Admiral Yamada ließ sich seine Gefühle mit keiner Miene anmerken.

»Ich glaube, Ihre gekidnappten Landsleute stecken in einem ziemlichen Schlamassel, Admiral«, sagte Shirer, »aber die Chinesen auch.

Diese Verbrecher meinen es tatsächlich ernst, wie wir soeben gesehen haben.« Er gab seinem Adjutanten einen Wink, dem Gast einen Stuhl anzubieten.

»Ich glaube nicht, dass meine Regierung auf die Forderung der Terroristen eingehen wird.«

»Kommen Sie, es geht nur um eine Entschuldigung. Nur ein paar Worte und wir brauchen Bilder wie eben nicht mehr zu sehen.«

»Eine Entschuldigung mit Folgen. Wenn die Regierung nachgibt, wird sie es bereuen. Davon bin ich felsenfest überzeugt. Darum wird es keine Entschuldigung geben. Höchstens ein paar beschwichtigende Floskeln.«

»Wer entscheidet das? Sie?« Shirer hob die Augenbrauen.

»Selbstverständlich nicht.« Yamada nahm auf dem eilig herbeigerollten Bürostuhl Platz. »Ich bin lediglich gekommen, um Sie im Namen meines Landes um Unterstützung in dieser Sache zu bitten.«

»Ich bin sicher, dass Sie mit jedweder Art von Unterstützung seitens Ihres Bündnispartners, der Vereinigten Staaten von Amerika, rechnen können.«

»Sie könnten uns die Navy Seals zur Verfügung stellen«, sagte der japanische Admiral, »für den Fall, dass ein Befreiungsversuch der Geiseln erwogen wird – oder wenn ein weiterer Angriff erfolgt.«

»Ein Angriff?« – »Nun ja, eine militärische Intervention der Volksrepublik wäre doch denkbar, wenn Japan mit Unterstützung der USA eine Spezialeinheit nach Shanghai entsenden würde.«

Shirer stutzte kurz über den Eifer, den Yamada an den Tag legte. »Verzeihen Sie, aber ich glaube, unsere Regierung betrachtet die ganze Affäre zurzeit noch als eine rein chinesische Angelegenheit. Und das Reich der Mitte ist nicht Afghanistan oder Pakistan. Und Ihr – wie heißt er? – Ihr John Huang ist nicht Osama bin Laden.«

»Aber Ihr Land und mein Land sind Bündnispartner!«, rief Yamada mit mahnender Stimme. Dann merkte er, dass der gesamte Lageraum die Arbeit eingestellt hatte und seiner Unterhaltung mit Shirer folgte. Yamadas Gesicht rötete sich. Der US-General lächelte. »Sie wissen genauso gut wie ich, dass *wir* den Beistandsvertrag in jedem Fall erfüllen werden. Doch Sie wissen sicherlich auch, dass einem solchen offiziellen Bündnisfall stets der kriegerische Akt eines anderen Landes gegen Japan vorausgehen muss. Die Frage kann deshalb nur lauten: Ist dieser zweifellos terroristische Anschlag ein kriegerischer Akt gegen Ihr Land oder ist er es *nicht*?«

»Immerhin befinden sich viele führende Unternehmer des Landes sowie ein Mitglied der kaiserlichen Familie unter den Geiseln. Sowie zwei wichtige Politiker: der japanische Botschafter und der Energieminister, bei dem es sich – nebenbei bemerkt – um meinen eigenen Bruder handelt.«

»Das tut mir ehrlich leid, Admiral Yamada«, erwiderte Shirer knapp. Tat es ihm leid? Was sind schon Geschwisterbande! Zu seinem eigenen Bruder hatte er keinen Kontakt mehr, seit der im Vietnamkrieg seine *draft card* verbrannt hatte und nach Haight-Ashbury in San Francisco gezogen war. Vermutlich war er längst an Aids oder einer Überdosis gestorben.

Yamada schien gemerkt zu haben, dass er die Unterredung zu forsch angegangen hatte. »General Shirer«, sagte er leise, »ich weiß natürlich, dass Sie und ich nicht diejenigen sein werden, die den weiteren Verlauf dieser Angelegenheit bestimmen. Es ging mir lediglich darum, mich zum Wohle meines Landes zu vergewissern, dass auch von Ihrer Seite aus Interesse daran besteht, im Falle eines Hilfeersuchens diese Hilfe zur Verfügung zu stellen.«

»Auf was wollen Sie eigentlich hinaus?«, fragte der US-General. Er sprach nun extrem leise, denn das, was er sagen wollte, war nicht für die Ohren seiner Männer bestimmt. »Für mich hört es sich ganz so an, als planten Sie bereits einen Präventivschlag.«

»Bitte?« Der japanische Admiral schien empört. »Entschuldigen Sie bitte, aber da haben Sie mich völlig missverstanden, General.«

»Vermutlich.«

»Wenn Sie mich dann bitte entschuldigen wollen?« Admiral Yamada verbeugte sich. Shirer erhob sich aus seinem Kommandosessel und erwiderte die knappe Verbeugung. »Haben Sie eigentlich schon etwas Neues vom Ihrem verschwundenen U-Boot gehört?« Yamada schüttelte hastig den Kopf. »Eine rätselhafte Affäre. Es gibt noch immer keinen Funkkontakt mit der Tancho.«

Osaka, 4. Mai 2012. 17:50 Uhr (16:50 in Shanghai)

»Sie werfen Menschen aus dem Fenster, Joe!« Jeremy stand auf dem Balkon seines Zimmers und telefonierte. »Und Cathy ist mittendrin in dieser Scheiße … Meine Verlobte! Während ich mir hier in Japan einen faulen Lenz mache.«

»Schon gut, Jeremy. Ich kann verstehen, was Sie fühlen, glauben Sie mir. Aber auch wenn Sie jetzt in Shanghai wären: Was, meinen Sie, könnten Sie für Ihre Freundin tun? Wie Spiderman an der Fassade hochklettern, sie huckepack nehmen und sich dann abseilen?«

»Ist mir schon klar. Nichts könnte ich tun.«

»Richtig. Gar nichts. Diese Spinner werden schon keine Frau aus dem Fenster werfen.« Oder doch? 15 Minuten nach der ersten war die zweite Geisel vom WFC heruntergestoßen worden. John Huang hatte seine Drohung wahrgemacht. Beide Mal waren die Bilder zu unscharf gewesen, um Details wie Geschlecht oder Gesundheitszustand erkennen zu können.

»Ich bin in etwa einer Stunde im Hilton und hole Sie ab. Und bis dahin bleiben Sie im Hotel, beruhigen sich ein wenig und machen keine Dummheiten. Sie stehen gerade auf dem Balkon, nicht? Gehen Sie lieber nach drinnen. Haben Sie noch immer einen Schatten – den schwarzen Mercedes?« Jeremy beugte sich vorsichtig über die Brüstung. »Ja, ich sehe ihn. Der Wagen steht jetzt allerdings knapp 50 Meter weiter. Mir fällt gerade noch etwas anderes auf: Es sind erstaunlich viele Menschen auf der Straße. Aber die sehen nicht danach aus, als ob sie einen warmen Frühlingsabend genießen wollten. Hören Sie, hier entsteht die reinste Völkerwanderung!«

»Verdammt, der Mob geht also schon auf die Straße. Ich sag Ihnen eins: Die Leute sind garantiert nicht in Feiertagsstimmung. Die haben alle ferngesehen ... Gehen Sie runter in die Hotelhalle. Ich werde versuchen, so schnell wie möglich bei Ihnen zu sein. Wenn Sie unten in der Halle sind, werfen Sie einen Blick auf den Concierge. Beobachten Sie, wie er auf Ihr Erscheinen reagiert. Aber schön unauffällig! Und auf keinen Fall das Hoteltelefon benutzen. Aber Sie haben ja sowieso Ihr Mobiltelefon. Bis gleich.«

Joe hatte aufgelegt. Nein, er würde Cathy nicht wieder über das Zimmertelefon anrufen. Er konnte sie ja sowieso nicht anrufen. Jeremy steckte sein iPhone ein und sah noch einmal auf die breite Hauptverkehrsstraße hinunter. Es waren vor allem junge Leute, die sich zusammenrotteten. So wie ein Jahr zuvor in Tunesien, Ägypten und der übrigen arabischen Welt. Plötzlich hörte er einen Schrei. Irgendwo splitterte Glas. Es hörte sich an wie eine zu Bruch gehende Schaufensterscheibe. Jeremy blickte in die Richtung, aus der der Lärm kam. Im nächsten Moment ertönte ein lauter Knall. Eine Stichflamme loderte auf. Ein Molotowcocktail, dachte Jeremy. Menschen grölten durcheinander, schrien und johlten, ballten die Fäuste. In ihr wütendes Lärmen mischten sich zahllose Autohupen. Die Menschenmenge wurde immer größer. Er begann zu begreifen, was da unten auf der Straße vor sich ging: Der mühsam unterdrückte Hass des japanischen Volkes auf die Chinesen war wieder offen ausgebrochen. Noch waren es nur mehrere Hundert Fanatiker, aber bald würden es Tausende sein. Zehntausende. Nicht nur in Osaka, sondern überall in den Großstädten der japanischen Inseln. Kam jetzt die Revolution?

Shanghai, 4. Mai 2012. 17:05 Uhr
Wenige Minuten nachdem die Geiselnehmer Punkt 17 Uhr chinesischer Zeit eine dritte Geisel aus dem zerborstenen Panoramafenster im 94. Stock des SWFC gestoßen hatten, war es so weit. Huang, die versammelte Prominenz am VIP-Tisch sowie alle dazu fähigen Geiseln im Raum blickten gebannt auf den großen Monitor, der an einer der Wände der Sky Arena angebracht war. Man sah dort einen Raum mit einem braunen Pult auf einem leicht erhöhten Podium vor einem gewellten blaugrauen Vorhang. Links hing die japanische Flagge. Der Raum war gefüllt mit Menschen, die auf etwas warteten. In diesem Moment erschien eiligen Schrittes von rechts ein dunkel gekleidetes Männchen mit gebauschten schwarzen Haaren und kurzen Koteletten, eine braune Mappe unterm Arm. Es verbeugte sich im Gehen rasch vor der Fahne, trat dann ans Pult, klappte die Mappe auf und begann eine in dürren Worten gehaltene Erklärung zu verlesen.

Japan, so beteuerte der Dunkelgekleidete, bedauere es, wenn in den Kriegen des vergangenen Jahrhunderts durch japanische Einwirkung chinesischen Bürgern ein vermeidbares Leid zugefügt worden sei. Ohne Zweifel seien in jenen finsteren Jahren unglückliche Dinge geschehen und von Einzelpersonen des japanischen Militärs Akte der Gewalt begangen worden. In Zukunft baue man aber auf die partnerschaftlichen Beziehungen beider Länder und wolle seinen Teil dazu beitragen, dass sich derlei nicht wiederhole. Damit war die knappe Ansprache des Regierungssprechers auch schon beendet.

John Huang und Masuhiro Suzuki steckten erneut tuschelnd die Köpfe zusammen. Suzuki schüttelte mehrfach den Kopf, aber sein Boss winkte ab. Dann trat nun seinerseits Huang ans Podium der Sky Arena, winkte den Fernsehleuten, ihre Kameras auf ihn zu richten, und begann: »Wir sehen, die japanische Regierung tut sich noch immer ein wenig schwer, die richtigen Worte zu finden. Als *Entschuldigung* war das doch etwas dürftig, nicht? Vielleicht sollten wir eine Präzisierung verlangen, verlesen nicht vom Regierungssprecher, sondern vom Premierminister – oder besser noch vom Kaiser persönlich? Ja, es wäre nur recht und billig, auf das alles und noch mehr zu bestehen. Doch wir sind großmütig und schlagen eine uns entgegengestreckte Hand nicht zurück. Wir nehmen also den guten Willen für die Tat und akzeptieren dieses Eingeständnis der verheerenden japanischen Kriegsschuld als hinreichende Erklärung der Verpflichtung für die Opfer. Wer sagt, dass er bedauert, gesteht damit ein, falsch gehandelt zu haben und die Konsequenzen tragen zu wollen. Wir nehmen dieses Geständnis an. Daher werden wir in Kürze sämtliche Geiseln freilassen.«

Erleichtertes Raunen im Saal. John Huang lächelte breit und strahlte dämonisch in die Kamera. Er war in seinem Element, und man sah ihm an, dass er gewillt war, seine Viertelstunde des Ruhms bis zur Neige auszukosten. Vorher müsse er freilich noch eine klitzekleine Einschränkung machen, fuhr er fort, »auch wenn sie sich im Grunde von selbst versteht«. Anerkenntnis von Schuld schließe auch Bereitschaft zur Sühne mit ein. Er sei sich sicher, im Namen der japanischen Regierung *und* des japanischen Volkes zu sprechen, wenn er die Selbstverständlichkeit einer natürlich rein symbolischen Widergutmachungszahlung von lächerlichen 10000 Yen pro Kriegsopfer betone. Die japanische Regierung möge also bitte bis zehn Uhr morgen früh die Summe von 200 Milliarden Yen an ein bestimmtes Konto überweisen, dann sei die Sache endgültig erledigt. Natürlich verstehe es sich von selbst, dass es sich dabei nur um eine reine Formsache handele, aber er bitte um Verständnis, dass er den heutigen Empfang dennoch solange fortsetzen und die Gäste im SWFC weiter betreuen werde, bis die Summe gezahlt sei. »Vielen Dank.«

Im Saal herrschte Totenstille. Nur hier und dort fingen ein paar Frauen und Männer leise zu weinen an. Einer aus Suzukis tätowierter Garde wandte sich an Huang und fragte: »Sollen wir jetzt die nächste Leiche zum Fenster hinauswerfen? Wir haben nicht mehr allzu viele. Nur noch zwei, und die sind beide nicht besonders vollständig.«

Huang winkte ab. »Nein, lass mal gut sein.«

Osaka, 4. Mai 2012. 18:10 Uhr (17:10 in Shanghai)

Jeremy war gerade dabei gewesen, sich für den Abend und das Treffen in der Sushibar fertig zu machen, als ihn die Ansprache des japanischen Regierungssprechers im Fernsehen ablenkte. Er hatte sie zunächst interessiert, dann enttäuscht verfolgt. Wieder einmal die oft gehörten altbekannten Töne. Ob es um die Hunderttausende von brutal versklavten »Trostfrauen« aus Korea, China, Indonesien, den Niederlanden und anderen Ländern ging, ob um die Massaker von Nanking oder um die Gräueltaten von Pingfang, stets wiederholte sich das gleiche Muster: so lange irgend möglich Geheimhaltung und Ableugnung, dann, öffentlich an den Pranger gestellt und zu einer Entschuldigung aufgefordert, nichts als Ausflüchte, laue Eingeständnisse, dürre Worte des Bedauerns, aber nie die wahre Übernahme der Verantwortung, Sühne, der Versuch einer Wiedergutmachung der Schuld. 1997 hatte Iris Chang für einen Eklat gesorgt, als sie vor laufenden Fernsehkameras vom japanischen Botschafter in den USA eine klare Entschuldigung verlangte und genau diese gewundenen, vagen, unverbindlichen Formulierungen harsch kritisierte, mit denen sich die japanischen Regierungsvertreter damals wie heute aus der Affäre ziehen. So undurchsichtig, brutal und verurteilenswert Jeremy die merkwürdige Aktion dieser radikalen Studenten und Terroristen in Shanghai auch schien – hatten sie mit ihrer Grundforderung nicht eigentlich ganz recht? Gut, über die genannte Zahl von 20 Millionen Opfern japanischer Gewalt konnte man sicher streiten; schließlich umfasste sie auch die über drei Millionen gefallenen Soldaten, deren Tod nun mal der selbstverständliche Preis jedes Krieges ist. Aber hatten die unzähligen zivilen Opfer, die so bestialische Leiden hatten erdulden müssen, nicht wenigstens eine ehrliche Entschuldigung verdient?

Fast 50 Jahre – bis 1993 – hatte es beispielsweise gedauert, bis sich die japanische Regierung in sorgfältig gewählten Worten bei den überlebenden »Trostfrauen« für das im Namen Japans von ihnen erduldete Leid entschuldigte, ohne aber jede rechtliche Verantwortlichkeit dafür zu übernehmen, dass diese Frauen oft über Jahre hinweg Tag und Nacht von japanischen Soldaten vergewaltigt und geschlagen worden waren. Und überhaupt nur etwa jede Vierte überlebte die Tortur: krank, traumatisiert, zeitlebens aus unheilbaren psychischen Wunden blutend und meist unfähig, Mutter zu werden. Zwar wurde 1995 immerhin ein inoffizieller japanischer Fonds zur »medizinischen Unterstützung« der Frauen gegründet, in den vornehmlich private Spendengelder flossen, es wurde aber stets ausdrücklich betont, dass es sich dabei nicht um Entschädigungen, sondern eher um eine Art gönnerhafte Kulanzleistung handelte. Viele Frauen weigerten sich daher, Zahlungen aus diesem Fonds zu beantragen. 2007 machte der japanische Premier sogar einen großen Schritt zurück, indem er plötzlich behauptete, es gebe gar keine Beweise für eine Zwangsprostition, und dafür sorgte, dass entsprechende Passagen aus den Lehrbüchern für Geschichte verschwanden. Im gleichen Jahr bestätigte das höchste japanische Gericht in einem sämtliche Sammelklagen abschmetternden Urteil endgültig, dass es keine staatliche Entschädigung für die überlebenden Trostfrauen geben würde, und berief sich dabei auf das Kommuniqué der Regierungen Japans und Chinas vom 29. September

1972, das alle derartigen Reparationsansprüche ausschließe. Proteste, unter anderem auch des Europäischen Parlaments in Straßburg, verhallten wieder einmal wirkungslos.

Nicht viel anders verhielt es sich auch mit den Verbrechen der Einheit 731, die von vielen nationalistischen Historikern und Politikern bis heute geleugnet werden. Umgekehrt gibt es auf einem Friedhof in Tokio sogar ein großes Denkmal für diese Einheit. Auch die Opfer der von den Teufelsärzten in den Laboren von Pingfang und Nanking entwickelten Biowaffen klagten: Angeführt von einer mutigen Frau aus Shanghai namens Wang Xuan reichten 180 betroffene Chinesen 1997 eine Klage beim Tokioter Distriktgericht ein, die von der japanischen Regierung eine Entschuldigung und Entschädigungszahlungen forderte. Der Prozess zog sich über Jahre hin und endete immerhin mit einem Teilerfolg: In seinem Urteil vom August 2002 bestätigte das Gericht erstmals, dass die Einheit 731 tatsächlich »im Auftrag des Führungsstabes der Kaiserlichen Armee bakteriologische Waffen eingesetzt« habe. Die Aussage des reuegeplagten ehemaligen Soldaten Yoshio Shinozuka, der im Laborkomplex von Pingfang an Vivisektionen beteiligt war, hatte maßgeblich zur Wahrheitsfindung beitragen können. Das aufsehenerregende Tokioter Urteil wurde im Juli 2005 in zweiter Instanz bestätigt – fast 70 Jahre nach den Verbrechen. Eine Entschädigung der Opfer und ihrer Hinterbliebenen wurde jedoch abermals mit dem Verweis auf bestehende internationale Friedensverträge und jene Chinesisch-Japanische Erklärung von 1972 abgelehnt, die auch den Trostfrauen und den Opfern der Massaker von Nanking jegliche Rekompensation verweigert.

War es also nicht berechtigt, zumindest eine Entschuldigung zu verlangen? Gerade eben auch weil 731-Chef Shiro Ishii und alle prominenten Vertreter des japanischen Biowaffen- und Menschenversuchsprogramms den Kopf völlig straffrei aus der Schlinge hatten ziehen dürfen? Gut, Jeremy wusste, dass die hierfür letztlich Verantwortlichen keine Japaner gewesen waren. Dass sie Douglas McArthur und Harry S. Truman hießen. Warum hatte eigentlich noch nie jemand von den USA eine Entschuldigung verlangt?

Wie hatte es 1993 Yohei Kono, der damalige Kabinettssekretär der japanischen Regierung, in seiner Entschuldigung an die Adresse der Trostfrauen formuliert? »Es ist unsere feste Entschlossenheit, die alten Fehler niemals zu wiederholen und durch das Studium und die Lehre der Geschichte diese Thematik in das Gedächtnis unseres Volkes einzubrennen.« So oder so ähnlich der Wortlaut. Jeremy wusste, dass den hehren Worten nur bedingt Taten gefolgt waren. Die Akten zu Pingfang hielt die japanische Regierung noch immer unter Verschluss. Und die Trostfrauen waren wieder aus den Geschichtsbüchern verschwunden. Dennoch – ein zaghafter Anfang war gemacht. War es denn gesagt, dass man aus der Geschichte nicht lernen kann, dass sie sich unerbittlich wiederholen muss? In Deutschland hatte es doch auch einigermaßen geklappt mit der Entnazifierung. Und natürlich gibt es auch das andere Japan, das zukunftsgerichtete, offene, auf Versöhnung sinnende.

Bereits als die Japaner in den frühen vierziger Jahren begannen, großflächig Biowaffen in China einzusetzen, hatte ein hoher Militär eindringlich davor gewarnt, auf diese Weise eine »hundertjährige Wunde in die chinesisch-japanische Geschichte« zu reißen.

Noch heute gibt es, gar nicht weit weg von Shanghai, in der »Region der verfaulten Beine« der Provinz Zhejiang alte Menschen, die seit 70 Jahren mit offenen, schwärenden Wunden leben, die von den bakteriologischen Attacken des Zweiten Weltkriegs herrühren und sich einfach nicht schließen wollen.

Tokio, 4. Mai 2012. 18:36 Uhr (17:36 in Shanghai)
Der Premierminister hatte wie üblich einen roten Kopf. Es war allgemein bekannt, dass er an Bluthochdruck litt. Um den großen Konferenztisch in der Kantei, dem Amtssitz des Premiers, hatte sich sein »Küchenkabinett« versammelt – nur Energieminister Yamada war aus bekannten Gründen verhindert. An der Stirnwand saßen, wie Marionetten aufgereiht, Hata Nakajima, Kesago Shunroku und Hideki Okamura, drei der höchsten Militärs des Landes. Ein vierter fehlte – Admiral Yamada, der Bruder des Energieministers. Ihn vertrat Yasuji Ishikawa, der General für ganz spezielle Fälle. Der Premierminister räusperte sich. »Wie Sie alle wissen, haben die Geiselnehmer soeben ihre neuen Forderungen verkündigt. Wir können uns vor der Weltöffentlichkeit keinesfalls so vorführen lassen. Ein neuerliches Entgegenkommen würde zweifellos für große Unruhe in unserem Land sorgen und den Eindruck erwecken, wir seien erpressbar. Schon jetzt wurde vielfach Kritik an unserem angeblich zu nachsichtigem Vorgehen laut, wie Sie wissen – verschiedentlich auch aus unserem Kreis.« Mit einem erneuten Räuspern blickte er in die Runde, wobei sein Blick an Verteidigungsminister Chiba Mamoru etwas länger haften blieb. »Deshalb hätte ich mit Ihnen jetzt gern die Erfolgsaussichten einer gewaltsamen Befreiung diskutiert. Ich habe eben mit dem chinesischen Premier-

minister telefoniert. Ihm scheint die ganze Angelegenheit auch sehr peinlich zu sein, doch ich weiß nicht, ob wir ihm trauen können. Auf eine offizielle Erlaubnis für ein Eingreifen unserer Selbstverteidigungsstreitkräfte in das Konfliktgeschehen können wir natürlich nicht hoffen.«

Innenminister Masao Hashimoto, der wichtigste – und mehr oder weniger einzige – Vertreter des liberalen Flügels der Regierungspartei im Kabinett, hob mahnend die rechte Hand. »Sollten wir einen solchen Einsatz nicht lieber den Chinesen überlassen, Herr Premierminister?«, fragte er vorsichtig dazwischen. »Ich weiß zwar, dass es sich schrecklich anhört, aber es steht weitaus mehr auf dem Spiel als das Leben von Geiseln. Ich möchte nur an den mühsam eingeleiteten Entspannungsprozess erinnern.«

Der Premier, der immer stärker den Druck vonseiten der wachsenden nationalistischen Strömungen im Land und in seinem Kabinett spürte und sich daher als harter Durchgreifer präsentieren wollte, funkelte ihn an. »Ist das tatsächlich Ihre Meinung, Hashimoto? Soll ich Ihnen vielleicht aufzählen, wen die Terroristen zurzeit alles in ihrer Gewalt haben?«

Verteidigungsminister Chiba Mamoru, der als die führende Figur der Hardliner galt, mischte sich ein. Er sprach Hashimoto direkt an: »Nach den antijapanischen Unruhen im Jahre 2005 war es doch ein offenes Geheimnis, verehrter Herr Kollege, dass die chinesische Regierung die zentralen Studentenkundgebungen in Peking, Shanghai und Hongkong massiv unterstützt, wenn nicht sogar inszeniert hat.«

Ein beifälliges Raunen zeigte ihm an, dass er die Stimmung im Konferenzraum richtig eingeschätzt hatte.

»Danke, Herr Hashimoto, für *Ihre* Einschätzung der Lage«, meinte der Premierminister und warf einen Blick auf Yasuji Ishikawa, den Kommandeur der japanischen Spezialeinheiten, die es offiziell freilich nicht einmal auf dem Papier gab. Weil diese Truppe gar nicht existieren *durfte*. »General Ishikawa hat von seinen Experten bereits ein entsprechendes Szenario entwickeln lassen. Wären Sie vielleicht so freundlich, General, und stellen uns diesen Plan einmal vor?«

Ishikawa erhob sich, und das Licht im fensterlosen Raum wurde heruntergedimmt. Aus der Decke klappte ein Hochleistungsbeamer. Gleichzeitig wurde eine Leinwand herabgelassen. Langsam wurden die Umrisse einer Karte sichtbar. Der Ausschnitt zeigte die chinesische Ostküste mit Taiwan sowie die nördlich davon anschließenden kleineren japanischen Inselgruppen bis hinauf zur großen Südinsel Kyushu.

»Eine Befreiung der Geiseln aus einem knapp 500 Meter hohen Gefängnis ist, wie Sie sich vielleicht vorstellen können, nur aus der Luft möglich. Das Dach des Shanghai World Financial Centers unterhalb der Trapezöffnung ist groß genug, um darauf aus vier Helikoptern gleichzeitig jeweils acht Elitesoldaten abzusetzen. Doch wie können wir unbemerkt in den chinesischen Luftraum eindringen? Hierzu haben wir eine Computersimulation entwickelt, die uns diese Frage mit einer 87-prozentigen Genauigkeit beantwortet.«

Shanghai, 4. Mai 2012. 17:40 Uhr
John Huang war zufrieden. Im Großen und Ganzen verlief alles nach Plan. Die dürftige Erklärung der japanischen Regierung hatte immerhin ausgereicht, mit »Stufe 2« beginnen zu können. In den Stunden, die die Regierung nun damit rang, wie sie reagieren sollte und ob sie den Entführern noch weiter entgegenkommen konnte, war sie abgelenkt und *die Ereignisse* konnten ihren Lauf nehmen. Damit, dass die Regierung auf seine Forderungen einging, rechnete Huang nicht. Natürlich nicht. Sollte sie tatsächlich Kompromissbereitschaft zeigen, würde ihm schon rechtzeitig eine neue überzogene Forderung einfallen.

Jetzt konnte der gemütlichere Teil des Abends beginnen. Erneut trat John Huang ans Mikrofon. »Meine sehr verehrten Gäste!«, rief er und breitete gewinnend die Hände aus, »ich möchte mich aus tiefstem Herzen bei Ihnen für die Unannehmlichkeiten der vergangenen Stunden entschuldigen. Wenn Sie sich klug und kooperativ verhalten, werden Sie bald alle wieder nach Hause gehen können. Wir warten nur noch auf ein kleines Zeichen des Einlenkens der japanischen Regierung. Solange können Sie gerne essen und trinken – das Büfett steht Ihnen zur Verfügung – sowie die *Restrooms* aufsuchen, um sich frischzumachen. Beachten Sie dabei jedoch zu Ihrer eigenen Sicherheit peinlich genau die Anweisungen unseres Personals, das Ihnen stets hilfreich zur Seite stehen wird. Die Verletzten werden gegenwärtig von unseren Ärzten versorgt. Wir sind keine Unmenschen und vielmehr sehr um Ihr Wohlergehen besorgt. Selbstverständlich gehen wir davon aus, dass Sie keinerlei Fluchtversuche unternehmen werden – die ohnehin zwecklos sind – und überhaupt alles unterlassen werden, was Ihre eigene Sicherheit gefährden könnte. Sonst ...« Er griff in die Tasche, holte einen kleinen Sender hervor und zeigte ihn herum. »Bumm!«, meinte er dann unvermittelt. Es freute ihn, dass einige im Saal zusammenzuckten. Noch wagte es keine der Geiseln, sich zu erheben und das großzügige Angebot des Terroristen anzunehmen.

»So, jetzt will ich mich einmal in Ruhe unserer illustren Runde widmen. Sind wir alle versammelt? Minato Moto, Prinz Taesu, Energieminister Yamada und der japanische Botschafter Daisuke Harada – perfekt. Und dann noch unserer Held von der Presse, David Morgan, und seine bezaubernde Bekannte Coco Kingston. Aber wo ist mein Kollege Yoshi Satori? Satori kommen Sie doch bitte nach vorn und komplettieren die Runde. Und bringen Sie Misses Wong mit!«

Osaka, 4. Mai 2012. 18:50 Uhr (17:50 in Shanghai)
Jeremy verstaute seine Papiere und Bücher in dem kleinen Safe, der sich im Kleiderschrank befand. Die Pferdeledertasche mit dem iPad würde er sicherheitshalber mitnehmen. Insgeheim rechnete er damit, dass man sein Zimmer während seiner Abwesenheit durchsuchen würde. Doch viel Neues würden die Hintermänner aus seinem ausgedruckten Recherchematerial vermutlich auch nicht erfahren. Im Unterschied zur Gegenseite spielte er mit offenen Karten. Was auch immer die Japan Inc. mit der Geiselnahme im SWFC zu tun haben mochte – wenn er jetzt an Cathy in ihrer Todesangst dachte, fühlte er sich mehr denn je verpflichtet, ein persönliches Wagnis einzugehen und der Japan Inc. die Stirn zu bieten. So gut und so lange er konnte. Er warf einen letzten Blick über sein Hotelzimmer, das so anonym und steril wirkte wie alle Hotelzimmer dieser Welt, dann schloss er ab und machte sich auf den Weg nach unten.

Während er in der überfüllten Hotelhalle des Hilton mit wachsender Ungeduld auf Joe wartete, hatte er noch etwas Zeit, um nachzudenken. Und ein wenig nach dem Concierge zu sehen. Kaum war Jeremy in der Lobby aufgetaucht, da hatte der livrierte Lackaffe schon zum Telefon gegriffen. Gut, das kommt vor bei einem Concierge. Aber Jeremy fühlte sich trotzdem beobachtet. Vermutlich hatte Joe recht mit seinem Verdacht.

Vor den Flachbildschirmen in der Lobby sowie in der angrenzenden Bar hatten sich Menschentrauben gebildet und bald klebte auch Jeremys Blick gebannt an der Mattscheibe. Alle Programme kannten nur ein Thema: den spektakulären Anschlag in Shanghai. Das WFC war hermetisch abgeriegelt. Sondereinsatzkräfte standen bereit, das Gebäude zu stürmen. Uneinigkeit herrschte nach wie vor über die Identität der Terroristen: Der Verdacht, es handele sich ausschließlich um »ideologisch fehlgeleitete« Studenten der Fudan-Universität, hielt sich zwar hartnäckig. Doch der mutmaßliche Kopf der Attentäter, ein gewisser John Huang, sei auf dieser Hochschule gar nicht immatrikuliert, hieß es. Gab es also doch Hintermänner und Drahtzieher aus ganz anderen Kreisen, etwa denen des internationalen Topterrorismus? Allerdings schien Huang, dieser durchgeknallte Prophet mit dem grausam-schönen Gesicht und den stechenden Mandelaugen, auch in der nationalen wie internationalen terroristischen Szene bislang ein vollkommen unbeschriebenes Blatt zu sein.

Woher, fragte sich Jeremy, kommt nur diese bemerkenswerte Gewissheit, dass es sich bei den Attentätern um chinesische Studenten handelt? Und warum torpedieren die Attentäter ausgerechnet die japanisch-chinesischen Bemühungen, die von der internationalen Staatengemeinschaft geforderte Annäherung beider Länder voranzutreiben? Jeremy wusste, dass lange Zeit auch die chinesische Regierung nicht gerade darauf gedrungen hatte, die japanischen Kriegsverbrechen an die große Glocke zu hängen. Schließlich war man selbst im Krieg auch nicht gerade zimperlich gewesen, und wie immer waren billige Kredite und blühende Wirtschaftsbeziehungen natürlich wichtiger als die Rechte einzelner Menschen. Zudem war es wiederholt geschehen, dass antijapanische Kundgebungen unvermittelt in regierungsfeindliche Demonstrationen umgeschlagen waren. Mit dem Niedergang Japans und dem Aufstieg Chinas war man inzwischen zwar viel selbstbewusster geworden, dennoch konnte der Zentralregierung in Peking die antijapanische Protestaktion mitten in der soeben eröffneten New Energy Conference sicher nicht entgegenkommen.

Von draußen drang tosender Lärm herein. Wenn er den Fernsehnachrichten Glauben schenken durfte, begann gerade in allen japanischen Großstädten eine ähnliche Hetzjagd. Überall rotteten sich Menschen zusammen, viele angetrunken, und fingen an, Jagd auf Chinesen zu machen. Er vermutete, dass sich die Ordnungskräfte zurückhalten und aus sicherer Entfernung beobachten würden, wie der Mob chinesische Geschäfte und Lokale plündernd in Trümmer legte. Es war zu befürchten, dass sich der Zorn des Pöbels über kurz oder lang auch an Menschen anderer ausländischer Nationen entladen könnte. Vor allem an den Amerikanern, deren fortdauernde Militärpräsenz von der großen Mehrheit der Japaner abgelehnt wurde.

Joe Murata erschien kurz nach sieben. Er trug dieselben abgerissenen Klamotten wie am Mittag, den braunen Ledertrenchcoat mit den gebauschten Taschen. »Sorry, aber in den Straßen ist die Hölle los. Das ganze Land rüstet sich anscheinend zu einer Gegendemonstration. Oder Schlimmerem.«

»Damit sinkt wohl auch die Chance, unseren Informanten zu treffen«, gab Jeremy zurück.

»Nein, das glaube ich nicht. Und na wenn schon: Sie müssen was essen, und die Bar, in die wir jetzt gehen werden, ist zwar ungemütlich, aber die Sushi sind hervorragend und die Gäste werden Ihnen auch gefallen. Gibt es was Neues von Ihrer Freundin?« Jeremy musste schlucken. »Ich bin mir nicht sicher, ob sie noch am Leben ist.« Joe Murata kratzte sich am Ohr. »Es tut mir leid. Und da plappere ich von Sushi … Das wäre dann schon die zweite Ihrer Freundinnen, von der wir nicht wissen, ob sie noch am Leben ist. Wann haben Sie Yukiko zum letzten Mal gesehen?« Jeremy war nicht sonderlich überrascht über diese Frage. »Vor 13 Jahren, vier Monaten und fünf Tagen«, antwortete er. »Bei den Stunden müsste ich jetzt nachrechnen. Zwei oder drei vielleicht. Lange Zeit habe ich noch jede Nacht von ihr geträumt. Ich träume noch heute manchmal von ihr. Dabei hatte ich doch längst damit abgeschlossen. Ich war *geheilt*, verstehen Sie?«

Joe nickte. »So nach dem Motto: *I forgot to remember to forget her.*« Es half ihm stets, Probleme mittels Elvis-Songs kategorisieren zu können. »Und dennoch haben Sie sie damals im Stich gelassen.«

»*Sie* hat mich verlassen. War von einem auf den andern Tag verschwunden.«

»Okay.« Joe nickte. *»I'm left, you're right, she's gone …«*

»Aber, nun ja, Sie haben schon recht, ich fühl mich irgendwie schuldig und das Ganze lässt mich nicht los. Als *hätte* ich sie im Stich gelassen. Und deshalb diese Träume. Meistens sind es Alpträume, in denen ich nach ihr suche, mal in ihrem alten Haus, mal in Parks, mal in irgendwelchen unterirdischen Gemäuern, und versuche, sie aus irgendeiner Bedrohung zu retten. Aber egal, was ich tue: Ich stürze sie mit jedem Schritt nur in immer größere Gefahren.« Und jetzt habe ich Cathy ganz genauso im Stich gelassen, dachte Jeremy. Anscheinend wiederholt sich doch alles. Joe Murata hatte zweifellos ein Talent, den Finger in schwärende Wunden zu legen. »Wann haben *Sie* Yukiko denn zum letzten Mal gesehen?«

»Vor ein paar Wochen«, sagte Joe. »Es ging ihr nicht gut. Ich glaube, Sie haben keine Ahnung, wie sehr meine Schwester unter der herrschenden Tradition gelitten hat. Und ich auch. Aber lassen Sie uns das Gespräch im Wagen fortsetzen.« Murata fiel es sichtlich schwer, die Fassung zu bewahren. »Natürlich, *Joe*«, sagte Jeremy leise und legte ihm die Hand auf die Schultern. »Lass uns abhauen. Geht's wieder bei dir?«

»Du, wird schon«, antwortete Joe und brachte ein trauriges Lächeln zustande, »danke, Jeremy.«

Zehn Minuten und vier Elvis-Songs später stellten die beiden Männer fest, dass es wenig Sinn hatte, mit dem Auto weiterzufahren. *And he learns how to steal and he learns how to fight – in the ghetto.* Auf den Hauptverkehrsstraßen Osakas herrschte das nackte Chaos, und Joe war froh, dass er bloß einen scheddrigen Corolla fuhr, der buchstäblich vom Rost zusammengehalten wurde. Mit diesem Auto konnte man den Pöbel wenigstens nicht provozieren. *And his mama cries, as the crowd gathers round an angry young man face down in the street, with a gun in his hand – in the ghetto.* Der schwarze Mercedes dagegen, der ihnen beinahe aufreizend auffällig folgte, hatte schon mehrere Fußtritte, Knüppelhiebe und Steine abgekriegt. »Scheiße«, sagte Joe Murata, »sieh dir bloß unsere Polizei an. Schaut seelenruhig zu, während die Penner alles, was nach China oder Wohlstand riecht, zerlegen. Nur bei unseren Verfolgern sind sie leider nicht gründlich genug.«

»Aber wenn wir jetzt zu Fuß weitergehn oder mit der U-Bahn fahren, könnten wir ebenfalls ein Problem bekommen: mich!«

»Dann sind wir schon zwei Probleme: Als halber Amerikaner mit markant langer Nase tauge auch ich zur Reizfigur. Trotzdem. Wir sollten den Wagen loswerden. Allein schon wegen der Idioten hinter uns.« Joe gab auf einmal wild hupend Gas und lenkte den Corolla ohne Rücksicht auf Verluste in die nächste Seitenstraße. Jeremy drehte sich um. »Ich glaube, sie sind immer noch hinter uns.« Der Mercedes holte rasch auf. »Nicht mehr lange!« Joe drückte das Gaspedal entschlossen bis zum Anschlag. Der Motor jaulte auf, das Getriebe knirschte. Der Corolla schaukelte gefährlich hin und her. Dafür, dass Joe nun wirklich kein begnadeter Autofahrer ist, fährt er verdammt riskant, befand Jeremy. *That's all right*, sang Elvis. Joe hatte Mühe, den Wagen in der Spur zu halten. Er bog noch mehrere Male unvermittelt ab, lenkte den Corolla dann in eine zufällig auftauchende Parklücke und schaltete Licht und Kassettenradio aus. »Raus aus dem Wagen«, sagte er, »nichts wie weg!«

Shanghai, 4. Mai 2012. 17:55 Uhr

Yoshi Satori war zusammengezuckt, als ihn John Huang über Lautsprecher aufgefordert hatte, nach vorne zum VIP-Tisch zu kommen. »Und bringen Sie Misses Wong mit!« Er wäre jetzt lieber im Erdboden verschwunden. Oder zumindest wie Minato Moto unter einen Tisch gekrochen. Satori wusste, dass sein Leben so gut wie verwirkt war.

Jedenfalls wenn es nach seinen Feinden ging. Und im Grunde hatte er niemand anderen mehr als Feinde. Er wusste auch, wer an alledem schuld war: der Haifisch, John Huang. Er oder ich. Warum hasst er mich so? Vielleicht hat er einfach Blut geleckt. Haifische wittern auf Kilometer, wenn irgendwo Blut fließt. Satori hatte ein Fingerglied verloren. Jetzt wollte Huang mehr. Gibt man dem Teufel den kleinen Finger, nimmt er die ganze Hand. Das ganze Leben.

Er, Satori, war im Vorfeld der Aktion von der Zentrale mit der ehrenwerten Aufgabe betraut worden, Minato Moto nicht aus den Augen zu lassen. Kein Haar durfte dem Baulöwen gekrümmt werden; keinesfalls aber durfte er auch entwischen – etwa durch etwaige Geheimgänge seines Hauses, die nur dem Erbauer vertraut waren. Satori hatte die Aufgabe angenommen. Natürlich. Was wäre ihm anderes übriggeblieben? Da hatte es ihm auch nicht gefallen, als Huang ihn, wo doch gerade die entscheidende Rede des Energieministers beginnen sollte, beiseitenahm und bat, »die bezaubernde Misses Wong« in Empfang zu nehmen – »ihr kennt euch ja bereits«. Satori hatte darauf bestanden, bei Moto die Stellung zu halten, aber Huang blieb hart – und er war der Führer. Für Moto sei gesorgt, und in zwei Minuten sei Satori ohnehin wieder da. Also war Satori zu den Fahrstühlen hinübergegangen und hatte gesehen, dass Frau Wong gerade am Einlass aufgehalten wurde: ausgerechnet von jenem Securitymann, der nicht zum *Team* gehörte. Direkt vorm Fahrstuhl – also höchste Lebensgefahr. Er hatte kurz den Zeigefinger erhoben – das vereinbarte Zeichen, zu warten – und war ihr entgegengeeilt. Einen Moment später war der Saal voller Rauch. Satori hatte gewaltiges Glück gehabt, sich nicht weiter verletzt zu haben. Seitdem grübelte er: Hatte Huang seine Geste missinterpretiert und einen erhobenen *Daumen* gesehen? Das Zeichen, loszulegen? Oder hatte er ihn, Satori, einfach gleich schon mal mit in die Luft jagen wollen? Sicherlich hätte Huang das gerne getan, doch war das Risiko groß, gleichzeitig auch Cathy Wong in die Luft zu jagen, und das hätte wiederum *Huang* bei der Zentrale in die Bredouille gebracht. Satori war sich unschlüssig: Fehler oder Absicht? Huangs Neigung zu plötzlichen irrationalen Aktionen, wenn ihm just der Sinn danach stand, war ihm genauso bekannt wie seine ansonsten ultralogische Durchtriebenheit. Er wusste nur, dass er, Satori, wie auch immer, in eine Falle gelaufen war. In die Falle des Haifischs. Das Verschwinden Motos würde nun allein ihm angelastet werden. Dass der alte Fuchs sich einfach nur mitten im Saal unter einem Tisch versteckt hatte und seinen offiziellen Bewacher Satori dadurch der Lächerlichkeit preisgegeben hatte, machte alles nur schlimmer. Satori traute Huang zu, sogar in jedem Moment über Motos Aufenthaltsort Bescheid gewusst und alles nur inszeniert zu haben, um Satori zu demütigen. Huang hasste Satori. Satori hasste Huang.

»Kommen Sie, Misses Wong. Der Führer will Sie sprechen.«

An seiner Position hinter der Bar war Chen zusammengezuckt, als John Huang den Namen »Misses Wong«nannte. Er hatte Satori mit den Augen gesucht, ihn dann mit dem Blick verfolgt und inständig, aber, wie sich jetzt herausstellte, vergeblich gehofft, von den vielen Misses Wongs dieser Welt möge nicht gerade seine eigene Cousine gemeint sein. Chen hatte die Ereignisse der vergangenen Stunden meist aus sicherer Distanz und äußerlich untätig von der Bar her mitverfolgt. Schließlich war er dem Barpersonal zugeordnet und hatte zunächst nur die Aufgabe, das Geschehen im Saal zu beobachten und sich für den Bedarfsfall bereitzuhalten. In ihm aber arbeitete es mächtig. Das hier war definitiv nicht mehr seine Aktion. Er hatte mitangesehen, wie John ausgerechnet Cathys Freundin beinahe erschossen hatte, und er hasste ihn dafür. Fast so sehr, wie er Michelle hasste. Und jetzt kam auch noch Cathy ins Spiel. Warum?

Aber was sollte er nun tun? Sollte er der letztlich ja doch *guten* Sache dennoch weiter die Treue halten? Opfer eben unvermeidlich, Augen zu und durch? Sollte er versuchen zu fliehen? Oder sollte er John und Michelle die Stirn bieten, ihnen ihr übles Handwerk legen und die Geiseln befreien? Dann wäre er ein Held. Und in ein paar Stunden weltberühmt – länger als eine Viertelstunde. Vielleicht wäre er aber auch tot. Sehr wahrscheinlich wäre er das. Nein, Chen wusste, dass er gegen Leute wie Satori, diesen Suzuki mit seinen tätowierten Yakuza und erst recht John keine Chance hatte. Nicht allein jedenfalls. Was sollte er tun? Abwarten. Und jetzt erst einmal ganz schnell abtauchen!

Die beiden Barkeeper, die ebenfalls zu Suzukis Truppe gehörten, wunderten sich ein wenig, als ihr dicklicher Gehilfe plötzlich hinter der Bar verschwand und so tat, als müsse er sich die Schuhe neu binden. Sie schenkten dem aber keine große Beachtung. Gebannt blickten sie vielmehr der hübschen jungen Chinesin mit den hohen Stöckelabsätzen nach, die, von Yoshi Satori geführt, mit erstarrter Miene an ihnen vorbei nach vorn zum Führer schritt.

Cathy hatte keinen Blick für den feisten kahlköpfigen Chinesen im Kellnerdress. Sein plötzliches Verschwinden registrierte sie genauso wenig wie zuvor seine Anwesenheit. Sie hatte während der letzten beiden Stunden sprachlos und wie gelähmt dagesessen. Sie hatte mitansehen müssen, wie man ihre beste Freundin von ihr weggerissen, nach vorn gezerrt, gefesselt und geknebelt hatte. Und dann sollte sie erschossen werden. Sie wollte aufstehen und zum Podium stürmen, aber ihr Bewacher hatte sie festgehalten. Nun war *dieser* Horror vorbei, aber der große Schrecken blieb. Und noch war nicht abzusehen, wozu diese Bestien noch in der Lage sein würden, wenn man ihnen ihre Forderungen nicht erfüllte. Cathy begriff noch immer nicht, was diese Leute eigentlich wollten. Und warum war Coco doch zu diesem Empfang gekommen, ohne dass sie davon wusste? Und wieso musste sie hier ausgerechnet diesem schleimigen Satori wiederbegegnen? Dass er mit den Geiselnehmern unter einer Decke steckte, war ihr klar. Aber was hatte *sie* mit der ganzen Sache zu tun? Ihr fiel ein, dass sie auf der Party mit Satori über den Empfang gesprochen hatte. Er hatte sie also aushorchen wollen. Und ihm war sehr daran gelegen gewesen, dass sie heute hier erschien. Weshalb? Wozu brauchten diese Menschen sie? Und woher kannte dieser schreckliche John Huang ihren Namen?

»Kommen Sie, Misses Wong.« Apathisch folgte sie Satori an der Bar vorbei und hin zum VIP-Tisch, wo Huang sie mit einem hungrigen Haifischlächeln begrüßte. Eigentlich ein hübscher Mann, dachte Cathy. Wenn da nicht so etwas *Widerliches* in seinen Zügen läge. »Sie können sich gern zu Ihrer Freundin setzen, Süße«, sagte er freundlich. »Sie haben sich bestimmt viel zu erzählen.« Man hatte Coco den Knebel wieder abgenommen, aber sie sah nicht so aus, als sei ihr im Moment sehr nach Reden zumute, auch wenn sie Cathy einen erleichterten Blick zuwarf. Sie wirkte verstört und erschöpft. Cathy sah, dass sie noch immer gefesselt war. Da fand zumindest sie ihre Sprache wieder. »Können Sie sie nicht losbinden? Sie tut Ihnen doch nichts.«

»Natürlich, Misses Wong«, lächelte Huang und gab Suzuki ein Zeichen. »Sehr aufmerksam. Wie gesagt, wir sind keine Unmenschen.«

Die langbeinige junge Frau, die zur Gruppe der Geiselnehmer hinzugetreten war, wollte etwas sagen – offensichtlich war sie mit Huangs betont lässiger Behandlung seiner weiblichen Geiseln nicht einverstanden. Aber John schnitt ihr das Wort ab. Sie starrte Cathy aus hasserfüllten Augen an, in denen absurderweise so etwas wie Eifersucht funkelte. In ihrem leicht geöffneten Mund schimmerten perlweiße Zähne. Cathy fand, dass die etwas hervorstehenden Eckzähne der Frau etwas vage Vampirhaftes gaben. Jetzt waren Cocos Hände wieder frei. Cathy griff nach ihrer bleichen, von den Malen der Schnüre gezeichneten Linken. Man ließ sie gewähren.

Plötzlich summte ein Mobiltelefon. Satori griff erschreckt an die

Innentasche seines Jacketts, zog die Hand dann aber wieder zurück. »Möchten Sie das Gespräch nicht entgegennehmen, Herr Satori?«, fragte Huang. »Bestimmt will die Zentrale wissen, ob Sie auch alles im Griff haben.« Satori bewegte sich nicht. Sein Cellular summte. Der Anrufer hatte Geduld. »Nun gehen Sie schon ran, Satori!« rief Huang. »Oder soll besser gleich ich mit ihnen reden?«

Vorsichtig zog Satori das summende Mobiltelefon aus der Innentasche. Er nahm es ans Ohr und sagte leise: »Hallo?« Der Anrufer hatte eine laute, markant hohe Stimme. Cathy kam die Situation gespenstisch surreal vor. Sie blickte in den Saal und sah in die ängstlichen, stummen Gesichter einiger der wichtigsten Persönlichkeiten Japans. Dazu kamen etwa 30 Gäste aus China und Korea sowie rund ein Dutzend Europäer und Amerikaner. Und natürlich das vorwiegend chinesische Personal, unter dem sich sicherlich noch mehr von Huangs Leuten befanden, teils Chinesen, teils Japaner. Diese blondgefärbte Bestie Suzuki und seine vier bewaffneten Männer mit den Drachentattoos stammten jedenfalls definitiv aus dem Reich der aufgehenden Sonne. Das passte alles nicht zusammen. Irritiert suchte sie nach dem Sinn der ganzen Aktion. Warum kidnappten Japaner in China Japaner, um Japan zu einer Entschuldigung für seine Verbrechen an China zu zwingen?

»Was geht hier vor«, brach es aus Cathy heraus. »Woher kennen Sie meinen Namen? Was hat Coco damit zu tun? Warum hat dieser Satori mich ausspioniert?« Huang deutete auf Yoshi Satori. »Fragen Sie ihn doch am besten gleich selbst, Süße.« Satori beendete in diesem Moment das Gespräch und trat dicht an Cathy heran. »Weil wir Sie bereits kennen, Misses Wong«, erklärte er mit gedämpfter Stimme, »weil wir Sie schon seit längerem beobachten. Weil Sie in einer ganz bestimmten Weise sehr wichtig für uns sind!«

»Ich bin wichtig für Sie?« Cathy hoffte, sich verhört zu haben.

Huang nickte zur Bestätigung. Klar war sie wichtig. Jetzt, wo er sie persönlich in Augenschein genommen hatte, war sie ihm sogar noch wichtiger. Huang gefiel die Kleine.

»Sie haben mich beobachten lassen?« Cathy blickte Satori, der sich schon wieder an John Huang wandte, entgeistert an. »Aber warum? Wer ist *wir*? Sie und Ihre alberne Schnapsdrossel von Frau etwa? Wo haben Sie sie denn gelassen, die blöde Gans?« Cathy bemühte sich nach Kräften, Satori zu provozieren, doch schien es ihr nicht recht zu gelingen. Der Mann, der vor wenigen Tagen mit seiner betrunkenen Frau beleidigt aus ihrem Haus geschlichen war, strahlte jetzt Härte aus.

Seine Stimme hatte plötzlich die Schärfe eines *Wakizashi*. »Die unmissverständliche Anweisung lautet: Sie wird uns begleiten«, sagte er zu John Huang und vermied es, Cathy dabei anzusehen. »Ich musste gerade erfahren, dass Mr. Gouldens alle unsere gut gemeinten Warnungen in den Wind schlägt und nicht aufhören will, seine lange Nase in Angelegenheiten zu stecken, die ihn nichts angehen.«

»Was reden Sie da? Was hat Jeremy mit *diesem* Alptraum zu tun?« Cathys Mund war mit einem Mal trocken geworden, ihre Stimme wurde zu einem Krächzen. »Was wird hier gespielt?«

»Das werden Sie schon noch rechtzeitig erfahren, Misses Wong.« Satori richtete seine steinerne Miene auf sie. Dann hielt er inne. »Was hatten Sie gleich noch gefragt?« Um seine schmalen Lippen erschien ein kleines, sardonisches Lächeln, das Cathy nicht zu deuten wusste. »Ah so, Kumiko. Wo ich sie gelassen habe? Tja, die ist tot. Ein kleiner Unfall, wissen Sie. Aber nicht so schlimm. Unter uns: Ich fand sie ja auch ziemlich unerträglich.«

Cathy, deren pochendes Herz ihr förmlich die Brust zu sprengen drohte, hatte in diesem Moment nur Gedanken für Jeremy. Trotzdem fand sie es reichlich merkwürdig, ja abstoßend, wie dieser Mann über seine frisch verstorbene Frau sprach. Und nicht sehr ermutigend.

Osaka, 4. Mai 2012. 19:55 Uhr (18:55 in Shanghai)

Die »Tabibito-Sushi-Bar« war im Erdgeschoss eines schlichten Bürohauses in einer schmucklosen Hafengegend Osakas untergebracht, nicht weit von den Docks und in Sichtweite des 200 Meter hohen ORC-Gebäudes, seit 1993 das neue Wahrzeichen des Stadtteils Minato. Eine lauwarme Abendbrise wehte den charakteristisch modrigen Hafengeruch zu den beiden heftig schnaufenden Männern herüber; ein etwas gewöhnungsbedürftiger Duft aus Salzwasser, Tang, rostigem Metall und Schweröl.

Jeremy schaute sich um. Von ihren Verfolgern war nichts mehr zu sehen. »Hasekawas Esszimmer liegt aber verdammt einsam«, meinte er skeptisch. Die flackernde Leuchtschrift über der massiven Eingangstür des Restaurants war winzig und außerdem kaputt; die Fenster waren staubig und teils mit Goldfolie beklebt. Für Jeremy sah die Tabibito-Sushi-Bar eher wie ein billiges Bordell aus. »Tagsüber tobt hier das Leben«, behauptete Joe, »aber abends und am Wochenende ist hier ein diskreter Treffpunkt für, na ja, Andersdenkende. Du wirst es gleich selbst sehen. Ich hab uns zwei Plätze im hintersten Winkel der Bar reservieren lassen – direkt neben Hasekawas Stammplatz. Komm, hier ums Eck. Das ist da hinten vor dem Fenster zur Straße.«

Jeremy konnte es normalerweise nicht ausstehen, wenn in Gaststätten der Fernseher lief, aber heute Abend war das anders. Und so gefiel ihm das Restaurant auf Anhieb. Das Licht war zwar grell, die abwaschbaren Tische und Stühle sowie das unvermeidliche Laufband an der Bar wirkten steril, aber das Publikum setzte sich, ganz wie Joe gesagt hatte, aus einem sichtlich eher freigeistigen, typischen Boheme-Publikum zusammen: Künstler, Film- und Zeitungsleute, Musiker, Intellektuelle. Andersdenkende eben. Fast alle Gäste waren dunkel gekleidet, viele trugen auffällige Designerbrillen, und die Unterhaltungen wurden in gedämpftem Ton geführt. Jeremy und Joe nahmen Platz an der Bar. Jeremy bestellte zwei Flaschen Bier und sah sich dann die Sushi- und Nigiriportionen an, die auf einem schmalen Laufband an ihm vorbeiliefen.

»Du weißt, wie es funktioniert?«, fragte Joe und deutete auf die Tellerchen, die je nach Inhalt einen andersfarbigen Deckel aus Kunststoff besaßen. »Sicher«, antwortete Jeremy. »Deine Schwester hat mich seinerzeit in alle Geheimnisse der Rohfischesserei eingeführt. Die roten Deckel sind, glaube ich, die teuersten.« Er griff nach der Bierflasche und stieß mit Joe an. Das Bier war eiskalt und das war gut so. Joe blickte auf seine Armbanduhr. »Für gewöhnlich erscheint er hier gegen halb neun, habe ich mir sagen lassen. Und da Hasekawa nicht weiß, dass wir ihn erwarten, können wir mit dem Essen beginnen.«

»Einverstanden«, antwortete Jeremy. »Aber damit eins klar ist: Ich bezahle.«

»Davon gehe ich aus«, antwortete Joe und nahm sich vier Portionen rohen Thunfisch auf einmal vom Laufband herunter – den mit dem roten Kunststoffdeckel. Nachdem sie ihren ersten Heißhunger gestillt hatten, versuchte Jeremy vorsichtig, den Faden des unterbrochenen Gesprächs aus der Hotelhalle wieder aufzunehmen.

»Du wolltest mir vorhin noch was von Yukiko erzählen. Wie sehr deine Schwester unter der herrschenden Tradition und, wie ich annehme, vor allem unter ihrem Vater gelitten hat«, setzte er leise an. »Weißt du, was eigenartig ist? Wir waren anderthalb Jahre zusammen, und sie hat mir nie von dir erzählt. Ich kann mich jedenfalls nicht daran erinnern, dass sie je Geschwister erwähnt hätte.«

Joe zuckte die Schultern und schob sich eine große Abalone mit extra viel Wasabi in den Mund. Er kaute voller Behagen, genoss den sanften Schock der zur Schädeldecke hinaufziehenden Schärfe und spülte mit einem Schluck Bier nach. Dann wischte er sich umständlich den Mund ab und sagte: »Das kann schon sein. Wir hatten damals nicht eben viel Kontakt, weißt du. Und mein Stiefvater hat es ihr von Kindesbeinen an eingeimpft, dass ich eine große Schande für die Familie bin, so dass es ihr wohl ein Stück weit in Fleisch und Blut übergegangen ist. Von mir sprach man nicht.«

»Dein Stiefvater hat dich wohl nicht sonderlich gemocht, was?«

»Wir haben uns aus tiefstem Herzen gehasst. Was meinst du, wie es ist, wenn du als glücklicher, behüteter Junge aufwächst und plötzlich bricht so ein Monster in die Familie ein, nimmt dir die Mama weg und macht dein Leben von einem auf den anderen Tag zur Hölle? So weit meine Sicht. Und was meinst du, wie es ist, nach Jahrzehnten aus der Kriegsgefangenschaft heimzukehren, um festzustellen, dass deine Frau einen Sohn zur Welt gebracht hat, dessen Vater nicht du bist, sondern ausgerechnet einer aus dem Heer deiner Feinde, die dich all die Jahre misshandelt und gedemütigt haben? So weit seine Sicht.«

»Aber dein Vater war offiziell für tot erklärt worden …«

»Mein Vater oder mein Stiefvater? Der eine war seit meinem Geburtsjahr 1953 wirklich tot und der andere war, wie du sagst, für tot erklärt worden. Für meinen Stiefvater brach in jenem Jahr 1962, als er wieder nach Japan kam, eine Welt zusammen. Ich war für ihn die Inkarnation des Bösen, ich stand für alles, wogegen er gekämpft hatte, was er gehasst und was sich letztendlich doch als stärker erwiesen hatte: Amerika! Mein Stiefvater war schließlich einer der letzten Biologen und Mediziner, die die Amis aus ihren beschissenen Geheimlabors in Fort Detrick, Maryland, freigelassen haben. Ich glaube, er war mehrere Male kurz davor, mich in den Kamo zu werfen und zu ersäufen wie eine Katze. Und auch ich schwor mir, ihn eines Tages zu ermorden, wenn ich einmal groß und stark geworden war. Später verbesserte sich unser Verhältnis: Wir ignorierten uns einfach. Wir hörten auf, füreinander zu existieren, jeder war für den anderen sozusagen nur noch so etwas wie ein kalter Lufthauch. Er hat mich bis zu meinem 18. Geburtstag mit Missachtung gestraft. Und dann gab er mir sogar Geld, damit ich dorthin verschwinde, wo ich herkomme.«

»In die USA.«

»*Right.* Damals war Yukiko vier Jahre alt. Sie hatte also wenig Zeit, ausgesprochen geschwisterliche Bindungen zu entwickeln. In den Staaten bin ich ins College und dann zu den Marines gegangen. Die einzige Zeit meines Lebens, wo ich mich wirklich wohlgefühlt habe. Ich weiß, dass ich in all den Jahren nur ein einziges Mal geweint habe:

am 16. August 1977.« Jeremy sah ihn fragend an. »Mensch, natürlich an dem Tag, da die Welt ihren *King* verloren hat! Sei's drum. Nach Japan hatte ich in all dieser Zeit praktisch keinen Kontakt mehr. Das war für mich vergessen.«

»Du sagst, dein Vater – Stiefvater – hat in amerikanischen Geheimlabors gearbeitet?«, fragte Jeremy. Also stimmte seine Vermutung. Als die USA nach Kriegsende ausgerechnet den Topverbrechern des japanischen Biowaffenprogramms im Austausch gegen deren an so wertvollem Material gewonnenen Forschungsergebnisse Immunität vor Verfolgung anboten, hatten so manche das lukrative Angebot angenommen, in den finanziell gut ausgestatteten US-Labors weiterzuforschen. Selbst der japanische Oberkriegsverbrecher der Einheit 731, Shiro Ishii, hatte sich den USA als Biokriegsexperte angedient, mit den Worten: »Bei der Vorbereitung des Krieges mit den Russen kann ich Ihnen mit den Erfahrungen meiner zwanzigjährigen Forschung sehr von Nutzen sein.« So viel war bekannt, wenn auch keiner gerne darüber sprach. Andere, die wie Akira Murata zuvor schon in Kriegsgefangenschaft geraten waren, hatte man offenbar gezwungen, in den militärischen Geheimlabors einen ähnlichen Dienst zu leisten, wahrscheinlich unter der Androhung, ihnen ansonsten wegen ihrer Verbrechen gegen die Menschlichkeit den Prozess zu machen. Das japanische Biowaffenprogramm war für die USA sehr interessant gewesen und hatte die Grundlage für den eigenen Einsatz biologischer Waffen im Koreakrieg gebildet – auch wenn sich die US-Erfolge auf diesem Gebiet als weit weniger durchschlagend erweisen sollten als die der Japaner zuvor in China.

Und nicht nur japanische Experten hatte man sich nach dem Krieg in die USA geholt. Im Rahmen des »Project Paperclip«, das hochqualifizierten deutschen Wissenschaftlern neue Tätigkeitsbereiche in den USA erschließen sollte – der prominenteste war SS-Sturmbannführer, V2-Entwickler und Raumfahrtvisionär Wernher von Braun –, arbeitete etwa auch Erich Traub im US-Biowaffenzentrum in Fort Detrick. Traub hatte zuvor unter Reichsführer-SS Heinrich Himmler am geheimen deutschen Biowaffenprogramm gearbeitet und unter anderem in Himmlers Auftrag Rinderpestkulturen aus der Türkei herbeischafft. Auch an seinem Vorgesetzten, dem strammen Nazi Kurt Blome, hatten die US-Militärs größtes Interesse bekundet. Blome war Leiter einer Arbeitsgemeinschaft unter dem Tarnnamen »Blitzableiter« gewesen, die etwa über den »Abwurf krankheitsübertragender Mücken« oder die Vergiftung von Brunnen diskutierte. Dem insektenkundlichen Institut der Waffen-SS im KZ Dachau wurde der Auftrag erteilt, mit pestübertragenden Rattenflöhen zu experimentieren – ob man sich dabei wohl auch der japanischen Methoden von Pingfang bediente? Im August 1951 verpflichtete sich Blome, an einem US-Geheimdienstprogramm in seinem Fachgebiet mitzuwirken. Murata könnte also in den USA eine ganze Reihe von alten Bekannten aus seinen Jahren in Deutschland wiedergetroffen haben.

»Yep. Klar hat mein Stiefvater in den US-Labors gearbeitet. Von 1944 bis 1962 haben die ihn sozusagen zwangsverpflichtet. 18 Jahre sind 'ne ganze Menge. Mir selbst hat er natürlich nie davon erzählt. Ich glaube, er hat auch sonst niemand in der Familie davon erzählt.«

»Und woher weißt du das alles?«

»Wie ich schon sagte, ich habe mal für die CIA gearbeitet, und sie wollten, dass ich den Alten für sie ausspioniere. Letztendlich hab ich mich geweigert. Aber erst einmal habe ich versucht, so viel Informationen wie möglich aus ihnen herauszukitzeln.«

»Und?« Jeremys Herz schlug hoch. Was Joe wusste, konnte für eine Wiederaufnahme seines Falls von hoher Relevanz sein.

»Nun, viel konnte ich nicht herausbekommen. Aber ich habe mir so meinen Teil zusammengereimt. Offensichtlich hat er, nachdem ihn die Amis jahrelang ausgenutzt hatten, am Ende den Spieß einfach umgedreht, sie irgendwie ausgetrickst und vertrauliche Forschungsergebnisse mitgenommen, außerdem jede Menge Material, das für die Amis höchst kompromittierend wäre, wenn es an die Öffentlichkeit gelangen würde. Ich glaube, sie wollten, dass ich irgendwelche Aufzeichnungen von ihm fand und sie verschwinden ließ – sicher seine berühmten Tagebücher, nach denen du auch suchst. Weißt du, die haben selbst jede Menge Dreck am Stecken, die Amis. Der Oberami in Japan, McArthur, der direkte Vorgesetzte meines leiblichen Vaters, hat einen sehr schmutzigen Deal mit den japanischen Kriegsverbrechern gemacht: Straffreiheit gegen jene kostbaren Forschungsergebnisse, die sie an Tausenden zu Tode gefolterter Menschen gewonnen hatten.«

»Ich weiß. Die Bosse der Einheit 731, Shiro Ishii und Ryoichi Naito, haben McArthur und seinen Beauftragten für das japanische Biowaffenprogramm, Colonel Murray Sanders, geschickt eingewickelt. Erst haben sie ihnen den Mund wässrig gemacht und es gleichzeitig geschafft, die Verbrechen ihrer Einheit herunterzuspielen und den Amis deutlich zu machen, von welch unschätzbarem Wert ihre Ergebnisse seien. Und dann haben sie das Angebot gemacht, vollständig auszupacken und ihr gesamtes Wissen rauszurücken, wenn ihnen zuvor eine verbriefte Immunität vor Strafverfolgung eingeräumt werde. Da konnte McArthur natürlich nicht widerstehen und schrieb ein Ersuchen nach Washington, die hochrangigen Mitglieder der Einheit 731 zu verschonen. Mit dem expliziten Verweis: ›Informationen über die Vivisektionen wären für uns sehr nützlich.‹ Das alles musste natürlich streng geheim gehalten werden. Später haben hochrangige US-Militärwissenschaftler den Deal mit dem Hinweis verteidigt, dass es die japanischen Forscher Millionen von Dollars und jahrelange Forschungsarbeit gekostet hätte, all diese Daten zu sammeln, und die Vereinigten Staaten derartige Informationen nun mal nicht in den eigenen Laboratorien gewinnen könnten – wegen ›Skrupeln hinsichtlich Experimenten mit Menschen‹. Und außerdem habe man um jeden Preis verhindern müssen, dass diese brisanten Informationen in die Hände der Sowjets fielen. Schließlich hatte der Kalte Krieg bereits begonnen.«

»Die Russen sind aber auch nicht ganz leer ausgegangen.«

»Natürlich nicht. 1949 haben sie im ostsibirischen Chabarowsk zwölf hochrangigen Mitgliedern der Einheit 731 den Prozess gemacht. Sie wurden alle für schuldig befunden und zu teils jahrzehntelanger Zwangsarbeit verdammt. Die durften sie allerdings freundlicherweise statt in sibirischen Arbeitslagern in bequemen Laboren im Umkreis von Moskau ableisten, und 1956 hat man sie alle begnadigt und nach Japan abgeschoben.«

»Teufel, warum nur?«

»Tja, schmutzige Deals machen sie alle, Joe. Nicht nur den Amis ist die nationale Sicherheit immer wichtiger gewesen als Strafe und Gerechtigkeit für Einzelne. Und den Leuten von 731 ging es sowieso nur darum, sich einer in ihren Augen ungerechten Siegerjustiz zu entziehen. Die hatten sich nichts vorzuwerfen. Sie hatten ihrem Vaterland gedient und waren stolz drauf. Die waren überzeugt, eine reine Weste zu haben. Kurz vor seinem friedlichen Krebstod 1959 soll Shiro Ishii noch einmal feierlich erklärt haben, dass es richtig gewesen sei, in der Einheit 731 mit wertvollem menschlichen Material zu arbeiten, um die japanische Nation zu retten.«

»Und was haben sie gemacht mit ihrem Material? Zu Zehntausenden haben sie für ihr Vaterland unschuldige Menschen zu Tode gemartert. Zum Beispiel wurden Unzählige bewusst mit Grippe-, Pest-, oder Anthraxerregern infiziert, um so die aggressivsten Viren- und Bakterienstämme, aber auch die besten Impfstoffe zu finden. Und wer das überlebt hat, wurde im nächsten Versuch getötet. Und dann hat man ihnen ohne Narkose die Organe rausgerissen – Vivisektionen eben. Da ging denen die Phantasie nie aus.«

»Ja, ja, ich weiß, Joe«, sagte Jeremy, dem wieder etwas schummerig wurde. »All das ist ja der Hintergrund dieser Kuroi-Geschichte. Dein Vater hat vom Frühjahr 1963 bis zu seiner Pensionierung für Kuroi gearbeitet. Das habe ich vor vielen Jahren recherchiert – dadurch bin ich ja überhaupt erst in Kontakt mit deiner Familie gekommen. Ich bin mir mittlerweile sicher, dass die über die geheimen Menschenversuche gewonnenen japanischen Erkenntnisse in den USA nicht nur als Grundlage weiterer Biowaffenforschung dienten, sondern auch zur medizinischen Forschung.«

»Und Leute wie mein Vater haben diese Ergebnisse dann wieder nach Japan gebracht.«

»Wo Kuroi aus den verbesserten alten japanischen Menschenversuchsdaten den Grippeimpfstoff Virovital hergestellt hat. Der dann wiederum ausgerechnet in den USA zahlreiche Menschen das Leben gekostet hat. Was für eine bittere Ironie!«

»Nun, passt aber doch. Wer sich so die Hände schmutzig macht, braucht sich nicht wundern, wenn der Schmutz auf ihn zurückfällt.«

»Und das sagst gerade du als halber Amerikaner.«

»Ich bin sozusagen das fleischgewordene Produkt dieser schmutzigen Händel. Und glaub mir – ich fühle mich nicht wohl damit.«

»Warum bist du nach der Zeit bei den Marines zurückgekommen?«

»Das ist eine komische Geschichte«, seufzte Joe. »Weißt du, ich hatte irgendwie keine Lust mehr, vor meiner Herkunft und Vergangenheit davonzulaufen. Da ich meinen leiblichen Erzeuger nie kennengelernt habe, denke ich, dass ich zu 51 Prozent eben doch ein Japs bin. *Get back to where you once belonged!*«

Jeremy musste lächeln. »Das ist jetzt aber kein Elvis-Text.«

»Ne, aber Elvis war auch kein Texter, sondern Sänger. Und wenn er Lieder wie *Get Back*, *Something*, *Lady Madonna*, *Yesterday* oder *Hey Jude* singt, dann sind das genauso Elvis-Nummer wie *Hound Dog*, *Teddy Bear* oder *I Fool Such As I*, die er ebenso wenig selbst geschrieben hat. Das sind alles *Elvis-Songs*, verstehst du?« Jeremy hatte keine Lust, darüber zu debattieren, ob eine von Elvis gesungene Beatles-Komposition nun ein Beatles- oder ein Elvis-Lied war. Warum konnte Joe nicht bei der Sache bleiben? »Nochmal: Du bist also nach Japan zurück, weil du nicht mehr Davonlaufen wolltest, sagst du. Und dann? Was ist passiert, als du mit dem Davonlaufen aufgehört hast?«

»Eigentlich nichts. Dann hab ich eben aufgehört, mich zu bewegen.

Da bin ich dick geworden. Auch hier habe ich nie wieder Fuß fassen können. Mein Stiefvater war alt geworden, aber sonst hatte sich nicht viel geändert. Und Mutter ist kurz nach meiner Rückkehr gestorben.«

»Und dein leiblicher Vater ist als Soldat im Koreakrieg gefallen?«

»Nun, nicht direkt gefallen. Das war so 'ne dubiose Geschichte. Eine ›geheimnisvolle Krankheit‹ hieß es immer nur. Er war in einer topgeheimen Mission unterwegs, davon ist fast nichts nach außen gedrungen. Ich vermute ja stark, er hat sich mit jenen Bakterien angesteckt, die eigentlich für die Nordkoreaner gedacht waren, verstehst du?«

»Klar. So was kam ja immer mal wieder vor. Den Bakterien kann man diese Form von ›Friendly Fire‹ auch schlecht zum Vorwurf machen. Wie man weiß, waren die Amis damals sehr versessen darauf, die von den Japanern teuer erkauften neuen Waffentechniken gleich mal selbst auszuprobieren und auf ihre Tauglichkeit zu testen, auch wenn sie es bis heute nicht zugegeben haben. Sie benutzten praktisch identische Methoden wie die Japaner: Aussetzen pestverseuchter Flöhe und Wühlmäuse, Abwurf mit Anthrax verpesteter Vogelfedern aus F-86 Kampfflugzeugen und so weiter. Aber letztlich wurde nicht allzu viel daraus – denen fehlte wohl ein perverses Genie vom Schlage eines Shiro Ishii mit all seinen unbegrenzten Möglichkeiten, auch wenn gemunkelt wird, Ishii selbst habe als Berater ein wenig mitgemischt. Stattdessen ging dein Vater drauf – die eigenen Leute. So viel zum Thema bittere Ironie.«

»Yep. Zu Ende gedacht heißt das, dass die Kriegsforschungen meines Stiefvaters demnach letztlich dazu beigetragen haben, meinen richtigen Vater umzubringen. Akira hätte das sicher gut gefunden. So eine Art Rache des Schicksals an meiner Mutter und ihrem Geliebten für ihren Fehltritt. Glaube aber nicht, dass sich einer von ihnen je über diesen Zusammenhang im Klaren war.«

»Du hast Akira Murata nie mit deinen Mutmaßungen konfrontiert? Nach deiner Rückkehr nach Japan?«

»Ich sagte doch schon: Wir haben *nie* miteinander gesprochen. Ich war ja bloß der dreckige Bastard. Die Promenadenmischung, die alle Widerlichkeiten Amerikas und Japans vereint.«

»Und Yukiko?«

»Die war immerhin hundert Prozent Japanerin. Und der große Liebling meines Vaters. Sie hat ihn auch selbst sehr geliebt, Jeremy, trotz allem. Nach allem, was ich weiß, war er ein fürsorglicher, ängstlicher, liebender Vater – ihr gegenüber. Sie hat es überhaupt nicht verstanden, dass er auf dich mit einer solchen Feindseligkeit reagierte. Obwohl sie an mir ja schon das beste Beispiel hatte. Und als sie nach seinem Tod herausbekam, dass ihr bis zum Schluss geliebter Vater zugleich eine Bestie in Menschengestalt war, da ist sie *zerbrochen.*« Joe sah Jeremy mit ernsten Augen an. »Yukiko hat alles für dich getan. Obwohl es ihrem Wesen, ihrer Erziehung und ihren Tochtergefühlen völlig widersprach, hat sie sich gegen ihren Vater regelrecht aufgelehnt – wegen dir und deines Prozesses. Aber ich glaube, letztendlich hat die japanische Tradition gesiegt.«

Jeremy spürte einen schalen Geschmack im Mund – trotz der vielen Wasabisoße. »Auch ich habe hier in Japan viele Menschen kennengelernt, die von den Traditionen schier erdrückt wurden. Um das zu ändern, bin ich hier«, sagte er, bloß um irgendwas zu sagen, was vielleicht versöhnlich klang. Vor allem klang es ziemlich pathetisch, fand er im Nachhinein.

Joe Murata legte ihm die Hand auf die Schulter. Sie war ziemlich schwer. »Du hast dir viel vorgenommen, Junge. Klar bist du *jetzt* hier, Jeremy Gouldens. Vielleicht hättest du damals einfach nur bleiben müssen.« Jeremy machte keine Anstalten, Joes Hand von seiner Schulter zu nehmen. »Ich bin froh, dass du mir helfen willst. Eigentlich hättest du allen Grund, mir eins in die Schnauze zu hauen.« Joe setzte sich wieder gerade auf seinen Barhocker. »Vielleicht. Aber das hat später noch Zeit. Wenn wir sie gefunden haben. Oder zumindest diese Sache zu Ende gebracht haben, die du damals begonnen hast. Das ist unser *Auftrag*, Jeremy.«

»Und was ist unser nächster Schritt?«

Joe zuckte die Schultern. »Hasekawa wird schon eine Idee haben. Vielleicht sollten wir als Erstes versuchen, irgendwie an ihren Mann ranzukommen.« Jeremy gab es einen Stich ins Herz. »Yukikos ... *Ehemann*?« Joe nickte. Jeremy sah ihn perplex an. »Was, sie war ... ist ... verheiratet?«

»Ja natürlich, was denkst du? Meinst du, sie sitzt hier, lässt ihre blühenden Jahre verstreichen und wartet auf einen *Gaijin*, der nie mehr wiederkommt? Klar ist sie verheiratet. Oder war es. Ich glaube aber nicht, dass sie glücklich war.«

»Du Joe, ich brauch jetzt erst einmal einen Whisky. Willst du auch einen?«

»Ja, wenn sie Wild Turkey haben. Aber im Grunde tut's jeder Bourbon.«

»Du bekommst was Besseres.«

Shanghai, 4. Mai 2012. 19:32 Uhr
Die zwei dunkelgrünen Militärzelte am Ende der großzügigen Auffahrt zum World Financial Center wirkten deplatziert. Im kleineren war das provisorische Pressezentrum untergebracht. Im größeren der beiden Zelte residierte Li Hu, Kommandeur der Spezialeinheit für Terrorismusbekämpfung, die allerdings erst seit wenigen Stunden und auch nur auf dem Papier des einzigen bisher herausgegebenen Kommuniqués existierte. Tatsächlich handelte es sich bei dieser Einheit um rund 250 Mann, die nicht fürs Ministerium für Staatssicherheit arbeiteten, sondern direkt der Parteiführung unterstanden und aus dem Umkreis des berüchtigten Büro 610 stammten. Offizielle Hauptaufgabe dieser Behörde ist die Überwachung, Verhaftung und Umerziehung von Mitgliedern der Falun-Gong-Sekte; darüber hinaus erledigen die Agenten des Büro 610 auch die üblichen Jobs: Sie kümmern sich um aufmüpfige Rechtsanwälte, Journalisten und Künstler – Dissidenten und Oppositionelle – und verwalten die berüchtigten »schwarzen Gefängnisse«, in deren Katakomben jedes Jahr mehrere Tausend Menschen ohne Verfahren und rechtskräftiges Urteil verschwinden.

Li Hu befürchtete insgeheim, dass er bei dieser Mission nur verlieren konnte. Nichts wäre zum gegenwärtigen Zeitpunkt verhängnisvoller als der Befehl, das Veranstaltungszentrum zu stürmen und die Geiseln gewaltsam zu befreien. Inzwischen kreiste zwar ein Hubschrauber unablässig um den Turm, und der Einsatz zweier weiterer war in Vorbereitung; zusätzliche Informationen lieferten die sporadischen Fernsehbilder aus dem Veranstaltungszentrum sowie die reichlich lückenhaften Beobachtungen zweier Spähtrupps, die sich, als Putztruppe getarnt, bis zur 93. Etage vorgearbeitet hatten. Doch bisher hatte Hu nur unbefriedigende Erkenntnisse an den Pekinger Krisenstab weitergeben können. Erstens: Anzahl und genaue Identität der Terroristen unbekannt. Zweitens: Anzahl der getöteten Geiseln sowie der Verletzten unbekannt. Drittens: Identität des mutmaßlichen Anführers, der sich John Huang nennt, nicht geklärt.

Auch über die Bewaffnung der Geiselnehmer sowie die mögliche Existenz weiterer Sprengstofffallen herrschte allgemeine Ratlosigkeit. Es gab nur wenige gesicherte Informationen von Belang. So stand inzwischen zweifelsfrei fest, dass die drei zerschmetterten Geiseln nicht durch den Sturz aus über 400 Metern Höhe, sondern bereits vorher durch die Folgen einer schweren Explosion ums Leben gekommen waren. Außerdem befand man sich im Besitz der Gästeliste sowie einer

Aufstellung des eingesetzten Servicepersonals. Die heimliche Personenüberprüfung war in vollem Gange, und zum großen Ärger des Krisenstabes im fernen Peking erhärtete sich der Verdacht, dass es sich bei den Terroristen tatsächlich um eine Gruppe fanatischer, ultranationaler Studenten der Fudan-Universität handeln könnte. Aber sie mussten professionelle Helfer haben.

Osaka, 4. Mai 2012. 20:33 Uhr (19:33 in Shanghai)
Jeremy verzweifelte an der Barfrau. Die Japaner haben doch einen Ruf als Whiskyexperten. Konnte es wirklich sein, dass es hier keinen einzigen ordentlichen Scotch gab? »Gibt's hier wirklich keinen Lagavulin?«, fragte er zum wiederholten Mal. Und merkte, dass ihn seine Japanischkenntnisse wieder einmal im Stich ließen. Und verfluchte diesen unverständlichen *Osaka-ben*-Dialekt, den die ansonsten sehr freundliche Frau unentwegt sprach.

Die Bardame schüttelte hartnäckig den Kopf. Kannte sie nicht. Hatte sie nicht. »La-*fuck*?«

Ja, fuck, wieso sagt sie das immer? Jeremy dachte zurück an das, was er über *Mizu Shobai*, *Fuzoku*, *Pink Salons* und die sonstigen Details des japanischen Nachtlebens in den Rotlichtvierteln so wusste, und schüttelte den Kopf. Verdammt, er wollte doch nur einen Whisky. Er war sich alleine gut genug. Heute Nacht keine Komplikationen. Nicht mit ihm: die eine Frau in Geiselhaft, die andere vielleicht tot, sicher aber verheiratet. Das war alles schon anstrengend genug. »Sorry, nix La-fuck.«

»Mixed La-fuck?« Das wurde ja immer bessser. Nee, nee, danke, schon gut. Nur zwei Whisky, bitte. – Ja, ja, sie verstehe, nickte sie, aber was denn nun bitte? Ach, *whatever* … Jeremy richtete hilflos seine großen Augen auf Joe, der gerade von den Toiletten zurückkam.

»Jeremy, sie meint den da.« Joe deutete auf eine Flasche mit einem altertümlich schlichten schwarz-weißen Medikamentenetikett an der Bar, die Jeremy bislang übersehen hatte. Endlich war bei Jeremy der Groschen gefallen, und er begann prompt, freudig zu strahlen. Für den schottischen Zungenbrecher *Laphroaig* hatte er in den vielen von ihm bereisten Ländereien der Welt schon die abenteuerlichsten Aussprachen gehört. Aber es fanden sich eben immer wieder neue. Wenn ihm die Sache mit Cathy nicht so sehr auf die Seele gedrückt hätte, hätte er laut herausgelacht. »Weißt du Joe, ich habe gedacht, die ist eine vom Wasserhandel! Dabei verkauft sie Whisky!«

»*Are you lonesome tonight? Do you miss me tonight* …« Auch Joe amüsierte sich prächtig. Jeremy warf der Barfrau sein strahlendstes Lächeln zu: »Ja, ist doch sehr gut, dann machen Sie uns bitte zwei doppelte La-fuck. Pur, ohne Eis bitte.« Und zu Joe: »Ich weiß, du trinkst lieber Bourbon, aber probier das mal. Wenn Elvis in Sachen Rock'n'Roll das amerikanische Original ist, dann ist das hier in Sachen Whisky das britische.«

»Schon okay, *brother. Whatever works.*«

»Und?«, fragte Jeremy, nachdem beide einen ersten kräftigen Schluck genommen hatten. Joes Gesicht nahm einen – vorsichtig ausgedrückt – kritischen Ausdruck an. »Schmeckt wie mein Aschenbecher zu Hause. Oder … na ja – Furunkelsalbe.«

»Stimmt, gilt als recht rauchig und medizinisch. Angeblich ist es der einzige Whisky, der während der Prohibitionszeit auch in Amerika erhältlich war: und zwar in den Apotheken. Als Medizin.«

»Verstehe. Cooles Zeug. Aber optimierbar.« Und zur Barfrau gewandt: »Können Sie mir da bitte noch einen Schuss Pepsi reinmachen? Meinetwegen auch Cola: *Whatever works.*«

Jeremy griff sich entgeistert an die Stirn und wandte sich ab. Wieder mal Perlen vor die Säue! Mixed La-fuck! Und schwor sich: Ab jetzt nur noch Bourbon für den Ami-Japs.

Shanghai, 4. Mai 2012. 19:35 Uhr

In der Sky Arena in der 94. Etage liefen inzwischen die letzten Vorbereitungen für die Evakuierung der sechs Schwerverletzten. Außerdem hatte sich John Huang dazu entschlossen, die Geiseln in vier etwa gleich große Gruppen aufzuteilen und sie räumlich voneinander zu trennen. Die Geiseln mussten aufstehen, sich, streng nach Tischen geordnet, in eine der vier Ecken des Saales begeben und sich dort auf den Boden setzen. Hinzu kam die kleine fünfte Gruppe um den VIP-Tisch vorm Rednerpult. Minato Moto, Prinz Taesu sowie der Energieminister und der japanische Botschafter durften auf ihren Stühlen sitzen bleiben. Bei ihnen nach wie vor Cathy, Coco und der *Time*-Korrespondent David Morgan. Während sich Satori, Suzuki und Misses Mao zu einer kurzen Lagebesprechung zurückzogen, blieben nur zwei von Suzukis Männern zur Bewachung der Gruppe zurück. War jetzt der Zeitpunkt zum Handeln gekommen?

Minato Moto rieb sich den Nacken und sah sich unauffällig um. »Ich begreife das einfach nicht«, raunte er, »wie viele Bewacher sehen Sie, meine Herren? Wie viele Waffen? Sollen wir nicht handeln – zur Ehre Japans? Was meinen Sie, Prinz?«

Prinz Taesu schwieg. Seit Beginn der Geiselnahme war er überhaupt sehr schweigsam geworden. Er blickte nur unergründlich in die Runde und wiegte bedächtig den Kopf hin und her.

»Wer mit Sprengsätzen droht, kann Personal einsparen«, antwortete stattdessen der japanische Botschafter flüsternd. »Ich bin jedenfalls sicher, dieser Wahnsinnige blufft nicht.«

David Morgan war mit Haradas Sicht der Dinge nicht einverstanden. »Es sind nur fünf Bewaffnete plus dieser John Huang, der wahrscheinlich eine Pistole im Hosenbund trägt. Und dann noch diese lächerlichen Studenten. Damit werden wir fertig.«

»Möchten Sie den Anfang machen, Herr Journalist: *Let's roll*?« Minato Moto sah ihn forschend an. Als er merkte, wie der Amerikaner zögerte, setzte er nickend hinzu. »Sehen Sie, genau das ist das Problem. Niemand möchte beim Sterben der Erste sein.«

»Im Unterschied zu Ihnen bin ich aber gefesselt«, meinte Morgan, der als Einziger immer noch die Hände auf den Rücken gebunden hatte. »Glauben Sie mir, sonst würde ich nicht mehr hier sitzen.«

»Ja, dann wären Sie wahrscheinlich längst tot«, meinte der ebenfalls recht schweigsame Energieminister Yamada trocken.

»Na, unterhält man sich gut?«, fragte Huang, der wieder in den Saal getreten war. Er hatte im Gespräch mit seiner kleinen Führungsgruppe entschieden, die Verletzten durch einige von Suzukis unter dem Personal versteckten Yakuza, die im SWFC nicht mehr benötigt wurden, über den verbarrikadierten Notausgang in die 93. Etage tragen zu lassen. Welch großzügige, menschliche Geste! Als Japaner würden die Träger unverdächtig erscheinen. Sie würden den chinesischen Sicherheitskräften gegenüber das Blaue vom Himmel lügen und danach untertauchen.

John Huang hatte Sorge getragen, dass nur diejenigen Verletzten evakuiert wurden, die so schwer verletzt waren, dass sie in den nächsten Stunden kaum vernehmungsfähig sein dürften. Ihm lag nicht daran, dass die chinesischen Polizisten und Spezialkräfte viel über die wahren Verhältnisse im 94. Stockwerk erfuhren. Es war auch nicht damit zu rechnen, dass die Chinesen sich allzu intensiv um eine Befragung der Schwerverletzten kümmern würden, da es ja die »freigelassenen Geiseln«, ihre Träger, gab, die umso bereitwilliger Bericht erstatten würden. Und die hatte Huang sorgfältig instruiert. Sie würden den Chinesen schon alle Pläne für eine etwaige gewaltsame Befreiung austreiben: Die würde nämlich niemand überleben. Und die Illusion eines total verminten Hochhauses, das zu stürmen zwecklos war, ließ sich mit der glaubhaften Erwähnung von Sarin noch verstärken. Zumindest Japan hatte ja schon seine Erfahrungen mit dem Nervengift gemacht: bei den Anschlägen auf die Tokioter U-Bahn durch die Omu Shinrikyo, die »Aum-Sekte«, im März 1995, bei denen zwölf Menschen starben und Tausende verletzt wurden.

Die beiden Ärzte und die freiwilligen Helfer hatten die stöhnenden Verletzten in doppelt zusammengebundene Tischtücher gelegt. Jetzt hatten sie ihre Aufgabe erfüllt. »Danke meine Damen und Herren, Sie können vorerst wieder Platz nehmen«, sagte John Huang. Seine zwölf ausgesuchten Spezialmitglieder des für dieses Event eigens aus Japan eingeflogenen Servicepersonals – Kellner, Köche, Küchenhilfen – standen bereit, übernahmen die Tischtücher mit ihrer wimmernden Fracht und machten sich auf dem Weg zum verbarrikadierten Notausgang.

»Na, sind Sie zufrieden?«, wandte sich Huang an David Morgan, dessen Ruf nach Hilfe für die Verletzten die Evakuierungsaktion erst angestoßen hatte. Der meinte nur: »Zufrieden bin ich erst, wenn auch Sie in einem solchen Laken da hinausgetragen werden. Sie werden schon noch für Ihre Taten büßen müssen, Mr. Huang!«

»Möglich. Aber das eilt nicht. Im Übrigen entscheiden die Sieger, wer als Held in die Geschichte eingeht und wer als Verbrecher. Und ich bin nun mal mehr der Siegertyp.«

Cathy hielt noch immer Cocos Hand gedrückt. Allmählich war wieder Leben in die Freundin zurückgekehrt. »Coco«, flüsterte Cathy nun, »wie bist du nur hierhergekommen? Ich hab dir doch immer gesagt, dass du froh sein kannst, da nicht hinzumüssen. Hättest du mir doch nur geglaubt!«

Osaka, 4. Mai 2012. 20:54 Uhr (19:54 in Shanghai)

»Wo bleibt nun dein toller Verbindungsmann?«, fragte Jeremy angriffslustig. In seine Verwirrung um Yukiko mischte sich seine Angst um Cathy, und das Ganze wurde überlagert von einer gehörigen Portion Zorn und Hilflosigkeit. Joe machte mit der Hand eine Geduld anmahnende Geste.

Jeremy hätte gerne noch weiter nach Yukikos Mann und Familie gefragt, aber er wollte nicht allzu neugierig wirken und außerdem erst einmal mit sich selbst ins Reine kommen. Natürlich konnte er nichts dagegen einzuwenden haben, wenn Yukiko inzwischen einen andern Mann geheiratet hatte. Er war ja eben selbst im Begriff gewesen zu heiraten. Hatte sie ihm deshalb das alte, gelbe Ginkgoblatt zurückgeschickt? Weil sie ihr altes Treueversprechen aus dem Botanischen Garten aufgekündigt hatte? Nein, so wie Joe klang, war sie sicher schon länger verheiratet. Mit dem Ginkgoblatt wollte sie ihm sicher etwas anderes sagen. Aber was? Jeremy überlegte, was aus seinem Ginkgoblatt von damals geworden war, aber er konnte sich nicht erinnern. Er überlegte auch, was das wohl für ein Mann war, den Yukiko geheiratet hatte. Sicher ein Japaner. Joe schien ja etwas darüber zu wissen. Vielleicht sollte er ihn doch fragen.

»In Shanghai passiert wieder was!«, rief da eine aufgeregte Stimme. Die Gespräche verstummten augenblicklich. Es gab plötzlich niemanden in der Tabibito-Sushi-Bar, der nicht auf den Bildschirm starrte. Sogar der Sushikoch stellte seine Arbeit ein.

»Die tragen in den Bettlaken wahrscheinlich ein paar Leichen raus«, murmelte Joe. Die Kamera zoomte zurück und ein japanischer Sprecher kam ins Bild, um das Geschehen live zu kommentieren.

»Was sagt er, Joe?«, fragte Jeremy aufgeregt, »kannst du mir das übersetzen?« Joe hörte ein paar Sätze lang hin. »Sie haben ein paar Geiseln freigelassen«, sagte er dann. »Ach ja? Was sind das für Geiseln?« – »... und dass sie jetzt umschalten wollen ins Pressezelt zum Kommandeur der chinesischen Spezialeinheit.«

Als das Bild wechselte, tauchte das Gesicht eines chinesischen Soldaten auf, der von Dutzenden Mikrofonen umringt war. Ein Schriftzug wurde eingeblendet. »Da komme ich nicht mit«, sagte Jeremy frustriert, »wenn ein Chinese simultan ins Japanische übersetzt wird.«

Joe lächelte. »Der Dicke mit dem Lametta auf der Brust heißt Li Hu und firmiert als Kommandeur der sogenannten Spezialeinheit zur Terrorismusbekämpfung. Wusste gar nicht, dass die Chinaken so eine Truppe haben. Er verliest gerade eine offizielle Erklärung. Sechs schwer verletzte Männer haben die Terroristen freigelassen ... dazu deren Träger – zwölf japanische Geiseln aus dem Küchenpersonal.« Es brandete ein kurzer Applaus auf. Jeremy klatschte nicht: Schwerverletzte und Japse. Keine Cathy. »Okay«, übersetzte Joe weiter, »ein paar der befreiten Geiseln haben berichtet, dass die Terroristen die gesamte Etage mit Sprengstofffallen bestückt haben. Angeblich liegen da auch mehrere scharfe Gasgranaten herum ... Interessant: Es handelt sich dabei wohl um Sarin.«

»Das ist weiß Gott nicht interessant, Joe, das ist alles ein ganz großer Mist!«, rief Jeremy und hieb mit der Faust auf den Tresen. »Cathy ist da drin, ist dir das klar?« Die Barfrau musterte ihn missbilligend. Jeremy hob abwiegelnd die Hände. Joe zuckte die Schultern und konzentrierte sich auf den Text. »Sie wollen nicht stürmen, jedenfalls jetzt noch nicht, sondern erst einmal das weitere Verhalten der Terroristen abwarten. Aus meiner Sicht ist es klug, auf Zeit zu spielen. Vielleicht wollen die Chinaken auch den Seals den Vortritt lassen – oder gar eurem britischen Special Air Service.«

»Na toll.« Jeremy rieb sich müde den Nacken. »Oder den Japsen.«

Als er sich umwandte, war der Barhocker neben ihm besetzt.

Shanghai, 4. Mai 2012. 20:05 Uhr

Das Gespräch mit Coco hatte lange gedauert und hatte immer wieder unterbrochen werden müssen. Michelle Mao, John Huangs hübsche, aber kratzbürstige Freundin, mochte es nicht, wenn die beiden Frauen miteinander tuschelten. Mehrfach hatte sie Vorstöße unternommen, die beiden zu trennen, am besten ganz auseinanderzusetzen, aber John Huang wollte davon nichts hören. Er hatte Gefallen an den beiden Frauen gefunden und ließ ihnen so viel Freiheiten, wie er sich erlauben konnte, ohne die allgemeine Sicherheit zu gefährden. Schließlich gestattete er Cathy sogar, ihre Freundin, die sich immer noch in einem leichten Schockzustand befand, zu den *Restrooms* zu begleiten.

»Wieso hast du mir nicht gesagt, dass du doch zum Moto-Empfang kommst?«, hatte Cathy gefragt. »Ich habe dich heute Mittag noch angerufen.«

»Ich weiß. Ich hab deine Nummer gesehen. Ich wollte dich überraschen. Du kennst mich doch, Cathy.«

»Bist du mit David Morgan gekommen?«

»Nein. Den habe ich erst hier oben getroffen.«

»Du bist doch nicht etwa mit dem berühmten japanischen Modezar Yohji Yamamoto da?« Cathy war irritiert. Coco musste zum ersten Mal seit langem wieder schmunzeln. »Nein. Wie kommst du auf so was? Der ist doch gar nicht hier.« Cathy wirkte beruhigt. »Nein, es war irgendwie seltsam. Ich habe heute Morgen einen Anruf von einem Moto-Mitarbeiter bekommen, der mich eingeladen hat. Er erzählte irgendetwas von der gewünschten Anwesenheit einer Modejournalistin – ob ich interessiert sei und das einrichten könne. Im Nachhinein kommt mir das alles recht fadenscheinig vor, aber in dem Moment hab ich mich natürlich gefreut.«

»Bestimmt hat das dieser Satori eingefädelt. Ich hatte ihm erzählt, dass du neidisch auf mich bist.«

»Soll das heißen, *du* hast mir das alles hier eingebrockt?« Coco stierte die Freundin empört an. »Na danke. Ich wäre fast erschossen worden, Cathy! Was geht hier nur vor?«

»Ich weiß es nicht.« Ihre Gedanken liefen auf Hochtouren. Sie waren also wirklich hinter ihr her. Aber warum? Und warum auch Coco? Vermutlich wollte Satori einfach auf Nummer sicher gehen. Doppelt hält besser. Vielleicht hatte er Coco ins WFC gelockt, um Cathy erpressen zu können – etwa für den Fall, dass sie doch nicht aufgetaucht wäre. Oder um jetzt noch ein Mittel zu haben, um sie unter Druck zu setzen. Was wollten diese Menschen von ihr? Sie sei wichtig für sie, hatte Satori vorhin gesagt. Warum? Und: Sie wird uns begleiten. Wohin? »Jedenfalls haben sie es auf *mich* abgesehen, Coco. Ich glaube nicht, dass sie dir noch etwas antun werden.«

»Aber warum haben sie mich dann hergelockt? Glaubst du, dass dieser Moto mit ihnen unter einer Decke steckt?«

Cathy zuckte die Schultern. Das hatte sie sich auch schon gefragt. »Jedenfalls müssen zumindest hochrangige Mitarbeiter mit den Terroristen gemeinsame Sache machen. Vielleicht haben sie so eine Art ›U-Boot‹ unter denjenigen, die den Empfang organisieren. Wenn du plötzlich auf der Gästeliste standest, dann muss das auf jemanden zurückgehen, der mit den Terroristen Kontakt hat. Auch kann es kaum klappen, ein ganzes Team von Attentätern als Personal getarnt einzuschleusen, ohne Helfer in höheren Etagen zu haben. Da haben wir sie mal wieder, die verschlungenen Machenschaften der Japan Inc. Alles höchst undurchsichtig.«

»Und was machen wir jetzt?«

»Am besten wir gehen erst mal wieder zurück zu den anderen. Sonst kommt noch Huangs schreckliche Freundin, knallt uns ab und behauptet hinterher, sie habe uns in Notwehr erschossen. Die ist zu allem fähig. Und sie hasst uns mit glühender Eifersucht, weil ihr Freund John sich offensichtlich bei uns einschleimen will.«

»Cathy, du bist wohl nicht ganz bei Trost. Wie soll sich jemand bei mir einschleimen können, der mich vor ein paar Stunden noch *erschießen* wollte?«

»Ich glaube, so weit denkt der gar nicht, Coco. Der ist ein *Nehmer.*«

Auf dem Weg zurück fiel Cathy ein pummeliger jungen Mann im Kellnerdress mit nahezu kahlrasiertem Schädel auf, der sich, als er sie sah, schnell hinter die Bar duckte. Konnte sie ihren Augen trauen? Vielleicht hatte sie schockbedingte Halluzinationen? Oder war da, nach Satori und Coco, tatsächlich noch ein *dritter* Gast ihrer Geburtstagsparty auch heute Abend hier im Saal, auf diesem verrückten, unseligen, unvergesslichen Moto-Empfang – einer der hier nun wirklich nicht das Geringste zu suchen hatte? Das musste sie genau wissen.

Osaka, 4. Mai 2012. 21:06 Uhr (20:06 in Shanghai)

Das Erste, was Jeremy an Naoki Hasekawa auffiel, waren die schiefen Zähne, die ziemlich weit auseinanderstanden und so gut wie alle gelbbraunen Farbschattierungen aufwiesen, die die Hand eines Künstlers zu zeichnen vermag. Das Zweite waren seine nervös flackernden Augen. Und das Dritte war ein verblichener, beinahe schon schäbiger, ausgebeulter Cordanzug, der irgendwann einmal ockerfarben gewesen war. Die Galionsfigur der japanischen demokratischen Protestbewegung hatte sich Jeremy anders vorgestellt.

Joe stand auf, stellte sich rechts von Hasekawas Hocker an die Bar, bestellte einen Wild Turkey und einen Suntory Hakushu Single Malt und begann dann leise und auf Japanisch auf den Mann neben ihm einzureden. Als die Barfrau die Getränke brachte, schob er den japanischen Whisky zu dem Mann mit den schiefen braunen Zähnen hinüber, der ihn zügig leerte. Sie tuschelten noch einige Minuten weiter, ohne dass Jeremy, der zunehmend nervös wurde, ein Wort verstehen konnte. Dann drehte Hasekawa seinen Kopf unvermittelt nach links. »Sie sind also Mr. Jeremy Gouldens?« Seine Stimme war tief und rau. Es war die Stimme eines bekennenden Alkoholikers und Kettenrauchers. »Ich habe schon von Ihnen gehört.«

Jeremy nickte verblüfft, als sich der kleine Japaner mit fast akzentfreiem Englisch vorstellte. »Hat Ihnen Yukiko von mir erzählt? Wissen Sie, wo sie ist?«

»Sachte, Mr. Gouldens«, antwortete Hasekawa und zündete sich eine neue Mild Seven an. »Wenn Sie immer gleich mit der Tür ins Haus fallen, kommen Sie in diesem Land nicht weit.« Hasekawa orderte mit einem Fingerschnippen eine Runde Bier sowie neuen Whisky für sich. »Sie kommen wegen dieser Kuroi-Geschichte, nicht? Ich weiß schon Bescheid. Einmal haben Sie überlebt. Ein zweites Mal dürfte schwierig werden – wenn nicht unmöglich. Finden Sie nicht, dass das alles zwei Nummern zu groß für Sie ist?«

»Vielleicht will ich ja nur die Welt verändern«, meinte Jeremy. Mal wieder, dachte er. Und: schon wieder so ein peinlich pathetischer Satz. Aber es muss Menschen geben, die sich trauen, die Vision von einer besseren Welt nicht nur zu träumen, sondern auch bereit sind, etwas dafür zu tun.

»So wie diese Idioten in Shanghai?« Naoki Hasekawa deutete auf den Fernseher. »Das ist ein abgekartetes Spiel ...«

Stimmt, dachte Jeremy. Es gibt die unterschiedlichsten Visionen, wie diese »bessere Welt« auszusehen hat. Und unterschiedliche Methoden, sie zu erreichen. Und Menschen, die bereit sind, für *ihre* Vision über Leichen zu gehen. »Wissen Sie, dass sich auch meine Freundin in der Gewalt dieses Psychopathen befindet? Meine Verlobte!«

»Das tut mir aufrichtig leid, Mr. Gouldens. Ja, John Huang *ist* ein Psychopath«, bestätigte Hasekawa. »Aber in erster Linie ist er ein bezahlter Killer. Der feine Mann fürs Grobe für die Yakuza und ihre Auftraggeber. Seine Mutter ist Japanerin, der Vater Chinese. Aufgewachsen ist er in Kobe. Zweisprachig. Ich glaube, ich bin so ziemlich der Einzige, der ein Dossier über ihn besitzt.«

»Für wen arbeitet er?«

»Für die Japan Inc., Gouldens-san, für wen sonst? Ich tippe darauf, dass er momentan auf der Gehaltsliste von Ishii und Konsorten steht.«

»Also doch: Kuroi«, flüsterte Jeremy und wurde kalkweiß.

»Kuroi und andere. In seiner komplex verwobenen Mischkonzern-Struktur gleicht Kuroi geradezu einem *Zaibatsu* alter Schule. Letztlich haben wir es hier mit einem Konglomerat führender Unternehmen der Pharma-, Chemie-, Energiebranche zu tun, bestens vernetzt mit Finanzwelt und Politik. Das alles undurchsichtig verschlungen, wie es die Japan Inc. so an sich hat. Ich habe zwar noch längst nicht alle Informationen zusammen, aber eins wage ich bereits jetzt zu prophezeien: Dieser Anschlag in Shanghai ist jedenfalls nicht dass, was er zu sein scheint. Sozusagen nur eine Attrappe, Tarnung, Kulisse, hinter der ganz andere Dinge vor sich gehen. Ich weiß bloß nicht, was. Wahrscheinlich bin ich einfach noch nicht betrunken genug. Wissen Sie, Mr. Gouldens: Es passieren zurzeit merkwürdige Dinge. Irgendwas Großes, Unheilvolles kündigt sich an. Sie haben die vielen Menschen auf den Straßen gesehen, nicht? Sie sind bereits Vorboten der Katastrophe. Die Meute der hungrigen Schakale und Ratten, die sich auf den großen Fraß freut.« Hasekawa räusperte sich ausgiebig und griff gierig nach seiner Bierflasche.

Jeremy fand, dass Hasekawa eine ähnliche Art hatte, sich in dunklen Bildern auszudrücken, wie Gao Feng. Nur hatten sie beim Japaner etwas ausgesprochen Apokalyptisches.

»Moment, die Leute auf den Straßen, dass ist doch nur der aufgebrachte Mob, der sich einmal wieder über China aufregt. Die sind morgen wieder friedlich. Aber nochmal, damit ich Sie richtig verstehe: Sie wollen also ernsthaft behaupten, hinter diesem Bombenattentat auf die Creme der japanischen Wirtschaft stecken in Wahrheit *Ihre* Landsleute? Japaner gegen Japaner?«

»Ich würde sie nicht als Landsleute bezeichnen, sondern als revanchistischen Abschaum. Und unterschätzen Sie die Stimme des Volkes nicht. Aber lassen Sie uns konkreter werden, Mr. Gouldens. Was wollen Sie von mir?«

»Was wissen Sie denn bereits?«, stellte Jeremy die Gegenfrage.

»Viel. Aber nicht genug. Sie wollen neue Indizien, um Ihre Vermutungen im Fall Kuroi zu erhärten. Sie brauchen vor allem *Beweise*. Namen, Fakten, Dokumente, vielleicht auch frische Zeugen. Kurzum: Sie brauchen vernünftiges Futter für die Wiederaufnahme eines Prozesses, den Sie vor langer Zeit trotz aussichtsreicher Position vergeigt haben. Das könnte schwierig werden.«

Hatte er den Prozess *vergeigt*? Jeremy unterdrückte seinen aufwallenden Zorn und sagte ruhig: »Japanische Zeugen sind meiner Erfahrung nach leider etwas wankelmütig.«

»Natürlich sind sie das. Und Sie als *Gaijin* haben im Prinzip von vornherein keine Chance.«

»Sag ich doch die ganze Zeit«, meldete sich Joe Murata dazwischen. Er bestellte eine weitere Runde aus drei Flaschen Bier, Bourbon, Scotch und Suntory. Hasekawa lächelte süffisant. »Sie müssen sich deshalb nicht grämen. Auch wir Japaner haben größte Schwierigkeiten, uns in diesem Netz von Intrigen, Bestechungen, Korruption und Vetternwirtschaft zu orientieren. Sie müssen wissen, dass die Japan Incorporated natürlich kein homogenes Gebilde ist. Innerhalb der Japan Inc. gibt es viele verschiedene Strömungen und Interessengruppen. Allen gemeinsam ist, dass ihnen das Wohl Japans besonders am Herzen liegt, aber nicht wenige stellen auch das eigene Wohl über das des Landes, und wie überall gibt es unterschiedliche Ansichten darüber, auf welche Weise dieses Wohl am besten befördert werden kann. Eng verschlungen mit dem großen Apparat der Japan Inc. existiert ein kleines, sehr elitäres, aber ungeheuer einflussreiches Syndikat. Es arbeitet äußerst effektiv – im Verborgenen. Funktioniert wie eine Sekte. Und ist unermesslich reich ... die Waguni, was so viel wie ›Heimatfront‹ heißt. Das sind die Strippenzieher, Mr. Gouldens.«

»Die kenne ich. Ein Mann namens Satori von der Waguni K.K. hat kürzlich mit meiner Kanzlei Lexman & Lexman Geschäftsbeziehungen aufnehmen wollen. Ein zwielichtiger Bursche. Er hat mich mehr oder weniger bedroht, und ich fand heraus, dass die Waguni K.K. wohl eine Briefkastenfirma der Yakuza ist.«

Hasekawa schnaubte verächtlich. »Das ist noch sehr verharmlosend ausgedrückt. Sicher gibt es da und dort ein paar Büros, Briefkästen und Konten auf den Namen Waguni K.K. Und wahrscheinlich würde es niemandem je gelingen, diesem Unternehmen irgendwelche illegalen Machenschaften nachzuweisen. Aber das ist alles nur Schein; eine Art – Scherz.« Hasekawa packte Jeremy am Oberarm und rückte ganz dicht an ihn heran. Sein Griff war erstaunlich kräftig. »Jetzt hören Sie mir ganz genau zu, Jeremy Gouldens: Stellen Sie sich vor, dass es in unserem Land Menschen gibt, die noch immer von einer Beherrschung Chinas und Koreas träumen. Und die so ganz nebenbei auch Taiwan, Indonesien und Myanmar *zurückholen* wollen – bis praktisch der gesamte ostasiatische Raum zu einem neuen Groß-Japan wird. Wie schon einmal – in den vierziger Jahren.«

»Klingt spannend. Aber auch ziemlich verrückt. Der Alptraum dieser Weltbeherrschungs-Hitlereien ist doch Gott sei Dank längst ausgeträumt. Japan und Deutschland haben ihre Quittung erhalten. Deshalb hat Japan ja bis heute offiziell gar keine Armee, sondern nur Selbstverteidigungsstreitkräfte.« Jeremy wiegte den Kopf bedächtig hin und her. »Allein schon vom Zahlenverhältnis Japan–China her scheint mir das ein hoffnungsloses Unterfangen zu sein.«

»Aber selbstverständlich, Herr Anwalt. In der Tat: Die japanischen Truppen wären ihren Gegnern in allen Belangen unterlegen.«

»In fast allen!«, warf Joe ein. »Naoki, du weißt doch: ein japanischer Soldat gibt niemals auf.«

»Nun macht es nicht so spannend, Leute!«, sagte Jeremy. »Was meinten Sie vorhin mit *es passieren merkwürdige Dinge*?«

Hasekawa senkte seine Stimme. Er rückte näher an Jeremy heran. »Fakt ist, dass der japanischen Marine vor wenigen Tagen ein U-Boot abhandengekommen ist. Entführt durch einen wilden Haufen national gesinnter Offiziere. Kennen Sie sich in der japanischen Geschichte aus, Gouldens-san?«

»Leidlich. Sie spielen wahrscheinlich auf den Putschversuch der nationalistischen Offiziere an. Mitte der dreißiger Jahre?«

»Exakt. Februar 1936. Nun ist es aber so, dass dieses U-Boot ein ganz besonderes U-Boot ist. Es wurde unter größter Geheimhaltung umgebaut und kann jetzt Raketen verschießen. Marschflugkörper konventioneller Bauart, aber ich nehme an, auch Nuklearwaffen. ABC-Waffen.«

»Das verstößt aber gewaltig gegen eure euch selbst auferlegte kernwaffenfreie Zone!«, wunderte sich Jeremy.

»Japan hat in der Vergangenheit schon gegen alles Mögliche verstoßen.« Hasekawa schnaubte erneut. »Ich denke allerdings nicht, dass nukleare Waffen gegenwärtig das Hauptproblem sind. Das Land hat genügend nukleare Probleme.«

»Was dann?«, fragte Jeremy mit erstickter Stimme.

»Bakteriologische Kriegsführung«, flüsterte Hasekawa. Jeremy sah ihn verständnislos an. »Bakteriologische Kriegsführung! Das könnte auch die logische Verbindung zu Ihnen sein, Jeremy Gouldens: zu Ihrem Kuroi-Fall.« Jeremys Gehirn arbeitete fieberhaft. Schon richtig: Impfstoffe, wie sie Kuroi produzierte, und biologische Waffen gehörten nahezu unscheidbar zusammen, das wusste er aus seiner Beschäftigung mit den Gräueltaten von Einheit 731 in Pingfang und Einheit 1644 in Nanking. Anthraxverseuchte Brunnen und die Pest bringende Keramikbomben mit Rattenflöhen für die anderen, Impfungen für unsre Jungs. Die Verbindung schien plausibel – wenn auch weit hergeholt.

Hasekawa fuhr fort: »Ich weiß aus zuverlässiger Quelle, dass die Kuroi-Gruppe in ihren Labors schon seit Jahrzehnten die geheimen amerikanisch-japanischen Forschungsprojekte aus dem Kalten Krieg weiterentwickelt. Im Zeitalter der Gentechnik haben die Kuroi-Wissenschaftler offenbar die DNA eines bestimmten hochagressiven Bazillus verändert und ihn sozusagen maßgeschneidert den Feinden Japans angepasst. Wenn das stimmt, dann hätten sie den perfekten Superbazillus gezüchtet, der auf ein spezielles Enzym des menschlichen Körpers reagiert, das wir Japaner indes nicht besitzen.«

»Was soll das für ein Enzym sein?«, fragte Jeremy. »Ich weiß nur, dass den Japanern ein gewisses Alkoholverträglichkeits-Enzym fehlt. Allerdings, wie ich mit Staunen bemerke, offensichtlich nicht allen. Und diesen Mangel haben sie mit den meisten Ostasiaten gemein.«

»Ich bin kein Biochemiker, Mr. Gouldens. Ich bin Alkoholiker. Ich weiß nicht, um welches Enzym es sich handelt. Jedenfalls handelt es sich um eine alte Geschichte. An diesem widernatürlichen Ausleseprinzip des Schreckens hat schon Professor Tadashi Ishiis Vater zusammen mit dem Kommandeur der berüchtigten Einheit 731 gearbeitet. Und die Ishiis der nächsten Generation haben seine Arbeiten nahtlos weitergeführt: Unter dem Dach des Kuroi-Konzerns.«

»Professor Tadashi Ishii?«, fragte Jeremy. »Aber Tadashi Ishii war doch eben der Gründer von Kuroi. Der ist längst tot.«

»Sein erstgeborener Sohn trägt mit Stolz den Namen seines Vaters. Es funktioniert genauso, wie wenn man einen Bauernhof in die Hände der nächsten Generation legt«, sagte Hasekawa. »Tadashi Ishii Vater war einer der Wissenschaftler, die in Nanking und Pingfang dabei waren. Und er arbeitete besonders eng mit Akira Murata zusammen« – Hasekawa machte eine Handbewegung in Richtung Joe –, »dem werten Herrn Stiefvater. Murata war damals verantwortlich für Versuchsreihen an Kriegsgefangenen, in denen speziell die jeweilige Widerstandskraft der verschiedenen Ethnien getestet wurde. Chinesen, Russen, Amerikaner, Mongolen, japanisch-chinesische Bastarde im Säuglingsalter, die nach Vergewaltigungen im Lager geboren wurden. Und so weiter ... Das Ergebnis war, sehr zum Verdruss der sich doch rassisch höherwertig wähnenden Japaner, dass die chinesischen Mandschuren wesentlich zäher sind als die Kinder Nippons.«

»Genug davon!«, rief Jeremy, dem wieder schummerig wurde. »Ich kenne diese Forschungsberichte.« Von der Vergangenheit des japanischen Biowaffenprogramms wusste er mittlerweile genug. Ihn interessierte die Gegenwart.

Hasekawa musterte ihn mitleidig. »Wie auch immer. Tadashi Ishii Sohn hat jedenfalls den gleichen Weg wie sein Vater eingeschlagen. Er leitet jetzt die geheimen Forschungslabors. Akira Murata wurde nach seiner Rückkehr aus den USA wieder ein wichtiger wissenschaftlicher Kuroi-Mitarbeiter, nach dem Tod von Tadashi-Vater nun von Tadashi-Sohn. Er ging in den siebziger Jahren in Pension, hielt aber nicht zuletzt über seinen Schwiegersohn weiterhin engen Kontakt zu Kuroi.« Nach diesen Worten fixierte Hasekawa Jeremy mit durchdringendem Blick. »Mr. Gouldens: Ich bin im Besitz von ernstzunehmenden Hinweisen, dass Kuroi in streng abgeschirmten Geheimlabors die Wirkungsweise ihres genveränderten Superbazillus an lebenden Menschen testet.« Er machte ein bedeutungsvolle Pause. »Genauso wie die Kuroi-Wissenschaftler in diesen Labors auch ihre neuartigen Medikamente zur Prävention von Strahlenschäden an menschlichen Versuchskaninchen entwickelt und getestet haben. Seitdem auch bei uns die Zahl der Obdachlosen steigt, herrscht an Probanden kein Mangel! Und schon bald wird es auch wieder Feldversuche geben. Ganz wie damals!«

Jeremy brauchte einige Augenblicke, um diese ungeheuerliche Behauptung zu verdauen. Natürlich wusste er, dass es im Reich der aufgehenden Sonne tatsächlich Menschen gab, die selbst nach Hiroshima nicht aufgehört hatten, von einem Groß-Japan zu träumen. Und dass diese Menschen sogar wieder mehr geworden waren, seit es mit dem Land wirtschaftlich bergab ging. Hatte nicht China erst kürzlich Japan als zweitgrößte Volkswirtschaft der Welt abgelöst – und das noch *bevor* Erdbeben, Tsunami und die Nuklearkatastrophe von Fukushima das Land wirtschaftlich weiter nach unten gezogen und, noch schlimmer, der internationalen Kritik preisgegeben hatten? Seine beim Versuch der Krisenbewältigung bewiesene Unfähigkeit, seine inkompetente Politik, seine verfilzte Wirtschaft und seine undurchsichtige Bürokratie hatten Japan das Gesicht verlieren lassen. Aber war das Grund genug, nun komplett durchzudrehen und mit genmanipulierten Mikroben um sich zu schlagen? Wie auch immer: »Wenn es stimmt, was Sie sagen«, meinte er zu Hasekawa, »dann bekommt mein Fall eine völlig neue Dimension.« Jeremy erinnerte sich an die Worte von Gao Feng: Wer in einen Abgrund hinabsteigt, darf nicht in die Tiefe blicken, sondern immer nur auf seinen nächsten kleinen Schritt. Trotzdem wurde ihm schwindelig.

»Warum sollten meine Informationen *nicht* stimmen?«, antwortete Hasekawa etwas indigniert. »Ich weiß, was Sie denken: Es kann nicht sein, was nicht sein darf. Das haben sie damals auch alle gedacht. Und doch deutet meiner Meinung nach alles darauf hin, dass die revanchistischen Kräfte dieses Landes bald losschlagen werden – vielleicht schon sehr bald, und sei es nur, um Chaos zu erzeugen und gezielte Zerstörung anzurichten. Wie ihr Mob da draußen auf den Straßen …«

Jeremy schoss plötzlich etwas ganz anderes durch den Kopf. Was war das für ein Wort, das Hasekawa nebenbei fallengelassen hatte? Da musste er nachhaken. »Entschuldige: Haben Sie vorhin nicht Akira Muratas *Schwiegersohn* erwähnt?«

»Masao Ishii, ja. Ein weiterer Vertreter des unseligen Ishii-Clans. Die nächste Generation. Einer der eifrigsten Mitarbeiter Tadashi Ishiis, der wohl hofft, seinen Onkel eines Tages beerben zu können.«

»Ich habe immer gedacht, Murata hätte nur *eine* Tochter.«

»Korrekt. Yukiko heißt sie. Das müssen Sie doch wissen, Mr. Gouldens. Masao Ishii ist ihr Mann. Ein schrecklicher Mensch.«

»Ein *devil in disguise*«, pflichtete Joe Murata bei.

Shanghai, 4. Mai 2012. 20:25 Uhr

»Chen? Bist du das? Was hast du da hinter der Bar zu suchen?«

»Mir ist da eben … ein Geldstück heruntergefallen, glaube ich.« Mühsam rappelte er sich auf. »Na ja, nicht so wichtig. Hallo Cathy. Aber sprich nicht so laut, sonst fallen wir auf.«

Er zog Cathy und die sprachlose Coco in einen rückwärtigen Teil der Bar, den man von außen nicht gut einsehen konnte.

»Kannst du mir bitte sagen, was um alles auf der Welt auch du auf diesem unglückseligen Empfang zu suchen hast?«, flüsterte Cathy. »Jetzt mal abgesehen von heruntergefallenen Geldstücken.«

»Ich? Na – ich war eben neidisch. Und neugierig. Ja – ich wollte einfach mal kucken, wie so ein Society Event so abläuft.«

»Chen – hier kommt niemand rein, der ›einfach mal kucken‹ will. Jedenfalls kein unbedeutender kleiner Bummelstudent. Das ist hier hochexklusiv.«

»Klar. – Außerdem hab ich natürlich Geld gebraucht. Da hab ich mich hier beim Catering beworben.«

»Chen – mein Vater überweist dir jeden Monat einen dicken Batzen. Du brauchst kein Geld. Du musst nicht jobben.«

»Doch, ich will mir jetzt ein … Auto kaufen. Dafür brauch ich Geld.«

»Chen – du hast keinen Führerschein.«

»Ein Führerschein kostet auch Geld.«

»Chen – gehörst du zu diesen Leuten?«

»Ich? Nein. Ich hab die noch nie gesehen. Gut, Michelle und Yu Ling kenne ich vom Geschichtsseminar.«

»Chen – lüg mich nicht an.«

»Das ist wirklich die Wahrheit. Wir waren zusammen in diesem Kurs über den Zweiten Japanisch-Chinesischen Krieg. Na ja, und da haben sie mich eben eingeladen, einfach mal mitzukommen.«

»Wohin mitkommen, hierher? Chen – allein dass du frei und unbewacht hier herumläufst, lässt deutlich darauf schließen, dass du mit ihnen unter einer Decke steckst.«

»Gut, zugegeben – es ging da um eine studentische Aktionsgruppe, Cathy. Aber wir sprengen keine Häuser in die Luft. Wir protestieren. Du kennst doch meine kritischen Ansichten zu Japan.«

»Aber das ist doch alles nur heiße Luft, Chen. Nur große Klappe. Deine Aufgeblasenheit, dein Minderwertigkeitskomplex, deine überschüssige Testosteron-Energie, die sich irgendwie entladen muss. Ich hab dich immer für einen sehr anstrengenden, aber doch harmlosen Spinner gehalten. Klar, ich wusste, du bist sozial gestört – trotzdem hätte ich nie gedacht, dass du tatsächlich *gemeingefährlich* bist. Die chinesische Regierung hat schon recht, wenn sie betont, dass die vielen frustrierten, gezwungenermaßen frauenlosen Junggesellen, die ›kahlen Äste‹, in ihrer unerfüllten Rastlosigkeit mehr und mehr zu einer Bedrohung für die soziale Ordnung werden. Aber mein eigener Cousin?«

»Du Cathy, genug jetzt. Gleich können die anderen von meiner Gruppe zurückkommen, und wenn sie uns hier zusammen sehen, ist das schlecht. Dann werden wir vermutlich beide erschossen.« Chen hatte keinerlei Lust, sein Leben zu gefährden, nur damit seine besserwisserische Cousine ihn nach Strich und Faden durch den Kakao ziehen konnte.

»Ich glaube, du hättest es verdient, Chen. Und wenn du lebend aus diesem Schlamassel herauskommst, wirst du sowieso als Terrorist erschossen. Die werden ein Exempel an euch statuieren, Chen. Die lassen keinen davonkommen.«

»Cathy: Was ich jetzt sage, ist wirklich die reine Wahrheit, glaub mir. Ich war bis heute Mittag felsenfest überzeugt, mich hier an einer gewaltfreien studentischen Protestaktion für die gute Sache zu beteiligen. Das hatte uns John versprochen. Seit der Explosion weiß ich, dass ich mich naiv habe einwickeln lassen. Ich will das hier nicht, Cathy, ich will es nicht! Und ich hasse John Huang. Und Michelle könnte ich eigenhändig erwürgen! Und dabei soll sie mir ins Gesicht sehen!«

Cathy kannte ihren kleinen Cousin gut genug, um zu wissen, wann er die Wahrheit sagte – oder davon zumindest überzeugt war. »Noch ist nicht alles zu spät«, flüsterte sie schnell. »Du kannst uns noch helfen. Bei uns am Tisch sitzt ein gefesselter Mann, David Morgan, der einen Aufstand gegen Huang plant. Hilf ihm, hilf uns, hilf allen, diesen Psychopathen zu überwältigen, und du wirst ein Held sein, Chen. Ich kenne ein paar hübsche Reporterinnen, die werden sich nur so um ein Interview mit dir reißen. Du wirst tagelang in allen Zeitungen sein und dich vor Mädchen nicht mehr retten können. Mach was. Sorge für Unruhe, trag die Botschaft unter deinen Leuten weiter. Du bist sicher nicht der Einzige von euch Studenten, der über Huangs viehisches Vorgehen enttäuscht und entsetzt ist. Aber sei vorsichtig! Und verbreite die Nachricht von der Revolte unter den Geiseln. *Let's roll!* Alle müssen wissen, dass *wir* die Stärkeren sind, wenn wir nur entschlossen zusammen losschlagen. Und hilf uns, David Morgan zu befreien. Als Terrorkomplize hast du Zugang zum Cateringbereich und so weiter. Besorge ein Messer und schneide ihm die Fesseln durch. Hier an der Bar wird es doch ein Messer geben.«

»Nur Plastikbesteck, Cathy. Nur Einmalmesser aus Plastik. Am ganzen Büffet. Angeblich aus Sicherheitsgründen. Schließlich sitzt man hier oben fast wie im Flugzeug. Wahrscheinlich aber haben das unsere Leute zur Verhinderung möglicher Gegenwehr schon so eingefädelt.«

»Dann lass dir sonst was einfallen. Du bist doch ein cleverer Junge. Vermassel dir nicht dein Leben, Chen. Glaub nicht, dass du jemals wieder lebend aus dem Gefängnis kommst, wenn du mal als Terrorist verknackt wurdest. – Du bist also dabei?«

Chen zögerte einen Moment. »Ja, Cathy«, sagte er dann.

»Versprochen? Dann mach's mal gut. Ich glaube an dich, mein Lieblingscousin!«

Osaka, 4. Mai 2012. 22:08 Uhr (21:08 in Shanghai)
Jeremys Gehirn arbeitete noch immer auf Hochtouren. Tausend Dinge schossen ihm gleichzeitig durch den Kopf. Wenn Yukiko einen von der *Gegenseite* geheiratet hatte, einen von denen, gegen die Jeremy kämpfte, einen von denen, die für ihn zu einer Art Personifizierung des Bösen geworden waren, hieß das dann, dass sie ihn und seine Sache verraten hatte? Oder schlimmer noch, dass sie nie auf seiner Seite gestanden hatte? Dass sie vielleicht nur so etwas wie ein Lockvogel gewesen war, um ihn auszuhorchen, wie man das von sowjetischen Agentinnen aus dem Kalten Krieg kennt und aus den James-Bond-Filmen? Nein, höchstwahrscheinlich hieß es das nicht. Aber was hieß es dann? Dass sie von ihrem Vater in einer Art perversem Akt der Strafe dazu gezwungen worden war, diesen Menschen zu heiraten, und sie ihm in ihrer fatalen, dummen Traditionshörigkeit gehorcht hatte? Das war schon eher möglich. Aber sie hatte ihm – jetzt, am Ende – ja auch jene Sendung mit den Beweismitteln gegen Kuroi geschickt, die Kuroi verriet und mit allem brach, wofür Kuroi stand. War genau das womöglich von jeher ihr letztes Ziel gewesen? Hatte sie mit Jeremy gebrochen, ihrem Vater seinen Willen getan, einen Mann geheiratet, den sie vielleicht im Innersten hasste, und womöglich auch angefangen, für jene Firma zu arbeiten, die für Jeremy das Herz der Finsternis verkörperte, nur um dadurch seinen Auftrag zu erfüllen? Wieder begann sich alles in seinem Kopf zu drehen. Wo war sein Whisky?

Joe bemerkte seinen hilflosen Blick und orderte eine Runde. Laphroaig, Suntory, Wild Turkey. Bier hatten alle noch.

Jeremy musste herausfinden, was Hasekawa über Yukiko wusste. Doch Hasekawa schien in eine Art Dämmerzustand verfallen zu sein und rührte sich nicht. War er betrunken? Kein Wunder. Sollte Jeremy ihn wachstupsen?

»Wir haben uns nur zweimal gesehen«, begann Hasekawa in diesem Moment ungefragt und mit monoton leiser Stimme. »Das letzte Mal ist erst einige Tage her. Sie suchte Hilfe und Schutz. Sie hatte von unserem Netzwerk gehört und seit längerem versucht, Kontakt zu uns aufzunehmen. Das war nicht ganz leicht. Ihr Mann hat sie auf Schritt und Tritt überwacht. Wissen Sie, Mr. Gouldens – wir agieren im Verborgenen. Und sie fühlte sich bedroht. Nein, sie *war* bedroht. Es war für sie zuletzt sehr schwer, sich frei zu bewegen.«

»Wissen Sie, wo sie ist?« Jeremy spürte, wie seine Stimme zitterte. Nicht nur die Stimme. »Nein. Sie ist verschwunden. Als sie vor ein paar Tagen hier war – hier in dieser Bar – und mir das Päckchen brachte, sagte sie, sie sei da etwas auf der Spur. Und dass die Zeit dränge. Aber sie war noch nicht am Ziel. Das letzte Glied der Kette fehlte. Tu nichts Gefährliches, Mädchen, sagte ich. Tu nichts Gefährliches. Sie lächelte bloß ihr trauriges Lächeln. Wenn ich in den nächsten zwei, drei Tagen nichts von ihr hörte, sollte ich die Sendung in die Post geben. Ich habe nichts von ihr gehört. Da habe ich sie in die Post gegeben.«

»Wann war das?« Jeremy schrie es förmlich.

»Vor einer Woche, zehn Tagen vielleicht. Vielleicht mehr, vielleicht weniger.« Hasekawa wandte ihm seine trüben, wässrigen Augen zu. »Die Tage verschwimmen. Es fällt mir immer schwerer, sie auseinanderzuhalten. Und die Dunkelheit wächst.«

»An wen war die Sendung adressiert?« Nur zur Sicherheit fragte er.

»Na, an einen Mr. Jeremy Gouldens in Shanghai. Unbedingt persönlich zu übergeben.«

»Und *Sie* haben es also für sie in die Post gegeben. Hat sie Ihnen etwas über den Inhalt gesagt?« Hasekawa wühlte in seiner Tasche und zog ein zerknittertes Stück Papier hervor. »Schon«, meinte er dann. »Ein wenig. Schauen Sie.« Jeremy sah die dunkle Kopie einer rechteckigen Din-A-5-Seite, in einer kleinen, zierlichen Schrift beschrieben, die aber nicht diejenige Yukikos war. »Was ist das?«

»Sie sagte, das wäre eines der Dokumente, die sie für Sie abgescannt habe. Kennen Sie es nicht?«

»Hasekawa, da sind Hunderte, Tausende von Dokumenten auf den DVDs, die konnte ich in den wenigen Tagen noch nicht alle sichten.«

»Es ist die Kopie einer Seite aus dem Tagebuch ihres Vaters. Interessante Lektüre. Stecken Sie es ruhig ein, ich habe es längst selber abgescannt.« Jeremy nahm das Papier, hatte aber Mühe, die spinnenhaften *Kanji*-Zeichen zu entziffern. Vielleicht konnte Joe das später für ihn erledigen. Wieso war ihm ein so wichtiges Dokument bisher entgangen? Gut – Yukiko hatte schon immer ihre eigenen Vorstellungen von Ordnung gehabt und das Gliederungssystem der Dokumente auf ihren DVDs hatte Jeremy bislang nicht wirklich zu durchdringen vermocht.

»Akira Murata hat stets penibel Buch geführt, das ist bekannt«, fuhr Hasekawa fort. »Schon damals in Nanking und Pingfang, später in Deutschland und auf der I-52, auch während der Kriegsgefangenschaft und dann nach seiner Rückkehr nach Japan und zu Kuroi. Ein Archivar des Grauens. Seine Aufzeichnungen könnten also wohl viele wichtige Verbindungslinien endlich deutlich greifbar werden lassen. Doch sie gelten als verschollen. Einen Teil dürften damals die Amis gefunden und verschwinden haben lassen. Doch ebendieses Blatt zeigt, dass das gerade für einige der brisantesten Details nicht gilt. Aber wo sind die Tagebücher hinverschwunden? Yukiko konnte oder wollte es mir nicht sagen.« Naoki Hasekawa wandte sich zu Jeremy und Joe. »Findet die Tagebücher von Akira Murata«, sprach er. »Findet alle seine Aufzeichnungen. Öffnet diese Goldgrube. Oder diese Schreckenskammer menschlicher Verderbtheit, je nachdem, wie man es sieht. Ich nenne euch jetzt einen Namen: Takita Koyama. Er ist Professor für Geschichte an der Otani-Universität in Kyoto und spielt beim Versuch der japanischen Vergangenheitsbewältigung eine nicht unbedeutende Rolle. Allerdings gilt er als schwierig.«

»Ich habe noch nie von ihm gehört«, murmelte Jeremy.

»Er hat sich auf die jüngere japanische Geschichte seit Anfang des 20. Jahrhunderts spezialisiert und könnte euch weiterhelfen. Am besten ihr fahrt morgen gleich hin. Gegen Mittag ist er am ehesten in seinem Büro zu erreichen. Und dann durchsucht das Haus von Murata.«

»Yukiko hat das bestimmt längst getan«, sagte Joe Murata.

»Durchsucht es trotzdem.«

»Was ist mit ihrem Mann, diesem Masao Ishii?«

»Natürlich wüsste der viel. Wie auch die Ishii-Brüder, Tatsu und Tadashi, viel wüssten. Aber an die heranzukommen, ist fast aussichtslos. Ich glaube auch nicht, dass ihr aus Masao Ishii viel herausbekommen könntet, selbst wenn ihr ihm bei lebendigem Leibe die Haut abzieht. Aber diese Überlegungen sind sowieso alle müßig. Er ist nämlich ebenfalls verschwunden.«

»Verschwunden?«

»Ja, wie Yukiko, seine Frau. Wie ich höre, fehlt von ihm seit ein paar Tagen offenbar jede Spur. Aber über den mache ich mir keine Sorgen. Eher darüber, wozu er fähig sein könnte.«

Tokio, 4. Mai 2012. 22:10 Uhr (21:10 in Shanghai)

Der japanische Premierminister hatte sein Küchenkabinett für neun Uhr japanischer Zeit zu einer weiteren Lagebesprechung an den Konferenztisch gebeten. Einzig Verteidigungsminister Chiba Mamoru und die Herren Generäle Hata Nakajima und Yasuji Ishikawa hatten sich dringender Termine halber empfohlen. Ein den aktuellen Ereignissen geschuldetes wichtiges Strategietreffen höchstrangiger japanischer Militärs auf der Marinebasis von Kure duldete keinerlei Aufschub. Außerdem war in Abstimmung mit dem Premier beschlossen worden, aufgrund der Unruhen überall im Land einzelne Kontingente der Streitkräfte sicherheitshalber in Alarmbereitschaft zu versetzen.

Das Eintreffen des Premierministers verzögerte sich Minute um Minute und Viertelstunde um Viertelstunde. Die Minister und Militärs saßen wie auf Kohlen. Mittlerweile hatte sich herumgesprochen, dass sich nicht nur in Shanghai Sonderbares ereignete. Über ihre Smartphones hatten sie sich auf dem Laufenden gehalten, bis schließlich einer nach dem anderen statt neuer Twitternachrichten nur noch Meldungen wie »Fehler! Server nicht gefunden« abrufen konnte. Stattdessen war man nun eifrig am Telefonieren und Textnachrichtenversenden. Das ging noch. Aber wie lange?

Vor einigen Minuten hatte nun endlich der Premierminister wieder den Raum betreten, gefolgt von seinem engsten Beraterstab. Auf Etikette wurde inzwischen kein besonderer Wert mehr gelegt; die meisten Minister hatten ihre Krawatten abgelegt oder zumindest gelockert und sich ihrer Sakkos entledigt. Nur der Premier, der nun am Kopfende des Tisches Platz nahm, sah aus wie aus dem Ei gepellt. Wie immer, dachte Innenminister Masao Hashimoto. Hauptsache nach außen stimmt alles. Die Oberfläche ist alles in Japan. Die Äußerlichkeiten. Er selbst machte sich immer größere Sorgen. Er wusste, dass er in der Regierung nur das liberale Aushängeschild war, um die Stimmen der gemäßigten Rechten zu sichern. Zu sagen hatte er nicht viel, und das Einzige, was sich in seiner bisherigen Amtszeit als beständig erwiesen hatte, war die Tatsache, dass sein Sessel wackelte und er sich dauerndem Beschuss vonseiten der Hardliner um Verteidigungsminister Chiba Mamoru ausgesetzt sah. Auch im Premier hatte er keinen Rückhalt, selbst wenn der es geflissentlich vermied, sich in diesem Hickhack eindeutig zu positionieren. Wenngleich der Premier Mamorus reaktionäre Positionen nicht vorbehaltlos teilte, waren ihm Hashimotos liberale Vorstellungen doch mindestens genauso suspekt. Und persönlich konnten sie überhaupt nicht miteinander. Gegenüber Hashimoto überboten sich Premier und Verteidigungsminister förmlich an unsympathischer Widerlichkeit. Der Innenminister, dem man längst eine Zuständigkeit nach der anderen abgenommen hatte, sah sich also innerhalb der Regierung zunehmend isoliert, und er hatte schon oft an Rücktritt gedacht. Aber sollte er kampflos mitansehen, wie die Hardliner, allen voran der fanatismusverdächtige Leiter des erst 2007 neugegründeten Verteidigungsministeriums, die Regierungsgewalt an sich rissen und das Land ins Unheil stürzten? Nein, das konnte er nicht. Doch deshalb konnte er sich genauso wenig zu deren Handlanger machen – als Teil einer Regierung, die Dinge beschloss, die er nicht vertreten konnte. Er litt sehr unter diesem Dilemma.

Wo war er denn nun, sein Intimfeind Mamoru? Es hieß, er sei bei einem Strategietreffen, um eine Befreiung der Geiseln aus der Luft vorzubereiten sowie um das gerade anlaufende und seit Monaten von langer Hand vorbereitete Manöver vor der Südinsel Kyushu zu koordinieren, das er trotz Geiselnahme und der gespannten Situation im ganzen Land unverständlicherweise nicht hatte abblasen wollen. Gleichzeitig, so hatte er ihren Kreis vor seinem Verschwinden informiert, würden, in enger Absprache mit Premier und Küchenkabinett, gewisse Spezialtruppen der Selbstverteidigungsstreitkräfte mobilisiert, nur als Drohung, falls die Unruhen überhandnehmen sollten. Warum so eilig, Mamoru? Hashimoto rätselte. Die Rädelsführer auf den Straßen waren rechter Mob, der den Sturz der Regierung und ein gewaltsames Eingreifen in China forderte. Gegen solche Leute, die ihm förmlich aus der Seele sprachen, würde der Verteidigungsminister wohl kaum seine Truppen aufmarschieren lassen. Nein: Die reaktionären Kräfte Nippons hatten offenbar Größeres vor. Und Mamoru wollte dabei sein.

»Meine Herren«, erhob nun der Premier seine Stimme, »ich gehe davon aus, dass sich mittlerweile herumgesprochen hat, dass der perfide Anschlag in Shanghai nicht mehr unser einziges Problem ist. Auf den Straßen unseres Landes ist es zu chinafeindlichen Ausschreitungen, Plünderungen, Brandstiftungen, Schlägereien und, wie ich soeben gehört habe, ersten Todesfällen gekommen. Die Protestierenden fordern den Rücktritt der Regierung – von uns, meine Herren! – und ein gewaltsames Eingreifen zur Beendigung der Geiselnahme in Shanghai. Zu Letzterem sind im Planungsstab unseres daher heute Abend leider verhinderten Verteidigungsministers Mamoru die Vorbereitungen weit vorgeschritten. Die Proteste auf den Straßen wurden offenbar in starkem Ausmaß durch Massenmails und Aufrufe in Onlinenetzwerken wie Twitter, Facebook und Co. angestachelt. Als erste Gegenmaßnahmen wurden mehrere Server vorübergehend gesperrt. Auch ein Einsatz des Militärs zur Niederschlagung gewaltsamer Ausschreitungen ist in Vorbereitung. Mamoru und ranghohe Militärs sind gerade mit der Ausarbeitung entsprechender Planungen beschäftigt. Die Mobilisierung großer Truppenteile ist angelaufen. Seien Sie versichert: Wir haben die Situation unter Kontrolle.«

Hashimoto war entsetzt. Das hörte sich jetzt schon viel *offensiver* an als Mamorus Worte vorhin. Immerhin verstand er nun, warum er über sein Mobiltelefon nicht mehr ins Internet kam. Hatte also jetzt auch Japan seine »Facebook-Revolution«? Ironischerweise ja, davon war leider auszugehen. Ob nun Diktatur durch Demokratie oder Demokratie durch Diktatur ersetzt wurde – das so oft ob seiner anarchischen Kraft beschworene Internet ist schließlich nur ein Medium, das sich für alles Mögliche instrumentalisieren lässt. Hashimoto überkam ein Frösteln. Er ließ sich die Sätze des Premiers noch einmal durch den Kopf gehen und glich sie mit den übrigen dort abgespeicherten Daten ab. Plötzlich kam ihm das alles irgendwie bekannt vor. Als hätte er das alles schon einmal *gelesen*. Ein sehr unbehagliches Déjà Vu, wie er fand.

Noch bevor der Premierminister mit seinem kurzen Lagebericht am Ende war, hatten sich die Generäle Kesago Shunroku und Hideki Okamura erregt erhoben. Nun meldeten sie sich zu Wort. »Warum wissen wir von alledem nichts?«, rief Okamura. »Ich bitte um Informationen darüber, welche Truppen da gerade mobilisiert werden«, forderte Shunroku. »Jedenfalls keine, die mir unterstehen!« Der Premier rückte sich verwirrt die Brille zurecht. »Sie wollen doch nicht sagen, dass unser Verteidigungsminister Sie noch gar nicht informiert hat?«

Doch, genau das wollten sie sagen. Hatten sie soeben gesagt.

»Das ist seltsam.« Nervös zog der Premier die Brille ab und begann, sie an einem Zipfel seines weißen Hemdes zu putzen. Für den sonst so peinlich auf Etikette achtenden Premier ein sehr ungewöhnlicher Akt. Hatte da etwas seine vorausschauende Klarsicht getrübt?

Masao Hashimoto konnte jetzt erst recht nicht mehr auf Etikette achten. Auch er hatte ein weißes Hemd an, doch mittlerweile klebte es ihm klatschnass und grau vor Schweiß am Leib. Gerade war ihm alles klar geworden: Offensichtlich versuchte eine verschworene Clique aus größenwahnsinnigen Machtpolitikern, kriegslüsternen Militärs und geifernden Nationalisten, ihren Traum von einem Groß-Japan, das ganz Ostasien beherrschte, fröhliche Urständ feiern zu lassen. Aber wie mächtig war diese Clique?

Der Premier hatte inzwischen seine Brille geputzt. Es hatte nicht geholfen, wir er mit einem tiefen, leidenden Ausatmen feststellte. Aber vielleicht sah ja jemand anderes unter den Versammelten klarer als er. »Kann mir bitte – äh – einer der Herren sagen, was hier vor sich geht?«

Masao Hashimoto kämpfte mit sich einen der schwersten Kämpfe seines Lebens. Alles hing von der Frage ab, ob der Premier selbst *dazugehörte* oder nicht. Dagegen sprach seine momentan zur Schau gestellte Ratlosigkeit. Natürlich war der Premier wie alle Politiker ein Schauspieler, aber wie fast alle Politiker war er zugleich kein guter Schauspieler. *Für* seine Beteiligung wiederum sprachen so manche ungeheure revanchistische Äußerungen, die der Premier, wie man Hashimoto zugetragen hatte, im vertrautesten Kreis hatte fallenlassen. Dafür sprach auch sein offensichtliches Vertrauen in die Aktionen dieses Verrückten Mamoru. Und am meisten sprach dafür womöglich, dass er, Hashimoto, ihn instinktiv hasste. Aber sollte er sich heute von seinen persönlichen Gefühlen leiten lassen? Wie auch immer – gleich würde er es wissen. Hashimoto erhob sich vom Stuhl, im Bewusstsein, jetzt alles auf eine Karte zu setzen. Entweder würde zumindest seine politische Karriere in wenigen Minuten beendet sein. Oder es gab vielleicht doch noch eine kleine Chance, die anrollende Tragödie in letzter Minute zu verhindern. »Erlauben Sie eine Frage, Herr Premierminister?«

»Bitte, Herr Kollege: Fragen Sie nur!« Der Premierminister sah seinen schärfsten innerparteilichen Kritiker herausfordernd an.

»Sagt Ihnen der Name ›Operation Morgenröte‹ etwas?«

Nein, der sagte ihm nichts. Ob Schauspieler oder nicht – seine Reaktion war jedenfalls anders als die der Herren Generäle Shunroku und Okamura, die beide erkennbar zusammengezuckt waren.

»Meine Herren Kollegen, verehrter Generalstab – so weit anwesend«, sagte Hashimoto und war bemüht, das Zittern in seiner Stimme zu unterdrücken, »mich erinnern die gegenwärtigen Vorkommnisse stark an eine zirka 5000 Seiten dicke Akte, die vor einiger Zeit über meinen Schreibtisch ging. Sie verstehen, dass ich in meiner Position und mit meinem Amt die Tausende von Seiten nicht alle habe lesen können. Aber ich habe sie überflogen. Und jetzt scheinen mir zahlreiche ihrer Inhalte in den jüngsten Geschehnissen wiederzubegegnen: Der Plan, die Lage im Land und auch die Regierung zu destabilisieren, um die Atmosphäre für ein militärisches Eingreifen zu schaffen. Über die Provokation eines Zwischenfalls mit China Chaos zu erzeugen. Über eine fingierte Geiselnahme die Schwäche und Erpressbarkeit der Regierung zu demonstrieren und regierungsfeindliche Empörung und Ausschreitungen im Volk zu provozieren. Über gezielte Internetpropaganda die Massen zu mobilisieren und den Ruf nach einer Machtübernahme des Militärs lautwerden zu lassen. Das Ganze mit einem lang angekündigten Manöver zu verbinden, um so sofort die nötige Truppenstärke zur gebotenen Reaktion im Falle einer chinesischen Antwort auf die gezielte Provokation parat zu haben. Zur Verhinderung von Gegenmaßnahmen im Land mit geballter Armee Präsenz zu zeigen. Die Regierung zu unterminieren und möglichst viele hochrangige Vertreter auf die Seite der Putschisten zu ziehen. Die versammelte Rest-Regierung während einer improvisierten Krisensitzung zu …« Hashimotos Atem stockte. »Zu …«

»Aber das Ganze war doch nur ein – Spiel«, rief da General Okamura dazwischen.

»Sehr richtig. In den Papieren, die ich vorliegen hatte, ging es nur um ein strategisches Planspiel zur Ausbildung von Offizieren. Aber aus Spiel kann bekanntlich schnell Ernst werden. Aus bloßer Fiktion kann leicht mörderische Wirklichkeit werden. Und die Übergänge sind fließend.«

»Sie meinen also –« der Premier war leichenblass geworden – »Putsch?«

»Sieht ganz danach aus«, antwortete Hashimoto, der Mut zu fassen begann. Für einen Putschisten gegen sich selbst war der Premier dezidiert eine Spur zu fahl geworden. »Putsch des Militärs gegen die Regierung.«

»Aber jedenfalls nicht des gesamten Militärs«, rief Okamura und machte einen Schritt nach vorne. Shunroku hinterdrein. »*Wir* sind hier. Und stehen zu Diensten.«

»Ich hoffe, Sie haben bei der Truppe noch etwas zu sagen«, meinte Hashimoto, der sich plötzlich eigentümlich ruhig und leicht fühlte. Er war offensichtlich doch nicht der Einzige in diesem verrückten Land, der noch nicht komplett durchgedreht war. »Dann sagen Sie schleunigst, was Sie sagen können. Verhindern Sie, was sich noch verhindern lässt. Denn die ›Operation Morgenröte‹ ist bereits angelaufen.«

Der Premierminister wirkte nachdenklich. »Kannte denn Verteidigungsminister Mamoru den Strategieplan zu diesem – Spiel?«

»Davon gehe ich aus.«

»Und wusste der Verteidigungsminister, dass gerade Sie Einblick in den Plan hatten?«

»Meines Wissens nicht. Der Plan zu dieser Operation wurde mir seinerzeit von, na ja – besorgten Militärs weitergeleitet. Doch äußern Sie sich selbst, General Okamura.«

Das tat er: »Wir hatten zwischenzeitlich Bedenken, dass es sich bei diesem vorgeblichen Strategiespiel vielleicht doch um einen realen Putschplan handeln könnte.«

»Und diese Bedenken haben sich inzwischen verflüchtigt?«

»Zwischenzeitlich – ja. Zwischenzeitlich. Bis eben.«

»Was sind nun die genauen Ziele dieser Operation – wie sagten Sie? Morden-*was*?«

»Morgenröte.« Hashimoto war ein ausgesprochener Eidetiker mit sozusagen fotografischem Gedächtnis, und jetzt hatte er sich das erste Blatt jener Akte wieder auf den Schirm gerufen. Er las also gewissermaßen ab: »›Operation Morgenröte‹ ist der Deckname für einen empfindlichen Nadelstich, der es uns ermöglicht, unseren natürlichen Feinden China und Korea die neue und gewachsene Stärke Japans vor Augen zu führen und etwaige Eroberungsgedanken respektive Invasions- und Angriffspläne gegen uns auf unbestimmte, aber sicherlich längere Zeit von vorneherein zu unterbinden. Zu betonen ist, dass es sich nicht allein um eine von Militär- und Regierungskreisen, sondern auch um eine vom Volk getragene Operation handelt – vertreten vor allem durch etliche Repräsentanten der führenden Unternehmen und Banken unseres Landes. So gesehen handelt es sich bei der ›Operation Morgenröte‹ um eine Bündelung der Kräfte aller wichtigen gesellschaftlichen Institutionen zur Ehrenrettung Japans.«

Hashimoto hatte geendet. Der Premierminister sah ihn an. Soll er halt doch erst einmal im Amt bleiben, dachte er. Ein Unsympath zwar, aber ein wackerer Unsympath. Während ihn sein hitzköpfiger Verteidigungsminister bitter enttäuscht hatte. Na, der konnte was erleben. Er mochte ja ehrenwerte Ziele haben – schließlich war China seit 2010 in alter Tradition wieder Japans offizieller Erzfeind Nummer eins. Aber so ging das nicht: Was Mamoru da losgetreten hatte, war politisch-militärisches Harakiri. Er ließ sich ein Telefon reichen. Vielleicht konnte er ihn ja doch noch umstimmen. »Ich will jetzt auf der Stelle mit Verteidigungsminister Mamoru sprechen!« Während die Verbindung hergestellt wurde, herrschte gespanntes Schweigen im Raum. Das Gespräch währte nur kurz. »Verstehe«, sagte der Premier am Ende und legte auf. Dann wandte er sich an das versammelte Küchenkabinett. »Er ist schon auf dem Weg zu uns«, verkündete er.

Was immer das heißen mochte.

Okinawa, 4. Mai 2012. 22.46 Uhr (21:46 in Shanghai)

Im Lageraum von Camp Courtney auf Okinawa hing eine gespannte Erwartungshaltung in der Luft. General William Shirer hatte inzwischen mehrmals mit dem Pentagon, mit der CIA-Zentrale in Langley, der Nationalen Sicherheitsbehörde NSA sowie dem Oberkommando der amerikanischen Pazifikstreitkräfte in Salt Lake auf Hawaii kommuniziert. Diese vier Stellen hatten sich in seltener Einigkeit darauf verständigt, alle Informationen auf Okinawa zu bündeln. Und die ständig neuen Informationen, die im Minutentakt eintrafen, verhießen wahrlich nichts Gutes. Shirer, der die japanische Mentalität gut kannte, konnte eins und eins zusammenzählen. Danach deutete derzeit alles auf einen bereits in Gang befindlichen Militärputsch in Japan hin. Mal wieder: In Japan hatte es seit Beginn der Westausrichtung des Landes mit der Meiji-Revolution 1868 immer wieder Aufstände und Putschversuche von antiwestlichen Nationalisten gegeben: von der Shinpuren- und der Satsuma-Rebellion in den 1870er Jahren über den Putschversuch fanatischer Anhänger des Tennos 1936 bis hin zum inszenierten Staatsstreichversuch des verrückten Schriftstellers Yukio Mishima 1970. Alle waren sie letztlich gescheitert; stets hatten sich die Rädelsführer am Ende via *Seppuku* aus der Affäre gezogen (wie übrigens 1945 auch der japanische Kriegsminister Korechika Anami, nachdem er die Kapitulationsurkunde unterzeichnet hatte). Und jetzt war es offenbar wieder so weit. Die gegenwärtigen Vorgänge in Japan erinnerten General Shirer, soweit er sie überblicken konnte, vage an die »Operation Vorschlaghammer«, einen 2007 bekanntgewordenen, nie ausgeführten dubiosen Putschplan ultranationalistischer Militärs in der Türkei. In Japan war ein ähnlicher Plan offenbar gerade dabei, Wirklichkeit zu werden. Keiner konnte genau sagen, wer im Moment die Macht im Land hatte. Die US-Stützpunkte auf den Hauptinseln, besonders die Marinestützpunkte in Atsugi und Yokosuka nahe Tokio sowie in Sasebo auf der Südinsel Kyushu, waren in höchste Alarmbereitschaft versetzt worden, und auch auf Okinawa selbst waren entsprechende Vorbereitungen in Gang – schließlich war davon auszugehen, dass es sich auch in Japan bei den Putschisten wie stets zuvor um reaktionäre Nationalisten handelte, die der US-Militärpräsenz auf japanischem Boden keineswegs freundlich gesinnt waren.

»Noch einmal Salt Lake auf Leitung zwei!«, rief der wachhabende Kommunikationsoffizier, »Admiral Willert.« General Shirer hob den Hörer ab. Admiral Willert war Kommandeur des PACOM, des Pazifikkommandos der Vereinigten Staaten, mit Sitz in Salt Lake bei Honolulu, dem Shirers Third Marine Expeditionary Force unterstellt war.

»Bob? Bob Willert? Alte Ratte! Was gibt's Neues?« Shirer und Willert kannten sich schon seit ihrer gemeinsamen Zeit bei der United States Naval Academy in Annapolis, Maryland, und hatten untereinander ihre studentischen Umgangsformen im Wesentlichen beibehalten. Willerts etwas rüde klingender Spitzname war eine Anspielung auf sein kurzes Hollywood-Intermezzo: Willert hatte 1986 nicht nur als militärischer Berater für den Actionfilm *Top Gun* fungiert, sondern sogar eine kleine Rolle als Pilot mit dem Funkrufzeichen »Rat« übernommen, der ein rätselhaft agierendes feindliches Flugzeug steuerte. Dem chinesischen Staatsfernsehen hatten die Flugszenen aus dem heftig patriotischen US-Streifen übrigens so gut gefallen, dass es 2011 einen Beitrag über ein eigenes Luftwaffenmanöver eben mit Bildern aus *Top Gun* aufpeppte. Heute allerdings war Willert nicht allzu sehr nach Hollywood zumute. Heute war es ernst. Heute ging es um ein rätselhaft agierendes U-Boot der japanischen Freunde.

»General Shirer – hi Bill –, was es Neues gibt? Das wollte ich gerade dich fragen. Ich habe gleich eine Videokonferenz mit dem Pentagon und würde unserem Verteidigungsminister gern ein paar gute Nachrichten aus erster Hand überbringen. Ich habe gedacht, du könntest mir vielleicht helfen.«

»Mit Nachrichten aus erster Hand ja, aber ich glaube nicht, dass es gute Nachrichten sind. Im Gegenteil. Soeben wurden uns ein paar gestochen scharfe Satellitenbilder überspielt. Danach sieht es ganz so aus, als würden unsere schlitzäugigen Verbündeten im Süden der Hauptinseln ein ungewöhnlich großes Manöver abhalten. Und überall im Land werden weiterhin die Truppen mobilisiert. Angeblich wegen der Unruhen auf den Straßen.«

»Okay. Und was ist mit dem verschwundenen U-Boot?«

»Die Tancho ist nach wie vor unauffindbar. Keine Funksprüche, keine Peilsignale. Das Einzige, was wir haben, ist ein abgehörtes Satelliten-Telefongespräch meines Spezialfreundes Admiral Yamada. Er hat es zwar durch einen Hacker gesendet, aber meine Jungens haben Teile des Gesprächs entschlüsseln können. Offenbar läuft diese ganze Putschgeschichte unter dem Codenamen ›Operation Morgenröte‹. Und das Verschwinden der Tancho hat definitiv etwas mit den Vorgängen in Tokio zu tun.«

»Dann ist Yamada also auch einer der Verschwörer?«

»Sieht jedenfalls so aus, als wüsste er von dem Unternehmen. Vielleicht ist er auch nur genauso besorgt wie wir und will keine schlafenden Hunde wecken. Meine Hand würde ich aber nicht für ihn ins Feuer legen. Wir vermuten, dass eine ganze Reihe hochrangiger Militärs an der Sache beteiligt ist. Vielleicht sogar der Verteidigungsminister.«

»Das klingt nicht gut. Gar nicht gut. Aus Okinawa im Moment also keine guten Nachrichten. Genauso wie aus Langley. Unsere Freunde von der Agency haben mich vor wenigen Minuten über ihre neusten Vermutungen informiert: Es kursiert jetzt das Gerücht, dass sich nicht nur Marschflugkörper an Bord des U-Boots befinden könnten, sondern darüber hinaus noch eine weitere geheimnisvolle Fracht. Dabei handelt es sich um Koffer.«

»Koffer?« General Shirer glaubte sich verhört zu haben.

»Ja, Bill, Koffer. Und zwar haben sie einen Japaner aufgetrieben, der beobachtet haben will, dass Dutzende kleinere Aluminiumkoffer an Bord der Tancho gebracht worden sind. Seltsam, nicht? Mit einer kleinen Vergnügungsreise zu den Fidschis dürften wir es jedenfalls nicht zu tun haben.«

»Aber der Informant konnte nicht sagen, was sich in den Koffern befindet?«

»Das ist das Problem. Die waren natürlich verschlossen. Hast du vielleicht eine Idee?«

»Nein. Da müsste ich nochmal verschärft nachdenken. Aber wenn ich das Wort ›Morgenröte‹ höre … im Zusammenhang mit dem Umstand, dass die Tancho, wie wir vermuten, verbotenerweise Marschflugkörper an Bord hat …«

»Atomwaffen sind *künstliche Sonnen*. Oh mein Gott, daran habe ich ja noch gar nicht gedacht!«

Shirer seufzte schwer. »Gibt es bereits Überlegungen, wie wir verfahren, wenn wir die Tancho aufspüren sollten?«

»Ja, ich habe die ehrenvolle Aufgabe, dem Verteidigungsminister auf Beschluss des Generalstabs empfehlen zu dürfen, das Boot unserer Verbündeten möglichst unauffällig versenken zu lassen.«

»… und die Aktion dann als bedauerlichen Unfall zu vertuschen. Ich grübele zwar immer noch darüber, wie das alles zusammenhängt, aber diese Idee meiner direkten Vorgesetzten möchte ich ausnahmsweise uneingeschränkt unterstützen.« Willert, die »Ratte«, lachte auf. »Der Auslaufbefehl für die internationale Flotte geht in diesem Augenblick raus«, fuhr er dann in dienstlichem Ton fort, »das geplante Manöver ›Pirate Style 2012‹ wird also nun doch wie vorgesehen durchgeführt – mit ein wenig Verzögerung. Aber findet mir vor allem dieses gottverdammte U-Boot und schickt es auf den Grund.«

Gut, dachte Shirer, nachdem er aufgelegt hatte. Sollte ja nicht allzu schwer sein, diese Tancho zu finden. So groß ist der Stille Ozean ja auch wieder nicht, oder? Gut, das weltgrößte Meer … Tancho – ein merkwürdiger Name im Übrigen. Als Japankenner wusste Shirer, dass

»Tancho« der japanische Name des seltenen Mandschurenkranichs ist, des japanischen Nationalvogels. Dieser besondere Status, der den Vogel dennoch nicht vor der zwischenzeitlichen Ausrottung in der freien Wildbahn Japans hatte bewahren können, hat zweifellos etwas damit zu tun, dass der Mandschurenkranich auf der Krone seines weißen Kopfes einen runden roten Fleck trägt. Zudem gilt er in Japan als Symbol für Glück und Frieden. Nach der Fukushima-Katastrophe 2011 waren überall auf der Welt Origami-Kraniche gefaltet und nach Japan geschickt worden. Und jetzt schickten diese durchgeknallten Japse ihren Spezialkranich übers Meer. Shirer schüttelte den Kopf. »Makaber« schien ihm da eher noch untertrieben. Es wurde Zeit, dass er pensioniert wurde.

Shanghai, 5. Mai 2012. 23:25 Uhr

Das Veranstaltungszentrum im 94. Stock des Shanghaier WFC lag in gespenstischer Stille. Die Lichter waren heruntergedimmt, und die Geiseln, die in vier Gruppen jeweils in einer Ecke des großen Saales zusammengepfercht worden waren, saßen schweigend in ihren Winkeln oder dösten vor sich hin. Ihre Notdurft konnten sie nur noch unter Aufsicht verrichten. Wenn sie an ihren Platz zurückkehrten, nickten sie ihren Bewachern dankbar zu. Aus den Toiletten roch es nach Urin und Erbrochenem; im Umkreis der größtenteils abgegessenen Büffets nach Frittierfett, zerlaufenem Käse, gammelnden Meeresfrüchten und schalen Getränken. Doch am schlimmsten waren die Ausdünstungen der Menschen selbst; der ekelerregende, säuerliche Schweißgeruch der Todesangst.

Auch am VIP-Tisch in der Mitte des Saals vor dem Rednerpodium herrschte Schweigen. Minato Moto sah aus, als würde er schlafen, doch in Wahrheit meditierte er nur. Cathy neidete ihm diese Fähigkeit, sich in sich selbst zurückzuziehen, sich ganz abschotten zu können von der furchtbaren Gegenwart um ihn herum. Sie beneidete auch Coco, die, den Kopf auf der Tischplatte, leise vor sich hinschnarchte. Auch ihr fielen die Augen zu. Immer wieder sank ihr das Kinn auf die Brust. Doch im nächsten Moment schreckte sie stets wieder hoch. Sie konnte nicht schlafen. Zu sehr raste ihr Herz. Außerdem fröstelte ihr. Durch die zerborstene Panoramascheibe drang kalte Nachtluft in den Saal.

Reiß dich zusammen, dachte sie. *Gelingen. Kein Makel.* Sei stark. *Fördernd ist Beharrlichkeit.* Du wirst diesen Alptraum bestimmt überstehen. Du wirst überleben. *Fördernd ist, zu haben, wohin man gehe.* Sie wandte den Kopf nach links und sah zu ihrem Cousin hinüber, der nun mit zwei anderen Studenten die Aufgabe übernommen hatte, eine der Geiselgruppen in Schach zu halten. Immer wieder sah sie die jungen Männer miteinander tuscheln. Schmiedeten sie Pläne für eine Revolte? Würde von dieser Gruppe aus die Erhebung gegen ihre Unterdrücker ihren Anfang nehmen? Cathy hoffte, bangte und zweifelte. Schließlich war ihr kleiner Cousin eher ein Mann der großen Worte als der großen Taten. John Huang und seine langbeinige Terroristenbraut waren schon seit gut zehn Minuten im provisorischen Getränkelager hinter einer Trennwand an der Bar verschwunden, nur wenige Meter von dem Ort entfernt, wo sie vorhin mit Chen geflüstert hatte. Vor dem Durchgang hielt Masuhiro Suzuki, diese blonde Bestie mit der Maschinenpistole, Wache und achtete darauf, dass sein Boss mit seiner Gespielin ja nicht gestört wurde. Allein Yoshi Satori saß mit steinerner Miene schmallippig an der Stirnseite des VIP-Tisches und hielt die Wacht.

Hinter der Trennwand hackte Michelle Mao mit einer Kreditkarte ein halbes Gramm Kokain auf einem Taschenspiegel, strich vier Linien glatt und ließ John Huang wie üblich den Vortritt. Sie waren bereits seit den frühen Morgenstunden auf den Beinen – und sie hatten wahrscheinlich noch mindestens einen ganzen Tag vor sich. John Huang verrieb die letzten Krümel auf seinem Zahnfleisch. Dann gab er den Taschenspiegel und einen gerollten Geldschein an Michelle weiter. Sie zog ihre beide Linien routiniert durchs linke Nasenloch, mit nur einmaligem Ausatmen. Sie lächelte ihn mit blitzenden Zähnen an, gab ihm einen kurzen Zungenkuss, schloss dann die Augen, um die erste Wirkung zu genießen. »Verdammt guter Stoff«, schnurrte sie.

Shanghai, 5. Mai 2012. 23:30 Uhr

Kim Park hatte keinen blassen Schimmer davon, dass sich etwa sieben Kilometer entfernt von seinem Wohnbüro in der Nanjing Xi Lu ein Geiseldrama abspielte. Er hatte heute Nachmittag und Abend weder ferngesehen noch Radio gehört noch im Netz gesurft. Noch immer war er mit dem Drehbuch beschäftigt, blätterte vor und zurück, las hier und dort noch einmal und notierte sich mit fliegendem Bleistift zahlreiche Anmerkungen in den Text. Um ihn herum lagen Dutzende von beschriebenen Notizzetteln. Wie ließ sich diese Stofffülle in einem neunzigminütigen Spielfilm unterbringen? Wie ließen sich die einzelnen Teile am stimmigsten verbinden, so dass der Bogen vom Zweiten Weltkrieg bis heute straff und reißfest gespannt werden konnte und zugleich der Zuschauer von den verschiedenen Ebenen nicht überfordert wurde? Vielleicht ließ sich das ganze auch als Zweiteiler realisieren? Oder gleich als Fortsetzungsserie?

Das Telefon riss ihn aus seinen Überlegungen. Er blickte auf die Uhr und konnte im ersten Moment nicht glauben, dass er sich bereits seit fast zehn Stunden nur mit dem Drehbuch beschäftigt hatte. Wer konnte das zu so später Stunde noch sein? War das nun endlich Cathy? Erwartungsvoll hob er ab. Am anderen Ende der Leitung hörte er eine hohe, leicht näselnde Stimme, die wohl einem älteren Mann gehörte und irgendwie etwas Einschläferndes hatte. Der Mann sprach Englisch mit singendem chinesischem Akzent. »Entschuldigen Sie, dass ich Sie so spät noch behellige, Herr Park, aber es ist von immenser Importanz, dass wir ein wenig parlieren und einander alsbald die Gunst einer persönlichen Zusammenkunft gewähren.«

»Wer sind Sie?«

»Ach, entschuldigen Sie, dass Lan Liang, meine verdienstvolle Agentin, und ich bisher eine zugegebenermaßen reiflich ungebührliche Zurückhaltung im Zusammenhang mit Namensnennungen haben walten lassen müssen. Ich hoffe, Sie haben das nicht als allzu unhöflich empfunden. Mein Name ist Gao Feng. Sind Sie noch immer so sehr in die Lektüre vertieft, dass Sie darüber der ganzen Welt um sich herum abhandengekommen sind?«

Kim Park war wie elektrisiert. »Sie sind der große Unbekannte?«

»... wenn Sie so wollen. Aber im Grunde bin ich ein bescheidener Mann. Sie sind also wirklich nicht im Bilde über die Ereignisse, die sich zu entfalten begannen, während Sie mit *Yellow Submarine* zugange waren?«

»Was soll passiert sein?«

»Herr Park – das World Financial Center befindet sich seit heute Nachmittag in der Hand von terroristischen Spitzbuben. Jedenfalls die obersten Etagen. Es hat Tote und Verletzte gegeben. Fernsehstationen in aller Welt berichten davon. Und ich habe Grund zur Sorge, dass sich eine gemeinsame Bekannte ebenfalls in der Hand dieser Verbrecherbande befindet.«

»Was ist mit Cathy?«, stieß Kim Park hervor. »Sie war dort zu einem Empfang eingeladen.«

»Nach meinen Informationen ist sie körperlich unversehrt. Aber ihr steht wohl ein schwerer Gang bevor. Ich freue mich, Sie morgen mit näheren Einzelheiten vertraut zu machen. Sagen wir um zehn im ›Peace Hotel‹? Aber so lange müssen Sie sich noch gedulden. Ich bin ein alter Mann und bereits etwas müde. Und Sie haben heut Nacht noch Wichtiges vor.« Noch Wichtiges vor? Davon wusste Kim nichts, und das sagte er auch. »Sehen Sie – ich beginne doch, etwas vergesslich zu werden … Herr Park, ich habe noch eine kleine Bitte an Sie. Nur eine winzige Gefälligkeit. Setzen Sie es mit auf Ihre Produzentenrechnung, es ist alles, gewissermaßen, schon Filmarbeit.«

Kim Park wurde nun allmählich ungeduldig. Er sagte alles immer so klar und einfach wie möglich und konnte es nicht leiden, wenn sich Menschen so geschwurbelt ausdrückten und einfach nicht zur Sache kamen. »Was soll ich für Sie tun?«, fragte er hart.

»Ich kann Sie nur bitten, mir zu vertrauen und genau das zu tun, was ich Ihnen sage: Das Wohnhaus von Frau Cathy Wong und Herrn Jeremy Gouldens ist mein Eigen, und ich habe Anlass zur Befürchtung, dass dort gegenwärtig Dinge vorgehen, die ich als Hausbesitzer nicht dulden kann. Bitte begeben Sie sich dorthin und sehen Sie für mich nach dem Rechten. Und dann rufen Sie die Nummer an, die Sie in Ihrem Briefkasten finden werden.«

»Ich verstehe nicht …«, wandte Kim Park ein.

»Aber ja, Sie verstehen sehr gut, Herr Park! Darum haben wir Sie doch engagiert – wenn Sie einverstanden sind. Bitte enttäuschen Sie uns nicht. Bis später, Herr Park.« Das Gespräch war beendet.

Kim Park kratzte sich. Seine Narbe juckte. Er schaltete den Fernseher ein. In der Tat, er hatte heute einiges verpasst. Die Bilder erinnerten ihn an die Ereignisse vom 11. September vor elf Jahren. Das SWFC stand immerhin noch. Doch drohten die Terrorbrüder anscheinend damit, das ganze Ding in die Luft zu jagen. Und er sollte nun eine Aufgabe erledigen, die ihm höchst rätselhaft vorkam. Sollte er bloß herausfinden, ob Cathy sich unter den Geiseln befand? Aber das schien der Unbekannte namens Gao Feng schon zu wissen. Kim wählte mit klammen Fingern ihre Mobilfunknummer. Zum ersten Mal seit fast zehn Stunden. Doch ihr Cellular war ausgeschaltet. Daraufhin rief er bei Cathy zu Hause an. Er ließ es lange läuten. Nichts passierte. Nach wenigen Minuten versuchte er es erneut. Diesmal ertönte das Besetztzeichen. Als wolle da jemand nicht durch ständiges Geklingel gestört werden. Als Antwort gab es nur zwei Möglichkeiten: Entweder war Cathy zu Hause und wollte ihre Ruhe haben. Das war gut. Aber unwahrscheinlich. Oder es war da jemand bei ihr zu Hause, der seltsame Dinge trieb und entweder schwache Nerven hatte oder einfach nicht sehr clever war. Kim Park würde es schon herausfinden.

Vom Kerry Center zu Cathys Wohnung waren es nur ein paar Hundert Meter. Zwei Minuten später fischte Kim aus seinem Briefkasten einen Zettel mit einer Mobilnummer heraus und eine Viertelstunde später bog er bereits von der Changle Lu in Cathys Straße ein. Etwa 100 Meter vor ihrem Haus verlangsamte er das Tempo und begann zu schlendern. Als er an ihrer Tür vorbeikam, sah er, dass sie nur angelehnt war.

Osaka, 5. Mai 2012. 00:45 Uhr (4. Mai, 23:45 in Shanghai)
Die Tabibito-Sushi-Bar hatte sich weitestgehend geleert. Man sah der Barfrau an, dass auch sie bald nach Hause gehen wollte. Alle wollten nach Hause oder zumindest ins Bett. Außer einem: Hasekawa hatte inzwischen mächtig getankt, doch noch fand er kein Ende. Sein Gehirn schien in seinem benebelten Zustand sogar erst richtig auf Touren zu kommen. Jeremy fand es geradezu unheimlich, was nun alles aus dem schäbig gekleideten Japaner mit den braungelben Zähnen heraussprudelte. Joe Murata dagegen schwächelte. Und Jeremy selbst konnte sich kaum mehr auf seinem Barhocker halten. Müdigkeit, Aufregung, Verwirrung, Single Malt, Angst um Cathy, Angst um Yukiko, Angst um sich selbst, kurz: die sich überschlagenden Ereignissen der vergangenen 96 Stunden – all das forderte seinen Tribut.

»Haben Sie endlich die Zusammenhänge begriffen, Mr. Anwalt?«, zischelte Hasekawa mit erschwertem Zungenschlag und deutete auf den Fernseher über der Bar, wo gerade die x-te Zusammenfassung des Terroranschlags von Shanghai über den Bildschirm flimmerte. »Ist doch ein viel zu großer Aufwand, um eine vergleichsweise lächerliche Entschuldigung zu erpressen.«

»Auf diese ›lächerliche Entschuldigung‹ wartet die Welt – wartet China – seit fast 70 Jahren! Nein, so lächerlich ist das nicht: Für euch Japaner ist es bekanntlich vielmehr die größte Katastrophe, wenn ihr euer Gesicht verliert«, warf Jeremy streitlustig ein. »Und mit einer kollektiven Entschuldigung würde eurer ganzen Nation auf einen Schlag dieses Schicksal widerfahren – entehrt zu sein. Und es gibt mächtige Leute im Land, die gerade das zu verhindern wünschen. Außerdem haben Sie ja vorhin selbst gehört, dass die Terroristen sich inzwischen mit ein paar vagen Worten des Bedauerns begnügt haben und statt einer Entschuldigung nun einfach Geld fordern. Angeblich als Entschädigung für die Opfer, aber ich bin sicher, dass es dort niemals ankommen wird. Meine allererste Intuition war also doch richtig: Das sind ganz gewöhnliche Kriminelle.«

Hasekawa hob abwägend die Hände. »Kriminelle sicher, aber beileibe keine gewöhnlichen. Die haben einen ganz perfiden Plan, sag ich euch. Deshalb haben sie ja gerade diese unmögliche Geldforderung erhoben, auf die die Regierung niemals eingehen kann, wenn sie nicht komplett wahnsinnig geworden ist und politischen Selbstmord begehen will. Ihr habt vorhin die Massen gesehen, die sich gegen China zusammengerottet haben. Ich sage euch: Die haben sich auch gegen unsere Regierung in Tokio zusammengerottet. Spätestens wenn die Lösegeld nach China überweisen, bricht hier die Revolution los. Und genau das wollen die dort drüben auf ihrem Hochhaus auch bezwecken!«

»Sie meinen, Cathys Geiselnehmer wollen eigentlich gar keine Forderungen durchdrücken, sondern nur provozieren?«

»Und ablenken ...« Unvermittelt gebot Hasekawa Jeremy mit einer energischen Handbewegung zu schweigen. »Was sagt die da?« Er deutete auf die kindlich wirkende Nachrichtensprecherin, die gerade eine neue Meldung verlas. *Als Konsequenz dieses größten Hackerangriffs in der Geschichte Japans wurde am Abend vorsorglich der Zugang zu den meisten größeren ausländischen Internetservern gesperrt und einige inländische Server wurden komplett abgeschaltet. Experten gehen davon aus, dass der Betrieb morgen früh wieder problemlos gewährleistet ist.*

»Was ist denn das jetzt schon wieder?«

»Ich wollte es euch die ganze Zeit schon sagen«, schaltete sich Joe ein. »Aber Hasekawa kriegt ja den Mund überhaupt nicht mehr zu. Ich habe mich vorhin auf dem Weg zur Toilette mit jemandem unterhalten. Er hat heute reihenweise Massenmails bekommen, die aber als Mails von Freunden und Bekannten getarnt waren. In allen war davon die Rede, dass die japanische Regierung gerade dabei sei, das Land an China zu verraten. Und er wurde dazu aufgerufen, auf die Straße zu gehen, zu protestieren und die Verräter in Tokio zu stürzen. Ähnliches lief auch über Twitter und Facebook und so weiter ab. Er hat dann seine Freunde angerufen, und die haben alle die gleichen Botschaften erhalten. Jungs, da ist was im Gange. Sieht mir mächtig nach Ausnahmezustand aus.«

»Genau so etwas habe ich seit langem kommen sehen«, nickte Hasekawa und sah dabei fast zufrieden aus.

»Aber haben Sie es auch *heute* kommen sehen?«, gab Jeremy zurück. »Ich denke, Sie sind ein namhafter Blogger, das müssen doch gerade Sie als Erster mitbekommen haben.« Hasekawas trübe Augen blickten ihn etwas verlegen an. »Ich hatte heute selbst – Computerprobleme.« Er stützte seine Stirn in die Hand, wobei sein Oberkörper leicht hin und her schwankte. Für einen kurzen Moment sah es so aus, als würde der Kopf des berühmten Bloggers, der mittlerweile offenbar zeitweise schon Schwierigkeiten hatte, überhaupt seinen Rechner hochzufahren, auf die Tischplatte sinken. Doch dann fuhr Hasekawa hoch und redete mit der alten beängstigenden Klarheit weiter. Die »weiße Logik« heißt dieser alkoholinduzierte trunken-verklärte Geisteszustand einer unerbittlich klaren, jenseitigen Nüchternheit bei Jack London, fiel Jeremy ein.

»Ich bin zwar ziemlich blau, Jungs, aber selbst wenn ich doppeltsehe, kann ich immer noch zwei und zwei zusammenzählen: Ich sage es euch jetzt zum letzten Mal: Hier passt alles zusammen. Ein terroristischer Akt gegen unser Volk … Vor den Augen der ganzen Welt und besonders Japans, live im Fernsehen übertragen … Zu einem Zeitpunkt, wo die Nation am Boden liegt und ausgerechnet am gleichen Tag im gleichen Gebäude um die Energiezukunft Asiens gepokert wird und Japan seinen neusten Trumpf aus dem Ärmel zieht … die bakterienbetriebene Brennstoffzelle … Gleichzeitig verschwindet das modernste U-Boot unserer glorreichen Marine … Und der übers Internet ferngesteuerte Mob rottet sich schon auf den Straßen zusammen, um die demokratische Regierung zu stürzen …«

»Du hältst also eisern an deiner Verschwörungstheorie fest?« Joe runzelte die Stirn. »Zugegeben, das mit den Internetaufrufen ist schon merkwürdig, aber das kann doch auch nur so eine Art Hoax sein. So ein typischer Kettenbrief irgendwelcher Hacker mit einem seltsamen Sinn für Humor. Damit stürzt man doch keine demokratische Regierung.«

»Die Demokratie ist am Ende, Murata«, antwortete Hasekawa ernst. »Das hat uns Fukushima gezeigt. Gut, Japan war nie eine lupenreine Demokratie, natürlich. Trotzdem ist nicht nur der ganze alte Filz der Japan Inc. daran schuld, dass wir die Katastrophe nicht in den Griff bekommen haben. Sondern auch die Tatsache, dass die Menschen hier noch *Rechte* haben. Wir sind keine Diktatur wie die Sowjetunion, die 1986 mal eben 800000 Soldaten und Arbeiter als Liquidatoren zwangsverseuchen und umbringen konnte, um jenen Sarkophag über Tschernobyl zu bauen, der gewissermaßen auch ihr eigener wurde. Wir können nicht einfach mal so wahllos und gegen deren Willen Hunderttausende eigene Leute opfern – jedenfalls wenn wir nicht im Krieg sind. Und genau das ist jetzt unser Problem. Deshalb bekommen wir auch die Strahlung nicht in den Griff. Atomenergie ist eben nur etwas für totalitäre Ameisenstaaten, in denen das Individuum nicht zählt, sondern nur Material und Mittel ist. Ein Staat, wie es damals die Sowjetunion war. Und jetzt China ist. Und bald auch Japan wieder sein wird. Liebe Leute: Wir sind auf dem Weg in die Energiediktatur!«

»Der Atomstaat«, warf Jeremy dazwischen. »Fortschritt in die Unmenschlichkeit! Stimmt, ich hab da mal ein Buch gelesen. Der Zukunftsforscher Robert Jungk hat diese Entwicklung schon in den siebziger Jahren vorausgesagt.«

»Am Ende wird in Japan aber nicht der Atomstaat stehen, sondern etwas viel Schrecklicheres, *Un*-Menschliches«, menetekelte Hasekawa düster. Joe wurde ungeduldig. Ihm war das alles zu abstrakt. »Aber was hat, verdammt nochmal, jetzt Jeremy Gouldens' *Mission* mit alledem zu tun?« Hasekawa leerte ein weiteres Glas Whisky, und für einen kurzen Moment fiel Jeremy der Verfügungsrahmen seiner Kreditkarte ein. Japan war nicht billig, und der Rechnungsbetrag musste mittlerweile einen stattlichen vierstelligen Betrag erreicht haben. Und zwar nicht Yen, sondern Dollar. Das konnte er Richard Koo wohl schwerlich als Spesen reindrücken.

Hasekawa beugte sich zu ihm herüber und hielt sich an seiner Schulter fest. »Mission! Das trifft den Nagel auf den Kopf! Er *hat* eine Mission. Und wenn ihr noch ein wenig mehr getrunken hättet, Mr. Anwalt und Mr. Geheimagent, dann würdet ihr euch nicht so sehr gegen den Gedanken sperren, dass unser britischer Freund hier den Schlüssel dazu in der Hand halten könnte, um etwas Ungeheuerliches zu verhindern.« Jeremy konnte Hasekawas säuerlichen Atem riechen. Die Fahne der Vereinigten Säufer aller Welt. Er nickte, beinahe hilflos. Gleichzeitig erinnerte er sich daran, was Hasekawa zu Beginn ihres Treffens gesagt hatte: *Einmal haben Sie überlebt. Ein zweites Mal dürfte schwierig werden. Finden Sie nicht, dass das alles zwei Nummern zu groß für Sie ist?* Man musste nur ordentlich trinken, dann ging auf einmal alles. Da waren große Nummern kein Problem mehr. Da konnte man zwei und zwei zusammenzählen.

»Na bitte«, sagte Naoki Hasekawa seufzend, während er mit wässerigen Augen den Tresen vor sich nach einem gefüllten Glas absuchte. Jeremy gab der Barfrau rasch ein Zeichen. »Das Einzige, was mir noch nicht ganz klar ist, ist die konkrete Verbindung zwischen U-Boot, Geheimlabors und dem verborgenen Schlüssel in deiner Hand, Mr. Anwalt. Aber da kommt ihr wahrscheinlich schneller drauf als ich. Wir treffen uns morgen Abend wieder hier, ja? Gleiche Zeit, gleicher Ort. Ich *weiß*, dass ihr bis dahin schon mehr wisst als ich. Doch beeilt euch. Die Zeit drängt. Ich sehe Unheil. Doch ich sehe auch Rettung. Wenn der Wissende aus dem Westen seine Mission erfüllt.« Er versetzte Jeremy eine Art Ritterschlag auf die Schulter. »Alles ist in dir vorhanden, mein Freund.« Hasekawa versuchte gar nicht erst, ein Aufstoßen zu unterdrücken. Es wurde ein mächtiger Rülpser daraus.

»Hasekawa, das Orakel! Und Jeremy Gouldens: der Auserwählte!«, rief da Joe Murata. Und stieß nach ein paar Augenblicken der Verblüffung ein meckerndes Lachen aus. »Welcher Film war das nochmal? *The Matrix*?«

»Er ist es«, verkündete Hasekawa, »er weiß es nur noch nicht!«

Der Halbamerikaner blieb skeptisch. »Wer hat ihn dann auserwählt? Der Weltgeist? Gott? Yukiko? – das zumindest stimmt wohl in gewisser Weise. Vielleicht aber auch die CIA? Oder gar umgekehrt die Waguni? Auserwählt dazu, ihm bei lebendigem Leib die Haut abzuziehn?« Joe konnte es sich nicht verkneifen weiterzusticheln. »Ja: Wer hat ihn auserwählt? Die Erde? Der Himmel? Die Unterwelt? Oder nicht vielleicht einfach nur einer: Hasekawa, der versoffene Prophet, der es eigentlich selbst machen sollte, aber seinen Arsch nicht mehr hochkriegt? Der Wegweiser, der lieber nicht mittaumelt?«

Hasekawa hörte nicht mehr auf ihn. Er hatte inzwischen einen seltsamen Zustand der *Entrückung* erreicht. In seinen Augen glomm eine eisige Klarheit. Er stand auf und breitete die Arme aus. »Gewaltiges Unheil sehe ich kommen! Ja, die Maschinen werden über uns herrschen, aber es werden Maschinen *aus Menschen* sein! Am Computer und in den großen Laboren tief unter der Stadt werden die *weißen Menschen* gemacht. Aber die Maschinen sind hungrig, die Maschinen aus Menschen, die Maschinen aus Stahl, die Maschinen aus Silikon, die Maschinen aus Seltenen Erden. Sie brauchen Futter! Sie brauchen Energie! Elektrizität! Und die ist Mangelware geworden, seit das Land verseucht, Kohle und Öl knapp ist und sich China alles wegschnappt. Ich will Suppe, schreien die Maschinen. Unerbittlich schreien sie. Ich will meine Suppe! Und die Maschinen aus Menschen rühren sie zusammen, da unten, tief unter der Erde, und tränken damit die neuen, modernen Brennstoffzellen, die all den anderen Maschinen da oben ihre Kraft und Energie geben. Denn unerbittlich schreien sie – und schreien sie – und schreien sie: Ich will Suppe! *Ich will meine Menschensuppe!*«

Mit äußerst kritischem Blick servierte ihm die Barfrau einen weiteren zwölfjährigen Suntory Hakushu, wobei sie gleichzeitig bedeutete, dass dies nun wirklich der Allerletzte sei. Jeremy nickte matt. Gleichzeitig fröstelte ihn. Er musste an die makabren Horrorvisionen seines

Drehbuchs denken, an die er eigentlich nur sehr ungern dachte. Was war das für ein grausiges Déjà Vu: Das Wort »Menschensuppe« hatte doch er erfunden, oder? Allerdings inspiriert von realen Experimenten in den Todeslagern von Pingfang, von denen er mit erschüttertem Grausen gelesen hatte.

Hasekawa griff gierig nach dem Highball-Glas, schüttete das Gold Japans in einem Zug hinunter, schüttelte sich kurz – und sackte dann wie ein leerer Schlauch in sich zusammen. Von einem Moment auf den anderen war er im Endstadium bleierner Trunkenheit angekommen, im Land des Nicht-mehr-Spürens und Vergessens. Sein Kopf knallte auf den Tresen und rührte sich nicht mehr.

Shanghai, 5. Mai 2012. 00:05 Uhr

John Huang trat hinter der Trennwand hervor, wo er sich mit Michelle Mao eine Art improvisierte Kommandozentrale eingerichtet hatte, und blickte über den großen, dämmrigen Saal. Die Geiseln waren ruhig und nahmen ihr Schicksal hin wie dösende Schafe. Sie waren viel zu ängstlich, viel zu verwirrt und viel zu müde, um irgendwelche Pläne zur Auflehnung zu schmieden. Und Huangs Drohung mit weiteren verheerenden Explosionen hatte Wirkung gezeigt und sie eingeschüchtert. Nein, für ihn gab es keinen Grund zur Unruhe. Die verbliebenen Yakuza hatten alles im Griff; von Suzukis Begleitern, seinen vier »blauen Drachen«, abgesehen, waren die meisten noch immer unerkannt unter den Geiseln verteilt, und auch seine Studenten verhielten sich löblich, funktionierten nach wie vor als Bewacher und sonstige Handlanger, und keine der Geiseln schien bemerkt zu haben, dass sie es hier nicht mit hartgesottenen Verbrechern, sondern nur mit unerfahrenen, ideologisch verblendeten Tölpeln zu tun hatten, die mehr Staffage waren als ernstzunehmende Gegner. Gut so. Das ersparte Komplikationen.

Ja, das waren brave Kinder, seine Studenten! So begeisterungsfähig, so leicht manipulierbar. Und ihm so hörig – egal, was passierte. Er wunderte sich, wie widerspruchslos und gefügig sie alle die Explosionen, die Toten und Verletzten und selbst die Beinahe-Erschießung hingenommen hatten, obwohl er ihnen im Vorfeld doch stets die Mär von der »gewaltfreien Protestaktion« vorfabuliert hatte. Ihre unterwürfige Willfährigkeit enttäuschte ihn fast. Anscheinend war sich noch keiner von ihnen wirklich darüber im Klaren, in welches Riesenschlamassel er sie hineinmanövriert hatte. Anders als die inkognito agierenden Yakuza konnten sie sich nach Ende der Aktion nicht einfach mit den Opfern davonstehlen. Mit etwas Glück würden sie 25 Jahre Arbeitslager kassieren. Aber es war eher zu erwarten, dass sie zur Abschreckung hingerichtet werden würden; nach einem großangelegten Schauprozess, alle zusammen, öffentlich, in einem Stadion, per Genickschuss. Mochten sie sich ruhig als Helden und Märtyrer fühlen, die Narren! Wer einen Krieg erfolgreich führen will, muss Opfer bringen. Und wer ihn schlau führt, wählt selbst die Opfer aus.

Allein Chen Wong bereitete ihm ein wenig Sorgen. John Huang kannte diesen Typus. Dieser pickelige, fette, zwar überdurchschnittlich intelligente, aber sozial zurückgebliebene hitzköpfige Japanfeind stellte ein gewisses Risiko dar. Und er war im Gespräch mit seiner Cousine gesichtet worden, der Huang aus Gründen, über die er niemandem Rechenschaft schuldig war, ein wenig mehr Freiheiten ließ als den übrigen Geiseln. Vermutlich hatte sie versucht, ihn zum Überlaufen zu bewegen, dazu, eine Revolte anzuzetteln. Aber hierzu war Chen sicherlich zu feige. Immerhin: Er könnte für Unruhe sorgen. Unruhe, die Huang besser vermeiden sollte. Schließlich war es nur die nackte Angst und die Ungewissheit, wie die anderen reagieren würden, was die Menschen in seiner Gewalt davon abhielt, sich zu erheben. Huang, Studenten und Yakuza hätten gegen einen geballten Aufstand ihrer Geiseln kaum eine Chance. *Let's roll:* David Morgan hatte mit seiner Einschätzung gar nicht so falsch gelegen. Aber wie meist, wenn mehrere Menschen beisammen sind: Ein einmütiges Handeln würde es nicht geben. Natürlich konnten Menschen einmütig sein und vereint handeln, aber dazu bedurfte es einer Propaganda, die sie rauschhaft vereinte. Und wenn es hier einen gab, der sie mit geschickter Propaganda manipulierte, dann war es nur er, John Huang. Alles war nur eine Frage der Psychologie. Er hatte Joseph Goebbels immer bewundert. Und von dem hinkenden Gnom, der dennoch die schönsten deutschen Filmdiven abgeschleppt hatte, so manches gelernt. Und einem *schönen* Goebbels würde erst recht alles erliegen. John Huang wusste, dass er die Situation absolut im Griff hatte – selbst für den unwahrscheinlichen Fall, dass Chen nun durch die Reihen lief und alle zur Revolte aufforderte. Was auch immer seine Cousine ihm eingeflüstert hatte: Er würde sich erstens nicht trauen und zweitens würden *so einem* die Leute nicht trauen. Wenn sich die Geiseln heute Nacht erheben wollten, brauchten sie Führer mit Persönlichkeit. Menschen wie ihn. Aber einen John Huang gab es nur einmal. Verdammt, er hätte den Saal wohl allein durch sein Aussehen, seinen Blick und seine Beredsamkeit in Schach halten können, nur ein Plastikmesser in der Hand.

Trotzdem blieb eine gewisse Unruhe um Chen. Sollte er ihn vielleicht dennoch einmal zu sich herzitieren? Ihm eine Standpauke halten und ihn öffentlich demütigen, als kleinen Vorgeschmack auf das, was ihm nach der Verhaftung blühte? Oder ihn gleich vor aller Augen als Renegaten erschießen? Als mahnendes Beispiel. Hm, vielleicht. Doch dafür war später noch Zeit. Das hob er sich auf für den Fall, dass tatsächlich Zeichen von Disziplinlosigkeit auftraten. Nur für den Notfall. Schließlich würde er dadurch Satori einen Gefallen tun, und das passte ihm nicht. Er blickte auf seine Armbanduhr. Kurz nach zwölf. Noch knapp zehn Stunden, dann wollte er der Weltöffentlichkeit ein weiteres Spektakel bieten – und dann würden sie sich auf höchst elegante Weise absetzen. Nicht alle natürlich. Endlich. Allmählich begann ihn die Sache hier nämlich zu langweilen.

»Komm, wir gönnen uns noch ’ne Linie, Kätzchen«, sagte er leise zu Michelle, »und nachher holst du mir mal die kleine Modepuppe her.« Sie blickte ihn misstrauisch an. »Welche der beiden?«

»Na, du weißt schon, die mit den Stöckelschuhen. Unser zorniges Reh, die gute Cathy Wong. Ich hab was mit ihr zu besprechen. He, jetzt guck nicht so! Du kannst gerne dabei sein. Ich werd sie schon nicht gleich anfingern.«

Osaka, 5. Mai 2012. 01:18 Uhr (00:18 in Shanghai)

Die frische Luft tat gut. Sie machte seinen Kopf klar. Jeremy atmete ein paarmal tief ein und aus. Sie hatten unter Mithilfe der Barfrau den bewusstlosen Propheten in sicherer Lage am Tresen stabilisiert, ihre letzten Getränke geleert und nach der Rechnung gefragt. Auf Jeremys hilflose Frage, was sie nun mit Hasekawa anfangen sollten, hatte die Bardame nur gelächelt, offensichtlich war die Situation keineswegs neu für sie. »Er hat seinen Stammfahrer. Sie ruft ihn an, und der bringt ihn dann nach Hause«, übersetzte Joe den schwer verständlichen Dialekt der Bardame. Die Rechnung hatte mit 270000 Yen etwa im Bereich von Jeremys Befürchtungen gelegen. Nach dem Zahlen hatten sie die Sushibar gemeinsam mit den letzten Gästen verlassen. Jetzt standen nur noch wenige parkende Autos in der ansonsten gottverlassenen Gegend. Joe Murata sah sich misstrauisch um. »Wir sollten uns besser beeilen«, sagte er. »Ich habe das dumpfe Gefühl, dass wir nicht alleine sind.«

Jeremy, dem dieses Gangstergetue zunehmend auf die Nerven ging, schlug vor, ein Taxi zu rufen – für sie und Hasekawa. »Nichts da, Kumpel«, erwiderte Joe. »Wir gehen jetzt möglichst rasch zu meinem

Wagen zurück. Dann setze ich dich an deinem Hotel ab – und morgen früh fahren wir gemeinsam nach Kyoto. Komm, lass uns möglichst rasch aus dieser Gegend verschwinden. Um Hasekawa müssen wir uns keine Sorgen machen. Er ist Teil eines funktionierenden Netzwerks, das im Untergrund arbeitet, und hat seine Leute.« Joe Murata beschleunigte seinen Schritt. Jeremy bemerkte, dass er sich immer wieder umschaute, und schüttelte den Kopf. »Du musst nicht andauernd den Kopf schütteln, Jeremy«, wies Joe ihn zurecht. »Noch einmal: Du solltest diese Reise nicht als Spiel betrachten. Du bist hier, um die Aufzeichnungen meines Stiefvaters zu finden – eines der größten Kriegsverbrecher dieses Landes – der für seine Taten niemals zur Verantwortung gezogen wurde.«

»Weißt du das wirklich so genau, Joe? Nicht vor einem irdischen Gericht, da hast du recht. Aber willst du dir anmaßen, in seine Seele schauen zu können? In sein Herz?«

»Nein, Jeremy, okay. Du weißt, ich hatte weiß Gott kein gutes Verhältnis zu ihm, aber ich kann ihm natürlich nicht absprechen, dass er in seinem tiefsten Inneren womöglich sehr gelitten hat. Vielleicht verraten seine Tagebücher mehr. Und vielleicht sind seine Aufzeichnungen tatsächlich der Schlüssel zu den aktuellen Ereignissen.«

»Die bakteriologische Kriegsführung«, murmelte Jeremy. »Ich hoffe, du hast das Tagebuchblatt gut verstaut.«

»Ich trage es am Herzen«, erwiderte Joe Murata. Eine knappe Viertelstunde später erreichten sie das Wohnviertel, in dem Joe Stunden zuvor seinen altersschwachen Toyota so halsbrecherisch geparkt hatte. Zumindest glaubte Jeremy, einige der anonymen Wohnblocks wiederzuerkennen. Als sie endlich in die Straße einbogen, an deren Ende Muratas Wagen parkte, flammten hinter ihnen plötzlich Autoscheinwerfer auf. Der Halbamerikaner wandte sich besorgt um. Etwa 50 Meter von ihnen entfernt rollte auf der gegenüberliegenden Straßenseite ein schemenhaftes Gefährt aus einer Parklücke. Die Scheinwerfer blendeten, dennoch konnte Joe die Konturen einer schwarzen Mercedes-Limousine der E-Klasse erkennen. »Scheiße«, flüsterte er, »wie konnte ich die nur übersehen? Und wir sind an denen vorbeigelaufen ... Los, komm!« Er rannte los und riss Jeremy mit sich.

Sie hörten, wie die schwere Limousine mit quietschenden Reifen beschleunigte. Verzweifelt suchte Joe nach Deckung. »Spring!«, rief er und warf sich über eine etwa anderthalb Meter hohe Buchsbaumhecke. Jeremy tat es ihm nach, doch er sprang nicht so hoch wie Murata und knallte mit seinem rechten Knie gegen den gusseisernen Zaun, der sich hinter der Hecke befand. Ein schneidender Schmerz durchfuhr ihn, verstärkt durch die harte Landung auf dem Steinboden. Joe packte ihn am Kragen und schleifte ihn in gebückter Haltung ein paar Meter zurück – entgegen ihrer eigentlichen Fluchtrichtung. »Leg dich flach auf den Boden«, schrie er. Beide Männer drückten sich auf den glatten, kühlen Stein. In diesem Moment schnurrte der Mercedes an ihnen vorbei. Sie hörten ein trockenes, gedämpftes Geräusch. Die Kugeln pfiffen knapp über sie hinweg und schlugen jaulend in die Hausfassade hinter ihnen ein. Jeremy fühlte, wie unzählige kleine Blätter auf ihn herabrieselten. Dann war der Spuk auch schon vorbei.

Joe sprang auf, die Browning in der Hand. Einen Moment überlegte er, den Gangstern ein paar Kugeln hinterherzujagen. Doch erstens war die Chance eines Treffers zu gering. Und zweitens hätten seine Schüsse für Lärm und damit für Aufsehen und schlimmstenfalls fürs Auftauchen der Polizei gesorgt. Und drittens brauchten diese Gangster ja nicht zu wissen, dass sie ihr Ziel verfehlt hatten – wenn sie wirklich das Ziel gewesen waren. Joe steckte die Knarre wieder ein und sah beinahe triumphierend auf seinen Schützling herab. Jeremy hielt sich mit zusammengekniffenen Lippen sein rechtes Knie. »Bist du etwa getroffen worden?«, fragte Joe besorgt.

»Nein, aber ich bin kein Hochspringer. Der Zaun stand mir im Weg. Ich muss sagen, für dein Alter und deinen Lebenswandel bist du noch erstaunlich fit, Junge.«

»Ich war mal bei den Marines, Kumpel«, sagte Joe. Er schwieg nachdenklich. »Sie haben Schalldämpfer benutzt«, fuhr er dann fort, »es hörte sich ganz nach einer ›Skorpion‹ an ... Ich könnte mir vorstellen, dass sie uns gar nicht wirklich treffen wollten. Sie hätten nur 30 Zentimeter tiefer zielen müssen – dann hättest du jetzt keine Schmerzen mehr im Knie.«

»Tröstlich zu wissen«, ächzte Jeremy und versuchte, sich hochzurappeln.

»Es war eine Warnung, Jeremy. Die letzte Warnung. Wir müssen in Zukunft *noch* vorsichtiger sein.« Jeremy stellte sich neben Joe und belastete behutsam sein lädiertes rechtes Bein. »Okay«, sagte er dann, »ich gebe zu: Ich habe die Situation wohl tatsächlich unterschätzt.«

»Na endlich kommst du zur Vernunft.« Joe bückte sich und fummelte an seinem rechten Hosenbein herum. Ein paar Sekunden später drückte er Jeremy einen kurzläufigen Revolver in die Hand.

»Was ist das? Hey Joe – was soll ich damit?«, fragte Jeremy verblüfft.

»Die genaue Bezeichnung lautet ›Smith & Wesson, Modell 36‹. Ein fünfschüssiger Trommelrevolver, der Patronen vom Kaliber 38 verschießt. Ich hoffe für dich, dass Smith und Wesson *nicht* deine besten Freunde werden müssen.« Jeremy versuchte zu lächeln. »Ich heiße ja auch nicht Robert Mitchum, Joe. Aber ich habe den Film *Yakuza* auch gesehen. Da ist Mitchum ungefähr so alt wie du, Joe.«

»Ich weiß. Ich kenne alle seine Filme.« Joe wedelte mit der Waffe. »Du musst ihn nicht nehmen. Aber auf eine Entfernung von zehn bis 15 Metern kannst du dir im Notfall Ärger vom Hals schaffen. Aber geh sparsam damit um. Ich hab momentan keine 38er Munition mehr. Du hast nur fünf Schuss, Jeremy.«

Zwei Minuten später kroch Joe um seinen Toyota herum und kontrollierte ihn auf etwaige Manipulationen wie etwa verborgenen Sprengsätzen. »Sie haben uns über den Wagen gefunden. Sie brauchten bloß noch zu warten«, sagte er, mehr zu sich selbst. »Wir sollten morgen mit der Bahn fahren.« Dann winkte er Jeremy heran. »Steig ein – wir können!«

Erst als er im Auto saß, merkte Jeremy, wie sehr er zitterte. Er hatte Mühe, sich Joes Wadenholster für die Smith & Wesson umzuschnallen. »So ging es mir auch, als das erste Mal auf mich geschossen wurde«, sagte Joe ungerührt und fuhr los, nachdem er sich vergewissert hatte, dass sich kein verdächtiges Fahrzeug in ihrer Nähe befand. »Es ist jedenfalls keine Schande, so was erst mal verdauen zu müssen.«

»Ich überleg nur eins, Joe«, antwortete Jeremy. »Wenn man einen Revolver besitzt, geht man doch davon aus, dass man ihn auch benutzt. Und ich habe mir eigentlich geschworen, niemals auf einen Menschen zu schießen.«

»Die Betonung liegt wohl auf *eigentlich* – jetzt, nachdem du deine Feuertaufe bestanden hast?«

»Mag sein. Aber mir ist wirklich nicht wohl bei dem Gedanken.« Er wog den Revolver in der Hand. Er musste zugeben, dass sich das kühle, schwarze Metall ziemlich gut anfühlte. Es verlieh mehr Sicherheit. Auch Selbstsicherheit. Macht. Schließlich steckte Jeremy den Revolver in das Holster. Joe stellte das Kassettenradio an. Elvis sang *Blue Moon*. »Wenn wir zu deinem Hotel kommen, werden sie auf uns warten«, sagte Joe. »Ich will das Risiko nicht noch weiter erhöhen. Sie kennen mein Auto, und für dich ist das Hilton inzwischen zu gefährlich.«

»Wenn sie dein Auto kennen, wissen sie auch, wo du wohnst.«

»Auch wieder wahr. Mein Gott, Jeremy, ich werde wohl doch langsam alt – stimmt, mir fällt ein, ich werde morgen 60. Ich hab anscheinend alles verlernt, was mir die Firma beigebracht hat.«

Jeremy konnte sich ein Schmunzeln nicht verkneifen. »Was schlägst du also vor?«

»Tja«, meinte Joe Murata und tätschelte das Lenkrad, »ich fürchte, es ist an der Zeit, Abschied zu nehmen.«

Blue moon – you saw me standig alone …

Without a dream in my heart … Without a love of my own …

Shanghai, 5. Mai 2012. 00:21 Uhr

Für einen Moment zögerte Kim Park, Cathys Haus zu betreten. Er war Filmproduzent und kein Geheimagent oder Spion. Jedenfalls nicht mehr. Was ging ihn die ganze Sache überhaupt an? Aber dieser Gao Feng hatte ihm während ihres kurzen Telefonats keine Chance gegeben, die ihm auf der Seele brennenden Fragen zu stellen, sondern nur mit ruhiger Stimme eine delikate Aufgabe delegiert, die er kommentarlos angenommen hatte. Der ehemalige »große Unbekannten« erwartete von Kim offensichtlich, dass er selbstständig in der Lage war, eins und eins zusammenzuzählen. Nicht nur was das Drehbuch und die wahre Identität von Julian Peek betraf. Dieser Gao Feng, dessen Agentin Lan Liang selbst über den Zwischenfall mit der Chung-Loo informiert gewesen war, musste einiges über Kim und seine Vergangenheit wissen. Und über Jeremy Gouldens' Vergangenheit natürlich auch. Aber was wusste Kim Park über Gao Feng? Den Namen hatte er schon gehört, im Zusammenhang mit den chinesischen Triaden. Galt Gao Feng nun als das geheime Oberhaupt der Wildgänse-Triade oder der 14K-Triade? Jedenfalls war er da ein ganz hohes Tier, schließlich waren das die beiden größten Organisationen dieser Art. Doch was hatte ein Triadenboss mit dem Filmgeschäft zu tun? Geldwäsche? Und warum hatte Gao Feng ausgerechnet ihn auserkoren, das geheimnisvolle Drehbuch einer nicht minder historischen wie aktuellen Geschichte zu verfilmen? Warum nicht der gerade und saubere Weg – stattdessen ein geheimnisvolles Versteckspielchen mit der attraktiven Zwischenträgerin Lan Liang, die sicherlich keine hauptberufliche Filmagentin war. Kim kam es so vor, als sei er plötzlich und ohne sein direktes Zutun zum Teil einer sorgfältig geölten Maschinerie geworden. Zu einem kleinen, aber offenbar unverzichtbaren Zahnrädchen, das am Ende mit dazu beitragen sollte, an einem großen Rad zu drehen. An einem verdammt großen Rad, dessen Laufrichtung er nicht kannte. Aber jetzt war keine Zeit für Spekulationen. Jetzt war die Stunde der Tat.

Er sah sich kurz um. Kein Mensch auf der Straße. Er schob die nur angelehnte Tür ein paar Zentimeter auf und horchte. Dann schlüpfte er lautlos ins Haus. Er benötigte ungefähr eine Minute, um von der Garderobe im Flur aus die Lage beurteilen zu können. Vier Männer waren gerade dabei, das Haus von Cathy und ihrem Ex, dem Butterstinker, von oben bis unter systematisch zu durchsuchen. Sie sprachen japanisch und agierten vollkommen sorglos; schließlich wussten sie, dass die Hausherrin derzeit als Geisel im World Financial Center festsaß und der Hausherr nach Nippon gereist war. Kim verstand jedes Wort. Er konnte nun leise und unbemerkt wieder verschwinden oder aber versuchen herauszufinden, wonach diese Trottel suchten. Den Geräuschen nach zu urteilen, gingen sie nicht gerade zimperlich mit der Einrichtung um. In Kim stieg Zorn auf. Er musste sich nicht lange auf seine Qualitäten besinnen. Seine Qualitäten als Kampfmaschine. Wenn es darauf ankam, waren seine Reflexe sofort da. Und jetzt kam es darauf an. Entschlossen streifte er seine Schuhe ab und warf die Haustür ins Schloss. Dann öffnete er sie wieder mit Schwung. Die Türe krachte an die Wand. Er hielt die Luft an und wartete.

Die gewünschte Reaktion ließ nicht lange auf sich warten. Die Männer verdächtigten sich gegenseitig, das Schließen der Tür vergessen zu haben. Der Mann, der sich die Küche vorgenommen hatte, betrat nun den Flur. Kim hinter der Garderobe konnte er nicht sehen. Er rief seinen Komplizen zu, dass die Haustür weit offen stehe – sicherlich der Wind. »Dann mach sie gefälligst zu, Idiot«, rief eine Stimme aus der ersten Etage. Der Japaner gehorchte. Dabei drehte er dem Mann hinter der Garderobe den Rücken zu. Er wusste nicht, wie ihm geschah, als sich ihm von hinten eine Hand auf den Mund legte und seine Lippen mit eisernem Griff verschloss. Dann wurde ihm schwarz vor Augen. Kim Park hielt den rechten Daumen mit voller Kraft auf den neuralgischen Druckpunkt hinter seinem Ohr gepresst. Er drückte so lange zu, bis die krampfartigen Zuckungen nachließen und ein übler Geruch aufstieg. Im Todeskampf war dem Mann der Schließmuskel erschlafft. Vorsichtig ließ Kim den Körper zu Boden gleiten und schleifte ihn unter die Garderobe. Er nahm ein paar Mäntel und Jacken von den Haken und deckte ihn zu. Cathy würde ihm deshalb schon nicht böse sein. Dann öffnete Kim die Haustür wieder und versteckte sich dahinter. Er musste ungefähr eine Minute warten.

»Ei, Kunio – was machst du so lange?«, rief die Stimme des zweiten Mannes, der damit beschäftigt war, das Wohnzimmer auseinanderzunehmen. »Nichts als Ärger hat man mit dem Idioten!«, schallte es wütend aus der ersten Etage. »Sieh besser nach – er wird ja wohl noch eine Tür schließen können!« Alle drei Männer lachten. Kim Parks nächster Gegner schlurfte heran. »Kunio«, sagte er leise, »wo bist du?« Dann drehte er sich um und rief. »Die blöde Tür steht offen und Kunio ist weg!«

»Vielleicht ist er ja pissen!«, schallte es zurück.

»Draußen auf der Straße? Aber du könntest recht haben – hier stinkt es nach Scheiße!« Wieder lachten die Männer. Der Japaner schloss die Türe und erschrak. Im ersten Augenblick dachte er, sein Komplize wolle ihn erschrecken. Dann erkannte er seinen Irrtum. Bevor er reagieren konnte, schnellte die dunkle Gestalt vor und zermalmte ihm mit einem einzigen Faustschlag Kehlkopf und Zungenbein. Der Mann gab ein würgendes Geräusch von sich und sank zusammen. Kim Park fing ihn auf und hielt ihm ebenfalls den Mund zu, um jeden Schrei bereits im Ansatz zu ersticken. »Verdammt nochmal, was macht ihr da unten eigentlich?«, rief die Stimme. »Da stimmt was nicht«, sagte eine zweite Stimme. »Dann sieh doch nach …«, erwiderte der Mann, der offensichtlich der Anführer des zum Duo geschrumpften Einbrecherquartetts war.

»Vielleicht kommst du am besten mit.«

»Hast wohl die Hosen voll, was? Mach das mal schön allein, Angsthase!« Kim Park ließ den Toten zu Boden gleiten und huschte lautlos auf die Straße hinaus. Weit und breit war kein Mensch zu sehen. Das war gut. Etwa eine halbe Minute später ging drinnen im Flur das Licht an. »Verdammt«, rief der Mann, »komm runter, Boss. Sieh dir diese Schweinerei an!«

»Was ist denn?« – »Kunio und Takita sind tot.« – »Bist du verrückt geworden? Warte, ich komm gleich.« Kim spannte seinen Körper an. »Hier stimmt was nicht, Boss … Komm, wir hauen ab.« Die Stimme des Mannes überschlug sich fast. »Ich verschwinde!« Kim hielt den Atem an. Er hörte hinter der Tür ein metallisches Klicken. Der Schlitten einer automatischen Pistole wurde bewegt. Kim hatte keine Waffe. Doch er hatte das Überraschungsmoment auf seiner Seite.

»Warte wenigstens, bis ich unten bin«, rief der Mann, der »Boss« genannt wurde. Aber der andere war nun in Panik geraten. Mit erhobener Waffe stürzte er zur Tür hinaus. Er sah Kim, aber bevor er schießen konnte, hatte ihn ein Tritt gegen die Herzspitze außer Gefecht gesetzt. Kim packte den stöhnenden Mann, der wie gelähmt schien, drehte ihn auf den Bauch, kniete sich auf sein Rückgrat und zog ihm beide Arme nach hinten. »Was tut ihr hier?« fragte er auf Japanisch.

»Kannst du mich verstehen?« Er zog an den Armen. Die Schultergelenke des Mannes knackten. Gepeinigt jaulte er auf. »Antworte, bevor du stirbst!«, sagte Kim Park und wirkte völlig emotionslos. Mist, der andere musste gleich an der Tür sein. Der Mann versuchte, etwas zu sagen. »Lauter!«, rief Kim, »ich kann dich nicht hören.« Er bog die Arme des Mannes um weitere fünf Grad nach hinten und renkte ihm dabei zugleich den linken Daumen aus. Dabei stellte er fest, dass seinem Gegner zweieinhalb Finger der linken Hand fehlten. Also ein Yakuza. Und ein Versager. »Los, mach dein Maul auf!« Irgendwie schaffte es der Japaner, den Kopf zu schütteln. Kim war nun klar, dass er ihm nichts würde entlocken können. Ein japanischer Soldat würde niemals aufgeben. Er würde lieber ehrenvoll sterben. Und dieser Yakuza betrachtete sich als loyaler Soldat. Was für ein Schwachkopf.

Kim hörte drinnen den vierten Mann den Flur hinabstürmen. Gleich würde er an der Tür sein und wollte empfangen werden. Kim ließ die Arme seines Opfers los und knallte ihm mit seinem ganzen Gewicht den Ellbogen ins Genick. Es gab ein knirschendes Geräusch, und der Kopf des Mannes drehte sich schlaff zur Seite.

Doch all das hatte eine Sekunde zu lange gedauert. Der vierte Mann, der Boss, sprang aus der Tür und Kim war nicht in der Position, ihm die Knarre aus der Hand zu schlagen. Jetzt wurde es schwierig für Kim. Aber noch war nichts verloren.

In diesem Augenblick hatte der Mann Kim gesehen und sofort knallte der Schuss. Kim fiel zu Boden. Er fühlte keinen Schmerz.

Osaka, 5. Mai 2012. 01:46 Uhr (00:46 in Shanghai)

Jeremy sehnte sich nach einem Bett, aber wie es aussah, würde es noch eine Weile dauern, bis er sich ausruhen und aus dem Fernsehen die neuesten Nachrichten aus Shanghai erfahren konnte. Ihn plagte sein schlechtes Gewissen. Hatte Cathy nicht irgendwie recht gehabt, als sie sagte, er instrumentalisiere seine Frauen? Gehe förmlich über Leichen, um seine Ziele zu erreichen. Die Leiche von Yukiko? Und jetzt vielleicht auch noch die Leiche von Cathy? Seine Frauen als Opfer seiner Anwaltsinteressen? Aber er hatte das alles doch niemals *gewollt!*

»Du denkst zu viel über deine Vergangenheit nach«, sagte Joe Murata, der im Kofferraum seines Corolla kramte. Das Innere des Wagens glich einer Müllkippe. »Schließ den Fall ab und mach ein neues Fass auf. Schau nach vorn. Alles andere hat keinen Sinn mehr. Ich helf dir, die Aufzeichnungen meines Stiefvaters zu finden – und dann mischst du diesen verschissenen Kuroi-Konzern auf und kommst ganz groß raus.«

»Und du?«, fragte Jeremy.

»Mach dir um mich mal keine Sorgen. Ich bin 59 Jahre alt, werde morgen 60 und komme allein zurecht. Und eigentlich bin ich dir ganz dankbar: Wenn du nicht mit deiner bescheuerten Bitte wie ein Grünschnabel hierhergekommen wärst, würde ich jetzt auf meiner Bude sitzen und mein Selbstmitleid ertränken, statt nach Jahren endlich mal wieder etwas Sinnvolles anzupacken.«

»Na ja, ich weiß ja nicht, ob das so sinnvoll ist, deinen Wagen anzuzünden. Ist das wirklich nötig?«

»Ja«, sagte Joe und hielt beinahe triumphierend einen ölverschmierten Putzlappen hoch. »Die Kiste war mal mein Leben – aber sie hätte es sowieso nicht mehr lange gemacht. Schade nur um das Kassettenradio. Das Tape habe ich natürlich rausgenommen.« Er zog eine alte, von krakeliger Hand beschriftete 90-Minuten-Chrom-Audiokassette aus den unerschöpflichen Taschen seines Trenchcoats. Dann knallte er den Kofferraum zu und schraubte den Tankdeckel auf. Er drehte den Lappen zu einer Wurst zusammen, knotete einen Zipfel mit einem Stück altes Kabel zusammen und stopfte das Tuch dann mit Hilfe eines Stöckchens in den Tank.

Jeremy sah sich verunsichert um. Joe war ein paar Hundert Meter in Richtung Sushibar zurückgefahren und hatte seinen Corolla am Rande einer großen Freifläche geparkt. In etwa einem halben Kilometer Entfernung befanden sich ein großer Vergnügungspark mit *Pachinko*-Spielhallen sowie eine U-Bahn-Station. Dort, hatte Joe gesagt, würden sie auch ein Taxi bekommen.

»Okay«, sagte Joe und zog am Kabel, bis der Lappen in der Tanköffnung sichtbar wurde. »Hast du noch was im Wagen?« Jeremy schüttelte den Kopf. »Na denn«, meinte der Halbjapaner und zündete den mit Benzin getränkten Lappen an. »Lass uns gehen.« Und stiefelte über die Freifläche in Richtung Vergnügungspark davon. Jeremy stolperte hinterdrein. Nach etwa 30 Sekunden hörten sie einen dumpfen Knall. Sie drehten sich kurz um: Der Corolla schien sich um Reifenhöhe in die Luft zu heben. Dann war er in einen gelben Flammenball gehüllt. »Ich hoffe, du hast gewusst, was du da tust«, meinte Jeremy.

»Natürlich. Und jetzt gehen wir auch garantiert nicht in dein Hotel.« Jeremy glaubte, sich verhört zu haben. »Nun sieh mich nicht so ungläubig an! Wir werden in irgendeinem dieser Kapselhotels am Hauptbahnhof übernachten und fahren dann morgen früh unerkannt mit dem Zug nach Kyoto.«

Jeremy sah an sich herunter. Seine Hosen waren zerrissen, seine

Schuhe vollkommen zerkratzt und sein Jackett hätte dringend einer Reinigung bedurft. Fast hätte er seine Pferdeledertasche verloren. Im Hilton gab es einen hoteleigenen Reinigungs- und Bügelservice. Joe Muratas zerschlissene Kleidung war in einem ähnlich jämmerlichen Zustand, doch bei ihm fiel es nicht so auf. Der ehemalige CIA-Agent lachte: »Keine Sorge: In ein paar Stunden können wir uns vor der Abreise noch rasch ein paar Sachen zum Anziehen kaufen. Du hast doch Kreditkarten!« Jeremy nickte. »Na also«, sagte Joe Murata, »wo ist das Problem?«

Shanghai, 5. Mai 2012. 00:48 Uhr
Nach einem Sekundenbruchteil zwischen Leben und Tod, der Kim zugleich sonderbar *endlos* erschienen war, öffnete er die Augen und blickte in die tranigen Lichter der Shanghaier Nacht. Die Situation kam ihm eigenartig vertraut vor: Er war nicht erschossen worden. Doch einen knappen Meter vor ihm war der vierte Yakuza mit einem Kopfschuss zusammengebrochen. Nicht er hatte geschossen, und nicht Kim war getroffen worden. Er erhob sich. Äußerlich war er vollkommen ruhig. Auf der anderen Straßenseite sah er einen schwarzen Schatten in einem Durchgang verschwinden. Seltsam. Sollte er ihm folgen? Nicht jetzt. Kim ahnte, dass sich die Sache auch so bald aufklären würde. Und auch wenn der geheimnisvolle Schütze einen Schalldämpfer benutzt hatte, war der Schuss in der menschenleeren Straße doch vernehmlich zu hören gewesen, und Kim wollte jetzt nicht durch Polizei oder Ähnliches in Unannehmlichkeiten geraten. In einem Haus gegenüber ging ein Licht an. Vielleicht nur Zufall. Wie auch immer: Erst einmal musste er hier zumindest notdürftig aufräumen. Er zog die beiden leblosen Körper ins Haus und deponierte sie neben ihren beiden Kollegen an der Garderobe. Dann schloss er sorgfältig die Tür und zog seine Schuhe an. Bevor er von hier verschwand, wollte er noch nach dem Haus sehen. Was hatten die Männer hier zu suchen gehabt?

Kim stieg die Treppe nach oben in den ersten Stock. Der Blick auf das Doppelbett im Schlafzimmer bereitete ihm Unbehagen. Rasch hatte er sich vergewissert, dass die Zimmer völlig verwüstet waren, allen voran Gouldens' Arbeitszimmer. Ein Aktenschrank war aufgebrochen und der Inhalt auf dem Boden verteilt. Es sah nicht danach aus, als hätten die Yakuza gefunden, wonach sie suchten. Und es war nicht seine Aufgabe, die Suche – wonach auch immer – fortzuführen. Kim setzte sich hinter den Schreibtisch, zog sein Mobiltelefon aus der Brusttasche, faltete den kleinen Zettel auseinander, den er in seinem

Briefkasten gefunden hatte, und wählte die Nummer. Bereits nach dem ersten Rufton wurde das Gespräch angenommen. »Sind Sie es?« Da war keine Spur von Müdigkeit in der hohen, eigentümlich singenden Altmännerstimme am anderen Ende der Leitung.

»Ja. Ist diese Leitung sicher?«

»Im Prinzip ja. Dennoch sollten wir es bei Andeutungen belassen. Gab es besondere Vorkommnisse im Objekt?«

»Ja. Vier. Aber die Probleme wurden alle beseitigt. Mit etwas – Schützenhilfe.« Der alte Mann am anderen Ende kicherte kurz wie ein übermütiges Kind und sagte dann: »Ich sehe, auf Sie ist Verlass. Und auf mich auch. Ich bin Ihnen sehr dankbar.«

»Man müsste hier ein wenig aufräumen. Und putzen.«

»Ich verstehe. Bleibt es bei unserer Verabredung morgen früh?

»Selbstverständlich. Ich glaube, Sie sind mir ein paar Erklärungen schuldig.«

»Gewiss. Doch nun würde ich Ihnen anempfehlen, das Objekt zu verlassen. Wir kümmern uns um die Reinigung.«

»Das wäre angebracht, bevor die Bewohner zurückkommen.«

»In der Tat. Ein Routineservice meines Hauses, gewissermaßen im Mietpreis inbegriffen. Gut, dann sehen wir uns wie verabredet zum Gabelfrühstück. Sie werden hungrig sein, Herr Park.«

»Ja. Ich werde pünktlich da sein.«

»Vortrefflich. Ich freue mich, Sie endlich einmal persönlich kennenzulernen. Doch haben Sie Verständnis, wenn ich mich nun zur Bettruhe begebe. Ich bin ein alter Mann, wissen Sie.«

Mit diesen Worten beendete Gao Feng das Telefonat. Kim war verblüfft: Der Mann verfügte offenbar über enorme Macht und stupendes Wissen. Und – er schien eine mitunter strapaziöse Vorliebe nicht nur für gewundene Formulierungen, sondern auch für extravagante Unternehmungen zu haben. Kim konnte sich an den Fingern seiner wohlgeformten Hand abzählen, dass sein Auftraggeber genau wusste, was er tat, als er gerade ihn zu Cathys Haus geschickt hatte. Sicher lungerte da draußen nicht nur ein ganzes chinesisches Killerkommando herum, sondern es wartete auch schon ein Reinigungstrupp, um nach Erledigung des Auftrags alle Spuren und Kollateralschäden professionell zu entsorgen. Kim ärgerte es nur ein wenig, dass ihm jener nun nicht mehr ganz so geheimnisvolle Schütze zuvorgekommen war. Schließlich wäre er mit dem vierten Yakuza sicher auch noch fertiggeworden. Irgendwie. Dass er das nicht hatte beweisen können, schmälerte in Kims Augen die eigene Leistung. Ihn kam es so vor, als habe er soeben eine Art Aufnahmeprüfung bestanden. Note: eins minus. Eine seltsame Aufnahmeprüfung für einen Filmproduzenten, dachte er. Dergleichen hatte es am »College of Arts« der Nihon University nicht gegeben. Was hatte der Alte vorhin bei ihrem ersten Gespräch gesagt? *Es ist alles, gewissermaßen, schon Filmarbeit. Setzen Sie es auf Ihre Produzentenrechnung.* Gut, dass Jeremy Gouldens alias Julian Peek in diese Geschichte verwickelt war, lag ja auf der Hand. Aber Cathy? Die Triaden? Die Yakuza? Hatten die vier Männer vielleicht nach dem Drehbuch zu *Yellow Submarine* gesucht? Kim Park war gespannt auf die Antworten, die er in wenigen Stunden erhalten würde. Hoffentlich würden sie nicht wieder nur neue Fragen aufwerfen.

Er öffnete vorsichtig die Haustür. Auf der Straße war niemand zu sehen. Der große Blutfleck vor der Tür war verschwunden. Da war aber jemand verdammt fix gewesen. Als er, ohne sich umzusehen, auf den Bürgersteig trat und die Haustür nur vorsichtig anlehnte, hätte ihm niemand anmerken können, dass er gerade drei Schwerverbrecher mit bloßen Händen getötet hatte. Er war wieder bloß ein Filmproduzent mit großen Ambitionen. Ein höflicher, charmanter und kluger Mann in den besten Jahren, etwas überdurchschnittlich groß gewachsenen und mit feinen, schlanken Händen.

Shanghai, 5. Mai 2012. 01:20 Uhr

»Schön, dass Sie meiner Einladung gefolgt sind, Cathy!«, sagte John Huang zur Begrüßung. »Ich habe Neuigkeiten für Sie.« Cathy sah ihn fragend an. Dieses Gesicht, das fast schön zu nennen war, wäre da nicht dieser widerliche, grausame Zug um die Mundwinkel, der besonders hervortrat, wenn Huang lächelte. So wie jetzt.

»Neuigkeiten aus Japan. Genauer gesagt: aus Osaka – von Ihrem ... Freund?« Cathy blickte ihm starr in die mandelförmigen Augen. Sie hatte sich in den letzten Stunden den Kopf zermartert, was wohl Jeremy und seine Japanreise mit dieser Sache hier zu tun haben könnten und warum auch sie selbst den Terroristen offenbar so wichtig war. Auch wenn sie noch keine Antwort gefunden hatte, wusste sie doch, dass sie vorsichtig sein musste. Sie durfte sich nicht für die Zwecke der Terroristen instrumentalisieren lassen. Sie schüttelte heftig den Kopf. »Mr. Gouldens und ich haben nichts mehr miteinander zu tun. Ich habe die Beziehung vorgestern Abend beendet, müssen Sie wissen. Wir sind, sozusagen, geschiedene Leute.«

Huang musterte sie spöttisch. »Sieh mal einer an. Sie haben ja auch Neuigkeiten! Was war denn der Anlass, wenn ich fragen darf?«

»Er hat mich hintergangen. Betrogen. Aber das geht Sie nichts an.«

»Vielleicht ja doch, Süße. Mit einer Japanerin? Hieß sie zufällig Yukiko Murata? Das ist aber doch schon ein paar Jährchen her. Sind Sie so nachtragend, Cathy?« Wieder dieses widerliche Lächeln. »Tröstet es Sie ein wenig, wenn ich Ihnen sage, dass ich aus sicherer Quelle weiß, dass er Sie mit *dieser* Frau jedenfalls nicht mehr betrügen wird?«

Cathy antwortete nicht. In ihr arbeitete es heftig. Diese Leute wussten wirklich alles. Sie waren mächtig. Sie ließen ihr keine Chance. Sie schluckte, dann brach es aus ihr heraus. »Sagen Sie schon: Was ist mit Jeremy?« Sie versuchte, sich die in ihr aufsteigende Panik nicht anmerken zu lassen.

»Na, so ganz gleichgültig scheint er Ihnen ja doch noch nicht zu sein.« Das widerwärtige Lächeln wuchs. »Aber ich kann Ihre Neugier verstehen. Sie glauben ja gar nicht, wie interessant das alles ist: Wir geben uns hier alle die größte Mühe, eine schreiende Ungerechtigkeit in der Welt anzuprangern, und Ihr Freund – oder meinetwegen Exfreund – gibt sich alle Mühe, uns ins Handwerk zu pfuschen.« Er zog sein Mobiltelefon aus der Tasche. »Ich hatte eben ein kurzes, aber instruktives Gespräch mit meinen Freunden in Tokio. Danach sieht es so aus, als würde ein gewisser Mr. Jeremy Gouldens, von dem wir beide annehmen dürfen, dass wir ein- und dieselbe Person meinen, in Japan für ein nicht geringes Aufsehen in speziellen Kreisen sorgen. Kurz gesagt: Er schnüffelt in Angelegenheiten herum, die ihn absolut nichts angehen.«

»Er schnüffelt nicht. Er arbeitet. Er ist Rechtsanwalt.«

»Eben. Und Sie kennen doch den Fall, an dem er arbeitet, oder?«

»Nein.« Cathy benetzte sich die trockenen Lippen. »Sie lügt«, fauchte die langbeinige Frau mit den blitzenden Zähnen, die bisher schweigend im Hintergrund gelauert hatte. »Ihre Augen flackern.«

»Bist du sicher, mein Kätzchen?«, fragte John Huang. »Michelle Mao studiert außer Geschichte auch Psychologie, müssen Sie wissen«, setzte er, an Cathy gewandt, hinzu. »Und da ist sie sehr gut. Also sagen Sie bitte die Wahrheit, Süße, bevor wir sie auf eine Weise aus Ihnen herausholen müssen, die nicht nur für Sie schmerzhaft sein wird.« Das widerliche Grinsen bekam nun etwas gespielt Bekümmertes.

»Ich habe mich wirklich nie um seine totlangweiligen Geschäftsangelegenheiten gekümmert. Und inzwischen gehen sie mich überhaupt nichts mehr an. Soviel ich noch mitbekommen habe, musste er eben dringend nach Osaka. Irgendein Revisionsverfahren – eine Pharmaziegeschichte, ein Medizinskandal ... was weiß ich. Glauben Sie mir: Wir hatten in unseren letzten Tagen ganz andere Probleme.« John Huangs rechte Hand schoss nach vorn und umklammerte Cathys Handgelenk. Es tat weh. »Wirf sie aus dem Fenster«, lachte Michelle Mao leise.

»Sie tun mir weh«, flüsterte Cathy.

»Natürlich tu ich Ihnen weh. Ich könnte Ihnen so unerträgliche Schmerzen bereiten, dass Sie Ihre Mutter dafür verfluchen, Sie geboren zu haben. Also bitte: Denken Sie nach, Cathy! Welches Ziel verfolgt Gouldens in Osaka?«

»Ich sage Ihnen doch: Er sammelt Informationen für ein anstehendes Berufungsverfahren. Das ist ein Prozess, der Ewigkeiten zurückliegt – aber jetzt sind wohl neue Beweise aufgetaucht ... Indizien ... Mehr kann ich Ihnen wirklich nicht sagen.«

»Na gut«, antwortete John Huang und ließ ihr Handgelenk los. Cathys Gesicht war weiß geworden. »Ich will Ihnen erst einmal glauben, das sie nichts Genaueres wissen. Schade. Aber keine Angst, Sie werden uns schon noch anderweitig von Nutzen sein. Und wir werden sehen, was die Untersuchung Ihres Hauses ergibt. Unsere Jungs sind gerade dabei, es auseinanderzunehmen. Und das sind gute Leute, glauben Sie mir, die finden die Nadel im Heuhaufen. Wenn Sie also doch etwas wissen, dann sagen Sie es besser jetzt. Oder möchten Sie vielleicht zuerst mit ihm reden?«

»Was? Mit wem? Mit Jeremy?«

»Mit Ihrem Ex«, bestätigte Huang. »Sie können davon ausgehen, dass er inzwischen weiß, dass Sie sich in unserer Gewalt befinden. Und da hielte ich es für eine gute Idee, wenn Sie ihn von der dringenden Notwendigkeit überzeugen könnten, Japan auf direktem Wege zu verlassen. Ich bin sicher, Mr. Gouldens wird so vernünftig sein, nicht *noch* eine Frau zu opfern. Zu viel beruflicher Ehrgeiz soll ja ziemlich ungesund sein – man leidet darunter. Und auch die Beziehungen leiden darunter.«

»Noch eine Frau?« Cathy schluckte. Das Thema kannte sie doch.

»Dein Stecher hat diese Frau doch furchtbar geliebt, oder?«, fragte Michelle gehässig. Cathy pochte das Blut in den Schläfen. »Was glauben Sie, wie *scheißegal* es mir ist, mit wem er sich rumtreibt oder mal rumgetrieben hat. Ich sagte Ihnen doch: Das ist vorbei.« John Huang beugte sich drohend vor. Sein Lächeln erstarrte. »Yukiko Murata hat all die Jahre für Ihren Gouldens in Japan weitergearbeitet. Im Verborgenen. Sie hat unter der Hand unangenehme Fragen gestellt, hat herumgeschnüffelt und angefangen, einer Menge Leute ziemlich auf die Nerven zu gehen. Sie in Schwierigkeiten zu bringen. Ja, sie hat sich sogar bis tief in die Strukturen unserer Organisation *hineingeschlafen*. Am Ende war die Situation nicht mehr tragbar.«

»Sie haben sie in den Selbstmord getrieben, nicht wahr?«

John Huang zuckte die Schultern. »Was sie getan hat, *war* Selbstmord. Was Gouldens jetzt macht, ist Selbstmord. Früher oder später erwischt es sie alle. Sie vielleicht auch noch, Süße. Wenn Sie nicht bald etwas freundlicher und kooperativer werden.« Das grausame Lächeln wurde wieder breiter und widerlicher.

»Sie sind krank, John Huang. Ein psychopathisches Schwein sind Sie. Und Sie sollten schleunigst Ihre Psychologin wechseln.«

»Halt die Klappe, Nutte«, zischte Michelle. Huang streckte seine rechte Hand aus und hielt seine Geliebte zurück. »Beruhig dich«, sagte er zu Michelle und tätschelte ihre Wange. »Momentan ist sie genau die Therapie, die ich brauche.« Er wandte sein widerliches Lächeln wieder Cathy zu. »Ich nenne es die Wildkatzentherapie. Eine sonderbare, streunende Wildkatze ist sie manchmal, meine schöne Michelle. Aber vielleicht braucht sie ja einfach nur 'ne nette Assistentin als Freundin, die nicht ganz so wild ist. Und Sie sind doch jetzt frei, Cathy, wie Sie sagen. Was meinst du, mein fauchendes Wildkätzchen?«

Michelle bleckte Cathy spitz und drohend an und sparte auch nicht mit giftsprühenden Blicken, die gleichermaßen Cathy wie ihrem Lover galten. Cathy wurde klar, dass es ihr wohl nicht sonderlich schwerfallen würde, einen Keil zwischen die beiden zu treiben. Aber es wäre auch sehr gefährlich. Und ihr wurde ganz flau bei der Vorstellung, sich – und sei's nur im Spiel – auf die dämonische Anziehungskraft dieses widerlichen Menschen einzulassen. Also lass bitte die Finger davon, Cathy. »Nein danke. Ich hab schon einen neuen Partner«, sagte sie schnell.

»Aha, da steht wohl jemand aufs alte ›Bäumchen-wechsel-dich-Spiel‹. Interessant, diesen Fakt können wir in vertraulicher Runde gerne noch einmal aufgreifen. Aber lassen wir das Private jetzt einmal beiseite, Süße, und kommen wir zum, wie soll ich sagen – Geschäftlichen. Möchten Sie jetzt bitte diesen Gouldens anrufen? Ob sie noch liiert sind oder nicht, spielt in dem Fall keine Rolle. Schließlich hat der ehrenwerte Mr. Gouldens seinen alten Lieben bislang stets die größte Treue bewiesen.« Huang hielt ihr sein Mobiltelefon hin. Cathy holte tief Luft, riss sich zusammen und sagte: »Ich denke nicht daran.«

»Gut. Wie Sie wollen. Dann werde ich jetzt Ihre Freundin holen und mir irgendwas Schönes mit ihr einfallen lassen. Wie heißt sie nochmal: Coco Kingston, nicht? Man müsste sie ja nicht gleich wieder erschießen. Ich könnte Ihr ... na ja, zum Beispiel die Nase abschneiden. Reicht das aus, um Sie zur Vernunft zu bringen, Cathy?«

»Sie sind ein ...«

»Ja ja, ich weiß. Ich bin jedenfalls kein Engel, stimmt, wollte ich nie sein, auch wenn ich zugegeben gewisse Sympathien für den gefallenen Erzengel Luzifer hege und diese naiven Spinner aus Shanghai mich schlimmen Sünder immer für eine Art Heiligen gehalten haben. Also, rufen Sie jetzt an, Cathy, oder soll ich ungeduldig werden?« Cathy musste sich eine Träne von der Wange wischen. Sie nahm Huangs Telefon und starrte aufs Display. Dann fing sie plötzlich hysterisch zu lachen an. John musterte sie ungeniert. Sie sah gut aus, wenn sie so aufgelöst war. Er mochte es, wenn schöne, starke Frauen die Kontrolle über sich verloren. Dann kam er zum Zug. »Was ist so lustig?«, fragte er. »Ich will auch lachen!«

»Ich weiß seine Nummer ja gar nicht. Ich hab Jeremys Nummer in meinem Cellular eingespeichert und kenne sie nicht auswendig. Ich müsste also erst einmal mein Telefon zurückbekommen, bevor ich ihn anrufen kann. Und das liegt wohl noch irgendwo am Eingang.«

»Okay«, sagte John Huang, »wir haben ja Zeit. Noch sehr viel Zeit. Und ich bin mir sicher, unser Freund Satori weiß die Nummer, schließlich war er für die Überwachung zuständig. Ganz patentes Kerlchen, unser Satori. Solche Kleinigkeiten wie Telefonnummern hat der doch im kleinen Finger. Wo steckt er denn, der Armleuchter?«

Osaka, 5. Mai 2012. 02:22 Uhr (01:22 in Shanghai)
Well, since my baby left me, well, I found a new place to dwell. Well, it's down at the end of Lonely Street at Heartbreak Hotel ...

Jeremy und Joe standen unschlüssig vor den Waben 259 und 260 des »Capsule Inn Osaka«, unweit des Hauptbahnhofs. Für 35 Dollar pro Person hatten sie je eine etwa einen Meter hohe und breite und zwei Meter lange Schlafbox aus Vollkunststoff zugewiesen bekommen. Beide sahen exakt gleich aus. Wer bezog welche? Joe hatte aus einer der tiefgründigen Taschen seines Trenchcoats einen Whiskeyflachmann gezogen, genehmigte sich einen kräftigen Schluck und sang fröhlich in sich hinein. *I'll be so lonely baby, well, I'm so lonely, I'll be so lonely, I could die.* Und entschied sich für die 259.

Immerhin, die Wabe 260 roch leicht nach Desinfektionsmittel und nicht, wie Jeremy befürchtet hatte, nach dem Schweiß seines Vorgängers. Das Bettzeug war in Plastikfolie eingeschweißt. Links neben dem Kopfkissen befand sich eine kleine Konsole, in die ein Radiowecker sowie ein Display eingelassen waren, mit dem man einen kleinen Farbfernseher bedienen konnte, der am Fußende aus der Wabendecke ragte. »Eine wirklich tolle Idee«, sagte Jeremy und musste zum ersten Mal seit längerem wieder lachen. Ein Wabenhotel. War das nicht ein prächtiges Bild für den ostasiatischen Menschen, der weniger ein Individuum als eine Art nützliches bienenhaftes Insekt sein sollte? Jeremy beschwor seine europäischen Wurzeln. Na dann gute Nacht, dachte er. Er wusste, dass böse Zungen diese *kapuseru hoteru* auch »Sarghotel« nannten.

»Immer noch besser in so einem Sarg zu schlafen, als überhaupt nicht wieder aufzuwachen«, meinte Joe Murata, der wieder einmal seine Gedanken zu lesen schien. »Es ist das Beste so, glaub mir. Und wenn du dich einsam fühlst: Mit deiner Kreditkarte kannst du dir jede Menge Spezialprogramme kaufen. *Well, it's so lonely baby* …«

»Nein danke«, winkte Jeremy ab. »Ich werde versuchen, zu schlafen. Um die Ecke hab ich ein italienisches Bistro gesehen. Vielleicht können wir da ja morgen rasch noch was frühstücken.«

»Yup. Na dann: Schlaf gut, Kumpel.«

»Du auch, Joe. In spätestens fünf Stunden sehen wir uns ja wieder.«

Als Jeremy ein wenig mühsam in seine Wabe hineingeklettert war, die Plexiglasklappe geschlossen und die Sichtblende heruntergelassen hatte, fühlte er sich tatsächlich wie in einem Sarg. Das beengte Gefühl wurde erst besser, als er endlich den Lichtschalter gefunden hatte. Die nächsten Minuten verbrachte er damit, leise vor sich hinfluchend wenigstens seine Hose und sein Jackett auszuziehen, den Wadenholster mit dem Revolver abzunehmen, sich einigermaßen bequem auszustrecken und dann irgendwie den winzigen Fernseher in Betrieb zu nehmen. Er wollte unbedingt die Nachrichten sehen. Neben ihm wühlte Joe in seiner Wabe herum. Armer Kerl, dachte Jeremy, diese Bienenwaben sind für kleine Japaner und nicht für halbamerikanische Hünen gemacht. Er hätte jetzt auch lieber in seinem großzügigen Kingsize-Bett im Hilton gelegen. Aber wie Joe schon gesagt hatte: *Immer noch besser in einem Sarg zu schlafen, als überhaupt nicht wieder aufzuwachen.*

Einige Minuten lang zappte er sich durch die Kanäle. Soweit er es beurteilen konnte – CNN oder der englischsprachige NHK-Sender waren offenbar nicht eingespeist –, hatte sich die Situation im SWFC nicht wesentlich verändert. Seit Evakuierung der Schwerverletzten war alles ruhig geblieben. Es waren auch keine Menschen – oder Leichen – mehr aus dem 94. Stock geworfen worden, und noch immer gab es keine Anzeichen für eine bevorstehende gewaltsame Befreiung der Geiseln. Jeremy merkte, dass ihm die Augen zufielen, und mit einer letzten Anstrengung knipste er das Licht aus.

Er war gerade eingedöst, da klingelte sein iPhone. Er tastete nervös nach dem Lichtschalter. Es konnte eigentlich nur Gao Feng sein, aber diese Nummer kannte er nicht. Ein anonymer Anrufer morgens um halb drei? Er nahm das Gespräch an.

»Jeremy?« Er schnellte hoch und knallte mit dem Kopf an die niedrige Kunststoffdecke. Er unterdrückte einen Schmerzenslaut. Das würde morgen früh ein dickes Horn geben.

»Cathy – endlich! Geht es dir gut? Haben sie dich freigelassen?«

»Nein. Ich bin nach wie vor eine Gefangene dieser merkwürdigen Bewegung. Aber es geht mir gut – so weit.« Jeremy unterdrückte ein Schniefen. »Du darfst nicht weinen. Du weißt, ich mag es nicht, wenn du weinst.« Jeremy konnte hören, dass sie selbst den Tränen nahe war. »Ich habe nicht viel Zeit und darf dir nicht alles sagen, was ich möchte.«

»Kann ich irgendwas für dich tun, Schatz?«

»Ich weiß nicht, ob ich noch dein Schatz bin, Jeremy. Das können wir besprechen, wenn du wieder da bist. Also komm einfach sofort zurück nach Hause. Hör auf, in der Vergangenheit herumzuwühlen und schlafende Hunde zu wecken. Sonst wird er mich töten. Das soll ich dir jedenfalls von John Huang und diesem Satori ausrichten.«

»Cathy ... Warte!« Aber irgendwer hatte ihr bereits das Gerät aus der Hand gerissen. Es raschelte, dann hörte Jeremy eine Stimme, die er bisher nur aus dem Fernsehen kannte. »Mr. Gouldens? – Sie durften sich eben davon überzeugen, dass Ihre hübsche Kleine am Leben ist. Einen guten Fang haben Sie da gemacht, Glückwünsch! Wenn ich eine attraktive junge Frau wäre, würde ich mich ja nicht mit so einem alten Kerl wie Ihnen einlassen, aber Frauen haben oft die verrücktesten Geschmäcker, nicht wahr? Sie behauptet zwar, dass sie mittlerweile ein Einsehen hatte, mit Ihnen Schluss gemacht und nun einen Jüngeren hat, aber ich bin mir nicht recht sicher, ob ich ihr das glauben kann. Vielleicht will sie Sie ja nur schützen, das gute Mädchen, oder wie sehen Sie das?« Jeremy war viel zu durcheinander, um zu antworten. »Na egal; wie sie selbst gesagt hat, amüsiert sie sich hier jedenfalls blendend mit uns, und Sie als britischer Gentleman möchten sicherlich, dass es auch so bleibt. Sie haben gehört, was sie gesagt hat. Halten Sie sich an die Worte der Kleinen, verlassen Sie unverzüglich Japan, und es wird ihr nichts geschehen. Dann wird sie in nicht einmal zehn

Stunden frei sein. Dies ist ein einmaliges – und, wenn ich mir diese Bemerkung erlauben darf – auch äußerst generöses Angebot. Und es ist auch für Ihre Gesundheit das Beste. Sonst sind Sie in wenigen Stunden ein toter Mann und die liebreizende Kleine, tja, ich fürchte …«

»Was wollen Sie, Mr. Huang?«

»Ich will nicht, dass kleine Schmeißfliegen wie Sie uns in den Kram pfuschen. Punkt.«

»Ich verstehe Ihre Beweggründe nicht recht, Mr. Huang. Wie ich aus dem Fernsehen erfahren habe, wollen Sie von Japan eine Bestätigung seiner historischen Schuld, und ich bin hier gerade dabei, Ihnen weitere Beweise zu liefern. Wenn das so ist, dann arbeiten wir doch fürs gleiche Ziel und Sie müssen doch im Gegenteil meine Arbeit hier gutheißen und unterstützen.«

»Das mag so aussehen. Aber wir erledigen das auf unsere Weise, Gouldens. Und glauben Sie mir: Sie machen sich da eine völlig unnötige Arbeit. Wenn unsere Mission erfüllt ist, hat Ihre Mission keinen Sinn mehr. Nehmen Sie mein Angebot an, und die Chancen stehen nicht schlecht, dass Sie Cathy Wong in diesem Leben wiedersehen. Adieu, Gouldens.«

Jeremy starrte aufs Display seines Mobiltelefons, als sei es tausend Meter tief. Sein Herz pochte. Cathy war am Leben – das war eine gute Nachricht. Aber wie lange noch? *Ich weiß nicht, ob ich noch dein Schatz bin, Jeremy.* Er beschloss, ihre und Huangs verquaste Anspielungen auf eine endgültige Trennung zu ignorieren. Das würde sich alles schon aufklären. Aber was hatte seine Suche nach den Kriegs- und Forschungstagebüchern eines japanischen Arztes mit dem Anschlag aufs WFC zu tun? So sehr er sich auch anstrengte: Ihm fiel keine befriedigende Antwort ein. Abgesehen von der recht abenteuerlichen These, dass Hasekawa mit seiner Verschwörungstheorie doch recht hatte und sich inzwischen auch schon auf der Gegenseite herumgesprochen hatte, dass er – Gouldens, die Schmeißfliege – der »Auserwählte« war. Lächerlich!

Kurzentschlossen pochte er ein paarmal an die dünne Wand, durch die wohlvernehmlich die Atemgeräusche des schlafenden Joe Murata drangen. 30 Sekunden später lagen beide Männer an den Kopfenden ihrer Waben auf dem Bauch, streckten die Köpfe durch die etwa fernsehergroße Öffnung und sahen sich an. »Was ist passiert?«, fragte Joe besorgt, »du bist ja schon wieder weiß wie eine Wand.«

»Ich habe eben mit Cathy telefoniert. Im WFC in Shanghai. Und mit diesem Arschloch, John Huang.« – »Du spinnst.« – »Nein, es war kein Alptraum. Es war sie wirklich. Und es war Huang. Es geht ihr wohl den Umständen entsprechend. Aber wenn wir mit unserer Sache weitermachen, wird sie das nicht überleben.«

»Moment, verstehe ich das richtig? – Dieser Huang erpresst dich?«

»Keine Tagebücher und Cathy lebt. Finde ich sie aber, stirbt sie.«

»Du denkst falsch, Kumpel, sorry: Wenn du jetzt die Suche aufgibst, bringst du deine Freundin in eine größere Gefahr, als wenn du die Tagebücher hast.«

Jeremy nickte. »Hilf du mir doch mal auf die Sprünge, Joe. Ich kapier einfach nicht, was das eine mit dem andern zu tun haben könnte.«

»Hat er denn nichts gesagt? Irgendwas preisgegeben?« Jeremy überlegte. Dann fiel ihm etwas ein. »Dieser Huang meinte, wenn seine Mission beendet sei, hätte meine Mission keinen Sinn mehr.«

»Na großartig. Damit kann ich aber eine Menge anfangen. Klingt fast wie so'n Satz von Hasekawa.«

»Ich hab ihm gesagt, dass wir im Grunde doch für das gleiche Ziel arbeiten, die Bestätigung der Schuld Japans, also müsste er doch eigentlich meine Arbeit unterstützen, statt mir Knüppel zwischen die Beine zu werfen.«

»Gut, aber wir wissen ja inzwischen, dass es mit dieser offiziellen Lesart offensichtlich nicht weit her ist. Denk an die Worte unseres Propheten: Das sei ein abgekartetes Spiel, sagte er, und Huang in Wirklichkeit ein Killer, der für die Yakuza, Kuroi und den ganzen revanchistischen Abschaum der Japan Inc. arbeitet. Er ist also das genaue Gegenteil von dem, was er zu sein vorgibt. Einer der großen Sünder, kein Heiliger.«

»Richtig. Anscheinend hat Hasekawa recht. Den Geiselnehmern geht es weniger um ihre Forderungen als um die nackte Provokation. Und Ablenkung. Mit dem für sie günstigen Nebeneffekt, knapp 200 *nicht* durchgeknallte führende Persönlichkeiten des politischen, wirtschaftlichen und gesellschaftlichen Lebens, die ihren Plänen entgegenstehen, zumindest vorübergehend ausschalten zu können. Bis der Umsturz – oder was auch immer die seltsamen Vorgänge in diesem Land bedeuten – in trockenen Tüchern ist.«

»Natürlich hat Hasekawa recht.« Beide Männer schwiegen einen Moment. Joe Murata kräuselte seine Stirn. »Aber wovor wollen sie ablenken?« Er schnippte suchend mit den Fingern und sagte dann: »Halten wir fest: Diese Nummer in Shanghai ist bloß ein Vorwand für irgendwas anderes. Ein bewusst provozierter Anlass, um zurückzuschlagen ... sich zu rächen ... eine Revolte loszutreten.«

»Und das ist offensichtlich das, was gerade hier im Land passiert. Ein Kartell der Ewiggestrigen versucht, die Macht im Land zu übernehmen. Und dann? Was passiert dann mit den Geiseln? Und was hat das mit uns zu tun? Wir beschäftigen uns mit dem Kuroi-Imperium, immerhin offensichtlich ein maßgeblicher Teil dieses Kartells. Und mit schlechten Medikamenten, Versuchen an Menschen, verbotenen Biowaffen ... im Prinzip zumindest.«

»Und wo fand das alles seinen Anfang?« Joe beantwortete seine rhetorische Frage gleich selbst. »In den dreißiger Jahren, in der Mandschurei und in Nanking. Während all jener Verbrechen, für die die Terroristen in Shanghai nun angeblich eine Entschuldigung fordern.«

»Irgendwie drehen wir uns im Kreis, Joe.«

»Die Geschichte dreht sich im Kreis. Denk dran, was uns Hasekawa alles erzählt hat: Menschenversuche damals wie heute, ein entführtes japanisches U-Boot, neue Methoden des Biokriegs mittels genveränderter Supermikroben ...«

»Vielleicht ist da tatsächlich irgendwo der Schlüssel zu suchen. Und dann müssen wir nur noch das passende Schloss finden.« Jeremy kratzte sich am Kinn. »Mal angenommen, diese Aktion in Shanghai ist also in Wahrheit tatsächlich ein Werk der Japan Inc. mit dem Ziel, einen aggressiven Akt gegen China loszutreten.«

»Hasekawas Verschwörungstheorie: 130 Millionen gegen 1,3 Milliarden Menschen: Da setze ich, ohne zu zucken, sofort 1000 Dollar auf das Reich der Mitte. Nicht einmal unsere Ultranationalisten wären so bescheuert, gerade jetzt einen Krieg mit China anzufangen.«

»Ich glaube, sie haben schon damit angefangen. Gerade jetzt. In der Stunde der nationalen Demütigung.«

»Wenn du meinst, Jeremy.« Joe gähnte unbeeindruckt. »Merke! Die Menschen sind eben immer noch einen Tick bescheuerter, als man denkt.«

»Wie auch immer. Ich sehe, du hast genug für heute. Wir könnten uns sicher noch die ganze Nacht über die verschiedensten Szenarios unterhalten. Wahrscheinlich werden wir bald klarer sehen – wenn dieser Huang seine nächste Aktion durchzieht.«

»Yep. – Und was ist jetzt mit Cathy? Willst du weitermachen oder zu ihrem Schutz aufgeben?« Jeremy schwieg eine ganze Weile. Dann sah er Joe Murata mit ernstem Blick ins Gesicht. Und schüttelte langsam den Kopf. »Nein«, sagte er leise, »ich glaube, du hast recht. Wenn es uns gelingt, schnellstmöglich Yukikos Auftrag zu erfüllen, die Dokumente über die Arbeit deines Stiefvaters aufzustöbern und das zu finden, wonach zu suchen sie uns ausgesandt hat, haben wir ein Mittel, um Cathy zu befreien. Dann haben wir selbst einen Trumpf in der Hand. Wir dürfen uns bloß nicht erwischen lassen.«

»Bravo, Kumpel! Du stellst dich dem Kampf! Das gefällt mir. Das ist wieder fast wie bei den Marines! Doch nun rate mal, warum ich dir diese vorzügliche Herberge empfohlen habe, *brother*. Bis nachher.« Joe Murata zog sich in seine Schlafwabe zurück und zog das Rollo herunter.

Jeremy sah auf die Uhr. Es war kurz vor drei. Noch viereinhalb Stunden Schlaf, höchstens. Er versuchte erneut, es sich leidlich bequem zu machen. Doch der Gedanke an Cathy ließ ihn nicht los. Während er hier in diesem klimatisierten Luxussarg lag, war sie noch weitaus mieser dran als er. Und er hatte ihr das ganze Schlamassel letztlich eingebrockt. Erst Yukiko. Dann Cathy. Kein Wunder, wenn sie sich wirklich einen anderen gesucht hatte. Er hätte es verdient. Verflucht, warum konnten sie jetzt nicht irgendwo unterm tropischen Nachthimmel am Strand auf Hainan sitzen und Cocktails trinken? *Sex on the Beach*? Warum konnte er nicht wenigstens einfach zu Hause in der Französischen Konzession im Bett liegen, wo er ein halbes Jahr lang in dem unbegreiflichen Luxus gelebt hatte, nachts nur die Hand ausstrecken zu brauchen, um ihren warmen, weichen, friedlich schlafenden Körper zu berühren? Verdammt, er hätte in diesem Moment losheulen können. So sehr vermisste er sie. Er fühlte sich so *verlassen*. Er könnte jetzt wirklich losheulen. Und ihm ging Joes Lied von vorhin nicht aus dem Kopf. Er heulte los.

Well, if your baby leaves you, you got a tale to tell
Just take a walk down Lonely Street to Heartbreak Hotel …
Oh, although it's always crowded, you still can find some room
For broken hearted lovers, to cry there in their gloom

5. Tag. Vormittags

Straße von Taiwan (25° 30' Nord, 120° 40' Ost), 5. Mai 2012. 02:34
U 34 der deutschen Bundesmarine pflügte mit einer Geschwindigkeit von 12 Knoten knapp 40 Seemeilen vor der Westküste Nationalchinas backbord und 50 Meilen vor der Ostküste der Volksrepublik steuerbord mit Kurs auf das Südchinesische Meer durch die Straße von Taiwan. Kapitänleutnant Karsten Kühne, ein 32-jähriger, blonder Hüne,

hatte selbst die Turmwache übernommen und suchte mit dem Nachtglas den Horizont nach Schiffen ab. Es herrschte kaum Wind und das Meer war ruhig.

Nicht nur Karsten Kühne war froh, dass es nach dem knapp sechsmonatigen Einsatz endlich wieder nach Hause ging. Er war einer von vier werdenden Vätern an Bord. Wenn er ein bisschen Glück hatte, würde er noch rechtzeitig zur Niederkunft seines ersten Kindes im norddeutschen Kleinstädtchen Plön aufschlagen. Aber dieser Törn war der wichtigste seiner Karriere als Berufsoffizier gewesen. Schließlich handelte es sich bei seiner U 34 um ein wahres Prunkstück: Ein U-Boot der neuen Klasse 214, eine Weiterentwicklung der erfolgreichen Klasse 209. U 34 war 65 Meter lag, seine Wasserverdrängung lag aufgetaucht bei rund 1700 Tonnen. Die unter Wasser erzielte Höchstgeschwindigkeit betrug 21 Knoten. Die maximale Tauchtiefe von Booten der Klasse 214 wird offiziell mit 400 Metern, die maximale Reichweite zur See mit etwa 10000 Seemeilen angegeben. Die tatsächlichen Werte unterliegen der höchsten Geheimhaltungsstufe: Bei seiner Rückkehr sollte Kapitän Kühne berichten können, dass sie problemlos auf 620 Meter Tiefe getaucht waren.

U 34 hatte 27 Mann Besatzung an Bord. Sie waren vor fast einem halben Jahr aus ihrem Heimathafen Kiel ausgelaufen, wo U 34 bei den »Howaldtswerken-Deutsche Werft« auf Kiel gelegt worden war. Inzwischen hatten sie eine lange Reihe von Tests unter realen Einsatzbedingungen erfolgreich abgeschlossen. Der Clou der Klasse 214 ist der hochentwickelte, außenluftunabhängige Antrieb auf Brennstoffzellenbasis, der die beiden serienmäßigen MTU-Dieselmotoren sowie den Elektroantrieb vom Typ »Permasyn« ergänzt. Diese neue Generation von Unterwasserschiffen ist zu wesentlich längeren Tauchfahrten und Stehzeiten auf See fähig als herkömmliche U-Boote, was Booten wie der U 34 eine extrem hohe Einsatzflexibilität verleiht. Darüber hinaus reduziert die Antriebskombination die Geräuschemission und erschwert es Gegnern erheblich, das Boot zu orten. Hinzu kommt hochmoderne Waffen- und Ortungstechnik: Klasse 214 verfügt über ein integriertes Führungs- und Waffeneinsatzsystem vom Typ ISUS 90, das – Informationen des »Berliner Informationszentrums für Transatlantische Sicherheit« und des Hersteller »Atlas Elektronik« zufolge – für alle Missionsarten geeignet ist. Auf computergestützten Mehrzweckkonsolen können alle Sensorendaten des U-Boots – die Daten der Sehrohre, des Optronikmastes, der Sonare und des Radars – ausgewertet und zu einem kompletten Lagebild zusammengesetzt werden. Mehr als ein Dutzend aktiver und passiver Sonare, die alle relevanten Frequenzbereiche abdecken, erlauben der Besatzung die präzise Identifizierung von Schiffen, U-Booten und anderen Geräuschquellen wie Torpedos und potenziellen Unterwasserhindernissen in der näheren und weiteren Umgebung. Das Sehrohrsystem SERO400 liefert daneben eine Fülle optischer Informationen per HDTV-, TV-, Infrarot- oder digitaler Fotokamera. Über Laser können zugleich punktgenaue Entfernungsmessungen vorgenommen werden.

Darüber hinaus war die U 34 noch mit einigen Extras ausgestattet worden. Dazu gehörte etwa die wiederverwendbare, zur Oberfläche aufschwimmende Kommunikationsboje »Callisto«, die via Datenkabel mit dem tief getauchten U-Boot verbunden bleibt. Neben acht Torpedorohren des Kalibers 533 mm verfügte U 34 zudem über ein Druckluftausstoßsystem, das es ermöglicht, Flugkörper wie die amerikanische »Sub-Harpoon« aus dem Wasser zu starten und so See- und Landziele in bis zu 130 Kilometern Entfernung anzugreifen. Das Druckluftausstoßsystem erlaubt auch den Abschuss von Torpedos zum Einsatz gegen Schiffe – und bietet den nicht zu unterschätzenden Vorteil, dass das so ausgestattete U-Boot noch schwerer zu orten ist. Die Bundesregierung und nicht zuletzt die arg gebeutelte deutsche Werftindustrie erhoffen sich von der neuen Klasse 214, einem vornehmlich für den Export bestimmten Bootstyp, lukrative Aufträge von den westlichen Bündnispartnern. Unter anderem haben bereits Südkorea, die Türkei und Griechenland Boote dieses Typs gekauft. Auch Pakistan hat Interesse bekundet. Die Mannschaft der U 34 konnte also zu Recht stolz darauf sein, eines der weltweit modernsten militärischen U-Boote zu steuern. Doch ob Kommandant oder Mannschaft, zu diesem Zeitpunkt ihrer Mission wollten alle Mann nur noch eins: nach Hause.

»Ein Mann auf den Turm. Bitte an Deck kommen zu dürfen!«, sagte Michael Markus, der Erster Wachoffizier, und streckte seinen Kopf aus dem Turmluk. »Erlaubnis erteilt!«, antwortete Kühne.

»Wir haben eben diesen verschlüsselten Funkspruch erhalten – aus dem Hauptquartier der US-Marine auf Okinawa, von einem General William Shirer«, sagte der I. WO, als er neben seinem Kommandanten stand und ihm einen Zettel aushändigte. Markus stammte, wie die meisten Seeleute, aus Süddeutschland und sprach mit einem unverkennbar fränkischen Zungenschlag. Er war ein Winzersohn aus dem Volkacher Ortsteil Escherndorf und hatte sich nach der berühmtesten Lage des Dörfchens den Spitznamen »Lump« eingehandelt.

»Lass mal sehen!« Nach sechs Monaten unter realen Einsatzbedingungen war der Ton an Bord jovial geworden. Manchmal fast schon zu freundlich. Aber Kühne hatte die Mannschaft im Griff. Kein einziger Fall von Bordkoller bisher.

»›Pirate Style 2012‹. Was haben wir mit diesem Manöver am Hut?«

»Ich muss die Nachricht doch erst lesen, I. WO, oder?«

»Natürlich. Verzeihung, KaLeu.«

Kapitänleutnant Kühne überflog den Computerausdruck im Schein seiner Taschenlampe. »Es handelt sich übrigens um einen ›NATO-Zero-Drei-Code‹, KaLeu. *Strictly confidential* …«, warf Markus ein, der einen ganzen Kopf kleiner als Kühne war. »Wenn ich mir diese Bemerkung erlauben darf.«

»Das dürfen Sie nicht, denn das sehe ich auch, I. WO!«

»Ich frag mich, ob uns da vielleicht jemand verarscht. Die Männer sind grad richtig aufgeregt wegen des angeblich drohenden Ernstfalls …«

Der Kommandant überging Markus' Bemerkung und las: *Im Rahmen der Übung Pirate Style 2012 haben die internationalen Seestreitkräfte und die Third Marine Expeditionary Force über das US-Verteidigungsministerium eine offizielle Anfrage an die deutsche Bundesmarine gestellt, die U 34, Nato-Code UBAC, mit sofortiger Wirkung dem Befehl des US-Oberkommandos auf Okinawa unterstellen zu dürfen. Das Bundesverteidigungsministerium hat gemäß DEFCON 3 diesem Ersuchen am 4. Mai 2012 um 19:45 deutscher Zeit (5. Mai 2012, 3:45 japanischer Zeit) stattgegeben. Ein entsprechendes Beglaubigungsschreiben des BMVg erhalten Sie in ca. zwanzig Minuten. Begeben Sie sich bitte umgehend auf die Koordinatenposition 30° Nord, 124° Ost zu den Manöververbänden. Dort erhalten Sie weitere Instruktionen. Gen. William Shirer, Camp Courtney, Okinawa.*

Karsten Kühne runzelte die Stirn. »DEFCON 3« bedeutete »erhöhte Einsatzbereitschaft der Streitkräfte«. Funksprüche würden ab jetzt nur noch verschlüsselt gesendet und empfangen. Wahrscheinlich wusste bereits das ganze Boot Bescheid. Bis hin zu den Torpedomaaten im Bugraum. Die Ausrufung von DEFCON 3 war schließlich ein sehr seltenes, besonderes Geschehen und deutete darauf hin, dass ein kriegerischer Akt in der Luft lag. Seit dem letzten routinemäßigen Funkspruch mit der Marinebasis in Kiel 36 Stunden zuvor schien sich irgendwo auf der Welt etwas zusammengebraut zu haben. Die angegebenen Koordinaten bezeichneten eine Position viele Hundert Kilometer weiter nördlich im Ostchinesischen Meer etwa auf der Höhe von

Shanghai. Was sollten sie dort? So wie es aussah, rasselten Japan und China wieder einmal mit den Säbeln. Wahrscheinlich ging es um die großen Gasvorkommen nahe der zwischen beiden Ländern umstrittenen Senkaku-Inselgruppe. In Zeiten der selbstverschuldeten Energieknappheit Japans nach dem Fukushima-Desaster auch kein Wunder. Kühne erschien dies bei seinem derzeitigen Kenntnisstand die einzige plausible Erklärung. Er erinnerte sich noch gut an den letzten Zwischenfall um diese Inseln im September 2010, als ein chinesisches Fischerboot zwei Schiffe der japanischen Küstenwache attackierte, die Japaner den chinesischen Kapitän des Schiffes verhafteten, China daraufhin die Kontakte mit Japan abbrach und der US-Verteidigungsminister Japan im Fall eines bewaffneten Konflikts mit China militärische Hilfe im Rahmen seiner Bündnisverpflichtungen zusicherte. So weit war es nun also offensichtlich gekommen.

Erster Wachoffizier Markus, offensichtlich ungeduldig, ergriff das Wort. »Das heißt Kurswechsel, KaLeu. Ziemlich genau um 180 Grad.«

»In der Tat, I. WO«, bekräftigte Kapitänleutnant Karsten Kühne. »Marsch, marsch zurück: Wir werden dem internationalen Manöververband entgegendampfen. Oder was auch immer sich da zusammenbraut.« – »Dabei hatte ich mich schon so auf Bangkok gefreut.« – »Aber Bangkok läuft uns schon nicht weg, I. WO. Wie viele Seemeilen liegen vor uns?« – »Etwa 350. In nicht einmal 20 Stunden hätten wir die Warteposition erreicht.« – »Gut.« – »Und was erwartet uns dann, KaLeu?« – »Wenn ich das wüsste, I. WO.«

Kapitänleutnant Kühne wusste es wirklich nicht. Nach Manöver oder einer verlängerten Testfahrt sah es jedenfalls nicht mehr aus. Nein, es handelte sich wohl eher um einen echten Kampfeinsatz, aber gegen wen und warum ging aus dem verschlüsselten Funkspruch nicht hervor. Und auch als Kühne eine halbe Stunde später das angekündigte Beglaubigungsschreiben des Bundesverteidigungsministeriums in Händen hielt, war er nicht schlauer. Die Sesselfurzer in Berlin und Bonn hüllten sich in eine Wolke aus Schweigen. Und Kühne konnte nur Vermutungen anstellen. Da Amis und Japse Verbündete waren, ging es wohl gegen die Chinesen. Kühne war es natürlich überhaupt nicht recht, dass sein Boot von nun an unter dem Befehl dieses Shirer von der Third Marine Expeditionary Force stehen sollte. Er war zwar Soldat und dadurch waren Gehorsam, Disziplin und Pflichterfüllung für ihn Ehrensache, doch andererseits war ihm noch immer sehr präsent, dass es in der jüngeren Vergangenheit bei der internationalen Zusammenarbeit der verbündeten Streitkräfte immer wieder zu Schwierigkeiten gekommen war. Das Negativecho auf die Bombardierung zweier von Taliban entführter Tanklastzüge in Afghanistan, die ein deutscher Oberst in Absprache mit der US Air Force 2009 befohlen hatte, hallte noch immer in seinen Ohren. Den Verteidigungsminister hatte die Aktion letztlich den Posten gekostet, dem Oberst hätte sie um ein Haar ein Disziplinarverfahren eingebracht. Kühne wollte ein zweites Kundus – nun auf See und natürlich in einem ganz anderen Zusammenhang – unbedingt vermeiden. Erwartete man von ihm etwa, dass er bereit war, ohne eine vollständige politische Absicherung durch den Deutschen Bundestag mit seinem Boot Befehle eines ausländischen Verbündeten entgegenzunehmen und einen Kampfeinsatz durchzuführen? Andererseits: Konnte er umgekehrt denn erwarten, dass man einen Einsatz, der offensichtlich derart geheim und eilig war, erst durch die langsam mahlenden öffentlichen Mühlen des Bundestags drehte? Dann konnte man es genauso auch gleich bleiben lassen.

Shanghai, 5. Mai 2012. 3:34 Uhr
Cathy hatte wieder ihren Platz am VIP-Tisch eingenommen. Ihr ging es ein wenig besser, seitdem sie Jeremys Stimme gehört hatte. Auch wenn es ihr zu schaffen machte, dass sie nicht offen mit ihm hatte reden können. Und sie es als sehr unglücklich und unpassend empfand, dass nun – nach ihrer strategischen Entscheidung, Huang glauben zu machen, sie hätte sich bereits endgültig von Jeremy getrennt –, unvermittelt ihre ganze Beziehungskrise in dieses Telefongespräch Eingang gefunden hatte. Jeremy hatte am Telefon so verzweifelt und hilflos geklungen, dass sie plötzlich ganz stark den Impuls verspürte, ihn in den Arm zu nehmen und zu trösten. Komisch, dachte sie, normalerweise mag ich es ja gar nicht, wenn er Schwäche zeigt. Kim würde nie Schwäche zeigen. Genauso wenig wie dieser John Huang. Schwäche zeigen nur Menschen, die auch mal von etwas ablassen, auch mal verlieren können. Weil es manchmal eben sinnvoller ist, den Kürzeren zu ziehen, statt um seiner Ziele willen notfalls die ganze Welt in die Luft zu jagen. Huang war so ein Mensch, dem jedes Nachgeben fremd war, der bei allen Widerständen einfach immer nur weiterpokern und den Einsatz verdoppeln würde; wenn es sein musste, bis in den Tod. Und irgendwie war, auf seine Weise, auch Kim so einer. Genau das machte solche Leute auch anziehend, ja, in einem gewissen fatalen Sinn *unwiderstehlich*. Aber sie machten ihr auch Angst. Weil sie so etwas Kompromissloses hatten und ohne Rücksicht auf Verluste, ohne Rücksicht auf *sie*, ihr Ding durchzogen, stur wie Maschinen. Vor Jeremy hatte sie

keine Angst. Er mochte manchmal ein unverbesserlicher Trampel sein, aber dafür war er eben immer ein Mensch. Kein Übermensch. Und gerade sehnte sich nach jemandem, der einfach mal ein bisschen *menschlich* war. Sie sehnte sich nach Jeremy. Vielleicht war er ja doch der Richtige für sie. Ihr menschlicher Griechengott.

Wie mochte es ihm wohl ergehen dort drüben in Japan? Immerhin war er frei, anders als sie. Aber dadurch war er auch so etwas wie Freiwild für die Japan Inc. und deren Helfershelfer. Sie machte sich Sorgen um ihn. Wie sollte er es überhaupt schaffen, da heil an Körper und Seele wieder herauszukommen, aus diesem fremden Land mit seinen fremden Sitten und seinen Killermaschinen in Menschengestalt? Hätte das doch lieber Kim für ihn erledigt!

Noch einmal zermarterte sie ihr Hirn über die Hintergründe des Anschlags und die möglichen Zusammenhänge mit Jeremys Japan-Mission. Widerwillig musste sie sich eingestehen, fast so etwas wie Hochachtung vor der logistischen und organisatorischen Leistung zu empfinden, die Huang und seine Gehilfen hier an den Tag gelegt hatten – begann sie etwa schon, seiner dämonischen Faszination zu erliegen? Abstrakt betrachtet war das Ganze fast schon ein ähnlich komplexes Kunstwerk wie die Anschläge vom 11. September 2001 in den USA. Nur dass man Mordanschläge auf fatale Weise ihres Wesens beraubt, wenn man sie abstrakt betrachtet. Und Huang mit Sicherheit kein Selbstmordattentäter war. Der war mehr ein Psychopath mit Hang zum Abenteuer, dabei stets auf den eigenen Vorteil bedacht. Der hatte keine höheren Ziele, Ideale und Visionen – außer vielleicht für Tumult und Chaos zu sorgen. Aber er war auch nicht der wahre Chef. Und der Boss der Bosse im Hintergrund wiederum konnte sehr gut so ein ideologisch durchgeknallter kleiner Hitler des 21. Jahrhunderts sein. Aber was war das für eine verquere Ideologie? Wer steckte wirklich hinter dieser Aktion? Wer hatte Interesse daran, die Augen der Weltöffentlichkeit mit einem brutalen Akt auf Shanghai zu lenken? Und wieso waren Jeremy und sie Teil dieses tödlichen Spiels geworden? Huang wüsste ein paar Antworten, keine Frage. Chen sicher nicht. Cathy konnte sich beim besten Willen nicht vorstellen, dass ihr kleiner Cousin die wahren Hintergründe oder Hintermänner kannte. Er und seine Kommilitonen waren bloße Bauernopfer, die sich für eine vermeintlich gute Sache hatten ködern lassen und im eigentlichen *Big Game* nichts zu melden hatten. Kanonenfutter.

Ob wohl Jeremy mittlerweile schon mehr wusste als sie? Sie hoffte es. Sie ärgerte sich jetzt ein wenig, dass sie ihm brüsk das Wort abgeschnitten hatte, als er ihr von seinen neuen Informationen hatte berichten wollen. *Verschone mich mit Einzelheiten*, hatte sie gesagt. Jetzt hätte sie gern ein paar Einzelheiten mehr gewusst. Andererseits war es Huang so auch unmöglich, diese Informationen aus ihr herauszupressen. Sie hoffte inständig, dass sie der Anschein nicht trog und er in Wirklichkeit viel mehr von Psychologie verstand als seine rachsüchtige fauchende Wildkatze; dass er begriffen hatte, dass sie ihm wirklich nicht mehr verraten *konnte*. Sie wollte nicht gefoltert werden. Oder mitansehen müssen, wie er Coco misshandelte, nur um sie, Cathy, zu erpressen. Dafür war ihm Coco gerade recht gekommen. War sie eben deshalb doch noch zum Empfang geladen worden? Dieser psychopathische Haifisch war vermutlich in der Lage, ihnen beiden mit einem Grinsen im Gesicht bei lebendigem Leibe die Haut abzuziehen. Nein, *sie* konnte Jeremy nicht verraten. Und würde *er* sie verraten? Sie *opfern*? Jetzt versuchte Huang, ihn, Jeremy, über sie, Cathy, zu erpressen. Dafür brauchte er sie. Wie würde Jeremy reagieren? Würde er aufgeben? Würde er zum Erreichen seiner Ziele ihr Leben aufs Spiel setzen, so wie er damals dasjenige Yukikos aufs Spiel gesetzt hatte? Hoffentlich nicht. Cathy hoffte, dass er sich für die richtige Vorgehensweise entschied. Doch was war die richtige Vorgehensweise? Sie wusste es nicht. Die Erkenntnis traf sie wie ein Hammerschlag: Jeremy hielt jetzt ihr Leben in der Hand. Und er musste für sie beide entscheiden. Wie hieß es nochmal im Kommentar zu ihrem *I Ging*-Orakel? *Der Mann aber soll sich an das halten, was jeweils seine Pflicht ist; wenn er sich dauernd nach der Frau richten wollte, so wäre das für ihn ein Fehler.* Aber wie sollte er ihr Leben retten, wenn er sich *nicht* nach ihr richtete?

Fragen über Fragen. Sie sah sich im Saal um. Die Szenerie hatte sich kaum verändert. Coco schlief noch immer, Moto schien zu meditieren; der japanische Botschafter Daisuke Harada, ein hageres, schmalschultriges Männchen, saß zusammengesunken auf seinem Stuhl und rührte sich nicht. Vielleicht döste er, vielleicht sann er über Rettungspläne nach, vielleicht zählte er Schäfchen. Einzig Minister Takumi Yamada und Prinz Taesu saßen nicht mehr mit am Tisch. Der ach so großherzige Huang hatten dem Prinzen (ob seines blauen Blutes) und dem Energieminister (wegen seines hohen politischen Ranges) erlaubt, sich vor der Tribüne niederzubetten; ihnen sogar aus einem Hinterzimmer ein paar Decken bringen lassen. Vielleicht schmollte der reglose Botschafter auch nur, weil ihm eine solche Sonderbehandlung nicht zuteilgeworden war.

Huang, Michelle Mao, der blonde Suzuki und Yoshi Satori hatten sich zu einer neuen Besprechung hinter die Trennwand an der Bar zurückgezogen. Satori machte auf Cathy einen zunehmend isolierten, fast traurigen Eindruck. Als ihn John Huang vorhin zusammengestaucht hatte, weil er die Nummer von Jeremys iPhone nicht gleich parat hatte, hatte er auf einmal sehr devot und sehr armselig gewirkt. Im Moment war nur einer von Suzukis Männern als Wache mit am Tisch, vor sich auf der Platte die geladene Waffe, die ihm aber mittlerweile halb aus der Hand gerutscht war. Der knallharte Yakuza mit dem Drachentattoo am Hals schien mit dem Schlaf zu kämpfen. Gleich neben ihm saß David Morgan, reglos, mit hinter dem Rücken zusammengebunden Händen, hatte die Augen geschlossen und bewegte stumm die Lippen. Ob er wohl betete? Cathy wusste, dass sie ihn nicht ansprechen durfte. Um sich bei ihr lieb Kind zu machen, hatte Huang ihr zwar gewisse Freiheiten eingeräumt, jedoch durfte sie die Möglichkeiten ihres Aktionsrahmens auch nicht überreizen.

Wenn Morgan jetzt nur die Hände frei hätte! Ein Griff hätte genügt, dem Yakuza die weggeglittene Waffe vollends aus der Hand zu reißen und sie ihm über den Schädel zu ziehen. Mit der Knarre in der Hand und dem Saal voll Geiseln hinter sich hätte er seinen Traum wahrmachen können: *Let's roll!* Bevor die vier hinter der Trennwand überhaupt bemerkt hätten, was geschah, wäre die Revolte mit aller Macht der Verzweiflung von 200 losgebrochen und hätte sie gnadenlos überrollt. Nichts könnte diese Welle mehr stoppen. Aber Morgan hatte die Hände nicht frei. Und von den übrigen am Tisch war wohl keiner bereit, den ersten Schritt zu tun. Sich womöglich zu opfern. Auch Cathy nicht? Sie konnte mit Waffen nicht umgehen.

Da sah sie aus dem Dämmern im Saal halb geduckt und vorsichtig eine Gestalt auf sie zuschleichen. Eher gedrungen, fast pummelig. Mit rundem, kahlrasiertem Schädel. War ihre Saat doch aufgegangen? Hatte er sich ihre Worte zu Herzen genommen? Cathy konnte es kaum glauben.

Chen gebot ihr mit einer leisen Handbewegung zu schweigen; sie deutete ein Nicken an. Mit seltsam staksigen Schritten näherte er sich ihrem Tisch, tat, den Kopf hin und her wippend, so, als würde er jemanden suchen, und umrundete ihre Reihen bedächtig, bis er wie zufällig hinter David Morgan zu stehen kam. Cathy ausgenommen schien niemand ihn zu beachten. Seine Lippen bewegten sich zu einem von Cathys Position aus unhörbaren Raunen, dann glaubte sie zu sehen, wie er Morgan etwas Blitzendes zwischen die gefesselten Hände schob. Cathy winkte mit den Augen. Immer wieder. Warum sah Chen nicht zu ihr her? Die Waffe! Die Waffe! Er *musste* doch sehen, dass der Wächter am Einnicken und die Situation so günstig war wie nie mehr. Jetzt war der Augenblick gekommen, auf den Chen sein Leben lang gewartet hatte, jetzt konnte er ein Held werden! Endlich bemerkte Chen Cathys Geste, blickte, ihrer angedeuteten Kopfbewegung folgend, zur auf dem Tisch liegenden Waffe und verstand. Er nickte leicht, grinste hilflos und tat ein paar hastige Schritte an ihrem Wächter vorbei. In diesem Moment zuckte der zusammen, fuhr hoch und legte seine Hand sofort wieder fest um sein Schießeisen, mit dem er wild zu fuchteln begann. Er blickte sich um, sah Chen und fuhr ihn rüde an. »Ach, du bist das! Du hast mich erschreckt, Dicker. Was willste denn hier? Willst wohl zum Boss, was? Der will jetzt keinen sehn, zieh Leine! Scher dich auf der Stelle zu deinen Leuten, sonst mach ich dir Beine!« Pflichtbewusst geduckt zog Chen von dannen.

Der Augenblick war vorüber.

Tokio, 5. Mai 2012. 04:40 Uhr (03:40 in Shanghai)

In Tokio gingen in dieser Nacht undurchsichtige Dinge vor. Während in vielen Stadtteilen der aufgebrachte Mob johlend, brandschatzend und plündernd durch die Straßen zog, sammelten sich heimlich auch andere, um endlich in Aktion zu treten: Männer, die ruhiger, disziplinierter, aber umso effektvoller vorgingen. Eine Gruppe junger Offiziere, begleitet von Dutzenden Soldaten war in die Privatwohnungen des Premierministers und des Innenministers vorgedrungen, sie hatten dort aber nur deren schreiende Frauen und Kinder vorgefunden und unter Hausarrest gestellt. Einige Hundert Soldaten und Offiziere bewegten sich derweil Richtung Parlamentsgebäude und Kantei im Tokioter Stadtteil Nagatacho im Bezirk Chiyoda. Soldaten hatten die Redaktionen mehrerer wichtiger Tageszeitungen besetzt, allen voran die der linken *Asahi Shimbun*; andere bauten sich vor dem achtzehnstöckigen Hauptgebäude der *Keishi-cho*, der Tokioter Polizeibehörde, im Stadtteil Kasumigaseki auf. Den meisten der an diesen Maßnahmen beteiligten Soldaten war es nicht bewusst, dass sie hier die Verwirklichung von Putschplänen aktiv mitbetrieben; sie gehorchten, wie sie es als ihre Pflicht empfanden, ihren Befehlshabern und betrachteten ihr Tun als staatstreu und völlig legal.

Begleitet vom wütenden Mob besetzten die Putschisten im Laufe der Nacht das Parlamentsgebäude, stießen jedoch nebenan am Amtssitz des Premierministers auf den erbitterten Widerstand der eigens zum Schutz der Kantei abgestellten *Keishi*-Spezialeinheiten von über

100 Mann. Schließlich gelang es ihnen, Teile des Gebäudes unter ihre Gewalt zu bringen; indessen erwies es sich als unmöglich, in die hochgesicherte Krisenzentrale im Keller des Gebäudes vorzudringen, wo man den Premierminister mit seinem Küchenkabinett vermutete.

Osaka, 5. Mai 2012. 07:28 Uhr (06:28 in Shanghai)
Jeremy hatte irgendetwas falsch gemacht. Soeben hatte er sich noch auf Blumenwiesen getummelt, hatte mit Yukiko im japanischen Kirschblütenregen gestanden und das Spiel von Licht und Schatten unter den fächerartigen hellgrünen Blättern des alten Ginkgobaums im Park bewundert. Hell lachend und nackt war sie im Sommerregen durch den Bambus zum Haus hin davongelaufen, »Fang mich doch!«, und er hinterher. Doch nun hatte er offensichtlich die falsche Tür erwischt, Yukiko war weg, und plötzlich bewegte er sich durch unterirdische Gänge. Endlose unterirdische Gänge, mit vielen Abzweigungen und Gabelungen. Er wusste in etwa, wo er war, denn soeben hatte er einen Wegweiser passiert, der links nach Nanking gewiesen hatte und rechts nach Kyoto. Nur wusste er nicht mehr, welchen Weg er genommen hatte. Dann musste er wohl geradeaus gegangen sein. Ein kleines, verblichenes, kaum erkennbares altertümliches Schild mit der Aufschrift »Pingfang« begegnete ihm. Aber da wollte er doch nicht hin. Er wollte wieder zu Yukiko. Sie war bedroht, und er wollte sie retten. Und dann wollte er ihr sagen, wie leid ihm alles tat; und dann wollte er ihr Cathy vorstellen, und sie sollte lächeln, wie sie immer gelächelt hatte, wie sie noch eben unterm Kirschbaum gelächelt hatte; und dann sollten sie beide endlich Freundinnen sein, und er wollte sie fragen, ob sie nicht die Patentante ihrer Kinder werden wollte. Das hatte er mit Cathy so ausgemacht. Und deshalb hatte er sich heute so in Schale geschmissen, völlig unzerknittert, dank dem hauseigenen Bügelservice des Hilton. Aber Yukiko wohnte in Kyoto, und er war sich nicht sicher, ob er die richtige Weggabelung genommen hatte. Also musste er jemanden fragen, einen Menschen, aber hier unten, in den endlosen, mattgrün erleuchteten Gängen, gab es keine Menschen. Nur Kabel, Leitungen, Schläuche, Kanülen. Wie weiße Hände, die nach dahin und dorthin deuteten. Als er nach langem Bangen endlich ein Wesen traf, das einem Menschen noch am ähnlichsten war, trug das einen Schutzanzug und hatte einen weißen Mundschutz vorm Gesicht. Jeremy fand, dass der Mann etwas Geierartiges hatte. »Murata?«, fragte ihn Jeremy bange. Der Geiermann nickte. »Yukiko Murata? Wo finde ich die?« Der andere lächelte, was mit seinem Mundschutz reichlich seltsam aussah.

Und nickte wiederum. »Aikiko Murata, ja.« Er schrieb Jeremy eine Adresse auf. »Akira Murata, Kyoto-shi, Kamitakano 73–1, Sakyo-ku.« Gut, sagte Jeremy, das ist zwar nicht Yukiko, aber vielleicht führt es mich zu ihr hin. An wen muss ich mich damit wenden? »Ishii-Zone«, sagte der Mann und malte es ihm mit großen Buchstaben auf. *Ishii-Zone.* Muss ich das einreichen?, fragte Jeremy. Oh ja, sagte der Geiermann. In Japan muss alles eingereicht werden. Muss alles erst über die Zentralstelle der Japan Inc. gehen, damit es gebührend verfolgt werden kann. »Und wo kann ich diese Zentralstelle finden?« Der Mann, der nun doch mehr einer Art wildem Truthahn glich, zuckte die Schultern, und er schien dabei förmlich zu wachsen, und Jeremy erkannte jäh, dass der Mann Joe Murata war. »Die Ishii-Zone?«, fragte der Murata-Mann, nun lauter, mit einem keckernden Glucksen in der Stimme. Vergiss es, *brother. Return to sender, address unknown. No such number, no such zone.* »Aber wo soll ich jetzt noch hin?«, stöhnte Jeremy, und da packte ihn von irgendwoher Gao Feng an der Hand und sagte: »Alles ist in dir vorhanden.« Und dann begann er zu lachen und zählte auf: »Hirn, Leber, Herz, Milz, Blut, Därme, Würmer, Zellen, Bakterien, Viren, all die ganze Menschensuppe«, und da bemerkte Jeremy, dass es gar nicht Gao Feng war, der zu ihm sprach, sondern der Prophet Habakuk, nein Hasekawa, der ihn mit einer Hand, die immer länger zu werden schien und hinter der der Mann mit den braungelben Zähnen schließlich nur als fernes Pünktchen zurückblieb, den Weg durch die endlosen Gänge in ein großes unterirdisches Laboratorium wies, wo Hunderte bleiche, fahle, phosphoreszierende Menschen mit seltsam mongolisch wirkenden Zügen, aber völlig blicklosen leeren Augen ohne Pupillen maschinenartig träg aneinander hantierten, sich gegenseitig wogen, maßen, spritzten, sezierten, lachend einander Körpersäfte und Organe entnahmen und sie in die großen Trichter skeletthafter Apparate gossen, die sogleich zu neuem vampirartigem Leben erwachten, anfingen zu pulsen, zu pumpen, zu spritzen, ein geschäftiges Eigenleben entwickelten, so dass sie vielen flackernden Lichtern und stanzenden, ratternden Maschinen die heftig begehrte Nahrung gaben. Und was war in diesem Mischmasch noch Mensch, was schon Maschine? *Ist es ein lebendig Wesen, das sich in sich selbst getrennt?* Menschen aus Beinen, Menschen aus Nieren, Menschen aus pulsierenden Herzen, die flammten, und pochten, und die schrien, und schrien und schrien und schrien …

Jeremy schrie und strampelte mit ihnen, schwor Kampf gegen alle Dämonen der Hölle, und, wenn es denn sein musste, auch der modernen Wissenschaften und fuhr machtvoll auf. Dabei schlug er sich zum zweiten Mal in dieser kurzen Nacht den Kopf an der niedrigen Kunststoffdecke an, was ihm, jetzt auf der linken Schädelseite, ein zweites schwellendes Horn einbrachte. Nun allerdings war früher Morgen und von draußen drang der Tag herein. Der Radiowecker piepste. Es war halb sieben. Vor viereinhalb Stunden war Jeremy so froh gewesen, sich in den Schlaf flüchten zu dürfen. Nach diesem Alptraum war er froh, in den tristen Tag zurückkehren zu können.

Tokio, 5. Mai 2012. 07:30 Uhr (06:30 Uhr in Shanghai)
Wie die meisten Großstädte dieser Welt ist Tokio unterhöhlt von einem Netz von Kanälen und Gängen, Stollen, Adern und Höhlen. Da sind die Tunnel der U-Bahn, da ist das Hunderte von Kilometern lange Netz der Kanalisation, da gibt es dicke Betonrohre und gewaltige unterirdische Kathedralen, in denen das Regen- und Abwasser der Riesenmetropole gesammelt wird, da sind Verstecke, Bunker, Geheimnisse; kurz: da existiert, wenige Meter unter den gleißenden Lichtern der Großstadt, eine ganze Unterwelt an Katakomben. Eine dieser Katakomben befindet sich direkt unter dem Amtssitz des Premierministers, der Kantei. Dort, wohin kein Tageslicht je vordringt, empfing der Morgen den Premier und sein ihm in Treue verbliebenes Küchenkabinett nur in Gestalt des kalten Neonlichts der Deckenbeleuchtung.

Der Premier saß nachdenklich da und resümierte die Ereignisse der vergangenen Nacht. Entgegen seiner Ankündigung war Verteidigungsminister Chiba Mamoru in der Nacht nicht bei ihnen aufgetaucht. Der feige Hund, an dessen Rädelsführerschaft längst kein Zweifel mehr bestand, hatte vielmehr seine Schergen geschickt, die nun oben, einige Stockwerke über der hochgesicherten Krisenzentrale, wüteten. Doch falls die Verschwörer beabsichtigt hatten, Tokio im Handstreich zu nehmen, so war ihnen das nicht gelungen. Zwar hielten sie nach wie vor das Parlamentsgebäude und Teile der Kantei besetzt, doch eine Erstürmung der Polizeizentrale und der Zentrale des Staatsfernsehens NHK war ihnen nicht gelungen. Stattdessen war die bereits am Vorabend alarmierte Bereitschaftspolizei im großen Umfang aktiv geworden, und Einheiten der Einsatzpolizei, verstärkt durch speziell ausgebildete reguläre Polizeikräfte, waren mit der Auflösung der Demonstrationen und Aufmärsche beschäftigt. Auf der eigentlich militärischen Ebene hatten die Generäle Shunroku und Okamura zügig damit begonnen, regierungstreue Truppen zu mobilisieren, die einerseits die putschenden Verbände in und um Tokio umzingeln und zur Niederlegung der Waffen zwingen und andererseits in den abtrünnigen Präfekturen im Süden für Ordnung sorgen sollten. Shunroku rechnete damit, schon im Laufe des Tages das Regierungsviertel wieder unter Kontrolle zu bringen. Schwieriger sah es im Süden auf der Insel Kyushu und um die Marinebasis Kure aus, wo sich weite Teile des Landes fest in der Hand der Aufständischen befanden und die Putschistengeneräle Nakajima und Ishikawa große Marineverbände, aber auch Landtruppen befehligten.

Nun war es höchste Zeit, den Kaiser über die noch immer undurchsichtigen neusten machtpolitischen Entwicklungen im Lande zu informieren. Für den Fall, dass sich der Tenno auf die Seite der Aufwiegler stellte, war, das wusste der Premier, alles vorbei. Dann blieb ihm und seinen getreuen Ministern und Generälen im Grunde nur noch *Seppuku*; gegen die Stimme des »Himmlischen Herrschers«, der großen Teilen des Volkes noch immer als Abkömmling der Sonnengöttin Amaterasu galt, war kein Regieren möglich. Doch mussten das nicht auch die Aufrührer wissen? Und die konnten sich nach menschlichem Ermessen keineswegs sicher sein, dass ihre Expansionspläne vom Oberhaupt des japanischen Volkes akzeptiert würden: Immerhin übte der 125. Tenno seinen moralischen und gesellschaftlichen Einfluss seit seiner Thronbesteigung im Jahr 1989 unter dem Rubrum *Heisei* aus, was nichts anderes bedeutet als »Frieden allüberall«. So hatte sich Akihito von Beginn seiner Amtszeit an intensiv um die asiatischen Nachbarn bemüht. Das deutlichste Signal seiner Friedenspolitik war die China-Reise des Kaiserpaares im Oktober 1992 gewesen; der erste Staatsbesuch eines japanischen Monarchen im Reich der Mitte überhaupt. Sehr zum Entsetzen der Nationalisten hatte er bei seinem Zusammentreffen mit der chinesischen Staatsführung sein tiefes Bedauern über das Leid ausgedrückt, dass die Japaner dem chinesischen Volk zugefügt hatten. Und sechs Jahre später hatte er sich anlässlich eines Besuchs in Südkorea ebenfalls für die Gräueltaten des Militärs während der Besatzungszeit entschuldigt. Doch trotz all dieser Bekundungen seines Friedenswillens – die selbst dem Premier und den meisten Ministern seines Kabinetts eher zu weit gegangen waren – blieb die Frage, wieweit der Tenno dem Druck der Straße und der Macht und dem Einfluss der Putschisten würde standhalten können.

Bevor sich der Premierminister aber mit dem Tenno in Verbindung setzen würde, stand zunächst noch eine Videokonferenz mit General Hideki Okamura an, dem der Premier den Oberbefehl über die militärischen Maßnahmen zur Niederschlagung der Revolte verliehen hatte. Und Okamura hatte teils gute, teils auch sehr bedenklich stimmende

Neuigkeiten. Zum einen sei es in einigen abtrünnigen Einheiten der Marine zur Meuterei gekommen, etliche Offiziere hätten mit den ihnen unterstehenden Truppen den Putschisten den Gehorsam verweigert und seien zu den regulären Verbänden übergelaufen.

»Und zum anderen, General Okamura?«

»Wir haben von einem dieser hochrangigen Überläufer neue Details über die Pläne der Putschisten erfahren. In der Tat sieht die ›Operation Morgenröte‹ nicht nur den Sturz der Regierung, sondern vor allem auch eine zügige Invasion in Teilen Chinas vor.«

»Von diesem ungeheuerlichen Umstand hat uns Innenminister Masao Hashimoto ja bereits einiges mitgeteilt. Verfügen Sie inzwischen auch schon über genauere Detailinformationen?«

»Ja, Herr Premier. Die groben Züge der Operation gestalten sich wie folgt: Im Wissen um die ungeheure Weite des Landes und die zahlenmäßige Überlegenheit des Gegners ist, frei nach einer Weisheit des chinesischen Kriegsherren Sun Tzu – ›im Westen lärmen, im Osten angreifen‹ –, zunächst ein Scheinangriff im Südosten geplant, woraufhin im Raum Shanghai ein nicht näher beschriebener empfindlicher ›Nadelstich‹ erfolgt, der das Land praktisch lähmen soll, so dass – wohl über nordkoreanisches Gebiet – eine Invasion in der Mandschurei erfolgen kann, für die mit wenig Gegenwehr gerechnet wird. Gleichzeitig mit dem Erstschlag in Shanghai sollen zunächst die Inseln im Jangtse-Mündungsbereich eingenommen werden, von denen sich Stoßtrupps dann mit leichten Booten flussaufwärts vorarbeiten sollen. Binnen 48 Stunden wird der Drei-Schluchten-Staudamm in die Luft gesprengt. Gleichzeitig sollen in den großen Städten verdeckt operierende Agenten zuschlagen – wohl mit Bomben-, vielleicht auch Giftgasattentaten – und über die Erzeugung von Chaos und Panik das öffentliche Leben völlig auf den Kopf stellen.«

»Aber das alles ist doch totaler Selbstmord!«

»Der Selbstmord hat in Japan eine große Tradition, Herr Premier.«

Der Premier überhörte den Einwurf. »Sind diese Leute um Chiba Mamoru denn komplett größenwahnsinnig geworden? Die Chinesen werden all dies doch nicht ohne Gegenwehr über sich ergehen lassen.«

»Das sehe ich natürlich auch so. Daher habe ich den Überläufer sogleich entsprechend befragt.« – »Und?« – »Da musste er wolkig bleiben. Dieser Teil des Plans unterliege absoluter Geheimhaltung, sagte er, das entsprechende Dossier sei nur einem verschworenen Dutzend höchster Militärs und ihren Hintermännern bekannt. Man habe den Offizieren aber, um ihre Bedenken zu zerstreuen, versichert, dass sie sich um Gegenwehr größeren Ausmaßes keine Sorgen zu machen bräuchten. Mit dem Erstschlag werde eine absolut tödliche Primärwaffe zum Einsatz kommen.«

»Verstehe«, antwortete der Premier. Auch wenn das reichlich übertrieben war. Er verstand nur, dass es nun höchste Zeit war, den Tenno in Kenntnis zu setzen.

Osaka, 5. Mai 2012. 09:10 Uhr (08:10 Uhr in Shanghai)

Zumindest äußerlich hatte sich in Osaka die Lage an diesem Morgen beruhigt. Der Mob hatte bis weit in die Nachstunden hinein randaliert, jetzt waren nur noch vereinzelt kleine Grüppchen von Menschen zu sehen, die Parolen skandierten und die zur Arbeit hetzenden Passanten anpöbelten. Ansonsten hatte das übliche geschäftige Treiben einer Millionenstadt am Morgen begonnen und der Alltag dominierte das Stadtbild, auch wenn eine gespannte Atmosphäre in der Luft lag und das Gewimmel auf den Straßen vielleicht noch eine Spur hektischer wirkte als sonst.

Sie saßen in der Nähe des Bahnhofs in dem kleinen italienischen Bistro, das Jeremy in der Nacht entdeckt hatte. Der doppelte Espresso, der vor ihm in der Tasse dampfte, verströmte einen verführerisch würzigen Duft und floss angenehm bitter den Rachen hinunter. Jeremy glaubte förmlich zu spüren, wie ihm das Koffein durch die Hirnwindungen schoss. Das half. Er orderte sicherheitshalber noch zwei weitere Tassen und den Saft einer ausgepressten Zitrone dazu: ein altes Hausmittel gegen Kopfschmerzen. Joe Murata, der Kaffee nicht mochte, hatte einen japanischen Sencha-Grüntee bestellt, aber nur eine Tasse heißes Wasser bekommen, das vom darin liegenden Beutel allmählich gelblich eingefärbt wurde. Schulterzuckend biss er in sein mittlerweile drittes Panino mit Parmaschinken und Pecorino. Wie überall in den Bars und Restaurants lief auch in diesem italienischen Bistro der Fernseher. Die beiden Männer mussten feststellen, dass der Anschlag auf das World Financial Center inzwischen von den aktuellen Vorgängen in Japan etwas in den Hintergrund gedrängt worden war. Offensichtlich hatten die aufgebrachten Massen in der Nacht versucht, das Regierungsgebäude in Tokio zu stürmen. Die Lage sei aber wieder weitgehend stabil, hieß es.

»Das gefällt mir nicht«, murrte Joe Murata kauend. »Da braut sich was zusammen. Die sagen doch nicht die Wahrheit. Die wollen eine Panik vermeiden und vor allem verhindern, dem regierungsfeindlichen Mob durch ihre Berichterstattung neuen Auftrieb zu geben. Wahrscheinlich sind die Putschisten gerade dabei, die Regierung zu übernehmen.«

»Na ja, wenn es wirklich einen Putsch gibt, dann ist immerhin noch das Staatsfernsehen NHK in der Hand der Regierung. Ist doch beruhigend, oder?«, gab Jeremy zu bedenken. Joe runzelte nur die Stirn und blickte ihn verdrießlich an. »Sag mal, hast du da ’ne Beule am Kopf?«

»Ja, verdammt nochmal hab ich. Und links auch. Wahrscheinlich seh ich aus wie ein kleiner Teufel. Ich bin Brite aus Chelsea. Wir sind kein Bienenvolk. Diese Wabenhotels und überhaupt das ganze insektenhafte Gewusel dieses Landes sind einfach nichts für uns.«

Gleich nach dem Aufstehen und einer Katzenwäsche im Waschraum des Kapselhotels hatten sie sich in einem 24-Stunden-Kaufhaus neu eingekleidet. Nur halbherzig war Jeremy auf Joes Vorschlag eingegangen, sich als typisch amerikanischer Tourist zu verkleiden. Das hieß, von unten nach oben: weiße Sportsocken und Nike-Laufschuhe, olivgrüne Cargohosen mit abnehmbaren Hosenbeinen und etwa einem Dutzend praktischer Reißverschlusstaschen, dazu ein bedrucktes T-Shirt, darüber eine Art Trainingsjacke aus dicker Baumwolle mit dem Namen einer japanischen Stadt auf der Brust – Jeremy hatte sich für das ferne Sapporo auf der Nordinsel Hokkaido entschieden, auf Joe Muratas breitem Brustkorb prangte »Yokohama« in übergroßen Lettern. Dass Joe über alledem nach wie vor seinen ausgebeulten alten Trenchcoat tragen musste, machte ihn zu einem sehr sonderbaren amerikanischen Touristen – ein Humphrey Bogart auf Pauschalreise.

Die Krönung waren die unvermeidlichen Baseballcaps sowie zwei »Ray Ban«-Sonnenbrillen gewesen, die Jeremy in Japan gerade besonders beliebt zu sein schienen – vielleicht lag es am Namen. Joe war überdies stolz wie ein Schneekönig, weil er eine hässlich braune Kappe mit einem ovalen Logo über dem Schirm aufgetrieben hatte, auf dem unter einem stilisierten Mikrofon Weiß auf Schwarz der Schriftzug »ELVIS« prangte. Jeremy fühlte sich schrecklich. Und andauernd beobachtet. »Joe, hier laufen überall ausländerfeindliche Ausschreitungen«, hatte er gesagt, »und du staffierst mich hier aus wie eine Zielscheibe. Wozu soll das gut sein?« Joe hatte erklärt, dass man ihn sowieso sofort als Ausländer erkennen würde und er als harmloser Tourist jedenfalls unverdächtiger wirkte als ein mutmaßlicher Geschäftsmann oder gar ein potenzielles Army-Mitglied. Man würde ihn vielleicht anpöbeln oder bespucken, aber vermutlich nicht lynchen. Jeremy war nicht überzeugt, aber er hatte sich gefügt. Ihre alten Kleider hatten sie in zwei Plastiktüten gesteckt und mitsamt Jeremys

Pferdeledertasche mit dem iPad in einem Schließfach am Hauptbahnhof deponiert. »Und was ist mit meinem Gepäck im Hotelzimmer?«, hatte Jeremy gefragt. »Darum kümmern wir uns, wenn wir zurückkommen. Ist das Zimmer bezahlt?« – »Für zwei Nächte im Voraus.«

Joe nickte befriedigt. »Dann können wir das alles noch morgen erledigen. Wenn wir da noch leben.«

Die Fahrt mit dem Zug von Osaka in das etwa fünfzig Kilometer entfernte Kyoto würde nur etwa 20 Minuten dauern. Gegen Mittag könnten sie Takita Koyama, den Professor für Geschichte an der Otani-Universität, am besten erreichen, hatte Hasekawa gesagt. Blieb also noch reichlich Zeit für ein ausgiebiges italienisches Frühstück mit Espresso und Beuteltee.

An die eher beschwichtigenden Meldungen über die Unruhen im Land schloss sich endlich ein Bericht über die Situation in Shanghai. »Die Lage scheint unverändert«, fasste Joe für Jeremy zusammen, »keine weiteren Explosionen, keine weiteren fliegenden Leichen, dafür nur die knappe Ankündigung, dass für zehn Uhr eine Art Pressekonferenz aus dem WFC übertragen werden soll.«

»Eine Pressekonferenz?«

»Ich glaube, die meinen ihre Protestaktion. Übrigens wurden die ersten Namen der Prominenten veröffentlicht. Zumeist führende Persönlichkeiten des gemäßigt konservativen und eher liberalen Japan. Daneben haben die Arschlöcher aber sogar ein Mitglied der kaiserlichen Familie in ihrer Gewalt.«

»Du wirst es nicht glauben, Joe, aber das ist mir scheißegal.« Über den Bildschirm flackerten gerade Luftaufnahmen, die offenbar aus einem über dem Gebäude kreisenden Helikopter stammten. Da unten drin ist Cathy, dachte Jeremy – und gleichzeitig fiel ihm Joes kleiner fünfschüssiger Revolver ein, der nach wie vor in einem Spezialholster an seiner rechten Wade steckte. Wie war das mit Spiderman? In diesem Moment hätte er sich gerne freiwillig gemeldet, um mitsamt seiner Waffe vom Helikopter auf das SWFC abgeseilt zu werden. Er stellte sich vor, wie er all diese Treppen hinunterlief, bis er die Sky Arena erreichte: Da standen sie ja alle: Partystimmungskiller Satori, der blonde Japs mit dem albernen Bürstenschnitt, dieser widerliche Schönling Huang und seine ordinäre Studentenschlampe. In ihrer Mitte die gefesselte Cathy. Wortlos würde er anlegen und sie alle vier einfach umlegen. Das hatten sie davon. Den fünften Schuss hob er sich auf. Mit zwei, drei gezielten Schnitten löste er Cathys Fesseln: Schon gut, Baby, musst nicht mehr weinen. Dein Jeremy ist da und hat dich lieb.

»Alles klar, *brother*? Du wirkst etwas – abwesend.« Joe klopfte ihm aufmunternd auf die Schultern. »Wenn wir das Ding hier durchziehen wollen, musst du schon ein bisschen bei der Sache bleiben!«

Jeremy zwang sich zur Ruhe. *Wer in einen Abgrund hinabsteigt, darf nicht in die Tiefe blicken, sondern immer nur auf seinen nächsten kleinen Schritt.* »Was machen wir zuerst, wenn wir in Kyoto angekommen sind?«, fragte er.

»Das Haus meines Schwiegervaters läuft uns nicht weg«, sagte Joe und wischte sich mit einer Serviette den Mund ab. »Also sollten wir zuerst versuchen, diesen Professor Koyama aufzutreiben.«

»Das denke ich auch. Wir sollten zusehen, dass wir spätestens so gegen zwölf bei ihm sind. Wir müssen uns halt irgendwie durchfragen. Im Übrigen müsste ich mich noch ganz gut in Kyoto auskennen. Ich hab dort mal als Dozent gearbeitet – in einem früheren Leben. Zwar nicht an der Otani-Universität, sondern an der Kyodai, der ehemals Kaiserlichen Universität, aber die Otani-Universität kenne ich auch. Ach, im Nachhinein war das eine der schönsten Zeiten meines Lebens. Samstagnachmittags in der Cafeteria mit der schönsten Studentin des Campus zu Kaffee und Käsekuchen verabredet zu sein …«

»Das hast du aber hoffentlich nicht Yukiko erzählt.«

»Doch. Sie war geschmeichelt.«

Die großen grauen Universitätsgebäude erschienen vor seinem geistigen Auge. Er schritt durch lange Korridore, an endlosen Zimmerfluchten vorbei. Hier hatte ihn Yukiko zum ersten Mal gesehen. Jeremys wehmütiges Lächeln erstarb, als ihm sein Angsterlebnis von heute morgen wieder in den Sinn kam, das ihm noch tief in den Knochen steckte. »Du Joe, ich habe dir doch gestern erzählt, dass ich immer wieder von Yukiko träume?« Der nickte nur, kauend.

»Heute Nacht habe ich wieder diesen Alptraum gehabt. Sie läuft von mir weg und ich hinterher, aber dann ist sie fort, und ich weiß nur, sie ist bedroht, und ich irre durch dunkle Gänge und kann sie nicht finden. Das Szenario ist immer recht ähnlich. Heute war es aber etwas anders: Da waren Labore und seltsame weiße Menschen, wie Zombies, und Apparate und Folterwerkzeuge, und sie haben irgendwas mit den Menschen angestellt, und die haben geschrien und geschrien. Das war wie in den Versuchslaboren von Pingfang, damals im Zweiten Weltkrieg, wo sie den menschlichen Opfern, ihren ›mandschurischen Affen‹, bei lebendigem Leib die Organe rausgeschnitten haben – ohne Narkose, um die Daten rein zu halten. Aber das in meinem Traum waren gar keine richtigen Menschen mehr, eher so genveränderte Mischmasch-Menschen aus Tier, Mensch und Maschine.«

Joe kaute, schluckte, sagte dann: »Na, da werden vermutlich die jüngsten Visionen unseres Propheten Hasekawa noch Eingang gefunden haben. ›Tagesrest‹ heißt das in der Traumdeutung von Freud. Da habe ich mal eine Dokumentarsendung drüber gesehen.«

»Vermutlich.« Jeremy nickte nachdenklich. »Joe, glaubst du, dass da was dran ist, an dem, was er sagte? Was meinte er mit diesen ›weißen Menschen‹?«

»Junge, der Kerl ist Alkoholiker im Endstadium. Er meint wahrscheinlich weiße Mäuse.« Jeremy war nicht ganz seiner Ansicht. Er dachte an seinen Lieblingsautor, der auch ein großer Trinker gewesen war. »Für Jack London ist Alkohol so eine Art Wahrheitsdroge, die einem den Zugang zu einer höheren, metaphysischen Erkenntnisebene verschafft«, dozierte er. »Und heißt es nicht auch im Volksmund: Betrunkene und kleine Kinder sagen die Wahrheit?«

Joe verzog sein Gesicht. »Das kann mitunter vorkommen, ja. Sicher sagen sie zwischen all dem ausgemachten Unsinn, den sie sonst so verzapfen, auch mal die Wahrheit. Das fällt dann offenbar so auf, dass man gleich ein Sprichwort draus machen muss. Mensch, ich kann auch im Suff lügen, dass sich die Balken biegen. Glaub mir: Der Kerl sieht weiße Mäuse, sonst nichts. Gut, so gesehen sagt er die Wahrheit – über das, was er sieht. Ändert aber nichts daran, dass das die Wahnhalluzinationen seines Deliriums sind. Weiße Mäuse eben.«

»Weiße Mäuse, ja, genau, das ist es! Labormäuse. Weißt du, dass 70 Prozent der weißen Labormäuse weltweit aus einem seit Jahrzehnten speziell gezüchteten Stamm kommen? Die sogenannten Johnson-Mäuse. Stell dir mal vor, Joe, die Japaner hätten den Krieg damals gewonnen. Sie hätten ihre geheimen Menschenlabors in Pingfang und Nanking weiterbetreiben können bis heute. Wäre es nicht konsequent, dass sie es irgendwann mal leid geworden wären, ihr Menschenmaterial mühsam zusammenzufangen? Sondern dass sie stattdessen damit begonnen hätten, es gezielt ihren Kriterien entsprechend zu züchten? So wie die Nazis in ihren Lebensborn-Heimen die perfekten Arier züchten wollten? Nur dass es hier gar nicht mehr um Menschen ging, sondern nur um Material? Die weißen Labormenschen? Und denk dir nur, heute, mit der ganzen Gentechnik, was für ungeahnte Möglichkeiten der Perfektionierung des Labormenschen es gäbe.«

»Klar. Gute Idee. Schreib doch mal ein Drehbuch drüber. Ich persönlich mag diese Frankensteinfilme eigentlich ganz gern. Und mit der ganzen neuen Filmtechnik gibt es da auch ganz andere Möglichkeiten als zu Zeiten von Boris Karloff – Computeranimationen und so weiter. So was wie *Matrix* plus Frankenstein: Könnte ein Renner werden. Aber jetzt komm erst mal runter, ja?«

»Joe, das ist kein Film und keine Vision. Ich *träume* nicht. Das ist mir ernst.«

»*Whatever.*«

»Man hat ja auch in Japan Opfer der Einheit 731 gefunden, Joe. Erst letztes Jahr hat man mitten in Tokio ein Massengrab mit Überresten mutmaßlicher Opfer der Menschenversuche von damals entdeckt. Auf dem Gelände einer ehemaligen Medizinschule, die wohl ein Ableger von Einheit 731 war. Man vermutet, dass es sich um die Leichen von Versuchsopfern handelt, die aus Pingfang nach Tokio gebracht worden sind. Vielleicht hat man sie aber auch lebendig dorthin gebracht. Die Japaner Europas, die Deutschen, haben am Kriegsende ihre geheimen Versuchsstätten alle unter die Erde verlegt. Noch im Februar 1945 haben sie an einem geheimen Ort in Südwestdeutschland einen unterirdischen Atomreaktor in Betrieb genommen. Vielleicht gab es ja auch irgendwo in Japan unterirdische Labors mit Kriegsgefangenen. Und ist es denn ganz auszuschließen, dass einige davon nach Kriegsende unentdeckt blieben? Oder gar, im stillschweigenden Einverständnis mit den USA, die dafür mal wieder von den Ergebnissen profitieren durften, weiterbetrieben wurden? Und dann gibt es sie heute noch! Und dort werden jetzt die ›weißen Menschen‹ gezüchtet, Joe, albinohafte Labormenschen, die perfekten Versuchsmäuse. Hasekawa weiß davon. Oder ahnt es zumindest, spürt es über seine besonderen Fähigkeiten, seine besondere Sensibilität für die Gräuel dieser Welt, eine Art zweites Gesicht, was weiß ich. Er ist ein *Seher*, Joe!«

»Ein Geisterseher, ja. Von mir aus. Aber findest du nicht, dass wir jetzt endlich genug über deine Alpträume und Filmprojekte geredet haben? Wie gesagt: Wenn wir das Ding hier durchziehen wollen, musst du *ein bisschen* bei der Sache bleiben. Lass uns aufbrechen.«

Jeremy seufzte. Wie konnte ein Mann, der so viel Bourbon vertrug, nur immer so *nüchtern* sein?

Shanghai, 5. Mai 2012. 09:29 Uhr

Exakt drei Stunden nachdem vier fleißige chinesische Putzkräfte in den Overalls einer stadtbekannten Reinigungsfirma aus Cathys und Jeremys betagter Kolonialvilla in der Französischen Konzession ein halbes Dutzend schwarze Müllsäcke herausgetragen, sie auf der Ladefläche eines unauffälligen Toyota-Pickups verfrachtet und darüber eine Plane gespannt hatten, entdeckte Gao Feng seine Frühstücksverabredung in der belebten Halle des ›Peace Hotels‹ auf dem Bund. In Fleisch und Blut sah Kim Park noch eindrucksvoller aus als auf den Observationsfotos, die Gao Feng von ihm besaß. Und er hatte wirklich sehr edle Hände. Man hätte diesem *smart casual* gekleideten Mann niemals zugetraut, dass er wenige Stunden zuvor mit bloßen Händen und Füßen drei Yakuza zur Hölle geschickt hatte. Kim Park hätte es in Gao Fengs Firma zu etwas ganz Großem bringen können, so viel stand fest. Und Großes hatte er mit ihm jetzt auch vor.

Kim hatte sich zu einer Gruppe amerikanischer Touristen gesellt, die auf einem Extramonitor neben dem Rezeptionstisch des Concierge die englischsprachige Berichterstattung des Nachrichtensenders CNN von der Geiselnahme im WFC verfolgten. Gao Feng stellte sich wie zufällig neben den hochgewachsenen Japan-Koreaner und beobachtete ihn aus den Augenwinkeln. »Dieser terroristische Akt hat auch sein Gutes«, sagte er leise, »denn er lenkt die Aufmerksamkeit der Weltöffentlichkeit sehr gezielt auf die schwelende Nanking-Thematik …«

»… die umfassend aufzuarbeiten es nun endlich an der Zeit wäre«, führte Kim Park Gaos Satz zu Ende.

»Ich bin übrigens von Ihrer Arbeit sehr angetan«, ergänzte Gao.

»Welche Arbeit meinen Sie denn speziell?« Kim Park sah den älteren Chinesen mit dem Sonnenschirmchen und der grauen Melone eines englischen Börsenmaklers der Vorkriegsjahre auf dem Kopf spöttisch an. Ob der ihn vom Fernsehen kannte?

Gao Feng lächelte vielsagend, aber undeutbar. »Ich habe für uns einen Tisch im Restaurant reservieren lassen. Wenn Sie mir also folgen möchten?« Er machte auf den Absätzen seiner gewienerten Stiefeletten kehrt und ging mit energischem Schritt voran. Kim Park sah, dass sein Gastgeber Galoschen trug. Den »geheimnisvollen Unbekannten« hätte er sich irgendwie anders vorgestellt. Und sein weibischer Geruch behagte ihm gar nicht. Dennoch ging er hinterher. Ein paar Minuten später saßen sie sich im Restaurant gegenüber, studierten die Speisekarte und bestellten schließlich beide ein englisches Frühstück. Als der Kellner ihre Order aufgenommen hatte, lehnte sich Gao Feng zurück und musterte Kim Park erneut von oben bis unten. Dann meinte er gelassen: »Ich vermute, Sie haben Fragen …«

»Die habe ich: Fragen und Bedingungen. Warum zum Beispiel diese ganze Heimlichtuerei? Eine dubiose Filmagentin, ein spannendes, aber noch unausgegorenes Drehbuch für einen Film, das mir häppchenweise serviert wird, ein gemeinsamer Bekannter namens Jeremy Gouldens oder auch Julian Peek, eine gemeinsame Bekannte namens Cathy Wong, für die ich mich von einem Unbekannten dazu überreden lasse, in ihrem Haus auf eine *sehr spezielle* Weise nach dem Rechten zu sehen, als sei das ein selbstverständlicher Teil jener Filmproduzententätigkeit, für die ich noch überhaupt keine feste Zusage gemacht habe. Produzenten sind keine Darsteller. Und die Leichen in ihren Filmen sind *gespielt.*« Kim Park sprach nicht weiter. Gao Feng sah, dass seinem Gegenüber der letzte Teil der Geschichte nicht sonderlich behagte.

»Für Ihr zweifellos unschönes Erlebnis möchte ich mich in aller Form bei Ihnen entschuldigen, Herr Park.«

»Warum haben Sie das nicht gleich ganz *Ihre* Leute erledigen lassen?«

»Wie lange ist es nun her, dass Sie Ihre aktive militärische Karriere beendet haben, Herr Park? Über zehn Jahre, nicht wahr? In einer so langen Zeitspanne wird so mancher faul und bequem. Es bedarf steter Übung, um in Form zu bleiben. Nennen Sie es also ein Manöver, wenn Sie wollen.«

Kim wurde unbehaglich. Der Mann begann schon wieder in diese gewundene, verrätselte Ausdrucksweise zu verfallen, die er hasste. »Und dann haben sie ja doch dazwischen gefunkt, Ihre Leute. Ich hätte das auch allein hinbekommen, glauben Sie mir. Wie stehe ich jetzt da?«

»Eine reine Vorsichtsmaßnahme, Herr Park. Glauben Sie mir, ich hege nicht den geringsten Zweifel an Ihren, sagen wir, fachlichen Fähigkeiten. Nur müssen Sie verstehen, dass wir jemanden, der für unser Projekt derart bedeutsam ist, nicht unnötig gefährden wollen.«

Kim schwieg. Unnötig gefährden? Was war seine Aktion mit den Yakuza denn anderes gewesen? Es stimmte schon: *Extravagant* war das richtige Wort für diesen Mann.

»Gut«, fuhr Gao fort und nahm einen Schluck Pu-Erh-Tee, »Sie haben Ihre Fragen gestellt. Wir werden im Laufe unseres Gesprächs auf die wesentlichen Punkte zurückkommen. Nun nennen Sie mir Ihre Forderungen. Ich nehme an, Sie sind bei der Realisierung von *Yellow Submarine* dabei?«

»Ja. Ich habe mich entschieden mitzumachen. Unter einer Bedingung: Ich möchte mich aktiv und eigenverantwortlich an der dringend nötigen Umarbeitung des Drehbuchs beteiligen.«

Um Gaos runzligen Mund spielte wieder jenes vieldeutige Lächeln. »Sehr gut, Herr Park. Ganz, wie ich es erwartet habe. Und im Grunde haben Sie mir Ihre tatkräftige Antwort ja heute Nacht schon erteilt. Glauben Sie mir: Sie dürfen und *müssen* sich aktiv an der Realisierung unseres großen Wurfs beteiligen. Genau dafür habe ich Sie ja mit ins Boot geholt, ganz genau dafür. Sie, Herr Park, Sie ganz persönlich, müssen dafür sorgen, dass wir ein packendes, realistisches Happy End hinbekommen.«

»Aber warum gerade ich?«

»Aufgrund Ihrer Persönlichkeitsstruktur. Einerseits. Und weil Sie U-Boot-Fahrer sind. So gesehen war es eine rein pragmatische Erwägung und, wie es sich herausstellt, auch die richtige.«

»Und alles nur wegen eines Spielfilms?«

»Der Film *Yellow Submarine* ist nur ein Teil eines Gesamtkunstwerks, sozusagen«, sagte Gao Feng. »An diesem Gesamtkunstwerk würden Sie indes, wie gesagt, partizipieren.«

Ein herbes Lächeln erschien auf Kims Gesicht. »Ich verstehe nichts von moderner Kunst«, sagte er dann. »Mit diesen Installationen, Happenings, Aktionskünstlern ...«

»Sie sind ja auch nicht der eigentliche Künstler, sondern gewissermaßen nur Figur seines Werks. Keine Sorge, Herr Park.«

»Eine etwas paradoxe Situation.« Insgeheim drängte sich Kim der Gedanke auf, es hier mit einem senilen, schwafelnden Phantasten zu tun zu haben.

»Oh ja, das stimmt«, lächelte Gao Feng zurück. »Ah! Da kommt ja unser Mahl.« Kim Park musste sich bemühen, nicht allzu gierig zu erscheinen. Unschöne Erinnerungen stiegen in ihm hoch. Töten macht hungrig. So war es immer gewesen, in seinem früheren Leben. Er spürte, dass sein Gegenüber ihn beobachtete, auch wenn der Chinese so tat, als würde er sich intensiv mit dem Nachwürzen seiner Rühreier mit Speck beschäftigen. »Essen Sie ruhig«, sagte da Gao Feng unvermittelt, »ich kann nachfühlen, wie hungrig Sie sein müssen.«

Während des Essens erzählte der alte Chinese dem durchtrainierten Japan-Koreaner, wie er vor einigen Jahren einen gewissen Mr. Gouldens kennengelernt und zur Niederschrift eines Drehbuchs ermuntert hatte, in welchem dieser die eigenen traumatischen Erfahrungen in Japan verarbeitete: eine verlorene Liebe und einen verlorenen Schadenersatzprozess gegen ein mächtiges Haupt der vielköpfigen Hydra namens Japan Inc. »Ich versorgte ihn mit weiteren bedeutungsvollen Details. Während *ich* das Projekt, wie bereits erwähnt, von Anbeginn als Teil meines Gesamtkunstwerks begriff, war *Yellow Submarine* für ihn zunächst eine Art Therapie, ein Weg zur Selbstheilung. Allein – unwillkürlich bekam unsere Arbeit förmlich prophetische Dimensionen: Es entspann sich ein Zukunftsszenario, dessen *Vollzug* wir heute gewärtigen.«

Kim nahm einen neuen Schluck Gunpowder-Grüntee. Warum musste dieser Mann in seine heute unterm Strich immerhin dankenswert klare Rede immer wieder Sätze einwerfen, die sich anhörten wie aus einem *I Ging*-Orakel? »Können Sie das vielleicht etwas deutlicher erklären?« Einen Versuch war es wert.

»Die Japan Incorporated hat nie aufgehört, an ihre Vormachtstellung zu glauben und an deren Stärkung zu arbeiten, Herr Park – mit allen Mitteln. Und die Wurzel allen Übels liegt in Nanking, genauer gesagt, im Schreckenswerk der Einheiten 1644 und 731, die mittels bestialischer Experimente an unschuldigen Menschen versucht haben, den Traum von der japanischen Herrschaft über Ostasien wahr werden zu lassen. Und manchmal *werden* Träume Wirklichkeit, Herr Park. Auch Alpträume. So wie jetzt.«

»Was haben Sie mit Nanking zu tun?«, fragte Kim Park.

»Ich habe als kleiner Junge die furchtbaren Massaker dort miterlebt. Ich erlebe sie heute noch mit, Herr Park. Jeden Tag. Und Nanking hat mir einen Auftrag mitgegeben. Sie sollen mit mir an der Erfüllung dieses Auftrages arbeiten. Es hat mich viel Geld gekostet, einen Mann wie Sie zu finden – einen Mann, dem ich es zutraue, bei der Vollendung meines Lebenswerks zu helfen.«

»Warum sollte ich das tun?«

»Schon allein weil ich Ihnen – zugebenerweise durchaus eigennützig – eine phantastische Zukunft zu offerieren vermag. Als Filmproduzent, als Regisseur, als Autor – was immer Sie wollen. Die Mittel, die Ihnen zur Erfüllung Ihres Traums zur Verfügung stehen werden, übersteigen Ihre kühnsten Phantasien.«

»Und die Gegenleistung?«, fragte Kim Park und beugte sich weit über den Tisch. »Soll ich weiterhin Japse für Sie killen?«, flüsterte er.

»Das dürfte sich leider nicht vermeiden lassen«, erwiderte Gao Feng ungerührt. »Aber ich würde diesen eher profanen Aspekt gerne noch etwas zurückstellen, Herr Park. Sehen Sie, ich bin alt, doch noch habe ich die Kraft, mein Lebenswerk zu vollenden. Die Vergangenheit zu bewahren, die Gegenwart zu bemeistern und die Zukunft zu befördern. Die Kriegsverbrechen der japanischen Besatzer in China sind bis heute praktisch ungesühnt. Und sie drohen bereits, *vergessen* zu werden. Die Welt weiß zu wenig darüber, und wenn ich betrachte, was gerade passiert …«

»Sie meinen den Anschlag auf das World Financial Center? Klären Sie mich auf, Gao, und verraten Sie mir, was Gouldens damit zu tun hat.« Er nannte den Butterstinker nur ungern beim Namen, aber wenn er die Wahrheit wissen wollte, musste er auch über die Rolle des dubiosen Anwalts Aufklärung erhalten.

»Ich meine nicht nur die Geiselnahme, sondern auch die daran anschließenden aktuellen Entwicklungen in Japan. Sie haben davon vernommen?«

»Im Fernsehen war von Unruhen die Rede. Der aufgebrachte Mob hat Geschäfte geplündert.«

»Sie nennen es Unruhen, Herr Park. Aber in Wahrheit ist dort derzeit ein Militärputsch im Gange.« Gao blickte Kim fest ins Gesicht. »Sie mögen mich für einen senilen Schwafler und Phantasten halten«, fuhr er, sein charakteristisch vielsagendes Lächeln lächelnd, fort, »aber meine Informationen lassen vermuten, dass die Japan Incorporated begonnen hat, einen langjährig vorbereiteten perfiden Plan zur Eroberung der Ostküste sowie der wichtigsten Städte der Volksrepublik China in die Tat umzusetzen. Danach könnte auch Korea wieder okkupiert werden. Ich persönlich rechne fest mit einem kriegerischen Akt – mit dem Versuch einer neuerlichen Invasion. Und zwar genau hier in Shanghai.« Kim Park sah den Chinesen ungläubig an. »Noch sind nicht alle losen Fäden zusammengeknüpft, noch fehlt mir die letzte Klarheit, noch gibt es zahllose Fragen, hinsichtlich deren sich mir die Kenntnis entzieht – doch bin ich darüber im Bilde, dass die Japan Incorporated heute über ein Arsenal absolut wirksamer Waffen verfügt, die man um jeden Preis auch einzusetzen gewillt ist.«

»Und Gouldens?«, fragte der Japan-Koreaner mit versteinerter Miene, »welche Rolle spielt ausgerechnet er in diesem Horrorszenario?«

»Er weilt gerade in Japan, wo er danach trachtet, das letzte fehlende Puzzleteil aufzustöbern. Die Kriegsverbrecher von damals haben in den Jahren der amerikanischen Besatzung ein geheimes Netz zu spinnen begonnen, das sich über die nachfolgenden Generationen bis in die heutige Zeit hinein erhalten hat. In diesem Netz sitzen die Söhne und Enkel wie fette Spinnen und verfolgen die Ziele ihrer verstorbenen Väter und Großväter weiter. Und ihre Macht wächst und sie versprühen ihr lähmendes Gift in die Welt hinein.« Gao Feng stippte vorsichtig in sein erkaltetes Rührei, nachdem er es mit ein paar Tropfen Worcestersoße beträufelt hatte.

Kim begann zu begreifen. »Deshalb die Yakuza, die Cathy Wongs

Haus auf den Kopf gestellt haben. Offenbar sind auch sie auf der Suche nach diesem … Puzzleteil.«

»Wissen Sie, was mir außerdem noch Kummer bereitet, Herr Park?« Entschlossen harpunierte Gao Feng mit seiner Gabel eine Scheibe Speck. Er wartete höflichkeitshalber Kims verneinende Geste ab. Dann sagte er: »Ich glaube, dass nicht nur Jeremy Gouldens mittlerweile in großer Gefahr schwebt, sondern auch Cathy Wong. Ich glaube, Jeremy wandelt in Japan auf dem richtigen Pfad und beginnt, die großen Zusammenhänge zu ahnen – nach dem Puzzleteil zu greifen –, doch noch ist mir schleierhaft, was geschehen wird, sobald die Japan Incorporated versucht, ihn mit dem Leben dieser Frau zu erpressen.«

»Es wäre nicht auszudenken … Aber bitte, noch einmal: woher wissen Sie das alles?«

Shanghai, 5. Mai 2012. 09:34 Uhr

Der Zustand der Geiseln nach der weitestgehend durchwachten Nacht war prekär. Noch durch all den Dunst von Schmutz, Schweiß, Blut und den scharfen Gestank menschlicher Ausscheidungen aus den verdreckten Toiletten hindurch konnte man förmlich die nervöse Todesangst der Menschen riechen. »Bleiben Sie ruhig!«, rief John Huang über die Verstärkeranlage immer wieder in den Saal, »und bleiben Sie da, wo Sie sich gerade befinden. Meine Assistenten werden einige ausgewählte Herrschaften jetzt bitten, ihnen die Treppen hinauf zur Aussichtsplattform zu folgen.« Der VIP-Tisch wurde nun weitestgehend geräumt. Der japanische Botschafter, der Energieminister, der Prinz und Moto, der Baulöwe, alle waren sie aufgefordert, die Geiselnehmer nach oben zu begleiten. Es saßen nur noch die unfreiwilligen Berühmtheiten: David Morgan, Coco Kingston, Cathy Wong.

»Du hast auch eine Einladung, Flittchen!«, sagte Michelle Mao und reichte Cathy ein weißes, elastisches Stirnband mit dem Aufdruck »Gerechtigkeit für China«. »Du sollst es dir über den Kopf ziehen. Und beeil dich – die Show beginnt gleich.«

»Was ist mit Coco?«

»Was soll schon sein, die bleibt hier. Eine von eurer Sorte ist eigentlich schon eine zu viel.« Mit einer ruppigen Bewegung griffen Michelle und der sie begleitende Yakuza Cathy am Arm und zogen sie mit sich, ohne ihr Zeit für den Abschied zu lassen. »Mach's gut, Coco!«, konnte Cathy nur rufen. »Wir telefonieren!«

»Pass auf dich auf, Cathy.« Da war sie schon im Treppenhaus.

Wie zum Abschied warf John Huang einen letzten Blick über den prächtigen, verwüsteten Saal, den er nun fast 18 Stunden lang als unumstrittener Gewalthaber beherrscht hatte. Die höchste Veranstaltungshalle der Welt in 425 Metern Höhe in einem der imposantesten modernen Türmen zu Babel. Die Morgensonne gleißte durch die geborstene Panoramascheibe. Gleich würden nun auch er, die beiden ihn begleitenden Yakuza und die letzten studentischen Wachen aus dem Saal gehen und die Insassen sich selbst überlassen. Fast stimmte ihn der Abschied wehmütig – Abschied von dieser Macht, an diesem Ort, die er so sehr genossen hatte. Und von Cathys hübscher Freundin. Michelle hatte darauf bestanden, sie zurückzulassen. Sie könne ihnen ja jetzt nicht mehr von Nutzen sein, außerdem sei die Zahl der verfügbaren Plätze beschränkt. Huang war nicht ganz ihrer Ansicht, aber er hatte sie reden lassen. Andererseits: Es war nie verkehrt, eine schöne Frau mehr um sich zu haben, besonders so eine, mit der man Cathy Wong gegebenenfalls wunderbar unter Druck setzen konnte. Außerdem war bei Bedarf Platz genug: Huang hatte längst entschieden, dass *einer* jedenfalls nicht mitkommen würde. Also, worauf wartete er? Er liebte die spontanen Bauchentscheidungen. Langes Fackeln war noch nie seine Sache gewesen. Und jetzt drängte die Zeit.

Er trat vor Coco und lächelte sie geringschätzig an. »Los schon, Sie kommen nun doch mit, Misses Kingston. Ihre Freundin braucht Sie.«

David Morgan, der gefesselte Korrespondent des *Time*-Magazins, der neben ihr saß und Huang mit bösem Blick musterte, raunte ihr zu: »Tun Sie das nicht. Es ist eine Falle.«

»Na, wird's schon?« Huang wurde ungeduldig.

Coco presste die Zähne zusammen. »Nur über meine Leiche.«

»Na gut.« Der widerlich schöne Terrorist ließ sein satanisches Lächeln spielen und zog seine Pistole aus dem Hosenbund.

Jetzt war es so weit. Der Moment war gekommen. David Morgan hatte lange Stunden gebraucht, um sich mit dem kleinen weißen Plastikmesser, das ihm der undurchsichtige junge Mann heute Nacht heimlich zugesteckt hatte, die Fesseln mehr aufzureiben als aufzuschneiden. Längst waren sie mittlerweile locker genug. Er hatte nur noch auf den richtigen Augenblick gewartet, der so lange einfach nicht hatte kommen wollen. Die Worte des dicklichen jungen Mannes hatten sich in ihn eingebrannt. »Wir stehen hinter Ihnen«, hatte er geraunt, »*wir* sind die Helden.« Jetzt sah er den jungen Mann, der scheinbar zu den Terroristen gehörte, inzwischen aber seine Ansichten geändert und sich vom Saulus zum Paulus gewandelt hatte, mit einer Gruppe von Wachen, Studenten wie er selbst, an der Tür stehen. Das waren die

Jünger der neuen Bewegung: Im Laufe der Nacht hatten sie ihn, David Morgan, zum Führer der Revolte erwählt, sich alle gegen diesen Psychopathen verschworen und warteten jetzt nur noch auf ein Zeichen, um loszuschlagen. Er durfte sie nicht enttäuschen. Er würde tun, was ihm vorbestimmt war. Er nickte ganz leicht zu dem feisten jungen Mann hin. Der nickte kaum merklich zurück.

Huang wurde immer ungeduldiger, »He, Mädchen, komm schon«, versuchte er es noch einmal auf die freundliche Tour. »Ihr beide seid ein entzückendes Paar. Na, hab ich denn gar keine Chancen?«

Cocos Stimme überschlug sich. »Wie soll wohl jemand bei mir Chancen haben, der jetzt schon das zweite Mal damit droht, mich zu erschießen?«

»Ach, sag das nicht, Süße. Manche stehn auf so was. Hab ich alles schon erlebt. Im Übrigen wollte ich gestern vor allem austesten, was dieser amerikanische Sprücheklopfer, dieses Großmaul da neben dir, hinter seiner Riesenklappe hat. Wie wir gesehen haben, leider nicht viel. Beängstigend wenig. Ich bin noch jetzt so enttäuscht, dass ich wohl erst mal *ihn* erschießen sollte. Mal sehen. Um eine junge Frau ist es immer schade, weißt du.«

»Hauen Sie jetzt endlich ab, Mann«, platzte es da aus Morgan heraus. »Und lassen Sie die Frau in Ruhe. Sonst stürzt hier der ganze Saal auf Sie los! Gemeinsam machen wir euch Schweine schon fertig.«

»Das möchte ich sehen«, lachte Huang, etwas nervös. Nichts wie weg hier. Aber nicht so. Nicht mit Blöße. John Huang konnte es absolut nicht abhaben, wenn man seinen Forderungen nicht Folge leistete. Besonders wenn das junge Frauen nicht taten. Ihm *durfte* keine widerstehen können. »Gut. Ich zähle jetzt bis drei …«

Morgan sah, wie der feiste junge Mann in Erwartung des Kommenden einen halben Schritt nach vorn machte. »Eins …«

Und in dem Moment sprang er auf, riss die entfesselten Händen empor, machte einen gewaltigen Satz auf Huang zu, das gezückte Plastikmesser emporgereckt »Alle mir nach! *Let's roooooll!!!*«

Aber keiner im Saal rührt sich. Gut, einer. Ein dicklicher Chinese mit fast kahlrasiertem, runden Schädel macht noch einen zweiten Schritte nach vorn, sieht sich dann um, sieht, dass niemand ihm folgt, keiner sonst sich bewegt, und macht zwei Schritte zurück. Huang lässt Morgan noch ein wenig herankommen, bevor er ihm aus nächster Nähe in den Kopf schießt. »So ein Schwachkopf.« Die Kugel durchschlägt Stirnansatz und Schädeldecke, fliegt befreit durch den Raum und klatscht in einen der drei Elchköpfe mit Geweih, die aus einer matt polierten Seitenwand herausragen und aussehen, als seien sie aus feinstem chinesischem Porzellan, aber in Wirklichkeit nichts sind als bunt lackierter Gips.

Im gleichen Moment stürzt Misses Kingston schreiend durch den Saal und sucht Schutz hinter dem Tisch einer der nächstsitzenden Geiselgruppen. Ringsum erheben sich drohend die Menschen. Huang zückt die Waffe, zielt, überlegt einen Moment, schüttelt dann den Kopf, wiederholt: »Lauter Schwachköpfe«, und verschwindet im Gang. Studenten und Yakuza hinterdrein. Und die Treppe hinauf.

Osaka–Kyoto, 5. Mai 2012. 10:52 Uhr (09:52 in Shanghai)
Die Abfahrt nach Kyoto hatte sich noch etwas verzögert, weil Joe Murata plötzlich beschlossen hatte, sich einen Walkman zu kaufen. Jeremy hatte vergeblich versucht, ihm zu erklären, dass die marktgängigen Geräte seit gut einem Jahrzehnt »iPod« oder »Mp3-Player« hießen und sie genauso wenig eiernde alte Elvis-Audiokassetten abspielten wie deren längst vergessener digitaler Vorgänger, der CD-Walkman. Aber Joe hatte darauf bestanden. »Ich muss heute viel denken, Jeremy. Und ohne Elvis und Bourbon kann ich nicht denken.« Also hatten sie sich bis zu einem Flohmarkt durchgefragt, der sich, hinter mehreren grellbunten und lauten *Pachinko*-Spielhallen versteckt, in einer etwas zwielichtigen Nebengasse befand. Unterwegs waren sie nicht nur einmal als Staatsfeinde Japans geschmäht und bedroht worden. Auf dem Flohmarkt hatte Joe für ein paar Hundert Yen immerhin gefunden, was er wollte. In einem Supermarkt am Bahnhof hatte er sich noch reichlich mit Batterien und Bourbon-Flachmännern eingedeckt, was beides in den weiten Taschen des berühmten Trenchcoats verschwand, dann hatten sie den nächsten Nahverkehrszug nach Kyoto bestiegen, und endlich war Joe wieder guter Dinge und konnte denken. Für die Unkosten hatte selbstverständlich einmal wieder Jeremy aufkommen müssen. Und sie hatten kostbare Zeit verloren.

Dafür musste Joe während der Zugfahrt nun etwas tun: Er musste Akira Muratas Tagebuchauszug übersetzen, den ihnen Hasekawa gestern zugesteckt hatte. Doch momentan saß er nur am Fenster, die großen schaumstoffgepolsterten Kopfhörer auf den Ohren, nahm hin und wieder einen Schluck aus der Minipulle und sah auf die vorbeiziehenden Häuser im Ballungsraum zwischen Osaka und Kyoto hinaus. *Train I ride is sixteen coaches long … Train I ride is sixteen coaches long … Well, that long black train take my baby and gone …* Jeremy schüttelte ihn. »He, nach dem Song geht's an die Arbeit, ja?«

Mystery train rolling down the track … Jeremy musste daran denken, dass das Schreckenslager Pingfang der Einheit 731 über eine eigens gebaute geheime Stichstrecke an die südmandschurische Eisenbahn angeschlossen gewesen war. Da rollten dann, ähnlich wie die Viehwagen in Auschwitz, immer wieder seltsame, plombierte Züge an, deren Inhalt ungesehen im Lager verschwand, um nie wieder herauszukommen. Ein mandschurischer Arbeiter berichtete Jahrzehnte später, wie er einmal heimlich beobachtet hatte, dass aus einem dieser Züge in Strohballen verschnürte lebende Menschen entladen wurden. Ein *mystery train* des Grauens. Das »Geheimnis der Geheimnisse« hatte der Pingfang-Kommandant Shiro Ishii das japanische Menschenversuchsprogramm genannt.

Inzwischen war der Song zu Ende, Joe hatte pflichtschuldig den Walkman abgestellt und das von Hasekawa erhaltene Papier hervorgeholt. Als Erstes stellten sie fest, dass es sich in Wirklichkeit sogar um zwei Blätter handelte: Auf der Vorderseite fand sich ein Tagebuchtext vom Juni 1939, auf die Rückseite war ein viel jüngerer Eintrag kopiert: vom Februar 1973, also aus den letzten Tagen von Akira Muratas aktiver Tätigkeit bei Kuroi. Jeremy fotografierte beide Seiten mit seinem iPhone ab. Sicher ist sicher. »Kannst du mir das jetzt übersetzen, Joe?« Der nickte, sammelte sich und begann:

12. Juni 1939
Anregende Diskussion mit Ishii. Geistreicher, aber eigenwilliger Kopf, den man nicht zum Feind haben möchte. Lobt meine Anthrax-Erfolge: würde es noch weit bringen! Unterschiedliche Ansichten über beste Methoden. Pro und Kontra: Pocken – Typhus – Beulenpest – Pferderotz – Milzbrand – Cholera – Grippe – Syphilis. Favorisiert Mischung aus pestverseuchten Flöhen und Reis, aus tieffliegenden Flugzeugen über Wohngebieten abzuwerfen, um Ratten und Hungernde anzulocken. Ich schlug Abwurf anthraxverseuchter Vogelfedern vor: unschlagbarer Vorteil des Milzbranderregers – außerordentlich robust!

Nach dem Unfall vom Donnerstag schwere Milzbrandsymptome zweier Labormitarbeiter. 9 Maruta für die Versuchsreihe. Infektion über Reichung präparierter Nahrung erfolgreich. Bauchmilzbrand: starke Schwellungen und Blutungen der inneren Organe, Sepsis, Nierenversagen, 70 % Ausfall nach drei Tagen. An in Endstadium entnommenen Lebern deutliche Zellschädigungen. Nachschub geordert. Abends wieder anregende Plauderei mit Ishii. Schlecht geschlafen. Kopfschmerzen.

13. Juni 1939
Milzbrand-Symptome unserer Laborarbeiter ungleich schwerer als bei zeitgleich infizierten mandsch. Affen. Lehrreich! Ziehe 3 nützliche Schlussfolgerungen, unbedingt weiterzuverfolgen:

1. Rassischer Unterschied augenfällig: primitiver Mandschu gegen Anthrax bedeutend widerstandsfähiger als verfeinerter Japaner.

2. Mandschu daher idealer Wirt für Auslese und Züchtung der aggressivsten Bakterienstämme (für präventive wie offensive Maßnahmen).

3. Rassischer Unterschied muss in weiterer taktischer Planung Priorität haben! Entscheidende Frage: Wie lässt sich jap. Überlegenheit auch infektiologisch unter Beweis stellen?

Gute Idee zu neuer Versuchsreihe. Im Material größtmögliche rassische Vielfalt geordert: mandschur., chines., mongol., russ., wenn möglich amerikan. usw. Zunächst noch weitere Experimente nötig. Abends mit Ishii. Erneut schwer gezecht. Pläne zur Rettung Japans.

»Und was steht auf dem zweiten Blatt, Joe?«, fragte Jeremy mühsam. Auch wenn er dergleichen bereits ausgiebig aus den Büchern kannte, die er über die Einheit 731 gelesen hatte, war er doch nicht so abgestumpft, um diese Protokolle der Unmenschlichkeit ungerührt an sich vorbeigehen zu lassen. Momentan interessierten ihn allerdings die schrecklichen historischen Fakten weniger als etwaige Indizien, die ihn hin zu einer Wiederaufnahme des Kuroi-Prozesses um den Grippeimpfstoff Virovital führen konnten – und hierzu wusste der Tagebucheintrag, in dem das Wort »Grippe« nur einmal fiel, auf den ersten Blick nicht sonderlich viel zu liefern. »Das zweite Blatt liegt uns historisch viel näher, sagst du. Welche klaren Fakten kann es uns liefern?«

»Da blicke ich nicht so recht durch, Jeremy. Lauter lange Reihen von Zahlen und Formeln. Und alles überschrieben mit diesem einen seltsamen Wort: Heureka!«

»Das ist Griechisch und heißt so viel wie: ›Ich hab's gefunden.‹«

»Aha. Und was hat er gefunden? Das scheinen irgendwelche verqueren chemischen Formeln zu sein. Dazwischen einige Wörter, mit denen ich nichts anfangen kann: ›Restriktionsendonuklease‹, ›DNA-Schnitt‹, und hier, dick unterstrichen, ›*Bacillus anthracis sinensis!*‹«

»Restriktionsendonukleasen sind meines Wissens Enzyme, die in der Gentechnik eine wichtige Rolle spielen, Joe. Da hat es, glaube ich, so um 1970 herum die ersten großen Durchbrüche gegeben, als man erkannte, dass viele Bakterien stammspezifische Enzyme aufweisen, die sich mittels der sogenannten molekularen Schere schneiden und neu zusammenkleben lassen. Entwickelt wurden diese Techniken eigentlich in den USA – aber dein Stiefvater scheint da dennoch ganz vorne mit dabei gewesen zu sein. Und während man sich in den USA vor allem mit dem Darmbakterium *Escherichia coli* beschäftigte, lag deinem Stiefvater offensichtlich dieser ›chinesische Anthraxbazillus‹ besonders am Herzen.«

»Ich wusste gar nicht, dass es eine speziell chinesische Variante gibt.«

»Ich auch nicht. Vermutlich eine spezielle Zuchtform, Joe.«

»*Whatever.*«

»Im ersten Blatt beschreibt Murata ja, wie er versucht, ganz bestimmte Stämme zu selektieren. Dein Stiefvater war Bakterienzüchter, Joe! Fassen wir also zusammen: Beide Blätter belegen, dass der Milzbranderreger sozusagen Akira Muratas Steckenpferd war. Das haben wir allerdings schon gewusst. Ob sie in Hinblick auf die Wiederaufnahme meines Prozesses besonders aussagekräftig sind, kann ich im Moment nicht sagen. Da ging es eben vornehmlich um einen Grippeimpfstoff, nicht um Anthrax. Vielleicht wissen wir mehr, sobald wir diese Formeln einem Biochemiker vorgelegt haben.«

Jeremy war bemüht, sich seine Enttäuschung nicht anmerken zu lassen. Yukiko hatte doch gewusst, dass er für seinen Prozess Belege für Muratas Forschungen mit Grippeviren brauchte. Davon war in allen Dokumenten aber immer nur am Rande die Rede. Offensichtlich waren diese Forschungen doch nicht so bedeutend gewesen. Dagegen immer und immer wieder: Milzbrand. Jeremy wusste seit langem, dass Anthrax sozusagen der »Klassiker« unter den Biowaffen war; eben wegen seiner »außerordentlichen Robustheit«, die Yukikos Vater zu Recht hervorgehoben hatte. Schließlich hatte natürlich auch sein Vaterland, das Vereinigte Königreich, im Zweiten Weltkrieg mit Biowaffen experimentiert, wobei die schottische Insel Gruinard so gründlich mit Milzbrandsporen des besonders aggressiven Stammes »Vollum 14578« verseucht wurde, dass sie über vier Jahrzehnte lang Sperrgebiet war, bis Ende der achtziger Jahre eine aufwendige Dekontamination erfolgte. Eine vollständige Beseitigung des Erregers konnte freilich auch danach nicht zweifelsfrei nachgewissen werden – gut, dass sich in der Gegend keine Whiskydestillen befinden. Die britischen Militärwissenschaftler waren mit ihrem Experiment immerhin hochzufrieden: Hatte es doch bewiesen, dass sich mittels Milzbrandbomben deutsche Großstädte auf Jahrzehnte hinaus unbewohnbar machen ließen. Heureka! Und in Japan hatte zeitgleich Akira Murata große Anthrax-Erfolge gefeiert. Aber so interessant diese Milzbrandgeschichte auch war – sie brachte Jeremy in seinem Fall kein Deut weiter.

Shanghai, 5. Mai 2012. 09:55 Uhr
Es war wenige Minuten vor zehn, als John Huang im 55 Meter langen Sky Walk, der in 474 Metern Höhe auf der 100. Etage des WFC mit gläsernem Fußboden das Trapez des »Flaschenöffners« überbrückt, vor die kleine Gruppe ausgesuchter Geiseln trat und ihnen nochmals einen wunderschönen Morgen wünschte. Der Blick war wahrhaft überwältigend. Alles übrige menschliche Leben des Millionenmolochs Shanghai war von hier oben insektenhaft klein. Auch Huang genoss die Aussichten sichtlich. »Das an die japanische Regierung gestellte Ultimatum ist gleich abgelaufen«, fuhr er fort. »Ich fürchte, wir warten vergeblich auf eine Antwort. Nun ja, wie ich mittlerweile vernommen habe, haben die Herren in Tokio gerade ganz andere Sorgen. Offenbar werden wir dort in Kürze bereits eine andere, verständnisvollere Regierung haben. Wie auch immer: Ich verspreche Ihnen, dass Sie hiermit in die Geschichte eingehen werden. Wenn Sie sich jetzt bitte in einem Abstand von etwa einem Meter voneinander in einer Reihe aufstellen und sich dann geschlossen direkt vor die Glaswand begeben wollen …« Er gab Chen, der nach dem Schuss auf David Morgan offenbar allen konterrevolutionären Aktionsplänen abgeschworen hatte, und Yu Ling ein Zeichen. Die beiden Studenten entrollten gemeinsam das federleichte Transparent, schritten die Reihe ab und gaben der jeweiligen Geisel den Stoff in die Hand. Draußen blieb der chinesische Militärhubschrauber in der Luft stehen und flog vorsichtig näher an das Gebäude heran. Zwei weitere Hubschrauber hielten sich nahebei an der Spitze des Jin Mao Towers bereit. John Huang blickte auf die Uhr. Punkt zehn. Er gab den Kameraleuten und der mobilen Regie im Hintergrund ein Zeichen. »Diese Bilder«, sagte er feierlich, »werden jetzt um die Welt gehen: Japan entschuldigt sich aus tiefstem Herzen für seine verbrecherischen Gräueltaten am chinesischen Volk 1931–1945! Genießen Sie Ihren Auftritt!«

Er schob Cathy hinter die Reihe der Geiseln. Wie zufällig gelang es ihr, neben Chen zu stehen zu kommen. Nach und nach gesellten sich jetzt auch die anderen »Kämpferinnen« und »Kämpfer« hinzu, alle in Schwarz gekleidet, alle mit dem gleichen Stirnband, das auch Cathy trug. Zum Schluss drapierte sich John Huang gemeinsam mit Michelle genau in der Mitte der zweiten Reihe. »Wir drehen jetzt alle die Köpfe brav leicht nach links«, befahl Regisseur Huang, »damit unsere fleißigen Kameramänner auch mal schöne Nahaufnahmen von Ihnen allen machen können.«

Während die Studenten der Fudan University versuchten, kämpferisch, frohgemut und optimistisch zu wirken, waren die Mienen der Transparentträger versteinert. Für einen Japaner hieß die Teilnahme an dieser Aktion, dass er sein Gesicht verlor – das Schlimmste, was einem traditionell denkenden Japaner widerfahren kann. Da standen sie nun vereint – einige der Größen aus Politik, Wirtschaft und Gesellschaft Nippons – und hielten dieses demütigende Banner in die Luft: der Baulöwe Moto, der Botschafter Harada, der Leiter eines großen Finanzdienstleisters und weitere Vertreter führender Unternehmen der Auto-, Unterhaltungselektronik- und Energiebranche. Cathy suchte vergeblich nach dem kaiserlichen Prinzen und dem Energieminister Yamada. Gerade die öffentliche Entschuldigung eines Mitglieds der Kaiserfamilie wäre von enormer Symbolwirkung. Aber Prinz Taesu hatte sich offensichtlich dieser öffentlichen Demütigung entzogen. Wie hatte er das geschafft? Und wieso ließen die Terroristen das zu?

Die Aktion zog sich in die Länge. Immer weiter wurde posiert und gefilmt. Für Huang bedeutete die Szene offensichtlich einen besonderen Höhepunkt, den er nach Kräften auskosten wollte. Während sie so nebeneinanderstanden, gelang es Cathy, ein paar Worte mit ihrem Cousin zu wechseln. Sie hatte einen Schuss gehört, von den Vorgängen in der Sky Arena aber nichts mitbekommen. Vielleicht wusste Chen mehr, der zusammen mit John Huang als einer der Letzten heraufgekommen war. »Was ist passiert?«, flüsterte sie. Er wich ihrer Frage und ihrem Blick aus. »Ist Coco okay? Was ist mit dem Aufstand? *Let's roll?*« Plötzlich sah sie, dass Chens Lippen zitterten. Sie empfand kein Mitleid.

Sie wusste nun, dass von ihm keine Hilfe mehr zu erwarten war.

Kyoto, 5. Mai 2012. 11:13 Uhr (10:13 in Shanghai)
Mit allem hätte Jeremy gerechnet. Nur nicht damit, dass ihn Cathy am Bahnsteig in Kyoto empfangen würde. Doch sie war es, unverkennbar, wenn auch überlebensgroß und nicht greifbar. Sie blickte mit trotzigem Gesicht, das zu Jeremys Erschrecken die verkrusteten Blutspuren einer Platzwunde aufwies, in die Kamera. Sie trug ein weißes Stirnband mit der Aufschrift »Gerechtigkeit für China« und war eingerahmt von zwei ganz in Schwarz gekleideten jungen Männern, die das gleiche Stirnband trugen. Einen der beiden kannte Jeremy: Es war Chen,

Cathys unmöglicher Cousin, der ebenfalls nicht glücklich dreinschaute. Jedenfalls machte er nicht den Eindruck eines fanatischen Attentäters, der sein Leben mit Hurragebrüll für die gerechte Sache opfern wollte. Aber was hatte der im SWFC zu suchen? Steckte er etwa mit diesen Geiselnehmern unter einer Decke? Klar, Jeremy hatte seine japanfeindlichen Ausfälle erst vor ein paar Tagen leidvoll miterlebt, aber das machte dieses *Würstchen* doch nicht zum bittere Konsequenzen ziehenden Terroristen! Der war ein Sprücheklopfer und Salonrevoluzzer, weiter nichts. Ganz anderes Kaliber der Dämon, der als Übernächster in der Reihe stand: der schöne Widerling John Huang, dessen übertrieben freundliches Grinsen jeden halbwegs intelligenten Beobachter sofort zu der Überzeugung bringen musste, es hier mit einem unberechenbaren Psychopathen zu tun zu haben. Für einen Sekundenbruchteil schoss Jeremy der Gedanke durch den Kopf, dass Cathy, deren Familie in Nanking unter den japanischen Eroberern unvorstellbar gelitten hatte, dieses Stirnband freiwillig trug, sich gar dem sichtlich wahnsinnigen, aber doch attraktiven Huang und seiner verblendeten Studentengruppe angeschlossen haben könnte. Nein, auch wenn er nicht alle Abgründe ihrer Seele kannte – diesen Verdacht konnte Jeremy ausschließen. Und selbst wenn es so wäre: In diesem Augenblick empfand er einfach nur ein ungeheures Glücksgefühl, Cathy einigermaßen unversehrt zu sehen. Müde, verletzt und erschöpft zwar, aber lebend.

»Ist sie dabei?«, fragte Joe, der Jeremys Blicken gefolgt war, leise und eher rhetorisch. »Zweite Reihe, die siebte von links.«

»Mensch, sei froh«, murmelte Joe, »vielleicht hat sie diesen entsetzlichen Scheiß bald überstanden.«

»Ich glaube eher, dass gleich der nächste Scheiß kommt«, erwiderte Jeremy düster, »und dass dieser Moment nicht das Ende, sondern erst der Anfang von Cathys Martyrium sein könnte.« In deutlich pathetischem Tonfall fuhr er fort: »Ich aber werde es bestimmt nicht zulassen, dass irgendwer ihr auch nur ein Haar krümmt. Wenn ich eines Tages diesem Wichser John Huang gegenüberstehen sollte, dann wird er seiner Mutter nicht verzeihen, dass sie so einen Abschaum in die Welt gesetzt hat!«

Joe sah Jeremy erstaunt und heimlich belustigt von der Seite an. Solch martialische Töne waren ihm neu von dem biederen englischen Anwalt mit dem gleichfalls neuen poppigen Schriftzug »Sapporo« auf der Brust. Er verzog seinen Mund zu einem schiefen Lächeln. »Ich wäre dabei«, sagte er dann, »zum Nachladen. – Nur ist es von hier aus leider reichlich schwierig, so ein Haarekrümmen zu verhindern.« Er machte ein kurze Pause. Ihm lag noch eine unpassende Bemerkung auf den Lippen. Und jetzt ließ er sie rausrutschen. »Eines muss ich dir jedenfalls neidlos anerkennen!« Jeremy blickte ihn fragend an. »Nun, ein hübsches Ding hast du dir da geangelt, alle Achtung! Aber bist du dir sicher, dass du nicht vielleicht ein bisschen *zu alt* für sie bist?«

Jeremy verzichtete darauf, ihm eine runterzuhauen, und schüttelte nur stumm den Kopf. Überhaupt war es auf dem Bahnhof von Kyoto erstaunlich ruhig. Fast herrschte so etwas wie andächtige Stille, die nur von den Geräuschen der ein- und abfahrenden Züge und der Lautsprecherdurchsagen gestört wurde. Die meisten Passanten verharrten vor den gigantischen Bildwänden an den Stirnseiten der Bahnhofshalle. Vor allem die Älteren schüttelten ihre Köpfe, als die Kamera immer wieder auf den versteinerten Gesichtern der japanischen Geiseln verharrte; andere unterhielten sich flüsternd. *Japan entschuldigt sich aus tiefstem Herzen für seine verbrecherischen Gräueltaten am chinesischen Volk 1931–1945*. Davon hatten bislang die wenigsten von ihnen gehört. Oder gelesen. Sicherlich nicht in ihren Schulbüchern. Denn war das Schrecklichste aller Kriegsverbrechen nicht an ihnen, den Japanern, begangen worden? Am 6. und am 9. August 1945, als *Little Boy* und *Fat Man* die blühenden Städte Hiroshima und Nagasaki in Schutt und Asche legten? Doch jetzt standen da ein paar ihrer Landsleute im fernen Shanghai hoch über dem höchsten von Japan erbauten Gebäude in einem Panoramagang mit gläsernem Boden, unter dem der Abgrund klaffte – gezwungen, für eine längst zurückliegende, *angebliche* Schuld Buße zu tun. Schließlich war damals Krieg.

»Lass uns abhauen, bevor der Pöbel nun *richtig* loslegt«, meinte Joe, »am besten wir nehmen uns ein Taxi raus nach Kita-ku zur Otani-Universität.« Aber Jeremy konnte sich nicht so einfach von den Fernsehbildern aus Shanghai losreißen.

Shanghai, 5. Mai 2012. 10:14 Uhr

Später sollten sich viele der noch im Veranstaltungszentrum Sky Arena verbliebenen Geiseln daran erinnern, dass es eine junge Amerikanerin, die Korrespondentin des *Wall Street Journal*, gewesen war, die als Erste die neue Lage, die veränderte Situation, begriffen hatte: Die Terroristen waren verschwunden.

Tracy Silverman, zuvor schon freiwillige Helferin bei den Erste-Hilfe-Maßnahmen zur Rettung der Schwerverletzten, hatte sich aufgerappelt und sich gewundert, dass niemand sie zurückpfiff. Und sie war zu dem Mann gestürzt, der in einer wachsenden Lache vor der Rednertribüne lag. Niemand hatte sie aufgehalten. »Stoppt das Blut, stoppt das Blut!«, hatte sie hysterisch geschrien. Doch ihre Leidensgenossen, einschließlich der beiden Ärzte, hatten sie nur argwöhnisch beobachtet. Klar, dass alles nur eine Finte war. Wo waren die versteckten Sprengfallen? Das Kampfgas? Dann hatte Tracy Silverman von dem leblosen Mann abgelassen, sich aufgerichtet und auf Englisch laut in den Raum hineingerufen: »Er ist nicht umsonst gestorben! Wir lassen uns von euch Arschlöchern nicht unterkriegen! *Let's roll!*«

Stille. Schweigen. Wer von den »Bereitschafts-Yakuza« jetzt noch unerkannt im Saal verblieben war, hatte Weisung, sich unauffällig zu verhalten und sich nach der »Befreiung« möglichst rasch abzusetzen. Doch bald war Bewegung in die Menschen gekommen. Eine wächterlose Geisel nach der anderen war durch den Notausgang in ein schmales Treppenhaus geschlüpft. Es waren nur ein paar Stufen hinunter in die 93. Etage, wo sie von einem verblüfften Trupp schwer bewaffneter chinesischer Elitepolizisten in Empfang genommen wurden, die um ein Haar das Feuer eröffnet hätten.

Keine zehn Minuten später ging die Nachricht von der überraschenden Befreiung der etwa 160 Geiseln um die Welt. Und man war stolz auf diese Menschen, die doch den Mut besessen hatten, einen Aufstand anzuzetteln, und offenbar ihre Peiniger in die Flucht geschlagen hatten. Und man ehrte jene Geiseln, die Widerstand leisteten, vor allem den Kopf der Aufrührer, der durch einen Kopfschuss lebensbedrohlich verletzt worden war. Der Zustand des Mannes vermutlich US-amerikanischer Staatsbürgerschaft sei äußerst kritisch, hieß es.

Man hatte den Geiselnehmern also die Stirn gezeigt. Die Welt atmete auf. Doch bei aller Erleichterung durfte natürlich nicht vergessen werden, dass sich noch immer etwa 20 zumeist prominente Geiseln in der Gewalt der Terroristen befanden. Li Hu, Kommandeur der Spezialeinheit für Terrorismusbekämpfung, bekam von höchster Stelle in Peking den Befehl, die gewaltsame Befreiung der letzten Geiseln im WFC für 21:00 Uhr Ortszeit vorzubereiten. So lange war noch Zeit.

Tokio, 5. Mai 2012. 11:18 Uhr (10:18 in Shanghai)

Tatsu Ishii hatte die Stirn in Sorgenfalten gelegt. Es lief nicht alles nach Plan. Zwar hatte die Tancho ihren ersten Einsatzort inzwischen erreicht und auch der Verlauf der Aktion in Shanghai war zufriedenstellend. Aber der Versuch der Militärs, gleich in dieser Nacht die Macht in Tokio zu übernehmen, war offenbar etwas übereilt gewesen, die alte

Regierung war ihnen feige ausgebüxt und die Situation weiter unklar. Die Verbände der kommenden vaterländischen Regierung waren größtenteils im Süden konzentriert, wo sie bereits mit den Vorbereitungen der nächsten Aktionen beschäftigt waren. Auch die Mobilisierung der Massen verlief bisher nicht so erfolgreich, wie man es eigentlich anvisiert hatte. Und nun machten regierungstreue Verbände mobil; durch das bedauernswerte Ausscheren der nichtswürdigen Generäle Kesago Shunroku und Hideki Okamura aus den Reihen der vaterlandstreuen Patrioten gab es nun eine starke feindliche Heeresmacht, die ihren Plänen sehr gefährlich werden konnte. Und wenn die ganze Aktion scheiterte, hätte das nicht nur schlimme Folgen für Japan, sondern bald würde es wohl auch für die nichtmilitärischen Drahtzieher im Hintergrund brenzlig werden – für die Waguni, für Kuroi, für Ishii.

Und nun war auch noch dieser Anruf aus Osaka gekommen. Tatsu Ishii legte wutentbrannt den Hörer auf. Es konnte doch wahrlich nicht so schwer sein, diesen blauäugigen englischen Anwalt in den Griff zu bekommen, der nun mit einem abgehalfterten ehemaligen Marine japanischer Abstammung wie ein drittklassiger Privatdetektiv im Land herumschnüffelte. Ishii glaubte zwar nicht, dass dieser Tollpatsch mit mehr Glück als Verstand ihre Sache wirklich ernsthaft gefährden konnte, aber Vorsicht war allemal angebracht. Die fünf älteren Männer, die das Gespräch mit ihrem Statthalter in Osaka mitgehört hatten, schwiegen. Ishii räusperte sich: »Sie haben es ja vernommen – unsere Männer in Osaka haben heute Nacht diesen *Gaijin* und seinen Affen aus den Augen verloren. Sie sind spurlos verschwunden.« Er richtete seinen Blick auf den stiernackigen, massigen Mann, der ihm gegenübersaß und den Beinamen »der Metzger« trug. »Yoki-kun«, sagte der Kuroi-Chef, »ich möchte, dass Sie sich nach Osaka begeben und sich persönlich dieses lästigen Problems annehmen. Lösen Sie es zu unserer aller Zufriedenheit – *banzai!*«

»Lang lebe der Kaiser«, erwiderte der Angesprochene den Gruß und erhob sich. Er bewegte sich so geschmeidig, dass wohl kaum einer vermutet hätte, dass dieser Mann, der bei einer Körpergröße von gerade mal 1,72 Metern mehr als 110 Kilogramm wog, bereits 65 Jahre alt war. Yoki hatte schon lange aufgehört, die Probleme zu zählen, die er für seinen Boss aus der Welt geschafft hatte.

Shanghai, 5. Mai 2012. 10:20 Uhr

»Gut, fertig! Alles im Kasten, die Show ist vorbei. Abflug!«, rief fröhlich ein gut gelaunter John Huang und winkte der Welt zum Abschied noch einmal durch die Livekamera zu. »Kaiserliche Hoheit, die Herren Moto und Yamada sowie Mrs. Wong: Ich bitte Sie, mir nun zu folgen.« Der Prinz und der Energieminister, die sich dezent seitlich im Fahrstuhlbereich aufgehalten hatten, traten nun wieder zur Gruppe hinzu. »Alle anderen warten hier auf neue Anweisungen. Rühren Sie sich nicht von der Stelle, ansonsten ...« Er holte den kleinen Funkauslöser aus der Hosentasche hervor. Eine kleine rote Leuchtdiode flammte auf. Ein Blick in die Gesichter der Geiseln verriet ihm, dass seine Drohung ernst genommen wurde. Gut so. Er warf Chen den Funkauslöser zu, der ihn erschrocken, aber reaktionsschnell auffing. »Du weißt, was du zu tun hast?«

Chen nickte. »Gerechtigkeit für China!«

»Gerechtigkeit für China!« riefen alle Studenten gemeinsam.

»Wo bringen Sie uns hin?«, fragte Minato Moto, als sie das Treppenhaus hinunter zur 96. Etage stiegen – flankiert von Michelle Mao und Masuhiro Suzuki mit seinen vier tätowierten Elite-Yakuza, die Maschinenpistole im Anschlag. Yoshi Satori stiefelte mit verkniffenen Lippen etwas abseits hinterdrein. »Zu Ihrem Hubschrauber, Herr Moto«, antwortete John Huang. »Wir machen jetzt eine Reise. Ein schönes Hochhaus haben Sie da gebaut, Kompliment, aber auf die Dauer wirkt es doch etwas langweilig und steril, finden Sie nicht? Kommen Sie, Ihr Pilot wartet schon auf uns.«

»Und was ist, wenn die Chinesen uns abschießen wollen? Oder verfolgen?«

»Ich bin mir sicher, Herr Moto, das werden sie nicht tun.«

»Und Ihre Leute lassen Sie da oben allein?«

»Aber natürlich. Wie gesagt: Die Show in Shanghai ist vorüber und wir gehen jetzt über zum exklusiven zweiten Teil.«

Cathy dachte an ihren kleinen Cousin, das schwarze Schaf der Familie. »Was ist, wenn Chen durchdreht und das Knöpfchen drückt?«

»Was soll dann sein, Süße?«, fragte John Huang zurück. »Chen wird das Schicksal bekommen, das er verdient.« Er lachte ziegenhaft auf. »Würden Sie nun die Güte haben, uns zu Ihrem Gefährt zu geleiten, Herr Moto?«

Moto blieb einen Moment stehen und ließ seinen Blick über die versammelte Gruppe gleiten. Da waren der Energieminister Takumi Yamada und seine Kaiserliche Hoheit, Prinz Taesu, dazu kamen Huang, seine Freundin, der blondgefärbte Japaner mit seinen vier bunten Begleitern und der andere Japaner mit dem Verband am Finger. Außerdem die hübsche junge Frau als Geisel, er selbst und sein Hubschrauberpilot. Insgesamt 13 Personen. »Wir sind zu viele«, sagte er ruhig. »Ich kann in meinem Helikopter maximal zwölf Personen befördern.«

»Das ist kein Problem«, sagte Huang genauso ruhig. »Dann werden wir eben ein wenig ›Reise nach Jerusalem‹ spielen.«

Okinawa, 5. Mai 2012. 11:25 Uhr (10:25 Uhr in Shanghai)
General William Shirer traute seinen Augen nicht. Vor einer halben Stunde hatte ihn ein als *strictly confidential* eingestufter Bericht erreicht, der eine ganze Reihe von bedrohlichen Fakten enthielt, die zusammengenommen ein wahres Schreckensszenario zeichneten. Erstens hatte die chinesische Marine die Region um die Inselgruppe Diaoyutai, auf Japanisch Senkaku, weiträumig abgesperrt. Zum Zweiten standen sich im Gebiet des unterseeischen Erdgasfeldes von Chunxiao (das die Japaner Shirakaba nennen) japanische und chinesische U-Boote direkt gegenüber. Soweit es Shirer bekannt war, existierte kein offizielles Kommuniqué über geplante Seemanöver beider Länder. Drittens gab es ernstzunehmende Berichte über Truppeneinschiffungen im Süden; und im Marinestützpunkt der US Navy Seabees in Sasebo auf der Südinsel Kyushu bereitete man sich bereits auf einen möglichen japanischen Angriff vor. Die großen US-Militäranlagen auf Okinawa könnten dann das nächste Ziel sein. Viertens wurde nach wie vor die Tancho vermisst – das modernste U-Boot der japanischen Marine, das nach neuesten Erkenntnissen der US-Abwehr ein brandneues Waffensystem erhalten hatte. Und fünftens war dem Pentagon von einer dubiosen Quelle eine ältere strategische Studie eines japanischen Invasionsplans – angeblich nur ein Planspiel zur Ausbildung von Offizieren – zugespielt worden, der einen Scheinangriff auf die südöstliche Küste Chinas vorsah, dem die Landung von Bodentruppen auf den vorgelagerten Inseln vor Shanghai sowie in der Mandschurei folgen sollte. Shirer fragte sich, inwieweit all diese Informationen einen zusammenhängenden Sinn ergeben konnten. Nach menschlichem Ermessen war ein Angriffskrieg der putschenden Selbstverteidigungsstreitkräfte schlicht unvorstellbar.

Auch die nach wie vor ungeklärte Situation im Shanghaier World Financial Center beschäftigte den General. Zwar waren gerade die meisten der etwa 200 Geiseln freigelassen worden, aber die Lage hatte sich noch nicht wirklich entspannt. Immerhin war durchgesickert, dass die Chinesen für den Abend nun doch eine gewaltsame Befreiung der verbliebenen etwa 20 letzten japanischen Geiseln vorbereiteten. Für Shirer hieß das: Er hatte ein Problem weniger, denn es war nicht anzunehmen, dass die Roten ein offizielles Hilfeersuchen an die US Navy Seals richten würden. Er fragte sich auch, wer wohl tatsächlich hinter dieser obskuren Aktion steckte. Als Kenner der chinesisch-japanischen Geschichte konnte er sich gut vorstellen, dass die Japaner die ganze Sache letztlich selbst inszeniert hatten, um sich dadurch einen Vorwand für einen Angriff auf China zu schaffen. Schließlich hatten sie Erfahrung mit dergleichen: Sowohl der Mukden-Zwischenfall vom 18. September 1931, der den Anlass zur Besetzung der Mandschurei lieferte, wie auch der Zwischenfall an der Marco-Polo-Brücke am Abend des 7. Juli 1937, der den Zweiten Chinesisch-Japanischen Krieg eröffnete, waren von der japanischen Guandong-Armee provoziert worden.

Sein Ordonnanzoffizier Captain Frank McKenzie betrat Shirers Dienstzimmer und nahm vor dem Schreibtisch Haltung an. »Stehen Sie bequem, Frank. Was haben Sie da?«

»Eine Eilmeldung aus Salt Lake, Sir!« Er streckte die Hand aus. Shirer nahm ihm das Schriftstück ab und überflog es. »Das nenne ich eine Überraschung«, sagte der General verblüfft. »Haben Sie die Nachricht gelesen?« – »Nein, Sir!«, bellte der Captain.

»Dann bringen Sie schon mal Ihre Stiefel auf Hochglanz, Captain. Unser verehrter Admiral Willert hat sich überraschend für heute Nachmittag angekündigt. Ein kurzer Zwischenstopp bei den vergessenen Marines von Okinawa. Er bringt hohen Besuch mit: unseren Nationalen Sicherheitsberater Tom Nilon.«

»Sehr gut, Sir – das freut mich, Sir!«, sagte der Captain. Shirer sah ihn schräg von unten an. »Sagen Sie, Captain«, fragte er mit süffisantem Unterton, »können Sie mir verraten, wieso?«

»Nein, Sir, das kann ich nicht, Sir.« McKenzies Stimme war nun erheblich leiser. Shirer konnte sich ein breites Grinsen nicht verkneifen. »Sie können wegtreten, Captain«, sagte er, »und versuchen Sie bitte noch einmal, unseren japanischen Freund, Admiral Yamada, dazu zu bewegen, mir einen kurzen Besuch abzustatten. Das hatte ich Ihnen doch gleich heute morgen schon einmal aufgetragen, oder?«

»Nein, Sir, mir nicht, Sir.«

General Shirer runzelte die Stirn. Er begann auf seine alten Tage doch nicht etwa, vergesslich zu werden? Es wurde allmählich Zeit, dass er pensioniert wurde. »Dann holen Sie ihn mir bitte jetzt gleich her, unverzüglich. Sagen Sie, es sei dringend. Erwähnen Sie irgendwas von strategischen Fragen bezüglich unseres ›Pirate Style‹-Manövers.«

Shanghai, 5. Mai 2012. 10:37 Uhr
Im Lagezentrum des chinesischen Sondereinsatzkommandos herrschte dicke Luft. Einerseits lag dies an den unzähligen Zigaretten, die geraucht wurden, zum anderen an der verworrenen Nachrichtenlage. Rasch nachdem sich die Geiseln befreit hatten, hatten sich schwer bewaffnete chinesische Spezialeinsatzkräfte in Schutzkleidung und mit Gasmasken über den Notausgang zur 94. Etage vorgearbeitet, die sie von den Terroristen verlassen vorfanden. Sie bargen den Schwerverletzten und durchsuchten den Raum nach versteckten Sprengsätzen, Gasgranaten oder etwaigen verborgenen Kunststoffbeuteln mit Sarin oder anderen Giftstoffen. Ein erste oberflächliche Überprüfung hatte keinerlei Hinweise auf eine Verminung ergeben, doch blieb man vorsichtig, auch um das Leben der verbliebenen Gefangenen in der 100. Etage nicht zu gefährden.

Ein Spähtrupp von vier Mann wagte sich sodann weiter nach oben. Sie entdeckten acht der Terroristen, darunter Rädelsführer Huang, mit fünf Geiseln – Moto und Motos Helikopterpilot, Yamani, Prinz Taesu und eine junge Frau mit Stöckelschuhen – am Fuß der Trapezöffnung auf dem Flachdach über der 96. Etage, draußen vor der »Sky Bridge« genannten gläsernen Aussichtsplattform im 97. Stock. Wie sie dort hinaufgelangt waren, war zunächst unklar. Ein Zugriff war unter diesen Bedingungen unmöglich. Ebenso verblüfft wie hilflos mussten Li Hus Elitepolizisten zusehen, wie nun zwölf Personen den Hubschrauber bestiegen und Minato Moto auf dem Sitz neben dem Piloten Platz nahm. Ein Dreizehnter blieb gestikulierend und schreiend auf dem Dach stehen. Zugleich sah man deutlich, wie der blonde Japaner seine Maschinenpistole auf Landsmann Moto richtete und Moto und Huang heftig miteinander diskutierten. Kurz darauf begannen sich die Rotorblätter zu drehen. Als die notwendige Umdrehungszahl erreicht war, hob der Hubschrauber ab. In diesem Moment machte der auf dem Dach verbliebene Mann einen Sprung der Verzweiflung und hielt sich mit den Händen an den Kufen des Helikopters fest. Einer der Spezialpolizisten konnte klar erkennen, dass er an der linken Hand einen kleinen Verband trug, der seine Grifffestigkeit nicht gerade erhöhte. Der Hubschrauber flog in Richtung Osten davon. Der Mann an den Kufen baumelte gefährlich hin und her, bis er nach etwa dreißig Sekunden den Halt verlor und 500 Meter in die Tiefe stürzte.

Während der Armeehubschrauber weiterhin um das WFC kreiste, um die auf der Aussichtsplattform in der 100. Etage verbliebenen Geiseln zu beobachten, nahmen die beiden anderen Hubschrauber sofort die Verfolgung auf, bis die Piloten per Funk den Befehl erhielten, augenblicklich abzudrehen, um das Leben der Gefangenen an Bord nicht zu gefährden. Der zwölfsitzig umgebaute Bell 412 »Huey« der Moto Corporation nahm mit einer Geschwindigkeit von rund 190 Stundenkilometern Kurs aufs offene Meer – mit unbekanntem Ziel. Vom abgesperrten militärischen Teil des Hongqiuao International Airport, des älteren Inlandsflughafens der Metropole, stiegen vier Minuten später zwei moderne Suchoj Su-27-Kampfflugzeuge auf und jagten dem Hubschrauber hinterher. Die Jets holten ihn über dem Meer ein, noch bevor er die Grenzen der Zwölf-Meilen-Zone erreicht hatte.

Luftraum über Shanghai, 5. Mai 2012. 10:43 Uhr
Cathy hallten Satoris Schreie noch in den Ohren. Ein solches Schicksal hätte sie ihm doch nicht gewünscht. Von all diesen Terroristen war er ihr noch der vergleichsweise angenehmste gewesen. Und wenn Huang schon mit den eigenen Leuten so umsprang – welche Skrupel konnte er dann haben, wenn es einmal um ihr, Cathys, Leben ging? Er hatte es regelrecht genossen, ihn noch einmal gehörig zu demütigen und ihn bis zum Ende *zappeln* zu lassen. Zuletzt an den Kufen eines Helikopters.

»Er hatte es verdient«, sagte in diesem Moment Huang laut und wie zu sich selbst. »Er hat es sich letztendlich selbst vermasselt. Es war für ihn eben *kein Platz* mehr.« Dann wandte er sich an Cathy. »Wollen Sie nicht wissen, wohin wir fliegen, Süße?« Sie schüttelte den Kopf. Es würde ohnehin alles nur schlimmer werden. »Sie haben großes Glück, dass ich Sie auf eine Traumreise einlade«, antwortete John Huang. »Auf ein Traumschiff.«

»Ich habe genug von Ihren Alpträumen«, erwiderte sie trotzig.

»Der Herr Terrorist hat ausnahmsweise einmal recht«, hörte sie die schnarrende Stimme von Minato Moto, der inzwischen begriffen hatte, was Huang vorhatte. »Und wenn uns die beiden chinesischen Kampfjets, die wir bereits seit einer Minute im Nacken haben, nicht gleich mit einer Rakete vom Himmel holen, kann auch ich Ihnen einen Aufenthalt mit weitaus größeren Annehmlichkeiten versprechen. Zumindest was die Räumlichkeiten angeht.«

»Sie haben es erkannt, Herr Moto: Unser Ziel ist das wahrscheinlich luxuriöseste Gefängnis der Welt«, pflichtete ihm Huang bei. In einem kalten Tonfall fügte er hinzu: »Sagen Sie den beiden Piloten, dass ich ihnen noch drei Minuten gebe, um abzudrehen, bevor seine kaiserliche Hoheit Prinz Taesu aus 500 Metern Höhe in den Pazifik springt. Ich bin mir sicher, die neue japanische Regierung wird *not amused* sein, wenn die Chinesen das Leben des japanischen *Thronfolgers* leichtfertig aufs Spiel setzen.«

Moto nickte nur. Insgeheim bewunderte Cathy den Baulöwen. Schon die ganze Nacht hindurch hatte er absolut beherrscht gewirkt. Auch jetzt blieb er gelassen. Sie konnte durch den Spalt zwischen den Vordersitzen beobachten, wie er am Funkgerät auf die internationale Frequenz wechselte, um dann auf Englisch und Chinesisch die Forderung des Terroristen durchzugeben. Zwei Minuten später überholten die beiden Kampfjets den Hubschrauber, zündeten die Nachbrenner und schossen knapp vor seiner Nase steil in die Höhe. Binnen Sekunden waren sie aus ihrem Blickfeld verschwunden. John Huang lächelte zufrieden. Dann blickte er hinunter auf die unermessliche Wasserwüste des Ostchinesischen Meeres. Fast als suche er etwas.

Kyoto, 5. Mai 2012. 11:44 Uhr (10:44 in Shanghai)
Es war nicht ganz leicht gewesen, ein Taxi zu finden. Aus Angst vor neuen Unruhen und entsprechenden Beschädigungen an ihrem kostbaren Fuhrpark hatten die meisten großen Taxiunternehmen Kyotos beschlossen, heute nicht zu fahren. Jetzt saßen sie beide im Fond eines schon etwas klapprigen gelben Nissan Cedric – sie hatten den Taxifahrer, einen Koreaner, gleich für den ganzen Tag verpflichtet – und zockelten durch die belebten Straßen Kyotos. Auch hier waren immer wieder Gruppen protestierender Menschen, aufgebrachter Studenten und streikender Arbeiter zu sehen; die Situation war weiterhin gespannt, und Revolution schien in der Luft zu liegen.

Joe hatte aus den unergründlichen Taschen seines Trenchcoats eine ganze Sammlung von vier oder fünf neuen Elvis-Kassetten gezogen und überlegte, welche er als Nächste in seinen Walkman einlegen sollten. Offenbar war die richtige noch immer nicht dabei, und so fischte er erneut in seinen Taschen und brachte neben einigen Flachmännern und einer angebrochenen Stange Lucky Strike weitere Bänder zutage. Jeremy musste lachen. »Du erinnerst mich an Harpo Marx, wie er in den Filmen immer die verrücktesten Sachen aus seinen Manteltaschen holt, und es hört nie auf. Kennst du den Marx-Brothers-Film, wo er erst eine Tasse heißen Kaffee aus der Tasche zieht, dann einen riesigen Fisch und zuletzt eine brennende Kerze? Wie heißt der nochmal?«

»*Horse Feathers*. Jeremy, ich hab seit mindestens zehn Jahren nur noch ferngesehen und Elvis gehört. Ich kenne alle Filme. Jedenfalls die amerikanischen.«

»Und? Was kannst du noch so an Wundern und Überraschungen aus der Tasche ziehen?«

Joe tastete seinen Trenchcoat ab. »Nicht mehr allzu viel. Mein Mobiltelefon.«

»Du hast ein Mobiltelefon? So einen neumodischen Schnickschnack hast du? Dabei hasst du doch das Telefonieren!«

»Nun, ganz so neumodisch ist es nicht.« Joe zog ein etwa dreißig Zentimeter großes Monstrum mit einer noch einmal knapp zehn Zentimeter langen Antenne aus dem Trenchcoat. Jeremy war beeindruckt. »Was ist denn das für ein vorsintflutlicher Knochen? Lass mal sehen!« Joe gab zu bedenken, dass es in den glücklichen Tagen vor der Sintflut noch keine Mobiltelefone gegeben habe. »Na ja, aber dein Methusalem-Teil ist doch allertiefste neunziger Jahre!«

»Mein altes CIA-Phone. Hätte ich eigentlich abgeben müssen. Ich hab es eigentlich mehr so als Accessoire behalten. Mich ruft ja sowieso keiner an. Aber es funktioniert noch.«

»Ist es angeschaltet? Kann ich mal haben? Cool! Was ist denn das da für ein Zeichen, das blinkt?« Joe schien verwundert. Es blinkte? »Nanu, das ist die Mailbox. Ich hab das Ding doch seit Ewigkeiten nicht mehr benutzt.«

»Das hindert ja andere nicht daran, dich anzurufen.«

»Ja, aber es kennt doch niemand die Nummer. Außer ...« Joe wurde ganz starr. »Sieh mal nach, was das für eine Nachricht ist«, sagte Jeremy mit belegter Stimme.

Joe machte sich bereits am Gerät zu schaffen.

Dann hörte er die Stimme. Beide hörten sie sie. Wie von ganz weit weg und doch so vertraut. Sie sprach in langsamem, deutlich akzentuierendem Japanisch, aber Jeremy verstand trotzdem kein Wort. Er hörte nur die Stimme, und ein Schauer nach dem anderen jagte ihm den Rücken hinunter. Sie hatte sich nicht verändert, diese Stimme. Nur etwas matter, trauriger war sie geworden.

Shanghai, 5. Mai 2012. 10:59 Uhr

Allmählich wurden die auf der Aussichtsplattform Sky Walk in 474 Metern Höhe verbliebenen Gefangenen und ihre Bewacher unruhig. Durch den Glasboden unter ihnen hatten sie bestens beobachten können, wie die Terroristen mit den Geiseln den Helikopter bestiegen hatten und davongeflogen waren. Auch Satoris dramatischen Sturz in den Tod hatten sie mitverfolgt. Aber was nun? Als Erster ließ der japanische Botschafter Harada das Protestbanner los. Die anderen Japaner folgten ihm. Nach und nach sank das leichte Stück Gaze zu Boden. »Und jetzt?«, fragte Daisuke Harada in Richtung Chen.

»Bleiben Sie, wo Sie sind!«, rief Chen und hielt demonstrativ den kleinen Funkauslöser in die Höhe. »Hör doch auf mit dem Unfug, Junge!«, mischte sich der Leiter des großen Finanzunternehmens ein. »Sieh dich doch mal an: Du zitterst ja.«

Chen war beinahe schlecht vor Angst. Seine den Auslöser umklammernde Hand war schweißnass und verkrampft. Er wusste, dass er versagt hatte, und er wusste, dass er aus dieser Klemme nicht wieder herauskommen konnte. John Huang hatte sie alle betrogen. Und Chen hatte den Aufstand wagen wollen, doch es war ihm keiner gefolgt. Jetzt hatte John Huang sich mit seinem Flittchen verdrückt und seine Aktionisten im Stich gelassen. Jetzt war im Grunde alles egal. Chen blieb nur noch eins: eisern die Stellung zu halten.

»Hören Sie mir jetzt mal zu«, wandte sich Harada an die schwarz gekleideten Studenten, »es hat doch keinen Sinn, dass Sie uns weiterhin in Ihrer Gewalt behalten. Wir haben Ihre Forderungen erfüllt.«

»Halt den Mund«, rief der kleine Yu Ling, »Gerechtigkeit für China!« Aber seine Kameraden schwiegen betreten. Auch Chen, dessen Hand zu schmerzen begann. »Merken Sie denn nicht, dass Ihr John Huang Sie und Ihre Ideale gründlich missbraucht hat?«, fragte der japanische Botschafter. »Sie sind nichts als Bauernopfer in einem schmutzigen Spiel. Geben Sie auf. Ergeben Sie sich! Lassen Sie uns einfach gehen und uns den chinesischen Behörden stellen. Ich verspreche Ihnen, dass wir ein gutes Wort für Sie einlegen werden.«

»Sie haben doch keine Ahnung ...«, brach es aus einem der Studenten heraus. In seiner Stimme war ein Anflug von Verzweiflung zu hören. Harada sah Chen unerschrocken ins Gesicht. »Gib mir dieses Ding, Junge – du wirst sehen, es ist ganz leicht.« Nicht nur er las die wachsende Ohnmacht der Studenten in ihren Gesichtern.

»Gerechtigkeit für China«, murmelte Chen und umklammerte den Funkauslöser so fest, dass die Knöchel seiner Hand weiß wurden.

»Gerechtigkeit ist eine ehrenwerte Sache. Aber jetzt müssen Sie an sich denken«, flüsterte der Botschafter halblaut, ging langsam auf Chen zu und streckte seine Hand aus. Harada, der Chen nun direkt gegenüberstand, sah sich kurz und wie aufmunternd zu seinen Mitgefangenen um. »Hört nicht auf ihn, Kameraden«, schrie Yu Ling. »Chen, du wirst ihm den Auslöser nicht geben!«

»Er ist unsere Lebensversicherung!«, rief ein anderer, aber es klang weder kämpferisch noch entschlossen. Der japanische Botschafter trat einen weiteren Schritt vor. »Nein, das ist er nicht«, sagte er, »mit allem, was Sie jetzt noch tun, verschlimmern Sie nur Ihre persönliche Situation. Seien Sie realistisch. Es ist vorbei. Begreifen Sie Ihre Lage: Das ganze Gebäude ist von Soldaten umstellt, das Areal ist weiträumig abgesperrt … Draußen kreist ein Armeehubschrauber. Bestimmt werden wir unten im Veranstaltungszentrum bereits erwartet. Und bald kommen sie die Treppen hoch.«

»Gebt auf, Kinder. Es ist eure einzige Chance, einigermaßen unbeschadet aus der Sache herauszukommen«, pflichtete ihm der Leiter des Finanzdienstleistungsunternehmens bei. »Hör nicht auf sie, Chen!«, rief Yu Ling und stellte sich demonstrativ neben ihn. »Gib mir endlich den verdammten Auslöser!« Er packte den Kommilitonen an der linken Schulter und schüttelte ihn.

»Wo ist sie denn eigentlich versteckt, unsere Bombe?«, fragte der japanische Botschafter in bemüht jovialem Ton. »Ich sehe nur Glas und Stahl.«

»Es sind insgesamt drei Sprengsätze«, beeilte sich Yu Ling. »Der letzte wird die komplette Spitze des Turms in die Luft jagen.« Doch es wirkte nicht überzeugend. Chen sah den Kampfgenossen versteinert an. »John hatte uns versprochen, dass alles friedlich verlaufen würde. Ohne Gewalt. Erinnerst du dich?« Seine Stimme war stockend.

In diesem Moment wussten die Geiseln, dass es ihnen gelungen war, einen Keil in die Gruppe ihrer Bewacher zu treiben. Botschafter Harada schien einen Moment zu überlegen. Dann straffte er sich und sagte: »Wissen Sie, was ich jetzt tun werde? Ich werde einfach gehen. Denn es gibt gar keine Bombe mehr. Davon bin ich überzeugt. Wie euer Boss vorhin schon sagte: Die Show ist vorbei. Überdies habe ich heute Nachmittag eine wichtige Verabredung im chinesischen Innenministerium. Wenn Sie es wünschen, kann ich dem Minister sogleich von dem vorbildlichen Verhalten seiner wackeren, zwar fehlgeleiteten, aber doch einsichtigen jungen Studenten berichten, die eine zweite Chance durchaus verdient hätten.«

Yu Ling sprang vor und stellte sich ihm kampfbereit entgegen. »Du bleibst wo du bist!«, schrie er. Harada hielt inne und sah den kleinen Chinesen beinahe spöttisch von oben herab an. Er überragte ihn um mehr als einen Kopf. Er schob den verblüfften Studenten einfach zur Seite. »Lass ihn, Yu Ling, er hat recht«, sagte eine Stimme. »Es ist vorbei.« Eine der Kämpferinnen schluchzte: »Dieses Schwein!« Allen Anwesenden war klar, wen sie meinte. Sie sahen dem Botschafter hinterher, der ruhigen Schrittes Richtung Ausgang ging. Gleich würde er die Treppe erreichen, die hinabführte – in die Freiheit.

»Gar nichts ist vorbei«, schrie Chen plötzlich. »Herr Harada! Bleiben Sie stehen!« Der drehte sich auf dem Absatz um und fixierte Chen mit herausforderndem Blick. Chen hob die rechte Faust in die Höhe, den Daumen am Auslöser. Sein Arm zitterte. Er schloss die Augen. Er war zu allem bereit. Sie werden uns zum Tode verurteilen, dachte er, um an uns ein Exempel zu statuieren: Wir werden alle hingerichtet. Cathy hat recht – und ich habe unrecht. Er war immer ein Feigling gewesen. Immer hatte er den Kopf eingezogen. Immer hatte er nur geprahlt und seinen Worten keine Taten folgen lassen. Und auch all diese Leute glaubten, dass er nicht fähig sein würde, den Knopf zu drücken und sie alle mit in den Tod zu reißen. Die gingen einfach weg, ohne auf ihn zu hören. Aber einmal im Leben wollte er kein Feigling sein. Einmal würde er Mut beweisen und sie alle überraschen. Einmal würde er doch ein Held sein. Chen wusste, dass ihm nur noch der Weg des Herostrates blieb: jenes unbedeutenden griechischen Hirten, der im Jahr 356 v. Chr. den Artemistempel in Ephesos anzündete, einfach nur um berühmt zu werden. Herostrates wurde für seine Tat gefoltert und hingerichtet, und obwohl man verboten hatte, seinen Namen zu nennen, sprach er sich doch ehrfürchtig in aller Welt herum und blieb unvergessen. Noch fast zweieinhalb Jahrtausende später kannte die Welt den Namen Herostrates. Und nun sollte sie auch den Namen Chen Wong kennenlernen.

Hör auf zu denken, Chen, vergiss deine Verzweiflung, drück einfach den Knopf. *Du wirst sehen, es ist ganz leicht.* Chen drückte den Knopf.

Die rote Leuchtdiode flackerte auf.

Das kleine Kästchen piepte.

Dann verstummte es und die Leuchtdiode wechselte ihre Farbe zu Grün.

Es folgten ekelhafte Sekunden des Wartens.

Dritter Teil

Das Boot

5. Tag. Nachmittags

Kyoto, 5. Mai 2012. 12:05 Uhr (11:05 Uhr in Shanghai)
Da war sie wieder, diese Stimme wie aus dem Jenseits. Kaum verändert, nur etwas müde, brüchig geworden, sprach sie in einem seltsam weihevollen Japanisch, fast als würde sie ein Gedicht rezitieren. Ein Satz. Dann eine Pause. Dann noch ein paar Worte. Dann nichts mehr. Jeremy verstand noch immer nur Bruchstücke.

Der koreanische Taxifahrer hatte auf einem schattigen Parkplatz nahe der Otani-Universität im Norden Kyotos gehalten. Sie hatten ihn beschieden zu warten, saßen nun auf einer Bank unter einer knorrigen Japanischen Zeder und hörten sich zum wiederholten Male Yukikos Nachricht auf Joe Muratas altertümlichem Cellphone an.

»Was sagt sie da? Wann hat sie das gesprochen? Kannst du mir das übersetzen?«

»Eins nach dem anderen«, gemahnte Joe. »Sie spricht in einem sonderbar altmodisch klingenden Japanisch – als würde sie aus einem Buch vorlesen. Wie soll man das wiedergeben?« Dann konzentrierte er sich und sagte: »So etwas wie: ›Wenn der Wissende von Westen kommt, vertrau ihm an das Haus meines Gartens.‹ Und dann: ›Das innerste Geheimnis ist die Oberfläche.‹ Kannst du damit was anfangen, Jeremy?«

»Nein. – Vielleicht eine versteckte Nachricht. Du meinst, sie liest aus einem Buch? Dann müssen wir doch einfach nur das Buch finden, und … Dazu passt doch auch der Nachsatz: *Das innerste Geheimnis ist die Oberfläche.* Das trifft doch genau auf ein Buch zu, das seine verborgensten Geheimnisse auf der äußersten Oberfläche seiner Seiten präsentiert: durch die Buchstaben.«

»*Whatever.* Das ist mir zu hoch. Du hast vermutlich zu viele Krimis und philosophische Bücher gelesen.«

»Na ja gut, dann schauen wir uns den Wortlaut an. Was sagt sie? ›Der Wissende von Westen‹ – das könnte ich sein.«

»Ja, wer denn sonst, du Schlauberger? Oder hat sie noch anderen solche Sendungen geschickt, um sie nach Japan herzuzitieren? Der Wissende bist du, und das Haus ihres Gartens ist das in einem zugegeben sehr schönen Garten mit Karpfenteich gelegene Haus ihres Vaters, das jetzt ihr gehört. Wir sollen also zum alten Haus am Kamo gehen. Toll. Das hätten wir auch ohne ihre Botschaft gewusst.«

»Kannst du den Zeitpunkt der Nachricht feststellen?«

»Natürlich. Sie hat das am 2. Mai 2012 um 3 Uhr 40 in der Früh japanischer Zeit auf meine Mailbox gesprochen, also vor gut drei Tagen. Komische Zeit, mitten in der Nacht.«

Jeremy überlegte und rechnete zurück. Das Datum kannte er natürlich nur zu gut. Er wollte es kaum glauben, dass Cathys Geburtstag erst drei Tage zurücklag. Also war sie in dieser seltsamen Schicksalsnacht noch am Leben. Und das Stunden *nachdem* Cathy das Päckchen in Empfang genommen und Satori vermutlich den Absender ausspioniert hatte. Wieso aber sprach sie mitten in der Nacht auf Joes Mailbox? Vielleicht hatte sie sich in großer Gefahr befunden. Die Satoris hatten Cathys Party kurz nach Mitternacht verlassen. Hatte Yoshi Satori seine Nachricht von Yukikos Sendung direkt an die Zentrale der Waguni nach Japan weitergegeben, konnte es durchaus sein, dass die sie sofort, gleich in den frühen Morgenstunden, als Verräterin geschnappt hatten. Und sie konnte, in höchster Not, der Welt nur noch diese Nachricht hinterlassen, als letzter Hilferuf oder Abschiedsbotschaft. Dafür wirkte der Inhalt aber in der Tat recht dürftig. Zumindest wenn sich nicht doch noch irgendein geheimer Sinn unter der banalen Oberfläche verbarg. Wahrscheinlich hatte sie einfach nicht offen reden können, weil sie damit rechnen musste, zum Beispiel abgehört zu werden.

»Warum hat sie denn auf deinem Mobiltelefon angerufen und nicht auf dem Festnetz? Sie musste doch wissen, dass du das nur alle Jubeljahre mal abhörst. Sicherlich war sie in höchster Gefahr.«

»Keine Ahnung, ob sie auf meinem Festnetz angerufen hat, Jeremy. Ich hab keinen Anrufbeantworter und auf meinem alten Gerät werden auch keine eingehenden Nummern gespeichert. Und nachts um halb vier liege ich für gewöhnlich vorm laufenden Fernseher besoffen unterm Tisch, da kann anrufen, wer will. Außerdem – wenn Yukiko wirklich in höchster Gefahr war, dann wollte sie mich vielleicht nicht auch noch mit reinziehen und gefährden; und sie weiß, dass mein altes CIA-Phone von Fachleuten manipuliert wurde, nirgendwo registriert ist, keiner meine Nummer kennt und sich die Empfängerposition kaum irgendwie orten lässt.«

»Außer von der CIA selbst, nehme ich an.«

»Du Jeremy, ich bin da seit Ewigkeiten draußen. Ich glaube nicht, dass die noch das geringste Interesse an der Ortung meines Mobiltelefons haben. Außerdem hab ich das Ding, wie gesagt, vor ein paar Jahren von so einem Spezialisten am Hafen auseinandernehmen und umbauen lassen. Weiß gar nicht, ob da überhaupt noch CIA-Kram drin ist.«

Jeremy zuckte die Achseln. Er traute Joe keine sonderlichen Kenntnisse zu, was die moderne mobile Kommunikationstechnik anging. »Sie wollte dich nicht gefährden, sagst du. Ich kann mir allerdings nicht vorstellen, dass diese Typen – Yakuza, Waguni, die Jungs von Kuroi oder sonst wer –, überhaupt nicht wissen, dass sie einen Bruder hat.«

»Klar wissen die das. Aber ich glaube nicht, dass sie wissen sollten, wie viel ich *über sie* weiß – dann würde es mir schlecht ergehen.«

»Nun ja. Noch weißt du leider nicht viel.«

»Stimmt. Aber das soll sich bald ändern.«

»Und jetzt? Was machen wir jetzt?«

»Na, wer von uns ist denn hier ›der Wissende von Westen‹? Jetzt gehen wir zu diesem Professor Koyama und lassen uns von ihm erzählen, was er über Akira Muratas Aufzeichnungen und seine Verwicklung in die Kuroi-Geschichte weiß. Und dann nehmen wir uns das Haus am Kamo vor. Ganz wie Yukiko das will.«

Okinawa, 5. Mai 2012. 12:15 Uhr (11:15 Uhr in Shanghai)

Die Befreiung der Geiseln in Shanghai vermochte William Shirers Laune nicht recht zu heben. Die gegenwärtige Faktenlage sowie sein feines Gespür für größere Zusammenhänge signalisierten ihm, dass die Welt vor weitaus größeren Problemen stand. Zumindest der Ferne Osten. Alle Informationen, deren er in den vergangenen 72 Stunden habhaft geworden war, deuteten auf einen bevorstehenden Terroranschlag noch viel größeren Ausmaßes hin – auf ein Ereignis, das den schwelenden Konflikt zwischen China und Japan zum Überkochen bringen könnte. Was ging da gerade in Japan vor? Wie konnte ein hochmodernes U-Boot aus einem Marinestützpunkt entführt werden und spurlos verschwinden? Was für eine Fracht hatte es an Bord? Außer Frage stand, dass es in Japan schon seit längerem Bestrebungen gab, den Artikel 9 der Verfassung abzuschaffen, in dem das japanische Volk für alle Zeiten auf die Führung von Krieg und jede Ausübung oder auch nur Androhung von Gewalt als Mittel zur Beilegung internationaler Streitigkeiten verzichtet. Spätestens mit der japanischen Teilnahme am jüngsten Irakkrieg war dieser Artikel ohnehin aufs Äußerste strapaziert worden. Shirer wusste, dass die Regierung in Tokio längst schon eine Sonderkommission eingerichtet hatte, um zu prüfen, ob die japanische Verfassung nicht auf eine Weise ausgelegt werden könne, die es erlaubte, die auferlegten Beschränkungen hinsichtlich der Einsatzmöglichkeiten der »Selbstverteidigungsstreitkräfte« auf ein Minimum zu reduzieren. Und jetzt waren in Japan neue politische Entwicklungen in Gang; es gab einen Militärputsch, bei dem vermutlich die extreme nationalistische Rechte obsiegen würde. Und die kümmerte sich entweder nicht um das geduldige Papier solcher Verfassungsartikel oder würde wohl selbst einen Angriffskrieg kurzerhand zu einem ›präventiven Akt der Selbstverteidigung‹ erklären, notwendig gemacht durch die desolate Lage des Landes, nachdem die Katastrophe von Fukushima Japan von einem Großteil seiner Energieressourcen gekappt hatte. Energie aber bedeutet für einen modernen Industriestaat Macht und Leben. Shirer dachte an die gespannte Situation im Vorfeld von Pearl Harbor, als Roosevelt die Japaner mit einem Ölembargo förmlich zum Angriff gezwungen hatte. Und jetzt saß er hier auf Okinawa, dem »Flugzeugträger« der USA, und hatte womöglich mit dem Schlimmsten zu rechnen. Die US-Streitkräfte vor Ort hatten sowieso schon lange mit der wachsenden Ablehnung der Einwohner gegen die »Besatzer« zu kämpfen. Er hatte gehofft, es würde noch ein paar Jährchen dauern, bis die Marines ihren Stützpunkt komplett auf die Philippinen verlegen müssten. Zu diesem Zeitpunkt wollte er schon längst in Pension sein – ausgestattet mit einem hübschen Beratervertrag des Rüstungskonzerns Northrop Grumman. *Amakudari*, den »Abstieg vom Himmel«, gibt es schließlich nicht nur in Japan.

Noch einmal beugte sich Shirer über den Schwung der letzten Nachrichten, die sein Adjutant unermüdlich auf seinen Schreibtisch schaufelte. Als der Captain fünf Minuten später mit einem weiteren Stapel Papier sein Amtszimmer betrat, fiel dem General ein, dass sich sein japanischer Gast Yamada noch immer nicht hatte blicken lassen. Verdächtig. Zumindest beunruhigend. »Stehen Sie bequem, Frank, und lassen Sie das verdammte Gegrüße«, herrschte Shirer den blonden, hochgewachsenen Captain an. »Verraten Sie mir lieber, warum unsere liebenswerte Bambusratte noch nicht vorstellig geworden ist.«

»Das ist es ja, Sir«, antwortete sein Adjutant. »Admiral Yamada hat den Stützpunkt bereits gestern Abend verlassen. Das konnte ich eben erst in Erfahrung bringen, Sir.«

»Ohne sich gebührend zu verabschieden?«

»Es sieht ganz danach aus, Sir. Offensichtlich sollten wir es möglichst nicht mitbekommen. Ein Schnellboot der japanischen Marine hat ihn abgeholt. Tut mir leid, dass ich Ihnen keine erfreulicheren ...«

»Schon gut, McKenzie. Wann landet unser hoher Besuch? Admiral Willert und Sicherheitsberater Tom Nilon? Gibt es endlich genauere Koordinaten?«

»Jawohl, Sir. Der Admiral wird um 15:45 Uhr Ortszeit landen. Der Nationale Sicherheitsberater folgt in separater Maschine.«

General Shirer kratzte sich am Kopf. Da stand ihm noch einiges bevor. Hoher Besuch war immer eine diffizile Angelegenheit. Und dass dieser feine Yamada gehörig Dreck am Stecken hatte, war jetzt wohl leider offenkundig.

Kyoto, 5. Mai 2012. 12:17 Uhr (11:17 Uhr in Shanghai)
Sie wussten nur, dass Professor Koyama einen Lehrstuhl für Geschichte an der ehrwürdigen Otani-Universität innehatte. Diese Privatuniversität mit ansehnlicher Geschichte geht auf eine Gründung von Mönchen des buddhistischen Shinsu-Tempels Higashi Hongan-ji aus dem Jahr 1665 zurück, und im Laufe der Jahrhunderte ist aus dem ehemaligen Studentenwohnheim eine der bekanntesten und profiliertesten buddhistisch orientierten Bildungsstätten des Landes geworden. Die Universität mit ihren etwa 4000 Studenten liegt etwas außerhalb von Kyoto im Stadtteil Koyama-Kamifusacho des Nordbezirks Kita-ku. Es dauerte eine Weile, bis sich Jeremy und Joe zum Institut für neuere japanische Geschichte durchgefragt hatten, das merkwürdig versteckt hinter hohen Bambussträuchern am äußersten östlichen Rand des Campus lag. Als sie vor dem heruntergekommenen Flachbau standen, kam es Jeremy so vor, als würde sich die Elite-Universität ihrer Einrichtung geradezu schämen. Doch immerhin hatten sie ihre Kontaktperson gefunden. Ein verwittertes Schild wies einen Professor Takita Koyama als amtierenden Institutsleiter aus.

Es roch nach feuchtem Teppichboden. Der Zustand des Instituts war drinnen noch viel erbärmlicher als draußen. »Die haben hier jahrelang nichts gemacht«, sagte Joe Murata, »das erinnert mich an meine Wohnung.«

»Was mich außerdem wundert«, sagte Jeremy, »ist, dass sich offenbar kaum ein Student für die jüngere japanische Geschichte zu interessieren scheint. Es sieht jedenfalls so aus, als würde hier kein Mensch arbeiten.«

Endlich standen sie, am Ende eines langen Ganges, vor einer Milchglastür. Dahinter bewegte sich zwar niemand, aber immerhin konnten sie sehen, dass im Raum eine Lichtquelle brannte. Jeremy klopfte an die Tür. »Kommen Sie nur herein!«, rief eine Stimme. Merkwürdigerweise auf Englisch, wenn auch mit japanischem Akzent. Jeremy wunderte sich wieder. Dass englischsprachiger Besuch vor der Tür stand, konnte der da drinnen ja wohl kaum am Klopfen gehört haben. Kamen hier denn überhaupt nie Japaner vorbei? Er öffnete die Tür und sie traten ein. »Mr. Gouldens?«, fragte Professor Takita Koyama und sah ihn über seine tiefsitzende Goldrandbrille hinweg an.

»Ich darf also hoffen, dass wir nicht stören«, antwortete Jeremy geistesgegenwärtig. Offenbar hatte der Mann nur auf sie gewartet.

»Sie wurden mir angekündigt,« bemerkte der Professor höflich. »Doch fürchte ich, dass ich Ihnen hinsichtlich der von Ihnen gesuchten Schriftstücke nicht sonderlich behilflich sein kann.« Er erhob sich hinter seinem Schreibtisch, auf dem das gleiche Chaos herrschte wie im übrigen Zimmer, das vollgestopft war mit Aktenordnern, Papieren und Büchern. Der Raum war in ein diffuses Halbdunkel getaucht; auf den Lamellen der heruntergelassenen Jalousien klebte eine dicke Staubschicht. Die typische verwahrloste Gelehrtenstube, dachte Jeremy und musterte den hageren Japaner. Er trug einen gut geschnittenen Nadelstreifenanzug und sichtlich teure Schuhe. »Bitte«, sagte Koyama und deutete auf zwei durchgesessene Polsterstühle aus den frühen siebziger Jahren, »legen Sie die Akten einfach auf den Boden und nehmen Sie Platz. Wenn es Sie nicht stört, werde ich stehen.«

Jeremy räumte sich ein Eck frei und setzte sich, während Joe Murata Stellung am Fenster bezog und vorsichtig zwei Lamellen auseinanderbog, um hinauszuspähen. »Sie lehren hier nicht gerade an prominenter Stelle, Professor«, sagte Jeremy, um das Gespräch irgendwie in Gang zu bringen.

»Das merkt man leider auf den ersten Blick, nicht wahr?«, erwiderte Koyama. »Tja, Gouldens-san – Ihnen ist sicher ebenso nicht entgangen, dass es unser Volk mit der Wahrheit häufig nicht so genau nimmt. Zumindest solange es sich um unangenehme Wahrheiten handelt. Mein Institut erfüllt sozusagen nur eine Art Alibifunktion. Ich nutze es inzwischen überwiegend ... privat. Aufgrund meines Alters unterrichte ich jetzt weniger. Dafür bin ich inoffiziell für eine Organisation tätig, die ...« Koyama hielt verwirrt inne. »... sagen wir, im Beirat einer internationalen Stiftung ... und sorge jedenfalls dafür, dass wesentliche Zeitzeugnisse für die Nachwelt erhalten bleiben.«

Jeremy taxierte den Professor sorgfältig. Dann sagte er leise: »Sie haben bestimmt auch Kontakte ins Ausland, nicht?« Koyama nickte höflich. »Reisen wahrscheinlich viel. Auch nach Shanghai, nehme ich an – oder Hongkong?« Koyama musterte ihn, halb kritisch, halb ängstlich und doch beinahe halb belustigt. »In der Tat bin ich erst gestern von einem Kurztrip nach Shanghai zurückgekommen. Ich hatte einen Termin im Jin Mao Tower. Im Rahmen dieser ... Stiftungstätigkeit.« Jetzt lächelte er leise.

Joe hatte sich inzwischen vom Fenster wegbegeben und sich den beiden zugewandt. Ihm gefielen die verschwörerischen Blicke nicht, die sich Jeremy und Koyama zuwarfen. Überhaupt ging ihm das alles viel zu langsam. Wenn ihnen der Professor tatsächlich ›nicht sonderlich behilflich‹ sein konnte, wie er sagte, hatten sie hier auch keine Zeit zu verlieren. Ungeduldig ergriff er das Wort. »Entschuldigen Sie, Herr Professor, aber wir sollten hier nicht um den heißen Brei herumreden. Von Akira Muratas Tagebüchern hängt eine Menge ab, wie Sie sicherlich wissen. Er ist mein Stiefvater und ich bin sozusagen in familiärer Sache hier. Sie dürfen uns also nichts verheimlichen. Wir hatten eigentlich gehofft ...«

Der Professor nickte. »Glauben Sie mir, ich bin vor einigen Jahren selbst bei Ihrem greisen Herrn Stiefvater vorstellig geworden, um ihn um eine Zusammenarbeit zu bitten. Seine wahrscheinlich einmaligen Erinnerungen seien ein bedeutsames Dokument der Zeitgeschichte, habe ich gesagt, und unbedingt für die Nachwelt zu sichern. Er zeigte sich jedoch nicht kooperativ.«

»Woher weiß eigentlich die Welt überhaupt von seinen Aufzeichnungen?«, fragte Jeremy. Diese Frage hatte er Hasekawa schon gestern stellen wollen. »Ein Teil seiner Notizbücher wurde von den Amerikanern beschlagnahmt«, erklärte der Professor, »und wurde für hochgeheime militärische Studien weiterverwendet. Dort kursierten sie unter der Bezeichnung ›die I-52-Protokolle‹. Durch eine Indiskretion gelangten wiederum Auszüge dieser Akten an die Presse – ein großer Skandal in den sechziger Jahren. Haben Sie nie davon gehört?«

Jeremy erinnerte sich vage. »Da ging es auch um den mutmaßlichen US-Einsatz biologischer Waffen nach dem altbewährten japanischen Muster 1952 im Koreakrieg, nicht? Und ›I-52-Protokolle‹ hießen diese Unterlagen, weil sie japanischen Wissenschaftlern abgenommen worden waren, die auf einem japanischen U-Boot dieses Namens unterwegs waren, das aber versenkt wurde.«

»Richtig, besagte 14 japanische Wissenschaftler überlebten aber, weil sie kurz zuvor an Bord eines deutsches U-Boots gegangen waren, das sich später aus etwas obskuren Gründen den Amerikanern ergab. Es wird noch immer spekuliert, ob ihr Boot havariert war oder ob es sich nicht vielleicht sogar um Überläufer oder eine ausgeklügelte Spionageaktion handelte.« Jeremy erinnerte sich schlagartig daran, in Yukikos Unterlagen ja gelesen zu haben, dass ihr Vater einer dieser 14 gefangen genommenen japanischen Wissenschaftler war.

»Und es ist zweifelsfrei nachgewiesen, dass die ›I-52-Protokolle‹ aus der Hand von Akira Murata stammten?«

»Er hat es natürlich zeitlebens abgestritten. Aber letztlich war er der Einzige der 14, der in einer so herausgehobenen Position am japanischen Biowaffenprogramm arbeitete und über so gute Kontakte zu den Deutschen verfügte, wie es beim Verfasser der Protokolle unzweideutig der Fall war.«

»Die CIA hat sich noch in den neunziger Jahren größte Mühe gegeben, an Akira Muratas Informationen und Unterlagen heranzukommen«, meldete sich Joe dazwischen, »das weiß ich aus erster Hand. Die Agency hätte sicher keinen solchen Aufwand betrieben, wenn sie nicht gewusst hätte, dass bei ihm etwas zu holen war.«

»Es ist keine Frage, dass Murata seine Aufzeichnungen auch nach dem Krieg fortgeführt hat«, nickte der Professor. »Gerade deshalb unterscheiden sich seine Tagebücher von ähnlichen Zeitzeugnissen. Wie es heißt, ist er zeitlebens ein geradezu manischer Dokumentator all seiner Tätigkeiten gewesen, eine Art Archivar des Grauens. Ich bin mir sicher, irgendwo auf der Welt existieren – oder existierten – umfangreiche Kladden, Hefte und Akten, in denen er nicht nur alle Einzelheiten seiner Aktivitäten in Nanking, Pingfang und Posen festgehalten, sondern auch seine Tätigkeiten in den amerikanischen Geheimlaboren dokumentiert hat, wo er gezwungen wurde, aufbauend auf seinen grausigen Experimenten im besetzten China seine Forschungen weiterzuentwickeln. Und natürlich wird er dann nach seiner Rückkehr in die Heimat auch alles Wesentliche über seine erneute Tätigkeit für die japanische Forschung in den Laboren der Kuroi aufgezeichnet haben.«

»In der Tat, das hat er«, bekräftigte Joe. »Wir wissen zufällig, dass eine Tagebuchseite aus den frühen siebziger Jahren erst kürzlich in den japanischen Undergrundzirkeln des ›Netzwerks‹ aufgetaucht ist.«

»Tatsächlich?« Davon schien Koyama noch nichts zu wissen.

Jeremy dachte nach. In wenigen Sätzen hatte Professor Koyama noch einmal bestätigt, was er lange vermutet hatte und was ihm seit den Gesprächen mit Joe und Hasekawa am Vortag mehr und mehr zur Gewissheit geworden war. Ganz umsonst war es also nicht gewesen, diesen vergessenen Professor in seinem verstaubten Studienzimmer am Rande Kyotos aufzusuchen. Mehr denn je war er nun vom Zusammenhang der japanischen Kriegsverbrechen mit den Machenschaften heutiger Großkonzerne überzeugt, die nach dem Krieg weder Kosten noch Mühen gescheut hatten, um die Geschichtsschreibung in ihrem Sinn zu fälschen. Doch auch wenn die Fakten für ihn längst auf der Hand lagen: Vor Gericht und den Augen der Weltöffentlichkeit müsste er hieb- und stichfeste Beweise vorlegen. Und wenn Professor Koyama recht hatte, konnten die Originale von Akira Muratas Aufzeichnungen im Idealfall eine solche lückenlose Beweiskette bilden. Nicht nur würden sie die japanischen Kriegsverbrechen in jener drastischen Deutlichkeit dokumentieren, die bereits jenes Einzelblatt vom Juni 1939 ausgezeichnet hatte, sondern auch die moralisch mehr als fragwürdige Haltung der Nachkriegs-USA hierzu, die die Verantwortlichen der Einheit 731 im Austausch gegen deren Forschungsergebnisse ungestraft hatten laufenlassen. Und während es sich hierbei um inzwischen weitgehend anerkannte historische Fakten handelte, könnten die Tagebücher darüber hinaus womöglich zugleich noch Licht in ein tieferes Dunkel bringen, dessen Abgründe bisher nicht einmal in Ansätzen ausgeleuchtet waren, obwohl gerade dort noch tückische Gefahren für die Gegenwart zu lauern schienen. Noch herrschte hier höchstens ein eigentümliches Zwielicht, das alles, was in ihm aufschimmerte, in den diffusen Farben von Verdacht, Verschwörungstheorie, Science-Fiction und übler Nachrede changieren ließ. Würden, wenn man an dieser Stelle weiterbohrte, endlich Beweise für all diese Ungeheuerlichkeiten zu finden sein? Dass Kuroi in geheimen Laboren weiterhin Menschenversuche durchführte? Und aus Menschenversuchen gewonnene Medikamente wie Virovital – und vielleicht auch das neuartige Mittel zur Verhinderung einer Anreicherung von radioaktiven Substanzen im Körper – an nichtsahnenden Verbrauchern testete? Und womöglich, wie Hasekawa angedeutet hatte, nicht nur geächtete Biowaffenforschung betrieb, sondern solche Waffen auch selbst produzierte? Und sie gegenwärtig, gerade jetzt, vielleicht gar schon für den Einsatz in Gefechtsstellung brachte? Wenn ihnen Koyama in diesem Punkt doch nur helfen könnte! »Und Sie wissen wirklich nichts über den möglichen Verbleib von Muratas Aufzeichnungen?«

Koyama schüttelte den Kopf. »Sicher wüsste sein Schwiegersohn Näheres. Masao Ishii. Er hat sich in dessen letzten Jahren sehr um den

Alten bemüht. Ein schrecklicher Mensch, dieser Ishii. Ich habe von ihm jedenfalls nichts in Erfahrung bringen können. Aber er soll den gesamten Nachlass Akira Muratas geerbt haben.«

»Zusammen mit seiner Frau, meiner Schwester«, bestätigte Joe. »Ich hab jedenfalls nichts bekommen. Die Frage ist allerdings, ob mein Stiefvater die Tagebücher zum Zeitpunkt seines Todes überhaupt noch hatte.«

»Das ist die Frage, ja. Aber bei dem, was Sie etwas vereinfachend als ›Tagebücher‹ bezeichnen, geht es um ein umfangreiches Konvolut von Aufzeichnungen verschiedenster Art, das wohl private Notizen genauso wie Protokolle seiner Forschungsarbeiten umfasst. Ich gehe davon aus, dass er zumindest die für die biologischen Projekte der Kuroi relevanten Unterlagen schon zu Lebzeiten Masao Ishii anvertraut hat – im Original oder als Kopien. Und ich bin mir sicher, wenn hier überhaupt einer etwas weiß, dann eben Muratas enger Vertrauter Masao Ishii. Oder dessen Chef, dem Masao absolut hörig ist.«

»Masao Ishii soll verschwunden sein, haben wir gehört«, warf Jeremy ein.

»Ist er das? Er wird wohl in den Laboren sein. Den geheimen Kuroi-Laboren. Haben Sie auch von den Laboren gehört?«

Jeremy schluckte. »Ein wenig. Das schien uns alles aber ein wenig … nebulös.«

Koyama nickte. »Ich kenne auch nur diese mysteriösen Geschichten und kann Ihnen beim besten Willen nicht sagen, ob an all diesen Gerüchten und Schauermärchen etwas dran ist. Ich weiß nur, dass Kuroi hier, mitten in Kyoto, ein Forschungszentrum unterhält. Offiziell fungiert es als Zweigstelle der Fakultät für Integrierte Humanwissenschaften der Universität Kyoto – der ehemaligen Kaiserlichen Universität. Der Gebäudekomplex ist streng abgeschirmt und keiner weiß, was darin vorgeht. Er wurde abseits vom Campus auf den Fundamenten einer nach dem Zweiten Weltkrieg gesprengten ehemaligen Medizinschule erbaut. Es soll dort große, teils unterirdische Laboranlagen geben, und vermutlich könnten Sie Ishii dort in einem seiner Labore finden. Wenn Sie irgendjemand hineinließe, wohlgemerkt. Das wird aber niemals der Fall sein.«

»Und wo finden wir dieses Forschungszentrum?«, fragte Joe.

»Jeder Taxifahrer kann Sie hinfahren. Fragen Sie nach dem Katsura-Campus. Wie gesagt: Das Gebäude ist nicht geheim. Geheim ist nur, was darin vor sich geht.« Koyama ballte die Faust. »Ich würde mein Leben geben, um zu wissen, was dort drinnen vor sich geht.«

»Wirklich?« Joe klang etwas spöttisch. »Danke, das machen wir schon. Wenn es sich nicht vermeiden lässt.«

»Warum ist Ihnen die japanische Vergangenheit so wichtig?«, fragte Jeremy. »Auch Sie scheinen auf Ihre Weise davon besessen, Licht in ein Dunkel zu bringen, das erhellen zu wollen in Japan, wie mir scheint, noch heute als eine Art Vaterlandsverrat gilt.«

Koyama lächelte. Es war ein bitteres Lächeln. »Wissen Sie«, sagte er leise, »als kleiner Junge habe ich meinen Vater nur als einen traurigen, schweigsamen Menschen kennengelernt – und ihn bald schon verloren. Er war zwar kein Mitglied der Einheit 731, aber die Gräuel, die er miterleben musste, hat er psychisch nicht verkraftet. Er nahm sich 1956 das Leben.« Jeremy nickte bedauernd. »Später hat mir Mutter einiges über seine Erlebnisse erzählt, aber ich wollte das nie glauben und litt meine ganze Jugend hindurch unter entsetzlichen Alpträumen«, fuhr der Professor fort. »In unseren Schulbüchern wurde und wird die Geschichte teilweise ganz bewusst umgeschrieben oder verschwiegen. Dagegen anzukämpfen fällt mir heute noch schwer. Und wer Fragen stellte ...«

»Herausstehende Nägel werden eingeschlagen!«, brummte Joe.

»Sie sagen es. Ob ich von der Aufklärung dieser Geschichte besessen bin? Ich weiß es nicht. Nicht mehr als manch anderer jedenfalls. Vielleicht habe ich ja ein Stück weit resigniert«, seufzte der Professor. »Aber Sie, meine Herren, dürfen nicht resignieren. Wir dürfen nicht zulassen, dass sich die Geschichte wiederholt. Kennen Sie den Yasukuni-Schrein in Tokio?« Jeremy nickte: »Dort wird der Toten gedacht, die in den Kriegen Japans gefallen sind. Darunter zum Tode verurteilte Kriegsverbrecher genauso wie die straflos gebliebenen Verbrecher der Einheit 731. Jährlich am 15. August, dem Jahrestag der Kapitulation, wird der Schrein von hochrangigen japanischen Politikern besucht, die dort die toten Soldaten und Massenmörder ehren.«

»Richtig. Doch geht es nicht nur um Ehrung, sondern auch um eine Beschwörung der Geister der Vergangenheit. Im Guten wie im Schlechten. Viele sagen, mit den Zeremonien an diesem Schrein sollen die wütenden Seelen der Verstorbenen besänftigt werden, damit sie nicht neuen Unfrieden im Land stiften.« Der Professor richtete seinen etwas stieren Blick auf Joe und Jeremy. »2010 hat am Jahrestag erstmals *kein* Politiker diesen Schrein besucht. Ich weiß, die progressiven Kräfte im Land sind ganz froh darüber, und von ihrer Warte her haben sie in mancher Hinsicht sogar recht. Doch die Seelen der Verstorbenen *sind* wütend. Sie stiften neue Unruhe. Weniger aus alter Bosheit, sondern weil sie im Begriff sind, vergessen zu werden. Ich bin mir sicher, sie werden erst dann erlöst sein, wenn ihre Taten rückhaltlos aufgedeckt worden sind – wenn sie auf diese Weise ihre Taten der Welt haben beichten können. Danach lechzen sie. Die Seelen der Verstorbenen wollen keine Mördergruben mehr sein. Sie wollen Ruhe – geben Sie ihnen diese Ruhe, meine Herren!« Der Professor sah Joe und Jeremy eindringlich an.

Jeremy erhob sich. Ihm wurde etwas ungemütlich. Auch wenn dieser Mann offensichtlich stocknüchtern war – mit seinen ominösen Worten und seiner plötzlichen erregten Gespanntheit erinnerte er ihn doch ein wenig an Hasekawa gestern Abend, kurz vor seinem Kollaps. Nein, sie hatten nun genug gehört, und es war an der Zeit weiterzugehen. »Vielen Dank, dass Sie sich die Zeit für uns genommen haben«, meinte er deshalb und verbeugte sich vor Koyama. »Los Joe, lass uns gehen. Wir haben heute noch eine Menge vor.«

»Warten Sie einen Moment. Ich soll Ihnen noch etwas mitgeben, Gouldens-san.« Koyama machte sich an einem der Schubfächer seines Schreibtisches zu schaffen und zog einen blitzenden länglichen Gegenstand hervor. »Von Ihrem … unserem … Bekannten.«

Jeremy betrachtete den Gegenstand nachdenklich. »Sein alter Brieföffner«, sagte er dann. »Was soll ich damit?«

»Das hat er nicht gesagt. Ich dachte, Sie wüssten das dann schon.«

»Vielleicht einen Brief öffnen?«, fuhr der eher pragmatisch orientierte Joe Murata etwas enerviert dazwischen.

Der Professor schien zu grübeln. »Ja, warum nicht: einen geheimnisvollen Brief – oder Umschlag. Vielleicht den, in dem sich die Akte mit den letzten Antworten befindet? Um somit, mit einem einzigen gezielten Schnitt, endlich sozusagen den Mantel des Schweigens zu zerteilen?« Jeremy legte die Stirn in Falten. »Nun, wie Sie offenbar bemerkt haben, hat unser gemeinsamer Bekannter bisweilen eine gewisse Vorliebe für das symbolische Wort – und die symbolische Geste«, meinte er schließlich nur.

»Zeig mal her«, sagte Joe. Er ließ sich den Brieföffner geben. »Ein gutes Stück.« Anerkennend pfiff er durch die Zähne und fuhr vorsichtig mit dem Zeigefinger über die Klinge des messerähnlichen Gerätes. Plötzlich zuckte er zurück und presste reflexhaft die Faust um den blutenden Finger. »Alle Achtung! Das Ding taugt jedenfalls nicht nur für *symbolische* Gesten.«

Chinesisches Meer, 5. Mai 2012. 12:18

Seit der Episode mit den beiden chinesischen Kampfjets war der Flug schweigend verlaufen. John Huang döste, Michelle hatte ihren Kopf demonstrativ an seine Schulter geschmiegt und schien ebenfalls zu schlafen, während die Kaiserliche Hoheit beharrlich aus dem Seitenfenster über die endlose Wasserwüste starrte. Nur Masuhiro Suzuki, der offenbar keinen Schlaf brauchte – wahrscheinlich frisst der heimlich kiloweise Koks oder Speed, dachte Cathy –, war topfit und reagierte auch auf jede noch so winzige Zuckung der Geiseln mit einer kaum wahrnehmbaren Bewegung seiner Maschinenpistole. Unter anderen Umständen hätte Cathy einen solchen Flug in einem Hubschrauber genossen. Sie fragte sich, wo sie wohl landen würden. Ihres Wissen gab es bis hinüber nach Japan nichts als Wasser. Nach Kyushu oder Okinawa war es wohl entschieden zu weit. Und alle Shanghai vorgelagerten Inselchen wie Gouqi Shan oder Dahuang Longdao hatten sie längst überflogen. Auf einmal befürchtete sie, dem Hubschrauber könnte über dem Pazifik der Sprit ausgehen.

»Mr. Huang – können Sie mir das bitte erklären?«, hörte sie plötzlich Minato Motos knarzende Stimme im Kopfhörer. Huang war sofort hellwach. »Was meinen Sie?«, fragte er. Moto deutete durch die gläserne Pilotenkanzel hinaus. Unten auf See waren zwei Schiffe in Sicht gekommen, die rasch größer wurden: eine elegante weiße Luxusjacht, die an ein geschrumpftes Kreuzfahrtschiff erinnerte, sowie ein wesentlich kleineres graues Schnellboot der ehemaligen Kaiserlichen Marine – der jetzigen Meeresselbstverteidigungsstreitkräfte –, das auf dem Vorschiff und im Heck mit Schnellfeuerkanonen bewaffnet war.

»Ach das!«, lachte der Terrorist. »Nun, ich würde sagen, Herr Kapitän, das ist nichts weiter als das, was man gemeinhin einen unfreundlichen Akt von Piraterie in internationalen Gewässern nennt. Ihre Chiyo ist wirklich ein imposantes Schiff. Was so ein Spielzeug wohl kostet?«

Minato Moto verzichtete auf eine Antwort. Kurze Zeit später kreisten sie in etwa 50 Metern Höhe über den beiden Schiffen. Cathy konnte beobachten, dass das Schnellboot an der Backbordseite der Megajacht längsseits festgemacht hatte. Und dass mehrere Männer in blütenweißen Uniformen über eine schmale Gangway zum Schnellboot hinübergescheucht wurden. Es war deutlich zu sehen, dass die Besatzung der Chiyo ihr Schiff nicht freiwillig verließ. Ein gutes Dutzend bewaffneter Marinesoldaten passte auf, dass es keinem der Besatzungsmitglieder einfiel, sich zu wehren. »Der Kapitän und zwei

Maschinisten, der Schiffsarzt, der Koch und zwei Servicekräfte werden an Bord bleiben«, sagte John Huang im Ton eines Reiseleiters. »Den Passagieren soll es schließlich an nichts fehlen.«

»Vielen Dank für Ihre großzügige Geste. Aber was haben Sie mit meiner übrigen Mannschaft vor?«, fragte Minato Moto konsterniert.

»Die übrigen fünf Mann werden bis auf weiteres von uns interniert.«

»Interniert? Von ›uns‹? Wer soll das sein? Seit wann kapern unsere Meeresselbstverteidigungsstreitkräfte friedliche Schiffe, überdies mit eigener Flagge?«

»Tja«, antwortete John Huang, »innerhalb der ehrwürdigen, traditionsbewussten *Kaiserlichen Marine* hat es in jüngster Vergangenheit gewisse Interessenverschiebungen gegeben, nicht wahr, Kaiserliche Hoheit?« Der angesprochene Prinz Taesu lächelte und schwieg – wie es seine Art war.

Kyoto, 5. Mai 2012. 13:20 Uhr (12:20 Uhr in Shanghai)

Der bullige Japan-Amerikaner war verstimmt. »Was ist das für ein ›gemeinsamer Bekannter‹, von dem ihr es da immer hattet? Hör zu, Partner: *Wir* machen hier gemeinsame Sache. Wenn wir anfangen, Geheimnisse voreinander zu haben, dann wird das nichts. *We can't go on together – with suspicious minds.*«

»Sei nicht sauer, Joe. Das mit dem gemeinsamen Bekannten ist mir ja auch erst dort aufgegangen, als Koyama anfing, von dieser Organisation zu sprechen, dieser Stiftung, wie er es nannte ... Besagter Bekannter ist ein vielbeschäftigter, aber öffentlichkeitsscheuer Mann, verstehst du? Residiert in Shanghai und Honkong. Einer, der an einem großen Rad dreht – und der, wie ich immer wieder überrascht feststellen muss, über hervorragende Verbindungen und Informationen verfügt. Er weiß viel mehr als wir, Joe. Wenn wir das Gleiche wüssten, würden wir hier vermutlich nicht so im Dunklen tappen.«

»Ja, warum sagt er es uns dann nicht, dein toller Freund?«

»Er hat offenbar Angst, dass wir es den falschen Leuten verraten – zum Beispiel, wenn man uns unter Folter die Haut vom Leib zieht. Aber ruhig Blut, wir wissen genug, um zu finden, was wir brauchen. Der Weg in den Abgrund vollzieht sich über die kleinen Schritte, verstehst du, Joe? Alles ist in uns selbst vorhanden.«

»*Whatever*«, seufzte der. »Du sprichst in Rätseln, Partner.«

Er sprang durch die dienstfertig geöffnete Tür in den Fond des Taxis und nannte dem Fahrer eine Adresse in Sakyo-ku: das alte Holzhaus am Kamo-Fluss. »Ein etwas windiger Bursche jedenfalls, dieser Koyama«, ergänzte er während des Anfahrens. »Der macht doch seine schmierigen Geschäfte mit dieser – Stiftung.«

»Aus meiner Dozentenzeit in Kyoto weiß ich, dass Lehrkräfte vom Schlage eines Koyama nicht gerade mit einem üppigen Salär gesegnet sind. Aber sein Anzug und seine Schuhe waren maßgeschneidert. Ja, ich denke auch, dass unser Professor ab und an ein paar Dokumente ins Ausland verscherbelt und sich den Gewinn in die eigene Tasche steckt. Und mein Bekannter ist nicht nur hervorragend vernetzt und informiert – er ist auch unermesslich reich.«

»Und jung und schön wahrscheinlich auch noch?«

Jeremy lächelte. »Das nun nicht gerade.«

»Da bin ich beruhigt. In jedem Fall scheint mir dieser Koyama einen leichten Schatten zu haben.«

»Wie meinst du das?«

»Na, der ist doch nicht ganz richtig im Kopf – ähnlich wie unser Hasekawa, nur muss er nicht erst flaschenweise Suntory Malt intus haben, um mit seinen Schauergeschichten anzufangen. Jeremy: Drehen denn eigentlich *alle* irgendwann durch und sehen Gespenster, wenn sie sich nur ausgiebig genug mit der geheimen japanischen Geschichte beschäftigt haben?«

»Schon möglich«, murmelte Jeremy, der in diesem Moment an Iris Chang denken musste, die Autorin von *Die Vergewaltigung von Nanking*, die sich zuletzt – von unheimlichen Mächten verfolgt, wie sie meinte – augenscheinlich in den Selbstmord flüchtete. Und wann, Jeremy, drehst du durch? Und wie sehr hat Yukiko am Ende, am Morgen des 2. Mai, noch ihre Sinne beieinandergehabt?

Da fiel ihm siedend heiß etwas ein: »Wir haben ganz vergessen, ihn nach Yukiko zu fragen. Sollen wir umkehren? Wenn er mit Masao Ishii gesprochen hat, dann hat er vielleicht auch mit Yukiko gesprochen. Und die ist doch bestimmt mitteilsamer als ihr verstockter Herr Gatte.«

»Vielleicht. Aber jetzt ruft uns erst einmal das Haus am Kamo, Kumpel: ihre Botschaft. Wenn Koyama etwas über Yukikos Verbleib gewusst hätte, dann hätte er es sicher gesagt.«

»Vielleicht.« Sie fuhren eine Zeit lang schweigend durch Kyotos nördliche Randbezirke. Dann fragte Jeremy: »Was weißt du eigentlich von diesem Masao Ishii, ihrem Mann? Immerhin ist es sozusagen deine Familie.« Joe schüttelte den Kopf. »Für mich ist der noch weniger meine Familie als mein Stiefvater. Ich bin ihm nur ein paarmal flüchtig begegnet. Ein schrecklicher Mensch.«

»Das sagtest du bereits. Wie war sein Verhältnis zu Yukiko?«

Joe zuckte die Schultern. »Soviel ich weiß, war er krankhaft eifersüchtig und überwachte jeden Schritt von ihr. So nach dem Motto: *I'd rather see you dead, little girl, than to be with another man …*«

»Oh, du zitierst Beatles!« Jeremy musste lächeln. »*Run For Your Life*. Auf *Rubber Soul*.«

»Nö, Elvis. *Let's Play House*. Eine meiner Lieblingsnummern aus der frühen Zeit bei ›Sun Records‹. Lennon hat die Zeilen dreist geklaut. Immerhin wusste er, was gut war.«

»Na ja, als er dann mit Yoko Ono zusammen war, scheinen ihm die Zeilen nicht mehr so gefallen zu haben. Da hat er *Run For Your Life* als seinen absoluten Beatles-Hasssong bezeichnet und sich mit *Jealous Guy* gewissermaßen für den frauenfeindlichen Unfug der früheren Macho-Nummer entschuldigt.«

»Siehst du, so etwas kann eben auch nur einem Briten-Softie passieren, der unter der Fuchtel einer durchgeknallten Japs steht. Das kommt dabei raus, wenn ein Mann sich nach den Weibern richtet, statt seine verdammte Pflicht zu tun. Elvis wäre so etwas nie eingefallen.«

Während sie im Taxi durch Kyotos Norden kurvten, musste Jeremy immer wieder an Yukiko denken. *Sakura, Sakura*: Wie sie zur Kirschblüte den Philosophenpfad entlanggewandert waren, Hand in Hand, eine wunderschöne Japanerin mit einem kantigen Butterstinker, was für erhebliches Aufsehen sorgte. Ihm fielen wieder ihre Ausflüge ein, mit dem Motorrad zum Biwasee, ihre Wanderungen in den umliegenden Bergen, die Spaziergänge durch die blühenden Gärten Kyotos, der berühmte Moostempel des Buddha Amitabha, wo sie ihre geheimen Wünsche hinterlassen hatten … Doch dies war Vergangenheit, Geschichte, selbst für den Fall das Yukiko noch am Leben war und sie sich wiederbegegnen würden. Aber waren sie sich soeben nicht wiederbegegnet? Zumindest *er* war ihr wiederbegegnet. Zum ersten Mal seit über 13 Jahren hatte er ihre Stimme gehört, und es hatte ihn tief aufgewühlt. Ob er sie wohl immer noch lieben könnte? Wie mochte sie jetzt aussehen? Wie alt war ihr Geist, ihr Körper? Wenn Cathy etwas zustieß, dann …

Mein Gott, welch erbärmliche Gedanken lauern in den Winkeln deiner Seele, Jeremy Gouldens! Cathy befand sich höchstwahrscheinlich noch immer in der Gewalt der Terroristen, und sie hatte es einfach nicht verdient, dass seine Gedanken nicht ununterbrochen bei ihr waren. Schon gar nicht, dass er in Gedanken sozusagen Ehebruch beging, nur wenige Tage nach der geplatzten Verlobung – mit jener Frau, die er vor langen Jahren geliebt hatte und der er letztlich das ganze gegenwärtige Schlamassel genauso und noch schlimmer eingebrockt hatte wie Cathy. Hatte Cathy recht, wenn sie sagte, dass er seine Beziehungen zu Frauen gnadenlos instrumentalisierte? Nein, das hatte sie nicht. Letztlich war doch alles nur *unglücklich gelaufen*. Sehr unglücklich. Und musste er Cathy nicht gerade jetzt in jeder Sekunde treu sein? Ja, das musste er. Doch je tiefer er in Japan eindrang, desto schwerer fiel es ihm, an Cathy zu denken, sie schien wie in Nebel getaucht. Und musste er schließlich nicht auch Yukiko gerade jetzt irgendwie treu sein? Ja, das musste er. *Irgendwie*. Aber anders. Was dieses »anders« konkret war, musste er noch herausfinden. Irgendwie. Jeremy blickte, als wäre er an den Fassaden interessiert, seitlich aus dem Fenster, damit Joe Murata nicht merkte, dass er wieder mal kurz vorm Heulen war. Doch Joe Murata bekam alles mit. »Denkst du jetzt an Cathy oder an Yukiko?«, fragte er scheinbar beiläufig.

»An beide. Das ist ja gerade das Schlimme. Über beide habe ich letztlich nur Unheil gebracht. Und im Moment scheinen sie beide sogar *einander* Unglück zu bringen. Ich halte das nicht aus, Joe. Ich fühl mich völlig überfordert. Ich habe das Gefühl, um die Sache mit Yukiko hier in Kyoto in Ordnung zu bringen, müsste ich mich ganz auf sie einlassen. Ihr jede Sekunde treu sein. Und um die Sache drüben in Shanghai in Ordnung zu bringen, müsste ich mich ganz auf Cathy einlassen. Aber beides geht nicht.«

»*Why not?* Alles ist in dir selbst vorhanden«, zitierte Joe lässig.

»Warum? Weil man als Mann eben nicht zwei Frauen gleichzeitig hundertprozentig treu sein kann – darum, Joe. Nicht in dem Kulturkreis, aus dem ich herkomme. Und heute Nacht am Telefon hat Cathy so Andeutungen gemacht, dass sie mich sowieso verlassen will. Dass sie einen anderen hat. Sie misstraut mir, Joe. Und allmählich fange ich an, auch ihr zu misstrauen. Da treibt sich was wie ein Keil zwischen uns. Ich habe das Gefühl, da ist noch ein anderer Mann. In den letzten Tagen hat sie mir etwas verheimlicht, da bin ich mir ganz sicher. Mir ist klar, dass wir beide, sie und ich, momentan ganz andere Probleme haben, aber das beschäftigt mich trotzdem. Und vielleicht ist diese andere Geschichte sogar irgendwie … der Schlüssel zu ihrer Rettung. Vielleicht muss ich sie auch loslassen können.«

»Wie auch immer: Ihr müsst eben offen zueinander sein, Jeremy. Einander nichts vormachen. Argwohn ist ganz übel. Eine zuschnappende Falle. Du bist in ihr gefangen und kannst nicht mehr raus. So könnt ihr nicht weitermachen. Und eine auf Lügen gebaute Zukunft fällt irgendwann ein wie ein Kartenhaus. Wie Elvis schon sagt: *We can't build our dreams – on suspicious minds.*«

»Weißt du, ich habe das dumme Gefühl, dass ich ihr allen Anlass gegeben habe, mir nicht zu trauen. Weil ich immer nur herumgedruckst hab, statt ihr ganz deutlich zu zeigen, wie wichtig sie mir ist.«

»Hast du mal *Love Me Tender* für sie gesungen?«

Wie bitte? Nein. Da will man mal ein ernsthaftes Männergespräch führen, und da kommt der mit so was an!

»Siehst du, das ist das Problem. Du musst einfach *Love Me Tender* singen. Das weiß man doch. Dann ist alles geritzt. Happy End.«

Jeremy seufzte. »Joe. Eine Beziehung ist kein Elvis-Film, weißt du. Das ist ein Thriller für sich.«

»Eben. Wenn du heil rauskommst, sing ihr *Love Me Tender*, versprichst du mir das?«

»Aber ich kann gar nicht singen, Joe. Ich treff den Ton nicht. Und Gitarre spielen kann ich auch nicht.«

»Spielt keine Rolle. Sing Karaoke. Play-back, *whatever.*«

Jeremy verzichtete auf eine Antwort. Die Beziehungswelt war wohl sehr einfach strukturiert in Bewusstsein und Gefühlsleben dieses Mannes, der den ganzen Tag nur amerikanische Spielfilme sah, Elvis-Schnulzen hörte und anscheinend zeitlebens solo gewesen war. Sehr einfach. Aber auch sehr unbefriedigend. Jeremy dachte zurück an Yukiko. Noch vor wenigen Tagen hatte er Richard Koo gegenüber behauptet, er sei endlich »geheilt« von seiner Vergangenheit. Jetzt hatte er nur ihre Stimme zu hören brauchen und war gewissermaßen rückfällig geworden, wie ein 13 Jahre trockener Alkoholiker, der nur mal aus Versehen nach dem falschen Glas gegriffen hat. Aber selbst wenn sie noch lebte, es *war* zu spät. Er hatte innerlich längst mit ihr gebrochen, das wusste er plötzlich, und das war unverzeihbar. In diesem Moment fiel ihm wieder ein, was aus seinem alten gelben Ginkgoblatt geworden war, dem naiven Zeichen ihrer Treue zueinander, aus einer längst vergangenen Zeit. Er hatte es eigenhändig über Bord geworfen, ganz bewusst, als er vor ein paar Jahren in einer milden Südseenacht vor Tahiti oder einer der anderen Inseln über dem Winde angetrunken an der Reling seiner »Hebridian Spirit« lehnte. Er hatte die Last seiner Vergangenheit endlich, endlich loswerden wollen. Doch die laue Südseebrise hatte das leichte, kleine Blatt wieder auf Deck geweht. Wieder und wieder. Schließlich hatte er das trockene Ding in der Faust zerkrümelt und über den Stillen Ozean verstreut, das ewige Grab ihrer Liebe.

»Du hättest dich eben nie mit einer Japs einlassen sollen.« Joe sprach, als hätte er Jeremys innere Kämpfe förmlich mit ansehen können. »Es ist nicht gut, sich mit einer Japs einzulassen, wenn man selbst ein *Gaijin* aus England oder Amerika ist. Ich weiß das aus eigener Erfahrung. Ich wünschte, ich hätte das meinem Vater beizeiten sagen können.«

»Dann würde es dich heute aber nicht geben.«

»Du sagst es. Eben. Eben deshalb.« Beide schwiegen eine Weile. Joe fiel auf, dass sein Selbsthass trotz alledem in den letzten beiden Tagen ein wenig in den Hintergrund getreten war. Sobald man etwas zu tun hat und es gut machen muss, hat man nicht mehr viel Zeit, sich zu hassen. Dennoch ließ ihn das Thema nicht los. »Denk nur wieder an deinen Lennon, dem hat das auch nicht gutgetan mit der Japanerin. Erst hat sie ihm die Band ruiniert und ihn mit seinem besten Freund brechen lassen, und jetzt ist er tot – erschossen.«

»Wobei Letzteres ja wohl kaum etwas mit Yoko zu tun haben dürfte.«

»Nun, wer weiß«, grübelte Joe. »In einer Dokumentarsendung über seinen Tod hieß es mal, sein Mörder, Mark David Chapman, soll auch erst einmal eine japanische Frau geheiratet haben. Um zu sein wie er, sein Idol. Und als das dann nichts war mit ihr, hat er ihn umgebracht. ›Mr. Lennon?‹ Peng! Moral: Hüte dich vor gelben Frauen, weißer Mann.«

Jeremy konnte Joes Fazit nicht teilen. Was sind, bitte schön, ›gelbe Frauen‹? Cathy jedenfalls war Amerikanerin. Punkt. Laut sagte er: »Erschossen zu werden ist jedenfalls immer noch besser, als aufgedunsen, tablettensüchtig und fett an Herzversagen zu sterben.«

»Bist du sicher? Schau mich an: Also, bis so vor zwei, drei Tagen hätte *ich* eindeutig den Elvis-Tod vorgezogen. Ich glaube, ich stand auch schon kurz davor. Im Moment sieht es für uns allerdings tatsächlich eher nach Lennon aus.«

Das Taxi quälte sich einen steilen Weg hinauf, bis die öffentliche Straße zu Ende war. Dann standen sie am Ende einer Sackgasse vor einer heruntergelassenen Schranke mit einem mächtigen Sicherheitsschloss. Jeremy konnte sich an diese Schranke nicht erinnern. Wohl aber an den gepflasterten Privatweg, der sich zwischen mehreren parkähnlichen Grundstücken hin zum Gipfel des Hügels schlängelte, wo Yukikos Vater, der schreckliche Akira Murata, einst gewohnt hatte.

Joe Murata ließ ihren koreanischen Fahrer wissen, dass es eine Stunde dauern könne, bis sie zurückkehrten. Jeremy musste ein paarmal tief ein- und ausatmen. Joe sah sich prüfend um, als sie ausstiegen. Doch die Straße hinter ihnen war menschenleer. Keine verdächtige Limousine parkte am Straßenrand. In diesem Viertel hatten die Bewohner in der Regel genügend Geld, um sich eine private Tiefgarage leisten zu können. Sie waren mutterseelenallein und machten sich allein auf den Weg.

Jeremys Magen krampfte sich zusammen. Er konnte zwischen den ehrwürdigen Japanischen Zedern bereits das Dach des Murata-Hauses sehen. Er war damals nicht oft hier gewesen. Nur dreimal, um genau zu sein. Einmal hatte ihn Yukiko hinausgeworfen, bei ihrer ersten, wunderlichen Begegnung. Zweimal hatte ihn Akira hinausgeworfen. Sollte er noch einmal über seine Türschwelle treten, sei er ein toter Mann, hatte er beim letzten Mal gesagt. Das mannshohe Gartentor, das ein wenig an den Eingang eines buddhistischen Tempels erinnerte, war offen. Eine Minute später standen sie vor der Eingangstür mit dem altmodischen Klopfer. Gleich würde sich entscheiden, ob der alte Murata recht behalten sollte.

»Was jetzt?«, fragte Jeremy, außer Atem. »Wie kommen wir hinein? Daran hab ich noch gar nicht gedacht.« Joe zog wortlos einen Schlüssel aus einer der ausladenden Taschen seines Trenchcoats. »Den hat mir Yukiko irgendwann mal dagelassen. Sie wollte, dass ich hier einziehe. Aber ich wäre wohl erstickt. Ich kann das Gift des Alten förmlich jetzt noch riechen.« Jeremy musste erneut schlucken. »Wann warst du das letzte Mal hier, Joe?«

»Zum letzten Mal als mein Stiefvater starb. Das ist jetzt knapp vier Jahre her. Seitdem ist das Haus unverändert, wie ein verstaubtes Museum. Yukiko hat in den vergangenen Jahren eine Servicefirma mit allem Nötigen beauftragt. Manchmal sah sie wohl auch selbst nach dem Rechten. Wie früher …« Er stieß die Tür auf. »Und du?«

»13 Jahre und drei Monate«, antwortete Jeremy dumpf, während er über die Schwelle trat. Das wäre schon einmal geschafft. Er hatte nicht vor, sich hier erschießen zu lassen. Und sein Lieblings-Beatle war ohnehin immer Paul gewesen. Der Geruch eines unbewohnten Hauses schlug ihnen entgegen. Es roch muffig und feucht, nach Holz und einem zarten Hauch von Reinigungsmitteln. Aber das war es nicht, was Jeremy und Joe erstarren ließ, als sie die beiden schweren *Shoji*, die den Hausflur vom Wohnbereich trennten, zur Seite schoben.

Shanghai, 5. Mai 2012. 12:22 Uhr
Der Hochgeschwindigkeitslift brachte Chen binnen weniger Sekunden wieder zurück auf den Boden der Tatsachen. Nur wenige Augenblicke nachdem der japanische Botschafter in China mit dem Ausruf »Seht ihr? Ich hab's ja gleich gesagt: Es gibt keine Bombe mehr!« lachend ins Treppenhaus gesprungen war, hatten die schon bereitstehenden Sondereinsatzkräfte von beiden Seiten her den 55 Meter langen gläsernen Korridor im 100. Stock des SWFC gestürmt. Chen und Kommilitonen waren mit erhobenen Händen vor den Fahrstuhleingängen zusammengetrieben worden. Einzig Yu Ling hatte versucht, sich seiner Festnahme zu widersetzen – nach wenigen Augenblicken glich sein Gesicht einem rohen Stück Rindfleisch. Alle, Männlein wie Weiblein, hatten sich bis auf die Unterwäsche ausziehen und mit hinter dem Kopf verschränkten Händen auf den Bauch legen müssen. Nachdem in der einheitlich schwarzen Kleidung der vormaligen Kämpfer und Kämpferinnen der »Neuen Bewegung des Vierten Mai« weder Waffen noch Sprengstoff gefunden worden waren, hatte man sie, so wie sie waren, zum Abtransport fertig gemacht. Nur Yu Ling – oder was von ihm noch übrig war – hatte man rüde auf eine Trage geworfen. Die befreiten Geiseln betrachteten die Demütigung ihrer ehemaligen Kidnapper mit Genugtuung. Der japanische Botschafter hatte es sich nicht nehmen lassen, Chen zum Abschied ins Gesicht zu spucken.

Man hatte ihnen die Hände mit Handschellen gefesselt und eiserne Fußfesseln angelegt, die durch eine Kette mit den Handschellen verbunden wurden. Dann hatte man jedem einen Leinensack über den Kopf gezogen und sie, einer nach dem anderen, zu den Fahrstühlen geleitet. Als Chen orientierungslos in die falsche Richtung lostorkelte, hatten ihn zwei kurze Gummiknüppelschläge in Nieren und Nacken sowie ein brutaler Faustschlag in den Magen auf den rechten Pfad zurückgebracht – ein kleiner Vorgeschmack darauf, was ihm während der Verhörphase bevorstand. Das Schlimmste war, dass er sich auf die Schläge nicht vorbereiten konnte, denn durch den Leinensack nahm er nur graue Schemen war. In dem Moment, da sich die Türen des Fahrstuhls hinter ihm schlossen, hieb ihm einer dieser Schemen den Schaft einer Kalaschnikow zwischen die Beine. Heftig ziehende Schmerzen rasten ihm vom Unterleib und übers Rückgrat sämtliche Nerven bis ins Kleinhirn hinauf. Chen sackte stöhnend zusammen, wurde hochgerissen, kassierte einen weiteren Schlag in den Magen. Hustend erbrach er sich in den Leinensack, glaubte, ersticken zu müssen. Man hatte ein Einsehen und ließ ihn ein Weilchen zusammengekrümmt liegen. Kommandeur Li Hu hatte seine Sondereinsatzkräfte ausdrücklich angewiesen, allen gefügigen Terroristen keine sichtbaren Verletzungen zuzufügen, da unten vor dem Eingang bereits ein Pulk von Kamerateams wartete.

Jetzt konnte China der Weltöffentlichkeit zeigen, dass es die Geißel des jungen dritten Jahrtausends souverän und besonnen in den Griff bekam. Das sollte all den aufsässigen Uiguren, Tibetern, Studenten, Intellektuellen und anderen Gruppen, die noch immer hoffen mochten, dass die Ereignisse der arabischen Revolutionen von 2011 auch in China Schule machten, eine deftige Lehre sein. Auch die Weltmeinung zeigte sich überwiegend zufrieden: Die spektakuläre Geiselnahme im SWFC war durch gezieltes Eingreifen relativ unblutig beendet worden. Kommentatoren der internationalen Sender und Zeitungen lobten das umsichtige Vorgehen der chinesischen Behörden. Einziger Wermutstropfen blieb die Tatsache, dass sich die japanischen Haupttäter mit den allerletzten Geiseln noch immer auf der Flucht befanden.

Auf dem Boden ankommend, wurde Chen unsanft wieder auf die Beine gestellt; er spürte, wie die Fahrstuhlkabine abbremste und Sekunden später die Türen zur Seite glitten. Er hörte ein anschwellendes Dröhnen: die aufgeregten Rufe der versammelten Weltpresse. Er, der verhinderte neue Herostrates, war froh, dass niemand sein mit Yu Lings Blut, Haradas Spucke und der eigenen Galle verschmiertes Gesicht sehen konnte. Der Spießrutenlauf durch das Spalier der Kameras und Blitze dauerte eine ewige Minute. Dann wurde er in einen geschlossenen Mannschaftswagen der Polizei verfrachtet und auf eine Holzpritsche geworfen. Die Türen schlugen zu, der Wagen rollte los. Chen, der sich nicht festhalten konnte, rutschte von der Pritsche und stieß sich den Kopf. Neues Blut rann ihm übers Gesicht. Nun ließen seine Peiniger alle Zurückhaltung fahren, ein Hagel von Schlägen prasselte auf ihn ein; er merkte, dass er die Kontrolle über seinen Körper vollends verlor und in Todesangst zu schreien begann. Nachdem er einen gezielten Schlag auf den Mund erhalten hatte, hörte auch das auf.

Chinesisches Meer, 5. Mai 2012. 12:26 Uhr

Der schwedische Kapitän Jonas Ekström sah nicht begeistert aus, als er dem Eigner seiner Chiyo auf dem Hubschrauberlandedeck gegenüberstand. Ihn störte, dass ein Dutzend Marinesoldaten mit durchgeladenen Maschinenpistolen um sie herumstanden. Dazwischen zwei vor Angst zitternde malaiische Stewards. In den mehr als 25 Jahren, da

Ekström nun schon im Besitz des Kapitänspatents war, hatte er noch nie ein Schiff verloren. Bisher hatte er Tanker und Containerschiffe über die Weltmeere gesteuert. Der Job auf der Chiyo sollte eigentlich sein letzter vor der Pensionierung sein – und jetzt hatten aus unerfindlichen Gründen zwei japanische Marineleutnants gewaltsam auf seiner Brücke das Kommando übernommen. Elende Reisfresser! Neben Moto und seinem Piloten stand, ein herablassend breites Lächeln im Gesicht, ein im Grunde gutaussehender Mann, den Ekström, aus Gründen, über die er sich keinerlei Rechenschaft abzulegen vermochte, instinktiv sofort zu verabscheuen begann. »Willkommen an Bord, Mr. Moto«, sagte Ekström, »es tut mir leid, dass …«

Minato Moto winkte ab. »Schon gut, Mr. Ekström. Ich denke, Sie haben sich sehr vernünftig verhalten. Leider habe ich weitere unwillkommene Gäste mitgebracht.« Suzuki mit seinen vier Drachen-Yakuza kam aus dem Hubschrauber geklettert, gefolgt von der langbeinigen Michelle mit den spitzen Zähnen, dem Energieminister Yamada, Cathy und, als Letztem, Ihrer Kaiserlichen Hoheit. Huang übernahm sofort das Kommando. »Kapitän Ekström, veranlassen Sie bitte, dass Mr. Moto und diese junge Dame« – er wies auf Cathy – »von den anderen getrennt im Unterdeck in Einzelkabinen untergebracht werden. Mein verdienstvoller Kollege Suzuki wird Ihnen dabei behilflich sein. Wir sehen uns dann auf der Brücke.« Der Schwede sah den Eigner verwundert an. Moto nickte. »Tun Sie am besten, was er sagt. Unser Mr. Huang kann mitunter ziemlich unberechenbar sein.« Ekström und Suzuki mit seinen Yakuza, die Cathy und Moto gepackt hielten, verschwanden im Bauch der Megajacht.

»Da wären wir nun alle miteinander«, lächelte John Huang und wandte sich an den Befehlshaber der Marinesoldaten – der darüber hinaus im Übrigen auch der stellvertretende Oberkommandeur der gesamten japanischen Meeresselbstverteidigungsstreitkräfte und damit einer der ranghöchsten japanischen Militärs war. »Ich sehe, Sie haben das Schiff problemlos unter Kontrolle gebracht.« Huang wippte anerkennend mit dem Kopf. »Ich habe Ihnen Ihren Herrn Bruder mitgebracht – und seine Hoheit, den nächsten Kaiser von Japan.«

Admiral Toru Yamada verneigte sich tief vor Prinz Taesu und schüttelte dem japanischen Energieminister Takumi Yamada brüderlich die Hand. Sowohl der Energieminister als auch Ihre Kaiserliche Hoheit wirkten erleichtert. Es war ihnen zunehmend schwergefallen, die Maskerade aufrechtzuerhalten.

»Ich werde mich umgehend wieder auf den Weg machen«, sagte Yamada, der Admiral. »Ich lasse Ihnen 20 Mann da; ich denke, die werden reichen. Sie haben zwei erfahrene Steuerleute auf der Brücke, meine gut instruierten Männer sind allesamt speziell für ihre Aufgaben geschult, und Sie sind hier bestens eingerichtet.« Während er sprach, ließ er seinen Blick über die Luxusjacht schweifen. Als sie auf die Ankunft des Helikopters warteten, hatte er bereits einen Blick auf die Innenausstattung geworfen und sich an all dem edlen Mahagoniholz und polierten Messing gar nicht sattsehen können. Er würde leider nicht das Vergnügen haben, Shanghai von Bord eines solchen Traumschiffes aus einzunehmen. In wenigen Minuten musste er zurück auf das unbequeme, spartanisch eingerichtete Marineschnellboot. Er fuhr fort: »Mein Bruder und Ihre Kaiserliche Hoheit werden sodann, sobald die Situation es erlaubt, mit dem Hubschrauber Richtung Japan weiterfliegen. Motos Pilot hat ja seine Vertrauenswürdigkeit bereits hinreichend bewiesen.«

»Ist es auch sicher, dass der Helikopter genügend Treibstoff für den weiten Flug bis Japan an Bord hat?«, fragte der Minister, dessen fachliche Kompetenz in Sachen Energieversorgung und Ressourcenverwaltung außer Frage stand.

»Keine Sorge, Bruderherz. Meine Leute sind gerade dabei, die Maschine noch einmal zu betanken. Mit knapp 1300 Litern Treibstoff im Tank hat so ein Bell 412 eine Reichweite von gut 700 Kilometern. Die Entfernung von hier bis Kagoshima auf Kyushu beträgt nur etwa 800 Kilometer. Wenn es also auch nicht ganz bis zum Land reichen dürfte, haben wir doch genügend Schiffe unserer Flotte auf vorgeschobenem Posten vor der Südküste Kyushus liegen, die sich um die Ehre reißen werden, den neuen Herrscher bei seiner Ankunft in Japan zu begrüßen. Darunter befinden sich speziell auch unsere beiden brandneuen Hubschrauberträger der Hyuga-Klasse.«

»Dann sollten wir unverzüglich aufbrechen«, meinte der Energieminister energisch. »Schließlich sieht der Plan vor, dass der bisherige Verteidigungsminister Chiba Mamoru und ich dem Volk ihren neuen Herrscher baldmöglichst präsentieren, sobald die vaterlandslosen alten Regierenden ihre Quittung erhalten haben.« Yamada wusste, dass er hier einen der heikelsten Punkte ihres Operationsplans ansprach. Für den prekären, aber leider durchaus denkbaren Fall, dass der amtierende Tenno der neuen vaterländischen Bewegung seinen Segen verweigerte, sah die »Operation Morgenröte« seine zügige Ablösung durch seinen Großneffen vor – für den freilich, auch wenn nun der Tenno wieder zum offiziellen Staatsoberhaupt ernannt werden sollte, nur eine rein repräsentative Funktion vorgesehen war. Was unter diesen unangenehmen Umständen mit dem amtierenden Kaiser passieren sollte, war indes noch reichlich unklar.

»Gewiss«, pflichtete des Ministers Bruder, der Admiral, bei. »Allerdings gibt es augenblicklich noch *gewisse* Komplikationen, besonders in Tokio, die es geraten erscheinen lassen, zunächst noch einmal die Entwicklung der nächsten Stunden abzuwarten.«

»So sehe ich das auch«, meinte der schweigsame Prinz ganz zufrieden. Er hatte keineswegs vor, sich sobald wieder in den engen Hubschrauber zu pressen und sich womöglich erneut in Gefahr zu bringen. Er hatte all diese unerquicklichen Aufregungen satt und wollte sich zügig den angenehmen Seiten des Herrscherdaseins widmen.

»Gut, meine Herren. Dann werde ich Sie jetzt verlassen und mit meiner schwimmenden Kommandozentrale die vorgesehene Position vor den felsigen Klippen der Shengsi-Inseln unweit der Jangtse-Mündung beziehen. ›Operation Morgenröte‹ beginnt in zwei Stunden und 15 Minuten.« Admiral Yamada verbeugte sich tief vor Prinz Taesu. »*Banzai!*«, rief er aus, »lang lebe der Kaiser!«

Der kommende Kaiser nahm die Huldigungen dankend entgegen, stiefelte dann ins Innere der Jacht, wo er sich auf einem bequemen Ledersessel in der Pantry niederließ und wohlig die Beine ausstreckte. »Ich glaube«, sagte er, mehr zu sich selbst, »seit heute besitzt der japanische Kaiserhof auch eine standesgemäße Jacht. Ich bin wirklich gespannt, wie mein geschätzter Großonkel auf die veränderte Situation reagieren wird.« Dann positionierte er einen bauchigen Weinbrandschwenker auf den im Boden verschraubten Glastisch vor ihm, in dessen Platte eingelassen zwei auf Samt gebettete edle Samuraischwerter aus dem frühen 17. Jahrhundert blinkten. Doch Prinz Taesu, der die Gefahr nicht liebte, hatte momentan erquicklichere Schätze im Blick. Sein geübtes Kennerauge hatte sogleich das Prunkstück von Minato Motos Bordbar entdeckt, einen noch ungeöffneten »Bisquit« von 1852, dem Jahr der Thronbesteigung Napoléons III. Ein wahrhaft kaiserlicher Cognac also. Den hatte er sich jetzt redlich verdient.

Kyoto, 5. Mai 2012. 13:32 Uhr (12:32 in Shanghai)

Sämtliche Schubladen und Schränke in Akira Muratas Haus waren aufgerissen, der Inhalt wahllos in den Zimmern verstreut. Die Einbrecher hatten Bücherregale und Möbelstücke umgeworfen und zerlegt, sie hatten Kissenbezüge, Polster und Decken aufgeschlitzt, Porzellan und Gläser zerschmettert und den *Getabako*-Schuhschrank im Flur auseinandergenommen. In allen Räumen bot sich annähernd das gleiche Bild der Verwüstung. Jetzt saßen sie im zentralen traditionellen *Washitsu*-Zimmer nebeneinander auf einem niedrigen Tischchen, das wundersamerweise nicht entzweigebrochen war. Überhaupt war dieser Raum derjenige, in dem die Zerstörung mit Abstand am geringsten ausgefallen war. Was freilich einen recht banalen Grund hatte: Abgesehen von einigen typisch japanischen Einrichtungsgegenständen war er nahezu leer. Jeremy wunderte sich über diese karge Einfachheit des von seinen grauen, dämmrigen Wänden dominierten Raumes.

Joe Murata hatte sich eine Lucky Strike angezündet. Er sah sich nach einem Aschenbecher um, aber letztlich war es egal, ob die Asche auf den Boden fiel. Wenn Yukiko und ihr Mann verschwunden blieben, war dies nun ja wohl mehr oder weniger sein Haus, und hier würden sie die Tagebücher seines Stiefvaters ohnehin kaum finden. Wahrscheinlich waren sie längst gefunden worden. Wenn der alte Fuchs seine Aufzeichnungen nicht sowieso woanders deponiert hatte.

Im Raum herrschte jenes Halbdunkel wie es für das traditionelle japanische Haus typisch ist. Nur gedämpft drang das Licht von draußen herein und tauchte den Raum in eine diffuse Abstufung rätselhafter Schatten. Jeremy ließ seinen Blick wieder und wieder über das Chaos schweifen und überlegte fieberhaft. »Lass uns nochmal alles durchdenken, Joe. Wir gehen also davon aus, dass Yukiko will, dass wir hierherkommen und hier etwas suchen. *Wenn der Wissende von Westen kommt, vertrau ihm an das Haus meines Gartens.* ›Das Haus meines Gartens‹ meint wohl, dass wir tatsächlich im Haus suchen sollen und nicht etwa draußen im Garten. Und wir sollen etwas suchen, das praktisch offen zutage liegt: *Das innerste Geheimnis ist die Oberfläche.* Kennst du *Der entwendete Brief* von Edgar Allan Poe, Joe?«

»Nö. Ich kenne eine ganze Reihe von Poe-Filmen, aber da ging es meistens um irgendwelche untoten Frauen und eingemauerte Katzen und so – nicht um Briefe.«

»Gilt als die beste seiner Krimigeschichten. Da wird ein Zimmer nach einem wichtigen Brief durchsucht und von oben bis unten nach allen Regeln der Kunst auseinandergenommen. Der Brief wird aber nicht gefunden. Und weißt du warum?«

»Weil er gar nicht im Zimmer ist, vielleicht?«

»Nope. Weil er vor aller Augen einfach offen mitten im Raum lag. Sie mussten ihn gar nicht erst suchen. Daher konnten sie ihn auch nicht finden, verstehst du.«

»Klingt cool. Und du meinst, hier ist das auch so? Die Tagebücher liegen einfach offen herum und deshalb findet sie keiner. Aber so was funktioniert immer nur im Film, Jeremy.«

»Erzähl mir, was du siehst, Joe.«

»Einen gewaltigen Haufen Chaos. Das hier ist definitiv *schlimmer* als bei mir zu Hause.«

»Etwas genauer bitte. Stell dir das Haus vor, wie es war, bevor es verwüstet wurde. Du warst doch vor ein paar Jahren hier. Erinnere dich zurück, wie es war, und beschreibe, was du siehst. Was gibt es da so, was offen zutage liegt?«

Joe, der inzwischen fest davon überzeugt war, hier nur seine Zeit zu verschwenden, gehorchte widerwillig. »Nun, wir befinden uns hier in einem traditionellen *Washitsu* mit *Tatami*-Matten auf dem Boden, *Shoji*-Schiebewänden, *Fusuma*-Schiebetüren und einer *Tokonoma*-Wandnische. Außerdem gibt es noch einen *Byobu*-Wandschirm, der aber völlig zerstört ist. Wir sitzen momentan auf dem beheizbaren *Kotatsu*-Tisch, um uns liegen die zerfetzten Reste der *Zabuton*-Sitzkissen aus teurem *Washi*-Papier, auf denen sich früher die Familienmitglieder beim geselligen Beisammensein um den *Kotatsu* lümmelten, um sich im Winter zu wärmen. Und jetzt lass uns verschwinden, das alles bringt doch nichts.«

Jeremy achtete nicht auf ihn. »Gut, da haben wir doch jede Menge an potenziell geheimnisvoller Oberfläche.«

»Der traditionelle *Washitsu* besteht praktisch nur aus Oberfläche, Jeremy. Es heißt, es seien die von all diesen Oberflächen geworfenen Schatten, die den Raum erst mit Inhalt füllen.«

»Dann gehen wir einmal alles Schritt für Schritt durch. Was ist mit den Bodenmatten?« Joe seufzte. »Sechs *Tatami*, der traditionellen Kyoto-Größe von knapp ein mal zwei Metern, innen Reisstroh, außen Binsen. Farbe gelblich-bräunlich, ungefähr wie Hasekawas Zähne, stark abgenutzt, wie man es in Japan liebt, denn genau dadurch erzählen sie eben auf ihre Art die Geschichte des fast hundertjährigen Lebens meines Stiefvaters – glaube aber trotzdem nicht, dass sich daraus der Inhalt seiner Tagebücher herauslesen lässt. An der Oberfläche feine Webmuster – wenn das stilisierte japanische *Kanji*-Schriftzeichen sein sollen, kann ich auch die jedenfalls nicht lesen.«

»Weiter«, meinte Jeremy mürrisch. Dieser Joe wollte sich wohl über ihn lustig machen. »Was ist mit den *Shoji*?«

»Die klassischen japanischen Raumteiler. Bestehend aus einem leichten Holzrahmen, mit Leisten versehen und bespannt mit *Washi*, kostbarem Japanpapier, blickdicht, bieten Sichtschutz, sorgen für ein angenehm unbestimmtes Dämmerlicht im Raum. Wie viele alte Japaner lebte Akira Murata gerne im Halbdunkel, als ob er etwas zu verbergen hatte – hatte er ja auch –, und so ist wenig verwunderlich, dass die *Shoji* hier besonders dunkel sind. Statt mattweißes Japanpapier überwiegend dunkles Papier mit einer streng quadratischen Struktur. Falls da irgendwelche *Kanji* angedeutet sein sollen, kann ich auch das nicht erkennen. So wie ich es sehe, ist es nur raues Papier mit Staubablagerungen in den schattigen Winkeln der Querleisten.«

»Was ist mit den Schiebetüren?«

»Dito. Holzrahmen, mit dünnem, durchscheinendem Papier bespannt, wie die *Shoji*. Hier haben wir aber meist wieder das traditionelle hellere Japanpapier.«

»Und der Wandschirm? Der hat doch Oberfläche genug.«

»Wie gesagt, der *Byobu* ist völlig zerstört, da sind nur noch Fetzen übrig. Wie ich mich erinnere, waren da stilisierte Drachenfiguren drauf und viel japanische Kalligraphie.«

»Kalligraphie? Er könnte doch die wichtigsten Inhalte seiner Tagebücher kalligraphisch da draufgeschrieben haben!«

»Komm jetzt endlich mal von deinem Poe-Film weg, Jeremy. Wir würden Tage brauchen, die ganzen Fetzen wieder zusammenzupuzzeln. Außerdem war es ein kostbares historisches Stück aus der Edo-Zeit. Das hätte mein Stiefvater niemals vollgekritzelt. Und wenn, wäre es aufgefallen.«

»Also weiter: die Wandnische, Joe.«

»Die traditionelle japanische *Tokonoma* eben. Rein zu dekorativen oder meditativen Zwecken dienend und hier geradezu bilderbuchartig ausgefüllt. Links Yukikos *Ikebana*-Blumenarrangement, in der Mitte die senkrecht hängende ausgerollte *Kakemono*-Schriftrolle mit den üblichen buddhistischen Sinnsprüchen drauf, rechts das obligatorische Bonsaibäumchen, hinter dem Bonsai-Ginkgo ein kleines Durchlass-Fensterchen mit Blick in den übrigen Raum. Das Bäumchen müsste mal gegossen werden, es lässt die Blätter hängen. Na ja, wir haben ganz andere Probleme.«

Während Joe aufgestanden war, um die *Tokonoma* aus nächster Nähe beschreiben zu können, war Jeremy sitzen geblieben und blickte hinüber zur Nische, die sich vom Tisch aus ganz gut einsehen ließ, sah Yukikos liebevolles, dahinwelkendes Blumenarrangement und das Ginkgobäumchen vor der kleinen fensterartigen Öffnung, hinter der die dunklen *Shoji*-Rechtecke schimmerten. Im dämmrigen Halbdunkel des Raumes fehlte dem Bäumchen Licht, und viele seiner Blätter spielten ins Gelbliche. Ob den einst Yukiko da hingestellt hatte? Ein Ginkgo – *ihr* Baum! Er spürte plötzlich wieder diese rasende Sehnsucht nach Yukiko, und während vor seinem leer werdenden Blick die viereckigen Strukturen des *Shoji*-Papiers mit der Fächerform gelber Ginkgoblätter verschwammen, träumte er davon, sie könnte eben zur Tür hereintreten, wie damals, in alter Jugend und Fröhlichkeit, in der einen Hand ein Schale des teuren Matcha-Tees, den sie so gern trank, in der anderen den traditionellen Bambusbesen *Cha-sen*, mit dem man den giftgrünen Pulvertee schaumig schlägt.

»He schläfst du?« Joe riss ihn rüde aus seinen Erinnerungen. »Da stehen sonderbare Dinge auf der *Kakemono*. Das ist jedenfalls kein buddhistischer *Koan!* Na ja, ich kann diese arroganten Rätselsprüche sowieso nicht ausstehen.«

Jeremy sprang auf, plötzlich hellwach geworden. »Also doch wie bei Poe: Er hat seine geheimen Tagebücher als offene Schriftrolle für jeden sichtbar an die Wand gehängt! Lass sehen.«

»Nee, scheint mir nur irgendein beknacktes erbauliches Gedicht zu sein. Über Bäume.« Enttäuscht setzte sich Jeremy wieder. »So kommen wir nicht weiter, Joe.«

Joe kam wieder zu ihm herüber und zündete sich eine neue Zigarette an. »Komm, lass uns abhauen«, sagte er. »Wenn wir hier nichts finden, stürmen wir eben die geheimen Labors von diesem Ishii.«

»Probieren wir es doch noch einmal anders herum.« Jeremy blieb hartnäckig. »Irgendwelche Schnüffler – vermutlich aus dem Umkreis von Japan Inc. und Waguni – waren hier, um nach den Unterlagen zu suchen. Immerhin zeigt das, dass wir wohl recht in der Annahme liegen, dass es hier tatsächlich etwas zu suchen gibt. Und wie mir scheint, haben sie es nicht gefunden. Warum? Möglicherweise weil sie nicht über die Informationen verfügen, die wir von Yukiko haben. Oder wenn sie sie haben – weil sie zum Beispiel ihr Telefon doch abgehört haben –, können sie damit jedenfalls nichts anfangen. Was ist also das Besondere an Yukikos beiden rätselhaften Sätzen?«

»So kommen wir nicht weiter, Jeremy. Wir drehen uns im Kreis. Außerdem: Woher willst du denn wissen, dass sie nichts gefunden haben? Und vor allem: dass sie hier schon fertig sind? Vielleicht machen sie ja nur eine kleine Mittagspause, gönnen sich im nächstgelegenen Toprestaurant ’ne rasche Schnitte Kobe-Rind oder ein prickelndes Portiönchen Fugu-Sashimi und kommen dann zum Aufräumen zurück. Und wo sie schon dabei sind, räumen sie uns gleich mit auf. Ich möchte diesen Leuten, wer auch immer sie sind, jedenfalls nicht begegnen, Jeremy. Und es kann noch nicht lange her sein, dass sie hier waren.«

»Wie kommst du darauf?« Jeremy erhob sich und schlenderte missmutig durch den wüsten, leeren Raum. Joe zündete sich an der schnell heruntergerauchten Kippe eine neue Zigarette an und trat die Glut achtlos auf den hochbetagten *Tatami*-Matten aus. »Es ist zwar alles kaputt, aber kein Stäubchen zu sehen. Kein Schmutz, kein Dreck – als ob das Haus frisch gereinigt worden wäre.«

Jeremy musste zugeben, dass dieser phantasielose Exagent jedenfalls gut beobachten konnte. »Okay«, meinte er, »dann lass uns nochmal alles zusammentragen, was wir wissen: Murata hat in Nanking, Pingfang, Deutschland, den USA und hier in den Kuroi-Laboren von Kyoto als Wissenschaftler gearbeitet. Seine Aufzeichnungen – unter anderem vermutlich zu völkerrechtlich geächteten Menschenversuchen, zu verschiedenen Krankheitserregern und ihrer Veränderbarkeit durch menschliche Manipulation sowie zu neu entwickelten Impf- und biologischen Kampfstoffen – sind den unterschiedlichsten Parteien besonders wichtig. Die einen wollen sie haben, die anderen wollen unbedingt verhindern, dass sie gefunden werden: Professor Koyama will sie haben, weil sie seinen Studien Auftrieb geben würden, vor allem aber, weil er sie profitträchtig ins Ausland verscherbeln könnte; Hasekawa will sie haben, weil sie wahrscheinlich Hinweise auf eine noch immer fortbestehende Verstrickung führender japanischer Kreise aus Industrie und Militär in schmutzige Machenschaften finsterster Couleur enthalten und sich in ihnen vielleicht gar so etwas wie die Formel für eine neue japanische Herrenrasse findet; die CIA will sie haben, weil sie unangenehme Details über die Zusammenarbeit der USA mit japanischen Verbrechern gegen die Menschlichkeit preisgeben könnten; und wir wollen sie haben, weil wir hoffen, damit Beweise gegen Kuroi und die ganze Nachtseite der Japan Inc. zu finden, die es mir erlauben, Yukikos Auftrag zu erfüllen, meinen alten Prozess wiederaufzunehmen und vielleicht sogar Cathy aus den Händen dieser Irren freizupressen. So, das wäre die eine Seite der Interessengruppen – auf der anderen steht dem Ganzen ein undurchsichtig verschlungenes Konglomerat der Japan Inc. aus Kuroi, Waguni, Yakuza, reaktionären Militärs und was weiß ich noch alles gegenüber. Diese Leute haben anscheinend nicht nur Angst vor einem neuen Prozess, sondern überhaupt davor, dass ihre finsteren Machenschaften ans Tageslicht kommen und ihre Geheimpläne durchkreuzt werden. Zu allem Überfluss erleben wir seit gestern hier in Japan eine Art ultranationalistische Revolution, anscheinend mit dem Ziel, die sofortige Umsetzung dieser Geheimpläne in die Wege zu leiten.« Jeremy hielt verwirrt inne. Wie immer, wenn er versuchte, alles so einfach und knapp wie möglich in einem Satz zusammenzufassen, kam dabei ein Bandwurm heraus, den er selbst nicht mehr so richtig überblicken konnte.

»Vor Jahren wurden schon mal Auszüge aus solchen Tagebüchern japanischer Kriegsveteranen in Zeitungen veröffentlicht«, erinnerte sich Joe. »Ich glaube, die *Asahi Shimbun* hatte da so eine Reihe angefangen, bis sie aufgrund wütender Proteste wieder eingestellt wurde.«

»Hier kommt Naoki Hasekawa ins Spiel!«

»Richtig. Damals wurde er als Enthüllungsjournalist landesweit bekannt – oder berüchtigt. Ein paar dieser *Verräter*, wie man sie vielfach bezeichnete, starben kurz nach der Veröffentlichung ihrer Beiträge auf zumeist recht mysteriöse Weise. Wusstest du das?«

Jeremy schüttelte den Kopf.

Ein leises Knacken von draußen ließ die beiden Männer aufschrecken. Joe holte seine Pistole aus dem Hosenbund und lud sie durch. »Hast du das auch gehört?« Jeremy nickte. »Wir sitzen hier wie auf dem Präsentierteller«, flüsterte Joe. Er huschte zum Fenster, von dem aus er fast den gesamten Garten übersehen konnte. »Ich habe das dumpfe Gefühl, man beobachtet uns. Da ist doch wer hinter den Bambusbüschen. Hast du deinen Revolver?«

»Hey Joe, ich …«, stammelte Jeremy.

»Runter auf den Boden und nimm das Ding aus dem Holster, Herrgott nochmal! Kriech rüber zum Eingang und sieh nach, ob sich da vorn jemand rumtreibt. Ich hab keine Lust, mir hier von irgendwelchen Yakuza die Eier wegschießen zu lassen.« Widerwillig krempelte Jeremy das rechte Hosenbein hoch und nahm die Smith & Wesson aus dem Holster. »Nun geh schon, Mensch!« Jeremy erhob sich mit einem flauen Gefühl im Magen.

»Sie sind hier. Sie haben auf uns gewartet. Da bin ich mir sicher«, sagte der hünenhafte Halbjapaner und schob seinen Kopf ein paar Zentimeter vor. Im nächsten Moment war ein gedämpfter Schuss zu hören. Das Geschoss durchschlug knapp vor Joes mächtiger Nase das Fenster und drang durch die gegenüberliegende Holzwand. »Wieder mal Schalldämpfer«, murmelte Joe zu sich selbst. Etwas lauter fügte er hinzu: »Braucht der Herr Anwalt vielleicht noch ’ne Extraeinladung?«

Jeremy hatte die berüchtigten dünnen Wände japanischer Häuser schon immer als Nachteil empfunden. Dass sie nicht nur keinen Schutz vor Geräuschen und Kälte boten, sondern auch Kugeln durchließen, als wären sie aus Papier, war ihm indes neu. Die Kugel steckte in der Haustür, zwei Meter weiter. Wäre er so schnell gewesen, wie es Joe von ihm gefordert hatte, würde sie jetzt in seinem Brustkorb stecken. »Schieß einfach auf alles, was sich bewegt«, flüsterte Joe halblaut. »Nicht auf den Kopf, sondern auf den Leib zielen, das ist sicherer.« Ein weiterer Schuss, diesmal aus einer anderen Richtung, pfiff durch den *Washitsu.* »Es müssen mehrere sein«, stellte Joe unnötigerweise fest. Jeremy hatte den Flur durchquert und die Eingangstür todesmutig einen Spaltbreit geöffnet. »Vor dem Haus ist niemand.« In diesem Moment sah Murata einen Schatten hinter einem Bambusstrauch hervorspringen, der rasch um die Hausecke verschwand. Ein zweiter Schatten bewegte sich ähnlich um die andere Ecke des Hauses.

»Wieso haben die uns gefunden?«, fragte Jeremy und ärgerte sich über seine klägliche Stimme. Joe duckte sich und lief auf allen Vieren zur Haustür, wo Jeremy hockte. »Womöglich haben die die ganze Zeit gewartet und gehofft, dass wir sie zu dem hinführen, wonach sie vergeblich gesucht haben«, meinte er ungerührt. »Ich hab ja so was schon kommen sehen.«

»Und was machen wir jetzt?«

Joe blies hörbar den Atem aus. »Ich schätze, es sind zwei bis drei Mann. Einer versteckt sich wahrscheinlich hinter den Bambusbüschen am Karpfenteich, zwei andere schleichen gerade an der Vorderfront entlang.« Joe rückte zwei Meter von Jeremy ab und richtete seine Pistole auf die Wand vor ihm. »Traust du dir zu, zu schießen, Kumpel – oder muss ich alles alleine machen?« Er blieb in der Hocke und nahm Combatstellung ein, die Pistole entschlossen von sich gereckt. Jeremy beobachtete ihn gespannt. »Komm da von der Wand weg und setz dich so hin wie ich. Du zielst einfach auf das Holz, ungefähr 30 bis 40 Zentimeter hoch überm Boden, und wenn ich sage ›jetzt‹, dann schießt du. Alle 30 Zentimeter will ich ein Loch in der Scheißwand sehen.«

Jeremy packte den kurzläufigen Revolver fester und folgte Joes Anweisung. Es war ihm zutiefst zuwider, auf einen Menschen zu schießen, zu töten. Unter keinen Umständen hatte er dies je tun wollen. Aber jetzt ging es um *sein* Leben. Und um Cathy. Er hatte keine andere Wahl. Sie verharrten schweigend, ihre Waffen auf die Wand gerichtet, und getrauten sich kaum, zu atmen. Einen Moment später hörten sie das Geräusch von knackenden Kieseln. Jeremy sah zu Joe. Der nickte grimmig. Da! Jeremy glaubte, einen Schlagschatten gesehen zu haben. »Jetzt!«, schrie Joe Murata und begann zu feuern.

Jeremy zog den Abzug durch. Der Rückstoß war erträglich, doch der Knall war mörderisch laut. »Schieß!«, schrie Joe, »schieß endlich!«, und ballerte von links nach rechts das ganze Magazin leer. Jeremy zwang sich, ebenfalls zu schießen. Der zweite Schuss fiel ihm schon leichter als der Erste, und spätestens beim fünften begann die Sache Spaß zu machen. Dass er seine Opfer nicht sah, erleichterte die Sache. So schnell wird der Mensch zum Killer, dachte er lakonisch. Und wie angenehm warm die Waffe wurde.

Von draußen hörten sie ein dumpfes Fallgeräusch und Stöhnen, gefolgt von einem kurzen Klackern der weißen Kieselsteine, die in einem breiten Band ums Haus gestreut waren. Joe sprang auf die Füße. »Weißt du, was wir jetzt machen?« Jeremy blickte ihn an. »Wir rennen! Oder besser: Du rennst, ich geb dir Deckung, und dann folge ich dir.«

»Wohin?« – Nun, weg ... Nach unten, die Straße runter in der Hoffnung, dass unser Taxi dort wartet und nach der Ballerei die Polizei noch nicht eingetroffen ist.« Er zog ein Ersatzmagazin aus den Taschen seines Trenchcoats und schob es in den Griff seiner Browning. »Bist du bereit?« Jeremy nickte. »Ich gehe zuerst, Jeremy. Ich schau, ob da nicht doch noch einer auf der Rückseite ist und mache ihn fertig. Und du rennst mir hinterher, aber dann an mir vorbei, runter auf den Weg, verstehst du? Du schaust weder nach links noch nach rechts, sondern rennst einfach los, egal was passiert. *Run for your life.*«

»Okay, Kumpel.« Jeremys Stimme war belegt.

»Dann los.« Joe Murata schlich über den Flur zur Tür und schob sie ein Stückchen weiter auf. Er hielt die Pistole durch den Spalt, aber kein Schuss ertönte. Draußen war Stille. Dann steckte er vorsichtig seinen Kopf hinaus. Links und rechts der Haustür lagen zwei Japaner, zusammengekrümmt. Der eine musste sofort tot gewesen sein. Sauberer Schädeldurchschuss, Jeremy! Der andere, den Joe erwischt hatte, lebte noch, doch floss hellrotes Blut aus mindestens drei Wunden in Brust und Bauch auf die blütenweißen Kiesel; auch dieser Mann stellte keine Gefahr mehr für sie dar. »Volltreffer, Jeremy. Du wirst noch zum richtigen Killer! Sieh besser nicht hin, ist etwas unappetitlich mit dem verkleckerten Hirn überall. Komm jetzt!« Joe schlüpfte aus der Tür und bückte sich nach der Pistole seines Opfers. Eine moderne Glock, Kaliber 9 Millimeter, mit mindestens 17 Patronen im Magazin. Welch ein Glück! Joe steckte seine Browning in den Hosenbund und rannte los. Jeremy folgte ihm geduckt, schaute, wie befohlen, nicht nach links, nicht nach rechts, rannte einfach nur. Als Joe die Deckung des Hauses verlassen hatte, wandte er sich sofort nach rechts und schoss blind in die Bambusbüsche hinein. »Jetzt lauf!«, schrie er und schoss das Magazin leer. Dann ließ er die Glock fallen und griff nach seiner Browning. Er achtete nicht auf Jeremy, der in Richtung Gartentor jagte, sondern konzentrierte sich auf ein gefühltes Ziel vor ihm, feuerte einfach immer weiter, in der Hoffnung, dass ihn sein Instinkt nicht im Stich gelassen hatte. Plötzlich feuerte er nicht mehr. Er hatte erneut sein gesamtes Magazin leergefeuert. Was jetzt? Stille im Bambushain am Karpfenteich. Er machte ein paar Schritte auf das Gebüsch zu, hielt dann inne, machte auf den Fersen kehrt und rannte wie ein Besessener Jeremy hinterher, hinunter zum Weg, hinunter zum Taxi.

Joe sollte nie erfahren, ob hinter den Bambusbüschen wirklich noch ein dritter Yakuza gelauert hatte. Aber Akira Murata hatte in seinem Karpfenteich ein paar prächtige Kois schwimmen, so viel stand fest.

Chinesisches Meer, 5. Mai 2012. 12:35 Uhr

Endlich befand sich Cathy allein in einer der Luxuskabinen auf dem Unterdeck. Zielgerichtet ging sie als Erstes ins kleine, geschmackvoll eingerichtete Badezimmer. In diesem Augenblick zählte für sie nur noch eins: waschen. Nachdem sie ausgiebig geduscht hatte, wusch sie mit der angenehm duftenden Cremeseife aus einem luxuriös verzierten Spender im vergoldeten Waschbecken ihre Unterwäsche aus und hängte sie zum Trocknen über den hölzernen Whirlpool im Stil einer japanischen *Kusatsu*-Sitzbadewanne. Als sie mit einem Laken um den Oberkörper in die Kabine zurückkehrte, lagen ein paar weiße Hosen und ein dunkelblaues T-Shirt auf ihrer Koje. Und John Huang stand mit verschränkten Armen an der Tür und musterte sie ungeniert. Cathy zeigte sich empört: »Weiß eigentlich Ihre eifersüchtige Freundin, dass Sie hier sind?« Der schöne Widerling mit dem stechenden Blick leckte sich demonstrativ über die üppigen Lippen und zuckte die Schulter. »Ich mag es, wenn du dich aufregst, Cathy. Und ich mag es, wenn meine kleine Wildkatze eifersüchtig ist. Das macht sie schön geil. Wir sollten ihr ein paar Anlässe geben, findest du nicht?«

Sie griff nach der Hose und dem T-Shirt. »Sie haben doch sicher nichts dagegen, wenn ich mich im Bad umziehe?«

»Doch. Aber mach nur, wir haben Zeit. Ich glaube, Cathy, wir sind uns beide im Grunde ziemlich ähnlich. Du willst es nur noch nicht wahrhaben. Ich glaube, wir werden bald ein gutes Gespann abgeben.«

»Lassen Sie's stecken, Mister Menschenschänder. Ich weiß, dass es Frauen gibt, die auf brutale Männer mit Macht stehen, aber ich steh nun mal mehr auf feinsinnige Männer mit Klasse.« Sie verschwand im Bad und schloss betont laut hinter sich ab.

»Ja? Männer mit Klasse nennst du das?«, hörte sie seine Stimme gedämpft, »du meinst doch wohl nicht Gouldens, dieses Würstchen? ›Alte Säcke‹ würde besser passen, nicht? Wie nennt man das: Gerontophilie? Komm, Cathy, der kriegt doch keinen mehr hoch. Du hast was Besseres verdient. Und du *bekommst* was Besseres.« Mit diesen Worten verließ der ungehaltene Psychopath ihre Kabine. Die Tür fiel krachend ins Schloss.

Cathy merkte, dass sie zitterte. Nein, es wurde nicht besser, auch nicht im klimatisierten Alptraum dieser Luxusjacht. Allein mit einem schwanzgesteuerten Psychopathen, der sie vermutlich früher oder später vergewaltigen würde. Cathy wusste, dass sie vielleicht eine Chance hatte, wenn es ihr gelänge, ihn und seine Freundin gegeneinander auszuspielen. Aber das war verdammt riskant. Und verlangte von ihr womöglich ... *Widerliches.*

Immerhin passten die Männerkleider, die offensichtlich zur Borduniform gehörten, leidlich. Wenn jetzt auch noch ihre Unterwäsche trocken war, würde sie sich wieder halbwegs als Mensch fühlen. Wenn nur dieser widerliche Triebtäter Huang nicht wäre! Wenn sie jetzt nur mit Jeremy reden könnte! Oder wenigstens mit Kim. Sie griff nach dem drahtlosen Bordtelefon, das am Kopfende der Koje in einem Wandhalter hing. Die Leitung war tot.

Osaka, 5. Mai 2012. 13:50 Uhr (12:50 in Shanghai)
Yoki, der Metzger, betrat das Hotelzimmer gemeinsam mit fünf Yakuza der Sektion Osaka. Er steckte die Chipkarte ein, die er vom Concierge zum Öffnen des Zimmers erhalten hatte, und wartete, bis auch der Letzte der Männer eingetreten war. Die fünf wirkten eingeschüchtert. Leise schloss er die Zimmertür, wandte sich um, verschränkte die Arme und begann, ihnen mit gesenkter, doch eindringlicher Stimme eine Strafpredigt zu halten. Noch ein Fehler, und sie würden nicht nur ihre kleinen Finger verlieren, versprach Yoki. Und die fünf Männer glaubten ihm.

»Diese lange Schnüffelnase Gouldens ist der Zentrale eminent wichtig. Seinen Begleiter könnt ihr jederzeit umlegen, aber den Anwalt will der Boss lebend. Irgendwann wird der *Gaijin* wieder hier auftauchen. Habt ihr das Zimmer schon durchsucht?« Die Männer schwiegen betreten. »Ihr seid so was von dämlich – am liebsten würde ich euch hier auf der Stelle von eurer Dummheit erlösen.« Yoki fixierte die

Männer in schwarzer Motorradkluft. »Los, worauf wartet ihr. Fangt schon an.«

Systematisch und geübt nahmen die fünf das Zimmer auseinander. Rasch wurde dem Metzger klar, dass sich etwaige wichtige Unterlagen entweder im Zimmertresor befanden oder Gouldens sie am Körper trug. Na gut, dachte Yoki, dann werde ich eben hier auf ihn warten. Es würde einige Zeit brauchen, den Tresor im Kleiderschrank zu öffnen, ohne Lärm zu verursachen. Wahrscheinlich war der Anwalt mit seinem nicht minder langnasigen halbjapanischen Gorillabastard irgendwo in Kyoto unterwegs, um nach den Aufzeichnungen Akira Muratas zu suchen. Wenn er dabei an dessen Haus in Sakyo-ku oder gar bei den Kuroi-Laboren am Rande des Katsura-Campus der Kaiserlichen Universität im südwestlichen Stadtbezirk Nishikyo-ku auftauchte, dann war alles gut – man würde ihn gebührend in Empfang nehmen und Yoki bräuchte hier bald nicht länger zu warten. Ansonsten würde Gouldens irgendwann – wahrscheinlich am späten Abend – mit Sicherheit wieder im Hotel auftauchen. Und Yoki würde ihn empfangen.

Es hatte Yoki nur wenige Minuten seiner kostbaren Zeit gekostet herauszufinden, dass Gouldens mit dem ehemaligen Schmierenjournalisten und fortwährenden Unruhestifter Hasekawa Kontakt aufgenommen hatte. Das Netzwerk, dieser Geheimbund aus verdorbenen Intellektuellen und Anarcho-Kommunisten, half den beiden Schnüfflern. Nicht mehr lange. Er war entsetzt, wie schlampig die Sektion Osaka bisher gearbeitet hatte. »Los, haut ab!«, befahl er den Männern. »Ihr wisst, was ihr zu tun habt.«

Die Männer in den Ledercombis gehorchten.

Das Netzwerk hatte sich in letzter Zeit ein paar Frechheiten zu viel erlaubt. Der Gelbzahn selbst war zwar nur noch ein Schatten seiner selbst, der sich durch seinen Lebenswandel weitestgehend selbst erledigt hatte. Aber gerade das machte ihn auch besonders unberechenbar, und jetzt war es wohl doch an der Zeit, ihn durch einen etwas spektakuläreren Abgang vorm ruhmlosen Säufertod zu bewahren.

Da klingelte sein Cellphone. Was er aus Kyoto hörte, war nicht gut. Der Butterstinker *war* an Akira Muratas Haus am Kamo aufgetaucht. Auch die Sektion Kyoto machte Fehler. Was war denn heute los? Yoki legte auf, zog die Vorhänge zu und ließ sich in einen der beiden Sessel fallen. Er wollte noch ein wenig entspannen. Er wurde schließlich nicht jünger, und die Tatsache, dass Gouldens und Gorilla offenbar im Alleingang ein ganzes Kommando erledigt hatten, machte seinen Job nicht einfacher. Aber Yoki hatte schon immer auf den Überraschungseffekt gesetzt und war mit seiner Taktik gut gefahren. Er würde schon kommen. Er würde es ihm zeigen. Gouldens, dem Killer.

Kyoto, 5. Mai 2012. 14:49 Uhr (13:49 in Shanghai)
»Du musst versuchen, die ganze Sache pragmatisch zu sehen, Jeremy«, sagte Joe Murata. »Du hast heute einen Menschen umgebracht. Das ist vielleicht schlimm, aber eben nicht zu ändern. Und wenn du es nicht getan hättest, hätte er garantiert das Gleiche mit dir gemacht. Außerdem hat er es bestimmt verdient.«

Sie hatten sich von ihrem koreanischen Fahrer am Hauptbahnhof absetzen lassen und waren auf Joes Vorschlag hin in den nahegelegenen neu eröffneten Burger King gegangen – zwei typische amerikanische Touristen eben, die natürlich keinen Sinn für die hohen Qualitäten der japanischen Küche hatten. Vor allem aber war es hier vergleichsweise belebt und sie fielen weniger auf als anderswo. Jeremy war noch immer weiß wie eine Kalkwand. Mit begehrlichem Blick deutete Joe auf Jeremys »Whopper«, den der bislang genauso wenig angerührt hatte wie seine kleine Portion krosser »King Pommes«. Leise nickend schob ihm Jeremy das lapprige Fleischbrötchen mit dem welken Salatblatt in die gierigen Pranken. Nur einen Becher Cola hatte er getrunken. Er hatte einen Menschen getötet. Er konnte nichts essen. Wie lange braucht es nach der Tötung eines Menschen, bis man wieder mit Appetit in gebratenes Rinderhack beißen kann? Jeremy würde lange brauchen.

Der Halbamerikaner wiederum hatte offensichtlich nicht die geringsten Probleme damit, kaltblütig eins, zwei Menschen ins Jenseits zu befördern und sich danach mit größtem Genuss Tausende von Kalorien einzuverleiben. Jeremy war sich nicht sicher, ob er ihn dafür bewundern oder seine Gier abstoßend finden sollte. Nachdem Joe unglaublich rasch seinen zweiten »Big King XXL« bezwungen hatte, machte er sich nun mit scheinbar unvermindertem Heißhunger über Jeremys schmächtigen Whopper her. »Da, die Pommes kannst du auch haben.« Er schob noch die lauwarmen Kartoffelstängel hinterher.

»Danke, Kumpel! Und jetzt *cheer up*. Gib zu: Ein bisschen hat dir das Geballer doch auch Spaß gemacht, oder? *Happiness is a Warm Gun* – ist das nicht auch ein Song von deinen Beatles?« Jeremy nickte. »Weißes Album. Aber John Lennon hat das nicht so gemeint. Das ist mehr so zynisch – kritisch zynisch, verstehst du?«

»Nein. Aber egal. Mach dir keinen Kopf. Schließlich hast du es auch *nicht so gemeint*. Es ging halt nicht anders. Peng! Sorry, Mr. Yakuza – *obladi, oblada, live goes on.*«

Jeremy seufzte. Dem alten Hund brauchte er wirklich nichts von Zynismus zu erzählen. Er schwieg, wandte sich ab und starrte auf den Bildschirm, über den eben erneut Bilder von der Festnahme der chinesischen Terroristen flimmerten. Gut möglich, dass eine der armseligen, namen- und gesichtslosen Gestalten, die, gefesselt und einen schmutzigen Leinensack über dem Kopf, wie Schlachtvieh in einen Mannschaftswagen der Polizei verstaut wurden, Cathys Cousin Chen war. Jeremy konnte es immer noch nicht glauben, dass der kontaktgestörte Hitzkopf offensichtlich mit diesen menschenverachtenden Terroristen gemeinsame Sache gemacht hatte. Der Junge würde jetzt einen guten Anwalt brauchen. Doch viel mehr Sorgen machte er sich um Cathy. Wo war sie? Ihr Telefon war noch immer ausgeschaltet. Der Fernsehbericht endete mit dem lapidaren Hinweis, dass es einigen Terroristen gelungen sei, mit Ihrer Kaiserlichen Hoheit Prinz Taesu, Energieminister Yamada, Bauunternehmer Moto und zwei weiteren Geiseln, darunter eine Frau, in einem Hubschrauber der Moto Corporation zu entkommen; Ziel unklar. Darunter eine Frau? Wäre Cathy freigekommen, hätte sie ihn bestimmt angerufen. Er hatte also mit seinen Befürchtungen recht gehabt: Cathys Martyrium ging weiter. Vielleicht würde er in einer ruhigen Minute versuchen, ihre Freundin Coco anzurufen, vielleicht war ja die jetzt zu erreichen. Dazu müsste er aber erst ihre Nummer herausfinden. Und noch war keine ruhige Minute in Sicht.

»Und was machen wir jetzt?«, fragte Joe, der auch den Whopper inzwischen vertilgt hatte und sich suchend umsah.

»Wir müssen zu diesem Kuroi-Labor. Worauf warten wir also? Wir gehen einfach hin und klingeln, fragen nach einem gewissen Herrn Ishii, besuchen ihn in der Hochsicherheitszone, trinken zusammen eine Tasse Tee, bitten ihn freundlich, uns die kompromittierenden Tagebücher eines Kriegsverbrechers sowie Unterlagen über sämtliche Firmengeheimnisse von Kuroi und der ganzen Japan Inc. auszuhändigen, machen dann vielleicht noch einen kleinen Rundgang durch die geheimen Versuchslabore, wechseln ein paar Worte mit den Probanden, sagen höflich Auf Wiedersehen und tuckeln gemütlich nach Osaka zurück. Dort treffen wir unseren Freund Hasekawa, lassen ihn ein paar Kopien machen und an alle Welt verteilen, besaufen uns währenddessen in der Bar, und dann setze ich mich ins Flugzeug und fliege nach Shanghai zurück, um mal rasch diesen Psychopathen Huang zu erledigen und nebenher Cathy zu befreien. Und dann gibt's Abendessen.«

»Sehr witzig, Partner! Da können wir auch gleich noch in meinen Geburtstag reinfeiern, ich werd nämlich morgen, wie gesagt, 60, kann es selbst noch kaum glauben. Aber erst kommt die Arbeit und dann das Vergnügen. Und Kuroi scheint jetzt in der Tat unsere letzte Anlaufstelle zu sein. Doch da kommen wir nie im Leben ...«

Er hielt inne und starrte gebannt auf den Fernsehbildschirm. Jeremy wollte etwas sagen, Joe jedoch gebot ihm mit einer energischen Handbewegung, zu schweigen. Auf dem Bildschirm wurde nun ein Bild des Tennos eingeblendet. Im Burger King, wo aufgrund der angespannten Situation im Land die sonst üblichen ausländischen Touristen fast völlig fehlten, wurde es schlagartig still.

»Der Kaiser hat sich zu Wort gemeldet«, sagte Joe, als der Beitrag zu Ende war. »Er verurteilt die Unruhen im Lande und bittet die Leute auf den Straßen, in ihre Häuser zurückzukehren und jede Gewalt zu unterlassen. Am frühen Abend will er sich in einer persönlichen Ansprache direkt ans Volk wenden. Das macht er nur ganz selten; das letzte Mal war das nach der Katastrophe von Fukushima der Fall.«

»Also eigentlich gute Neuigkeiten?«

»Ja. Das bedeutet, dass er sich hinter die Regierung gestellt hat. Und im Endeffekt bedeutet es auch, dass die Putschisten – oder wer auch immer hinter diesen ganzen Vorgängen steckt – am Ende sind. Gegen den Kaiser können sie das Volk nicht aufwiegeln.«

»Na hoffen wir's. Wenn es nicht schon zu spät ist. Von diesem ominösen U-Boot fehlt ja noch immer jede Spur, oder?«

»Schon. Aber ein U-Boot macht noch keine Revolution, Jeremy. Ich hol mir noch was. Soll ich dir noch 'ne Cola mitbringen?«

Jeremy nickte. »Mit viel Eis bitte.« Während Joe um Nachschub anstand, verfiel Jeremy in dumpfes Brüten. Irgendetwas hatten sie falsch gemacht im Haus am Kamo. Nicht nur, dass sie die Yakuza umgebracht hatten – das war vielleicht wirklich nicht zu vermeiden gewesen. Schon zuvor. Als sie das Haus untersuchten. Sie mussten etwas übersehen haben. Aber was? Und Yukiko hatte ihnen zuvor extra eingeschärft, worauf sie achten mussten. Aber sie hatten es nicht verstanden. *Wenn der Wissende von Westen kommt, vertrau ihm an das Haus meines Gartens.* Irgendetwas an diesen altertümlichen Worten kam Jeremy vertraut vor. In dem Vertrauten musste der Schlüssel liegen. Im Anvertrauten. Und im *Vertrauen.*

Joe kehrte mit der Cola sowie einem »Double Steakhouse«-Burger und zwei Portionen »Texican Cheese Balls« zurück, die er in die Mitte stellte. »Kannst dich bedienen, Kumpel. Falls du doch noch Appetit bekommst. Vielleicht liegt dir was Vegetarisches jetzt eher.«

Jeremy nickte dankend, ohne die »Cheese Balls« jedoch anzurühren. »Ich frage mich die ganze Zeit, was diese Kerle, die das Haus durchsucht haben, übersehen haben«, sagte er dann. »Und was auch wir übersehen haben.«

»Keine Ahnung, Kumpel. Aber der Zug ist abgefahren. Wir können da nicht nochmal hin und nochmal grübeln und uns nochmal erschießen lassen.«

»*Wenn der Wissende von Westen kommt, vertrau ihm an das Haus meines Gartens.* Mir ist inzwischen ganz klar, dass in diesem Satz irgendein Schlüssel stecken muss, den nur ich allein finden kann – nur ich, weil nur ich *der Wissende* bin.«

»Dass du vom Westen bist, wissen wir ja alle, aber dass du auch der Wissende bist, hast du bisher nicht bewiesen. Du scheinst mir auch nicht gerade mehr Plan zu haben als ich – und selbst diese verdammten Yakuza.«

»Keine Ahnung, warum ich hier in Japan ständig mit allerlei Titeln belegt werde. ›Der Wissende‹ – klingt immerhin nicht ganz so übertrieben wie ›der Auserwählte‹, oder?«

»Meinetwegen, ich glaube aber nicht, dass sie dich so nennt, um dir zu schmeicheln. Wahrscheinlich hast du recht: Du weißt einfach irgendetwas, was wir nicht wissen. Oder Yukiko meint zumindest, dass du es weißt. Weil du es mal gewusst hast. Du warst mal mit ihr zu zusammen – ihr habt doch sicher Geheimnisse, die der Rest der Welt nicht weiß, wie alle Liebenden. Dinge, die gerade euch besonders bedeutend waren. Und genau deshalb kennst du den geheimen Code. Du weißt etwas, was sonst niemand wissen kann, und das weiß wiederum sie – und benutzt genau das als Schlüssel, damit kein anderer zu ihrem Geheimnis oder Versteck oder was auch immer vordringen kann als du: der Auserwählte. Clever. Sehr clever. Vermutlich aber leider viel zu clever für einen vergesslichen, treulosen Butterstinker wie dich. Denk nach, Jeremy. Was wissen nur du und Yukiko, was der Rest der Welt nicht weiß?«

»Keine Ahnung.« – »Schöner Wissender. Ich wette, Yukiko hat dich überschätzt. Wenn sie wüsste, wie vergesslich du bist; wie wenig du dich an sie und die Geheimnisse eurer Liebe erinnern kannst – sie wäre enttäuscht, glaube mir.«

Die Geheimnisse unsrer Liebe? Da war doch mal was. Leise sagte Jeremy: »Da war mal was mit einem Ginkgoblatt, Joe.«

»Ein Ginkgoblatt? So kommen wir nicht weiter, Partner. – Moment mal, Ginkgo ... Nee, vergiss es.« Beide wurden still. Nur Joes träges Schmatzen war zu hören. Langsam begann sein Appetit doch nachzulassen. Und die Käsebälle schmeckten ihm nicht besonders. Derweil liefen Jeremys Gedanken auf Hochtouren. Er wusste jetzt, dass er auf dem richtigen Weg war. Kurz vor dem entscheidenden Durchbruch. Es lag ihm alles auf der Zunge. Es war alles in ihm vorhanden. Heiße Ströme wallten ihm über die Wangen und sein Herz klopfte so heftig, dass es ihm förmlich an die Schädeldecke hämmerte: Lass mich rein, lass mich rein! Wenn das Hirn nicht mehr weiterweiß, dann weiß *ich* die Antwort. Du musst mir bloß vertrauen.

Zögerlich sagte Jeremy: »Sag mal, Joe. Was war das vorhin eigentlich für ein Gedicht auf dieser Schriftrolle in der Wandnische im Haus am Kamo?«

»Auf dem *Kakemono* in der *Tokonoma*? Komisch, dass du jetzt damit anfängst. Ich hatte es dir doch gesagt. Irgendwas über Blätter und Bäume. Irgend so ein anstrengend besinnliches altväterisches Gesülze.«

»Joe: Was waren das für Blätter und Bäume?« Jeremy versagte fast die Stimme vor Aufregung. Doch es musste raus. »Vielleicht – *Ginkgo*blätter?«

»Was willst du denn immer mit deinen blöden Ginkgoblättern? Aber gut: Ja, ich glaube, es waren Ginkgoblätter. Stand ja auch so ein verfluchter Ginkgobonsai rum. Ein olles Gedicht über Ginkgoblätter. Bist du jetzt zufrieden, Herr Oberlehrer?«

Jeremy sprang auf. »Wir müssen sofort los.«

»He, was hast du?«

»Wir müssen schleunigst zurück zum Haus am Kamo! Mist, wieso habe ich das nicht gleich gemerkt? Oh Yukiko, verzeih mir!«

»He, also hör mal, bevor ich da wieder hingehe und mich nochmal abmurksen lasse, bist du mir erst einmal 'ne klare Ansage schuldig, Partner.«

»Das Gedicht ist von einem Dichter namens Goethe. Du kannst das nicht kennen, es wurde niemals verfilmt. Das sind Dinge, wovon du keine Ahnung hast, Joe.«

»Ich sag's ja – Oberlehrer. Und was macht dieses geheimnisvolle Gedicht von dem ollen Dichter auf einmal so wichtig?«

»Ich habe es früher auswendig gekonnt. Ich hab es Yukiko mal vorrezitiert. Auf Deutsch. Der war nämlich Deutscher, der Goethe.«

»Über Deutsche kenn ich aber jede Menge Filme, Jeremy. Kennst du den, ganz große Klasse, wo Hitler und Goebbels zum Schluss in Paris während der Kinopremiere erschossen werden und …«

»Joe … die Geschichte ist kein Tarantino-Film, und Goethe war lange *vor* Hitler. Aber wie gesagt, das sind Dinge, von denen du *keine Ahnung* hast, also halte dich jetzt besser mit deinen Kommentaren zurück, wir haben momentan keine Zeit für so was!« Er spürte, dass er dabei war, aufzubrausen, doch selbst dafür war jetzt keine Zeit. Also, ruhig Blut, Jeremy! »Wo war ich stehengeblieben. Richtig: Goethe. Yukiko. Sie hat gesagt, sie hat Goethes Gedichte auf Japanisch im Regal stehen. *Dieses Baums Blatt, der von Osten meinem Garten anvertraut:* So fängt das an. *Vertrau ihm an das Haus meines Gartens* … und statt *von Osten* nun *von Westen*. Und ein *Wissender* kommt bei Goethe auch vor. Das sind alles Wörter aus diesem Gedicht, deshalb auch kam der Satz mir so vertraut vor. Das ist unser Schlüssel, Joe! Das ist das Buch, das wir gesucht haben! Der offene Brief!«

»Aber das *Kakemono* ist nur eine Rolle Papier an der Wand. Ich hab das überprüft. Und wir suchen Tagebücher. Kladden, Notizbücher, Hefte, Akten … Originale, keinen Mikrofilm oder so. Das lässt sich nicht in einer Rolle an der Wand verstecken, Jeremy.« Joe war *not convinced*.

»Das ist mir klar. Aber das Ding ist ein Zeichen, genauso wie der Bonsai darunter. Das alles ist ein sorgfältiges Arrangement, verstehst du, sie hat all diese Oberflächen genauestens aufeinander abgestimmt, ein Zeichensystem von Verweisen, die sozusagen ihre sinngebenden Schatten werfen, nur um uns – nur um *mich* – auf das Entscheidende zu stoßen. Aber ich war wieder mal zu dumm, das zu begreifen.«

»Also doch: der *Wissende!* Mensch, die Frau steckt uns doch alle in die Tasche! Das Problem ist nur, dass sie nicht damit gerechnet hat, dass wir viel zu blöd für sie sind.«

»Vielleicht lässt es sich ja noch korrigieren. Los, lass uns abhauen! Vielleicht brauchen wir diesen Ishii mit seinen Geheimlaboren jetzt gar nicht mehr.«

Joe schnappte den angeknabberten Steakburger, wobei eine schmierige Gurkenscheibe mit Soße auf seine Hand kleckerte, ließ ihn in den weiten Taschen seines Trenchcoats verschwinden und machte sich auf dem Weg zum Ausgang. »Lass uns beten, dass die Polizei noch nicht vor Ort ist. Und dass uns dort kein Aufräumkommando der Yakuza erwartet. Mist: Ich glaub ja gar nicht an Gott. Und Munition haben wir auch keine mehr. Wo krieg ich jetzt hier in Kyoto 9-Millimeter-Patronen her?«

Zurück blieben eine kaum angetrunkene Cola mit ehedem extra viel Eis, vier traurige Tex-Mex-Käsebällchen sowie sehr viel Kunststoffmüll.

Okinawa, 5. Mai 2012. 15:25 Uhr (14:25 in Shanghai)
Einem gnädigen Rückenwind war es zu verdanken, dass die Maschine des PACOM-Kommandeurs Admiral Willert exakt 19 Minuten vor der angekündigten Zeit auf der Kadena Air Base gelandet war. Die Begrüßung war kurz und herzlich gewesen, aber Shirer – der es sich nicht hatte nehmen lassen, den alten Freund persönlich am Flughafen zu empfangen – hatte sofort bemerkt, dass der Admiral angespannt war und wortlos darauf drängte, ins Kontrollzentrum gefahren zu werden, wo der Nationale Sicherheitsberater schon auf ihn wartete. Entgegen der ursprünglichen Ankündigung war Tom Nilon bereits eine Viertelstunde zuvor im Direktflug von Washington auf Okinawa eingetroffen. Nilon hatte noch einen wichtigen Termin beim Präsidenten wahrnehmen und deshalb den geplanten Zwischenstopp bei Willert auf Hawaii absagen müssen.

Von der Kadena Air Base nach Camp Courtney neben dem Städtchen Uruma waren es etwa 15 Kilometer. Eine zu kurze Strecke, um ausgiebig an die guten alten Zeiten bei der United States Naval Academy in Annapolis anknüpfen zu können. Und der Admiral schien nervös zu sein. Warum? Shirer wollte das wissen. »Ich würde gerne erfahren, warum auf einmal so eine furchtbare Hektik ausgebrochen ist. Eure Leute haben mich bisher mit Informationen gut versorgt, aber ich spüre, dass irgendwas in der Luft liegt, von dem ich nichts weiß. Gleichzeitig aber fallt ihr wie die Heuschrecken auf meiner beschaulichen Insel ein und tut, als könnte der nächste Weltkrieg ausbrechen.«

»Stimmt«, antwortete der PACOM-Admiral ernst, »möglich, dass wir uns im Moment genau darauf zubewegen.«

»Du willst jetzt nicht bullshitten oder etwa doch, Bob?«

»Nein. Wir haben bereits vor einiger Zeit einen vertraulichen Bericht von einem unserer Mittelsmänner in Tokio erhalten, mit dem Inhalt, dass finstere revanchistische Kräfte aus den besten Kreisen unserer schlitzäugigen Verbündeten einen Terroranschlag planen – und zwar drüben, am anderen Ufer des Chinesischen Meeres. Wir haben dem Bericht, der auf Informationen eines obskuren Netzwerks irgendwelcher linker Intellektueller und durchgeknallter Pazifisten beruht, jedoch keine großartige Bedeutung beigemessen und den Mann lieber auf Kur geschickt. Bis wir uns dann vor ein paar Tagen an die Sache erinnern mussten.«

»Spuck es schon aus: Wo liegt das Problem?« – »Unter uns, streng vertraulich?« – »Selbstverständlich, Bob.« – »Okay. Also wir glauben jetzt, dass es tatsächlich zu einem Terroranschlag kommen wird. Und zwar, wenn unsere Informationen stimmen, noch heute, am 5. Mai 2012, von Japan aus – gegen die Chinesen. Und das wird erst der Anfang sein. Hinter den Kulissen glühen seit 48 Stunden alle Drähte.«

»Ist das amtlich?« – »Ja, Bill. Es ist amtlich. Ich will den Teufel nicht an die Wand malen, aber es gibt gewisse Hinweise auf eine neue Form der bakteriologischen Kriegsführung – eine äußerst effiziente Form, muss ich hinzufügen.«

»Und davon wollen diese Terroristen Gebrauch machen? Sind bei den Japse nach ihrem Atomunfall alle Sicherungen komplett durchgeknallt? Ich weiß natürlich, dass die nationale japanische Front immer wieder getrommelt hat. Ein Haufen ultrarechter Ewiggestriger, der unüberhörbar vom Glanz des vergangenen Groß-Japan träumt. Aber die haben doch viel zu wenig politisches Gewicht, um im Land der aufgehenden Sonne etwas auszurichten, oder? Im Gegenteil, mir scheinen sie in den Achtzigern viel einflussreicher gewesen zu sein. Damals, als der rechte Politiker Shintaro Ishihara und der Sony-Gründer Akio Morita mit ihrem Buch *A Japan That Can Say No* Furore machten. ›Nein sagen‹ zu den Vereinigten Staaten – das können die sich in ihrer gegenwärtigen Krise doch gar nicht leisten. Erst gestern war dieser zwielichtige Admiral Yamada bei mir und hat mich ausgehorcht, wie sich unser Land im Fall eines chinesischen Angriffs auf Japan verhalten würde – hinsichtlich unserer Bündnisverpflichtungen. Also, ich blick echt nicht mehr durch, was da läuft bei den Japsen.«

»Schon mal was von der Waguni gehört, Bill?«

»Vage«, antwortete Shirer, »diese Firma – oder was immer das ist – scheint auch unsere Gegner in der Auseinandersetzung um unsere Air Base massiv zu unterstützen. Ist aber noch keiner von denen bei uns vorstellig geworden.«

»Das glaube ich gerne. Es scheint sich bei der Waguni eher um eine Art Syndikat zu handeln, das den ganzen ultrarechten Abschaum der undurchsichtigen Japan Inc. unter seinem Dach versammelt – um eine Verschwörung der Radikalnationalen, also vom harten Kern des harten Kerns, an der aber Vertreter aller wichtigen Kräfte Japans beteiligt sind: Industrie, Energiewirtschaft, Banken, das Militär, Teile des Kabinetts, des bürokratischen Apparats und sogar Mitglieder des kaiserlichen Hofs. Seit sich Japan durch die Unfähigkeit, die es im Umgang mit der Fukushima-Krise bewiesen hat, international lächerlich gemacht hat, schäumt diese ›Heimatfront‹ – nichts anderes bedeutet das Wort ›Waguni‹ – noch mehr und will die Ehre des Landes wiederherstellen. Neben den Militärs gehören einige Topvertreter aus der Pharma- und der Energiebranche zu den treibenden Kräften. Allen voran der riesige Mischkonzern Kuroi, der wohl – unter der tatkräftigen Mitwirkung seiner Waguni-Kumpanen – mitgeholfen hat, die nach dem Fukushima-Desaster anvisierte Verstaatlichung des Betreiberkonzerns zu hintertreiben, den er inzwischen selbst mehr oder weniger übernommen hat, während er perverserweise gleichzeitig auf Milliardengewinne aus neuartigen Medikamenten spekuliert, die Strahlenschäden zu minimieren versprechen. Fest steht jedenfalls, dass hier mächtig die Kacke am Dampfen ist. In Japan ist momentan die Hölle los. Die Regierung hat sich in ihre unterirdische Krisenzentrale zurückgezogen und beteuert ständig, dass sie von etwaigen Angriffsplänen nichts wisse. Aber es ist unklar, was die Jungs dort unten überhaupt noch im Griff haben. Und wieweit sie die Wahrheit sagen. Der Verteidigungsminister hat die Führung der Putschisten übernommen und beachtliche Truppenkontingente mobilisiert. Wie ich eben noch gehört habe, soll sich vor etwa einer halben Stunde der Tenno höchstpersönlich zu Wort gemeldet und den Putschversuch dieser Aufwiegler verurteilt haben. Das wäre ein Anlass zur Hoffnung. Kann aber auch eine Finte sein. Und offiziell hat der olle Monarch in Japan sowieso seit dem Krieg nichts mehr zu sagen. – Gibt es was Neues von diesem verdammten gekaperten U-Boot?«

»Nicht dass ich wüsste«, antwortete der Kommandierende General der Third Marine Expeditionary Force wahrheitsgemäß, »hat das denn was mit diesen bakteriologischen Geschichten zu tun? Du hast mir da gestern von mysteriösen Koffern an Bord erzählt …«

»Richtig. Ja, sieht ganz danach aus, als wäre nichts Gutes drin in diesen Koffern«, meinte der Admiral düster. »Aber Genaueres wissen wir nicht.«

»Auch nichts Genaueres über diese ›neue Form der bakteriologischen Kriegsführung‹?«

»Doch. Eine neuartige, hochentwickelte Form von wasserlöslichem Anthrax, Bill. Den Milzbranderreger sollen die Japse angeblich genetisch so verändert haben, dass er binnen weniger Tage ganze Landstriche entvölkern kann. Und zwar, und das ist der Clou, haben sie sich dazu eine ganz neue, besonders perfide Form des ›sauberen‹ Kriegs ausgedacht: Dieser hochaggressive Bazillus rafft alles dahin – bloß reinrassige Japaner nicht, denn ihnen fehlt ein Enzym. Vereinfacht ausgedrückt: Ohne dieses Enzym kann der Erreger im Körper nicht andocken. Sicherheitshalber haben die Japaner gleichzeitig auch einen Impfstoff gegen diesen Erreger entwickelt, der wieder nur bei Japanern anschlägt. Doppelt hält besser.«

Shirer brauchte einen Moment, die ungeheuerlichen Neuigkeiten zu verdauen. Dann kamen ihm Zweifel. »Haben die Japaner wirklich so ein einzigartiges, exklusiv japanisches Enzym? Oder, nein, du sagtest ja gerade, sie haben es *nicht*. Im Gegensatz zu den anderen. Ich weiß nur, dass sie wegen so einem verdammten Enzym, das sie zu wenig oder zu viel besitzen, keinen Alkohol vertragen, die armen Kerle. Aber dass ist bei den Schlitzaugen in China und anderswo doch auch nicht anders.«

»Richtig. Aber es geht auch nicht um dieses Alkoholverträglichkeitsenzym, Bill. Ich bin kein Biochemiker, frag mich nicht weiter. Jedenfalls handelt es sich gezielt um ein Enzym, das die Chinesen haben, aber nicht die Japaner. Und deswegen bringt diese neue Form von *Bacillus anthracis* alle Chinaken um, aber keine Japse.«

»Und wie soll das gehen, bitte schön? China ist ein Vielvölkerstaat. Es gibt kein staatsverordnetes China-Gen, das Uiguren, Mongolen, Tibeter, Birmanen, Han-Chinesen und so fort gemeinsam haben.«

»Die Han-Chinesen stellen mittlerweile eine Mehrheit von 90 Prozent im Land. Glaub mir, die zu erwischen, reicht.«

»Trotzdem ist das völlig absurd. Chinesen und Japaner sind nah verwandte Völker. In der Schule hab ich noch gelernt, dass beide zur ›gelben Rasse‹ gehören, mittlerweile aber ist das alles längst die Mottenkiste von vorgestern, denn die Molekularbiologie hat bewiesen, dass man den Homo sapiens gar nicht in wissenschaftlich haltbare Unterarten einteilen kann. Wie wollen die also so ’ne Art Rassenunterschied zwischen Chinesen und Japanern finden? Klar, in Japan gibt es diesen ganzen Rassistenquatsch der *Nihonjinron*-Literatur, die die absolute Einzigartigkeit der japanischen Rasse und damit wohl auch der japanischen Gene hervorhebt. Aber das ist doch alles pseudowissenschaftlicher Mumpitz. Wo leben wir denn? Im finstersten Mittelalter?«

»Im Mittelalter hat man, glaube ich, noch nicht so in Rassen gedacht. Wenn da ein Weißer mit ’ner Schwarzen geschlafen hat, war der Sohn halt gesprenkelt und trotzdem ein großer Ritter bei Artus. Nee, geh mal ein paar Jahrhunderte geschichtlich näher an die Gegenwart.

Die Nazis zum Beispiel. Dreißiger, vierziger Jahre in Deutschland, das waren lauter Nobelpreisträger und so, alles hochgebildete Leute. Da war dieser ganze Rassenkram staatlich anerkannte Wissenschaft. Da hat man wissenschaftlich bewiesen, dass Jesus kein Jude gewesen sein kann und lauter so'n Quatsch. Das war so 'ne Art von Arier-*Nihonjinron*.«

»Gut, dass es damals noch keine Gentechnik gab.«

»Gut? Die hätte diesem Rassenwahn doch sofort den wissenschaftlichen Boden entzogen.«

»Als ob es da je einen wissenschaftlichen Boden gegeben hätte. Außerdem: Wo ein Wille ist, ist immer auch eine Wissenschaft. Und die Geschichte wiederholt sich. Erst vor ein, zwei Jahren habe ich in der Zeitung einen Bericht darüber gelesen, dass irgend so ein deutscher Wissenschaftler jetzt doch tatsächlich das ›Juden-Gen‹ entdeckt haben will.«

»Dann sind sie also doch unverbesserlich, Bill. Sehr bedauerlich – nach all den Millionen Dollars, die wir nach dem Krieg dort reingesteckt haben. Da hätten wir uns die ganze Entnazifizierungsgeschichte auch sparen können. Folglich muss es wohl auch so ein verderbtes Deutschen-Gen geben. Ein Rassismus-Gen oder so.«

Shirer, dessen halbjüdischer Großvater aus Deutschland stammte, war sich da nicht so sicher. Auch wusste er, dass die Eugenikforschung der Nazis bis zum Kriegseintritt der USA 1941 mit reichlich fließenden Geldern aus Amerika unterstützt worden war.

»Und wie heißt dieser deutsche Wissenschaftler, Bill? Victor Frankenstein?«

»Keine Ahnung.« Shirer konnte sich schließlich nicht jeden Namen merken.

»Und der ist Genetiker, sagst du?«

»Nope. Eher Geisteswissenschaftler oder so.«

»Nun gut, das sind so die Typen, die damals unter den Nazis und staatlich verordnet alles Mögliche festgestellt haben. Dass es eine speziell jüdische Physik gibt, beispielsweise. Deren Gesetze in Deutschland natürlich nicht galten. Klar, alles ist relativ. Die Atombombe haben sie aber trotzdem zu bauen versucht.«

»Stark! Junge, Junge, stell dir nur mal vor, irgendwelche Verrückten würden jetzt mit den Juden auch so was vorhaben wie die Japsen in China.«

»Wie? Was meinst du?«

»Na ja. So eine Anti-Gen-Geschichte. Die Juden sind wohl das

Volk, das sich, aus der Heimat vertrieben, am meisten über die ganze Welt verstreut und dabei mit allen anderen Völkern vermischt hat. Gesetzt also, dass dieser Frankenstein recht hätte ... und es also wirklich ein Juden-Gen gäbe ... Und so ein durchgeknallter Wissenschaftler fabriziert nach dem Muster der Japsen ein Bazillus, mit dem man alles, was dieses Gen in sich trägt, vernichten kann, dann ...« – »Dann?« – »Schade um die Menschheit. Da gehn wir totsicher alle mit drauf.«

»Du meinst, in dem Fall müssten wir also sicherheitshalber ganz schnell was gegen dieses verderbte Rassismus-Gen basteln und diese Verrückten zuerst vernichten, bevor sie loslegen können? Hm. Vielleicht können uns die Japaner ja wieder mal behilflich sein.«

William Shirer seufzte. »Mensch Bob, du verstehst mich nicht. *It's all the same fucking gene, man.* Wer an Genen gegen die Menschheit bastelt, sägt am eigenen Ast.«

Kyoto, 5. Mai 2012. 15:33 Uhr (14:33 in Shanghai)

Akira Muratas Haus lag friedlich und unberührt in der angenehm warmen Nachmittagssonne. Jeremy und Joe versuchten, wie harmlose Spaziergänger auszusehen, die sich verlaufen hatten. Außer hohen Zäunen, wunderschönen Privatparks und Luxusvillen gab es in dieser Straße nicht viel zu sehen. Alles war merkwürdig ruhig. Sie hatten mit einem Großaufgebot der japanischen Polizei gerechnet. Oder mit einem Dutzend tätowierter Yakuza, die säbelschwingend auf sie warteten. Aber das Murata-Grundstück lag leblos und verwaist.

»Wenn man bis jetzt nicht auf uns geschossen hat, können sie höchstens im Haus auf uns warten«, sagte Joe und zog seine Browning aus dem Hosenbund. »Reines Mimikry«, sagte er auf Jeremys verwunderten Blick hin. »Andere überfallen mit Plastikattrappen Banken. Das Prinzip Einschüchterung ist immer noch besser als nichts.«

»Schon merkwürdig, dass eine Riesenballerei hier niemanden zu interessieren scheint«, sagte Jeremy nachdenklich und starrte die geschwungene Einfahrt zu Akira Muratas Haus hinauf.

»Hier wohnen viele alte Leute, Jeremy. Die meisten sind wahrscheinlich schon scheintot, und keiner von denen hat Lust, vor der Polizei irgendwelche Zeugenaussagen zu machen.« Sie hatten das Eingangstor nun erreicht. »Sollen wir?«

»Wir müssen«, antwortete Jeremy bestimmt.

»Okay«, nickte Joe, *»it's now or never.«* Vorsichtig öffneten Sie das mannshohe Gartentor und betraten das Grundstück. Jeremy stampfte festen Schrittes voran, wobei er versuchte, sich innerlich auf den Anblick toter Männer vorzubereiten. Doch die Körper der beiden Yakuza waren verschwunden. Sogar die weißen Kieselsteine vor dem Eingang, an denen eben noch Knochensplitter, Blut und graue Hirnmasse geklebt hatten, strahlten weiß und sauber. Sie waren noch etwas feucht. Bis auf die Löcher in der Hauswand sah es so aus, als hätte es hier nie eine Schießerei gegeben. Die Haustür war verschlossen. »Verstehst du das?«, fragte Jeremy und sah sich verunsichert um.

»Nein, aber ich hab auch keine Lust, es zu verstehen«, antwortete Joe. Er öffnete mit seinem Schlüssel die Haustür und trat ein. Nach ein paar Sekunden sagte er laut: »Scheint niemand hier zu sein. So, und jetzt zeig mir mal, ob dieser olle russische Dichter uns tatsächlich zu den Tagebüchern meines Stiefvaters führen kann.«

»Deutsche, Joe. Goethe war Deutscher.«

»*Whatever.* Was glaubst du, wie herzlich egal mir das ist. Wenn der nicht mal verfilmt wurde ...«

Osaka, 5. Mai 2012. 15:34 Uhr (14:34 in Shanghai)

Durchschnittlich benötigte der Mann acht Sekunden, um die elektronisch gesicherte Türe eines Hotelzimmers ohne die dafür notwendige Chipkarte zu öffnen. Die Tür im Hilton Osaka schaffte er in sieben Sekunden. Als das Schloss knackte, rief er: »Zimmerservice!« Aber selbst diese kurze Zeitspanne hatte Yoki gereicht, um die Augen zu öffnen, sich lautlos aus dem Sessel zu wuchten, sich dann an die Wand neben der Tür zu stellen und den feinen Draht aus seiner Hosentasche zu ziehen.

Der Mann schob vorsichtig die Tür auf und blieb zunächst auf der Schwelle stehen. Die Vorhänge waren zugezogen und seine Augen mussten sich an das diffuse Halbdunkel in Gouldens' Hotelzimmer erst einmal gewöhnen. »Der Vogel ist ausgeflogen«, sagte er wie zu sich selbst, trat ein und betätigte den Lichtschalter. Als er die Tür zuziehen wollte, spürte er plötzlich eine Bewegung hinter seinem Rücken und dann etwas Scharfes, das mit ungeheurer Kraft in seinen Hals schnitt. Eine Garotte, dachte der Mann, der in diesem Augenblick wusste, dass er sterben könnte. Ihm wurde schwarz vor Augen. Einen Moment später hörte er das erlösende Plopp eines schallgedämpften Schusses. Gleichzeitig merkte er, wie sich der dünne Draht um seinen Hals lockerte und hinter ihm ein schwerer Körper zu Boden glitt.

Ein zweiter Mann, der ebenso wie der erste einen unauffälligen Straßenanzug trug, schlüpfte ins Zimmer, schloss nun hinter sich die Tür und steckte gleichzeitig seinen kleinen 22er ein. Der Erste rieb seinen Hals und stellte fest, dass er blutete. Der Zweite sagte mit einem verächtlichen Blick auf die Leiche: »Ziemlich alt für einen Killer.«

»Aber Bärenkräfte!«, setzte der Erste dagegen. »Auf jeden Fall vielen Dank ... Verflucht, tut das weh.« Er räusperte sich mit verzerrtem Gesicht, wandte sich um und verpasste dem Toten einen Fußtritt. »Arschloch«, sagte er und ging ins Bad, um das Blut, das aus der Scheuerwunde tröpfelte, mit Toilettenpapier notdürftig zu stillen. »Wenn du fertig bist, hilf mir bitte, den Fettsack auf den Sessel zu wuchten. Allein schaff ich das nicht«, sagte der zweite Mann.

»Im Grunde ziemlich blöd, dass du ihn gleich umlegen musstest. Ich hätte gerne noch ein bisschen mit ihm geplaudert.«

»Dann wärst du jetzt tot und könntest nicht mehr plaudern. Immerhin wissen wir jetzt sicher, dass dieser Gouldens für die Yakuza ähnlich interessant ist wie für uns.«

»Oh ja«, pflichtete der Erste ihm bei, »und dass die von Kuroi hinter ihm her sind. Er ist in Kyoto. Bin mal mächtig gespannt, wer ihn als Erster in die Finger bekommt. Wir oder die.«

»Er kann froh sein, wenn wir ihn zuerst schnappen. Die Japse ziehn ihm vermutlich bei lebendigem Leibe die Haut ab.«

Okinawa, 5. Mai 2012. 15:36 Uhr (14:36 in Shanghai)
Der Wagen mit Lieutenant General William C. Shirer und dem PACOM-Kommandanten Bob Willert an Bord donnerte quer über die Insel den Okinawa Expressway Richtung Camp Courtney hinab. Vor ihnen lag nun das Städtchen Uruma. Noch immer drehte sich das Gespräch um die genetischen Unterschiede und Gemeinsamkeiten verschiedener Ethnien, speziell um die Frage, inwieweit sich etwaige diesbezügliche Unterschiede im Hinblick auf die Entwicklung neuer Formen der bakteriologischen Kriegsführung ausnutzen ließen. Shirer, der das Schlagwort vom »Melting Pot« Amerika verinnerlicht hatte, blieb skeptisch – zumindest die Entwicklung spezifisch antiamerikanischer Biokampfstoffe schien ihm jedenfalls nahezu unmöglich. Dann kam das Gespräch wieder auf seinen Ausgangspunkt, die potenzielle Bedrohung aus Japan, zurück.

»Ich wusste gar nicht, dass unsere mandeläugigen Verbündeten an so einer Sache gearbeitet haben«, meinte Japankenner Shirer ehrlich verblüfft. »Warum haben das unsere Leute nicht wie üblich mit gezielten Indiskretionen an die Öffentlichkeit geschaufelt?«

»Zum Ersten handelt es sich wohl nicht um das offizielle Japan. Der Bazillus wurde von den Verschwörern in irgendwelchen Geheimlabors gebastelt. Das zweite und etwas größere Problemchen, Bill, besteht darin, dass dieser neuartige Milzbranderreger letztlich mit unserer Hilfe entwickelt wurde. Zumindest wurde der wissenschaftliche Grundstein dafür in unseren Biowaffenlabors von Fort Detrick gelegt. Es handelt sich gewissermaßen um eine japanisch-amerikanische Koproduktion, deren Anfänge bis in die vierziger Jahre zurückreichen.«

Shirer sah seinen Ex-Studienkollegen ungläubig an. »Ich kenne natürlich die peinliche Geschichte mit der Amnestie für Shiro Ishii und seine Teufelsärzte von der Einheit 731 im Gegenzug für die Informationen über das japanische Biowaffenprogramm. Aber ich denke, damit hatte sich die Sache erledigt, oder? Erzähl mir bitte nicht, dass unsere Jungens mit den japanischen Kriegsverbrechern weiterhin gemeinsame Sache gemacht haben.«

»Doch: Das ließ sich leider nicht vermeiden. Im Kampf für die Freiheit, verstehst du? Da darf man in der Wahl der Mittel nicht zimperlich sein. Die wirklich pikanten Details haben wir Gott sei Dank immer geheim halten können. Es wäre ein Fehler gewesen, wenn wir nach dem Krieg nicht die schlauesten Köpfe der Einheit 731 für uns verpflichtet hätten. Am Ende hätten sich gar noch die Russen sie geholt. Selbst Shiro Ishii persönlich hat uns selbstlos seine Hilfe angeboten; er hat in den Fünfzigern in Fort Detrick Vorträge über den Biokrieg gehalten und uns auch im Koreakrieg den einen oder anderen guten Tipp gegeben.«

»Ohne die Raketennazis um Wernher von Braun hätte es auch die Mondlandung nicht gegeben. Verstehe«, sagte William Shirer.

Bob Willert nickte. »Hätten wir damals in Korea verloren, wäre heute garantiert die ganze Welt kommunistisch. Das hat Oberbefehlshaber McArthur unmissverständlich klargemacht. Deshalb wollte er auch die Atombombe einsetzen. Und gib doch zu: Was sind so ein paar pestverseuchte Ratten, wenn es um die Rettung der *Freiheit* geht. Hinterher empfiehlt sich natürlich diskretes Schweigen. Klar, es gibt da so einiges, was auch wir unter den Tisch fallen lassen möchten. Beispielsweise dass im Zweiten Weltkrieg für japanische Forschungsreaktoren gedachtes deutsches Uran 235 im Umweg über Los Alamos tatsächlich den Weg nach Japan gefunden hat. Als *Little Boy*. Und um nochmal auf Douglas McArthur zurückzukommen: Er hat eben gewusst, welch hohes Gut die Staatsräson im Kampf für die Freiheit ist. Zum Wohle des Ganzen müssen andere Ideale wie individuelle Menschenrechte und so weiter auch mal zurückstehen können.«

»Richtig, wenn es damals wirklich primär um Aufklärung und Gerechtigkeit gegangen wäre, hätten wir als Allererstes sowieso den japanischen Kaiser vor Gericht stellen müssen. Der wurde aber überhaupt nicht angetastet. Tenno Hirohito, selbst ein begeisterter Biologe mit einem eigenen Laboratorium im kaiserlichen Palast, hat immerhin persönlich einige der Anordnungen und Befehle unterschrieben, die die Einheiten 731 und 1644 direkt betrafen. Sein Onkel Prinz Asaka Yasuhiko hat als Kommandeur der Eroberungstruppen die Massaker von Nanking maßgeblich zu verantworten, und von Hirohito selbst stammt der Befehl, sich bei der Behandlung der Kriegsgefangenen nicht an internationales Recht zu halten – was im Endeffekt hieß, dass eben gar keine Kriegsgefangenen gemacht wurden: Wer sich ergab, wurde hingemetzelt. Der Tenno war also nicht nur mit größter Wahrscheinlichkeit über die in seinem Namen begangenen Kriegsverbrechen informiert, sondern hat sie womöglich noch gefördert. Auch ihm ging es nur um den Erfolg der Mission: Expansion des Kaiserreichs um jeden Preis. Immerhin hat er gegenüber MacArthur ausdrücklich die militärische und politische Verantwortung für *sämtliche* japanischen Kriegsaktionen übernommen. Trotzdem kam er ungeschoren davon.«

Die kleine Wagenkolonne stoppte vor den Flachbauten der Kommandozentrale von Camp Courtney. Auf dem Weg nach drinnen setzten die beiden Männer ihr Gespräch fort.

»*Well*, wo gehobelt wird, fallen Späne«, kommentierte Admiral Willert ungerührt. »Nicht zufällig war das größte japanische Menschenversuchscamp in Pingfang als Holzmühle getarnt. Aber lassen wir die Geschichte ruhen und wenden uns den Problemen der Gegenwart zu. Es ist nicht gut, wenn die weiße Weste der Vereinigten Staaten blutige Flecken erhält und unser Kampf für die Freiheit als gewaltsame Unterdrückung unserer Konkurrenten missinterpretiert wird. Denk nur, wie schlecht wir letztendlich den jüngsten Irakkrieg verkauft haben, durch den wir uns schließlich nicht nur Ölquellen gesichert, sondern auch die Welt von einem ihrer größten Staatsterroristen befreit haben.«

»Tja, Kampf für die Freiheit und Terrorismus sind eben nicht immer und überall ganz leicht zu unterscheiden.«

Der Admiral runzelte die Stirn. »Doch, Bill, das sind sie. Ganz leicht. Du musst dir nur eins merken: Terroristen sind die anderen. Und wir stehen auf der Seite der Freiheit. So einfach ist das. Das steht schon so in der Verfassung, glaube ich.«

»Fassen wir also zusammen« – der pragmatisch orientierte Shirer wollte das Gespräch von dieser eher abstrakt ethischen Grundsatzposition auf die konkreten Erfordernisse des Tages zurückführen –: »Diese Japse haben also einen genveränderten Milzbranderreger, den spezielle Gruppen im Land anscheinend in irgendeiner Form gegen China einsetzen wollen. Und diesen Erreger haben sie letztendlich mit unserer Hilfe gezüchtet. Außerdem sind sie unsere Verbündeten. Ist diese bevorstehende Milzbrandattacke dann eigentlich ein terroristischer Akt oder vielleicht ja doch – ein Kampf für die Freiheit?«

»*Bullshit.* Ganz klar terroristischer Akt. *Diese* Japse sind nicht unsere Verbündeten. Deswegen herrscht hier momentan ja gerade so dicke Luft: hier, auf japanischem Boden.«

»Wenn das Terror ist – wie wollen wir es dann aber der Weltöffentlichkeit vermitteln, dass wir bei dieser Milzbrandgeschichte kräftig unsere Finger mit drin hatten?«

»Natürlich gar nicht, Bill. Das darf eben niemals rauskommen. Die entsprechenden Unterlagen sind absolut *top secret!*«

»Auch in Japan?« – »Auch in Japan. Noch ist das Ganze dort ohnehin eine Art Geheimverschwörung. Das Problem ist momentan nur, dass es einen in der Nachkriegszeit bei uns zwangsverpflichteten japanischen Arzt und Biologen gab, der nach seiner Freilassung eine ganze Menge belastendes Material nach Japan mitgehen lassen hat. Und keiner weiß, was der später noch so alles zusammengesammelt und herausgeforscht hat. Ein manischer Amerikahasser, verstehst du? Der ist wahrscheinlich der Schlüssel in dem ganzen Schlamassel. Er ist mittlerweile verstorben, aber kein Mensch weiß, wo seine kompromittierenden Aufzeichnungen hinverschwunden sind. Wir haben vor Jahren schon einmal danach suchen lassen, aber irgendwann ist Gras über die Angelegenheit gewachsen. Doch dummerweise befindet sich gerade jetzt irgend so ein englischer Trottel von Anwalt, der auf geheimnisvolle Weise Wind von der Sache bekommen hat, in Japan, um genau diese Papiere zu suchen. Die Agency ist mächtig am Rödeln, das unter Kontrolle zu bekommen. Aber ich glaube, diesmal machen sie ausnahmsweise mal hervorragende Arbeit. Sie haben ihn schon geortet, wie ich grade vorhin von einem guten Freund in Langley erfahren habe; ich hab da einen ganz besonderen Draht, weißt du. Der Engländer arbeitet mittlerweile mit einem Exmitglied der Firma zusammen. Ganz kleiner Fisch, aber trotzdem ein merkwürdiger Zufall, nicht wahr?«

»Verstehe ich ehrlich gesagt alles nicht recht, Bob«, sagte William Shirer. »Was hat dieser Anwalt mit der Sache zu tun?«

»Er hat vor über zehn Jahren einen spektakulären Schadenersatzprozess gegen einen japanischen Pharmariesen verloren – Kuroi. Du weißt, schon: der jetzt dieses Mittel gegen Strahlenschäden auf den Markt bringt. In diesem Konzern haben die meisten unserer japanischen Kriegsgefangenen nach ihrer Entlassung aus den Labors von Fort Detrick wieder angefangen, zu arbeiten.«

»Wie dieser japanische Arzt?«

»Genau: Ein enger Verwandter des 731-Kommandeurs Shiro Ishii ist heute Vorstand des Kuroi-Konzerns. Er heißt auch Ishii – wie die ganze Sippe. Und unser Arzt und Biologe – er hieß Maruta oder so – arbeitete nach seiner Rückkehr in den Kuroi-Labors, wo ihm kurz vor seiner Pensionierung in den frühen siebziger Jahren der entscheidende Durchbruch bei den ersten gentechnischen Versuchen an Milzbranderregern gelungen ist: auf Grundlage ebenjener Daten, die er von uns abgestaubt hat. Auf seinen Arbeiten und Aufzeichnungen basiert all diese japanische Biowaffentechnologie, die uns gerade Probleme bereitet. Es wäre einfach zu dumm, wenn diese Dokumente in die falschen Hände gelangen würden. Und an die Öffentlichkeit ...«

»Das wäre sogar sehr dumm für uns, Bob!«

»Die Agency wird das um jeden Preis zu verhindern wissen. Mit den üblichen Methoden.«

»Den Methoden der – Freiheit?«

»Was denn sonst, Bill.«

Kyoto, 5. Mai 2012. 15:55 Uhr (14:55 in Shanghai)

»Schauen wir uns Yukikos Arrangement doch einmal an, Joe.« Sie standen vor der *Tokonoma* und Jeremy kam sich vor wie eine Mischung aus einem Museumsführer in einer Galerie für moderne Kunst und Howard Carter bei der Entdeckung des Grabes von Tutanchamun 1922.

Die Wandnische war unverändert. Links die *Ikebana*-Blumen, in der Mitte die *Kakemono*-Rolle – auf die sich, wie Jeremy jetzt wusste, statt eines buddhistischen *Koan*-Rätsels ein Rätselgedicht aus Johann Wolfgang von Goethes *West-östlichem Divan* geschlichen hatte, das am Beispiel des Ginkgoblattes das Geheimnis der Liebe zweier Menschen behandelt –, rechts, wie als Illustration, der Bonsai-Ginkgo, dahinter das obligatorische Fensterchen in den übrigen Raum. Jeremy fiel erst jetzt auf, dass die *Ikebana*-Blumen zwar welk, aber nicht vertrocknet waren. Jemand musste sie erst vor einigen Tagen da arrangiert haben. Und das dürfte wohl kaum jemand von der mit der Instandhaltung des Hauses beauftragten Servicefirma gewesen sein. War also Yukiko erst kürzlich noch einmal hier gewesen?

Er ließ das sehr harmonisch wirkende Arrangement noch einen

Moment auf sich wirken, dann sagte er: »Schau, die *Kakemono*-Rolle in der Mitte dominiert das Bild und fungiert gleichzeitig ein wenig als Bilderläuterung oder Bedienungsanleitung. Daneben der Baum, von dem das Gedicht handelt. *Dieses Baums Blatt, der von Osten meinem Garten anvertraut, gibt geheimen Sinn zu kosten, wie's den Wissenden erbaut.* Der Wissende bin ich und natürlich würde mich der geheime Sinn der Tagebücher in der Tat mächtig erbauen. Der Baum kommt von Osten – Japan, klar. Joe, wo ist denn Osten hier im Raum?«

Der japanisch-amerikanische Hüne, dem das alles immer noch reichlich suspekt vorkam, überlegte einen Moment, dann wies er nach rechts. »Dort müsste Osten sein.« Jeremy blickte gen Osten durch das kleine Fenster auf die dahinterstehenden *Shoji* mit den rätselhaften dunklen Rechtecken. Und was war das? Hatte er das nicht vorhin schon bemerkt, als er das erste Mal hier war? Doch sicher, das hatte er gesehen, er erinnerte sich jetzt. Nur hatte er es unbegreiflicherweise nicht *registriert*: Im *Shoji*-Feld direkt hinter dem Ginkgo, auf das der Baum mit seinen verkümmerten Ästchen förmlich wies, war im Japanpapier keine rechteckige, sondern eine *fächerförmige* Struktur erkennbar, die entfernt an ein Ginkgoblatt erinnerte und außerdem leicht gelblich schimmerte. »Die *Shoji*«, rief er.

»Dunkler und ... viereckig!«, stieß Joe Murata hervor und war mit einem Mal von Jeremys Hypothese überzeugt. »Verflucht, der alte Fuchs hat die Originalseiten seines Tagebuchs zwischen das Papier seiner *Shoji* gelegt. Yukiko hat das rausbekommen. Und du bist wirklich der Wissende!«

Jeremy zückte seinen neuen Brieföffner und trennte vorsichtig das Papierrechteck mit der fächerförmigen Struktur aus dem Holzraster der *Shoji*. Er stieß auf ein dünnes gelbliches Transparentpapier, in das wiederum etwas eingewickelt war. Hastig riss er das gelbe Papier herunter. Vielleicht eine Nachricht von Yukiko? Nein, darin befand sich ein altes Blatt aus einem Heft, das äußerlich sehr stark dem Blatt glich, das ihnen gestern Nacht Hasekawa überreicht hatte: ein Tagebuchblatt, wahrscheinlich ein besonders wichtiges. Das mit dem *geheimen Sinn* ... Er stopfte es sich sofort in die Hosentasche. Was er hatte, konnte ihm schon keiner mehr nehmen.

Okinawa, 5. Mai 2012. 16:02 Uhr (15:02 in Shanghai)

So voll war die Kommandozentrale des Kommandierenden Generals der Third Marine Expeditionary Force, Lieutenant General William C. Shirer, in Camp Courtney noch nie gewesen. Im Bunker herrschte entsetztes Schweigen, denn um Punkt 16 Uhr japanischer Zeit hatten die Satellitenüberwachungssysteme den Abschuss eines Marschflugkörpers registriert, der jetzt mit etwa 900 Stundenkilometern auf die chinesische Küste zuflog. Etwa dreißig Augenpaare starrten auf die Monitorwand. Der Marschflugkörper war als blinkender Punkt auf dem großen Hauptmonitor zu sehen, auf dem zudem die Umrisse der chinesischen Küste sowie das vorgelagerte Taiwan erkennbar waren. »Voraussichtliches Einschlagsgebiet?«, fragte Shirer in den Raum hinein.

»Das Stadtzentrum von Fuzhou«, kam es vom Operator zurück.

»Also die nächstgelegene Großstadt der Volksrepublik, direkt gegenüber am anderen Ufer der Taiwanstraße. Verflucht, da bleibt nicht viel Zeit.«

»Einschlag erfolgt in etwa vier Minuten, Sir«, bestätigte der Operator emotionslos.

»Wann ist unsere Warnung rausgegangen?«, fragte Admiral Willert.

»Vor zwei Stunden. Aber wir wissen noch nicht, ob uns die chinesische Staatsführung überhaupt geglaubt hat.«

»In vier Minuten werden Sie es glauben müssen – außer es gelingt ihnen, die Rakete abzufangen. Von wo aus ist der Abschuss erfolgt? Sieht mir ja ganz nach Taiwan aus. Operator – machen Sie Meldung!«

»Das könnte man annehmen, Sir. Aber wahrscheinlicher ist, dass es sich um eine schwimmende Abschussbasis vor der Küste handelt. Die vorläufigen Koordinaten weisen auf eine Position etwa in der Mitte zwischen der südwestlichsten japanischen Insel Yonaguni und der nur gut 100 Kilometer entfernten Nordostküste Taiwans hin.«

»Also doch die Tancho«, platzte es aus William Shirer heraus.

Der Admiral nickte. »Leider scheinst du mit deiner Intuition mal wieder richtig gelegen zu haben, Bill. Wenn das Ganze nicht so perfide wäre, könnte man fast sagen: ein cleverer Schachzug dieser Verrückten. Sie täuschen einen taiwanesischen Angriff auf die Volksrepublik China vor, wodurch unabwendbar eine ganze Reihe von Automatismen ausgelöst wird: China wird zurückschlagen, und damit kommt der ›Taiwan Relations Act‹ ins Spiel, der im Fall einer solchen massiven Gefährdung der Sicherheit der Westpazifikregion eine entschiedene Reaktion der Vereinigten Staaten verlangt. Wir werden mehr oder weniger gezwungen sein, an der Seite unserer Verbündeten, allen voran Japan, militärisch zu reagieren. Das Dreier-Verteidigungsbündnis USA, Japan, Taiwan lässt uns und den Japsen praktisch keine andere Wahl als den Krieg. Und bekanntlich stehen in der Volksrepublik ungefähr 1000 Kurz- und Mittelstreckenraketen bereit, die gegen Taiwan und gegen unsere in Japan stationierten eigenen Jungs gerichtet sind. Also auch gegen uns auf Camp Courtney. Für die Betonköpfe und Kriegstreiber in Peking könnte das jetzt ein willkommener Vorwand sein, endlich die abtrünnige Inselprovinz mit Gewalt heim ins Reich zu holen. Das Einzige, was sie bisher daran hinderte, war schließlich die Sicherheitszusammenarbeit von USA und Japan. Leute, Leute, das könnte der Beginn eines wunderbaren Weltkriegs sein. – Wie sicher sind wir hier im Bunker?«

»Kommt darauf an, was sie uns auf den Kopf hauen«, antwortete Shirer ernst. »Ich hoffe allerdings, dass wir die Rotchinesen noch rechtzeitig stoppen können. Und ihnen klarmachen, dass hier offensichtlich eine Art bedauerliches *Missverständnis* vorliegt.«

»Die Zivilschutzmaßnahmen in Taiwan sind vor 90 Minuten angelaufen«, meldete sich der Nationale Sicherheitsberater bescheiden dazwischen. »Kann mich irgendwer darüber aufklären, was da in Japan eigentlich vor sich geht? Wie ist es möglich, dass offenbar irgendwelche durchgeknallten Militärs so einen unfassbaren Terrorakt lostreten können, der den Frieden auf der ganzen Welt bedroht?« Er wandte sich an William Shirer. »Können Sie mir etwas dazu sagen, General? Admiral Willert hat mir mitgeteilt, dass Sie bestens mit den japanischen Gepflogenheiten vertraut sein sollen.«

»Nun«, antwortete Shirer, »in aller Kürze: Politisch betrachtet ist Japan ein zerrissenes Land. Die Mehrheit des Volkes will selbstverständlich keinen Krieg. Aber eine Minderheit, die über beachtliche Ressourcen verfügt, scheint nach wie vor von der Idee eines mächtigen, auserwählten Japan beseelt zu sein. Sie kennen den Begriff ›Japan Inc.‹: Die Führung des Landes ist ein einziges unüberschaubares Konglomerat aus Wirtschaft, Finanzwesen, Politik, Militär und organisierter Kriminalität – ohne ein klares Machtzentrum. Vielleicht haben Sie mal Karel van Wolferens Bestseller *Vom Mythos der Unbesiegbaren: Anmerkungen zur Weltmacht Japan* gelesen?« Nilon schüttelte den Kopf. »Na, da wäre Ihnen jetzt vieles klarer. Das Buch stammt zwar schon von 1989, ist aber heute noch brauchbar; hat sich ja auch nicht allzu viel geändert. Außer der Tatsache vielleicht, dass Japan damals auf dem Höhepunkt seiner Macht stand, während das Land heute im Niedergang ist und in fast allen Bereichen gegenüber China und den USA den Kürzeren zieht – vom Frauenfußball einmal abgesehen. Jedenfalls: Wolferen analysiert in seinem Buch, wie Japan von einer kleinen Elite regiert wird, die unsichtbar hinter den Kulissen operiert und alle wichtigen Fäden in der Hand hält. Da das System der Machtverteilung und Zuständigkeit so diffus und verschlungen ist, findet sich, wenn mal was richtig aus dem Ruder läuft, hinterher keiner, der für das Schlamassel verantwortlich wäre. Niemand will's gewesen sein und alle ziehen sich fein aus der Affäre. Das haben wir ja zuletzt in Fukushima wieder gesehen. Wer weiß: Womöglich werden auch viele der wahren Hintermänner der aktuellen Ereignisse wieder straffrei ausgehen.«

»Danke. Ich verstehe es trotzdem nicht.« Der Sicherheitsberater wollte sich nicht anmerken lassen, dass er innerlich so aufgeregt war, dass er Shirers Worten kaum hatte folgen können. Gleichzeitig wunderte er sich, dass der General in einer so angespannten Situation noch so besonnen und ruhig von irgendwelchen alten Büchern erzählen konnte. Er ließ sich ein Telefon geben und sich mit dem Pentagon verbinden.

Ein Offizier reichte William Shirer einen Funkspruch. »Die taiwanesische Luftabwehr meldet Abwehrbereitschaft. Alle Patriot-Batterien zur Raketenabwehr sind einsatzbereit«, las er laut vor. »Die rechnen also mit einem automatischen Gegenschlag Chinas. Mit Recht. Die in Peking werden sicher nicht nur bluffen.« Der weiße, blinkende Punkt befand sich inzwischen kurz vor der Küste. »Noch 45 Sekunden bis zum Einschlag!«, rief der Operator. Jetzt hielten alle Anwesenden den Atem an. »Marschflugkörper ist identifiziert als Tomahawk!«, rief der Second Operator.

»Wir wissen nicht, ob er mit einem konventionellen Sprengkopf bestückt ist?«, fragte der Admiral. »Nein, Sir. Aber das werden wir gleich sehen ...«, erwiderte Shirer. »Noch 15 Sekunden bis zum Einschlag«, schallte es vom Operator. »Sir, die Chinesen antworten!«, rief der Second Operator. Plötzlich tauchten zehn weiße Punkte auf dem Hauptmonitor auf, die von der chinesischen Küste aus Taiwan zusteuerten. Shirer schloss für einen kurzen Moment die Augen. Ob er seine Pensionierung noch erleben würde? Immerhin: Noch war nur Taiwan das Ziel, nicht Okinawa. »Einschlag!«, verkündete der Operator.

»Umschalten auf Realbild«, rief William Shirer und deutete auf einen Monitor, der ein gestochen scharfes Bild von der Sechsmillionenstadt Fuzhou lieferte – aufgenommen von einem Spionagesatelliten aus 178 Kilometern Höhe. »Zoomen!« Ein paar Sekunden später konnte man in einem Industriegebiet nahe des Stadtzentrums eine Sprengwolke erkennen. »Ein konventioneller Sprengkopf – zum Glück«, sagte Admiral Willert.

»Zumindest jedenfalls kein atomarer Sprengkopf«, präzisierte General Shirer, der daran dachte, dass wer nicht A sagte, ja immer noch B oder C sagen konnte. Und hatte nicht Willert selbst vorhin einen Verdacht erwähnt, dass diese Tancho etwas mit jener ominösen ›neuen Form der bakteriologischen Kriegsführung‹ zu tun haben könnte? Die allgemeine Erleichterung darüber, über Fuzhou keinen Atompilz aufsteigen zu sehen, wurde auch wesentlich durch die Tatsache beeinträchtigt, dass zur gleichen Zeit zehn chinesische Raketen unaufhaltsam auf die Küste Taiwans zuflogen. Ein taiwanesischer Gegenschlag, so wusste Shirer, wäre dann unvermeidlich auf die Millionenmetropole Shanghai gerichtet. Taiwan hatte stets damit gedroht, bei einem chinesischen Angriff auf Taipeh Marschflugkörper auf Shanghai zu feuern – eine Drohung, die die Regierung in Peking so ernst genommen hatte, dass sie 2006 in Shanghai einen fast 100000 Quadratmeter großen Bunker bauen ließ, der im Fall von Giftgas- oder Atomattacken aus Taiwan 200000 Menschen Schutz bieten kann.

»Erster Einschlag in ungefähr 75 Sekunden«, rief der Operator.

»Dann könnte es sich um die neuen DF-25 handeln«, sagte William Shirer fachmännisch und fügte erklärend hinzu: »Dong Feng 25, Reichweite 1700 Kilometer, mit konventionellem Sprengkopf bestückt.«

»Die Patriots sind auf dem Weg«, rief der Second Operator.

Für William Shirer hatte die gesamte Szenerie etwas gespenstisch Unwirkliches. Sie erinnerte ihn an ein hochmodernes Computerspiel, dem man als interessierter Zuschauer gebannt auf einem bequemen Stuhl sitzend beiwohnen kann. Während Hunderte Kilometer entfernt das scheinbare Spiel grausame Wirklichkeit wird und über unschuldige Menschen die Hölle hereinbricht. »Ich möchte sofort über die Schäden in Taiwan informiert werden«, sagte der Sicherheitsberater, der soeben sein Ferngespräch mit dem stellvertretenden Verteidigungsminister beendet hatte. »Hoffen wir auf die Patriots, Tom!«, erwiderte PACOM-Kommandant Willert. »Dann jagen wir sofort unser Kommuniqué heraus, dass es sich um einen barbarischen Akt einer bislang unbekannten Terrorgruppe handelt …«

»Unsere Verbündeten werden nicht gerade erfreut sein, Sir, wenn wir sie als Terroristen bezeichnen«, wagte Sicherheitsberater Tom Nilon zu widersprechen. »Schließlich sind sie *Freunde* der Freiheit.«

»Nicht die, die das zu verantworten haben«, antwortete Admiral Willert entschieden. »Das ist nicht die international anerkannte Regierung Japans, die dahintersteckt.«

»Wissen wir das wirklich? Wie ich soeben aus dem Pentagon erfahren habe, gibt es ernstzunehmende Hinweise, dass der japanische Premier insgeheim ähnlich reaktionäre Positionen vertritt wie sein momentan putschender Verteidigungsminister und seine Generäle. Vielleicht ist diese ganze Putsch- und Terror-Geschichte ja nur vorgeschoben und geschieht mit seiner heimlichen Billigung? Also, ich traue den Japsen jedenfalls alles zu …«

»Was Neues von den Patriots?«, rief William Shirer, um von der unerfreulichen Diskussion abzulenken. – »Noch nicht, Sir!«

»Machen Sie unaufgefordert Meldung, Leutnant«, sagte Shirer.

»Sir, jawohl, Sir!«, rief der Operator zurück.

»Ich kann es noch immer nicht fassen«, sagte Nilon fassungslos. »Verdammt, wieder einmal geht in Japan alles durcheinander. Wie letztes Jahr bei Fukushima. Wer um alles in der Welt hat in Japan eigentlich die Kontrolle? Die Regierung? Die Japan Inc.? Oder gar niemand? Herrgott nochmal!«

»Ich habe Ihnen doch vorhin erklärt, dass eben das ja genau das Prinzip ist, wie es dort läuft, wenn …«, fing Shirer an.

»Taiwan meldet den Abschuss von vier chinesischen Raketen!«, rief der Operator dazwischen. »Bleiben noch sechs!« Tom Nilon stellte eindrucksvoll unter Beweis, dass er trotz seiner inzwischen unübersehbaren Gemütserregung immerhin noch bis zehn zählen konnte.

»Taiwan meldet einen Einschlag! Mitten in Taipeh!«, rief der Second Operator und schaltete im selben Augenblick auf das Satellitenbild um. Wenige Augenblicke später sahen die Anwesenden ein brennendes ockergelbes Gebäude vor einem Hintergrund aus grün bewachsenen Hügeln. Nach Stadtzentrum sah das nicht gerade aus. Verblüffte Blicke trafen sich. »Neun Raketen sind von den Patriots erfolgreich abgefangen worden, Sir!«, meldete der Operator.

Und was war mit der zehnten? Offenbar war sie für den exakt 7,8 Kilometer südlich der Einschlagsstelle gelegenen zweithöchsten Wolkenkratzer der Welt, den sich bambusartig emporschraubenden Taipeh 101, gedacht gewesen – jenes Gebäude, das seinerzeit das Rennen um das welthöchste Bauwerk gegen das Shanghai World Financial Center gewonnen hatte, um dann aber bald darauf vom Burdsch Chalifa im vorderasiatischen Dubai überholt zu werden. Doch was war das für ein ockerfarbenes Gebäude vor üppig grünem Hintergrund, wo die Rakete tatsächlich eingeschlagen war? Bald stellte sich heraus, dass irrtümlich ein Nebengebäude des »Nationalen Palastmuseums« getroffen worden war. Das »Nationale Palastmuseum« darf übrigens keineswegs verwechselt werden mit dem »Palastmuseum« – das ist in Peking. Dennoch gehören die beiden Häuser zusammen, ja sie sind gleichsam eins. Die chinesischen Kunstschätze aus acht Jahrtausenden waren in den Bürgerkriegswirren von Chiang Kai-sheks Kuomintang aus dem umkämpften Peking in den Süden des Landes evakuiert worden. Als dann 1948 Maos Kommunisten den Krieg auf dem Festland für sich entschieden, hatte man die wertvollsten Stücke der Sammlung in letzter Sekunde nach Taiwan verschifft. Die Volksrepublik China hatte also gewissermaßen ihre eigene Geschichte bombardiert.

Kyoto, 5. Mai 2012. 16:35 Uhr (15:35 in Shanghai)
Jeremy und Joe hatten keinen blassen Schimmer davon, was sich in der übrigen Welt tat, während sie im alten Holzhaus am Kamo die verschollen geglaubten Tagebücher Akira Muratas sicherten. Nach dem ersten sensationellen Fund waren sie hektisch damit beschäftigt, auch alle übrigen Raumteiler, auf denen dunklere Papierstrukturen erkennbar waren, auseinanderzunehmen. In ihrer fieberhaften Eile gelang das nicht immer, ohne die Originalblätter zu beschädigen, auch wenn ihnen Gao Fengs Briefmesser eine hervorragende Hilfe leistete. Ohne dieses unverhoffte nützliche Utensil hätten sie sicherlich Stunden gebraucht.

Sie waren so in ihr Tun vertieft, dass sie die sechs bewaffneten Männer mit den auffällig unauffälligen Sonnenbrillen nicht bemerkten, die sich von mehreren Seiten zugleich behutsam dem Haus näherten. Erst als Jeremy und Joe, ganz ohne von ihrer Arbeit aufblicken zu müssen, vor sich unvermittelt zwei Paar schwarze Schuhspitzen auftauchen sahen, wussten sie, dass sie erneut mit einem Problem konfrontiert waren, für das eine rasche Lösung gefunden werden musste. Dieses Mal sah es allerdings gar nicht gut aus. Die einzige vage Hoffnung, die ihnen jetzt noch blieb, war die, dass die Männer auf der richtigen Seite standen. Immerhin hatten sie nicht gleich auf sie geschossen. Und sehr japanisch sahen sie nicht aus. Und sie sprachen ein breit quäkendes Englisch.

»Mr. Gouldens? Mr. Jeremy Gouldens? Und Mr. Murata. Joseph Murata?« Jeremy und Joe nickten wie zwei Schüler, die man beim Äpfelklauen erwischt hat. Der Mann, der von oben herab zu ihnen gesprochen hatte, nahm seine Brille ab und ging in die Hocke. Jetzt waren sie auf Augenhöhe. »Wir haben uns während Ihrer Abwesenheit erlaubt, hier ein wenig sauberzumachen. Allerdings sind Sie uns dafür jetzt auch etwas schuldig.« Der Mann, so Jeremys Eindruck, besaß das typisch eckige Gesicht eines amerikanischen College-Quarterbacks. Er hatte buschige Brauen, einen breiten Mund mit vollen Lippen, stahlblaue Augen und kurzgeschorene dunkle Haare. Joe Murata wiederum fand, dass er ein bisschen wie Baseball-Legende Joe DiMaggio aussah. Das war allerdings auch das einzig Sympathische an ihm. »Wer sind Sie?«, fragte Jeremy, noch immer konsterniert.

»Sei froh, Kumpel, dass es bloß die Firma ist«, knurrte Joe. »Die Chancen stehen gut, dass sie uns lebend laufenlassen, nachdem sie uns gründlich gefilzt haben.« Und zum Mann mit dem DiMaggio-Gesicht gewandt, fügte er hinzu: »Da habt ihr uns ganz schön überrascht.«

»Sie waren eben nie ein besonders guter Agent, Mr. Murata. Und zudem ausgesprochen langsam. Immerhin: Wie es den Anschein hat, haben Sie nun endlich jenen Auftrag erledigt, den wir irgendwann im letzten Jahrtausend an Sie herangetragen haben. Damals hätten Sie sich damit ein hübsches Sümmchen verdienen können.«

»Ich arbeite schon lang nicht mehr für die Agency«, sagte Joe langsam.

»Doch, gerade tun Sie das. Sie haben zwischenzeitlich nur – eine kleine schöpferische Pause eingelegt, wie mir scheint. Eine Zeit der Muße und des Nachdenkens. Fast könnte man sagen: Es hat sich letztlich gelohnt.« Dann verfiel er unvermittelt in einen kühlen Geschäftston: »Ich darf die Herren jetzt bitten, mir diese Unterlagen auszuhändigen. Versuchen Sie gar nicht erst irgendwelche Tricks. Ich habe strikte Anweisungen, die wir rücksichtslos befolgen.« Wie zum Beweis lud der andere Agent, ein gebräunter, schlanker Kerl, dessen blonde Haare einen Tick zu lang waren, seine Pistole durch. Jeremy seufzte.

»Kommen Sie schon«, ergänzte der Blonde in einem versöhnlicheren Ton, »wir wissen es durchaus zu schätzen, dass Sie uns an ein Dokument herangeführt haben, dessen Besitz für die nationale Sicherheit der Vereinigten Staaten von Amerika von nicht unbeträchtlichem Stellenwert ist.«

»Aber hier geht es um unschätzbares Beweismaterial für meinen Prozess. Und wahrscheinlich auch um das Leben meiner Verlobten! Wenn nicht gar …« Jeremy wusste, dass jetzt *alles* vorbei war. Gerade jetzt, wo sie doch eigentlich am Ziel waren.

»Tja, *shit happens*, Mr. Gouldens«, sagte der CIA-Agent und klopfte ihm aufmunternd auf die Schultern. »*Take it easy!*« Dann streckte er fordernd die Hand aus. Mit einer roboterhaft langsamen Armbewegung reichte Jeremy dem Agenten seinen Packen Papiere. Joe folgte seinem Beispiel. Ein herbeigetretener dritter Agent nahm die

Papiere in die Hand und verschwand damit nach draußen. Die Tagebücher von Akira Murata sollten verschollen bleiben.

Dann wurden Joe und Jeremy gebeten, aufzustehen und ihre Taschen zu leeren. Was, in Anbetracht von Joes gut gefülltem Trenchcoat, geraume Zeit in Anspruch nahm. Als Joe sein Mobiltelefon hervorzog, lachte der Agent mit dem DiMaggio-Gesicht. »Da haben wir ihn ja, unseren Ausreißer! Oh, erinnerst du dich noch, Jack? Die allerersten Motorola-Firmengeräte? Die Dinger sind heut längst museumsreif. Mein Gott, was ein Riesenknochen! Aber leistet noch gute Arbeit, grad wegen der Peilfunktion. Wir hätten auf dem Weg hierher nicht mal unser Navi einschalten müssen. Das Ding hat uns praktisch direkt ans Haus geführt. Tja, ist leider unterschlagenes Firmeneigentum und muss eingezogen werden. Aber keine Sorge, Mr. Murata, wir werden Sie dafür nicht belangen.« Auch die Tagebuchkopie, die ihnen gestern Hasekawa gegeben hatte, steckten sie ein. Die übrigen Gegenstände – Elvis-Tapes, Flachmänner, leere Schießeisen, Walkman, Brieföffner – durften sie behalten. Jeremy war froh, dass ihm auch sein iPhone nach einer kurzen Überprüfung wieder ausgehändigt wurde.

»Können wir jetzt gehen?«, fragte er leise, wobei er merkte, wie ihm die Stimme zitterte. Er war noch immer den Tränen nahe. Das eine Blatt in seiner einzigen *nicht* geleerten Hosentasche war nun alles, was ihm von Akira Muratas Tagebüchern geblieben war. Wenn es wirklich den entscheidenden Hinweis enthielt, war vielleicht noch nicht alles verloren.

»Ja. Gleich. Aber zuerst haben Sie bitte die Güte, sich kurz zu entkleiden. Wir wollen nur sichergehen, dass Sie uns wirklich nichts vorenthalten haben.«

Chinesisches Meer, 5. Mai 2012. 16:05 Uhr

»Es gibt neue Nachrichten aus Tokio, Kaiserliche Hoheit«, sagte John Huang, als er die Pantry betrat, wo Prinz Taesu im Halbschlaf vor sich hin döste. Er hatte sich wohl etwas zu reichlich an Minato Motos kaiserlichem Cognac bedient, und das ungewohnte Elixier war ihm offensichtlich zu Kopf gestiegen. »Und?«, fragte der Prinz müde.

»Sie sind leider nicht allzu gut: Vor etwa zwei Stunden hat Ihr werter Großonkel, der amtierende Tenno, öffentlich verlauten lassen, dass er die Unruhestifter verurteilt, sich demonstrativ hinter die bisherige Regierung gestellt und dazu aufgerufen, alle Proteste und Kampfhandlungen zu beenden.«

»Diese Memme. Da begeht er also Verrat am eigenen Volk und an allen Idealen, die Japan einst groß und mächtig gemacht haben. Na, war fast zu erwarten. Aber dafür bin schließlich jetzt ich da.«

»Natürlich, Exzellenz. Nur ist zu befürchten, dass die Sache nun etwas – schwieriger wird. Die Stimmung im Volk hat sich gewandelt. Unseren Leuten in Tokio ist es leider nicht so gut gelungen, die öffentliche Meinung zu mobilisieren, wie wir es erhofft hatten. Wie es momentan aussieht, scheint die Hauptstadt zumindest vorübergehend wieder in der Hand der alten Regierung zu sein.«

»Moment!«, rief Prinz Taesu aus und richtete sich blitzschnell auf. »Sie wollen doch nicht etwa sagen, dass die Bewegung der Vaterländischen Erneuerung ins – Stocken geraten ist?«

»Vorübergehend. Aber wir wussten stets, dass die Sache kein Kinderspiel ist. Jetzt kommt die wahre Bewährungsprobe. Es ist noch nichts verloren. Der Süden von Honshu sowie Kyushu sind nach wie vor zu weiten Teilen fest in unserer Hand. Die Marineoperationen verlaufen bisher weitgehend reibungslos, wie mir Admiral Yamada eben über Funk versichert hat. Vor einer Stunde ist unser kleines Ablenkungsmanöver vor Taiwan zufriedenstellend angelaufen und in 36 Stunden erfolgt der eigentliche Nadelstich streng nach Plan. Die ersten Truppen werden voraussichtlich wie vorgesehen am Mittwochmorgen auf Chongming und den Zhoushan-Inseln vor Shanghai landen, sagt Yamada. Die Transporter sind ohne größere Pannen ausgelaufen. Er geht davon aus, dass zu diesem Zeitpunkt die Inseln von der chinesischen Bevölkerung schon weitestgehend *geräumt* sein werden.«

»Dann ist ja alles in Ordnung. Wollen Sie dann geruhen, mir noch ein wenig Sammlung zu gönnen? Ich möchte mein erlauchtes neues Amt erholt und ausgeruht antreten. Das gebietet mein Respekt vor dem Chrysanthementhron.«

Mit einer wortlosen Verbeugung tat John Huang dem Kaiser auf Probe seinen Willen und ließ ihn allein. In seinem tiefsten Herzen verachtete er diesen degenerierten und faulen, selbstgefälligen Prinzen, der zeitlebens noch keinen vernünftigen Handschlag getan hatte und nur gewohnt war, sich in seiner eigenen Dekadenz zu suhlen, während die gefährliche und schmuddelige Drecksarbeit Leute wie er, John Huang, erledigen mussten. Natürlich war ein unfähiger, schwacher Regent genau die Kasperfigur, die die Führer der Erneuerungsbewegung für das Volk brauchten, um im Hintergrund mit strammer Hand ihre wahren Interessen durchsetzen zu können. Nicht als Mensch war der Tenno wichtig, sondern als Prinzip, als Symbol der alten Größe Japans. Insgeheim bezweifelte Huang allerdings, dass dieser Cognacprinz selbst für die angedachte Rolle als lächelnder und winkender Grüßaugust das nötige Format besaß. Und es schmerzte ihn ein wenig, sich diesen Blindgänger auf jenem geheiligten Chrysanthementhron vorzustellen, der jedem, der dort saß, eine *Göttlichkeit* verlieh, für die der eigentlich zutiefst gottlose Huang in seinem tiefsten Herzen eine heimliche Schwäche hegte.

Allerdings bezweifelte er mittlerweile auch, dass Prinz Taesu je die Gelegenheit haben würde, seine Fähigkeit oder Unfähigkeit als gottgleicher Marionettenherrscher Japans zu beweisen. Mittlerweile hatte er ganz andere Sorgen. Er wusste jetzt, dass die ganze ›Operation Morgenröte‹ auf der Kippe stand. Vielleicht sollte er sich beizeiten davonmachen. Mit der neuen Kleinen. Der Hubschrauber war ja noch da. Natürlich würde er Ärger mit der Zentrale bekommen. Solange die Zentrale noch etwas zu sagen hatte.

Kyoto, 5. Mai 2012. 17:06 Uhr (16:06 in Shanghai)
Jeremy und Joe standen nur mit Unterhosen bekleidet im verwüsteten traditionellen *Washitsu* des verstorbenen Akira Murata und sahen zu, wie die CIA-Männer ihre Kleidungsstücke inspizierten. Langsam werde ich, glaube ich, einfach zu alt für so was, dachte Jeremy. Egal. Es würde ohnehin keine zweite Gelegenheit geben. Auch Joe sah nicht gerade glücklich aus. Diese hochnäsigen Vollblut-Amis hatten sich über ihn lustig gemacht und ihn als langsamen, schlechten Agenten beschimpft. Morgen würde er 60 werden, und hier stand er als begossener Pudel und ließ sich vorführen wie ein grüner Junge. Er hatte das Gefühl, dass es nun endlich reichte. Er hatte sich nie vorstellen können, einmal das nachgerade biblische Alter von 60 zu erreichen, und irgendwie konnte er es sich noch immer nicht recht vorstellen.

Der blonde Agent pfiff durch die Zähne, als er das versteckte Tagebuchblatt aus Jeremys Tasche zog. Er hielt es den beiden Männern unter die Nase. »Das haben die Herren wohl *vergessen*, was?« Tapfer nickte Jeremy und schluckte. Alles aus. Für einen Moment hatte er das wichtigste Beweisstück seines Lebens in der Hand gehabt. Etwas länger hatte er wenigstens *ein Blatt* davon in seiner Hosentasche gehabt. Mit diesem Beweisstück hätte er nicht nur die besseren Karten beim grausamen Spiel um Cathy gehabt, sondern wahrscheinlich auch alle gerichtsrelevanten Details, um den Zusammenhang zwischen alter und neuer mörderischer Feldforschung mit Billigung des Kuroi-Vorstands zweifelsfrei belegen zu können. Jetzt hatte er nichts mehr.

»Sie können sich wieder anziehen. Wir sind mit Ihnen fertig.«

»Was passiert jetzt mit uns?«, fragte Joe.

»Wir werden Sie beide nach Osaka zurückfahren. Mr. Gouldens werden wir bis an seine Maschine nach Shanghai begleiten, notfalls noch selbst auf dem Sitz anschnallen. Wir wollen absolut sichergehen, dass er nicht noch weiteren Schaden für die nationale Sicherheit anrichtet. Das geschieht im Übrigen nur zu Ihrem Besten, Mr. Gouldens: Die von Kuroi gedungenen Yakuza sind Ihnen auf den Fersen, und wenn Sie noch eine halbe Stunde frei in Japan herumlaufen, sind Sie höchstwahrscheinlich ein toter Mann. Und Sie, Mr. Murata, werden uns zunächst noch ein paar weitere Fragen beantworten, bevor wir Sie wieder in die Freiheit entlassen.«

»Aber …«, stammelte Jeremy. Wie sollte er Cathy freipressen können, wenn er jetzt mit leeren Händen zwangsweise nach Shanghai zurückverfrachtet wurde? Joe gebot ihm mit einem undurchsichtigen Blick, zu schweigen. »Wir müssen noch unseren Taxifahrer entlohnen«, sagte er beiläufig. Jeremy wurde unruhig. Warum sagte Joe das? Sie hatten ihn doch für den ganzen Tag im Voraus bezahlt. Irgendwelche riskanten Panikaktionen konnten Cathy auch nicht helfen.

»Dann machen Sie nur. Wir werden Sie nicht davon abhalten.« Begleitet von dreien der CIA-Leute verließen Joe und Jeremy das Haus. Der sonnengebräunte blonde Agent sollte bei ihnen bleiben, während der Quarterback und die übrigen noch eine ganze Weile damit beschäftigt sein würden, die restlichen Tagebuchseiten aus den *Shoji* zu ziehen und verschwinden zu lassen. Ein letztes Mal schritten sie durch das Gartentor und den gewundenen Weg zur Straße hinunter, wo hinter der Schranke – direkt neben zwei parkenden Lexus-LS-Limousinen, in denen wohl die Männer von der »Firma« gekommen waren – geduldig ihr koreanischer Fahrer wartete. Mit festem Schritt ging Joe auf ihn zu und sprach ihn durch die geöffnete Scheibe an. »Halt«, sagte der CIA-Agent mit dem halblangen Haar, als Jeremy ihm folgen wollte. »Sie bleiben sicherheitshalber bei mir. Nicht dass Sie mir noch ausbüxen.« Er lachte kurz auf. »Was äußerst dumm wäre.«

»Aber Joe hat doch gar kein Geld. Der lebt doch nur von seiner kargen Pension von den Marines. Glauben Sie denn wirklich, dass ich so blöd wäre, vor Ihnen wegzurennen und mich von den Yakuza erschießen zu lassen?« Jeremy hatte beschlossen, während der Fahrt nach Osaka diesen CIA-Mann, der ihm ohnehin etwas vertrauenserweckender schien als sein Quarterback-Kollege, in sein Vertrauen zu ziehen und ihm seine prekäre Lage wegen Cathy zu erklären. Sicher konnte die Agency ihm irgendwie weiterhelfen. Diese Leute arbeiteten für die Regierung der Vereinigten Staaten von Amerika und waren keine Unmenschen. »Wirklich, ich will nicht vor Ihnen weglaufen oder wegfahren – ich bin doch nicht lebensmüde.« Der Mann schien ihm zu glauben. »Also gut. Aber ich komme mit.«

In dem Moment, als sie beide zu Joe ans Taxi getreten waren und Jeremy seinen Geldbeutel hervorholte – dann würde er dem Mann eben sinnlos ein paar Scheine Trinkgeld geben, obwohl er damit in Japan auf völliges Unverständnis stoßen musste –, passierte alles sehr schnell. Von irgendwo aus den Büschen unterhalb von Muratas Haus ertönten mehrere Schüsse zugleich, der blonde Agent stürzte, an der Hüfte getroffen, zu Boden, während sich die beiden anderen schutzsuchend auf die Erde warfen und nun ihrerseits begannen, in die Büsche am Hang zu ballern. Joe hatte derweil Jeremy gepackt und ins Auto gerissen, während er dem Koreaner seine leergeschossene Browning ans Genick hielt. »Fahren Sie los, Mann! Fahren Sie um Ihr Leben!« Der verängstigte Mann gehorchte und drückte das Gaspedal durch.

Okinawa, 5. Mai 2012. 17:30 Uhr (16:30 in Shanghai)

In William Shirers Kommandozentrale in Camp Courtney herrschte nach wie vor hektische Betriebsamkeit. Telefone klingelten, Videokonferenzen wurden abgehalten, Gesprächstermine angesetzt, Krisengremien eingerichtet, Kommuniqués verabschiedet, in alle Welt liefen die Drähte heiß. Nach dem ersten Schock des Raketenwechsels zwischen dem geheimnisvollen Angreifer vor der Ostküste Taiwans und der Volksrepublik China hatte sich die Lage, wenn man so sagen kann, auf kritischem Niveau stabilisiert. Die Situation war ernst, doch nicht hoffnungslos. Die Welt befand sich möglicherweise wie im Sommer 1914 am Rande eines Krieges. Die in solchen Fällen üblichen Automatismen hatten ihren Lauf genommen, um, unabhängig vom ursprünglichen Anlass, Fakten zu schaffen, die eine kriegerische Zuspitzung zunächst unvermeidlich erscheinen ließen. Auf die vermeintliche Attacke aus der Republik China – der Einfachheit halber meist »Taiwan« genannt – hatte die Volksrepublik China sofort mit einem weitestgehend glimpflich verlaufenen Gegenschlag reagiert. In Fuzhou hatte der vermutlich vom abtrünnigen japanischen U-Boot Tancho abgefeuerte konventionelle Tomahawk-Marschflugkörper das anvisierte Stadtzentrum aus ungeklärten Gründen knapp verfehlt und war mitten im Industriegebiet des »Fuzhou Science and Technology Park« eingeschlagen, wo er die Produktionsstädte eines chinesisch-deutschen Herstellers von Müllverbrennungsanlagen großflächig zerstört sowie 23 der etwa

250 Mitarbeiter des Betriebs getötet und etwa 80 weitere zum Teil schwer verletzt hatte, darunter auch drei Deutsche. Der ursprüngliche Verdacht, die Tomahawk könne zusätzlich auch mit Bio- oder Giftgasbomben bestückt gewesen sein, hatte sich nach bisherigem Stand nicht bestätigt. In Taiwan, das nur durch ein perfides Ablenkungsmanöver in die terroristische Attacke verwickelt worden war, waren drei Museumsangestellte und fünf Mitarbeiter eines Renovierungsunternehmens getötet und weitere zwölf Menschen verletzt worden. Der ideelle Schaden war freilich enorm, wenn auch nicht so groß wie zunächst vermutet, da wegen der Renovierungsarbeiten ein Großteil der normalerweise im betroffenen Nebengebäude untergebrachten Kunstschätze ausgelagert worden war.

Seit dem Einschlag im Nationalen Palastmuseum von Taipeh waren von beiden Seiten keine aggressiven Akte mehr zu verzeichnen gewesen. Weder hatte China weitere auf Taiwan oder gar auf Japan und die dort stationierten US-Truppen ausgerichteten Raketen abgefeuert noch hatte sich das von dem Angriff völlig überraschte Taiwan zu jenen Vergeltungsschlägen auf Shanghai hinreißen lassen, mit denen Taipeh stets gedroht hatte. Angesichts der riskanten beidseitigen Hochrüstung, die im Falle einer Provokation unweigerlich ein kaum zu stoppendes Eskalationsgeschehen auslösen musste, war das ein geradezu unglaublicher Glücksfall, der zum großen Teil auf den Erfolg der sofort angelaufenen weltweiten diplomatischen Vermittlungsbemühungen zurückzuführen war. Der Versuch, die westliche Welt in einen vorgetäuschten Konflikt zwischen Taiwan und China hineinzuziehen, war entgegen Admiral Willerts ersten Befürchtungen jedenfalls gescheitert – zumindest vorläufig. Die deutsche Regierung verurteilte die Verletzung deutscher Staatsangehöriger aufs Schärfste und kündigte eine umfassende Prüfung der Vorkommnisse an. Die Frage war, ob es den Vermittlern der internationalen Staatengemeinschaft nun gelingen würde, allen voran die Volksrepublik China davon zu überzeugen, dass es sich bei dem Erstschlag weder um einen Angriff Nationalchinas noch des japanischen Staates, sondern um den größenwahnsinnigen Plan einer auf eigene Faust handelnden Gruppe revanchistischer japanischer Nationalisten gehandelt hatte. Dazu musste natürlich zunächst geklärt werden, inwieweit nicht doch weitere Mitglieder das Kabinetts oder des Kaiserhofs in diese Affäre verwickelt waren.

Nach all den Schrecken, deren Ende noch nicht wirklich absehbar war, sehnte sich General Shirer nach einem Gin Tonic, doch er wusste, dass ihm viel wahrscheinlicher noch ein langer Abend, wenn nicht gar eine lange Nacht in der Kommandozentrale bevorstand. Admiral Willert hatte sich in einen Nebenraum begeben, um die Zentrale der Agency in Langley zu kontaktieren. Sicherheitsberater Tom Nilon, nun wieder etwas gefasster, telefonierte zum wiederholten Male mit dem Pentagon und dem Weißen Haus.

»Gute Nachrichten«, wandte er sich schließlich an Shirer. »Der japanische Premier hat sich von der unterirdischen Krisenzentrale unter der Kantei soeben persönlich mit einer Botschaft an Mr. President und die chinesische Staatsführung gewandt. Darin hat er zum ersten Mal offiziell bestätigt, dass es in Japan einen Putsch der Armee gegeben hat, in den auch der Verteidigungsminister verwickelt ist. Doch sei der Versuch einer Regierungsübernahme missglückt und zumindest die Hauptstadt mittlerweile wieder fest in der Hand der Regierungstreuen. Gleichzeitig hat er eingestanden, was wir schon längst wissen – dass den Japanern bereits vor einigen Tagen ein mit Marschflugkörpern bestücktes U-Boot abhandengekommen ist. Dieses U-Boot sei mit größter Wahrscheinlichkeit für den Terrorangriff auf Fuzhou verantwortlich, den er mit aller Entschiedenheit verurteile. Taiwan ist also offiziell aus dem Schneider.« Shirer atmete auf. Der Gin Tonic war ihm soeben ein großes Stück näher gerückt. Seine Malariaprophylaxe.

»Außerdem kündigte der Premierminister an, mit seinem Kabinett sogleich geschlossen die Krisenzentrale zu verlassen und sich hinüber zum Kaiserlichen Hofamt zu begeben, wo der Tenno in etwa einer halben Stunde eine live übertragene Ansprache halten wolle. Auf diese Weise wird der enge Zusammenhalt von Kaiser und Regierung vor aller Augen demonstriert.«

»Die Putschisten werden es jetzt also schwer haben.«

»Ja – sehr schwer. Gegen Regierung *und* Kaiser haben sie beim Volk kaum eine Chance. Sie kontrollieren im Wesentlichen nur noch die Marinebasis Kure und einige weitere militärische Einrichtungen vor allem im Süden der Hauptinseln. Aber einige Marineverbände sind offenbar bereits Richtung China ausgelaufen und könnten da immer noch für ein nicht absehbares Chaos sorgen. Wie es aussieht, wird unser Freund Admiral Willert noch heute Abend nach Tokio fliegen, um mit führenden regierungstreuen Militärs die Frage nach einer möglichen US-Unterstützung bei der Niederschlagung der Putschistenverbände im Süden zu erörtern. Sie, General Shirer, bleiben derweil hier und warten weitere Befehle ab. Ein Angriff auf Okinawa ist im Moment eher unwahrscheinlich.«

Das kam Shirers eigenen Plänen auf beruhigende Weise entgegen.

Admiral Willert kam aus dem Nebenzimmer zurück. Er war bereits über die in Washington für ihn ausgeheckten neuen Reisepläne in Kenntnis gesetzt worden, die ihm insgeheim wenig behagten. Verflucht, konnte man die Japse das nicht untereinander ausmachen lassen? Andererseits wollte natürlich auch er, dass dieser Spuk möglichst bald vorüber war, und er brauchte nicht erst einen ausgemachten Japanspezialisten wie William Shirer zu fragen, um zu wissen, dass es für die US-Interessen nicht immer von Vorteil war, diese umtriebigen Seilschafter einfach unbeaufsichtigt werkeln zu lassen.

Tom Nilon hing schon wieder am Telefon. Als er geendigt hatte, reckte er triumphierend den Daumen. »Leute, der Weltkrieg ist erst einmal abgeblasen. China hat soeben seinen Irrtum eingestanden, sich bei Taiwan entschuldigt und Taipeh ein Rekompensationsangebot gemacht: Man will den beim Anschlag Verwundeten und den Familien der Getöteten eine angemessene Entschädigung zukommen lassen und außerdem auf die Rückgabe der durch die Explosion zerstörten Kunstschätze verzichten. Voraussetzung sei allerdings, dass auch Japan China hinsichtlich der Zerstörungen in Fuzhou entgegenkomme. Ich werde vermutlich noch heute Abend nach Peking weiterreisen und ein erstes Vermittlungsangebot vorlegen.«

Gut, dass würden sicherlich langwierige Verhandlungen werden. Aber solange verhandelt wurde, flogen zumindest keine Raketen. General Shirer war nun zuversichtlich, den denkwürdigen Tag doch noch mit einem Gin Tonic krönen zu können. Oder zwei. Reine Prophylaxe.

Kyoto, 5. Mai 2012. 18:35 Uhr (17:35 in Shanghai)

»Schön, wenn einem diese bekackten Yakuza auch mal beispringen«, sagte Joe zum wiederholten Male, »ob freiwillig oder unfreiwillig.«

»War aber auch verdammt gefährlich«, antwortete Jeremy. »Und was hättest du gemacht, wenn sie *nicht* gerade im richtigen Moment zurückgekommen wären, um im Haus nach dem Rechten zu sehen? War doch ein Riesenzufall, oder?«

Joe zuckte die Schultern. »Ein Zufall kommt in jedem Drehbuch vor, hat Billy Wilder mal gesagt. Nee, im Ernst: Keine Ahnung, was ich da gemacht hätte. Ist ja nicht so gekommen. Ich hatte das einfach im *Gefühl*, verstehst du. Ich wusste, dass wir komplett geliefert waren, wenn es uns nicht auf der Stelle gelang abzuhauen. Und nicht nur wir. Auch Yukiko. Und deine Cathy. Und was weiß ich, wer noch alles. Du kannst sagen, was du willst, diese CIA-Leute hätten uns nicht mehr gehen lassen, Jeremy. Mit denen kann man nicht reden. Die kennen keine

Gnade. Das sind Profis. Emotionslose Maschinen, denen du als Mensch völlig egal bist. Ich kenn den Verein.«

»Und jetzt sind wir etwa nicht geliefert?«

»Nicht *komplett.* Uns bleiben immer noch die Geheimlabore von Kuroi.«

Sie hatten den Überraschungsmoment genutzt und waren davongerast, bevor die beiden unverletzten Agenten die Verfolgung hatten aufnehmen können. Ein paar Straßenecken weiter hatten sie den Taxifahrer halten lassen und waren ausgestiegen. Egal ob in Japan verpönt oder nicht – der zu Tode erschreckte Mann hatte sich sein Trinkgeld jetzt jedenfalls redlich verdient. Sie waren auf einen zufällig vorbeikommenden Bus gesprungen und hatten ihn an der nächsten U-Bahn-Station wieder verlassen. Und nun hatten sie eine längere Fahrt vor sich: von Norden durch das Stadtzentrum und dann weiter in den südwestlichen Stadtbezirk Nishikyo-ku, wo sich auf dem Katsura-Campus der Universität jene ominöse Zweigstelle der Fakultät für Integrierte Humanwissenschaften befand, deren geheimnisvolle Tätigkeiten maßgeblich vom Kuroi-Konzern gesponsert wurden. Hoffentlich würde Joe dort auch wieder das richtige »Gefühl« haben – Jeremy hatte nicht die geringste Ahnung, wie sie unbemerkt in diesen streng abgeschirmten Hochsicherheitskomplex hineinkommen und auf dem weitläufigen Gelände ausgerechnet jene alten Papiere finden sollten, denen sie hinterher waren. »Was wir da vorhaben ist doch der glatte Selbstmord«, murmelte er. »Harakiri.«

Joe sah ihn durchdringend an. »In Japan nennt man das *Seppuku*, Jeremy«, verbesserte er. »Und das ist etwas durchaus Ehrenhaftes, wenn einem sonst keine Wahl bleibt. *Seppuku* bedeutet nicht immer eine Niederlage, sondern kann dich auch gewinnen lassen, hat der Schriftsteller Yukio Mishima gesagt, bevor er sich das *Wakizashi* in den Leib stieß. Das ist auch das Thema seines Films *Yukoku*, in dem er selbst die Hauptrolle spielt und so sein eigenes Ende vorwegnimmt. Na ja, ich steh ja mehr auf die Hollywoodstreifen und Western.«

Sie schwiegen. Seufzend schaltete Joe seinen Walkman an. Jeremy dachte an Yukiko. Leise drang die Musik zu ihm herüber. *Ev'ry man has a flaming star, a flaming star, over his shoulder … And when a man sees his flaming star, he knows his time has come.* Jeremy war nun klar, dass er alles vermasselt hatte. Sie hatte womöglich 13 Jahre auf diesen einen, heutigen Tag zugearbeitet, an dem er, der Wissende, kam, aber er hatte alles verpatzt, weil er ihre Nachricht nicht verstanden hatte. Und er hatte sie deshalb nicht verstanden, weil er ihr nicht treu geblieben war. Sie war ihm all die Jahre auf eine geradezu unheimliche Art treu geblieben, das war ihm jetzt klar, und hatte geglaubt, dass auch er sich an sein Versprechen halten würde und ihr seinerseits treu bleiben würde. Aber er hatte das nicht gekonnt, und so hatte er diese Prüfung nicht bestanden. Seine Sendung war umsonst gewesen – alles für die Katz. Andererseits: Wie hätte er ihr denn treu bleiben können? Alle Wunden, an denen man nicht stirbt, vernarben irgendwann – jedenfalls außerhalb der »Region der verfaulten Beine« in Zhejiang. Und seine uneingestandene Treue war lange Jahre daran schuld gewesen, dass seine schwärende Wunde schmerzhaft offen geblieben war. Aber so kann man nicht leben. Um *geheilt* zu werden, hatte er ihr damals die Treue gebrochen und das Ginkgoblatt ins Meer geworfen. In dem Moment hatte die offene Wunde begonnen, sich zu schließen, aber dadurch hatte er auch den geheimen Zugang zu ihrer Seele verloren. Und ohne diesen Zugang konnte er sie nicht mehr verstehen. Jetzt war all das tief innen Verborgene wieder ein wenig aufgebrochen, aber es war zu spät. Zu spät hatte er ihre Botschaft verstanden, zu spät ihr Vermächtnis gefunden.

Hatte sie deswegen alles so schwierig gemacht, so ein komplexes Arrangement ausgetüftelt – einfach weil sie seine Treue auf die Probe stellen wollte? Jeremy wollte das wiederum nicht so recht glauben. Vermutlich hatte sie keine andere Wahl gehabt. Als sie an Cathys Geburtstag auf Joes Cellphone sprach, hatte sie sich offensichtlich bereits in höchster Not befunden. Yukiko hatte *gewusst*, dass sich die Tagebücher in den *Shoji* befanden. Warum hatte sie sie dann nicht längst alle herausgenommen und an Jeremy geschickt? Dafür gab es verschiedene mögliche Gründe. Wahrscheinlich schien es ihr einfach zu gefährlich, die kostbaren Originale der Post anzuvertrauen. Und sie ging davon aus, dass sie in den *Shoji* sicher waren – vielleicht war das Haus zuvor schon durchsucht worden und sie wusste: Dinge sind oft dort am sichersten, wo man sie schon einmal gründlich gesucht hat. Alle Blätter heimlich herauszunehmen und zu kopieren wäre zu aufwendig gewesen und hätte die Feinarbeit der *Shoji* zerstört. Außerdem wusste Jeremy ja nicht, wann sie die Aufzeichnungen dort entdeckt hatte. Spätestens sicher zu dem Zeitpunkt als sie das einzelne Blatt herausgenommen und (wenn Hasekawas Angaben stimmten) in Kopie an Jeremy geschickt hatte – und das war erst vor kurzem gewesen, als sie sich offenbar bereits in einer sehr bedrängten Situation befand, die sich bis zu ihrem verzweifelten Anruf bei Joe weiter zuspitzte.

Nein, ihre Strategie hatte ganz offensichtlich stets darin bestanden,

Jeremy in dieses Haus kommen und die Tagebücher finden zu lassen. Und womöglich gab es ja hinter allem noch einen gar nicht so rationalen Grund für Yukiko, ihn nach Japan zu locken: nämlich den uneingestandenen Wunsch, Jeremy in ihrem Leben noch einmal zu begegnen. Hatte Jeremy auch diesen Wunsch? Ja, aber gleichzeitig ängstigte er sich vor einer solchen Begegnung. Er hätte nicht zu sagen vermocht, welches Gefühl in ihm stärker war.

Trotzdem: Da war immer noch etwas, was ihm offenbar entgangen war. Was hatte Hasekawa gestern gesagt? *Als sie vor ein paar Tagen hier war und mir das Päckchen brachte, sagte sie, sie sei da etwas auf der Spur. Und dass die Zeit drängte. Aber sie war noch nicht am Ziel. Das letzte Glied der Kette fehlte. Tu nichts Gefährliches, Mädchen …* Genauso ging es nun Jeremy: Das letzte Glied der Kette fehlte, und er war im Begriff, etwas sehr Gefährliches zu tun. Wenn Yukikos Mann Masao Ishii in den geheimen Kuroi-Laboren arbeitete, dann wusste sie bestimmt etwas von dem, was dort vorging. Und was es dort zu finden gab. Vielleicht hatte *auch sie* der letzte Gang vor ihrem Verschwinden in die Kuroi-Labore geführt. Und vielleicht gab es hinter alledem noch einen allerletzten Grund, warum sie ihn nicht einfach informiert, sondern *gerufen* hatte: Er sollte hier nicht nur etwas finden, sondern etwas *tun*. Womöglich war es im Haus am Kamo gar nicht nur darum gegangen, die Tagebücher zu finden, sondern auch darum, gewissermaßen den Schlüssel zu einer ganz konkreten Tür zu finden. Und die geheime Schatzkarte für den Weg ins Herz der Finsternis. Und jenes eine Blatt, auf dass sie ihn mit der leicht gelblichen Verpackung und dem Ginkgo-Arrangement speziell hatte aufmerksam machen wollen, hätte genau jenen Schlüssel enthalten. Aber auch dass hatte er sich abnehmen lassen. Er hatte ein zweites Mal komplett versagt. Wütend trat Jeremy gegen die Wand des schäbigen U-Bahn-Abteils.

Joe blickte auf. Während Jeremy nachdachte, hatte er zurückgespult und das gleiche Lied wieder und wieder gehört. *Flaming star, don't shine on me, flaming star, keep behind me, flaming star … There's a lot of livin' I've got to do … Give me time to make a few dreams come true …* Das reichlich pathetische Titellied jenes Westerns aus dem Jahr 1960, in dem Elvis einen Halbindianer spielt, der weder in der Welt der Kiowa noch in der Welt der Weißen heimisch werden kann und am Ende auf tragisch-brutale Weise am Konflikt der unvereinbaren Kulturen zugrunde geht, berührte Joe stets in seinem tiefsten Inneren. Er hatte den Film vom todverkündenden *Flammenden Stern* als Zehnjähriger gesehen – und seit jenem Tag war er Elvis-Fan.

Jetzt machte er das Gerät aus. »Was ist los? Fang hier bitte nicht an zu randalieren! Wir sind so schon auffällig genug.«

»Mensch Joe, warum habe ich dieses Blatt vorhin nicht gleich in die Unterhose gesteckt! Da hätten diese prüden Amis es *nicht* gefunden. Ich bin mir jetzt sicher, dass genau jenes Blatt der Schlüssel zu allem ist.«

»Na ja gut, dann wäre es ja nicht schlimm, das haben wir ja noch. Ich glaube nur, dass du dich diesmal irrst, Wissender!«

»Wieso *haben* wir das Blatt noch? Sie haben es uns doch weggenommen!«

»Natürlich. Aber du hast es doch abfotografiert. Ist dir das nicht aufgefallen? Der Typ hat es uns doch noch einmal direkt vor die Nase gehalten. Ich hab es ganz deutlich gesehen. Das war genau das eine Blatt, das ich dir heute morgen übersetzt habe. Das uns Hasekawa gestern zugesteckt hat. Die Rückseite. Mit dem ›Heureka‹. Nur dass es eben das Original war, und wir hatten die Kopie.«

Jeremy war dieser Umstand in der Tat entgangen. Kein Wunder: Er hatte stets größte Schwierigkeiten mit den unzähligen *Kanji*-Schriftzeichen gehabt. Trotzdem war das sehr seltsam. »Wieso stößt sie uns ausgerechnet mit der Nase auf dieses einzige Blatt, das wir sowieso schon kennen? Es ist das einzige Blatt, das sie eigens verpackt hat, Joe. Wo wir es doch im Grunde gar nicht mehr wirklich brauchen. Was wollte sie damit wieder sagen?«

»Keine Ahnung. Vielleicht ging es da wieder um irgendwelche Oberflächen, die noch nicht geheimnisvoll genug sind oder so. Du bist hier der Fachmann für ihre verquaste Psyche.«

»Diese Frau macht mich wahnsinnig!« Wieder stieß Jeremy mit dem Fuß. Da er sich vorhin an der Wand etwas wehgetan hatte, wählte er diesmal ein kleines auf dem Boden liegendes, gelbes Papierbällchen. »Tor«, sagt Joe. Dann bückte er sich, kroch unter den Sitz und hob Jeremys zerknüllten Ersatzfußball auf. »Wo kommt das denn her? Das ist sehr edles Japanpapier, Jeremy. *Mitsumata-Washi*, würde ich sagen. Aufwendig und mühsam in Handarbeit aus den Fasern eines japanischen Seidelbastgewächses hergestellt. So was lässt man nicht einfach auf dem schmutzigen Boden eines U-Bahn-Waggons herumfahren.«

»Ich glaube, das hatte ich in der Hosentasche, Joe. Muss mir wohl rausgefallen sein. Komm – es ist bloß altes Papier.« Joe wollte das nicht gelten lassen. »Wir suchen seit zwei Tagen bloß altes Papier, Jeremy. Wie kommt das in deine Hosentasche?«

»Ich glaube, genau da war dieses kostbare Tagebuchblatt drin eingewickelt. Packpapier eben.«

»Und wieso haben dir das die CIA-Typen nicht abgenommen?«

»Ist doch nur Müll. Mein altes Papiertaschentuch hab ich schließlich auch noch.«

»Gut, mit Japanpapier scheinen sich meine Exkollegen jedenfalls nicht auszukennen«, konstatierte Joe sichtlich befriedigt. Vorsichtig begann er, das zerknüllte gelbe Papier auseinanderzufalten. Es hatte die zweigliedrige Fächerstruktur eines Ginkgoblattes. Er hielt es gegen das Licht der Innenbeleuchtung und pfiff durch die Zähne. »Siehst du diese kaum sichtbaren gelbglänzenden Strukturen?« Jeremy gab sich größte Mühe, sie zu sehen. Richtig, da waren geschwungene Linien. »Diesmal haben wir es wirklich mit Schriftzeichen zu tun.« Der leicht kurzsichtige Joe, der eine Brille aber stets verschmäht hatte, kniff angestrengt die Augen zusammen. »Es scheint mir, mein Schwesterherz hat dir da in der Tat eine Botschaft hinterlassen. Und diesmal ist es kein Gedicht.«

Jeremy hämmerte schon wieder das Herz. Nicht der Inhalt war das Wichtige, sondern seine Verpackung – typisch Japan. »*Das innerste Geheimnis ist die Oberfläche* – und was kann oberflächlicher sein als eine Verpackung! Jetzt haben wir's raus! Los schon Joe, was steht da? Welch geheimen Sinn gibt uns die Oberfläche dieses gelben Papier-Ginkgoblattes zu kosten? Jetzt spann mich nicht auf die Folter, Joe!«

»Lass mich doch erst einmal in Ruhe nachsehen. Das ist eine ziemlich krakelige, hastige Schrift, eigentlich untypisch für Yukiko. Sie war sicher in Eile. Da sind lauter Zahlen, Jeremy. Ein Code oder so.«

Okinawa, 5. Mai 2012. 19:16 Uhr (18:16 in Shanghai)

William Shirer hatte es sich nicht nehmen lassen, den alten Studienfreund auch wieder zur Kadena Air Base zurückzubegleiten, von wo in etwa einer halben Stunde seine Maschine Richtung Tokio startete. Auch dieses Mal blieb keine Zeit für die alten College-Geschichten aus der Offizierschule an der Chesapeake Bay in Maryland. »Die Gefahr einer japanischen Invasion ist also mit 99-prozentiger Wahrscheinlichkeit gebannt«, sagte ein sichtlich erleichterter PACOM-Kommandant, während sie den Okinawa Expressway Richtung Air Base hinabrauschten. »Sieht ganz danach aus, als würde die Welt noch einmal mit einem blauen Auge davonkommen.«

»Wieder einmal, ja,« antwortete General Shirer und merkte erneut, wie sehr er sich auf seine bevorstehende Pensionierung freute.

»Und wie ich soeben von meinem Spezi in Langley erfahren habe, hat auch die Sache mit den Tagebüchern dieses japanischen Arztes eine für uns sehr erfreuliche Wendung genommen. Von seinen Aufzeichnungen geht jedenfalls keine Bedrohung der Freiheit mehr aus. Die Jungs von der Agency haben die Sache in gewohnter Manier im Griff, und wir brauchen keine unangenehmen Enthüllungsartikel in der *Washington Post* oder sonst wo zu befürchten.«

»Prima. Hoffen wir nur, dass da auch niemand was bei *Wikileaks* einstellt oder so.«

»Wer sollte das denn tun? Wer *könnte* das tun? Von heute an hat es diese Aufzeichnungen überhaupt nie gegeben, Bill.«

»Was ist eigentlich mit diesem schnüffelnden Anwalt passiert, von dem du vorhin erzählt hast, Bob? Hat es den auch nie gegeben?«

»Hab ich nicht gefragt. Gehe mal davon aus, dass auch diese Sache in gewohnter Manier erledigt ist. An einem Tag wie heute hab ich wirklich keine Zeit für die ganz kleinen Fische.«

Kyoto, 5. Mai 2012. 19:18 Uhr (18:18 in Shanghai)

Der Katsura-Campus befand sich nicht, wie Professor Koyama behauptet hatte, »mitten in Kyoto«, sondern recht außerhalb, auf einer erhöht gelegenen Hügelkuppe, umgeben von üppigem Grün. Das letzte Stück hatten sie mit dem Bus zurückgelegt. Nun standen sie unschlüssig auf dem Zweigcampus der Universität von Kyoto im Stadtteil Nishikyo und schauten sich hilflos um. Um sie herum rotbraune mehrstöckige moderne Gebäude mit großen Fenstern. Viele Menschen waren nicht mehr unterwegs. Joe und Jeremy waren froh, als sie auf eine Gruppe bunt angezogener Studentinnen und Studenten stießen, die offenbar im Begriff waren, eine spontane Friedensdemonstration zu organisieren. In ihrer Nähe fühlten sie sich vor eventuellen Verfolgern einigermaßen sicher. Aber wo sollten sie hin? »Lies noch einmal vor, was Yukiko geschrieben hat«, sagte Jeremy. »Alles!«

Joe seufzte. »Ich kann es schon fast auswendig.« Dennoch zog er erneut das aus Seidelbastfasern gewonnene gelbe *Washi*-Papier hervor und trug vor, was er vorhin in der U-Bahn mit Jeremys Kugelschreiber über den kaum erkennbaren durchscheinenden Schriftzeichen Yukikos nachgezeichnet hatte. »Also, zum x-ten Mal. Hier steht: ›Nishikyo, Katsura-Campus, C-4 Cl., Fak. für Int. Humanwiss. Lieferantentor‹, dann eine lange Nummer, ›Block D, 1. OG, Zi. 102, Tad. Ishii, gr. Tresor‹, wieder eine lange Nummer, ›2. F. v. u., rot-w. Mappe‹, dann noch der Zusatz: ›Geh nicht in den Keller! Lebe wohl. Y‹.«

»Gut. Dann gehen wir es Schritt für Schritt durch. Nishikyo, Katsura-Campus – die ersten zwei Stationen hätten wir geschafft. Jetzt müssen wir also als Nächstes herausfinden, was ›C-4 Cl.‹ bedeutet.«

»Korrekt. Und was bedeutet es?« Joe Murata sah inzwischen sehr müde aus. Er fühlte sich gereizt und ausgelaugt, und ihm war der Bourbon ausgegangen. Auch war ihm ausgesprochen unwohl in seinem grauen Nadelstreifenanzug mit der engen Krawatte, die ihn am Hals würgte. Bei ihrer Ankunft in Nishikyo war ihnen klar geworden, dass sie in ihren bunten Touristenklamotten auf keinen Fall unauffällig in einen geheimen Forschungskomplex eindringen konnten. Also hatten sie sich auf die Schnelle in der nächstgelegenen Herrenboutique neu eingekleidet. Von seinem Trenchcoat hatte sich Joe allerdings nicht trennen können, was ihm ein etwas uneinheitliches Erscheinungsbild verlieh. Und in einer der vielen Taschen steckte natürlich auch noch seine neue Elvis-Baseballkappe. Jeremy wiederum, als Anwalt ein überzeugter Anzugträger, fühlte sich in der neuen Kluft bedeutend wohler. »Komm, wir fragen einfach jemand«, schlug er vor und trat auf die sehr beschäftigt wirkenden Demonstranten zu.

»Hoffen wir mal, das wir nicht gerade an einen getarnten Yakuza oder einen ihrer Informanten geraten«, murmelte Joe und folgte ihm.

»Entschuldigung, wo finde ich hier C-4 C-L?«, wandte sich Jeremy an einen der demonstrierenden Studenten, der ihm irgendwie eine fatale Ähnlichkeit mit Cathys Cousin Chen zu haben schien. Der studentische Aktivist schien verwirrt und bedeutete den zur Unzeit Fragenden mit einer Handbewegung, zurückzutreten. Im gleichen Moment zog Jeremy jemand von hinten am Ärmel seines neuen Businesssakkos von Mario Baruti. »Komm weg. Hier gibt's gleich Ärger«, sagte Joe, der gesehen hatte, dass die offenbar radikal gesinnten Studenten im Begriff waren, eine große *Kyokujitsuki* mit einer Flüssigkeit aus einem weißen Kanister zu begießen. Die auch »Rising Sun« genannte japanische Militärflagge, die eine stilisierte rote Sonne mit roten Strahlen auf weißem Grund zeigt, ist ein Wahrzeichen konservativer und nationalistischer Kreise – von den alten revanchistischen Politikern bis zu den rechten Motorradgangs der jugendlichen *Bosozoku*. Wenn hier Flaggen verbrannt wurden, würde es sicher nicht lange dauern, bis Polizeikräfte vor Ort waren, um dem vaterlandslosen Treiben, dieser eklatanten Verunglimpfung des japanischen Staates und seiner Symbole, ein Ende zu setzen. Bis dahin mussten sie weg sein.

Sie schoben und drängelten sich rasch an den Studenten vorbei und fanden schließlich vor der Cafeteria »Half Moon Garden« einen zweisprachigen Lageplan mit Überblick zu den einzelnen Fakultätsgebäuden. »›Cl.‹ heißt ›Cluster‹, Joe«, stellte Jeremy fest. »Die Universität ist in verschiedene Bereiche eingeteilt: Die Cluster A bis D. Wir sind hier im A-Cluster. Drüben links ist das C-Cluster mit Building C1, C2 und C3. – C4 sehe ich nirgends.«

»Mist. Aber schau: Oberhalb von C3 führt ein geschlängelter Weg ab, der offenbar hoch auf den Berg dort vorne führt. Und da am Ende ist noch einmal ein größerer Gebäudekomplex eingezeichnet, der aber, abweichend von allen anderen, überhaupt nicht beschriftet ist. Das könnte C4 sein.«

»Wahrscheinlich hast du recht, Joe. Die Kuroi-Labore sind nichts für normale Studenten und neugierige Besucher, und wer da hinmuss, kennt den Weg, also braucht man es auch nicht groß zu beschriften. Komm, lass uns gehen. Ist noch ein ganz schönes Stück da hinauf.«

Joe stöhnte. »Du, Jeremy, ich glaube, ich kann bald nicht mehr. Ich werde alt – 60 – und ich brauch Bourbon.«

»Komm, wir haben es gleich geschafft. Wir sind doch jetzt am Ziel. Bringen wir's hinter uns.«

Seufzend stampfte Joe ihm hinterher. *Oh well, I'm tired and so weary. But I must go along. Till the Lord comes and calls, calls me away* ... Elvis hatte Thomas Dorseys Gospelsong *Peace in the Valley* am 6. Januar 1957 live in der Ed Sullivan Show gesungen, 1959 war dann seine gleichnamige 45er EP auf dem »Rare Maroon Label« erschienen. Joe hatte jahrelang nach der raren Scheibe gesucht, bis er sie endlich gefunden hatte. Jetzt war er 59 Jahre alt, sterbensmüde und erschöpft, und er sehnte sich nach Frieden. *There'll be no sadness, no sorrow, no trouble I see, there will be peace in the valley for me.*

Okinawa, 5. Mai 2012. 19:19 Uhr (18:19 in Shanghai)

Lieutenant General William Shirer, der Kommandierende General der US-Marineverbände auf Okinawa, nickte. Sein alter Freund Bob Willert hatte recht. Die Welt hatte heute wirklich ganz andere Sorgen als schnüffelnde Anwälte und andere kleine, zappelnde Fische. Shirer mochte sowieso keine Anwälte. Die brachten nur Ärger. Trotzdem war da noch etwas, was er ansprechen musste. »Wenn du schon von den Fischen sprichst, Bob: Da ist nur noch eine klitzekleine Sache, die mir Sorgen bereitet.«

»Spuck's aus, Bill.«

»Na, dieses U-Boot. Klar, es hat seine Mission vor Taiwan erfüllt, aber glaubst du, dass das wirklich schon alles war? Was ist mit den rätselhaften Koffern, die es an Bord haben soll? Was ist mit dem Verdacht, den du auf der Herfahrt erwähnt hast – dass die Japse Anthraxbomben in ihren Torpedorohren haben könnten? Stell dir mal vor, was passiert, wenn die als Nächstes so ein Ding auf Shanghai feuern!«

»Spätestens wenn der Putschversuch vollends gescheitert ist, wird dieses Boot umkehren, Bill. Was soll es dann noch vor der Küste Chinas herumtuckern? Das ist wie im Zweiten Weltkrieg. Denk etwa an die deutsche U 234 mit einer halben Tonne hochgefährlichem Uranoxid an Bord, die sich wenige Tage nach der deutschen Kapitulation sang- und klanglos einem amerikanischen Zerstörer ergeben hat.«

»Daran denke ich ja gerade, Bob. Das Uran war für die Japaner gedacht, die damit eine Atombombe bauen wollten. Doch wir waren schneller – nicht zuletzt eben *weil* sich uns das deutschen U-Boot mit seiner reichen Uranfracht ergeben hat. Ich weiß aber, dass die U 234 auch zwei Japaner an Bord hatte. Und die haben sich nicht ergeben, Bob. Die haben sich umgebracht. Und hier, mit dieser Tancho, haben wir nun ein U-Boot, das *voller* Japaner ist. Und das zwar wohl keine Atomwaffen, aber stattdessen anscheinend irgendwelche unheimlichen Biowaffen an Bord hat. Ich kenne meine Japaner: Die werden sich alle nicht ergeben. Ich sag dir, Bob: Das ist ein Harakiri-Unternehmen. Wir müssen es stoppen.«

»Aber wie soll das denn gehen, Bill?«

Kyoto, 5. Mai 2012. 20:12 Uhr (19:12 in Shanghai)
Ein dunkler, schweigender Gebäudekomplex, weit oben in einer Kuhle des Hügels an den Berghang gepresst. Modern, vier Etagen hoch, zum Teil ohne Fenster. Nur in wenigen Zimmern war Licht. Wenn sich hier bis zum Zweiten Weltkrieg eine japanische Medizinschule befunden hatte, so war von dem Vorgängergebäude nichts Erkennbares geblieben. Jedenfalls nicht über der Erde. Der ganze Komplex wirkte finster und abweisend, alle Türen waren verschlossen. Jetzt mussten sie nur noch herausfinden, wo das Lieferantentor war.

Es war nicht ganz leicht gewesen, den Weg hier herauf zu finden. Als sie endlich das rechts vom Campusgelände abbiegende gewundene Sträßchen entdeckt hatten, waren sie nach einigen Kurven und Steigungen immerhin auf ein kleines Schild mit der Aufschrift »Kyoto University. Faculty of Integrated Human Studies. Kuroi Foundation« gestoßen: der Beleg, dass sie auf dem richtigen Weg waren. Dumm nur, dass das Schild an einem fest verschlossenen und mit reichlich Stacheldraht verzierten Gittertor prangte. Es hatte sie einige Zeit, Schrammen und beschwerliche Kletterei gekostet, abseits vom Weg eine schadhafte Stelle im Zaun zu finden, die ihnen den Durchschlupf erlaubte. Joe hatte sich am Stacheldraht eine Naht seines Trenchcoats aufgerissen und schweren Herzens beschlossen, sich nun doch von dem guten Stück zu trennen. Er konnte nicht in die Geheimlabore hineinspazieren und aussehen wie ein Penner. »Dieser Trenchcoat ist mein Leben«, sagte er traurig, als er ihn ablegte. »Das ist, als würde ich mir meine eigene Haut abziehen.« Sie würden auf dem Rückweg schon wieder hier vorbeikommen, versuchte Jeremy etwas mutlos, ihn zu trösten. Einzig seine Browning nahm Joe zu sich, auch wenn es schwer war, sie unverdächtig in seinem engen Sakko zu verstauen. Noch immer steckte keine Patrone im Lauf. Aber außer Jeremy und Joe brauchte das ja niemand zu wissen. Im Weitergehen stießen sie auf einen schmalen Pfad, der sich oberhalb der Straße den Hang hinaufschlängelte. Ihm folgten sie, sehr bedacht, sich ihre schönen neuen Anzüge nicht noch schmutziger zu machen. Nach etwa zehn Minuten waren die dunklen, schweigenden Mauern vor ihnen aufgetaucht.

Sie fanden den Lieferanteneingang am Ende des Weges. Hier machte das Sträßchen einen Knick und führte zwischen fensterlosen dunklen Wänden hinab in die Tiefe, wo es im Untergeschoss vor einer Einfahrt endete, die von einem heruntergelassenen Gittertor versperrt war. Rechts eine Glastür, hinter der ein fahles Neonlicht glomm. In seinem schwachen Schein konnte man vage einen langen Korridor und Treppen erkennen. Direkt rechts hinter der Tür befand sich eine verglaste Pförtnerloge, die aber momentan unbesetzt war.

»Das elektronische Codeschloss«, flüsterte Joe. Neben der Tür war ein Feld mit den Zahlen von null bis zehn eingelassen. Joe tippte die Nummer von Yukikos papiernem Ginkgoblatt. Mit einem leisen Summen öffnete sich die offenbar unbewachte Tür ins Herz der Finsternis.

Sie traten ein.

»Wie weiter?«, raunte Jeremy. »Block D, 1. Obergeschoss, Zimmer 102«, flüsterte Joe. »Also erst einmal die Treppe hoch.« Sie stiegen vorsichtig die Stufen links gegenüber der leeren Pförtnerloge hinauf ins Erdgeschoss. Auch hier ein ähnliches Bild: dämmrig kaltes Neonlicht, kein Mensch auf den Korridoren. Welche Richtung nehmen? Joe schlug entschlossen den Weg nach links ein, den Gang hinunter, weiter ins Innere des Gebäudekomplexes, durch endlose Flure, vorbei an Türen und Türen und neuen Türen, rechts und links, die sämtlich dunkel und verschlossen schienen. Bereits nach wenigen Minuten überkam Jeremy das Gefühl, sich heillos verirrt zu haben.

»Schau, die Zimmernummern«, sagte Joe irgendwann. »A 053, A 055, A 057 und so weiter. Wenn das System hier ähnlich ist wie unten auf dem Campus, dann müssten wir uns also im Block A befinden.«

Jeremy nickte. Sie bogen in einen neuen halbdunklen Flur ein. Hier waren seitlich statt Türen und Wänden große Glasscheiben, durch die sich ein schemenhafter Blick auf eine Art Innenhof eröffnete. Sie befanden sich also in einem Verbindungskorridor, der hinüber zum nächsten Gebäudekomplex führte. Als rechts und links wieder Türen waren, waren sie mit »B 057« und »B 058« nummeriert. Sie durchliefen das ganze weite Gebäude und hofften, am Ende wieder auf einen solchen Gang zu stoßen, der sie hinüber nach »C 058« führen konnte. Aber sie stießen auf eine kahle Betonwand.

»So kommen wir nicht weiter«, seufzte Joe. Sie kehrten um und bogen in den nächsten Gang nach rechts ein. Plötzlich öffnete sich knapp vor ihnen eine Tür, grelles Licht drang in den Flur, und ein schlaksiger junger Mann in weißem Kittel stürzte, einen dicken Ordner unterm Arm, aus einem Zimmer. Er war offenbar in Eile und abgelenkt, wandte sich nach rechts und schritt, ohne die beiden Männer direkt neben ihm zu bemerken, mit fliegenden Kittelschößen den Gang hinunter. Joe winkte Jeremy mit den Augen: ihm nach! Sie folgten dem Weißkittel eine neue verwirrende Zahl von Gängen, Kreuzungen und Biegungen hinab, dann wieder durch einen kurzen verglasten Gang, an dessen Ende sich eine Schwingtür aus verchromtem Metall befand. Sie warteten einen Moment, dann schlüpften auch sie hindurch. Hier war es etwas heller. Kein Mensch zu sehen. Der Japaner im Kittel war verschwunden. Joe trat an die nächste Zimmertür. Die Nummer begann nun mit »C«.

In dem Moment öffnete sich genau diese Tür vor ihm, und der schlaksige Japaner trat heraus, jetzt ohne dicken Ordner unterm Arm. Diesmal kam er nicht umhin, Joe zu bemerken, mit dem er fast zusammengestoßen war. Mit offenem Mund blinzelte er ihn sprachlos durch eine dicke schwarze Hornbrille an. Joe musste an Buddy Holly denken, den er immer als Elvis-Abklatsch betrachtet und nie gemocht hatte. Buddy Holly war am 3. Februar 1959 bei einem Flugzeugabsturz gestorben – angeblich *the day the music died* – und hatte nie so groß werden können wie Elvis. Joe war jetzt 59 Jahre alt, aber er würde nicht sterben wie Buddy Holly, genauso wie damals auch die Musik nicht gestorben war. Nicht die von Elvis. Elvis hätte nie so eine Hornbrille getragen wie Buddy Holly und der Kittelträger vor ihm, der ihn gerade so ausgesprochen dämlich anstarrte. »Wer sind Sie?«, fragte endlich der junge Mann.

»Entschuldigen Sie, Dr. Takeo Ishii mein Name«, antworte Joseph Murata, plötzlich geistesgegenwärtig. »Ich glaube, mein Kollege und ich haben uns ein wenig verirrt. Vielleicht können Sie uns helfen.«

»Ja, wo wollen Sie denn um diese Zeit noch hin?«

»Wir haben einen Termin in Block D.«

»Block D? Das ist die *Zone*. Kein Wunder, dass Sie die nicht finden. Da kommt man so einfach nicht rein.«

»Die Zone? Sie meinen den Sicherheitsbereich?«

»Den Hochsicherheitsbereich, ja. Die Ishii-Zone ist die Hot Zone. Mich wundert ja, dass man Sie ohne Begleitung hier herumlaufen lässt. Natürlich verirrt man sich da. Zu wem wollen Sie denn in Block D?«

»Zu meinem Großonkel. Erstes Obergeschoss. Zimmer 102.«

Jeremy stockte das Herz. Wieso sollte Tadashi Ishii zu dieser späten Stunde noch in seinem Büro sein? Doch der junge Mann – offenbar ein Doktorand oder Ähnliches – blickte Joe mit offenem Mund nur erstaunt, fast ehrfürchtig, durch seine dicken Hornbrillengläser an »Ah, Sie sind mit unserem Chef persönlich verwandt! Sie kommen sicher wegen der Experimente, nicht?« Joe nickte. »Das ist natürlich etwas anderes. Warten Sie, ich führe Sie hinüber. Erstes Obergeschoss ist der Verwaltungsbereich, das dürfte kein Problem sein. Ich dachte schon, Sie wollten in die Labore!« Er lachte ein seltsam hechelndes und etwas unangenehmes Lachen. Offensichtlich war es besonders witzig, wenn jemand in die Labore wollte. »Kommen Sie!«, er bog winkend nach rechts ab, ohne überhaupt einen Blick auf Jeremy zu werfen. Was gut war, fand der stämmige Brite mit den kantigen Zügen und dem ehemals rotblonden, jetzt vorwiegend graumelierten, dünnen Haar.

Ein Stück unterhalb der verchromtem Schwingtür befand sich eine weitere Tür, vor der der japanische Doktorand mit der Buddy-Holly-Brille nun stehenblieb. Er zog einen großen Schlüsselbund aus der Tasche und schloss auf. Angenehm kühle Nachtluft schlug ihnen entgegen. Sie gingen über einen großen, kahlen Innenhof. Ringsum ragten hohe Gebäudefronten auf. Das Echo ihrer Schritte hallte gespenstisch von den finsteren Mauern wider. Vor ihnen lag eine schwarze Wand, die ein wenig wie ein Berghang aussah. Da und dort waren in der Wand jedoch fahl erleuchtete Fenster auszumachen. Aus einem niedrigen Seitengebäude meinte Jeremy mehrmals, gedämpfte Schreie zu hören. Joe blickte ihn an: Er hatte die Geräusche auch gehört. Dem Doktoranden schienen sie nicht weiter aufzufallen. Wie einem Bauer das Muhen, Grunzen und Gackern aus seinen Ställen nicht auffällt. Jeremy fröstelte in der klammen Nachtluft.

In der dunklen Wand vor ihnen öffnete sich nun ein schwarzes Loch, aus dem ein matter Lichtglanz floss. Sie durchschritten eine doppelte Glastür und gelangten in eine Art Vorraum. Rechts befand sich wieder eine verglaste Pförtnerloge, diesmal war sie besetzt. Ein kleiner Japaner mit Nickelbrille döste darin vor sich hin. Als sie herantraten, blickte er auf.

»Hoher Besuch für Professor Ishii«, sagte der Doktorand im weißen Anzug. Der Mann mit der Nickelbrille musterte sie mürrisch. Jeremy blieb leicht im Hintergrund zurück. »Wir kommen wegen der Experimente«, beeilte sich Joe. »Ich habe eine wichtige Sendung für meinen Großonkel.« Wortlos schob der Japaner einen Papierblock unter der Trennscheibe hindurch. Wohl eine Art Besucherliste, vermutete Jeremy. Joe unterschrieb, ohne nachzudenken. »Jetzt Sie bitte.« Der Japaner schlug das Blatt um und gab Jeremy einen Wink. Der trat rasch vor und zeichnete mit gesenktem Kopf eilfertig eine unleserliche Krakellinie. Der Portier warf einen kurzen Blick auf das Blatt, nickte dann und lehnte sich wieder zurück. »Ich muss mich jetzt von Ihnen verabschieden«, erklärte der hilfsbereite Doktorand. »Ich darf hier nicht weiter. Die Treppe hinauf und dann ganz bis ans Ende den Gang durch, die letzte Tür rechts.«

Plötzlich standen sie allein im Zentrum der Hochsicherheitszone des geheimsten der geheimen Labore Japans. Ob Terroristen in die Reaktorblocks von Fukushima wohl auch so einfach hineingekommen wären? Andererseits, was hieß hier einfach? Im Endeffekt hatten sie so viel Glück gehabt, wie es – als Pech – ungefähr dem gemeinhin als vertretbar geltenden Restrisiko der Atomenergie entsprach. Eilig stiefelten sie die Stufen hinauf ins erste Obergeschoss.

Ganz am Ende eines weiteren matt erleuchteten langen Ganges lag rechts eine Tür. »D 102«, vermerkte das kleine Schildchen daneben. Und: »Prof. Dr. Tadashi Ishii.« Joe blickte Jeremy ernst an. Jeremy nickte. Mittlerweile hatte sein Herz zu pochen aufgehört und er war eigentümlich ruhig geworden. Im Auge des Hurrikans ist es windstill. Vorsichtig drückte Joe die Klinke herunter. Es war abgeschlossen. Er tastete nach seinen Taschen, aber der Trenchcoat war weg. »Gib mir deinen Brieföffner«, flüsterte er. Jeremy hatte noch nie davon gehört, dass man mit einem Brieföffner auch Türen öffnen könnte, aber er gehorchte. Joe nestelte ein Weilchen geheimnisvoll an der Tür herum, dann sprang sie auf. Sie traten ein. Der erneut matt beleuchtete Raum war menschenleer. Auf der anderen Seite führte eine nur angelehnte Tür in das dahinterliegende Zimmer. In Ishiis Zimmer selbst befand sich nicht viel mehr als ein großer Schreibtisch, auf dem sich riesige Aktenberge stapelten, ein Regal rechts daneben und ein kleiner alter grauer Tresor an der linken Wand.

»Rasch, die Nummer Joe.« Jeremy war schon zum Tresor gestürzt, der offensichtlich erst vor kurzem mit einem modernen elektronischen Zahlenschloss nachgerüstet worden war. Joe blieb an der aufgebrochenen Zimmertür stehen, linste noch einmal vorsichtig auf den langen, leeren Gang hinaus und begann mit leiser, fester Stimme die sechsstellige Zahlenkombination von Yukikos gelbem Blatt aufzusagen. Hastig gab Jeremy die Zahlen ein. Dann rüttelte er am Tresorgriff. Der Kasten blieb zu. »Vielleicht hast du dich vertippt, Jeremy? Versuch es nochmal, ganz ruhig. Und mach möglichst keinen Fehler. Solche Tresore werden nach drei Fehleingaben meist automatisch gesperrt.«

Jeremy nickte. Wieder ließ er jene unnatürliche Ruhe in sich aufsteigen. Du bist im Auge des Hurrikans, Jeremy Gouldens.

Er war sich absolut sicher, alle Zahlen richtig eingegeben zu haben, aber wieder tat sich nichts. »Bist du dir sicher, die Zahlen auch alle richtig *nachgeschrieben* zu haben?«

»Ja«, sagte Joe. »In meinen Augen gibt es jetzt zwei Möglichkeiten: Entweder der Code wurde inzwischen geändert. Dann haben wir keine Chance. Bei einem sechsstelligen Code gibt es eine Million Eingabemöglichkeiten. Oder …«

»Ja?« – »Oder der Tresor ist mit einer sogenannten Öffnungsverzögerung ausgestattet. Die kann man meines Wissens manuell einstellen, genauso wie die Codenummer.«

»Wie lange?« – »Meines Wissens so zwischen einer und 99 Minuten.« Joe Murata wirkte gleichfalls unnatürlich ruhig, fast heiter.

»Was sollen wir deiner Meinung nach also tun?« Jeremys Stimme blieb leise und begann ein wenig zu zittern. Sie würden das Auge des Hurrikans bald verlassen. Dann würde über ihnen die Hölle losbrechen. *»Hey Joe, was sollen wir jetzt tun?«*

»Warten«, sagte Joe bestimmt. Die nächsten sechzig Sekunden fühlten sich an wie eine Ewigkeit. Dann gab es ein leises Klacken und die Tresortür sprang auf. »Zweites Fach von unten, rot-weiße Mappe.« Joes Stimme war so ruhig und freundlich, als würde er aus einem Bilderbuch für Kleinkinder vorlesen. Jeremy griff ins zweite Fach von unten. »Das Fach ist leer, Joe.«

Chinesisches Meer, 5. Mai 2012. 19:32 Uhr
Cathy hielt es nicht mehr aus. Sie konnte nicht hier eingesperrt in einer Luxuskabine sitzen und warten, bis es draußen stockdunkel wurde und das Monster zurückkam. Sie konnte nicht. Sie ertrug das nicht. Sie hielt das nicht aus. Sie würde durchdrehen. Sie begann an die Tür zu hämmern. Zu hämmern, hämmern, hämmern. Immer lauter, immer wilder, immer länger. Vielleicht eine Viertelstunde lang hämmerte sie. Dann fing sie an zu schreien. Immer lauter und schriller und verzweifelter schrie sie. Erst als sie spürte, dass ihre Stimme allmählich heiser wurde, öffnete sich die Tür einen Spalt.

Was denn los sei?, fragte der als Wache davor aufgestellte Drachen-Yakuza in sehr gebrochenem Englisch. Cathy beruhigte sich sofort. »Ich muss mit Michelle sprechen. Michelle Mao.«

Das ginge nicht. Er habe Anweisung, keinen zu ihr zu lassen, außer den Boss höchstpersönlich, radebrechte er. Ob er den holen lassen solle? Sie schüttelte den Kopf. Nein, nicht den. Michelle Mao. Darauf bestand sie. Was sie denn von ihr wolle? Das könne sie ihm nicht sagen. Das sei eine Sache unter Frauen. Es handele sich – wie soll man es ausdrücken? – na ja, um ein »peinliches Damenproblem«. Er verstand nicht. Sie versuchte, sich mit Worten, Händen und Füßen verständlich zu machen, bis plötzlich ein unflätig breites Grinsen seine flaumigen Wangen straffte und ein paar schiefe Zähne und Lücken entblößte. Dann nickte er und schloss sorgfältig die Tür. Für einige Minuten passierte nichts. Dann flog ruckartig die Tür wieder auf.

Kyoto, 5. Mai 2012. 20:53 Uhr (19:53 in Shanghai)
Jeremy durchsuchte das Büro systematisch und rücksichtslos. Sie hatten sowieso nichts mehr zu verlieren. Joe Murata stand im Türrahmen Schmiere. Aber es war alles hoffnungslos. Auf dem Schreibtisch ein Wust von Akten, Papieren und unzähligen kleinen weißen Zetteln, aber nirgends die Spur einer rot-weißen Mappe. »Hier in den Akten auf dem Schreibtisch ist auch nichts, Joe.« Und das Fach im Tresor war leer.

»Dann müssen wir uns eben den nächsten Raum vornehmen«, schlug Joe vor. »Da, hinter der Tür.« Aber es klang zaghaft. Sekunden später gewann seine Stimme wieder an Kraft, als er sagte: »Sie kommen, Jeremy. Sie kommen von links den langen Gang entlang. Es sind viele. Jemand hat wohl den Wachdienst alarmiert oder so.«

Da war er also, der Sturm. Endlich brach die Hölle herein. »Dann ist es also aus«, resümierte Jeremy.

»Nicht für dich. Noch nicht. Siehst du da das Eingabefeld neben der Tür? Der zweiten Tür hinterm Schreibtisch, die nur angelehnt ist? Das ist genau so ein Sicherheitsschloss wie hier am Tresor. Geh da durch und zieh hinter dir zu, Kumpel. Ich halte die Jungs hier auf, solange ich kann. Ich wette, die kennen den Code nicht.«

»Dann komme ich aber auch nicht mehr raus, Joe.«

»Spielt keine Rolle. Hier vorne kommst du auch nicht mehr raus. Und jetzt verschwinde. Lebe wohl, alter Freund.«

»Halt die Ohren steif, Kumpel. Wir sehen uns später bei Hasekawa. Ich spendier dir allen Bourbon der Welt. Bis du nichts mehr spürst.« Hinter Jeremy fiel die Tür ins Schloss, das mit einem ganz speziellen Code gesichert war.

Joe seufzte, zog die leergeschossene Browning aus der Innentasche seines Sakkos, trat halb auf den Flur hinaus und brüllte: »Stehen bleiben oder ich schieße.« Die von links anrennenden Männer – es waren vier oder fünf – blieben gehorsam stehen und blickten ihn erwartungsvoll an. Da hörte er vom Ende des Gangs *rechts* neben ihm eine Stimme. »Mr. Joseph Murata?«

Er fuhr herum. Direkt vor ihm stand ein untersetztes Männchen mit einer großen getönten Brille, eine Waffe in der Hand. In dem Moment wurde Joseph Murata klar, dass er vorhin, unten an der Pforte, beim Unterschreiben der Besucherliste einen unverzeihlich dummen Fehler gemacht hatte. Du wirst alt, Joe. Da war es kein Trost, dass er *älter* nicht mehr werden würde. Er war zum letzten Mal über seine gebrochene amerikanisch-japanische Identität gestolpert, die sich selbst in seinem Namen spiegelte. Dann sah er den flammenden Stern.

Chinesisches Meer, 5. Mai 2012. 19:55 Uhr

Cathy hätte nie gedacht, dass sie sich über den Anblick von Huangs langbeiniger Geliebten einmal freuen könnte. Selbst wenn sie sie mit derart bösartigen Augen und blinkenden Zähnen anfunkelte wie jetzt. »Was willst du von mir, Flittchen?«, knurrte sie. »Wo brennt's denn?«

»Ich will, dass du mich beschützt«, antwortete Cathy mit fester Stimme.

»Bist du wahnsinnig? Wenn ich dürfte, wie ich wollte, würde ich dich Schlampe in der Luft zerreißen. Auffressen würde ich dich.«

»Beschütz mich vor John Huang, Michelle«, sagte Cathy leise. »Er hat es auf mich abgesehn. Wir werden schon bald ein gutes Gespann abgeben, hat er gesagt. Er war in meiner Kabine, als ich fast nackt war. Absichtlich. Magst du es etwa, wenn dein Freund anderen Frauen hinterherspannt? Sich lechzend an sie ranschmeißt? Am liebsten wäre er wohl gleich über mich hergefallen. Ich konnte mich gerade noch ins Badezimmer retten. Teilst du ihn denn gern mit anderen Frauen? Stehst du auf so was? Ihm scheinst du ja völlig egal zu sein. Du könntest ruhig eifersüchtig sein, sagte er. Ich glaube fast, er spielt nur mit dir.«

Es bereitete Cathy eine ungeheure Befriedigung zu sehen, wie Michelles Gesicht innerhalb von Sekunden aschfahl wurde. Wutschnaubend rang sie nach Worten. Dann fasste sie sich mit überraschender Wendigkeit und zwang sich zu einem eiskalten, katzenfreundlichen Lächeln. »Du lügst. Das hättest du wohl gerne, was? Sieh einer an: Unsre kleine, geile Nutte!«

Diese Frau war wirklich eine *sehr* schlechte Psychologin, fand Cathy. Sie blieb beharrlich. »Behalt ihn im Auge, Michelle. Lass ihn keine Sekunde allein. Mach dir dein eigenes Bild. Ich weiß, er wird wiederkommen, vielleicht schon heute Nacht. Ich sag dir, der Kerl hat sein Gehirn zwischen den Beinen. Allein wie der mich die ganze Zeit schon mit seinen stechenden Mandelaugen anstarrt ...«

Misses Mao atmete tief ein. »Wenn du was mit ihm anfängst, bring ich dich um!«, fauchte sie. Dann spuckte sie Cathy direkt ins Gesicht. Die blieb reglos. Auch wenn es ihr schwerfiel. »*Ich* will ja nichts mit ihm anfangen, deinem ekelhaften Widerling. *Er* will mich vergewaltigen. Überleg dir lieber genau, wen du umbringst.«

»Wenn *er* was mit dir anfängt, bring ich dich auch um!« Damit schloss sich knallend die Tür.

Kyoto, 5. Mai 2012. 20:56 Uhr (19:56 in Shanghai)
Fünf Schüsse gab der Mann rechts der Tür aus seinem 38er Revolver auf den hünenhaften Joe Murata ab. Einer verfehlte ihn. Ein anderer durchschlug sein linkes Schulterblatt. Zwei weitere trafen seinen linken Lungenflügel. Der letzte, verheerendste riss seine Halsschlagader auf. Joe taumelte noch vier Schritte ins Zimmer zurück, rief erstaunt: »*I'm shot, I'm shot!*«, und sackte zusammen. Er hatte keine Schmerzen. Er war so – erleichtert. Er hatte den flammenden Stern gesehen, und jetzt war es gut, wie es war. Er hatte sich ein verpfuschtes Leben lang gehasst, doch jetzt, am Ende, hatte er das Gefühl, doch noch etwas Sinnvolles getan zu haben. Er hatte sich noch einmal aufgerafft, seine Laufrichtung geändert, noch einmal alles gegeben, statt weiter aufgedunsen, bourbonsüchtig und fett dahinzuvegetieren, um eines Nachmittags tot auf dem Badezimmerboden liegen zu bleiben wie El-

vis: der zuletzt zugegeben klägliche *wirkliche* Elvis – nicht der Mythos, der unsterbliche King, dessen Musik ewig lebte. Nein, *er* war nicht gestorben wie Elvis. Ein ungeahntes Glücksgefühl durchströmte ihn. Dann spürte er nichts mehr.

Well the bear will be gentle and the wolves will be tame
And the lion shall lay down by the lamb
And the beasts from the wild shall be led by a child
There will be peace in the valley for me

Kyoto, 5. Mai 2012. 20:59 Uhr (19:59 in Shanghai)
Die spezielle Sicherheitstüre dämpfte die Geräusche von draußen. Nur wie durch Watte hatte Jeremy die Schüsse gehört und Joes letzte Worte. Er wollte die Tür wieder öffnen, aber natürlich ließ sie sich nicht öffnen. Das da draußen war jetzt eine andere Welt, zu der er keinen Zugang mehr hatte. Zu der er nicht mehr gehörte. Da draußen mochte das Auge des Hurrikans gewesen sein. Hier drinnen war das Herz der Finsternis.

Sein Blick schweifte durch den Raum vor ihm. Es war wohl eine Art Bibliothek. Philosophen, Romane, Historien, die großen Werke der Weltliteratur. Hier war wohl jemand sehr belesen. Viele geschichtliche Werke. Jeremy kannte so manche von ihnen. Am anderen Ende des Raumes war noch eine Tür, danach noch ein ähnlicher Raum und wieder eine Tür. Eine Flucht von Zimmern, verbunden durch Türen, die allesamt unverschlossen waren. Erst der letzte, kleinere Raum wirkte anders. An seinem Ende keine Tür, sondern eine enge Wendeltreppe, die nach unten führte. An den Wänden keine Bücherregale, nur, an einer Seite, ein Schreibtisch. An dem ein runzliges Männlein saß, bei Kerzenlicht vertieft in irgendeine Lektüre. Dieser Schreibtisch sieht viel aufgeräumter aus als der im Büro drüben, musste Jeremy unwillkürlich denken. Ein Montblanc-Füllfederhalter, ein vergoldeter gusseiserner Briefbeschwerer mit Drachenmotiv, sicher ein historisches Stück, ein Döschen mit Raumspray, ein paar weiße Zettel und Papiere, und darunter lugte etwas hervor, was wie die alte Kriegsflagge der Kaiserlichen Marine aussah. Das runzlige Männlein musste Jeremys heftigen Atem gehört haben, denn nun drehte es sich um und lächelte ihn an. »Mr. Jeremy Gouldens, *I presume*?«

Professor Ishii hatte ein Vogelgesicht voller Falten – Jeremy musste unwillkürlich an einen Truthahn denken – und wirkte so mager, als ob er sich ausschließlich von Seetang und Algen ernährte. Seine Augen hatten ein ungesundes Strahlen, das diesen Eindruck bestärkte. Seine Statur hatte etwas Geierartiges. Geier oder Truthahn? Ornithologie war noch nie Jeremys Stärke gewesen. »Mr. Tadashi Ishii?«, fragte Jeremy. »Der gleichnamige Sohn des berüchtigten Vaters?«

Der Alte kicherte. »Wir sind bescheiden. In unserer ehrwürdigen Familie gibt es wahrlich noch weit berüchtigtere Träger unseres Namens.« Dann erstarrte er. »Aber auch wirklich unwürdige.« Er dachte einen Moment nach. »Ich muss aber zugeben, wir haben sie unterschätzt«, ergänzte er dann. Danke, sagte Jeremy trocken. »Nein, nicht Sie – *sie*. Sie, Gouldens-san, sind ja nur ein passiver Erfüllungsgehilfe, der glaubt, dass seine Pflicht darin besteht, dauernd alles zu tun, was ihm die Weiber auftragen. Nein, *sie* meine ich. Die verrückte Frau. Wie hieß sie gleich?« Dem Professor fiel es nicht ein. Bekümmert starrte er auf die Papiere vor ihm, als suche er ihren Namen.

»Yukiko?« Die Urfrage drängte aus Jeremy. »Wo ist sie?«

Tadashi Ishii saß wieder einen Moment starr. Dann zuckte er zusammen, als erinnere er sich an etwas, griff hastig nach einem Blatt Papier, das er vor sich auf dem Schreibtisch liegen hatte, und hielt es in die Flamme der Kerze. Bald flogen schwarze Aschestückchen wie schreiende Krähen durch den Raum – Krähen, deren Ruf kein Mensch mehr verstand.

»Was haben Sie da verbrannt? Tagebücher?«

»Nicht doch. Einen kleinen weißen Zettel, wie Sie gesehen haben. Reine Vorsichtsmaßnahme. Sie könnten mich töten, Gouldens-san, das mag geschehen, wenn es die Götter so wollen. Aber Sie dürfen um keinen Preis jemals wieder lebend hier herauskommen. Wissen Sie, Gouldens-san, ich bin ein alter, vergesslicher Mann. All diese Ablagerungen in meinem Hirn. Plaques aus fehlerhaft gefalteten Beta-Amyloid-Peptiden, die Medizin hat das leider noch immer nicht im Griff – Morbus Alzheimer nennt man das. Ein hässlicher Name. Ich kann vieles nicht mehr behalten. Deshalb notiere ich alles auf Zettel. Und manchmal halte ich einen Zettel in der Hand mit einem Wort – und ich weiß nicht mehr, was ich mir mit diesem Wort hatte merken wollen. Glauben Sie mir, es ist ein Jammer, alt zu werden, Gouldens-san. Wie alt sind Sie? Fünfzig? Seien Sie froh, dass Sie nicht mehr älter werden müssen.«

»Sie wollten mir etwas von einem Zettel erzählen. Was stand darauf?«

»Einem Zettel? Ach ja, ich erinnere mich. Sie meinen den mit dem Code für die Tür, nicht wahr? Jetzt weiß ihn niemand mehr. Sie haben doch sicher fest zugemacht? Es wird Stunden dauern, bis die von da draußen die Sicherheitstür aufgebrochen haben. Genug Zeit, uns ein wenig zu unterhalten.«

In Jeremy war wieder diese eigentümliche Ruhe eingekehrt. Die Verfolger würden nicht kommen. Er war jetzt Stunden allein hier. Mit diesem verrückten Wissenschaftler. Eine letzte Galgenfrist. Ishii musste ihm alles sagen, was er noch wusste. Also versuch es am besten gleich wieder, Jeremy: »Sie haben da eben eine Frau erwähnt. Eine Verrückte, aber Unterschätzte, und doch, wenn ich Sie richtig verstanden habe, eine unwürdige Trägerin Ihres altehrwürdigen Familiennamens.«

Eine Frau? Tadashi Ishii konnte sich nicht erinnern, eine Frau erwähnt zu haben. Er machte sich nicht viel aus Frauen. Jeremy musste ihm auf die Sprünge helfen. »Yukiko«, sagte er, »... Yukiko *Ishii*?« Als sich Jeremy gezwungen sah, diesen hässlichen Namen auszusprechen, begriff er erst völlig, was Yukiko all die Jahre für ihn getan hatte.

Immerhin, es hatte funktioniert. Tadashi erinnerte sich jammernd: »Masao, ihr geschätzter Gemahl, war mein bester Mann. Konnte ich wissen, welche Schlange er am Busen genährt hat? Ihr Vater Akira war mein väterlicher Freund. Mein Vertrauter. Und seine Tochter hatte ein Verhältnis mit – einem genetisch inferioren Butterstinker! Und wissen Sie – er hat es mir niemals gesagt! Wir hätten sie ja damals schon umbringen *müssen*. Wenn wir es nur gewusst hätten! Akira war meinem Vater treu, er glaubte an unsere Sache, bis zuletzt, aber er hatte diese unselige, tierisch-primitive Schwäche für seine Tochter. Lesen Sie seine Tagebücher und Sie begreifen, was für eine treue, vaterlandsliebende Seele er war. Und dann enttäuscht er uns alle aus den niedersten Instinkten, und um ein Haar verrät er unsere ganze Sache, nur um das jämmerliche Leben seiner missratenen Tochter zu retten. Wir hätten gleich viel härter durchgreifen müssen. Damals schon.«

Wie ihm diese Ruhe doch half, *ruhig* zu bleiben. »Wo sind sie denn jetzt, diese Tagebücher? Ich würde sie ja gerne lesen, Herr Professor. Schon aus rein fachlichem Interesse. Sie sind hier bei Ihnen, richtig?«

Professor Ishii lachte auf. Ein hohes, meckerndes Lachen. »Tagebücher? Welche Tagebücher? Wen interessiert noch die Vergangenheit, in dem Moment, wo eine neue, strahlende Zukunft anbricht! Sie sind ein Narr, Gouldens-san. Heute geht es um ganz andere, um großartige Dinge. Es geht um die Zukunft, um die Zukunft Ostasiens und um eine neue Weltordnung. Es geht um den neuen Menschen, es geht um *uns*, die auserwählte Rasse. Keine andere Menschenrasse der Welt kann ihren Ursprung so viele Tausende von Jahren zurückverfolgen –

nur wir Japaner können das. Die Vergangenheit zählt nur insofern, als es unsere Aufgabe ist, eine Arbeit fortzuführen und zu beenden, die wir in den dreißiger Jahren des vergangenen Jahrhunderts begonnen haben. Es geht um die Züchtung eines neuen Typus von Menschen, eines höherwertigeren, lebenswürdigeren, zukunftsgewisseren Menschen, wie er dereinst schon dem Philosophen Friedrich Nietzsche vorgeschwebt hat.« Ishiis Augen glühten. Er fuhr fort, als würde er ein vor langer Zeit auswendig gelerntes Redemanuskript vortragen, dessen Inhalt er schon unzählige Male zuvor vorgetragen hatte: »Dazu brauchen wir aber auch ein neues Kastensystem. Wir brauchen vornehme Herrscher, grausame Wächter und erfüllende Arbeiter, die nichts sind als die technische Perfektion unserer heroischen Maschinen, die Verwandlung des Lebens in Energie. Und wir brauchen sozusagen Ersatzteillager für diese Maschinen. Und Nahrungs-, Energielieferanten. Bald schon wird es Menschen geben, die emotionslos für uns töten, weil ihnen alles krankhafte, schwächliche Mitleiden herausoperiert wurde. Und andere, die hundertfach so viel radioaktive Strahlung vertragen können wie wir und für uns Aufräumarbeiten in allen Teilen der Welt erledigen können. Der gen*adaptierte* Mensch als Diener und Material des gen*optimierten* Menschen. Geht das in ihr verrottetes Insektenhirn hinein, Gouldens-san? Wer das hohe plastische Potenzial des Menschen mittels einer gezielten anthropotechnischen Reform der Gattungseigenschaften am besten zu nutzen versteht, wird in Zukunft die Erde und eines Tages selbst den Weltraum beherrschen. Das ist das Ende von euch erbärmlichen, kranken, dekadenten, zuchtlosen Mischmasch-Menschen. Die posthumane Geschichte ist längst angebrochen, Gouldens-san.«

»Sie sind ein Barbar, Professor Ishii. Ein Untier. Eine Bestie!«

Wieder dieses hohe, meckernde Lachen. Weiter rezitierte er, was wie ein Glaubensbekenntnis klang: »*Auf dem Grunde aller dieser vornehmen Rassen ist das Raubtier, die prachtvolle nach Beute und Sieg lüstern schweifende blonde Bestie nicht zu verkennen; es bedarf für diesen verborgenen Grund von Zeit zu Zeit der Entladung, das Tier muss wieder heraus, muss wieder in die Wildnis zurück: römischer, arabischer, germanischer, japanesischer Adel … in diesem Bedürfnis sind sie sich alle gleich. Die vornehmen Rassen sind es, welche den Begriff ›Barbar‹ auf all den Spuren hinterlassen haben, wo sie gegangen sind.* Hören Sie, Mr. Gouldens-Spatzenhirn? *Japanesischer* Adel! Was Ihrem kranken, degenerierten Hirn als barbarisch und bestienhaft erscheint, ist im Grunde das stärkere *wahre* Edle und Vornehme.«

Dafür, dass dieser Professor Alzheimer an Gedächtnisschwäche litt, war sein Nietzsche noch tadellos in Schuss, musste Jeremy anerkennen – gut, das Langzeitgedächtnis funktioniert bekanntlich erst einmal weiter. Doch auch er, Jeremy Gouldens, hatte sich während seiner einsamen Jahre auf der Jacht »Hebridian Spirit« viel mit Philosophie beschäftigt. ›Mein Philosophengott‹, hatte ihm Cathy einst zärtlich ins Ohr geflüstert. Und gerade Nietzsches abgründige Widersprüchlichkeiten hatten ihn zutiefst fasziniert – ein Philosoph, aus dem sich die nationaldarwinistische Rassendiktatur genauso herauslesen ließ wie der Ruf nach anarchistischer Selbstbestimmung für alle, und der in seinem *Zarathustra* in einem Atemzug sowohl das Ziel der Entwicklung zum Übermenschen verkündete als auch die ziellose ewige Wiederkehr des Gleichen. Jetzt fühlte sich Jeremy wie ein aufmüpfiger Student, der seinem Professor Kontra gibt. »Ich gebe zu, Sie haben Ihr Verständnis der *Genealogie der Moral* eindrucksvoll verinnerlicht. Aber Sie sind nicht blond, Professor Ishii. Und als ›Bestie‹ in Nietzsches Sinn sind Sie bestenfalls lächerlich: ein wirres altes Männchen mit albernen Allmachtsphantasien. ›Japanesischer Adel‹ – pah! Ein jämmerliches, geistesschwaches professorales Würstchen wie Nietzsche selbst, der am Ende wahnsinnig wurde, die Deutschen verfluchte und behauptete, selbst immer schon Pole gewesen zu sein, um dann in Turin, von allzumenschlichem Mitleid übermannt, heulend ein geschundenes Pferd zu umarmen. Der Übermensch ist stets nur eine Farce gewesen, Herr Professor!«

Der blieb unbeeindruckt. »Was kümmern mich die Philosophen, Gouldens-san. Mögen sie ruhig lächerlich sein und in ihren abgehobenen Wolkenkuckucksheimen wohnen, das spielt keine Rolle. Wichtig ist, was die tätigen Menschen aus ihren Gedanken machen. Die befehlenden Menschen an ihren Schreibtischen, wie ich, und ihre dienstbaren Vollstrecker auf den Schlachtfeldern und in den Laboren. Die praktische Anwendung zählt! Meinen Sie etwa, *ich* muss mir von Nietzsche etwas über Zucht und Züchtung erzählen lassen? Direkt unter uns befindet sich eines der größten und ältesten Biolabore der Welt. Der neue Mensch ist in unseren Laboren längst Wirklichkeit! Der Über-, Un- und Untermensch, wie immer wir ihn gerade brauchen. Und es gibt keinen Weg, diese Technik aufzuhalten! *Sie* werden sie jedenfalls nicht mehr aufhalten können, Gouldens-san.«

Jeremy tastete in der Tasche nach Gao Fengs Brieföffner. War es das, was Yukikos letzter, geheimster Auftrag an ihn war: Diesen verrückten Doktor Frankenstein zu töten? Sie war bis tief ins Herz dieser

Dunkelheit vorgedrungen, ans schwärzeste Ende der Nacht, hatte selbst den geheimen Code des verschlossensten aller Schränke zu knacken vermocht, auch wenn sie vermutlich beim Versuch, ihm auch sein Rätsel, das *Geheimnis der Geheimnisse*, zu entreißen, gescheitert war. Er musste jetzt vollenden, was sie begonnen hatte: seine heilige Sendung erfüllen. Aber zuerst musste ihm dieser Greis noch erzählen, was er wusste. Von Cathy. Von Yukiko. »Wo ist meine Verlobte, Professor Ishii? *Sie* stecken doch hinter ihrer Entführung, nicht wahr?«

Der Runzelgreis meckerte ihn höhnisch an. »Ja, so ist er: der kleine, jämmerliche, konventionelle Nicht-Zucht-Mensch. Der ›Mischmasch-Mensch‹, wie ihn Nietzsche nennt. Da erläutert man ihm hier lang und breit die Menschheitsherausforderungen der Zukunft, und er hat nur seine altmodischen hormongesteuerten Paarfixierungen im Kopf. Wie widerlich und niedrig das alles doch ist! Sie, Gouldens-san, verkörpern perfekt das, was Nietzsche ›das Gewürm Mensch‹ genannt hat, das ›Heillos-Mittelmäßige und Unerquickliche‹, das Insektenhafte, das sich verständnislos den großen Zielen der vornehmen Rassen entgegenstellt und mit seiner zahmen, verlogenen, süßlichen Sklavenmoral, seinen kindischen Skrupeln, die die Entschlusskraft lähmen, immer wieder alles verdirbt. *Wo ist meine Verlobte, Professor Ishii?*« Meckernd ahmte er Jeremys verzweifelte Frage nach. »Ach, lassen Sie mich in Ruhe mit Ihrer Verlobten! Glauben Sie mir, ich habe nicht die geringste Ahnung, wo Ihr kleines Betthäschen ist. Wieso sollte mich das auch interessieren? Ich bin ein *Künstler.* Selbst wenn ich das mal gewusst haben sollte, habe ich es jedenfalls längst vergessen. Da müssen Sie schon meinen Bruder fragen. Ich kümmere mich nur um die reine Forschung und Lehre und die Maximen und Wege ihrer Verwirklichung. Er ist für all diese trivialen Sachen zuständig.«

»Und Yukiko? Von der müssen Sie doch etwas wissen? War sie hier?« – »Wer?« – »Yukiko. Yukiko *Ishii.*« Der senile Japanese überlegte einen Moment. Der Name kam ihm bekannt vor. »Yukiko … Ishii? Ja – die ist schon ein anderes Kaliber. Reinstes, edelstes, prächtigstes Geblüt. Um die ist es beinahe schade! Leider kulturimperialistisch verdorben, und so hat sie eben bekommen, was sie verdient.«

»Was ist mit ihr passiert? Was habt ihr Tiere mit ihr gemacht?«

Ishii hatte den vor ihm auf dem Schreibtisch liegenden Montblanc-Füllfederhalter aufgenommen und versonnen begonnen, auf einem Blatt geschwungene Kreislinien zu malen. Wie der *Uroboros*, dachte Jeremy: die antike Schlange, die sich in den Schwanz beißt. Dann blickte Ishii ihn an und sagte: »Was wir mit ihr gemacht haben, wollen

Sie wissen? Fragen Sie sich lieber, was *Sie* gemacht haben. Sie wissen es doch im Grunde längst, Gouldens-san. Alles ist in uns selbst vorhanden, hat ein weiser Chinese einst gesagt, als es noch weise Chinesen gab. Kennen Sie die Marinebasis Kure? Da ist, wenn ich es recht in Erinnerung habe, vor wenigen Tagen frühmorgens ein geheimes U-Boot ausgelaufen. Unter der stolz wehenden rot-weißen Kriegsflagge der alten Kaiserlichen Marine. An Bord mein engster Mitarbeiter, wie hieß er doch gleich? Ishii, wie ich; Masao, ich bedauere noch immer sehr, ihn verloren zu haben. Ich werde ihn nie vergessen. Und, stellen Sie sich vor, oben an der Steilküste seine untreue Frau im festlichen Kimono, Tränenspuren auf dem kalkweiß geschminkten Gesicht; das dunkel schimmernde Haar weht im Wind. Und dann blitzt etwas auf ... Aber was erzähle ich Ihnen das alles, Sie kennen es ja ohnehin viel besser als ich. Alles ist in *Ihnen* vorhanden, Gouldens-san.«

Vor allem war in Jeremy in dieser Sekunde eine wilde Mordlust vorhanden, von der überhaupt zu wissen, ihn noch gestern Morgen zu Tode erschreckt hätte. Nur einen kurzen Moment stand er völlig versteinert. Dann stürzte er sich mit gezücktem Briefmesser auf den meckernden Greis. Der hatte so etwas kommen sehen, parierte Jeremys schmerzhafte Brieföffner-Attacke, die ihn bis in die Knochen schnitt, mit dem linken Handteller und rammte ihm zugleich mit der Rechten den Montblanc-Füller mit voller Wucht in den Hals. Jeremy ließ den Brieföffner fallen. Eine hellrote Blutfontäne, gemischt mit azurner Tinte, schoss aus seinem Hals und spritzte auf den Schreibtisch.

»Na, töten Sie mich doch – mein Lebenswerk ist getan«, knurrte Ishii und suchte nach etwas auf dem Schreibtisch, während Jeremy sich jaulend krümmte. Im Zusammensacken konnte er sich im letzten Moment an der Schreibtischkante festhalten und ein wenig emporziehen. Die linke Hand presste er auf die tiefe Wunde. Wenn diese Bestie meine Schlagader erwischt hat, ist es aus, dachte er. Da bekam die noch immer auf der Tischplatte nach Halt suchende Rechte etwas Festes und Schweres in den Griff, das ihm Mut machte: Ishiis gusseisernen Briefbeschwerer mit Drachenmotiv. Mit letzter Kraft bäumte er sich auf und warf sich dem geierartigen Seetang-Greis entgegen, der die Zeit genutzt hatte, um nach der bereitstehenden Spraydose zu greifen, aus der Jeremy nun ein dichter Sprühstrahl mitten ins Gesicht blies. Der vornehm-edle Japanese hielt erst inne in seinem Tun, als ihm der unerquickliche Brite den eigenen Briefbeschwerer wuchtvoll über die Stirn schlug. Wie ineinander verschlungen fielen die beiden Männer in einem dichten Blut- und Aerosolregen zu Boden, um dort reglos liegenzubleiben.

Chinesisches Meer, 5. Mai 2012. 20:55 Uhr

Er war noch viel früher gekommen, als sie es befürchtet hatte. Lautlos war er ins Zimmer geglitten, hatte unhörbar den Schlüssel hinter sich gedreht und stand jetzt in der Mitte des Raumes. Entsetzt schrie sie auf, als sie ihn sah. Ein intensiver Duft von Aftershave und teurem Deo ging von ihm aus. Auch hatte er unter Minato Motos Kleidern einen feingemusterten dunklen Kimono gefunden, an der Taille zusammengehalten von einem breiten *Obi*, dem unverzichtbaren schärpenartigen Gürtel. Darunter trug er einen *Hakama*, den traditionellen Hosenrock für Männer. Sie musste zugeben, dass Huang diese Kleidung hervorragend stand und ihm ein täuschend *sanftes* Aussehen gab. Ganz offensichtlich hatte er sich extra für sie frischgemacht und herausgeputzt. Sie empfand das nicht als Ehre, und es beruhigte sie keineswegs. Auch hatte er eine Flasche Champagner und zwei Gläser mitgebracht. »Louis Roederer Cristal« in der klaren, schweren Kristallflasche mit flachem Boden, die einst speziell für Zar Alexander II. Nikolajewitsch entwickelt worden war, der Angst hatte, eines Tages durch vergifteten Champagner dahingerafft zu werden, dann aber zuvor einem Anschlag der linken Untergrundorganisation »Volkswille« erlag. Es war dieselbe Sorte, die sie erst vor ein paar Tagen, anlässlich ihres missglückten Geburtstagsbrunches im Westin-Hotel, verschmäht hatte. Wie liebend gerne würde sie den jetzt mit Jeremy leeren – flaschenweise!

Doch da war nur John Huang, der sich lächelnd provozierend nahe vor sie hinstellte und sagte: »Okay Cathy, da bin ich. Fühl dich ganz entspannt. Ich bin nicht immer gleich der gewalttätige Typ. Als Mann wirst du mich ganz anders erleben. Weißt du, manchmal ist es doch auch ganz schön anstrengend, immer den brutalen Killer zu geben, und man sehnt sich nach ein bisschen menschlicher Wärme. Wie gesagt, du kannst ganz ruhig und entspannt sein. Ich steh nicht auf Gewalt gegen Frauen. Das ist was für mental Minderbemittelte. Für dumme, hässliche Männer ohne Eier und Charisma. *Mir* gibt man sich freiwillig hin. Lust auf 'ne Linie Koks? Oder vielleicht erst mal ein Gläschen Schampus? Lassen wir's knallen!« Cathy fuhr erschrocken zusammen als im nächsten Moment tatsächlich ein Knall ertönte wie aus einer schallgedämpften Automatik. John genoss es und füllte schmunzelnd die Gläser. »Auf uns, Cathy!«

Jetzt war er da, der Psychopath. Natürlich gab man sich dem »freiwillig« hin. Weil er einen sonst umbrachte. Der Teufel. Wie heißen diese Dämonen, die nachts mit träumenden Frauen schlafen und ihnen die Lebensenergie aus dem Leib saugen? Incubi. Huang war auch so ein Incubus. Wenn sie nur wenigstens träumen könnte! Aber sie war hellwach. Wenn sie jetzt die Augen schloss und alles vergaß, würde sie es dann ertragen können? Huang hatte schlanke, schöne, aber *falsche* Hände. Immerhin: Unter all dem schrecklichen Deo roch er fast genauso wie Kim.

Chinesisches Meer (30° Nord, 124° Ost), 5. Mai 2012. 20:56
Das Turmluk von U 34 öffnete sich mit einem scharfen Knall. Zischend entwich die Luft aus dem Bootskörper und eine frische Seebrise strömte herein. Für U-Boot-Fahrer immer der schönste Augenblick.

»Donnerwetter«, sagte Kapitänleutnant Karsten Kühne, Kommandant der U 34, als er in den Turm geklettert war. Durch das Sehrohr hatte die internationale Armada nicht so imposant gewirkt wie jetzt nach dem Auftauchen. U 34 dümpelte in Schleichfahrt genau in der Mitte zwischen dem französischen Flugzeugträger Charles de Gaulle und dem amerikanischen Lenkwaffenkreuzer USS Princeton. Kühne kam sich zwischen den beiden mächtigen Kriegsschiffen eher winzig vor.

»Funkspruch von der USS Princeton, KaLeu!«, meldete der I. WO Markus und steckte seinen Kopf aus dem Turmluk. »Die Amerikaner schicken uns eine Barkasse. Brigadegeneral Richard Bailey wünscht, Sie sofort an Bord zu sehen.«

»Er wünscht es? Sofort? War das wörtlich?«, grummelte Kühne, »oder handelt es sich um Ihre Übersetzung?«

»Eine wörtliche Übersetzung, KaLeu«, grinste der I. WO.

»Dann mache ich mich adrett zurecht und statte unserem neuen Befehlshaber einen Antrittsbesuch ab. Funken Sie ein nettes Dankeschön für die Einladung zurück. Wir nehmen an. Bin gespannt wie ein Flitzebogen, was die Amis wirklich von uns wollen. Sie können mich begleiten, I. WO. Vier Ohren hören mehr als zwei.«

»Zu Befehl, Käpt'n!«, rief der Erste Offizier und verschwand augenblicklich im Rumpf. Kühne linste zur USS Princeton hinüber, wo aus der Heckklappe eine Barkasse ins Wasser glitt. Die haben es aber eilig, dachte er.

Kyoto, 5. Mai 2012. 22:05 Uhr (21:05 in Shanghai)
Als Jeremy ein wenig zu sich kam, lag der dürre Greis mit dem Vogelgesicht noch immer leblos neben ihm. Er hatte höchste Probleme, sich zurechtzufinden. Ihm fehlte jede Orientierung, und er konnte weder klar sehen noch klar denken noch war er wirklich koordinierter Bewe-

gungen fähig. Noch immer lag ein eigentümlich süßer Duft im Raum. Was hatte der Geier da vorhin versprüht? Kampfgas? Chloroform? Oder gar irgendwelche Verstöße gegen das Betäubungsmittelgesetz: Haschischtinktur? Opium? LSD?

Mühsam hatte er sich aufgerappelt. Sein Hals schmerzte und fühlte sich feucht und klebrig an. Der Raum drehte sich um ihn. Die Dinge flossen ineinander wie in einem Kaleidoskop. Was war das für ein Zimmer? Warum brannte die Kerze? Warum war da so viel Blut? Was war das für eine Treppe? Was war das für ein Schreibtisch? Was war das für eine rot-weiße Mappe die, hastig unter ein paar Papieren versteckt, auf dem Schreibtisch lag und aussah wie die japanische Marineflagge, die die Studenten vorhin verbrannt hatten? Taumelnd schlug Jeremy die Mappe mit der roten Strahlensonne auf, doch er konnte nichts lesen, die *Kanji* tanzten vor seinen Augen; tanzten und äfften ihn. Aber da war doch etwas gewesen mit so einer Mappe, in einer anderen Welt, als die Dinge noch nicht ihre Form und ihren Sinn verloren hatten und er, Jeremy Gouldens, noch nicht aus Raum und Zeit gefallen war. Erinnere dich, Jeremy, erinnere dich: *1. OG, Zi. 102, Tad. Ishii, gr. Tresor, 2. F. v. u., rot-w. Mappe, geh nicht in den Keller, lebe wohl, Y.*

Da er mit den Papieren sonst nichts weiter anzufangen wusste, nahm er sie aus der Mappe mit dem Aufdruck der Militärflagge, rollte sie zusammen, wickelte einen Gummi darüber, der sich auch noch auf dem Schreibtisch fand, und steckte sich das Ganze, in Ermangelung eines besseren Aufbewahrungsortes, unter den Gürtel in die Hose. Sah das sehr auffällig aus? Nicht unbedingt. Vielleicht etwas übertrieben *männlich*. Das alles war entsetzlich langsam vonstatten gegangen, da er noch immer nur sehr fahrige Bewegungen machen konnte, die stets woanders ankamen, als dort, wo sie hinsollten. Und jetzt? Jetzt nur noch raus hier. Aber wo war ›raus‹? Überleg doch mal: Wenn hier das 1. OG war, dann ging es zum Ausgang natürlich nach unten. Die Wendeltreppe also. Es war der letzte Weg, der noch blieb. *Lebe wohl, Y.*

Ui, war das steil, was war das schwierig, da nicht einfach hinabzufallen! So schmale, abschüssige Stufen. Krampfhaft klammerte er sich am Geländer der Treppe fest. Doch auch wenn er stehen blieb, hörte die Wendeltreppe nicht auf sich zu drehen und zu drehen. Aber es muss sein. Noch ein Schritt, Jeremy! Langsam. Stufe um Stufe. Tiefer, immer tiefer. Bis zum Grund. Diese kühlen Mauern sind jetzt nicht mehr aus Beton wie vorhin da oben, scheint mehr hundertjähriger Backstein zu sein. Aber es geht trotzdem noch eine Spiraldrehung hinab. Und noch eine Drehung. Ja, sind diese Treppen denn endlos?

Führen sie bis in die innersten Eingeweide der Erde hinab? Jeremy hielt sich nur mühsam aufrecht. Ihm war so schlecht, so schummerig und schwindelig. Geh jetzt einfach deinen Weg zu Ende, Jeremy Gouldens. *Wer in einen Abgrund hinabsteigt, darf nicht in die Tiefe blicken, sondern immer nur auf seinen nächsten kleinen Schritt.* Und den nächsten. Und den nächsten. Bis plötzlich im tiefsten Herzen der Finsternis die Stufen aufhören.

Chinesisches Meer (30° Nord, 124° Ost), 5. Mai 2012. 21:12
Verglichen mit den braungebrannten amerikanischen Marineoffizieren in ihren blütenweißen Uniformen wirkten die beiden deutschen U-Boot-Fahrer wie Obdachlose, die man unter einer Brücke hervorgezogen hat. Aber der Empfang durch den stellvertretenden Kommandeur der Third Marine Expeditionary Force war außerordentlich herzlich gewesen und der Kaffee mit den frisch gebackenen Brownies und Chocolate Cookies schmeckte phantastisch. Brigadegeneral Richard Bailey wusste mit gepflegtem Smalltalk eine durchaus angenehme Atmosphäre zu schaffen und lobte immer wieder die technische Brillanz der deutschen U-Boote. Vor allem Kühnes U 34 war seiner Meinung nach wohl mit das Beste, was derzeit unter der Wasserlinie seinen Dienst tat. Obwohl, wie Bailey beiläufig bemerkte, auf dem Gebiet des lautlosen Antriebs ausgerechnet die Chinesen inzwischen nachgezogen hatten. Und was die produzierten Stückzahlen anginge, seien die ohnehin kaum zu schlagen: Auf der größten U-Boot-Werft der Welt an der Südspitze von Hainan, dem »chinesischen Hawaii«, liefen inzwischen zwei Boote pro Monat vom Stapel. »Und seit ein paar Monaten haben sie sogar ihren ersten eigenen Flugzeugträger. Zwar nur eine komplettüberholte ehemals sowjetische Rostkiste, aber sie sind auch schon dabei, ein eigenständig chinesisches Modell zu entwickeln. Tja, wenn wir nicht aufpassen, werden uns die Hundefresser bald an allen Fronten überholen! Unter anderem in der Computertechnologie haben sie es ja schon geschafft: als sie Ende 2010 mit ihrem ›Tianhe-1A‹ unseren ›IBM Roadrunner‹ als schnellsten Rechner der Welt ablösten. Immerhin sind sie da schon wieder selbst überholt worden – diesmal von den Walfressern aus Japan.«

Nach zehn Minuten netten Geplauders hätte Kapitän Kühne am liebsten gesagt: Danke für den Kaffee und die Kekse, Herr General, aber meine Jungens sind müde und ausgelaugt, wollen in Bangkok jetzt noch ein bisschen bumsen und dann schnellstens nach Hause. Und ich würde gern rechtzeitig zur Geburt meines ersten Kindes bei meiner Frau Dörte im Plöner Kreiskrankenhaus sein. Der General, der ihm seine Ungeduld anzumerken schien, lächelte. »Gut, dann lassen Sie uns jetzt zur Sache kommen«, meinte er plötzlich, »die Zeit drängt. Über die neuesten politischen Entwicklungen hat man Sie sicherlich informiert, Kapitän?«

»Rudimentär, ja. Eine ziemlich undurchsichtige Sache, wenn Sie mich fragen. Aber ich bin nicht befugt, die Meinung meiner Vorgesetzten zum Konflikt zwischen China und Taiwan zu kommentieren. Ich kann nur sagen, dass es auch mir um die verletzten deutschen Techniker in Fuzhou sehr leidtut.«

»Konflikt zwischen China und Taiwan? Ich sehe, Sie sind doch nicht *ganz* auf dem neusten Stand.« Bailey schloss einen knappen Vortrag über die Entwicklungen der letzten Stunden an, mit denen Kühne in der Tat erst in Teilen vertraut war. Abschließend kam er auf die gegenwärtig in Tokio beginnenden Verhandlungen zu sprechen, in denen es um etwaige US-Hilfe bei der Niederschlagung der Putschisten im Süden Japans und auf den Schiffen im Ostchinesischen Meer ging.

»Und Sie wollen, dass wir Sie gegebenenfalls dabei unterstützen?«

Bailey sah Kühne mit sorgenvoll gerunzelter Stirn an. »Nein, Kapitän. Das kriegen wir schon selbst hin. Auf der großen militärischen Ebene ist die ›Operation Morgenröte‹ der japanischen Putschisten im Wesentlichen gescheitert. Es bleiben nur noch ein paar heikle Detailfragen. In deren Rahmen ist für Sie eine Spezialaufgabe vorgesehen. Ich habe vorhin mit General William Shirer auf Okinawa gesprochen, dem Kommandeur der Third Marine Expeditionary Force – ich bin ja nur sein bescheidener Stellvertreter. Er macht sich Sorgen um ein U-Boot. Wir haben da ein kleines Problem.« Kühne musterte ihn abwartend. Das war für ihn nichts Neues. Er machte sich jeden Tag Sorgen um sein keineswegs problemloses U-Boot. »Das kleine Problem heißt Tancho und ist ein japanisches Unterseeboot der Oyashio-Klasse. Die Tancho wurde, nach allem, was wir wissen, von durchgedrehten Marineoffizieren aus ihrer Basis in Kure entführt, tuckert nun irgendwo vor der chinesischen Küste herum und macht Unfug. Von jenem U-Boot wurde der Tomahawk-Marschflugkörper gestartet, der bedauerlicherweise auch einige Ihrer Landsleute verletzt hat. General Shirer befürchtet, dass es noch Unangenehmeres vorhat. Wir haben Sie und Ihre U 34 angefordert, um, sagen wir, vor Ort nach dem Rechten zu sehen.«

»Warum wir? Wer ist hier der Weltpolizist?«

Der Brigadegeneral überhörte die Frage mit gnädigem Lächeln. Kühne fragte weiter: »Was meinen Sie mit – Unangenehmeres?«

»*Sehr* Unangenehmes«, präzisierte Bailey. Kühne blickte ihn ungeduldig an. Der Brigadegeneral seufzte, wartete ein wenig und rang sich dann zu einer Antwort durch. »Wir wollen das nicht an die große Glocke hängen, aber die Essentials sollten wir Ihnen fairerweise nicht vorenthalten. Unter uns: General William Shirer hegt die Befürchtung, dass die so eine Art Attacke mit Milzbranderregern vorhaben. Bioterrorismus.«

»Sie meinen, wie die Anthrax-Anschläge mit kontaminierten Briefen 2001 auf bestimmte Politiker in den USA, bei denen mehrere Postangestellte ums Leben kamen?«

Bailey verzog das Gesicht: War dieser tumbe Deutsche einfach nur naiv in ein Fettnäpfchen getreten oder wollte er ihm womöglich bewusst auf den Zahn fühlen? Schließlich hatte in den Medien gerade einmal wieder die bekannte Geschichte die Runde gemacht, dass diese unzweideutig mit Material aus Fort Detrick bestückten dubiosen Anthraxbriefe damals von der CIA selbst lanciert worden seien, um einen weiteren triftigen Grund für den Irakkrieg zu liefern – ein Punkt, den Bailey nun wirklich nicht ausdiskutieren wollte. Dennoch zwang er sich zu einer Antwort. »Meinetwegen – nur allerdings in viel größerem Ausmaß. Mit Raketen- statt Postbeförderung. Stellen Sie sich so eine Milzbrandgranate vor, die mitten in Shanghai einschlägt. Das wäre eine Katastrophe! Da hilft denen ihr riesiger Schutzbunker auch nicht mehr viel. Kann natürlich auch sein, dass gar nichts passiert. Kann sein, dass das Boot einfach abdreht, sobald der Putsch endgültig gescheitert ist. Das wäre sogar das Wahrscheinlichste, wenn Sie mich fragen: einfach den Schwanz einziehen und keine schlafenden Hunde wecken. Aber wir wollen selbstverständlich kein Risiko eingehen. Und Shirer sagt, das ist ein Todeskommando: Harakiri – wie die Japsen eben so sind. Die können das nicht einfach zugeben, wenn sie gescheitert sind, verstehen Sie.« Kühne nickte. Dabei verstand er eigentlich nur, dass das alles sehr – abenteuerlich klang. Bailey fuhr fort: »Machen wir's kurz: Sie werden mit der U 34 sofort Kurs Richtung Mündungsbereich des Jangtse vor Shanghai nehmen. Irgendwo dort oder sonst wo werden Sie, wie auch immer, die Tancho aufspüren, abfangen und versenken. Keine Ahnung, wo sie sich wann in diesem riesigen Meeresgebiet herumtreibt. Aber das finden Sie mit Ihrer modernen Ausrüstung schon raus. Müssen Sie jedenfalls. Denn so lautet Ihr Auftrag.«

Für einen Moment war Kapitän Kühne völlig perplex. Auch der I. WO bekam rote Flecken am Hals. »Warum übernehmen das nicht die Chinesen? Für so einen Kampfeinsatz ist mein Boot derzeit nicht ausgerüstet, General. Außerdem verfügt meines Wissens auch die südkoreanische Marine über baugleiche Boote aus Deutschland.«

»Deren Prototyp schon vor Jahren versenkt wurde«, entgegnete Bailey, der langsam ungehalten wurde. »Gleich auf seiner ersten Testfahrt, nachdem das südkoreanische Boot in eine Falle der Nordkoreaner getappt war ... Na ja, das brauchen Sie gar nicht zu wissen. Hören Sie – keines dieser südkoreanischen Boote ist auf dem technisch allerneusten Stand. U 34 schon. U 34 ist momentan das Paradepferd der Klasse 214. Für diesen Einsatz ist uns nur das Beste gut genug, Kapitän Kühne. Und lassen Sie bitte die Chinesen aus dem Spiel.«

Kühne spürte, dass die Atmosphäre in der Offiziersmesse gespannter wurde. »Ich verstehe, General«, sagte er darum etwas gedehnt, »aber Sie müssen meine Zurückhaltung verstehen; es ist meines Wissens das erste Mal, dass ein Boot der Bundesmarine einen derartigen Befehl erhält – noch dazu nicht von der eigenen Regierung, sondern von einem Bündnispartner ...«

»... der Sie nachdrücklich bittet, sich unserem Kommando ohne Wenn und Aber anzuschließen, Kapitän Kühne.« Bailey schnippte mit den Fingern und bekam Sekunden später von einem seiner Offiziere ein Schreiben gereicht, das er an Kühne weiterreichte. »Mit Berlin ist bereits alles geklärt, Kapitän Kühne.« Rasch überflog der Kapitän das Schreiben von der Bonner Hardthöhe. Dann nickte er resigniert.

Chinesisches Meer, 5. Mai 2012. 21:25 Uhr

Cathy hatte noch nie in ihrem Leben Kokain konsumiert und war von der Wirkung überrascht. Sie fühlte sich keinesfalls benebelt, sondern wacher, ruhiger, klarer, stärker. Also Cathy, was ist jetzt zu tun? Er wolle sie keinesfalls mit Gewalt nehmen, hatte Huang gesagt, aber das war eben die Art, wie solche Typen Frauen mit Gewalt nahmen. Dass sich Gewalt nicht immer gegen den Körper richten muss, wusste sie als Frau natürlich gut. Außerdem war ihr klar, dass Huang log. Hatte nicht auch Chen bei ihrem konspirativen Gespräch an der Bar gesagt, Huang habe den Shanghaier Studenten versprochen, bei der Aktion im Turm keine Gewalt anzuwenden? So sind Psychopathen. So lange alles nach ihrem Kopf geht, können sie erstaunlich ruhig und umgänglich sein. Doch wenn sie auf Widerstand stoßen, wenn die Welt um sie herum plötzlich nicht mehr mit der Welt in ihrem Kopf übereinstimmt, knallen bei ihnen die Sicherungen durch. Dann muss um jeden Preis wieder die alte Übereinstimmung hergestellt werden – bis sich das Opfer, der Störer, nicht mehr rührt. In dem Moment, wo sie sich wehrte, würde John gewalttätig werden und dann Gnade ihr Gott. Also durfte sie sich nicht wehren. Aber sie wollte sich auch nicht wehrlos hingeben. Das war alles so *widerlich*. Das würde sie nicht überleben. Also musste sie ihn hinhalten. In ein Gespräch verwickeln. Mit ihm spielen. Mit ihm Champagner trinken. Mit ihm koksen. Mit ihm flirten. Und auf Michelle hoffen.

»Wow, hätte gar nicht gedacht, dass Kokain so gut ist!«

»Natürlich ist es das! Das ist *meine* Droge, Cathy. Es steigert das Selbstwertgefühl und minimiert das soziale Gewissen. Nicht dass ich das noch nötig hätte, aber dir wird es helfen, Baby. Du wirst sehen, mit Kokain hast du den besten Sex deines Lebens.«

»Wieso ist das Zeug eigentlich verboten?«, schob sie rasch nach.

»Damit wir sogenannten Kriminellen uns finanzieren können, Cathy. Denk an die Mafia, die Yakuza, die Triaden, die ganze organisierte Kriminalität weltweit – eine Legalisierung wäre eine Katastrophe für uns, die wir mit aller Gewalt zu verhindern suchen müssen. Gott sei Dank haben wir unsere Kontaktleute bis überall in die höchsten Regierungskreise. Mann, da könnte ich dir Dinge erzählen …«

»Ja, erzählen Sie mehr von sich …« Sie zögerte. Es war so schwer über die Lippen zu bringen. »Erzähl mir von *dir*, John. Wenn wir wirklich bald ein ›gutes Gespann abgeben‹ sollen, wie du sagst, dann muss ich mehr von dir kennen als nur deinen Körper. Wie gesagt: Der Mann, der bei mir landen will, muss auch was im Hirn haben, nicht nur in der Hose.« Breit und siegesgewiss grinste Huang sie an. »Da bist du bei mir an der richtigen Adresse. Auf der privaten Oberschule in Kobe war ich mit Abstand der Beste der Klasse.«

»Du warst in Japan in der Schule? Ich denke, du bist Chinese?«

»Das ist eine lange Geschichte.«

»Erzähl mir davon. Du siehst, ich fange allmählich an, mich für dich zu interessieren.« Huangs Grinsen wurde noch eine Spur breiter und selbstgefälliger. »Siehst du, so gefällst du mir schon viel besser, Cathy. Ich wusste doch, dass du ein vernünftiges Mädchen bist. Viel vernünftiger als diese cholerische Nervensäge Michelle. Mann, kann die *anstrengend* sein.«

»Du hast sie satt, nicht?« Huang machte eine wegwerfende Handbewegung. Von diesem Thema wollte er jetzt nichts hören.

»Komm, erzähl mir von dir«, lockte sie ihn also weiter. »Wo kommst du her? Wie bist du in diese ganze Geschichte hineingeraten? Und wo gehen wir zwei hin, wenn das Ding hier gelaufen ist?«

Chinesisches Meer (30° Nord, 124° Ost), 5. Mai 2012. 22:04
»So, und jetzt mal *off the record*, Kapitän Kühne.« Der stellvertretende Kommandeur der Third Marine Expeditionary Force, Brigadegeneral Richard Bailey, beugte sich vor: »Wir haben größtes Interesse daran, dass die Chinesen nicht erfahren, was da unter Wasser auf ihre Millionenmetropole zusteuert. Die sind im Moment etwas, nun, *gereizt*, und wir wollen sie nicht noch weiter aufbringen. Deshalb ziehn wir die Sache hier so diskret und dezent wie möglich durch. Im Klartext: Wenn es Ihnen gelingt, die Tancho unbemerkt zu versenken, kann das später immer noch als tragischer Unfall verkauft werden. Das übernehmen dann andere.« Bailey schielte rasch auf das Foto des Präsidenten, das an der Wand überm Eingang hing. »Glauben Sie mir, wir haben Erfahrung mit solchen Sachen. Sie sind in jedem Fall aus der Nummer raus. Ich kann verstehen, dass Sie sich momentan nicht ganz wohl in Ihrer Haut fühlen. Aber denken Sie an Ihre Aufgabe. Ihre Verantwortung.«

Kapitän Kühne konnte es sich nicht erklären, aber er spürte, ganz im Gegenteil, wie ihm gerade ein wohliges Kribbeln von den Lenden über den Rücken bis in den Nacken zog. »Die U 34 steht Ihnen zu Diensten, General«, erwiderte er prompt. »Sagen Sie mir, wie wir weiter verfahren sollen. Wir führen, wie Sie sicherlich wissen, keine Torpedos mit an Bord.«

Brigadegeneral Bailey lächelte. »Etwa zehn Meter unter Ihnen, Kapitän, werden gerade ein Dutzend Schwergewichtstorpedos vom Typ ›DM 2 A4‹ Seehecht vom Standardkaliber 533 Millimeter an Deck geholt. Ihre Luftwaffe hat eine logistische Meisterleistung vollbracht – in enger Kooperation mit unserer Air Force und der Navy. Die Aale kommen direkt aus Kiel … Ist das der Name einer Stadt? Wo liegt das denn?« Kapitän Kühne lächelte nun ebenfalls. »Nördlich von Hamburg an der vorderen Ostsee, ein bedeutender Hafen und die Hauptstadt von Schleswig-Holstein.«

»Ah …«, nickte der US-General, dem Kühne genauso die böhmischen Dörfer im Umkreis der Heimatgemeinde seiner sudetischen Großmutter hätte aufsagen können. *»Somewhere in Europe«*, ergänzte der Deutsche deshalb vereinfachend. Der Blick des Generals hellte sich auf. »Dacht' ich mir's doch. Also: Wie sieht's aus?«

»Legen wir die U 34 am besten sofort längsseits, General!«

Richard Bailey blickte auf seine Armbanduhr. »Je eher Sie sich auf den Weg machen, desto besser. Leider kennen wir weder die genaue Position noch den genauen Zeitplan der Japaner.« Bailey erhob sich und streckte Kühne die Hand hin. »Viel Glück, Kapitän – ich glaube, ich muss Ihnen nicht extra sagen, dass von Ihnen eine ganze Menge abhängt.« Kühne ergriff die Hand des Brigadegeneral und schüttelte sie kurz. Ihm war aufgefallen, dass Bailey manikürte Fingernägel besaß, deshalb verzichtete er darauf, allzu fest zuzudrücken. »Nicht nur von mir«, erwiderte er bescheiden, »auch als Kommandant verstehe ich mich als Teamplayer.«

»Gut so, Kapitän«, antwortete der US-Brigadegeneral. »Allerdings werden Sie, Ihre Männer und Ihr Boot während der gesamten Operation weitestgehend auf sich allein gestellt sein. Ich genehmige Ihnen einen einzigen unverschlüsselten Funkspruch: *Sakura, Sakura!* Aber erst dann, wenn Sie die Tancho versenkt haben.«

Chinesisches Meer, 5. Mai 2012. 22:25 Uhr
In der vergangenen Stunde hatte Cathy viel über John Huang erfahren. Mit wachsender Faszination hatte sie zuhört, wie er von seiner Jugend als Sohn eines begüterten chinesischen Kaufmanns in Japan berichtet hatte. Um seine Erziehung hatte sich bis zu ihrem frühen Tod vorwiegend seine japanische Mutter gekümmert, eine der wenigen professionellen Darstellerinnen des traditionellen No-Theaters, das bis weit ins 20. Jahrhundert allein männlichen Schauspielern vorbehalten gewesen war. Später hatte Huang im Heimatland seines Vaters ein Geschichtsstudium angefangen, das er bald wieder abbrach. Es gefiel ihm nicht in China, und so kehrte er nach Japan zurück, wo er sich für Politik und Geschichte einschrieb, seine Zeit indes hauptsächlich dazu nutzte, sich untätig herumzutreiben, Kontakte zu radikalen Gruppen zu knüpfen, Literatur über das Japan der Kaiserzeit und das Dritte Reich zu sammeln und Nietzsche und Dostojewski zu lesen – wobei er eine besondere Vorliebe für die diabolisch anziehende Figur Nikolai Stawrogin aus den *Dämonen* entwickelte, während er für den von lächerlichen Gewissensbissen geplagten pseudopolitischen Doppelmörder Rodion Raskolnikow stets nur Verachtung übrighatte. Als sich seine Kontakte zur Waguni vertieften, wo er sich durch gewisse nicht ungefährliche Aktionen bald einen ansehnlichen Ruf erarbeitete, hatte er Yoshi Satori kennengelernt, der eine Art väterlicher Mentor für ihn wurde, an dem Huang jedoch rasch vorbeiwuchs. Satori hatte ihn auch mit den Werken von Yukio Mishima vertraut gemacht, und Huang war ihnen und vor allem ihrem Autor verfallen.

»Hast du mal Mishima gelesen, Cathy? *Geständnis einer Maske*? *Der Tempelbrand*? *Nach dem Bankett*? *Meer der Fruchtbarkeit*, die gewaltige Tetralogie mit dem großartigen zweiten Band *Unter dem Sturmgott* über die nationalistische Shinpuren-Rebellion ehemaliger Samurai gegen die verwestlichte Regierung, die die heiligen Ideale Japans verraten hatte? 1876 war das, zur Zeit der Meiji-Restauration. Immer wieder verraten japanische Regierungen unsere Ideale, und deshalb muss man immer wieder gegen sie rebellieren.«

Cathy schüttelte den Kopf: Mishima kannte sie nur vom Namen. »Und du hast deine Ideale noch nie verraten?«, fragte sie vorsichtig.

»Nein. Ich hab keine, Cathy. Keine festen jedenfalls. Ich hab keine Ziele, außer vielleicht den Shortcut ganz nach oben zu nehmen, reich zu werden und Frauen wie dich abzuschleppen. Ich glaube nur an die Bewegung, die Aktion, den *Sturmgott* sozusagen. Natürlich nicht so wie diese dummen Studenten in Shanghai mit ihren lächerlichen Bewegungen und Aktionskomitees. Ich will eine Bewegung, die immer weitergeht, einfach weil ich es nicht mag, wenn es langweilig ist. Diese Idioten in Shanghai hielten mich für einen chinesischen Nationalisten, dabei verehre ich das Tennotum als Quelle der japanischen Kultur, fahre japanische Autos und höre beim Fahren gern westliche Rockmusik – ich war am 8. April 2006 auf dem ersten Konzert der Rolling Stones in Shanghai; für die ignoranten Betonköpfe in Peking noch heute der Inbegriff rebellischer Subversion und abendländischer Dekadenz. Meine wahren Bosse von der Zentrale in Tokio glauben wiederum, dass ich ein genauso glühender *japanischer* Nationalist bin wie sie, dabei mache ich nur mit, weil ich es mag, wenn es knallt – und bald knallt es in China gewaltig. Ich mach alles mit, wenn es nur *extrem* genug ist. Ich mag's radikal. So wie Yukio Mishima. Er war ein glühender Patriot und Rechtsextremist und gleichzeitig bekennender sadomasochistischer Schwuler. Find so jemanden mal in Amerika, Cathy. Japan ist anders: Da kann man in mehrere Richtungen gleichzeitig extrem sein.«

Da hat er wohl sein Thema gefunden, dachte Cathy. Gut so. »Erzähl mir von ihm, John. Was ist das für einer, dieser Mishima?«

»Er ist ein bisschen ein Typ wie ich: radikal eben. Mehr noch als Mensch denn als Schriftsteller. Am Ende war ihm die Schreiberei zu langweilig und er tauschte die Feder mit dem Schwert, wie er sagte. Er zettelte einen Militärputsch in Tokio an, nahm den Kommandanten der Armee als Geisel, rief zur Wiedereinsetzung des Tennos in seine volle politische Macht auf und beging, als die ganze Aktion scheiterte, *Seppuku*. Alles hatte er vorher schon in seinem Drama *Yukoku*, das er unter eigener Regie mit sich selbst in der Hauptrolle verfilmt hat, exakt vorherbeschrieben.«

»Klingt interessant. Aber auch ein bisschen gruselig, finde ich. Und wenn *euer* Ding hier scheitert? Machst du dann auch *Seppuku*?«

Huang schüttelte heftig den Kopf. Darüber hatte er auch schon nachgedacht. »Nein, ich bin kein Typ für so was. Nicht, dass ich Angst vorm Sterben hätte, aber ich hätte da doch immer das Gefühl, es noch nicht ganz *ausgereizt* zu haben, verstehst du? Da lass ich mich lieber im Kampf erdolchen, wenn es sein muss, das bleibt wenigstens spannend. Klar, in meinem Job gehe ich ganz schön auf Risiko, da ist es schon möglich, dass ich auch mal mit draufgehe, doch darum mache ich mir keine großen Gedanken. Und bis dahin möchte ich jedenfalls *alles* auskosten und meinen Spaß haben, verstehst du, Cathy? Und zwar mit dir! Findest du nicht, dass es allmählich an der Zeit wäre, deinem Freund John mal einen dicken Kuss zu geben?«

Er sah, dass sie zögerte, und das gefiel ihm nicht. Er hatte nicht vor, sich hier die ganze Nacht den Mund fusselig zu reden, nur um eine Frau ins Bett zu kriegen. Das hatte er nicht nötig. Auch wenn es ganz schön gewesen war, mal jemandem von Mishima erzählen zu können. Aber jetzt war es gut. Außerdem begann ihn ein leiser Argwohn zu beschleichen. Sein Bauchgefühl ließ ihn nie im Stich. Er spürte es, wenn eine Frau ihn attraktiv fand. Und das spürte er auch bei Cathy. Er spürte es aber auch, wenn jemand zu viel nachdachte und sich auf taktische Spielchen einließ, statt blind seinem Fleisch zu vertrauen.

»Na, was ist los, Baby?« Seine Stimme wurde wieder bedrohlicher. »Na, komm schon. Ich bin niemand, mit dem man spielt, musst du wissen.« Er strich ihr langsam, wie hypnotisch, über den Arm, und sie wusste nicht mehr, ob es Abscheu oder Begehren war, was ihr diese schreckliche Gänsehaut machte. Dann bring es hinter dich, du Teufel.

»Ich bin auch niemand, mit dem man spielt!«

Doch nicht Cathy sagte das.

Shanghai, 5. Mai 2012. 22:30 Uhr

Gao Feng saß, hoch oben im 60. Stock des Jin Mao Towers, der zehn Jahre lang das höchste Gebäude Chinas gewesen war, an seinem großen Schreibtisch mit den wunderbaren Einlegearbeiten, an dem einst Chiang Kai-shek das Waffenstillstandsabkommen mit den Kommunisten unterzeichnet hatte. Rechts lagen sein kostbarer Füllfederhalter und einige Bogen eng beschriebenes Büttenpapier, links standen sein Gabeltelephon und die altmodische Remington. Nur der skalpellscharf geschliffene Brieföffner fehlte. Hätte in diesem Moment jemand von draußen zum Fenster hereingeschaut – was natürlich schlecht möglich war –, hätte er sicher gedacht, der alte Mann da drinnen schliefe. Aber das stimmte nicht. Er war in höchste Konzentration versunken und horchte in sein Inneres hinein. Seine fein geschnittenen Lippen waren zu einem schmalen Strich zusammengekniffen. Nein, er schlief nicht. Auch wenn er vielleicht *träumte*. Mächtige Regungen gingen in ihm vor. Immer wieder sah man – oder hätte man sehen können –, wie seine geschlossenen Augenlider zuckten und flatterten. Und hin und wieder gab er ein leise schnatterndes Geräusch von sich, wie es schlafende Katzen von sich zu geben pflegen, die aufgeregt von der Jagd träumen.

Wie lange er wohl so versunken dagesessen hatte? Das weiß man nicht. Da war ja niemand, der die Zeit maß. Irgendwann jedenfalls, es mochten vielleicht zwei, drei oder mehr Stunden vergangen sein, tauchte er aus diesem Zustand der träumenden Selbstvergessenheit auf, schüttelte sich ein wenig, öffnete die Augen, lächelte feinsinnig, nickte, nahm den letzten Schluck aus seinem stundenlang unangerührten Bordeauxglas, stand auf und begab sich nach nebenan, wo sein spartanisches Klappbett aufgestellt war. Er würde jetzt für ein paar Stunden beruhigt in bleiernen Tiefschlaf sinken.

Chinesisches Meer, 5. Mai 2012. 22:31 Uhr

Michelle war genauso lautlos ins Zimmer getreten wie zuvor John. Der sah sie einen Moment etwas überrascht an, dann erschien um seine breiten Lippen wieder das unangenehme belustigt-arrogante Lächeln. »Na, da bist du ja, mein streunendes Kätzchen. Wie bist du hereingekommen? Ich hab ja das Klappern deiner reizenden Füßchen gar nicht gehört. Außerdem hatte ich abgeschlossen.«

»Moto hat für jede Kabine einen Zweitschlüssel, John«, knurrte sie. Sie starrte Cathy an. »Was machst du hier mit ihr, John?«, fragte sie dann langsam.

»Siehst du doch. Ein bisschen flirten. He, jetzt mach kein so finsteres Gesicht, mein Schnuckelkätzchen. Schöne Frauen verwöhnen ist schließlich kein Kapitalverbrechen. Oder steht da neuerdings der Galgen drauf?«

»Wenn deine Mutter wüsste, was für einen *Abschaum* sie in die Welt gesetzt hat!« Michelles Stimme schlug um in eine Art hohes Jaulen. »Ich bringe diese Frau jetzt um, John.« Plötzlich hielt sie Huangs Automatik, die sie in seiner Kabine gefunden hatte, in der Hand und zielte auf Cathy.

Während sich Cathy ängstlich in sich zusammenkauerte, schien

John die Situation eher zu genießen. Was hatte er eben gesagt? *Bis dahin möchte ich jedenfalls alles auskosten.* Das schien er tatsächlich zu wollen. Und noch war ihm der Moment nicht genügend ausgereizt. »He, lass das erst mal mit dem Schießen, Michelle, jetzt nicht; mit der Kleinen lassen sich doch noch so viele schöne andere Dinge anstellen.« Genießerisch schleckte er sich über die vollen Lippen. Gerade kam ihm eine Idee. »Weißt du was: Warum kommst du nicht einfach rüber, Wildkatze, und machst mit, dann wird's noch wilder. Du kommst genau im richtigen Moment; wir zwei wollten gerade so richtig schön zur Sache gehen, stimmt's, Cathy? Spiel mit, mein rolliges Kätzchen, und zeig uns, wie schön du beißen und kratzen kannst!«

Michelle hatte zwei weitere Schritte in den Raum hinein gemacht. »Ich schieß ihr jetzt in den Kopf, John.«

»Mach ruhig. Aber dann kriegst du Ärger.« Er griff nach der Champagnerflasche, als wolle er sich nachschenken. Aber er wusste, dass sie leer war. Als Michelle irritiert zu ihm herüberblickte, sprang Cathy auf, und ehe Michelle abdrücken konnte, hatte Huang seinem Kätzchen die extra schwere Roederer-Kristallflasche mit einer solchen Wucht über den Kopf gezogen, dass sie in tausend Scherben zersprang. Dann fuhr er ihr mit dem Flaschenhals, den er noch in den Händen hielt, übers schöne Gesicht, rechts und links, wieder und wieder, genoss den Anblick des quellenden Blutes.

Cathy bekam von alledem nicht mehr viel mit. Schreiend war sie nach draußen gerannt, wo sie bald von mehreren heraneilenden Yakuza überwältigt wurde. »Hilf mir, Jeremy, Hilfe, Hilfe!« Sie schrie und schrie weiter, unaufhörlich, bis es den Japanern zu viel wurde, sie Motos Schiffsarzt weckten und ihn zwangen, ihr ein mildes Narkotikum zu verabreichen. Dann hörte sie auf zu schreien und dämmerte hinweg. Aber sie träumte nicht gut.

Kyoto, 5. Mai 2012. 23:32 Uhr (22:32 in Shanghai)
Schlief er vielleicht? Wachte er? War er tot? Jeremy lag zwischen hohen Japanischen Zedern in einer friedvollen, parkähnlichen Landschaft. Es war mitten in der Nacht und doch schien ihm der Himmel merkwürdig hell. Er hatte große Schmerzen am Hals und höllischen Durst. Wie war er hierhergekommen? Er wusste es nicht. Er versuchte, seine Erinnerungen zusammenzuklauben, aber es fiel ihm schwer. Und wo war Joe?

Es gibt diesen erleichternden Moment, wo man aus einem Alptraum erwacht und begreift, dass es nur ein Traum war. Man kann in die Welt zurückkehren, die Geliebte lebt, man ist soeben nicht von einem schauerlichen Untier zerrissen oder von einer rachsüchtigen Furie entmannt worden. Es war alles nur ein Traum. Die Welt ist schön. Dann gibt es diesen ekelhaften Moment, wo man aus lieblichen Träumen erwacht, und wieder in der Welt ankommt. Und man begreift, dass es nur ein Traum war. Die Frau aber hat einen doch verlassen, die Krankheit ist in der Tat schon so weit fortgeschritten, der Freund ist wirklich gestorben. Es war alles nur ein Traum. Die Welt ist schlimm.

Welcher Fall lag nun vor? Jeremy wusste es nicht. Joe war tatsächlich tot, davon konnte er ausgehen. Das war schlimm. Der irre Professor hatte ihn, Jeremy, nicht wirklich erstochen und in Brand gesteckt. Das war schön. Und die weißen Menschen mit den Schläuchen im Leib waren nur eine Einbildung gewesen. Oder doch nicht? Jeremy wusste es nicht. Also, noch einmal, Stück für Stück, kleiner Schritt für kleinen Schritt: Woran erinnerst du dich?

Der Geier hatte versucht, ihm das Blut auszusaugen. Da war er davongelaufen. Treppen hinab und durch finstere Gänge, bis es irgendwann nicht mehr weiterging. Und alles war mattgrün beleuchtet. Dann hatte er die Schreie gehört. Immer lauter, immer schlimmer. Und dann waren da diese Labore gewesen. Und all die seltsam monoton agierenden Menschen mit mongolisch wirkenden Zügen, aber starren und blicklosen, sonderbar pupillenlos wirkenden weißen Augen, die in Jahrzehnten der Dunkelheit alle Pigmente der Haut verloren hatten und nun seltsam lurchartig aussahen, wie Grottenolme. Bestimmt hatten sie auch kaltes, blaues Blut. Die weißen, klinischen Menschen bestimmten den Raum, sie machten alles von selbst, es herrschte vorbildliche Disziplin, die einen waren auf Tragen festgeschnallt und schrien, während man ihnen Injektionen verpasste, Blut oder die Leber entnahm, die anderen hantierten an ihnen ruhig und besonnen und völlig emotionslos. Jeremy war sich sicher, wenn jetzt ein Aufseher gekommen und »Seitenwechsel!« gerufen hätte, dann hätte der eine die Leber wieder weggelegt und sich vom aus der offenen Bauchhöhle blutenden anderen anschnallen und vivisezieren lassen. Dazwischen taumelten wie Clowns seltsame Gestalten aus einem Kuriositätenkabinett, Mischmasch-Menschen, denen man Gliedmaßen amputiert und verkehrt wieder angesetzt hatte: die rechte Hand am linken Knöchel, den linken Unterarm am rechten Oberschenkel und so weiter, alles im Namen der Wissenschaft.

Und war da nicht auch irgendwann der irre Professor wieder aufgetaucht, mit seinem meckernden Lachen, die eine Hand von Jeremys

Brieföffner blutend, die brennende Kerze in der anderen? Sehen Sie die staatstragenden Organe der neuen Gesellschaft, Gouldens-san? Und wie Jeremy sie dann alle zum Putsch aufgerufen hatte, »Revolution! Revolution! Es ist aus, ihr seid frei!«, und die einen apathisch und willenlos geblieben waren wie immer, wie man sie hinoperiert hatte, während die anderen sich mit allen Gliedmaßen, die sie noch hatten, auf ihn, den Vogelartigen, geworfen hatten, auf ihren Geier, ihren Peiniger, ihren Gott, ihn zerrissen, ihn aufgefressen, Stück für Stück zerlegt hatten. Gib uns Suppe! Gib uns unsere Suppe! Gib uns unsere Menschensuppe! Die Ursippe des neuen, vornehmen Menschen wiederholt den uralten rituellen Vatermord. Aber die Kerze des truthahnartigen Geiermenschen war in seinen Todeszuckungen umgekippt, das Wachs floss wie glühende Metallschmelze durch den Raum, und die Kübel und Drähte und Phiolen und Essenzen hatten Feuer gefangen, dichter Rauch war über den Maschinen, Apparaten, Zentrifugen aufgestiegen, Lichter hatten begonnen zu blinken und Sirenen hatten begonnen zu singen. Und irgendwann waren diese fremdartigen Wesen aus einer anderen Welt hereingestürzt, Menschen nannte man das früher, in grünen Kitteln, mit Masken oder weißem Mundschutz vorm Gesicht, und sie hatten mit Feuerlöschern gespritzt und mit 38ern in die Menge geschossen, und dann hatten hilfreiche Hände ihn genommen und weggetragen, hilfreiche, fast weibliche Hände, Yukiko, bist du das? Oder gar unsere Schutzgöttin Amaterasu persönlich? Komm, es gibt hier einen verborgenen Hinterausgang, den keiner kennt, ein heimlicher Ausstieg für Notfälle. Aber der Rauch war immer dicker und dichter geworden und hatte alles zugenebelt, zugenebelt, zugenebelt.

Und dann war er hier aufgewacht. In einem friedlichen Hain unter hochbetagten Japanzedern.

Keine Frage: Er hatte noch einmal annähernd denselben Alptraum geträumt wie gestern morgen. Nur plastischer. Nur eindringlicher. Schließlich konnte es nicht geben, was es nicht geben durfte. Aber anderseits: Er war doch *tatsächlich* auf diesem Forschungsgelände gewesen. Hatte er nicht gedämpfte Schreie gehört, als sie am Abend mit diesem Doktoranden über den Innenhof gegangen waren? Joe hatte ihn angeblickt: Er hatte sie auch gehört. Joe, der Nüchterne, könnte ihm helfen, er könnte ihm jetzt sagen, ob das alles Wirklichkeit war oder nur die überreizte Ausgeburt seiner angeknacksten Psyche. Doch Joe war nicht mehr, und nach den Schüssen hatte Jeremy sich mit diesem vogelhaften greisen Japaner, dem Schreibtischtäter, über Nietzsche unterhalten. Sie waren da unterschiedlicher Meinung gewesen und hatten sich gestritten, mit Mitteln, wie es Männern der Feder gebührt. Dann war er eine Wendeltreppe hinuntergegangen. Und dann ... und dann ... Wieder begann sich alles zu drehen. Jeremy musste an die Autorin Iris Chang denken, die über all den Gräueln der jüngeren japanischen Geschichte den Verstand verloren hatte. War er jetzt auch schon so weit? Wo hörte die Wirklichkeit auf, wo fing der Alptraum an? Es konnte nicht alles Wirklichkeit sein. War dann vielleicht alles ein Alptraum? Steckte er noch immer in diesem Alptraum? Würde er jemals wieder aufwachen? Gab es denn keine Klarheit? Gab es denn kein ... *Reines Land*?

Er stand wacklig auf und tastete sich zwischen den Bäumen hindurch in Richtung der Lichter, die ein Stück weiter den Hang hinab zwischen den Zedern schimmerten. Was wetzte denn da in seiner Hose? Er tastete mit der Hand und stieß auf etwas Hartes, sich Hervorwölbendes. Aber es war nur Papier. Was hatte er denn da aus der Ishii-Zone mitgenommen? Er erinnerte sich nicht. Um das herauszufinden, musste er erst einmal hinunter, ans Licht.

Es war ein angenehmes, warmes Licht, das die Tempelanlage bestrahlte. Jeremy erkannte sie wieder. Vor langen Jahren war er mit Yukiko einmal hier gewesen. Der berühmte Moostempel Saiho-ji der Rinzai-Zenbuddhisten, UNESCO-Weltkulturerbe, dem Buddha des unermesslichen Lichtglanzes Amitabha gewidmet. Stimmt, der Saiho-ji befand sich auch im Stadtteil Nishikyo und, wie Jeremy jetzt begriff, eben einfach auf der anderen Seite des Berges, der ihn vom Katsura-Campus der Universität Kyoto trennte.

Er erinnerte sich auch, wie viel Yukiko und ihm die Lehre dieses Buddhas einst bedeutet hatte. Jeremy war christlich-anglikanisch aufgewachsen, doch nie recht religiös gewesen. Aber wenn ihn je eine Religion fasziniert hatte, so war es der Zenbuddhismus. Und Yukiko hatte es die Rinzai-Schule besonders angetan; deren Begründer, Myoan Eisai, um das Jahr 1200 herum, als im europäischen Mittelalter Artus' Ritter noch nach dem heiligen Gral suchten, den Grüntee von China nach Japan gebracht hatte. Schon bei einem ihrer ersten Treffen hatte sie Jeremy bei zwei Tassen dampfenden Matchas von jenem Buddha Amitabha, dem Buddha der umfassenden Liebe, erzählt, der meditierend in Ruhe lebt und segnend an der Erleuchtung aller Wesen arbeitet, die dazu nichts weiter zu tun brauchen, als die Welt als Paradies zu begreifen. Wie auch Amitabha die Welt als Paradies begriff, erlöst wurde und einging in des Buddhas »Reines Land«. Denn das eben war der Clou: Es ging nicht darum, die Welt zu einem Paradies zu machen, um erlöst zu werden, sondern nur darum, die bestehende Welt als Paradies zu *begreifen*. Das war um so viel leichter, um so viel schwerer: wie eines der rätselhaften buddhistischen *Koans*, für die die Rinzai-Schule bekannt ist. Jeremy war es im Moment unmöglich, die Welt, dieses blutige Tal, dieses Schlachthaus, als Paradies zu begreifen. Nietzsche, vielleicht, wüsste eine Antwort.

»Mr. Jeremy Gouldens?« In dieser ungewöhnlich hellen Nacht kamen ihm vom Tempel des Buddhas der allumfassenden Liebe buddhistische Mönche entgegen, die etwas zu suchen schienen. Sie ignorierten sein furchterregendes Äußeres, blutverkrustet, das ihm das Aussehen eines finsteren Kriegsgottes gab. »Mr. Jeremy Gouldens? Sind Sie Jeremy Gouldens?« Er nickte verwundert. »Wir sind im Auftrag des *Netzwerks* unterwegs. Wir sollen Sie zu Naoki Hasekawa bringen.«

»Wieso weiß der, dass ich hier bin?«

Der wortführende Mönch verzog den Mund zu einem mönchischen Lächeln. »Ich glaube nicht, dass er das *weiß*. Aber manchmal *sieht* er eben Dinge. Mehr Dinge als wir. Mehr kann ich nicht sagen.«

Jeremy nickte. »Sieht er denn manchmal auch, was auf der *anderen Seite* des Berges ist? Und unter dem Berg?«

Der Mönch lächelte weiter. »Faculty of Integrated Human Studies. Kuroi Foundation. Wir wissen nicht alles. Aber wir können lesen. Und eins und eins zusammenzählen. Kommen Sie jetzt mit in unseren Tempel, Mr. Gouldens. Sie haben Glück: Normalerweise muss man die Besuchserlaubnis bei uns mindestens sieben Tage zuvor schriftlich einholen und viel Geld dafür zahlen. Wir wollen nicht, dass zu viele Touristen unser geheiligtes Moos zertrampeln.«

Man brachte Jeremy in einen traditionell japanischen Bau, wo man ihn tränkte und wusch und verband, ihm seine schmutzigen, zerrissenen, blutigen, verkokelt müffelnden Kleider auszog und ihn, so gut es ging, einmal wieder neu einkleidete. In Ermangelung anderer Optionen trug er nun die schlichte Kluft eines japanischen Zenmönchs, die vor allem aus einem weiten *Koromo* aus schwarzer Seite bestand, der von einer hinten gebundenen breiten *Obi*-Schärpe zusammengehalten wurde – ein kimonoähnliches Kleidungsstück, das man von Ferne fast mit der Kutte eines westlichen Mönchs verwechseln könnte. Dann wurde er aufgefordert, einen Wunsch zu hinterlassen, der, wie die Wünsche aller Besucher, für alle Zeiten in der heiligen Pagode des Tempels aufbewahrt würde. Jeremy, der die Prozedur bereits kannte, hatte keine Mühe, die entsprechenden Worte auf einen Zettel zu notieren.

»Wir fahren Sie jetzt weiter, an den Hafen, nach Osaka. Sie haben wenig Zeit. Sobald man dort feststellt, dass Sie noch leben, ist man wieder hinter Ihnen her.«

Bald fand er sich auf dem Rücksitz eines rostigen, kleinen japanischen Autos wieder, ein alter Toyota Starlet, der mit allem, was seine 55 PS hergaben, Richtung Osaka knatterte. Er hatte die Papiere, die er immer noch nicht recht zu deuten wusste, aus seiner Hose gezogen und sie, Seite für Seite, mit seinem iPhone abfotografiert. Er versuchte immer wieder zu lesen, aber er hatte sein Japanisch all die Jahre über zu sehr vernachlässigt und seine Augen und sein Gehirn wollten ihm noch immer nicht jeden Dienst erfüllen. Es sind wohl nur die wissenschaftlichen Daten und Aufzeichnungen von Akira Murata, dachte er, nicht seine privaten Tagebücher. Offensichtlich interne Akten von Kuroi, mit Namen, Daten und Zahlen, auf die er sich im Moment keinen Reim machen konnte. Eine ganze Seite etwa schien nur aus einer simplen Adressenliste zu bestehen. Darunter stachen Jeremy neben den Namen einiger selbst ihm bekannter japanischer Politiker und Geschäftsleute vor allem die Namen Tadashi und Tatsu Ishii ins Auge. Was hatte jener vergessliche Truthahn-Mensch auf Jeremys Frage nach Cathy geantwortet? *Da müssen Sie schon meinen Bruder fragen.* Jeremy würde ihn fragen. Mit seinem Kugelschreiber notierte er Tatsu Ishiis Telefonnummern auf den weißen unteren Rand des Blattes, den er dann sorgfältig abtrennte und in seinen Geldbeutel steckte. Dann ordnete er alle neuen Fotos und unterzog sie einer geheimnisvollen Prozedur, in der diverse Porträtbilder von Cathy, die er zufällig auch noch auf seinem iPhone fand, eine besondere Rolle spielten. Das Ganze nahm eine geraume Weile in Anspruch. Als er wieder aufblickte, befand sich der alte Toyota schon auf der Höhe von Ibaraki, einem direkten Vorort von Osaka. Diese vielen Megabyte würden ihn ein kleines Vermögen kosten. Aber es war gut angelegt.

Chinesisches Meer (30°15' Nord, 123°50' Ost), 5. Mai 2012. 23:45

Kapitänleutnant Karsten Kühne wusste, dass es jetzt höchste Zeit war, der Mannschaft der U 34 reinen Wein einzuschenken. Die Männer hatten wie die Verrückten geastet, um die insgesamt zwölf Torpedos in Rekordzeit zu laden. Mittlerweile fuhr das getauchte Boot mit Höchstgeschwindigkeit auf stramm westlichem Kurs. Kühne hatte die Offiziere und Bootsmannsmaate in der kleinen Offiziersmesse zusammengetrommelt und gleichzeitig die Bordsprechanlage eingeschaltet.

»Männer«, sagte er, »ihr wisst inzwischen alle, dass es ein offizielles Ersuchen der US-Regierung gegeben hat, unseren Kahn für eine geheime Mission auszuleihen. Darüber hinaus könnt ihr davon ausgehen, dass es sich nicht um eine Vergnügungsreise handelt. Schließlich kommt es in Friedenszeiten selten vor, dass man uns unsere Standardbewaffnung um den halben Erdball hinterherfliegt. Ich will es kurz machen, Männer: Die U 34 ist ab sofort ein U-Boot-Jäger. Wir sind auf der Suche nach einem japanischen Boot, das vor ein paar Tagen von meuternden Offizieren entführt wurde und dessen Aktionen Teil eines militärischen Geheimplans unter dem Decknamen ›Operation Morgenröte‹ zu sein scheinen, der vorsah, im Fall eines erfolgreichen Staatsstreichs sofort den großen Nachbarn China anzugreifen. Der Putsch ist inzwischen offenbar gescheitert, aber das U-Boot fährt weiter. So weit alles klar?« Die Mannschaft nickte unisono. Kühne war eine Mannschaft suspekt, der auf der Stelle Dinge klar waren, die ihm nach Stunden noch höchst undurchsichtig erschienen. Aber so sind sie, die Soldaten. Und so fuhr er fort: »Also befinden wir uns in einem Krieg, der nicht unser Krieg ist. Unser Auftrag lautet jedoch, diesen Konflikt zu entschärfen, indem wir irgendwo vor der Mündung des Jangtse besagtes U-Boot abfangen und es versenken, bevor es noch mehr Unheil anrichten kann. Genauer Ort und genaue Zeit unklar.«

Kühne wartete, bis sich das aufgeregte Murmeln gelegt hatte. »Es handelt sich um einen offiziellen Kampfauftrag, abgesegnet von den höchsten politischen Gremien, die unser Land so zu bieten hat. Noch Fragen?« Die versammelten Offiziere schüttelten die Köpfe. »Prima. Dann müssen wir also nur noch dieses U-Boot finden. In einer Stunde will ich unser Boot gefechtsklar sehen.«

Osaka, 6. Mai 2012. 01:04 Uhr (00:04 in Shanghai)
Es war eine warme Frühlingsnacht mit vorsommerlichen Temperaturen in Osaka, und in der »Tabibito-Sushi-Bar« standen alle Fenster weit offen, was ungewöhnlich war. Hasekawa an seinem Stammplatz am hinteren Ende der Bar vor dem Fenster zur Straße war erkennbar vollgetankt, wenn auch Jeremy erleichtert bemerkte, dass jenes beängstigende Stadium der »Weißen Logik« noch etliche Whiskys entfernt lag. Noch war er ansprechbar, wenngleich er etwas aufgekratzt wirkte und seine Augen womöglich noch etwas nervöser flackerten als sonst. Mit großer Anspannung hatte er die Ereignisse des Tages verfolgt. »Da ist er ja, unser Auserwählter!«, lachte er, als Jeremy in seiner schwarzen japanischen Mönchstracht die Bar betrat. »Und jetzt auch im passenden Kostüm.« Die wenigen übrigen Gäste, die zu dieser späten Samstagabendstunde noch versammelt waren, schienen sich nicht

weiter über den Zenmönch mit erkennbar westeuropäischen Zügen zu wundern. In einem Künstlertreff der Boheme konnte dergleichen schon einmal vorkommen. Hasekawa in seinem schäbigen, einstmals ockerfarbenen Cordanzug orderte, wie gehabt, Bier, Suntory Malt und La-fuck. »Na, erzählen Sie schon, Jeremy Gouldens. Wo ist Joe? Haben Sie die Tagebücher?«

»Joe ist mit ziemlicher Sicherheit tot. Dabei wäre heute sein Geburtstag. Wissen Sie das nicht?«

»Mist. – Nein, woher sollte ich wissen, wann er Geburtstag hat? Ich meine ... Wie ist es passiert?« Jeremy gab einen knappen Bericht über die Ereignisse in den Kuroi-Laboren, wobei er das meiste allerdings wegließ, besonders das Ende. Er seufzte. Eigentlich hatte er gehofft – und ein wenig auch befürchtet –, dass ihm ihr »Prophet« etwas mehr Klarheit über das Erinnerungswirrwarr in seinem Inneren verschaffen konnte. Das schien jedoch nicht der Fall zu sein. Vielleicht war er dafür eben einfach noch nicht betrunken genug. »Woher haben Sie denn gewusst, dass ich beim Amitabha-Tempel auftauche?«

»Ich habe heute Abend mit Professor Koyama telefoniert. Er hat mir gesagt, dass Sie zum Katsura-Campus wollten. Da ihr zwei hier nicht wie vereinbart eingetrudelt seid, hab ich mir Sorgen gemacht und meine Leute alarmiert. Auf dem Campus waren Sie nicht zu finden, und unter den Jungs vom Netzwerk finden Sie keinen, der es wagt, in den Geheimkomplex der angeblichen Fakultät für Integrierte Humanwissenschaften einzudringen. Die sind zwar taff, aber nicht lebensmüde. Außerdem wimmelte es heute Abend da oben nur so von Yakuza. Mann, Sie haben ganz schön Glück, dass Sie da lebend rausgekommen sind. Dass die Mönche Sie dann aufgetrieben haben, war reiner Zufall.«

Jeremy nickte. So viel zu Hasekawas seherischen Kräften. Und das mit dem Glück hatte er sich auch schon selbst überlegt. Hasekawas Antwort klang nüchtern-plausibel, doch irgendwie unbefriedigend, ja fast enttäuschend. Hasekawa wollte eine neue Runde bestellen, aber Jeremy fiel ihm dazwischen. Ihm schmeckte der Laphroaig heute nicht. »Nein, keinen Scotch mehr für mich. Ich nehme ... einen Wild Turkey bitte.«

»Gut, machen Sie uns zwei doppelte Wild Turkey, junge Frau.« Es war dieselbe Bardame wie am Vortag. »Nein *drei*.« Hasekawa war offenbar grimmig entschlossen, Joes Part heute mitzuübernehmen. »Ich hab auch traurige Neuigkeiten, Jeremy Gouldens«, fuhr er dann zögernd fort. Sichtlich fiel es ihm schwer, darüber zu sprechen. »Wie ich heute Nachmittag von meinen Leuten im Süden erfahren habe, hat man an der Küste nahe der noch immer von den Putschisten gehaltenen Marinebasis Kure eine weibliche Leiche mit durchgeschnittener Kehle gefunden. Jeremy: Es besteht Grund zur Annahme, dass es sich dabei um Yukiko handelt. Die Behörden gehen von einem Selbstmord aus. Ich aber glaube, dass es Mord war. Tja, das war's dann wohl mit den Geschwistern Murata.« Bei der nächsten Runde bestellte Hasekawa *vier* doppelte Bourbon. Jeremy fragte sich, ob Yukiko diese Form des Totengedenkens wohl behagen würde. Damals war ihre einzige Droge jedenfalls immer nur Grüntee gewesen. Am liebsten der Matcha des »Weges des Tees« – der japanischen Teezeremonie.

Und er fragte sich, warum er nicht weinte. Und wie lange es wohl dauern würde, bis er all das begriffen und verarbeitet hatte. Zu viel war in den letzten Stunden auf ihn eingestürzt. Und jetzt war es Gewissheit. Es war also doch wahr, was der irre Alte mit dem Truthahnkopf ihm erzählt hatte. Diese perversen Unmenschen hatten sein eigenes Drehbuch als Vorlage für den realen Mord ausgerechnet an seiner ehemaligen Geliebten genommen. Wie hatte es dieser Masao Ishii nur zulassen können, dass man ihm seine Frau tötete, die er angeblich so eifersüchtig bewachte? Aber der war ja an Bord des verschwundenen U-Boots und wusste womöglich noch gar nichts davon. Hatte sich Jeremy also erneut schuldig an Yukiko gemacht? Nein, das hatte er nicht. Jeremy begriff in diesem Moment, dass er all seine Schuld an Yukiko heute Nacht vielmehr gesühnt hatte. Er *fühlte* es. Sie hatten jetzt beide ihre Ruhe gefunden. Jetzt war alles gut.

Aber – wenn er damals ein anderes Drehbuch geschrieben, den Film mit einem weniger dramatischen Vorspann eröffnet hätte, dann hätten diese Monster die Szene auch nicht als Vorlage verwenden können. Also *war* Jeremys Phantasie der Ursprung ihres schrecklichen Endes. Dennoch: Er fühlte keine Schuld. Verantwortung? Vielleicht ein wenig. Aber nicht Schuld. Wer Filmplots und Romane schreibt, entscheidet sich für die freie Welt der Fiktion, in der alles möglich und erlaubt ist, eben *weil* es nicht real ist, und das ist auch gut so. Und wer aus Fiktionen und Visionen Wirklichkeit machen will, trägt dafür die Verantwortung selbst. Das ist nicht die Sache der Autoren, sondern der Leser und Zuschauer. Und wenn diese Leser und Zuschauer nun anfingen, künstliche Menschen zu züchten, und sich dabei auf Bücher von Nietzsche beriefen? Wie auch immer – erstens waren das kein *Dreh*bücher und zweitens war das nicht Jeremys Problem. Er war nur ein mittelmäßiger Schreiberling, den alle Verlage abgelehnt hatten. Trotzdem hoffte er natürlich, dass nicht noch weitere Szenen aus *Yellow Submarine* Wirklichkeit würden – etwa der blutige Mord an dem CIA-Agenten in der Tiefgarage des Kansai-Flughafens durch als *Bosozoku*-Motorradgang ausstaffierte und mit *Wakizashi*-Kurzschwertern bewaffnete Yakuza; eine Szene, die Jeremy selbst wiederum etwas dreist aus Ridley Scotts Actionthriller *Black Rain* abgekupfert hatte …

Die beiden Männer saßen und tranken schweigend, beide in eine Art dumpfes Brüten versunken, und gedachten der Toten. Auch der Bourbon wollte Jeremy heute nicht recht schmecken, obwohl er besser war, als er gedacht hätte. Aber er tat es für Joe. Schließlich war es sein Geburtstag. Er dachte an diesen Menschen, den er nur etwa 30 Stunden lang persönlich gekannt hatte, der aber in dieser Zeit zu so etwas wie einem guten Freund geworden war. Plötzlich musste er an die typisch japanischen *Pachinko*-Spielautomaten denken. Als sie am Morgen den Walkman für Joe kaufen gingen, waren sie durch ein Vergnügungsviertel gekommen, wo sich einen Straßenzug lang ein *Pachinko*-Salon an den anderen reihte. Jeremy hatte nie verstanden, was die Japaner daran fanden, stundenlang vor einer derart lärmenden Maschine zu sitzen – fast schon ein Ungeheuer, ein brüllender Drache –, in der fortwährend kleine Kugeln von oben nach unten durch ein undurchsichtiges Labyrinth geschossen werden. Aber war nicht das ganze Leben ein einziger großer *Pachinko*-Automat? Oben wurde man wie die Metallkugeln in den Kreislauf eingespeist. Dann raste man dahin. Man kollidierte mit anderen Kugeln, man rieb sich an ihnen, man trennte sich oder rollte ein Stück mit ihnen gemeinsam. Dann ging es meist auf getrennten Wegen weiter, immer schneller und wilder, aber stets dem unausweichlichen Ende zu. Wobei man nicht wissen konnte, ob man nach Erreichen dieser Endstation vielleicht doch noch einmal von vorn beginnen durfte. Und nur die allerwenigsten rollten durch die Speziallöcher, die die wirklich großen Gewinnchancen versprachen. In diesem Labyrinth war er nun 30 Stunden an der Seite von Joe Murata gerollt. Und er war nach 13 Jahren unverhofft noch einmal so nahe an Yukiko vorbeigerollt, dass er sie fast hätte *riechen* können. Er dachte an Cathy. Er dachte daran, dass sie noch nicht einmal richtig angefangen hatten. Und dass, im Unterschied zu den *Pachinko*-Kugeln, *seine* Rollrichtung nicht nur von jenem geheimnisvollen Spieler bestimmte wurde, der den großen Hebel bediente, sondern auch von ihm, dem Kügelchen selbst. Er würde nun alles daran setzen, um möglichst bald wieder in Richtung Cathy zu rollen. Wenn ihn der Glückspielgott an dem unberechenbaren Hebel denn ließ.

Also, worauf wartete er noch? Weswegen war er eigentlich hergekommen? Ach richtig, da war ja noch was. Die Tagebücher. Deshalb war er hier. In Japan. Und heute Nacht speziell in der »Tabibito-Sushi-Bar«. Um Hasekawa mitzuteilen, dass er, Jeremy Gouldens, seinen Auftrag erfüllt hatte. Seine Mission. Seine Sendung, zu der er auserwählt worden war. Halleluja! Er hatte die Tagebücher gefunden – zumindest Teile davon, den Inhalt jener rot-weißen Mappe, die zu besorgen ihn Yukiko ins Herz der Finsternis, in den innersten Kreis der Hölle, entsandt hatte. Er hatte sie, hier und jetzt, sie steckten zusammengerollt im Inneren seines ausgestopften breiten *Obi*-Gürtels, und Hasekawa konnte sie haben. Jedenfalls eine Kopie davon. Es war nun höchste Zeit, zu klären, wie sie das alles organisieren wollten. Dumm nur, dass sich Naoki Hasekawa, der ehemalige Enthüllungsjournalist und jetzige Internetblogger im Endstadium, nach all den Gedenkbourbons mit rasender Geschwindigkeit wieder jenem Zustand der *Entrückung* zu nähern schien, den Jeremy insgeheim fürchtete.

»Hasekawa –«, Jeremy war unwillkürlich in den Flüsterton verfallen. »Ich hab die Dokumente. Die Tagebücher. Jedenfalls Auszüge mit Forschungsergebnissen, Formeln, Zahlenkolonnen, mit lauter Namen und Nummern, allen Koordinaten, die wir brauchen.« Hasekawa blickte ihn aus trüben, glasigen, müden Augen an. »Ich weiß«, sagte er schließlich. »Behalten Sie sie im Auge und verstauen Sie die Rolle nicht da, wo es neidischen Männern auffällt.«

»Ich kann dem Netzwerk eine Kopie zukommen lassen. Oder Ihnen alles mailen. Haben Sie eine Internetadresse, wo ich alles hinschicken kann?« Hasekawa nickte. Die hatte er. Aber er hatte sie leider nicht im Kopf. »Sprechen wir morgen darüber. Ich bin heut Abend zu … blau. Heute müssen wir feiern. Den … Sieg.« Er leerte das letzte der vier Gläser in einem einzigen mächtigen Zug.

»Aber morgen bin ich wieder in Shanghai … Melden Sie sich bei mir. Ich schreib Ihnen eine Nummer auf.« Hasekawas Kopf sackte herab. »Ich weiß nicht … ob ich sie noch brauchen werde«, murmelte er in seinen nicht vorhandenen Bart hinein. »Aber das Netzwerk …«

Jeremy hörte von draußen Motorradlärm. Der gelblich weiße Vorhang flatterte im Nachtwind. Beunruhigt sah er sich um. Als er sich wieder Hasekawa zuwandte, hatte der sich plötzlich zur alten Größe aufgerichtet. In seinen Augen glomm jetzt wieder jenes rätselhafte, eisige Feuer einer übermenschlichen Klarheit. »Du hast sie gesehen nicht wahr? Ich sehe es an deinen Augen, dass du sie gesehen hast. Wer sie gesehen hat, kann die Welt nie mehr mit den gleichen alten Augen sehen wie zuvor. Aber du bist gekommen mit Feuer und Schwert und hast Verderben gebracht über die Folterknechte! Du hast deine Sendung erfüllt – und jetzt ist alles gut. Eine neue Zeit wird anbrechen! Und der Löwe wird liegen beim Lamm. Sehet, die alte Welt ist niedergebrannt, die Erde ist gereinigt, und ein neues, helles, besseres Land liegt vor uns. Ich sehe *das Reine Land!*«

Hasekawa sackte wie ein sich leerender Schlauch zusammen. Dumpf knallte sein Kopf auf die Bar. Jeden Abend dasselbe.

Nicht ganz.

Das viele Blut sah Jeremy erst Sekundenbruchteile später. Das blitzende Kurzschwert war durch den Raum geflogen, und der junge Mann in dunkler Lederkluft hatte den Schnitt mit eisiger Präzision vollzogen, bevor er mit einem einzigen elastischen Satz aus dem Fenster gesprungen war. Die Motorräder heulten auf und knatterten davon. In der Bar herrschte ein heilloses Durcheinander. Jeremy stürzte nach draußen, ohne zu bezahlen.

Was hatte Joe noch am Mittag gesagt? *Drehen denn eigentlich alle irgendwann durch und sehen Gespenster, wenn sie sich nur ausgiebig genug mit der geheimen japanischen Geschichte beschäftigt haben?* Nein, alle drehten nicht durch. Manche wurden auch erschossen. Oder sie verloren den Kopf.

6. Tag

Chinesisches Meer (30° 20' Nord, 123° 05' Ost), 6. Mai 2012. 02:12
Dem Kommandanten von U 34 war klar, dass sie hervorragende Chancen besaßen, sich bei diesem aufgezwungenen Kampfeinsatz höllisch zu blamieren und das deutsche Militärwesen einmal mehr dem Spott der selbsternannten Weltpolizisten USA und Großbritannien auszusetzen – die sich in diesem Fall ja fein aus der Affäre gezogen hatten. Wenn er General Baileys Worte richtig interpretierte, hatten die Amis einfach keine so rechte Lust, sich selbst auf eine so heikle Sache einzulassen, die sich zudem am Ende wahrscheinlich sowieso als ein falscher Alarm herausstellen würde. Klar, da war ein beachtliches Restrisiko, aber deshalb wollten sie doch nicht ihre eigenen Jungs da runterschicken und möglicherweise ihre Beziehungen zu China gefährden oder dazu beitragen, die angespannte Lage im Fernen Osten weiter eskalieren zu lassen. Und die Geschichte von den Biobomben klang schließlich so ungeheuerlich, dass sie einfach nicht wahr sein *durfte.*

Der Kommandant von U 34 war Soldat und kein Staatsmann, und so hatten ihn die politischen und diplomatischen Brettspiele der Großen nicht weiter zu beschäftigen. Das Einzige, was für ihn zählte, war, dass er sich hier auf einem von offizieller Seite gebilligten Kampfeinsatz unter strikter Geheimhaltung befand. Immerhin hatten Kühne und seine Männer ein klares Feindbild vor Augen: ein 81,7 Meter langes japanisches U-Boot mit über 60 meuternden Marineoffizieren an Bord. Doch das mussten sie erst einmal finden. Auf offener See war dies trotz der hochsensiblen Ortungstechnik der U 34 nahezu unmöglich. Darüber hinaus war der Zeitkorridor sehr eng gesteckt. Kühne hatte sich daher für eine direkte Route zur Jangtse-Mündung entschieden, die mitten durch das vorgelagerte Shengsi-Archipel führte, das aus etwa 400 kleinen, zumeist felsigen Inseln bestehende »Märchenland der See« – unter diesem Namen wird das besonders unter Tauchern beliebte Ferien- und Ausflugsziel für den Tourismus vermarktet. Direkt vor dem Mündungstrichter des riesigen Stroms würde U 34 die größten Chancen haben, die Tancho zu stellen, zu versenken und dann heimlich, still und leise wieder zu verschwinden. Wenn alles gutging, würden die Chinesen gar nicht erst erfahren, was diese durchgeknallten Japse gegen sie im Schilde geführt hatten.

Aber es war eben alles andere als sicher, dass alles gutging. Eine Flussmündung sollte eigentlich ein geografisch eng eingrenzbarer Bereich sein; doch hier handelte es sich um einen der größten Ströme der Welt, und tatsächlich war das in Frage kommende Gebiet, auf dem sich die Tancho an ihnen vorbeischleichen konnte, noch immer knapp 200 Kilometer breit und bestand aus einem unübersichtlichen Labyrinth aus Inseln, Felsen, Sandbänken. In diesem Wirrwarr ein einzelnes U-Boot zu finden war, als wollte man ein winziges Molekül aus einem Teller Suppe fischen. Und wer wusste denn, dass die Tancho wirklich Shanghai im Visier hatte? Und ob das Boot auch tatsächlich versuchen würde, den Jangtse-Trichter bis vor die Tore der Stadt hinaufzufahren? War es für die Japse nicht sicherer, ihre Fracht schon von einer ausreichenden Position tiefer im Ostchinesischen Meer aus zu verschießen und dann schleunigst abzuhauen? Die Tomahawk auf Fuzhou war gestern aus über 100 Seemeilen Entfernung abgefeuert worden. Die Shengsi-Inseln sind nur etwa die Hälfte dieser Distanz vom Shanghaier Zentrum entfernt. Vielleicht warteten sie hier auf ein Boot, das gar nicht kommen, aber über ihre Köpfe hinweg zuschlagen würde. Kühne seufzte. Auf was für eine *Mission Impossible* hatte sich die U 34 nur eingelassen!

Kühne wollte sich nicht blamieren. Das war das eine. Das andere war, dass von diesem U-Boot anscheinend eine gewaltige *potenzielle* Gefahr ausging, und sie hier nicht nur aufgefordert waren, den Ruf des deutsche Militärwesens zu verteidigen, sondern auch die Welt vor einer Katastrophe zu bewahren. So unsicher und unwahrscheinlich es war, dass sie wirklich eintrat: Die Drohung stand im Raum und Kühne musste sie ernst nehmen. Brigadegeneral Richard Bailey hatte sich zwar etwas bedeckt gehalten, aber doch sehr nervös gewirkt. Was waren das wohl für bakteriologische Waffen? Kühne stellte sich vor, wie es wohl wäre, wenn so ein japanisches oder chinesisches U-Boot die Kieler Förde hinauftuckern würde und sich vielleicht gar, die Schwentine hinauf, über Preetz und den Lanker See bis in den Plöner See schmuggelte. Und dann nimmt es mit seiner Bakterienfracht die Marineschule in Beschuss, wobei, sozusagen als Kollateralschaden, auch das Kreiskrankenhaus Plön etwas abbekommen würde, wo seine treue Frau Dörte aus Waren an der Müritz gerade in den Wehen lag. Nicht auszudenken! Gut, die Schwentine war nicht der Jangtsekiang, aber in Deutschland war eben auch alles ein paar Hausnummern kleiner als in China. Doch die Folgen wären nicht minder verheerend.

Trotzdem klang in seinen Ohren die Geschichte vom Kamikaze-Biowaffenangriff durchgeknallter Japaner noch immer reichlich abenteuerlich. Waren Biowaffen nicht international *geächtet*? Gut, an internationale Verträge hatten sich Terroristen jeder Couleur natürlich noch nie gehalten. Und auch viele Regierungen nicht, die selbst unterschrieben hatten. Zugleich erinnerte er sich daran, dass im Vorjahr, während der längst wieder vergessenen sogenannten »EHEC-Krise«, in Deutschland Gerüchte aufgekommen waren, das auf Gemüsesprossen aus einem Biohof im niedersächsischen Bienenbüttel gefundene gefährliche EHEC-Bakterium, an dem 50 Menschen starben, sei in Wirklichkeit aus einem Hochsicherheitslabor des nur etwa 30 Kilometer entfernten »Wehrwissenschaftlichen Instituts für Schutztechnologien« in Munster entwichen, der Zentralstelle der deutschen Biowaffenforschung, wo schwerpunktmäßig mit Hasenpestbakterien experimentiert wird – neben Anthrax einer der großen Biowaffen-Klassiker. Sicher, nicht nur die Bakterien-, sondern auch die Gerüchteküche brodelt stets äußerst lebhaft, aber war es denn wirklich auszuschließen, dass es letztlich nicht doch die in den Geheimlaboren *seiner* Bundeswehr getriebenen unkontrollierten Spielchen gewesen sein könnten, die 2011 Leid und Tod über die eigene Bevölkerung – sowie die spanische Gemüsegurkenindustrie – gebracht hatten? Kühne konnte sich das nur schwer vorstellen. Den Japsen traute er dergleichen schon viel eher zu. Andererseits wusste er auch, dass sich mittlerweile wohl kaum eine Streitkraft der Welt mehr leisten kann, auf Biowaffenforschung zu verzichten, und dass das entsprechende deutsche Budget seit den Neunzigern erheblich aufgestockt wurde. Klar: Wenn solche Waffen in der Welt sind, dann werden sie eines Tages auch eingesetzt und man muss sich beizeiten darauf vorbereiten und schützen. Doch Defensivforschung ist immer Offensivforschung vom anderen Ende her betrachtet, eine klare Trennung unmöglich. Mit der Folge, dass man mehr oder minder automatisch bald mittendrin steckt in der Biowaffenentwicklung. Bis die eigenen Arsenale eines Tages größer sind als die der anderen …

Noch immer glitt das getauchte Boot fast geräuschlos in stramm westlicher Richtung durch die schwarzen Wogen des Ostchinesischen Meers. So viele Dinge gingen Kapitän Kühne durch den Kopf. Schlafen konnte er später – spätestens, wenn sie ihre Mission beendet hatten.

Osaka, 6. Mai 2012. 03:24 Uhr (02:24 in Shanghai)
Er war über eine Stunde lang ziellos und wie betäubt durch die nächtlichen Straßen von Osaka geirrt, als er zufällig ein Taxi fand. Wie in Japan üblich, öffnete der Fahrer ihm mittels eines Hebels die hintere Tür. Benommen stieg er ein. Dem Taxifahrer erschien der Europäer in japanischer Mönchskluft nicht allzu ungewöhnlich – schließlich gibt es auch europäische Zenmeister, und die Blutflecken fielen auf der schwarzen Kutte nicht sonderlich auf. Jeremy wunderte sich, dass er all die Stunden seit seiner Ankunft in Osaka kein einziges Mal von den Yakuza behelligt worden war. Und am meisten wunderte er sich, dass der Mordanschlag in der Sushibar offensichtlich allein Hasekawa gegolten hatte; man hatte ihn selbst überhaupt nicht *bemerkt*, zumindest jedenfalls ignoriert. Dennoch ging er davon aus, eben einfach unverschämtes Glück gehabt zu haben. Es war ja nicht das erste Mal. Denn eines war klar: Sobald die bei Kuroi entdeckt hatten, dass er mit der rot-weißen Geheimmappe voller belastendem Material geflohen war, würden sie dort *alles* daran setzen, um zu verhindern, dass er Japan lebend verließ. Doch genau das wollte er nun natürlich so bald wie möglich tun. Wo also sollte er jetzt hin? Der Taxifahrer sah ihn immer noch fragend an, wobei er nervös aufs Lenkrad klopfte.

»Zum Hilton Osaka«, entschied Jeremy plötzlich aus dem Bauch heraus. Die Überlegung war einfach: Er hatte für die Übernachtung bezahlt, sein Gepäck war dort, und alle Seiten rechneten damit, dass er auch irgendwann dort auftauchte. Also tat er ihnen den Gefallen. Sicher warteten dort schon Horden von Yakuza auf ihn. Aber nicht nur die: Schließlich war er heute Nachmittag einigen CIA-Leuten ausgebüxt, die größtes Interesse daran bekundet hatten, ihn so schnell wie möglich das Land verlassen zu sehen, damit er nicht noch weitere kompromittierende Informationen und Indiskretionen ausschnüffelte. Er konnte davon ausgehen, dass sie ihn noch immer verfolgten, längst herausgefunden hatten, wo er abgestiegen war, und dort auf ihn warteten. Natürlich war es höchst riskant, dergestalt auf die Unfehlbarkeit der CIA zu vertrauen, aber im Moment gab es für ihn sowieso nichts, was *nicht* riskant gewesen wäre. Die CIA war unangenehm, keine Frage, aber es war besser, der CIA in die Hände zu fallen als den Yakuza. Die Chancen standen gut, dass die Amis ihm *nicht* bei lebendigem Leib die Haut abziehen würden. Jeremy rechnete auch nicht damit, noch einmal so ausgiebig gefilzt zu werden wie am Nachmittag, und außerdem konnte er die Dokumente in seiner Mönchskutte wunderbar unauffällig verstauen. Was hatte der CIA-Mann im Haus am Kamo-Fluss gesagt? *Mr. Gouldens werden wir bis an seine Maschine nach Shanghai begleiten, notfalls noch selbst auf dem Sitz anschnallen.* Er wollte jetzt gerne auf dieses Angebot zurückkommen.

Als er die nahezu menschenleere Lobby des Hilton Osaka betrat, erhob sich aus einem Ruhesessel ein Mann und legte die Zeitung, in die vertieft zu sein er stundenlag vorgegeben hatte, zur Seite. Er flüsterte. »Mr. Gouldens! Sind Sie wahnsinnig, sich hier blicken zu lassen? Sie können von Glück sagen, dass wir stets ein kleines bisschen früher aufstehen als diese verdammten Yakuza! Kommen Sie, wir bringen Sie weg von hier.« Der Mann hatte das typisch eckige Gesicht eines Quarterbacks, des wichtigsten Spielgestalters beim American Football.

Chinesisches Meer (30° 33' Nord, 122° 36' Ost), 6. Mai 2012. 07:07
»Wir nähern uns den Felsen von Nandingxing Dao, KaLeu«, rief der Navigator mit einem Blick auf die Seekarte, »Land etwa sieben Meilen nordwestlich voraus! An Steuerbord müsste jetzt außerdem das etwas größere Eiland Dahuang Longdao in Sicht kommen.«

»Schön in der Mitte bleiben und auf Sehrohrtiefe gehen«, sagte Kapitänleutnant Kühne. »Ich will mir die Gegend ansehn. Wenn die Luft rein ist, schleichen wir uns nach dieser Passage schön an den Horchbojen der Chinesen vorbei.«

Drei Minuten später stieg der Optronikmast der U 34 aus dem Wasser. »Untiefen Steuerbord voraus«, meldete der Rudergänger. »Wie viel

Handbreit Wasser haben wir unter dem Kiel?«, fragte Kühne, während er die zerklüftete Küste der kleinen Insel heranzoomte.

»26 Meter, rasch abnehmend, KaLeu!«

»Neuer Kurs: 40 Grad West.«

»Kurs 40 Grad West liegt an!«, rief der Rudergänger. Die U 34 reagierte butterweich auf den harten Kurswechsel. Bloß kein Risiko eingehen, dachte Kühne, jetzt eine Havarie, und ich wäre der Trottel von Shanghai. »Wassertiefe?« – »50 Meter, zunehmend.«

»Versuchen wir es mit einer Korrektur. 25 Grad Ost. Schleichfahrt. Ich möchte mir nicht den Kopf anstoßen.« Er konzentrierte sich wieder aufs Sehrohr. »Schraubengeräusche!«, rief der I. WO. »Nähern sich rasch aus 160 Grad.« Kühne korrigierte das Sehrohr. Kein Zweifel: U 34 bekam plötzlich Besuch. Der Laser-Entfernungsmesser zeigte eine Entfernung von 1,3 Seemeilen an. Es schien sich um ein Patrouillenboot der chinesischen Marine zu handeln, das sich in den Schutz der lagunenartigen Meerenge zwischen Dahuang Longdao und der kleinen Schwesterinsel Xiaohuang Longdao zurückgezogen hatte, um dann wie eine Muräne aus der natürlichen Deckung hervorzuschnellen. Offensichtlich hatte man dort das fremde U-Boot entdeckt, das innerhalb der chinesischen Zwölf-Meilen-Zone nichts verloren hatte. Dass sie ihre Mission ausgerechnet gegenüber den Chinesen geheim halten mussten, erwies sich jetzt als großer Nachteil. »Alles klar zum Tauchen«, rief Kühne und fuhr den Optronikmast ein.

»Schraubengeräusche kommen näher ... Noch 600 Meter!«

»17 Meter bis Grundberührung!«

»Trimmen!«, rief Kühne halblaut. Bloß keine Panik. »500 Meter!«, rief der Navigator. »Die werden doch wohl nicht ...«, empörte sich der Kommandant. Doch dann hörten sie die typischen Geräusche von explodierenden Wasserbomben. Diese Chinesen hatten aggressiv früh damit begonnen, die Primärwaffe gegen U-Boote einzusetzen. »Festhalten«, schrie Kühne, »die verballern ja einen ganzen Teppich!«, und dann rumste es auch schon. U 34 vibrierte kurz, stabilisierte sich jedoch innerhalb weniger Sekunden. »Klar zur Wende«, rief der Kommandant, »wir hauen ab, verpissen uns erst einmal stramm nach Süd, drehen dann nach Nordost ab und schleichen uns am Tiefseewasserhafen von Yangshan vorbei.«

»Feindliches Boot kommt zurück, KaLeu! Nähert sich mit etwa 27 Knoten«, rief der I. WO. »Ei, ei, ei«, sagte Kühne, »die wollen es ja wirklich wissen. Mannschaft: Tauchretter anlegen!« In die Männer kam Bewegung. »Wassertiefe 70 Meter!«, meldete der Navigator. »Verstanden. Aber wir bleiben auf 35 Metern und weichen erst mal nach Backbord aus – erst im allerletzten Moment gehen wir auf Kollisionskurs!«

Eine Minute später explodierten in allernächster Nähe erneut sechs Wasserbomben zu beiden Seiten der U 34, die direkt unter Rumpf des Angreifers hindurchglitt. »Entweder haben die keinen Tiefenmesser, keine Erfahrung oder sie sind zu dämlich«, knurrte der Kapitän. »wahrscheinlich von jedem etwas!« Er fuhr das Sehrohr aus. Die Wasseroberfläche war kabbelig von den Druckwellen der Wasserbomben und schäumte. In knapp 40 Metern Entfernung konnte Kommandant Kühne ein kleines graues Schnellboot erkennen, das auf dem Vorschiff und im Heck mit Schnellfeuerkanonen ausgestattet war. Aber was war das? Kühne traute seinen Augen nicht. Durch die Gischt war am Heck des fremden U-Boot-Jägers etwas zu erkennen, was hier eindeutig nicht hergehörte: Die Flagge mit der runden Sonne und den sich dreieckig nach außen verbreiternden roten Strahlen auf weißem Grund. »Das sind gar keine Chinesen. Das ist ein U-Boot-Jäger der Japaner!«, rief der Kapitän und griff zum Bordmikrofon. »Schiff klar zum Gefecht: Torpedos eins bis vier scharfmachen. – Auf zwei Meter Tiefgang einstellen!«

»Zwei Meter sind klar!« Im Stahlrumpf der U 34 lief alles so, wie in unzähligen Manövern trainiert. Die zumeist jungen Männer waren angespannt, doch alle wirkten ruhig und gefasst. Kommandant Kühne war stolz auf seine Jungens.

»U-Boot-Jäger kommt erneut zurück, KaLeu!«

»Rohre eins und vier bereitmachen. Schuss bei 600 Metern!«

»Ziel ist erfasst!«, rief der I. WO.

»Feind ist bei 900 Metern ... 870 Metern ... 810 Metern ...«

»Schön ruhig. Wir haben alle Zeit der Welt«, knurrte Kommandant Karsten Kühne. »Rudergänger: Nach dem Schuss drehn wir unverzüglich nach Steuerbord ab.« – »Ay, ay, KaLeu.«

»700 Meter ... 650 Meter ... 610 Meter!«

»Lichtwellenleiter bereit!«

»Rohre eins und vier – Feuer!«, schrie Kühne ins Bordmikrofon. Innerhalb von zwei Sekunden wurden die beiden ersten von insgesamt vier scharfen Torpedos mit Druckwasser lautlos aus den asymmetrisch angeordneten Bugrohren der U 34 ausgestoßen. Der Elektromotor des Aals lief also nicht schon im Rohr, sondern erst im freien Wasser an, was im Fall eines Fehlschusses dem feindlichen Boot die Ortung erheblich erschweren musste. »Hart Steuerbord! Wir drehen ab!«, rief Kühne. »Neuer Kurs 160 Grad Ost.«

Jetzt hieß es abwarten. Die Torpedos und das feindliche Schnellboot rasten mit insgesamt fast 130 Knoten aufeinander zu. Exakt 15 Sekunden später hörte die Besatzung der U 34 einen dumpfen Knall. Eine Sekunde später erfolgte eine zweite Explosion. Nach 18 Sekunden kamen zwei Druckwellen hintereinander und schüttelten U 34 kurz und heftig durch. »Keine Schraubengeräusche!«, meldete der Horchposten am Sonar und schaltete ungefragt auf Bordlautsprecher um. Die Mannschaft hörte die typischen Sinkgeräusche eines Schiffes. Aber niemandem war zum Jubeln zumute.

»Sehrohr ist frei«, sagte der Kommandant und klemmte sich wieder hinter das Okular. Als er das Ziel erfasst hatte, nickte er erleichtert. Über dem Meer schwebte eine dicke Rauchwolke. Das ominöse japanische Schnellboot war durch die Detonation eines insgesamt 510 Kilogramm schweren polymeren Sprengstoffgemischs aus Hexogen und Aluminium in zwei Teile zerrissen worden und explodiert. Auf dem Wasser trieben Trümmerteile. Vorschiff und Heck verschwanden wenige Augenblicke später unter der Wasseroberfläche. Wie es aussah, hatte keines der Besatzungsmitglieder die beiden Volltreffer überlebt.

Was Kühne und die Besatzung der U 34 nicht ahnten – sie hatten soeben die schwimmende Kommandozentrale des inzwischen seines Postens enthobenen stellvertretenden Oberkommandeurs der japanischen Meeresselbstverteidigungsstreitkräfte versenkt.

Energieminister Yamada hatte seinen Bruder verloren.

Osaka, 6. Mai 2012. 08:10 Uhr (07:10 in Shanghai)

Dafür, dass er ihnen mit seiner Ausbüxerei allerlei Unannehmlichkeiten bereitet hatte, waren die CIA-Leute recht freundlich zu Jeremy gewesen. Der Mann mit dem Quarterback-Gesicht hatte ihn zweien seiner Kollegen übergeben, die ihn zum Sheraton geleiteten, wo er ein paar redlich verdiente Stunden schlafen konnte, bevor der Quarterback ihn um halb neun abholen und, wie versprochen, eigenhändig in ein Flugzeug nach Shanghai setzen wollte. Keine Sorge: Sein Gepäck werde nachgeliefert.

Todmüde war Jeremy ins Bett gefallen, bis ihn um kurz vor acht der Weckdienst aus dunklen Träumen gerissen hatte. Wider seine Gewohnheit bereitete er sich eine rasche Tasse Instantkaffee und schaltete den Fernseher an. Vielleicht konnte er, bis die Leute von der Agency ihn abholen kamen, noch ein paar rasche Informationen über die jüngsten Ereignisse sammeln: den Militärputsch, die brutale Ermordung des bekannten Bloggers und vormaligen Enthüllungsjournalisten und – am wichtigsten – den Verbleib der letzten Geiseln nach den gestrigen Ereignissen im Shanghai World Financial Center. Kaum aber hatte er eingeschaltet, durchfuhr ihn ein Schreck: Seine finsterste Vergangenheit holte ihn ein. Doch nun erst war sie wirklich Vergangenheit worden. Er lauschte mit glühenden Ohren.

In einer Zweigstelle der Fakultät für Integrierte Humanwissenschaften auf dem Katsura-Campus der Universität Kyoto habe es in der vergangenen Nacht einen verheerenden Brand mit zahlreichen Todesopfern gegeben, der den C-4-Gebäudekomplex der Universität vollständig zerstört habe. Die Brandursache sei noch unklar, man gehe von einem technischen Defekt in einem der Labore aus. Unter den Getöteten befinde sich mit an Sicherheit grenzender Wahrscheinlichkeit auch der Leiter der Forschungseinrichtung, Professor Doktor Tadashi Ishii, der Bruder des Firmenchefs. Unkontrollierbarer Schwelbrände wegen werde es voraussichtlich noch auf Tage unmöglich sein, das Gelände zu betreten und mit den Aufräumarbeiten zu beginnen. Weiterhin bestehe die Möglichkeit potenziell gesundheitsgefährdender bakteriologischer Verunreinigungen durch freigewordene Erregerkulturen aus den biomedizinischen Laboren. Entsprechende Sicherheitsvorkehrungen seien getroffen worden. Zu keinem Zeitpunkt habe eine Gefährdung für die umliegenden Wohngebiete bestanden. In einer ersten Stellungnahme sprachen leitende Kuroi-Vertreter von einem finanziellen Schaden in Milliardenhöhe und einem unermesslichen ideellen Schaden für Japan, die Humanwissenschaften und die Forschung überhaupt.

Jeremy begriff in diesem Moment mehrere Dinge gleichzeitig. Einmal, dass er gestern wohl wirklich in irgendwelchen Geheimräumen Ishiis gewesen war und dort etwas *bewirkt* hatte. Eine Kerze hatte er gesehen, ob sie aber tatsächlich die Ursache das Brandes war, wusste er nicht. Und dann begriff er, zweitens, warum er seither nicht weiter behelligt worden war. *Sobald man dort feststellt, dass Sie noch leben, ist man wieder hinter Ihnen her.* Das hatte einer der Zenmönche des Saiho-ji-Tempels gestern zu ihm gesagt, und Jeremy hatte dem Satz keine Beachtung geschenkt. Wenn diese Kuroi-Sicherheitsmänner Joe getötet hatten, dann wusste man dort, dass Jeremy in die Labore eingedrungen war. Sicher hatten sich alle oder zumindest die meisten der im C-4-Komplex befindlichen Menschen retten können – jedenfalls die, die sich im Neubau *oberhalb* der Erde befanden. Tatsu Ishii wusste also schon bald, dass Jeremy dort im Gebäude war, und er konnte sich ausrechnen, dass er mindestens mit der gleichen *an Sicher-*

heit grenzenden Wahrscheinlichkeit tot war wie sein großer Bruder. Da war es natürlich auch sinnlos, Yakuza auf ihn anzusetzen. Darum war er die ganze Nacht keinen begegnet und darum hatten ihn Hasekawas Mörder gar nicht beachtet – er war ja *tot*. Er konnte da gar nicht sitzen. Mist, da hätte er sich natürlich auch diese furchtbar umständliche Sache mit der CIA sparen können. Na ja, da würde er jetzt auch noch unbeschadet herauskommen.

Jeremy hatte noch ein paar Minuten Zeit, und so zog er vorsichtig die geheimen Dokumente der rot-weißen Mappe aus der offenen Naht seines breiten *Obi*-Gürtels. Endlich war er im Kopf klar genug, um sich mit deren Inhalt zu konfrontieren. Mühsam begann er, die *Kanji* auf der ersten Seite zu entziffern. Von einer Operation war da die Rede. Jeremy wurde schon wieder schlecht, er musste an seine Alptraumvisionen von vivisezierten Leibern, triefenden Lebern, geöffneten Bauchhöhlen denken. Er wollte sich zwingen, weiterzulesen, doch da klopfte es an die Tür. Reflexhaft steckte er die rasch zusammengerollten Papiere unter seine Kutte und, wie gehabt, in die Unterhose. Im nächsten Moment schon flog die Tür auf. Und das *bevor* Jeremy »Herein!« gesagt hatte. Es waren der Quarterback und zwei sehr jugendlich wirkende Begleiter, denen Jeremy noch nicht begegnet war. »Guten Morgen, Mr. Gouldens. Bereit zum Aufbruch?«

»Sie sind früh dran.«

»Der frühe Vogel fängt den Wurm, Mr. Gouldens! Wo haben Sie eigentlich Ihren Begleiter gelassen – den mit den vielen alten Elvis-Audiokassetten? Sitzt der jetzt irgendwo in einer japanischen Gefängniszelle und singt den *Jailhouse Rock*? Er hätte es verdient.«

»Das habe ich Ihren Männern doch heute Nacht schon alles gesagt. Wir haben uns verloren. Und das mit der Flucht gestern Nachmittag war nur seine Idee. Glauben Sie mir, ich wollte das gar nicht. Ich wurde da nur hineingezogen.« Was schließlich stimmte. Jeremy empfand es als ratsam, diesen Männern nichts von seinem nächtlichen Abenteuer und dem Ableben seines Freundes zu erzählen. »Und wie geht es Ihrem blonden Kollegen – dem, der den Schuss abbekommen hat?«, fragte er seinerseits. »Ach, der ist schon wieder ganz gut beieinander. Nur ein Streifschuss an der Hüfte. Außerdem haben wir zwei von diesen Yakuza erwischt, ein Dritter ist uns leider entkommen. Tja, war eine haarige Sache, gestern. Aber von jetzt an stelle ich die Fragen, klar?«

Jeremy musste ein längeres Verhör über sich ergehen lassen. Er hatte sich bereits vergangene Nacht auf der Fahrt ins Sheraton eine leidlich banale Geschichte über seinen gestrigen Verbleib ausgedacht und gab sich nun alle Mühe, sie möglichst überzeugend rüberzubringen – auch wenn es nicht ganz einfach war, den CIA-Agenten zu erklären, wo seine Halswunde herrührte und warum er statt amerikanischer Touristenklamotten nun die blutbesudelte *Koromo* eines japanischen Zenmönchs der Rinzai-Schule trug. Aber die US-Agenten hatten wohl das Klischee vom exzentrischen Engländer derart verinnerlicht, dass sie nicht weiter verwundert schienen. »Gut, dann kommen wir abschließend zum üblichen Zeremoniell, danach bringen wir Sie zum Flughafen. Sie kennen es ja von gestern. Wenn Sie sich jetzt bitte freimachen würden? Ihr blutige Kutte können Sie uns übrigens hierlassen, wir haben Ihnen frische Kleidung mitgebracht. Bitte haben Sie Verständnis, dass die nationale Sicherheit der Vereinigten Staaten mit allen, bisweilen auch unpopulären Mitteln verteidigt werden muss.«

»Der Kampf für die Freiheit fordert von uns allen Opfer, und wir sind zu den größten Anstrengungen im Kampf für die Freiheit bereit«, ergänzte einer der beiden grünen Jungen sein Sprüchlein, das wie auswendig gelernt klang. Sein Akzent klang nach Neuengland: Vermont oder die Ecke.

Jeremy verwies darauf, dass er die schwarze Kutte inzwischen sehr liebgewonnen habe und sie gerne weitertragen wolle, worauf man ihn beschied, dass sie ihm, zusammen mit seinem Gepäck, nachgeschickt werde, sobald die »Nationale-Sicherheits-Kontrolle« durchgeführt sei. Na gut, dachte Jeremy. Aus seinen Papieren aus Yukikos Konvolut konnten diese Leute sowieso nicht mehr erfahren, als sie wahrscheinlich ohnehin schon wussten, und sein iPad lag nach wie vor in irgendeinem Schließfach am Bahnhof von Osaka, zu dem nur Joe den Schlüssel hatte. Und Joe war jetzt bei Elvis. Jeremy würde sich wohl ein neues iPad kaufen müssen. Immerhin gingen ihm auch hier keine Daten verloren, die er nicht zuvor anderweitig gesichert hatte. Das einzige Problem waren also die Papiere, die unter dem *Koromo* an seinem Leib steckten. Er durfte sich die kostbaren Originale nicht wieder abnehmen lassen. Nachdenklich kratzte er sich am Kopf und an den Oberschenkeln. Dann begann er sich nun bereits zum vierten Mal in den vergangenen 24 Stunden neu einzukleiden: Touristenoutfit, Nadelstreifen, Mönchskutte, nun ein belangloser amerikanischer Billiganzug von der Stange, der ihm etwas zu eng war.

»Reicht das?«, fragte er demonstrativ genervt, als er in der Unterhose vor den Agenten der »Firma« stand. Dabei flatterte ihm das Herz, und er hätte in die Hose machen können – wenn er seinen Hintern nicht so kräftig hätte zusammenkneifen müssen, damit ihm die

Rolle mit den Aufzeichnungen nicht aus der Kimme rutschte. Einer der drei CIA-Männer winkte ab. »Auf den Rest sind wir in Ihrem Fall nicht so scharf«, sagte er mit breitem texanischen Akzent. »Wir stehn nicht so auf Männerärsche.« Der aus Vermont kicherte wie ein alberner Schuljunge. Der Quarterback verzog keine Miene.

Dann wurde sein *Koromo* einer intensiven Prüfung unterzogen, selbst der gefütterte *Obi* wurde gründlich untersucht, wobei den Männern auch nicht entging, dass eine Naht aufgetrennt war. Aber das konnte bei gebrauchten Mönchskutten ja schon mal vorkommen. Jeremy war erleichtert, als man ihm seinen Geldbeutel und sein iPhone nach einer nur oberflächlichen Prüfung wieder überreichte. Weder hatte der Zettel mit den Telefonnummern ihre Aufmerksamkeit erregt, noch kamen sie auf die Idee, die Fotos auf dem iPhone zu untersuchen. Jeremy schlüpfte rasch in den hässlichen Anzug, in dem er sich vorkam wie Willy Loman in Arthur Millers *Tod eines Handlungsreisenden*. »Dürfte ich jetzt vielleicht auf die Toilette gehen? Ich platze fast.« Die Männer nickten. Die drei Agenten der CIA waren sich nun sicher, dass Jeremy keine neuen Papiere bei sich trug, die für die nationale Sicherheit von *God's own Country* von Belang waren. Der Securitycheck war abgeschlossen, und Jeremy hatte nichts zu verbergen. Er war sauber.

Fünf Minuten später hatte sich der Quarterback, hoffentlich zum letzten Mal, von Jeremy verabschiedet, den unerwünscht in Japan spionierenden lästigen Briten seinen beiden jungen Begleitern anvertraut, und nun saß Jeremy auf dem Rücksitz eines edlen Lexus LS und rollte unaufhaltsam in südwestlicher Richtung dem rettenden Flughafen entgegen, der etwa 40 Kilometer vom Stadtzentrum entfernt mitten in die Bucht von Osaka hineingebaut ist. Jeremy begriff nicht ganz, warum diese Männer, die sich erst gestern mit den Yakuza des nahegelegenen Kyoto eine blutige Ballerei geliefert hatten, heute dennoch seelenruhig in denselben auffälligen Luxuskarrossen durch Osaka rauschten. Mussten sie denn keine Racheaktionen fürchten? Von einer Organisation, die sich »Intelligence Agency« schimpfte, hätte er sich ein behutsameres Vorgehen erwartet. Aber vielleicht waren die eben ihre amerikanischen Riesenschlitten so sehr gewohnt, dass sie auch unter all den Japanern mit ihren spritsparenden Kleinwagen nicht auf ihren gewohnten Luxus verzichten wollten; auch wenn sie sich dem Landesüblichen immerhin so weit angenähert hatten, dass sie auf die Nobelmarke von Toyota umgestiegen waren. Und die kleinen Yakuza-Gauner würden es wohl ohnehin nicht wagen, sich mit der großen CIA anzulegen.

Auf das längere Sitzen im Wagen hatte sich Jeremy vorbereitet, indem er seine kostbare Fracht auf der Toilette wieder von der Kimme Richtung Eingriff umverlagert hatte – sehr zum Entsetzen Cathys war er ein heimlicher Fan der altväterischen Feinripp-Unterhose. Sicherheitshalber hatte er auch darauf verzichtet, sein weißes Hemd unter den Gürtel zu stopfen, und es hing ihm nun bis an den Schritt über die Hose. Das sah zwar für einen Anwalt ungewohnt leger aus – aber sollte ihn jemand darauf ansprechen, würde Jeremy einfach antworten, dass es eben Ausdruck *seines* Verständnisses von Freiheit und Nonkonformismus war. Und wer in blutigen japanischen Kutten herumlief, brauchte auch sein Hemd nicht in die Hose zu stecken.

»Was macht denn die ganze Zeit dieses knatternde Geländemotorrad hinter uns?« Sie befanden sich bereits auf dem Damm, der den fünf Kilometer vor der Küste auf einer künstlichen Insel gelegenen Kansai-Flughafen mit dem Ballungsraum Kobe–Osaka–Kyoto verbindet, als sich der texanische Fahrer plötzlich an seinen neuenglischen Nebenmann wandte. »Glaubst du, es verfolgt uns?«

»Ach was, die beiden können sich wahrscheinlich einfach an unserem scharfen Wagen nicht sattsehen.«

»Ich werd denen zeigen, was ein scharfen Wagen ist«, knurrte der Texaner und drückte das Gas durch. Die strenge japanische Geschwindigkeitsbegrenzung auf 100 Stundenkilometer selbst auf der Autobahn galt offenbar nicht für Angehörige von Auslandsgeheimdiensten. Jedenfalls legte der Fahrer nun los, als sei er in Deutschland unterwegs. Da konnte das Motorrad nicht mithalten, obwohl es offensichtlich im *Bosozoku*-Stil frisiert war. Bald hatten sie es aus den Augen verloren. Jeremy war dennoch nicht wirklich erleichtert. Er musste ja im Grunde keine Angst haben, er war ja *tot*, aber die selbstherrliche Ruhe dieser Agenten erschien ihm schon etwas eigentümlich. Und nun saßen sie alle im gleichen Boot – beziehungsweise Straßenschiff. Dass sie wenige Augenblicke später in die Tiefen des Parkhauses P2 einfuhren, das direkt mit dem Terminalgebäude verbunden ist, trug wenig dazu bei, ihm seine beklommenen Vorahnungen auszutreiben.

Doch Jeremy war kein Seher und Prophet wie Hasekawa im Vollrausch, er hatte kein zweites Gesicht, und oft genug hatten sich seine Vorahnungen im Nachhinein als Panikmache und heiße Luft erwiesen. Und so hatten sie die Tiefgarage bald alle drei heil und mit den Köpfen fest auf den Schultern verlassen. Nachdem sie das weitläufige Terminal durchquert hatten, das als das längste zusammenhängende Gebäude der Welt gilt, standen sie vorm Check-In für Jeremys Flug, der soeben zum zweiten Mal ausgerufen worden war, und nahmen Abschied. Die CIA-Leute wollten sich nun doch die Anstrengung ersparen, Jeremy im Flugzeug eigenhändig anzuschnallen. Mit dem Check-in gaben sie sich schon bescheiden zufrieden. Er auch.

Er fühlte sich noch immer nicht wohl in der Gesellschaft der Agenten. Jeremy war aufgefallen, dass der Neuengländer ihn immer wieder sonderbar *warm* angesehen hatte, was ihn beunruhigte. Natürlich war er nicht homophob, keinesfalls, aber das waren Blicke, denen er in seiner Jugend in Chelsea stets lieber aus dem Weg gegangen war.

»Tja, danke Jungs«, sagte Jeremy. »Ich flieg dann mal.« Sie schüttelten sich förmlich die Hände, und Jeremy stellte sich an der Sicherheitsschleuse an. Die CIA-Greenhorns verschwanden. Endlich.

»Hast du gesehen, wie sich beim Gehen sein Hemd gebauscht hat?«, sagte der aus Arbuttnot, New Hampshire, zu dem aus Port Arthur, Texas. »Nee, wieso?« Der aus Arbuttnot kicherte.

Zwei Minuten später, als Jeremy an der Sicherheitsschleuse gerade dabei war, seinen Gelbeutel und das iPhone in eine graue Plastikwanne zu legen, standen sie wieder neben ihm. Der Texaner riss Jeremys leger herabhängendes Hemd hoch. »Nehmen Sie eigentlich Viagra, Mann?«

Wieso? Jeremy spürte, wie er errötete. Die Dame hinter der Sicherheitsschleuse blickte auf.

Die Leibesvisite in der Flughafentoilette war kurz und demütigend. Als ganz so prüde erwiesen sich die CIA-Leute dann doch nicht. Schließlich griff der aus Texas nach der mit einem Gummiring zusammengehaltenen Rolle, entfaltete die Seiten und überflog sie. Auch wenn er vielleicht nicht ganz so helle wirkte – er war für diesen Job ausgewählt worden, weil er hervorragend Japanisch konnte. Er pfiff durch die Zähne. »Scheint höchst brisantes Material zu sein, müssen wir sofort weiterleiten. Wo haben Sie das her?« Gefunden. »Geht es etwas genauer?« Jeremy, versteinert, antwortete nicht. Soeben wurde sein Flug zum letzten Mal aufgerufen. »Was machen wir jetzt mit dem?«, fragte der aus Arbuttnot aufgeregt.

»Na ja, wir müssen ihn natürlich mitnehmen. Wir müssen aus ihm rausquetschen, wo er das herhat. Und wenn wir ihm bei lebendigem Leib die Haut abziehen müssen.«

Der junge Mann aus New Hampshire blickte in Jeremys Augen und sah Welten abgrundtiefer Verzweiflung, die ihm selbst nicht ganz unvertraut waren. »Komm, Peter, lass die Sprüche. Lass ihn laufen. Den kriegen wir in China eh wieder, wenn wir wollen.«

»Du bist so ein Weichei, Allen. Du wirst es in der Firma nie weit bringen. Aber – na ja, du weißt, du hast bei mir einen Stein im Brett. Das nimmst dann aber du auf deine Kappe, versprochen? – Beeil dich, dass du deinen Flug kriegst, Gouldens.«

Wieder war Jeremy an der Sicherheitsschleuse. Jetzt war alle Hoffnung bei Gao Feng. Nun, nicht ganz, immerhin hatte er die Fotos ja auch noch auf seinem iPhone. Obwohl der Verlust der Originale für seinen Prozess womöglich die verheerendsten Folgen haben konnte. »Auf Wiedersehen, die Herren.« Nimmerwiedersehen meinte er natürlich. Geldbeutel und iPhone passierten den Scanner. Endlich. Geschafft. Trotz allem: Er war mindestens genauso erleichtert, wie er *zerstört* war. Jetzt nur noch raus aus Japan.

Die beiden jungen Agenten waren seitlich neben der Sicherheitsschleuse stehen geblieben. Der aus Texas war nun doch nachdenklich geworden. Wenn er hier schon einen großen Fehler beging, konnte er einen kleinen immerhin noch korrigieren. »Ach, gute Dame. Könnten Sie uns *das* bitte noch geben? Das geht in Ordnung mit dem Herren.« Und zu Jeremy: »Sie bekommen alles nachgeschickt. Versprochen. Guten Flug.« Jeremy empfing die graue Wanne und steckte seinen einsamen Geldbeutel ein. *Jetzt* war alle Hoffnung bei Gao Feng.

Zwei Minuten später rannte er über den »Finger« und erreichte als letzter Passagier die 10-Uhr-15-Maschine der China Eastern, Flugnummer MU 516, nach Shanghai. Etwa zwei Stunden später, um 11 Uhr 23 chinesischer Zeit, landete er auf dem Flughafen Pudong International. Nichts von alledem, mit dem er ziemlich exakt 48 Stunden zuvor von hier aus nach Japan aufgebrochen war, war ihm geblieben – außer sein Geldbeutel und sein Leben. Da er sich nun den Weg zur Gepäckausgabe sparen konnte, steuerte er als Allererstes eine öffentliche Telefonzelle an, von der aus er zwei wichtige Gespräche führte.

Erst einige Tage später sollte er der Zeitung entnehmen, dass bei der Explosion einer Autobombe nahe des Kansai-Flughafens von Osaka zwei amerikanische Staatsbürger gestorben und deren japanische Luxuslimousine völlig ausgebrannt war. Die Hintergründe blieben unklar; die Ermittler gingen mehrheitlich davon aus, dass die beiden 20 und 23 Jahre alten Männer versehentlich Opfer in einem Bandenkrieg verfeindeter Yakuza-Gruppen geworden waren. Sein iPhone bekam Jeremy nie wieder. »Schade, dass Joe das nicht mehr erlebt hat«, dachte er an jenem Tag, während er sich etwas Wild Turkey nachschenkte. Er wusste, dass dieses Geschehen, so bedauerlich es war, dem Selbstwertgefühl des erfolglosen, unglücklichen, sich selbst hassenden ehemaligen CIA-Mannes sicherlich Auftrieb gegeben hätte: Im Unterschied zu den hochbezahlten festangestellten Profis der Firma hatte er, der kleine Fisch, seinen auseinanderfallenden Toyota Corolla, kurz bevor er ihn eigenhändig in Brand gesteckt hatte, noch gründlich nach etwaigen Manipulationen und versteckten Sprengsätzen untersucht. Einem Joe Murata wäre so etwas nicht passiert.

Shanghai, 6. Mai 2012. 10:20 Uhr

»Nach unserem gestrigen so anregenden Gespräch bin ich erfreut, dass Sie mich heute abermals mit Ihrer Anwesenheit beglücken. Ich kann Ihnen versichern, Herr Park, dass Sie es nicht bereuen werden. Wenn Sie nun so gütig wären, mir zu folgen.«

Begleitet von vier Bodyguards führte Gao Feng den Japan-Koreaner an einer Halle vorbei hinunter zu den Helgen. Den Helgen – oder die Helling – nennt man den Ort in einer Werft, wo ein neugebautes Schiff zum ersten Mal mit seinem Element in Berührung kommt, bevor es an den Ausstattungskai verholt wird. Hier unten roch es intensiv nach Hafen: nach Schlick, nach Tang, Algen und Muscheln, nach Schweröl und rostigem Metall. Gao Feng blieb etwa einen Meter vor der Hafenkante stehen und deutete auf ein ungefähr 15 Meter langes, schmales Wasserfahrzeug, ein U-Boot. Und zwar, wie Kim Park sofort erkannte, ein ganz bestimmtes U-Boot – die Chung-Loo, sein ehemaliges U-Boot der südkoreanischen Marine, nur jetzt in Miniformat. »Es sieht aus wie ein Modell der U 214«, sagte er schlicht, »eine deutsche Konstruktion.«

»Das hatte ich beabsichtigt. Doch es ist nicht irgendein U-Boot, Herr Park, sondern *mein* U-Boot. Es ist mein langgehegter Herzenswunsch, mich schwerelos unter Wasser fortzubewegen wie Kapitän Nemo und weit unter der Oberfläche die Geheimnisse der Tiefe zu ergründen. Ich möchte, Herr Park, dass Sie es genau begutachten und mir mitteilen, ob Sie es sich zutrauen, dieses U-Boot zu steuern. Es hat bisher weder einen Namen, noch ist es ausgebaut. Die Technik – im Besonderen die Antriebstechnik – ist noch nicht verkleidet. Es fehlt noch *der letzte Schliff.*« Gao gab jemandem, der im Dunkeln saß, einen Wink. Im nächsten Augenblick erhellten mehrere 10000-Watt-Halogenscheinwerfer den Kai. »Aber wollen Sie nicht an Bord gehen, Herr Park?«

Wenig später krabbelte Kim Park in einem Gewirr von Verstrebungen und Kabeln im Inneren des Bootes herum. Er stellte mit Verblüffung fest, dass es auch vom Antrieb her eine exakte Kopie eines Brennstoffzellen-U-Bootes vom Typ U 214 oder U 212 A war; es verfügte über zwei Dieselmotoren, zwei Elektromotoren sowie eine Brennstoffzelle, die es besonders leise machte. Als Nächstes sah er sich die Kommandozentrale an. Sie war so konstruiert, dass alle technischen Ressourcen der knapp 15 Meter langen Stahlröhre von einer einzigen Person verwaltet werden konnten. Vom Fluten der Ballasttanks über ein leistungsstarkes Sehrohr bis hin zum Ausblasen der Tanks mit Pressluft ließen sich sämtliche Funktionen von hier aus zentral steuern. Kims Begeisterung wuchs. Dieses U-Boot ließ sich so bequem bedienen wie ein Kleinwagen mit Automatikgetriebe. Nur dass es keine Torpedorohre besaß, enttäuschte ihn schon beinahe. Dafür waren in den Rumpf Panzerglasböden eingelassen und darüber hinaus besaß es eine Ausstiegsschleuse. Was hatte der extravagante Alte da mit ihm vor? Er nahm nicht an, dass er für Gao Fische beobachten sollte.

»Ich bin begeistert«, sagte Kim, als sich die beiden Männer an Land wieder gegenüberstanden. »Selbstverständlich würde ich mir zutrauen, Ihr Boot nicht schon bei der ersten Tauchfahrt zu versenken. Wo soll es denn hingehen?«

Gao Fengs Miene drückte Bedauern aus. »Ich bin bei allen bisherigen Tauchtests dabei gewesen, aber die Jungfernfahrt müssen Sie leider ohne mich antreten – mit meinen vier besten Männern als Besatzung.«

»Geht es wieder um unser *Projekt*?«, fragte Kim vorsichtig.

»Gewissermaßen, ja. Auch wenn kein Filmteam an Bord sein wird. Sie haben mir zugesichert, aktiv und eigenverantwortlich an der Realisierung unseres großen Wurfs mitzuwirken. Und jetzt ist Ihre Stunde gekommen: Es ist Zeit für Ihren Einsatz und Ihr Opfer, um das Happy End so weit denn möglich perfekt zu machen.«

»Bitte reden Sie einmal Klartext, Gao Feng.«

»Nein, *Sie* werden jetzt Klartext *tun*, Herr Park. Aber gut, ich bemühe mich; hier meine Regieanweisung: Irgendwo da draußen auf dem Ostchinesischen Meer, wohl nicht allzu weit vor Shanghai, liegt ein Schiff und wartet. Das Schiff gehört dem entführten Bauunternehmer Minato Moto, der – wie Sie ja wissen – vorgestern auf seinem eigenen Empfang in Geiselhaft genommen wurde. Auch er gehört zu den großen Strippenziehern der Japan Incorporated, ohne jedoch wohl selbst in die japanische Verschwörung verwickelt zu sein – im Unterschied zu manchen seiner hochrangigen Mitarbeiter, welche die Geiselnahme im SWFC vermutlich überhaupt erst möglich gemacht haben. Der Funkkontakt mit dem Kapitän der lediglich von einer zwölfköpfigen Rumpfmanschaft besetzten Megajacht ist indes seit gestern Mittag abgebrochen. Und nun müssen wir nur eins und eins zusammenzählen: Nachdem die Geiselnehmer unter John Huang Motos Helikopter gekapert haben, haben sie auch sein Schiff gekapert. Dort hält er zur Stunde neben Moto und seiner Mannschaft auch die junge Misses Wong gefangen, an der Ihnen, Herr Park, so innig gelegen scheint.«

»Ich wüsste nicht, dass ...«

»Ich sehe es an Ihren Händen, Herr Park.« Kim zwang sich, seine Hände wieder zu öffnen, die sich zu weißen Fäusten geballt hatten. Gao fuhr fort. »Und nun speziell zu Ihrem Part: Sie finden dieses Schiff, die Chiyo, befreien die letzten Geiseln des SWFC-Attentats und töten, sofern nötig, die Geiselnehmer. Dazu erhalten Sie von mir jede in meiner Macht stehende Hilfe.« Er deutete auf seine vier Bodyguards, die lautlos herangetreten waren. »Glauben Sie mir, diese Männer fürchten weder Tod noch Teufel und darüber hinaus sind Sie mir bedingungslos ergeben.«

»Wie sieht diese Hilfe ansonsten noch aus?« Kim sah auf seine schlanken, schönen Finger herab. Alles konnte er nun doch nicht mit bloßen Händen erledigen. »Kommen Sie mit, ich will es Ihnen zeigen.« Gao führte ihn zu einem Container in der Werfthalle, den einer der Bodyguards auf sein Zeichen hin öffnete. Dahinter wurden mehrere Holzkisten sichtbar, in denen laut Aufdruck Maschinenteile aus Deutschland verpackt waren. Am linken Rand des Containers hatten die Schauerleute jedoch einen ungefähr 60 Zentimeter breiten Durchgang gelassen. Gao Feng verschwand in dem Spalt, Kim taperte hinterher. Einen Moment später befand er sich in einer Waffenkammer. An den Containerwänden hingen Maschinenpistolen verschiedenster Fabrikate, außerdem Pistolen, Revolver und Riot Guns. Hinzu kamen mehrere Kisten mit Hand- und Phosphorgranaten sowie Munitionskisten, zwei schwere Maschinengewehre und zwei Granatwerfer aus US-Beständen. »Ich denke, Herr Park, hier finden Sie alles, was Sie für Ihre Mission benötigen. Bedienen Sie sich. Die Kampftaucheranzüge werden leider erst heute Nachmittag geliefert.«

»Wie viele Mann befinden sich dort an Bord?«, fragte Kim, während er aufmerksam und beeindruckt das Waffenarsenal inspizierte und da und dort fast zärtlich über das eine oder andere Stück fuhr.

»Wir wissen es nicht, Herr Park. Die Geiselnehmer aus dem Hubschrauber können das Boot wohl kaum allein unter Kontrolle bekommen haben. Es steht sehr zu vermuten, dass sie Verstärkung erhielten – wahrscheinlich vonseiten der japanischen Putschisten.«

»Und wie finden wir dieses Schiff im weiten Chinesischen Meer?«

»Das wird sich weisen.« Gao lächelte Kim aus feinen Lippen schulterzuckend an.

Dann musste er sich entschuldigen, da sein Mobiltelefon klingelte. Er hatte sich, vom Schiffs- und U-Boot-Bau einmal abgesehen, an die technischen Entwicklungen der vergangenen beiden Jahrzehnte nie so recht gewöhnen können. Alle Computerarbeiten erledigten für ihn seine Sekretäre, und selbst seine E-Mails las er erst, wenn sie ihm zuvor eine Hilfskraft fein säuberlich ausgedruckt hatte. Das einzige Zugeständnis an die modernen Telekommunikationsmittel, das er in seinem persönlichen Bereich eingegangen war, war ein einfach zu bedienendes Mobiltelefon mit möglichst wenig Schnickschnack, das er sich an seinem achtzigsten Geburtstag zugelegt hatte. Er drückte auf die grüne Taste. Die Stimme am anderen Ende klang vertraut.

»Jeremy! Du hast es vollbracht! So, du bist bereits in Pudong International gelandet? Meine Gratulation! Nein, ich habe keine elektronische Postsendung von dir erhalten.«

Kim sah Gao Feng stirnrunzelnd an. Ausgerechnet jetzt, der Butterstinker! Er hatte sich also von den Yakuza doch nicht den Kopf absäbeln lassen. Und jetzt war er zurück in Shanghai. Und er, Kim, sollte Cathy befreien. Das tat er jedenfalls nicht für *ihn*. Der würde sich wundern.

Shanghai, 6. Mai 2012. 11:34 Uhr

Jeremy wunderte sich in diesem Moment über etwas völlig anderes. ›Wundern‹ dürfte allerdings nicht ganz das richtige Wort sein. Er war *entsetzt*. Um nicht alte Fehler zu wiederholen, hatte er heute Nacht als Erstes die geretteten Murata-Unterlagen abfotografiert und via iPhone per Mail an Gao Feng gesandt. Daraufhin hatte er sich einigermaßen sicher gefühlt, und selbst noch als ihm die kostbaren Originale genommen worden waren, hatte er sich damit zu trösten versucht, dass vielleicht auch schon die Fotodateien, die immerhin alle Fakten dokumentierten, als Beweismittel ausreichen könnten.

»Was sagst du da, Gao? Du hast wirklich keine E-Mails von mir bekommen? Viele große Fotodateien? Zig Megabyte. Das waren die verschollen geglaubten Aufzeichnungen von Akira Murata, die ich aus dem geheimsten der geheimen Labore Japans geklaut habe. Der Schlüssel zu allem! Das Original und mein iPhone hat mir die CIA abgenommen. Du bist meine letzte Hoffnung, Gao!«

»Nur ruhig, Jeremy. Nein – wie gesagt, ich habe nichts erhalten. Hast du dich auch an alle Sicherheitsvorkehrungen gehalten? Wie du weißt, leben wir hier im Land mit der fortgeschrittensten Internetzensur der Welt. Alle gefangen und abgeschirmt hinter der *Great Firewall of China.*«

»Natürlich, Gao. Das weiß ich doch alles. Ich habe am Donnerstag vor meinem Abflug alles noch einmal ausführlich mit deinem IT-Spezialisten Midji Tilodu durchgesprochen.«

»Und du hast dich streng an mein oberstes steganographisches Prinzip gehalten? *Höchste Geheimhaltung durch vollendetes Verbergen der Geheimhaltung*. Die eigentliche Botschaft unsichtbar im Rauschen der banalen Oberfläche der Trägerbotschaft versteckt. Wenn ich auch nicht die geringsten Kenntnisse vom modernen Computerwesen habe, so bin ich doch bestens vertraut mit allen alten chinesischen Geheimhaltungsverfahren der *natürlichen* Intelligenz.«

»Gao: Ich habe die allerneuste ›Spy Pix‹-App für mein iPhone benutzt. Damit konnte ich all meine Fotos von den geheimen Laboraufzeichnungen nach und nach aufrufen und sie mittels Quantisierung der Pixel ausgewählten anderen, harmlosen Bildern unterlegen. Das sind jetzt alles romantische Bilder von Cathy, was ich dir geschickt habe. Damit können die Zensoren nichts anfangen.«

»Hoffentlich nicht *zu* romantisch, Jeremy. Damit können die schon etwas anfangen.«

»Es sind keine Nacktbilder, Gao.«

»Hm«, der alte Mann am anderen Ende der Leitung dachte nach. Das war nun ein Bereich, wo seine Macht und sein Wissen leider an Grenzen stießen. »Du weißt, ich bin nun nahezu 85 Jahre alt und verfasse meine persönliche Post noch immer ausschließlich auf meiner alten Remington-Schreibmaschine, die mir stets beste Dienste geleistet hat. Mach dich so schnell wie möglich auf den Weg her zu mir, Jeremy. Bis du im Jin Mao Tower bist, weiß ich vielleicht schon Näheres. Ich werde mich auf der Stelle mit meinem Techniker in Verbindung setzen. Tilodu hat mich noch nie im Stich gelassen, Jeremy.«

»Wenn sich die Zensur das geschnappt hat, ist auch er machtlos, Gao.«

»Nur ruhig, Jeremy. Es ist alles irgendwo vorhanden.«

Fragte sich bloß, wo.

Tokio, 6. Mai 2012. 12:35 Uhr (11:35 in Shanghai)

Kuroi-Leiter Tatsu Ishii saß mit Grabesmine in seinem Büro im 20. Stockwerk des Prudential Towers und versuchte, sich nach den Schicksalsschlägen der vergangenen Stunden neu zu sortieren. Der

Großkomplex im C-4-Cluster des Katsura-Campus der Universität Kyoto war ein Kernstück des Kuroi-Imperiums gewesen, und es würde Jahre dauern, das alles wieder aufzubauen. Manches war wohl für immer verloren. Noch war allerdings unklar, wieweit auch die unterirdischen Bereiche betroffen waren. Er hatte den zuständigen Stellen beim Forschungs- und Innenministerium bereits die Entschlossenheit seiner Firma signalisiert, sich mit ihren für einen solchen Fall bereitstehenden Spezialkräften ganz allein um die nötigen Aufräumarbeiten zu kümmern, und mit aller gebotenen Nachdrücklichkeit auf jede Hilfe von außen verzichtet. Für Kuroi sei es eine Selbstverständlichkeit, für den entstandenen Schaden mit Verantwortung, Demut und Vaterlandstreue in allen Bereichen einzustehen. Er hatte auch bereits dafür Sorge getragen, dass das sofort ergangene Angebot der USA, im Falle eines Auftretens gefährlicher bakteriologischer Verunreinigungen in dem Unglückskomplex eigene Spezialkräfte zur Entseuchung nach Kyoto zu entsenden, von höchster Stelle mit der nötigen freundlichen Entschiedenheit abgelehnt worden war.

Ishii und Firma hatten nun also gleichzeitig drei schwere Schläge zu verkraften: Nicht nur hatte Kuroi ihren wichtigsten wissenschaftlichen Leiter sowie ihr zentrales Forschungslabor verloren, sondern auch die politischen Rahmenbedingungen, die keine zwei Tage zuvor noch so rosig ausgesehen hatten, gestalteten sich mit einem Schlag wieder sehr schwierig. Die anvisierte Regierungsübernahme in Tokio durch wirtschafts- und wissenschaftsfreundlichere Kreise, durch die wahre vaterländische Creme der Japan Inc., war so gut wie gescheitert: In absehbarer Zeit würde keine neue Morgenröte die japanische Sonne wieder im alten Strahlglanz aus der Dunkelheit der Zeit aufsteigen lassen. Die Marinebasis Kure wurde zwar noch immer tapfer durch den gestürzten Verteidigungsminister Chiba Mamoru und seine treuen Generäle gehalten, aber ihr Widerstand schien mehr und mehr aussichtslos. Und auf See hatten die Vaterländischen fast alle ihre Schiffe eingebüßt: Seitdem sich der Tenno offen gegen sein Land gestellt und für die verwestlichten Landesverräter in Tokio Partei ergriffen hatte, war es überall zu Befehlsverweigerungen, Matrosenaufständen, offenen Meutereien gekommen.

Dennoch: Er, Tatsu Ishii, würde wohl aus alledem immerhin mit einem dunkelblauen Auge hervorgehen. Anders als die an vorderer Front beteiligten Militärs hatte er wohl nicht damit zu rechnen, persönlich belangt zu werden. Schließlich lagen solcherlei militärische Aktivitäten nicht in seinem Zuständigkeitsbereich, und etwaige geheime Absprachen müsste man ihm schon erst einmal nachweisen.

Natürlich würde man nach den Hintermännern und Geldgebern des Putschversuchs forschen, und möglicherweise würde Ishii so manche unangenehme Frage und Verdächtigung zu gewärtigen haben. Aber er war sich sicher, dass die hinter den Kulissen agierende wahre Elite Nippons bereits damit begonnen hatte, sich neu aufzustellen und die entsprechenden Anstrengungen zu unternehmen, um die Fäden im Land in ihrem Sinne neu zu ordnen und wieder in die richtigen Hände zurückzulegen. Er streichelte mit den Fingern über die vor ihm auf dem Schreibtisch liegende rote-weiße Mappe, auf der sich die Umrisse der alten japanischen Marineflagge abzeichneten. Auch sein Exemplar würde er sicherheitshalber bald vernichten müssen.

Mit Trauer und Unruhe dachte er an seinen verblichenen Bruder zurück. Tadashi war ein genialer Wissenschaftler gewesen, doch er hatte auch seine gravierenden menschlichen Schwächen gehabt: Ein durchsetzungsschwacher Sonderling ohne echtes Selbstwertgefühl war er stets gewesen. Ihr Vater hatte genau gewusst, was er tat, als er seinen Söhnen die respektiven Lebensaufgaben zugewiesen hatte. An Tadashis hoher Forscherbegabung hatte es genauso wenig Zweifel gegeben wie an Tatsus Fähigkeit, mit Härte und Weitblick ein Milliardenunternehmen zu leiten und durch alle globalen Krisen zu steuern. Doch musste sich gerade er, der große Organisator und Menschenlenker Tatsu, wohl den Vorwurf gefallen lassen, sich am Ende zu wenig um den drei Jahre Älteren gekümmert zu haben: Wo doch Tadashis kleine Vergesslichkeiten inzwischen so beunruhigende Ausmaße angenommen hatten, dass es im Grunde nicht mehr vertretbar gewesen war, ihn weiterhin mit der Leitung einer so sensiblen Anlage zu betrauen. De facto war ja auch längst sein Neffe Masao der eigentliche wissenschaftliche Leiter gewesen, bis der sich aufgrund unglücklicher familiärer Vorkommnisse jüngst aus eigenem Antrieb entschieden hatte, als Sühneleistung die Mannschaft der Tancho auf ihrer heroischen Fahrt nach Shanghai zu begleiten. Und Tadashi war nun sich selbst überlassen gewesen. Mit womöglich verhängnisvollen Folgen.

Tatsu Ishii musste sich fragen, ob der so ungeschickte und vergessliche Tadashi nicht vielleicht sogar etwas mit diesem katastrophalen Brand zu tun hatte – der bei allen verheerenden Folgen doch immerhin *ein* Gutes hatte: Sie waren endlich diesen schnüffelnden englischen *Gaijin* losgeworden, der zwar im Grunde nie recht gewusst hatte, was er tat, aber trotzdem immer wieder für Ärger und Unruhe sorgte. Natürlich hätte sich das aber auch viel rascher und mit viel weniger Aufwand erledigen lassen *müssen*. Da hatte es schlimme Versäumnisse gegeben, die dringend aufgearbeitet werden mussten. Die Vorgänge am Abend des 5. Mai im Obergeschoss von Block D der Anlage auf dem Katsura-Campus waren noch immer reichlich unklar. Aufgrund einer unglücklichen Verkettung von Umständen, die ihre personellen und technischen Konsequenzen haben würde, war es dem Anwalt gelungen, nahezu unbemerkt in die Hochsicherheitszone vorzudringen. Schließlich hatte der Pförtner die Wachmänner alarmiert; die hatten zumindest seinen lästigen Begleiter beseitigt. Tadashi hatte sich zu diesem Zeitpunkt bereits in seinen Sicherheitsbereich zurückgezogen, wo er wie üblich unansprechbar war, und der Anwalt ward seither nicht mehr gesehen. Block D war sofort hermetisch abgeriegelt worden, und der Pförtner konnte beschwören, dass niemand den Komplex verlassen hatte – was die Überwachungskameras auch bestätigten. Kurz vor 23 Uhr waren dann die Brandmelder angegangen.

Nachdenklich sinnend blieb Tatsu Ishii sitzen. Auf der Telefonanlage blinkte ein Lämpchen auf. Gleichzeitig ertönte ein angenehmer Summton. Über diese Leitung, deren Nummer allein seine engsten Vertrauten kannten, liefen nur die allerwichtigsten vertraulichen Gespräche. Ishii nahm das Gespräch an. »Hallo?«, sagte eine Stimme, die er nicht kannte. Der Sprecher hatte einen starken, sehr unangenehm englischen Akzent. »Ist dort Ishii? Tatsu Ishii, Inhaber und Vorstandsvorsitzender der Kuroi-Juchi K.K.? Hier spricht Jeremy Gouldens. Ich rufe von Shanghai aus an – aus einer öffentlichen Telefonzelle am Pudong International Airport.«

Gouldens? Wer durfte sich hier, auf einer hochvertraulichen Leitung, so makabre Scherze erlauben? ›Gouldens‹ war ja genau der Name des toten Anwalts gewesen. »Wer sind Sie? Was wollen Sie? Ich kenne Sie nicht. Ich werde jetzt auflegen!«

»Ich soll Sie von Ihrem Bruder grüßen, Herr Ishii. Tadashi hat mir etwas mitgegeben.«

»Mein Bruder ist tot.«

»Das weiß ich, Herr Ishii. Aber ich bin es nicht. Wir hatten das Vergnügen, uns gestern Abend ausführlich miteinander zu unterhalten, ihr verschiedener Bruder und ich, in den Sicherheitsräumen hinter Zimmer 102 in Block D. Und da hat er mir ein geheimes Vermächtnis anvertraut. Vielleicht wissen Sie davon: eine rot-weiße Mappe mit den stilisierten Konturen der alten japanischen Kriegsflagge. Ein sehr interessanter Inhalt.« Jeremy konnte förmlich hören, wie der Großindustrielle am anderen Ende der Leitung zusammenzuckte. Dann war er also auf dem richtigen Weg. Er hatte nicht zu hoch gepokert.

»Was wollen Sie von mir, Gouldens-san?« Mit zittrigen Fingern klopfte Ishii auf die Mappe auf seinem Schreibtisch.

»Ich will meine Verlobte zurück. Lebend und unversehrt. Sonst sind Sie die längste Zeit Chef von Kuroi gewesen. Notfalls zerre ich Sie und Ihre ganze Sippe vor das Kriegsverbrechertribunal am Internationalen Strafgerichtshof in Den Haag.« Letzteres war vielleicht etwas übertrieben – wenn die Söhne von Kriegsverbrechern deren Verbrechen im Zivilbereich fortsetzten, müsste man ihnen schon Verbrechen gegen die Menschlichkeit nachweisen können, damit Den Haag sich für zuständig erklärte; und ob Akira Muratas Aufzeichnungen der rot-weißen Mappe tatsächlich den Beweis enthielten, dass sich Kuroi in großem Ausmaß grausamer Menschenversuche und der Herstellung international geächteter Biowaffen schuldig gemacht hatte, konnte Jeremy noch immer nicht wissen. Nichtsdestotrotz schienen seine Worte ihre Wirkung nicht zu verfehlen. Es *war* also brisantes Material in der verloren Mappe gewesen, für die er durch die Hölle gegangen war.

»Sie können Ihre kleine Freundin gerne haben, Gouldens-san. Wir brauchen sie nicht mehr. Aber dafür wollen wir diese rot-weiße Mappe zurück. Haben Sie sie schon irgendjemandem weitergegeben?«

»Nein«, sagte Jeremy wahrheitsgemäß. Nach seinem derzeitigen Wissenstand befand sich der Inhalt dieser Mappe zwar bereits in den Händen der CIA und womöglich auch der chinesischen Geheimdienste. Aber denen hatte er sie ja wohl nicht *gegeben* – sie hatten sie sich genommen. Gao hatte er sie geschickt, aber der hatte sie nicht erhalten: Das Wort ›gegeben‹ passte also auch hier nicht.

»Gut«, sagte Ishii. »Sie sprechen mit niemandem darüber und machen keinerlei Kopien, Scans, Fotografien, Abschriften und dergleichen, verstanden? Sobald ich den geringsten Anhaltspunkt dafür habe, dass Sie Inhalte der Mappe weitergeleitet haben, ist Ihre kleine Freundin tot.«

»Sie haben mir keine Vorschriften mehr zu machen. Sagen Sie mir sofort, wo sie ist! Ihr Bruder hat mir gesagt, dass Sie das wissen.«

»Gouldens-san, ich bin der Leiter eines prosperierenden Weltkonzerns. Ich kann mich nicht um jedes kleine Detail unseres Geschäfts kümmern. Ich weiß selbst nicht, wo sie ist. Tadashi wusste es, glaube ich. Aber er war zum Schluss etwas vergesslich.«

»Kommen Sie, Herr Ishii. Spielen Sie jetzt keine Spielchen mit mir! Ich weiß, dass sie in einem Hubschrauber vom Typ Bell 412 von Shanghai aus aufs Meer hinausgeflogen wurde. So ein Hubschrauber hat eine Reichweite von maximal 700 Kilometern, damit kommt man nicht bis Japan. Er ist garantiert nicht wieder auf chinesischem Territorium gelandet. Ansonsten gibt es da ringsum praktisch nur Meer. Wenn er nicht gerade abgestürzt oder auf der südkoreanischen Insel Jeju-do gelandet ist, was sehr unwahrscheinlich ist, befindet sich Cathy also nun irgendwo auf einem Schiff im Ostchinesischen Meer.«

»Gut, wenn Sie alles schon so genau wissen, dann fahren Sie doch hin und holen sie sich«, antwortete Ishii etwas spöttisch. Jeremy seufzte. Er wusste, wie groß das Meer war und wie viel Platz für Schiffe es da gab. »Ich warne Sie, Herr Ishii!«, war alles, was ihm einfiel.

»Seien Sie beruhigt: Ich werde die genaue Position des Schiffes in Erfahrung bringen. Rufen Sie morgen früh noch einmal an. Sie haben ja meine Spezialnummer aus dem Dossier.«

Jeremy runzelte die Stirn. Das hörte sich alles bedenklich nach Taktiererei an. Ihm wurde schmerzlich bewusst, dass er nur bluffen konnte und daher seine Möglichkeiten, auf Ishii Druck auszuüben, reichlich begrenzt waren. »Ich gebe Ihnen drei Stunden und keine Sekunde mehr, Ishii. Sonst ...«

»Sonst was? Sonst opfern Sie das Leben Ihrer kleinen Freundin? Kommen Sie, Gouldens-san. Schauen Sie der Realität in die Augen: Wir haben uns nun beide gegenseitig in der Hand. Also hilft alles nichts: Wir müssen uns aufeinander zubewegen.« Ishii schien einen Moment nachzudenken. »Was ist Ihnen das Leben Ihrer kleinen Freundin denn wert, Gouldens-san?«, fragte er dann mit schwerer Stimme.

»Was ist das für eine Frage? Alles in der Welt ist sie mir wert!«

»Gut. Also schwören Sie? Schwören Sie, dass Ihnen das Leben Ihrer Freundin wirklich alles in der Welt wert ist; dass Ihnen im Gegenzug für das Leben Ihrer Freundin alles andere egal ist; dass sie Ihnen mehr wert ist als die Aufklärung schlimmster völkerrechtswidriger Verbrechen und mehr als das Leben von Zehntausenden Chinesen?«

Jeremy war verwirrt. Ihm war völlig unklar, was Ishii mit diesen Fragen und Forderungen bezwecken wollte. War dieser Mann verrückt, oder waren das vielleicht nur irgendwelche typisch pathetischen japanischen Schwurformeln, die keine wörtliche Bedeutung hatten? Dennoch konnte er sich einen Hinweis auf seine demokratischen Grundüberzeugungen nicht verkneifen: »Herr Ishii – es ist niemals und unter keinen Umständen erlaubt, Leben gegen Leben abzuwägen.«

»Also schwören Sie?« Jeremy überlegte einen Moment. »Wenn Ihnen das so wichtig ist«, sagte er schließlich. »Ich schwöre, dass sich nichts in der Welt gegen das Leben meiner Verlobten abwägen lässt, das mir wichtiger ist als mein eigenes Leben.«

Ishii schwieg einige Sekunden. »Gut«, sagte er dann. »Ich denke, das genügt. Melden Sie sich in drei Stunden wieder über diese Nummer. Ich werde bis dahin alle Informationen parat haben, die Sie brauchen, um das Leben Ihrer kleinen Freundin zu retten.« Er legte auf.

Versteinert saß Ishii dar. Womöglich war seine Miene noch eine Spur finsterer geworden als zuvor. Jetzt hatte er noch ein weiteres Problem am Hals, das es schnellstens zu lösen galt. Es gab keinen Zweifel: Sie hatten diesen verrückten englischen Anwalt völlig unterschätzt. Hier hatte er ohne Frage jemanden gefunden, der zum Erreichen seiner Ziele seinen Weg genauso unerbittlich und ohne jegliche Skrupel zu Ende ging wie er selbst. Und jetzt war das Schlimmste passiert, was überhaupt passieren konnte: Gouldens hatte das Dossier in den Händen. Wenn Ishii nicht noch rasch einen Weg fand, ihn zu stoppen, war alles verloren. Er musste eine Möglichkeit finden, Gouldens zu zwingen, ihm nicht nur das Original auszuhändigen, sondern auch niemals eine Kopie aus der Hand zu geben oder überhaupt nur den Mund aufzumachen und über das zu reden, was er gelesen hatte. Sein Bruder Tadashi hätte jetzt sicher einen Rat gewusst. Er hatte in diesem Bereich überhaupt immer sehr viel Phantasie bewiesen. Im gleichen Moment erinnerte sich Tatsu Ishii an eine der grausamen Methoden seines Bruders – eine, mit der Tadashi schon so manchen, der zu viel über die Labortätigkeit in den Stockwerken unterhalb von Block D gewusst hatte, bei lebendigem Leibe erfolgreich mundtot gemacht hatte. Ja, so könnte es gehen.

Überhaupt – die Geheimnisse von Block D. Dazu gehörte nun auch die Frage, wie es Gouldens wohl geschafft hatte, da lebend herauszukommen. Das war vor ihm schließlich noch niemand gelungen, der nicht zum Personal oder den wenigen offiziellen Gästen gehörte. Tadashi hätte vielleicht für alles eine Erklärung gehabt. Der kannte sich auf dem Gelände aus wie kein zweiter, gerade auch in all den verzweigten Gängen unter der Erde. Die Labore waren sein Kind, seine Heimat. Tatsu selbst hatte die alten Mauern dort unten stets nach Möglichkeit gemieden. Für ihn zählten nur die Ergebnisse, nicht die Wege und die wissenschaftlichen Details. Und jene düsteren, alten Gemäuer, die seit den Tagen des Zweiten Weltkriegs nicht mehr richtig gelüftet worden waren, hatten ihn immer so melancholisch gestimmt.

Chinesisches Meer, 6. Mai 2012. 12:00 Uhr

John Huang stand an der Reling und blickte hinaus auf die See. Das Meer lag reglos und schweigend bis zum Horizont, an dem graue

Schleierwolken aufzuziehen begannen. Es war ein schwüler Tag. John Huang war schlecht gelaunt. Die jüngsten Entwicklungen gefielen ihm nicht. Vor etwa einer Stunde hatte er die Nachricht vom Ableben des Butterstinkers Gouldens, um den all die Tage so viel Trara gemacht worden war, mit einer gewissen Enttäuschung registriert. Er selbst hatte mit ihm, von ein paar Sätzen am Telefon abgesehen, ja keinen Kontakt gehabt. Das war stets Satoris Sache gewesen. Er hätte gerne gewusst, was das für ein Typ war, den Cathy sogar ihm vorzog – dem großen, schönen John Huang, dem auf die Dauer keine widerstehen konnte. Er hätte diesen Engländer gern persönlich kennengelernt und ihn auch *persönlich* und auf seine Weise davon überzeugt, dass er, Huang, für Cathy der Geeignetere war. Seine Argumente wären unbedingt einleuchtend und zwingend gewesen. Nicht dass er eifersüchtig war. Eifersucht war etwas für Frauen. Männer regelten das unter sich. Auf Männerweise.

Dann klingelte sein Mobiltelefon. Nachdem er das unangenehme Gespräch möglichst rasch beendet hatte, lehnte er sich erneut an die Reling. Meer und Himmel schienen inzwischen noch eine Spur trüber geworden zu sein. Auch die neuen Vorgaben aus der Zentrale behagten ihm nicht. Er hatte die ganze Aktion hier satt und sehnte sich nach neuen Herausforderungen. Es war langweilig, auf dieser öden Jacht zu sitzen, auf ein eintöniges Meer zu starren und auf eine Revolution zu warten, die nicht mehr kommen würde. Und jetzt wollte dieser panische Tatsu Ishii sogar noch dieses U-Boot zurückpfeifen, der einzige Spaß, der ihnen noch blieb. Huang erschien das völlig übertrieben. Eigentlich hatte er vorgehabt, sich in den Abendstunden mit Cathy im Helikopter davonzumachen; Motos Piloten könnten sie mitnehmen. Vielleicht würden Sie es bis auf südkoreanisches Territorium schaffen. Von dort könnten sie sich in den Norden absetzen. Sie könnten auch versuchen, versteckt irgendwo in China zu landen, sich quer durchs Land durchzuschlagen, und dann über den Wakhan-Korridor direkt hinüber nach Afghanistan klettern. Oder von Kashgar aus über die Seidenstraße nach Nordwesten gehen und sich irgendeinem verrückten zentralasiatischen Diktator andienen oder im Weg über Yunnan im Süden der Militärjunta in Myanmar. Bei den Taliban oder im Goldenen Dreieck groß in den Heroinhandel einsteigen. Es gab so viele Möglichkeiten. Die Welt war offen und voller Orte, wo es noch Abenteuer zu erleben gab.

Doch noch saßen die dort oben in Tokio, zitternd vor Angst, und verlangten von ihm, dass er an blühenden jungen Frauen kleine chirurgische Eingriffe aus dem Schreckenskabinett des Doktor Tadashi Ishii vornehmen ließ. Na ja gut, dann würde er sich nun also einmal mit Minato Motos Schiffsarzt zusammensetzen müssen. Der einzige Lichtblick war, dass der zähe Butterstinker wider Erwarten plötzlich doch noch lebte und bald zu ihm unterwegs sein würde, um wieder etwas Leben in diese langweilige Luxusjacht zu bringen. Den wollte er noch abwarten, bevor er sich davonmachte. Huang begab sich hinauf zur Brücke und gab den Steuerleuten den neuen Kurs durch. Richtung Gouqi Shan, der größten der Shengsi-Inseln, die der Jangtse-Mündung vor Shanghai vorgelagert sind.

Shanghai, 6. Mai 2012. 12:56
Als er Gao Fengs Konferenzraum im Jin Mao Tower betrat, blickte Jeremy als Erstes in ein Gesicht, mit dem er hier wirklich nicht gerechnet hätte. »Hallo Kim.« Der Koreaner trug ein weißes T-Shirt, eine Militärhose in Tarnfarben sowie schwarze Kampfstiefel und musterte ihn aus strengen, undurchdringlichen Augen. Für einen Moment bewunderte Jeremy Kims durchtrainierten Oberkörper, seine männlichen Züge und seine feingliedrigen, zupackenden Hände. Kein Wunder, dass Cathy mal eine Schwäche für den gehabt hatte.

»Hallo«, sagte auch Kim. »Gao Feng hat mich mit dem Drehbuch eines gewissen Julian Peek bekanntgemacht. Gute Arbeit. Er hat mir angeboten, die Produzentenrolle zu übernehmen – und wir werden es nun gemeinsam realisieren.«

»Dazu ist er heute hier«, bestätigte Gao Feng. »Und heute Nacht wird er die erste Probefahrt in der *Yellow Submarine* unternehmen.«

Doch für derlei hatte Jeremy momentan kein Ohr. »Gao, Cathy ist irgendwo auf einem Schiff im Chinesischen Meer eingesperrt. Wir müssen sie dort rausholen. Hast du die Mails inzwischen erhalten?«

»Ich weiß, Jeremy. Nein, Jeremy.«

»Und ich hab deinen kostbaren Brieföffner verloren. Tut mir leid, Gao.«

»Schon gut, Jeremy. Wir brauchen ihn nicht mehr.«

Das Strategiegespräch der drei dauerte eine gute halbe Stunde. Dann waren alle wesentlichen Fragen vorläufig geklärt und Gao Feng lud die beiden Männer zu einem kleinen exklusiven Mittagsimbiss in den »Club Jin Mao« im 86. Stock ein. Es gab geschmorte Seegurke mit schwarzen Morcheln, geräucherte Seebrasse mit grünen Zwiebeln und doppelt gegarte Ente Shanghaier Art; aber während sich Gao und Kim gütlich taten, war Jeremy viel zu aufgeregt und groggy, um sich diese

Genüsse schmecken zu lassen. Dazu hatte Gao eine Flasche 1961er Château Pétrus reichen lassen. Kim trank Wasser. Der Chinese nahm einen schmatzenden Schluck und sagte dann: »Weißt du, Jeremy, dass die europäischen Top-Weinhändler inzwischen Rückkaufaktionen bei ihren Kunden gestartet haben? Sie kaufen ihnen die Weine der großen Châteaus von Bordeaux zum doppelten Preis wieder ab und verkaufen sie zum dreifachen Preis weiter nach China. Tja, es ist vorbei mit der alten Herrlichkeit Europas! Wenn sich schon die Franzosen ihre eigenen Weine nicht mehr leisten können, werden sich auch die Deutschen ihre eigenen Autos bald nicht mehr leisten können.«

Jeremy nahm müde einen Schluck. Der Wein war gut – vermutlich eine meisterhafte Fälschung aus allerlei Billigcuvées –, aber natürlich heillos überbewertet. Sollen das ruhig all die neureichen Chinesen saufen, die nicht wissen, wohin mit ihren gehorteten Milliarden von Dollars einer bankrotten USA. Solange er nur seinen Porsche nicht hergeben musste. Und seine Cathy wiederbekam.

Nun war es Zeit, sich auf den Anruf nach Tokio vorzubereiten.

Marinebasis Kure, 6. Mai 2012. 14:30 (13:30 in Shanghai)
»Ein Gespräch aus Tokio, Herr Chiba Mamoru. Der verehrte Herr Tatsu Ishii ist am Apparat. Es sagt, es sei äußerst wichtig. Es geht um Leben und Tod. Es handelt sich um unser letztes U-Boot, die Tancho. Er sagt, wir müssen einen verschlüsselten Funkspruch absetzen und sie sofort zum Beidrehen oder zumindest zu einer Positionsänderung auffordern.«

»Geben Sie es weiter an General Yasuji Ishikawa, den Kommandeur unserer Spezialeinheiten. Ich habe damit nichts mehr zu schaffen.« Chiba Mamoru ärgerte sich, in seinen meditativen Vorbereitungen gestört zu werden. Er hatte doch ausdrücklichen Befehl gegeben, nicht mehr gestört zu werden. Der Gefechtslärm von draußen war ihm schon Störung genug. Das ständige Geballer und Geschreie regte ihn auf.

»Sie wissen, General Yasuji Ishikawa ist gegenwärtig nicht zu sprechen, Herr Minister. Er ist da draußen.« Wieder rollte der Lärm detonierender Granaten über den Hof. »Herr Tatsu Ishii wartet, Herr Verteidigungsminister. Er sagt, die Tancho befinde sich in höchster Gefahr. ›Operation Morgenröte‹ sei verraten.«

»Sagen Sie ihm, ich bin auch nicht zu sprechen.« Schließlich befanden sie sich mittlerweile alle in höchster Gefahr – eher sogar bereits jenseits davon. Sie waren alle verraten. Die Truppen der vaterlandslosen Gesellen in Tokio hatten bereits zwei Drittel der Marinebasis Kure wieder in ihrer Gewalt, des letzten Refugiums der Putschisten. Nun galt es allein noch, das Begonnene in Würde zu Ende zu bringen. Und in ganz besonderem Maße galt das für die Tancho, die als Einzige noch eine Mission erfüllen *konnte* und ein erhabenes Zeichen zu setzen vermochte. Deshalb musste sie Kurs halten, komme, was wolle. Sie alle mussten Kurs halten. Ohne eine Miene zu verziehen.

»Ich nehme von nun an *keine* Telefongespräche mehr entgegen. Und machen Sie mir bitte mein *Wakizashi* zurecht.« Sobald er wieder allein war, entblößte der vormalige Verteidigungsminister seinen leicht kugeligen Bauch und begutachtete seinen makellosen Nabel. Vier Fingerbreit unterhalb des Nabels, etwa da, wo der Kugelbauch aufhört und der Schambereich beginnt, befindet sich *Tanden*, der energetische Schwerpunkt des Körpers und der Sitz der Seele. Dahinter, kurz vor der Wirbelsäule, schließt sich die Bauchaorta an.

Tokio / Shanghai, 6. Mai 2012. 15:58 / 14:58 Uhr

Was die Tancho anging, hatte Tatsu Ishii inzwischen weitgehend resigniert. Keinen einzigen der in den 16-seitigen geheimen Aktionsplan der »Operation Morgenröte« eingeweihten Militärs oder Politiker hatte er zu erreichen vermocht, und er selbst verfügte nicht über die Möglichkeiten, das U-Boot per Funk zu kontaktieren. Selbst Admiral Yamada, der eigentlich irgendwo zwischen den felsigen Klippen des Shengsi-Archipels auf Lauer liegen sollte, war auf unerklärliche Weise verschollen. Ob ihn die Chinesen erwischt hatten? Nun war jedenfalls klar, dass der Putsch endgültig gescheitert war. Vielleicht war dieser verrückte Engländer ja wirklich so naiv, verliebt und skrupellos in einem, sich an seinen vorhin geleisteten Schwur zu halten. Zuzutrauen wäre es ihm ja. Dann bliebe die Tancho weiter unentdeckt, und der *große Feldversuch* würde dennoch wie vorgesehen morgen früh bei Sonnenaufgang, exakt um 6:03 Uhr, starten und nichts konnte ihn mehr stoppen. Und selbst wenn Gouldens versuchte, ein Spiel zu spielen und seine Informationen weiterzugeben, musste sich doch erst noch jemand finden, der mit diesen Informationen etwas anfangen konnte. Die Zeit lief *für* die Tancho.

In jedem Fall galt es für Ishii jetzt aber, die eigene Haut zu retten. Auch um ihn schien sich der Kreis immer enger zuzuziehen. Nun war auch sein bester *Vollstrecker*, Yoki, verschwunden. Wie es hieß, mitten aus Gouldens' Zimmer im Hilton Osaka. Hatte der Verrückte gar auch noch den berüchtigten *Metzger* auf dem Gewissen? Der Engländer wurde Ishii immer unheimlicher. Dieser Teufel!

Leitung eins blinkte pünktlich um 16:00 Uhr. Tatsu Ishii wartete etwa fünf Klingeltöne ab, bevor er das Gespräch annahm.

»Nun?«, fragte Jeremy Gouldens in Shanghai. »Wo ist Cathy?«

»Ihre kleine Freundin befindet sich an Bord eines Schiffes namens Chiyo, das vor der chinesischen Küste kreuzt. Ich habe es angewiesen, bis um 3:30 Uhr Ortszeit morgen früh vor dem kleinen Hafen Jinpinxiang ganz im Nordosten der Hauptinsel des Shengsi-Archipels auf Reede zu gehen. Punkt halb vier können Sie kommen und Ihre Mrs. Wong von Bord holen. Kommen Sie alleine und versuchen Sie keine Tricks. Im Austausch erhalten wir die rot-weiße Mappe. Okay?«

»Ich werde da sein.« – »Gut. Dann sind wir jetzt fertig.«

»Nur eines noch, Herr Ishii: Die Kuroi K.K. schuldet meinen Mandanten inzwischen die Schadenersatzsumme von 247 Millionen Dollar. Überweisen Sie diesen Betrag bitte noch heute auf folgendes Konto bei der Cayman National Bank. Kontonummer: 99 76 76 88 20. Sollte das Geld bis Mitternacht nicht auf dem Konto eingegangen sein, wird der Prozess gegen Ihre feine Gesellschaft neu aufgerollt.«

Ishii überlegte einen Moment. »Gut«, sagte er schließlich. »Im Vergleich zu unseren sonstigen momentanen Belastungen sind das Peanuts. Aber bis Mitternacht wird das Geld dort nicht eingegangen sein.«

»Schicken Sie mir eine Überweisungsbestätigung an folgende E-Mail-Adresse: j.gouldens@2xlexman.com.«

»Kein Problem. Sie kriegen Ihr Geld, Gouldens-san. Machen Sie damit, was Sie wollen. Füllen Sie sich ruhig die Taschen. Und jetzt haben Sie Verständnis, wenn ich mich um die wirklich dringlichen Probleme eines Weltkonzerns kümmern muss.« Ishii hatte aufgelegt.

»Gut gemacht«, lächelte Gao Feng. »Besonders die Idee mit dem Geld. Glaubst du, dass er zahlen wird?«

»Nein. Aber der Prozess wird so oder so neu aufgerollt werden. Ach, Gao: Wenn wir nur die Tagebücher hätten! Wenn nur diese Mails nicht verlorengegangen wären! Irgendwann werden die merken, dass wir nur auf den Busch klopfen.«

»Und du bist dir sicher, dass in dieser Mappe Akira Muratas belastende Aufzeichnungen aus seiner Kuroi-Zeit waren?«

»Natürlich bin ich mir sicher. Wovor sollte dieser Ishii denn sonst solche Angst haben?«

Chinesisches Meer, 6. Mai 2012. 17:32 Uhr

Cathy hatte Entsetzliches geträumt. Von diesem Tier, das sich wie eine Ratte in ihren Leib gefressen hatte. Und dann hatte sie an ihren Armen herabgeblickt und gesehen, dass sie plötzlich voller Haare waren, und im nächsten Moment war sie selbst eine Ratte gewesen und hatte fiepend versucht, sich im Bad zu verkriechen, aber da waren nur blitzende Kacheln, und schon war diese Katze wieder über ihr mit ihren schrecklichen spitzen Zähnen und Krallen.

Sie erwachte mit einem fürchterlichen Durst. Sie hatte äußerste Mühe, sich zurechtzufinden. Wo war Jeremy, wo war ihr Nachttisch mit dem gemütlichen Buch von E. M. Forster? Warum schwankte der Raum so? Es dauerte einige Minuten, bis sie begriff, dass sie sich nicht in ihrer Kolonialvilla in Shanghai befand, sondern in einer Kajüte auf dem Meer. Mit unerbittlicher Grausamkeit stellen sich immer weitere Erinnerungen ein. Durch die zugezogenen Vorhänge drang fahles Licht. Als ihr Blick auf den Radiowecker auf der Ablage neben ihrer Koje fiel, erschrak sie: Konnte es sein, dass sie fast 20 Stunden geschlafen hatte? Es roch merkwürdig im Raum: nach Desinfektionsmittel. Ihr Bauch tat ihr weh. Auf dem Tischchen neben ihr stand eine neue Flasche Mineralwasser. Das hieß, dass jemand die Kabine betreten hatte, während sie schlief. Sie musste wieder an die Geschichte mit dem Incubus denken und ein höllischer Schreck durchzuckte sie. Aber nein, das ging nicht, sie wäre dabei aufgewacht! *Gelingen. Kein Makel.* Außer wenn man sie *betäubt* hatte. Sie erinnerte sich nun wieder, wie sie geschrien und geschrien hatte. Und sie fand die Einstichstelle der Nadel an ihrem linken Oberarm. Aber sie *war* nicht im Schlaf vergewaltigt worden – anders als Incubi lassen Menschen meist feststellbare Spuren zurück. Und der Schmerz kam auch nicht von daher. Das war so ein dumpfes Pochen und helleres Ziehen, mit unregelmäßigen, unangenehmen Stichen dazwischen, vielleicht eher wie bei einer Blinddarmentzündung. Als sie sich mühsam aufgesetzt hatte, fiel ihr Blick auf etwas Dünnes, Silbrig-Glänzendes auf dem gemusterten Teppichboden. Es sah erst aus wie eine Stecknadel, doch dann stellte sie fest, dass es sich um eine dünne Kanüle handelte. Cathy griff nach der Wasserflasche und leerte sie in gierigen Zügen. Dann durchfuhr sie wieder dieser unangenehme Schmerz. Sie fiel zurück auf das Bett und starrte hinauf an die Decke. Lange starrte sie so.

Shanghai, 6. Mai 2012. 23:30 Uhr

Kim Park, die vier Bodyguards und ein Ingenieur von Gao Fengs Werft bestiegen einer nach dem anderen das kleine Unterseeboot. Eigentlich war es nur für vier Personen gedacht, aber da der Innenausbau noch nicht fertig war, gab es rechts und links noch Platz zwischen den Spanten, wo sich je einer hineinquetschen konnte. Die Männer trugen schwarze Taucheranzüge aus besonders reißfestem, aber dünnem Material, das nicht nur im Wasser größtmögliche Bewegungsfreiheit verschaffte. Jeder von ihnen hatte einen wasserdichten Beutel dabei, in dem sich jeweils eine Heckler & Koch »MP 7 A1«-Maschinenpistole, Handgranaten und ein Dutzend Reservemagazine befanden. Aber die wichtigste Waffe waren rasiermesserscharfe Tauchermesser.

Kim und seine Männer hatten die Konstruktionszeichnungen der Chiyo sehr sorgfältig studiert, die ihnen der mit Bootsbauern weltweit wohlvernetzte Gao Feng über seine Spezialkanäle besorgt hatte. Was eine heimliche Erstürmung der Megajacht entscheidend vereinfachte, war, dass sich am Heck der Chiyo ein großes, hydraulisch betriebenes Badedeck befand. Von dort konnte man, ohne einen verräterischen Enterhaken oder Seile zu benutzen, über das Beiboot, das an zwei Winschen hing, an Bord klettern. Kim Park wollte mit einem von Gao Fengs Männern diesen Weg nehmen; ein weiterer würde versuchen, über die Ankerkette an Bord zu klimmen. Der dritte und der vierte Mann sollten die Chiyo über das Seitenschott entern, das mit Sicherheit geöffnet werden würde, sobald Jeremy mit dem Speedboot längsseits ging. Aufgabe des Ingenieurs war es, an Bord zu bleiben und das Boot etwa 100 Meter von der Chiyo entfernt auftauchen zu lassen. Er hatte es auf allen bisherigen Testfahrten gesteuert und war mit der Bedienung bestens vertraut.

Kim reckte noch einmal seinen Kopf aus dem kleinen Cockpit, das man schwerlich als Turm bezeichnen konnte. Mit der rechten Hand machte er das Victory-Zeichen. Gao winkte zurück. Dann verriegelte Kim die Luke und startete die Dieselmotoren. Zwei Werftarbeiter machten die Leinen los. Sekunden später glitt das Boot lautlos ins Hafenbecken und nahm Kurs aufs offene Meer. Jeremy sollte eine Stunde später hinterherfahren.

Shanghai, 6. Mai 2012. 23:59

Midji Tilodu saß in seinem kleinen IT-Raum im 18. Geschoss des Jin Mao Towers und knabberte Salzstangen. Im Raum flackerten mehrere Bildschirme. Aus einem seitlich abgelegten Kopfhörer klang leise eine verzerrte E-Gitarre: John Huang war nicht der Einzige in China, der gerne dekadente westliche Rockmusik hörte. Midji Tilodu machte es nichts aus, in der Nacht zu arbeiten. Im Gegenteil, da war es ruhig und er konnte sich am besten konzentrieren. Und heute konnte die Nacht noch lange dauern. Gao Feng hatte ihm aufgetragen, sich nicht von der Stelle zu rühren und den Posteingang zu überwachen. Doch da tat sich nichts. Weil er sich ein wenig langweilte, hatte er auf einem der Computer eine kleine Runde »World of Warcraft« gespielt. Eigentlich gefiel ihm das Spiel nicht mehr, seit er wusste, dass in chinesischen Gefängnissen Häftlinge in gleichsam virtueller Zwangsarbeit genötigt wurden, dieses erfolgreiche Computerspiel tagaus, tagein bis zum Umfallen zu spielen, um so virtuelle Goldstücke zu sammeln, die auf dem Schwarzmarkt in reale Dollars versilbert werden konnten. Doch hin und wieder, wenn er sonst nichts zu tun hatte, wurde er ein wenig rückfällig.

Die Frauenstimme, die etwas lasziv aus Gao Fengs iMac drang, ließ ihn aufhorchen. *You have new mail.* Oha! Die Mail bestand aus einem lapidaren Gruß und einem 4,2 Megabyte großen Anhang, der sich als Porträtfoto einer hübschen, selbstbewussten und vielleicht etwas zornig blickenden Chinesin mit tiefschwarzem Haar und dunklen Rehaugen erwies. Midji war beeindruckt. Das also war die Freundin von Gouldens, diesem hässlichen Butterstinker? Alle Achtung! Eigentlich viel zu jung für den alten Knacker. Kein Wunder, dass dieses Bild so lange gebraucht hatte, um die chinesische Zensur zu passieren. Midji wusste in etwa, wie es dort zuging: Während sich Textnachrichten automatisiert nach bestimmten Reizwörtern durchsuchen lassen, können im Fall von Fotos auch bei Verwendung fortschrittlichster Techniken nur *Menschen* mit Sicherheit beurteilen, ob sie geheimdienstlich relevant sind oder nicht. Nachdem die Datenerkennungsmaschine eine solche Mail also vorgescannt hat, ohne sie sicher zuordnen zu können, bleibt sie erst einmal irgendwo im verschlungenen bürokratischen Zensurapparat stecken, um dann irgendwann von einem Menschen aus Fleisch und Blut begutachtet zu werden – wie etwa auch bei einem konventionellen Postbrief der Fall, wenn sich dessen Adresse nicht maschinell lesen lässt. Da sitzen dann, in irgendwelchen riesigen Hallen über ganz China verteilt, wahrscheinlich Horden von staatstreuen Kontrolleuren, an denen jeweils Tausende von Fotos pro Tag vorbeirauschen. Und welcher männliche Chinese begutachtete Fotos wie dieses hier nicht gerne ganz besonders gründlich? Midji konnte sich gut vorstellen, dass sich nicht nur unter den unzähligen »kahlen Ästen« in der Zensurbehörde so mancher fand, dem es genauso schwerfiel wie ihm, sich von einer so apart zornig blickenden Chinesin zu trennen. Er seufzte. Doch jetzt rief die Pflicht.

Erneut meldete sich die laszive Computer-Frauenstimme. Eine zweite und eine dritte Mail mit Anhängen trafen ein. Beide zeigten sie Bilder von der gleichen Frau, eines schöner als das andere. Yippeee! Midji Tilodu speicherte sie sich sicherheitshalber gleich auch separat auf seiner eigenen, externen Privatfestplatte. Für alle Fälle. Dann rieb er sich die Hände: an die Arbeit! Mal sehen, ob der Engländer sich auch genauestens an das vereinbarte Enkodierungsverfahren gehalten hatte und ob unter der bezaubernden Oberfläche der Schönen tatsächlich noch ganz ungeahnte Tiefen vorhanden waren. Er ließ das ›Spy Pix‹-Dekodierungsprogramm über das erste Bild laufen. Mit heimlichem Bedauern verfolgte er mit, wie die geheimnisvoll schöne Frau verschwand und öde japanische Schriftzeichen erschienen, die er nicht lesen konnte. Von den Zahlen einmal abgesehen. Mit Zahlen kannte er sich in allen Sprachen gut aus. Auch das zweite und das dritte Bild unterzog er der gleichen Prozedur. Auf dem dritten Blatt fiel ihm ein kleiner brauner Fleck auf, der einige mit Tinte hinzugezeichnete Zahlzeichen verdeckte. Der Fleck störte seinen Ordnungssinn. Er musste das Bild erst mit verschiedenen komplexen Bildbearbeitungsprogrammen traktieren, bis er die Zahlen lesbar gemacht hatte. Womöglich ein Datum: 09. 18. Oha! Der 18. September war der Todestag von Jimi Hendrix. Aber dazu stimmte die Jahreszahl nicht. Er speicherte die geänderte Datei unter einem anderen Namen. Dass er sie irrtümlich nur auf seiner *privaten* Festplatte abspeicherte, entging ihm. Dann griff er zum Telefon und wählte Gaos Nummer.

In den nächsten Minuten trudelten noch mehr als ein Dutzend ähnliche Bilder ein. Die bezaubernde Misses Cathy Wong.

7. Tag

Chinesisches Meer, 7. Mai 2012. 00:16 Uhr

John Huang hatte für alles vorgesorgt. Er hatte die vier diensthabenden Wachen, die er am Bug, am Heck sowie an der Steuerbord- und Backbordseite positioniert hatte, eindringlich dazu aufgefordert, mit Erreichen des Shengsi-Archipels die Augen besonders offenzuhalten, und er hatte alle Marinesoldaten nach Gebühr über die Lage vor Ort und ihr nächstes Ziel informiert. Mit Bedacht getäuscht hatte er die ahnungslosen Marineinfanteristen allerdings über die Lage in Japan. Sie glaubten noch immer, siegesgewiss in eine glorreiche Schlacht zur Mehrung des Ruhms ihres Vaterlandes zu ziehen statt in ihr sicheres Verderben zu rennen. Und sie brauchten ja auch nicht zu wissen, dass General Yasuji Ishikawa heute Nachmittag bei der sinnlosen Verteidigung der Marinebasis Kure gefallen war, während die beiden letzten führenden Putschisten, Chiba Mamoru und General Hata Nakajima, den Tod durch *Seppuku* vorgezogen hatten. Auch den ehemaligen Energieminister Yamada, der sich seit gestern kleinlaut zurückgezogen hatte, und Ihro Exzellenz, den kaiserlichen Deppen, hatte Huang bewusst über das Ende all ihrer hochfliegenden Pläne in Unkenntnis gelassen. Insgeheim war Huang sehr befriedigt darüber, das dieser jämmerliche Möchtegern-Usurpator den geheiligten Chrysanthementhron des Tennos nicht würde besudeln können. Er hatte ihn mitsamt jenem kaiserlichen Nuckelfläschchen, an dem er solchen Gefallen gefunden hatte, und weiterem Zubehör in seine Gemächer verfrachtet, ihm seine speziellen Instruktionen erteilt und ihm eingeschärft, wenn er heute Nacht Schüsse höre, in seiner Kabine zu bleiben, bis es Zeit sei. Keine Sorge, Prinz Taesu sollte am Ende auch noch seine angemessene kleine Heldenrolle spielen dürfen ... Minato Motos Hubschrauberpilot, dem Huang die üblichen Lügengeschichten aufgetischt hatte, auf die Leute wir er immer hereinfielen, würde sich ab drei Uhr auf dem Heliport bereithalten. Mal sehen, vielleicht würde außer Cathy und John ja auch noch der Butterstinker mitfliegen; kam ganz darauf an, wie der sich schlug. Huang ließ sich immer möglichst viele Optionen auf spontane Entscheidungen offen.

Donghai Daqiao, 7. Mai 2012. 00:48 Uhr

Jeremy raste in seinem schwarzen Porsche 911 den Hulu-Expressway Richtung Süden. Gao Feng hatte von einer Bekanntschaft ein Speedboot organisiert, das auf der Insel Xiaoyangdao – inzwischen Bestandteil des weiterwuchernden Tiefwasserhafens Yangshan – bereits auf ihn wartete. Jeremy hoffte sehr, dass John Huang dafür Verständnis haben würde, wenn er sozusagen mit Chauffeur auftauchte. Auch wenn er zehn Jahre zur See gefahren war, hätte er dieses gut 14 Meter lange Monstrum mit den beiden 1000 PS starken Motoren doch nie und nimmer allein sicher nach Shengsi steuern können: zum kleinen Hafen im Nordosten der Hauptinsel Gouqi Shan. Links und rechts der sechsspurigen Schnellstraße lag nun schwarz und schwer das Meer. Die 2005 eröffnete Donghai-Brücke, die den über 30 Kilometer tief im

Meer liegenden Tiefwasserhafen mit Shanghai und dem übrigen Festland verbindet, war drei Jahre lang die längste Überseebrücke der Welt gewesen, bis sie 2008 von der nur einige Kilometer südwestlich gelegenen Hangzhou Wan Daqiao übertrumpft wurde.

Jeremy hatte Angst, erneut zu versagen. Der Plan war klar. Wichtig war vor allem, dass beide Seiten den Zeitplan einhielten. Um Punkt 3:30 würden Jeremy und Kim Park samt seinen Tauchern – unabhängig voneinander und ohne einander zu sehen – jeweils an Bord der Chiyo gehen. Jeremy sollte versuchen, die Übergabe der Papiere in der luxuriösen Pantry auf dem mittleren Deck über die Bühne gehen zu lassen und, wenn möglich, John Huang in eine längere Diskussion zu verwickeln. Neben ihm auf dem Beifahrersitz lag die dünne Aktentasche mit der rot-weißen Mappe, die Gaos persönlicher Buchbinder nach Jeremys Beschreibung täuschend echt angefertigt hatte. Schade nur, dass sie statt echter Tagebuchblätter unter den jeweiligen Daten nur einige von einem angeheuerten japanischen Kalligraphen hastig auf vergilbtes Papier abgeschriebene patriotische Zeilen aus dem Original des relativ zufällig herausgegriffenen Buches *Hagakure-Nyumon. Zu einer Ethik der Tat* des rechtsradikalen japanischen Dichters Yukio Mishima enthielt. Das müsse ausreichen, hatte Gao befunden, schließlich hatten sie auch lange nicht so viel Zeit gehabt wie weiland die Fälscher der Hitler-Tagebücher. Jeremy hoffte, dass die Täuschung zumindest vorläufig gelingen würde. So lange immerhin, bis Kim Park eintraf und Huang und Co. von seiner spezifisch eigenen »Ethik der Tat« überzeugen konnte. Auch wenn Jeremy seinen ehemaligen Nebenbuhler nie so recht ernst genommen hatte, schien er doch – wie ihm Gao heute Mittag in seiner üblich wolkigen Ausdrucksweise klargemacht hatte – »die Hände eines gerechten Vollstreckers« zu haben. Und das war genau das, was sie heute Nacht brauchten.

In diesem Augenblick klingelte sein neues Mobiltelefon. Gao war am Apparat. »Es gibt große Neuigkeiten, Jeremy«, verkündete er sogleich. »Schöne und schreckliche!«

»Ich höre.«

»Deine Post aus Japan ist eingetroffen, Jeremy. Es gibt keinerlei Anzeichen dafür, dass deine Sendungen von der Zensur entschlüsselt worden sind, sagt Tilodu. Bei ihrem brisanten Inhalt wären sie in diesem Fall auch sicherlich nicht zugestellt worden, kann ich ergänzen. Und wir wären wohl schon in Haft. Junger Freund, da ist dir ein großer Wurf gelungen. Du hast sozusagen den Vogel abgeschossen.«

»Wieso? Was steht denn in Muratas Tagebüchern?«

»Das sind nicht Muratas Tagebücher, Jeremy.« Jeremy wäre um ein Haar über den Seitenstreifen hinausgefahren und in der schlammigen Bucht Wangpan Yang versunken. »Gao: Ich habe mein Leben gefährdet, ich habe einen neuen Freund verloren, ich habe mich in zwei Tagen viermal neu einkleiden müssen, habe einen Füller in den Hals gerammt bekommen und mehrmals ernsthaft Anlass gehabt, an meiner geistigen Gesundheit zu zweifeln – und jetzt erzählst du mir, dass ich trotz allem nicht gefunden habe, was ich suchte?«

»Jeremy: Es ist nicht so wichtig, was man sucht. Jedenfalls im Nachhinein. Im Nachhinein ist entscheidend, was man gefunden hat.«

»Und was habe ich gefunden, verdammt nochmal? Es sind wirklich keine Tagebücher, sagst du?«

»Nein. Es ist der geheime Aufmarschplan zur ›Operation Morgenröte‹, Jeremy. Du weißt doch, dem inzwischen gescheiterten japanischen Putschversuch. Aber tröste dich: Es ist genug belastendes Material darin enthalten, um diesem Ishii und vermutlich seinem ganzen Kuroi-Konzern für immer das Handwerk zu legen.«

Jeremy wurde für einen Augenblick schwindelig. »Na, dann ist ja alles in Butter.«

»Noch nicht ganz, Jeremy, noch nicht ganz.« Gao Feng brauchte eine ganze Reihe von Sätzen, um Jeremy klarzumachen, dass sich zwar die Operation an sich mittlerweile erledigt hatte – ein einziges kleines, verheerendes Detail jedoch nicht. Gut, dass Jeremy, als er schließlich alles begriffen hatte, endlich das andere Ende der Brücke erreicht hatte. Denn nun musste er wirklich erst einmal rechts ranfahren und tief durchatmen. »Gao! Aber was geschieht jetzt mit diesem todbringenden japanischen U-Boot?«

»Keine Sorge – oder sagen wir ehrlicher: kleine Sorge, Jeremy. Ich regel das schon. Schließlich geht es um mich und mein Shanghai. Nur nicht schwindelig werden!«

Jeremy verstand: große Sorge. Er brauchte noch einige Minuten zum Durchatmen. Jetzt begriff er, warum es dem leitenden Mitverschwörer Ishii heute Mittag so wichtig gewesen war, auf Jeremys Schwur zu drängen: *Schwören Sie, dass Ihnen das Leben Ihrer Freundin mehr wert ist als das Leben von Zehntausenden Chinesen?* Cathy gegen ganz Shanghai – nichts anderes war da verhandelt worden. *Es ist niemals und unter keinen Umständen erlaubt, Leben gegen Leben abzuwägen.* Die einzig geliebte Frau gegen 18 Millionen gesichtslose Wimmelchinesen? Jeremy war heilfroh, dass er sich über dieses Dilemma zu keiner Sekunde ernsthaft hatte Gedanken machen müssen.

Shanghai, 7. Mai 2012. 01:06 Uhr

Gao Feng saß in seinem Büro und sann über die Perfidie des Menschen nach. Vor ihm auf dem Schreibtisch lagen, neben Gaos Lesebrille und seinem dicken japanisch-chinesischen Wörterbuch, die vergrößerten Ausdrucke der abfotografierten Seiten aus der rot-weißen Mappe. Die Seiten enthielten in kompakter Form die wichtigsten und geheimsten Daten der Operation: Zeiten und Positionen, Namen, Unterstützer, Hintermänner.

Die Tancho sollte über den Jangtse ins Innere des Landes eindringen und auf ihrer Fahrt Dutzende von Raketen mit jeweils vier Sprengköpfen verschießen, die wiederum mit jeweils 300 winzigen Kugeln gefüllt waren. Geschützt in diesen Kugeln befand sich, hochdosiert, der genveränderte Milzbranderreger. Die Sprengköpfe sollten die Kugeln auf Tausende Quadratkilometer Land regnen lassen. Die Terroristen rechneten anscheinend fest damit, dass die innere Stabilität der Volksrepublik rasch zusammenbrechen würde. Dann wollten sie über ihre längst ins Land eingeschleusten Agenten zuschlagen und die Schlüsselstellen in ihre Hand bringen. In die Hände des überlegenen japanischen Menschen, der gegen dieses neue Superbakterium immun oder zumindest immunisiert war.

Nach einer konventionellen Scheinattacke auf die südchinesische Großstadt Fuzhou, die am 5. Mai 2012 um exakt 15:00 Uhr japanischer Zeit starten sollte, war der eigentliche Startschuss der »Operation Morgenröte«, der Bio-Großangriff auf die Hauptwirtschaftsmetropole des Landes, Shanghai, auf den 7. Mai 2012 angesetzt. Und zwar »zur symbolischen Zeit an den historischen Koordinaten«: Zeit und Ort waren so geheim, dass sie selbst in diesem geheimsten der geheimen Dokumente nicht offen genannt werden durften. Da Tadashi Ishii aber bekanntlich ein vergesslicher Mensch war, der sich symbolische Zeiten und historische Koordinaten nicht merken konnte, wenn er sie nicht eigens notierte, hatte er Zeitpunkt und Koordinaten mit Füller im Klartext hinzunotiert. Auf die »symbolische Zeit« hätte man auch so kommen können: 6:03, zwar keine sprechende Zahl, aber am 7. Mai 2012 eben exakt der Moment, wo sich am östlichen Horizont vor Shanghai hinter der herrlichen Morgenröte endlich der glutrote Ball der Sonne zu zeigen beginnen würde wie eine langsam aufgezogene japanische Flagge. Die entsprechenden Koordinaten hatte sich Ishii ebenfalls notiert. Dummerweise verunzierte das Blatt an exakt dieser Stelle ein kleiner brauner Blutfleck, der die blaue Tinte verwaschen hatte. Mit etwas Mühe konnte Gao die Angabe zum Längengrad entziffern: 122° 00' 57". Der Breitengrad aber blieb unleserlich. Was zum Teufel sind die *historischen Koordinaten*? Bis drei nach sechs blieb nicht mehr viel Zeit zum Grübeln. Gao Feng griff nach dem Hörer seines alten Gabeltelephons und begann, die Wählscheibe kreisen zu lassen. Wieder und wieder. Es war eine lange Nummer.

Chinesisches Meer, 7. Mai 2012. 03:25 Uhr

Als das brüllende Speedboot die östlichen Klippen von Gouqi Shan umrundet hatte und links vor ihnen die graue Hafenmole von Jinpinxiang auftauchte, war Jeremy innerlich wieder ganz ruhig und kalt geworden. Die majestätische Riesenjacht, die wie lauernd ein ganzes Stück abseits der Mauer lag, erkannte er von den Konstruktionszeichnungen, die ihnen Gao gezeigt hatte. Er blickte auf seine neue Armbanduhr. Er war überpünktlich. Endlich einmal.

»Es war doch ausgemacht, dass Sie alleine kommen«, rief eine Stimme vom Mitteldeck, als Jeremy an der Steuerbordseite der Chiyo längsseits ging. Das Seitenschott war offen und aus der Bordwand der Megajacht ragte ein etwa zwei Meter breiter und drei Meter langer Anlegesteg aus Metall heraus, der mit einem rutschfesten Belag beklebt war. Unter dem Steg, dachte Jeremy, schwimmt jetzt Kim Park ...

»Ich bin Anwalt und kein Seemann«, rief er zurück. »Ich kann dieses Boot nicht steuern. Ich komme zu Ihnen an Bord, und dann legt er sofort wieder ab.«

»Na gut, einverstanden«, antwortete die dunkle Gestalt mürrisch. Ein paar Sekunden später sprang Jeremy auf den künstlichen Anleger, wo er von zwei Marinesoldaten mit feuerbereiten Maschinenpistolen in Empfang genommen wurde. Wo kamen die denn her? Das konnte heikel werden. Das Speedboot beschleunigte wieder und entfernte sich ungefähr 300 Meter von der Chiyo. Aus dem Bauch des Schiffes trat ein durchtrainierter Japaner, ebenfalls mit einer MP bewaffnet. Jeremy erkannte ihn an seinem wasserstoffblonden Stoppelschnitt wieder: Er hatte ihn im Fernsehen gesehen. Suzuki tastete Jeremy gründlich nach versteckten Waffen ab und durchsuchte auch die Aktentasche. Dann führte er ihn durchs Schiff nach oben in die Pantry. An einem im Boden verschraubten Glastisch, in den, auf ein großes Samtkissen gebettet, zwei kostbare Samuraischwerter eingelassen waren – Motos ganzer Stolz –, saß in einem bequemen Ledersessel ein Mann. Jeremy klopfte das Herz bis zum Hals. Der Mann blickte auf und sah Jeremy aus tiefen, schönen Mandelaugen an, wobei ein unangenehmes Lächeln seine Mundwinkel umspielte. »Freut mich, dass Sie gekommen sind, Gouldens. Setzen Sie sich doch. Haben Sie die Unterlagen dabei?«

Der blonde Japaner blieb breitbeinig hinter Jeremy stehen, was ihm zu der Erkenntnis verhalf, dass es für ihn sehr schwer sein würde, John Huang zu töten. Der machte eine genervt wirkende Handbewegung. »Komm, scher dich davon, Masuhiro. Das hier ist etwas für gebildete Leute.« Widerwillig gehorchte der Japaner. Zu Jeremy gewandt fuhr Huang ungeduldig fort. »Komm, geben Sie schon. Ich kenne das Geheimdossier zur ›Operation Morgenröte‹ nur vom Hörensagen, wissen Sie, auch wenn ich mit vielen der wichtigsten Inhalte natürlich vertraut bin. Ich glaube, es gab überhaupt nur zehn, zwölf Exemplare. Und die anderen sind jetzt wahrscheinlich alle vernichtet. Die sind in Tokio doch alle längst dabei, ihre Schäfchen ins Trockene zu bringen. Womöglich ist es das letzte erhaltene Exemplar, was Sie da haben. Nun, machen Sie schon. Ich habe nicht die ganze Nacht Zeit. Ich hab heute noch einen Flug gebucht.«

Jeremy wurde unruhig. Wo blieb Kim? Es war nun schon deutlich *nach* halb vier. Zögernd griff er nach seiner Aktentasche, langsam öffnete er den Reißverschluss, behutsam zog er die Mappe hervor, widerwillig reichte er sie über den Tisch.

Huang riss sie ihm hastig aus der Hand, schlug sie auf, blätterte gierig die Seiten durch, die Jeremy nun ja nicht mehr hatte austauschen können. Er las hier und dort ein wenig, während seine Gesichtszüge einen zunächst etwas verärgerten, dann verwunderten und schließlich fast vergnügten Ausdruck annahmen. Dann wandte er Jeremy wieder seine schönen, stechenden Augen zu. »Ich sehe, ich habe mir nicht zu viel versprochen: Sie sind tatsächlich ein gebildeter Mann. Wir verstehen uns. Sie sind hässlich, aber Sie haben Geschmack, Gouldens. Wollen Sie etwas trinken? Scotch?«

Jeremy stockte das Herz. Er hatte nicht vor, sich auf dieses grausame Katz-und-Maus-Spiel einzulassen, das Huang da offensichtlich plante. Er war ein aufrechter Brite, keine windige japanisch-chinesische Promenadenmischung. Er holte tief Luft. »Mr. Huang: Ich bin nicht gekommen, um mit Ihnen zu trinken, sondern um Sie zu töten.« Huang lächelte sein unangenehmes Lächeln. »Natürlich. Gouldens, der Killer. Wie sagte Mishima so schön: ›Der Weg des Kriegers, habe ich erkannt, bedeutet zu sterben.‹ Glauben Sie mir, ich kenne seine *Ethik der Tat* nahezu auswendig. Aber erst mal will der Krieger doch auch seinen Spaß haben, nicht? Gestorben werden kann später. Also: Wenn Sie keinen Scotch wollen, schenk ich Ihnen eben einen Bourbon ein.« Jeremy nickte matt. Um Zeit zu gewinnen. Wo blieb Kim?

3:45 Uhr

Kim Park war verärgert. Er hasste es, eine Situation nicht im Griff zu haben. Und seit der Gedanke an Cathy förmlich sein Leben bestimmte, war es wiederholt vorgekommen, dass er eine Situation nicht völlig im Griff hatte. Das war früher nie so gewesen. Das musste aufhören. Und jetzt? Noch nie in seinem ganzen Leben war er zu einem Termin zu spät gekommen. Und gerade heute, wo es auf höchste Pünktlichkeit ankam, waren sie auf einmal eine volle Viertelstunde hinter dem Zeitplan. Auch wenn es nicht an ihm lag – Gao Fengs Unterwasserspielzeug fehlte in der Tat noch der letzte Schliff: Elektronikprobleme hatten vorübergehend sämtliche Motoren lahmgelegt, und auch wenn sich die Schwierigkeiten schließlich überbrücken ließen, hatten sie doch allzu viel kostbare Zeit verloren. Hoffentlich hatte Gouldens den Terroristen so lange hinhalten können. Hoffentlich war Cathy nichts zugestoßen. Natürlich war die Rettung von Cathy das Wichtigste, aber Kim stand dem ungeliebten Butterstinker gegenüber im Wort und würde es sich nie verzeihen, wenn ihm durch Kims Verschulden etwas zustieß. Das müsste unweigerlich auch einen dunklen Schatten auf die Sache zwischen Kim und Cathy werfen. An seine diesbezügliche Rivalität mit Gouldens dachte er in diesem Moment nicht. Zu keiner Sekunde hatte er seit jener Nacht mit Cathy Anlass gehabt, ihrem ehemaligen Geliebten gegenüber so etwas wie Eifersucht zu empfinden. Höchstens Mitleid.

Vor ihnen, etwa 500 Meter entfernt von der großen Mole, die den Hafen von Jinpinxiang zur Seeseite hin schützt, lag nun das elegante Schiff, das, anders als auf den Plänen, durch das Sehrohr fast wie eine uneinnehmbare Festung wirkte. Trotz ihrer Verspätung durften sie jetzt nicht in Hektik geraten und das ganze Unternehmen gefährden. Erst einmal wollte sich Kim ein genaues Bild von der Lage machen. Den Kabinenlichtern nach zu urteilen, wurde Cathy wahrscheinlich in einer von acht Kabinen im Unterdeck auf der Backbordseite festgehalten. Auf Deck hatte er bisher vier japanische Marinesoldaten ausmachen können, die das Schiff vom Mitteldeck aus bewachten, sowie jeweils einen Posten am Heck und einen am Bug. Auch auf der Brücke befanden sich offensichtlich höchstens zwei Mann. In der hell erleuchteten Pantry konnte Kim Park, wenn er genau hinsah, die Silhouetten zweier Männer ausmachen, die friedlich beieinandersaßen. Konnte das der Butterstinker sein? Soeben standen sie auf und verließen den Raum. Kurz darauf ging im Unterdeck auf der Backbordseite ein neues Licht an. Es war Zeit für den Zugriff.

Sie waren übereingekommen, ohne Pressluftflaschen anzugreifen. Zu schwer, zu unhandlich und die Luftblasen hätten sie verraten. Für Notfälle hatten sie schwarze Schnorchel an ihren Tauchermasken befestigt. Das Wasser war mit 19 Grad recht warm. Nachdem Kim Gao Fengs Männer in fünf Metern Tiefe an ihren Angriffspositionen abgesetzt hatte, übernahm der Ingenieur das Kommando über das Boot und auch Kim glitt durch die Ausstiegsschleuse ins Wasser. Jeder der fünf war nun auf sich gestellt.

3:47 Uhr

»Nochmal, Mr. Huang: Wo ist Cathy?«

»Ich bring Sie gleich zu ihr. Glauben Sie mir, ich mag Ihre kleine Freundin. Ich frag mich nur die ganze Zeit: Was haben Sie mir denn voraus, was ich nicht habe? Alter? Bestimmt. Aber das kann doch nicht alles sein. Ach, wissen Sie was? Sie soll es uns einfach selbst sagen. Und dann nehm ich mir eben von dir, was mir fehlt, Gouldens. Und wenn ich dir dein Herz rausreißen muss! Oder dein Hirn, deinen Schwanz? Und wenn es das noch immer nicht ist? Gut, dann kannst du sie haben, meinetwegen. Auf Wiedersehen, ihr Süßen! Also: Gehen wir?« Jeremy nickte. Ansonsten bemühte er sich schon die ganze Zeit, bei Huangs endlosen Monologen möglichst einfach nicht hinzuhören. Dass dieser Mensch Psychopath war, war ihm bereits in jener Sekunde klar geworden, als er ihn nach dem Anschlag zum ersten Mal auf dem Bildschirm gesehen hatte. Hoffentlich hatte er Cathy nichts angetan.

Sie waren in den Bauch des Schiffes gestiegen. Huang hatte das Licht im Gang angeschaltet. »Die dritte Tür links«, sagte er. Dann hielt er Jeremy am Arm fest. »Warte, bevor wir zu ihr gehen, möchte ich dich noch in ein kleines Geheimnis einweihen, mein Freund. Du brauchst es ihr ja nicht gleich unter die Nase zu reiben.« Jeremy hielt den Atem an. Das konnte nichts Gutes sein. »Weißt du, die von der Zentrale, dieser nervige Tatsu Ishii vor allem, sind mächtig nervös wegen dieser Papiere. Ich meine jetzt nicht deine schönen Mishima-Zitate, Gouldens. Die meinen den geheimen Aufmarschplan für den Krieg, den du entweder gar nicht hast oder sonst wo versteckt hältst. Egal, ich will's gar nicht wissen, das Thema interessiert mich nicht mehr. Jedenfalls haben sie dir nicht getraut und wollten sichergehen, dass du sie niemals verpfeifst; auch dann nicht, wenn ich dich mit deiner Cathy laufen ließe – was ich natürlich gar nicht vorhabe, ich lass mir doch schließlich keinen Spaß entgehen. Doch die in Tokio sind völlig humorlose Langweiler, die überall auf hundert Prozent sicher gehen müssen. *Ich* hab sofort gesehen, dass du eine ehrliche Haut bist, Gouldens, doch dieser Ishii ist allen gegenüber eben geradezu krankhaft misstrauisch. Aber machen wir's kurz: Der Schiffsarzt hat ihr unter meiner Aufsicht vier kleine Kapseln in die Eileiter implantiert, rechts und links, von denen drei völlig harmlos sind, während die vierte ein gefährliches radioaktives Isotop enthält. Cäsium, Strontium, Jod oder so, die ganze Palette; keine Ahnung, ich bin kein Physiker. Keine Sorge, kein Plutonium; nur irgendwas Hochgiftiges mit einer Halbwertszeit von maximal ein paar Jahren. Das bringt sie nicht um, wenn sie brav ist. Reine Vorsichtsmaßnahme. Nach zehn, zwanzig Jahren ist das Ding völlig harmlos geworden. Ich fand die Aktion eher unnötig, weil deine Kleine mir ja ohnehin schon fast hörig und überhaupt ziemlich scharf auf mich ist, aber die von der Zentrale bestanden darauf. Und mal ehrlich, Gouldens: Soll man sich wegen einer Frau mit seinen Vorgesetzten anlegen? Es gibt doch so viele andere!«

»Sie sind komplett wahnsinnig, Sie Psychopath und Menschenschänder. Womit drohen Sie mir?!«

»Ach, Gouldens! Ich drohe nicht. Im Gegensatz zu manch anderen bin ich ein höflicher Mensch und werfe nicht mit Beleidigungen um mich. Und von meinem Gegenüber erwarte ich mir auch ein wenig Respekt, Höflichkeit, Verständnis und Geschmack. Sonst kann ich sehr böse werden! Aber gut. Nein, ich will nur sagen: Diese radioaktive Mini-Sprengkapsel ist von einem Bleimantel umhüllt – da kommt nach menschlichem Ermessen nichts raus, das Ding ist sicher wie ein japanischer Kernreaktor. Außer vor – sagen wir mal: terroristischen Attacken aus der Luft. Ich habe hier in meiner Tasche einen Auslöser, mit dem ich das Ding zur Explosion bringen kann. Wann immer ich will. Ich brauch nur draufdrücken. Das ist wie mit der Autoverriegelung von deinem Porsche. Nur dass die Reichweite wesentlich größer ist. Solltest du also wider Erwarten lebend mit ihr hier rauskommen und dich verplappern und jemand etwas vom Inhalt dieser rot-weißen Mappe erzählen – wenn du sie denn wirklich hast –, kommen ich oder deine Freunde aus Japan und veranstalten im Bauch deiner Freundin einen kleinen Super-GAU. Selbst wenn du mich umbringst und diese Jacht kaperst, gibt es genügend andere, die diesen Job für Ishii erledigen können. Du wirst nie sicher sein: Du müsstest sie schon auf irgendeinem einsamen Felsen am Südpol verstecken. Rausoperieren oder sonst was ist zwecklos, denn bei jedem Versuch explodiert die Kapsel erst recht. Das hat dieser geniale Tadashi Ishii alles perfekt ausgetüftelt. Hinsichtlich der Details kannst du dich ja nochmal mit seinem Bruder kurzschließen. Aber genug geplaudert: Das soll eure Wiedersehensfreude jetzt jedenfalls nicht trüben.« Er drehte den Schlüssel der dritten Tür links. Von drinnen ertönte ein gedämpfter Frauenschrei. Jeremy kannte die Stimme. Im gleichen Moment erhob sich über ihnen ein gewaltiger Lärm. »Scheiße!«, schrie Huang, schob Jeremy unsanft durch die Tür, schloss hastig ab und eilte die steilen Stufen empor. Das Geräusch klang wie die Rotoren eines startenden Hubschraubers.

Shanghai, 7. Mai 2012. 03:48 Uhr
Drei Stunden lang hatte Gao Feng nun buchstäblich in der ganzen Welt herumtelefoniert. Auch für jemanden, der so gut vernetzt war wie er, erwies es sich als sehr schwierig, im Weißen Haus anzurufen, selbst jetzt, am frühen Nachmittag – die Zeitverschiebung Shanghai–Washington beträgt exakt 12 Stunden. Hier hatte man ihn nicht durchgestellt, dort hatte man ihn für einen Witzbold gehalten und einfach aufgelegt, da war die Leitung plötzlich unterbrochen, dort sollte er in zwei Stunden zurückrufen, hier wollte man sich später bei ihm melden. Und so weiter. Mehrmals war er in endlosen Warteschleifen hängengeblieben: »Bitte gedulden Sie sich einen Moment.« Warten. »Bitte gedulden Sie sich einen Moment.« Warten. Während dieses vielen Wartens hatte Gao beständig auf sein ausgedrucktes Dossierblatt geblickt und versucht, die »historischen Koordinaten« zu knacken. Was es mit diesen 122° 00' 57" östlicher Länge auf sich hatte, hatte er rasch verstanden. Ein wahrhaft historisches, diabolisches Datum, das die Welt durcheinanderwerfen sollte, war da nur eben selbst etwas durcheinandergerüttelt worden, wobei eine unnötige Null unter den Tisch gefallen war: 2012. 05. 07. Aber wie konnte er von hier aus auf jenes Datum schließen, dass er eben nicht hatte und aus dem sich der Breitengrad ergab?

Irgendwann war er auf einen Militärbeauftragten gestoßen, der ihn *nicht* für verrückt gehalten hatte. Und so hatte er sich bis an hohe Stellen des Pazifikkommandos der Vereinigten Staaten in Salt Lake auf Hawaii vortelefonieren können. Kommandant Admiral Bob Willert befand sich aber auf Okinawa, wohin er nach seinem gestrigen Abstecher nach Tokio wieder zurückgekehrt war. Man stellte ihn nach Okinawa durch. Doch Admiral Willert schlief und war nicht zu stören.

Shengsi, 7. Mai 2012. 3:51 Uhr
Cathy schrie laut auf, als sich John Huang über sie stürzte. Aber es war nicht John Huang. Der Mann hieß Jeremy Gouldens und hätte ihr vor wenigen Tagen um ein Haar einen Heiratsantrag gemacht, wenn sie ihn denn gelassen hätte. »Bist du es, Jeremy? Na endlich! Wie kannst du mich nur so erschrecken! Wo steckst du denn die ganze Zeit?«

Sie saß aufrecht im Bett, in Matrosenkleidung, bleich, zerzaust, geschwächt. Doch schien ihr Jeremys Anblick sogleich neue Kraft zu geben. »Gut, dass du da bist. Hast du das Schwein umgebracht?« Jeremy schüttelte den Kopf. »Hey, weißt du, dass der mich vergewaltigen wollte? Du weißt gar nicht, *wie* ich dieses Arschloch hasse. Der hat keine Gnade verdient, in keiner Hinsicht. Auch wenn es für einen Typen wie ihn letztendlich sogar noch eine Gnade ist, ihn abzuschlachten. Weil er selbst das noch genießt. Oh, ich hatte Zeit, dieses Monster kennenzulernen. Der gehört in die Geschlossene. Wie Hannibal Lecter. Der ist gemeingefährlich, verstehst du?« Jeremy nickte. »Und was ist das da draußen für ein Lärm? Wer fliegt da gerade mit dem Helikopter weg? Hörst du das? Jetzt hat er abgehoben. Du hast ihn doch wohl nicht entkommen lassen, Jeremy? Warum, um Himmels willen, hast du ihn nicht gleich unschädlich gemacht?«

»Ich ... ich hatte noch keine Gelegenheit«, sagte Jeremy, als er endlich zum Reden kam. Dann sah er ihr mit lachenden Augen ins Gesicht. »Cathy, ich bin hier, ich hab's geschafft, schau mich an, ich liebe dich!« Sie sah ihn an wie Shirley MacLaine am Ende von Billy Wilders mit drei persönlichen Oscars für den Produzenten, Regisseur und Drehbuchschreiber prämierten Meisterwerk *Das Appartement* Jack Lemmon ansieht. »Jeremy. Für Romantik ist später noch Zeit. Komm, wir müssen hier raus. Kannst du die Tür eintreten?«

»Warte noch ein wenig Cathy. Wie fühlst du dich? Hast du Schmerzen? Warst du auch immer deiner Sinne mächtig? Geht es dir gut? Fehlt dir vielleicht etwas?«

»Oh nein, es geht mir prächtig. Abgesehen davon, dass ich entführt und fast vergewaltigt worden bin, dass ich gestern praktisch erschossen wurde, furchtbare Bauchschmerzen habe, eine Spritze in den Arm gerammt bekam und 20 Stunden völlig weggetreten war – und davon, dass du diesen gemeingefährlichen Terroristen und Frauenmörder anscheinend gerade entkommen lässt, während du hier deine Zeit verplemperst, indem du mich mit überflüssigen Fragen bombardierst.« Stutzend hielt sie inne. »Jeremy. Du bist ja plötzlich kalkweiß im Gesicht.«

»Ich muss sofort da raus und verhindern, dass Huang den Auslöser drückt.« Mit voller Wucht warf er sich an die Tür. Sie hielt ihm stand.

»Jeremy. Du weißt, dass du mir nichts verheimlichen kannst. Also spuck's aus: Was ist los, du machst mir Angst!« *Gelingen. Kein Makel. Fördernd ist Beharrlichkeit.*

»Ach Cathy ... Wie soll ich's sagen? Also: Die in Tokio wollen mich erpressen, damit ich den Aufmarschplan zur ›Operation Morgenröte‹ nicht rausrücke. Und dafür wollen sie dich als Druckmittel nehmen. Über wieder eine andere Operation. Ich kann dir das auf die Schnelle nicht alles erklären.«

»Wusst' ich's doch. Du hast mich also *auch* instrumentalisiert! Wie damals diese, diese ... Ist sie wirklich tot?«

»Cathy, nein.« Wieder erzitterte die Tür unter dem Ansturm des Anwalts. Doch wollte nicht bersten noch splittern. »Ich habe dich nicht instrumentalisiert. Eigentlich ist's ja eher anders herum. Glaub mir: Ich habe skrupellos das Leben von Millionen aufs Spiel gesetzt, nur um einen einzigen Menschen zu retten: *dich*, meine Cathy.«

Beim dritten Mal schien die Tür schon ein wenig nachzugeben.

»Was hast du? Sag mal, bist du noch zu retten? Mit so was macht man keine Scherze, Jeremy. Wie auch immer – was auch immer. Du bist jedenfalls ein unverbesserlicher Trampel. Ich hätte gute Lust dich ...«

Beim vierten Anlauf stürzte Trampel Jeremy mitsamt der Tür auf den Gang hinaus. Kein Mensch weit und breit. Aber über ihren Köpfen schien etwas vorzugehen. Sie wandten sich Richtung Niedergang, der aufs Mitteldeck hinaufführte. »Wo sind die anderen?« Cathy verfiel plötzlich in den Flüsterton. »Du bist doch hoffentlich nicht alleine gekommen?« Er schüttelte den Kopf. »Fünf Mann sind noch unterwegs«, raunte er. »Ich frag mich, wo die so lange bleiben. Rate mal, wer jetzt als Killer für Gao Feng arbeitet.«

»Oh Jeremy, verschone mich bitte mit deinen zwielichtigen Bekanntschaften!«

In diesem Moment hörten sie oben Schüsse. Und Schreie. Und jemand kam von irgendwo oben die steilen Stufen hinuntergepoltert. Jeremy sah, dass in der zweiten Tür links der Schlüssel steckte, riss sie hastig auf, schob Cathy hinein, schloss rasch ab und steckte den Schlüssel ein.

Cathy war im Dunkeln allein. Vielleicht eine Minute lang tastete sie sich an den Wänden entlang, suchte vergeblich nach einem Lichtschalter. Da stürzte sich etwas über sie wie ein reißendes Tier.

Shanghai, 7. Mai 2012. 03:52 Uhr
In Okinawa hätte er an eine andere Stelle weiterverbunden werden sollen, aber das hatte irgendwie nicht geklappt, und jetzt ertönte seit Ewigkeiten, immer wieder neu anhebend, dieselbe Warteschleifenmusik. Hätte sich Gao Feng mit der amerikanischen Popmusik der Mitte des 20. Jahrhunderts ausgekannt, hätte er erkannt, dass es sich dabei um einige Zeilen aus der US-Version des deutschen Volkslieds *Muss i denn zum Städtele hinaus* handelte, das Amerikas prominentester GI während seiner Militärzeit im hessischen Friedberg kennengelernt und nach seiner Rückkehr 1960 an die Spitze der Charts gesungen hatte. Aber Gao Feng, der alles über die teuersten französischen Weine und die dunkelsten Momente der chinesisch-japanischen Geschichte wusste, kannte sich überhaupt nicht aus mit Popmusik. Nachdem er eine Weile desinteressiert gelauscht hatte, legte er auf. Man hatte ihm vorsorglich auch noch eine Privatnummer in Camp Courtney gegeben, die er jetzt wählte.

Einige Minuten später wählte er sie zum dritten Mal, um es, wie gehabt, so lange wie möglich klingeln zu lassen. Fördernd ist Beharrlichkeit.

Als es das neunte Mal klingelte, war ihm plötzlich alles klar. Gao, der die grausame Geschichte Japans in China so gut kannte und überdies Rätsel liebte, hatte in den letzten Stunden, während er so wartend am Hörer seines alten Gabeltelephons hing und mit seinem Zeigefinger in der Drehscheibe unvollständige Kreise zog, die Zeit zu reiflichem Nachdenken genutzt, und jetzt, endlich, hatte er den Code allein durch Gedankenkraft entschlüsselt: Wenn die Angabe des Längengrades auf den heutigen Tag verwies, wo sich alles erfüllen sollte, dann musste er zurückgehen und den Tag finden, wo alles begann. Oder vielmehr, da die Geschichte jenen fatalen Hang hat, sich zu wiederholen, konkret den Tag, an dem Japan das letzte Mal damit begonnen hatte, nach China zu greifen. Da dergleichen ein Prozess mit leisen Anfängen, einschneidenden Zwischenstufen und dramatischen Höhepunkten ist, waren natürlich verschiedene Daten möglich. Japans Ankunft auf dem Festland mit dem Ersten Japanisch-Chinesischen Krieg 1894/95, dem Russisch-Japanischen Krieg von 1904/05, dem japanischen Bau der Südmandschurischen Eisenbahn zur wirtschaftlichen Ausbeutung des Nordens und der Annektion Koreas 1910. Nippons Fußfassen auf chinesischem Territorium mit der Besetzung der Mandschurei 1931. Und der Höhepunkt der japanischen Expansion, der mit dem Zwischenfall an der Marco-Polo-Brücke am 7. Juli 1937 begann, welcher den Zweiten Japanisch-Chinesischen Krieg auslöste und in die Massaker von Nanking ab dem 13. Dezember 1937 und schließlich in den Zweiten Weltkrieg mündete. Irgendeines dieser Daten könnte womöglich jenes historische Datum sein, dass dem zum Längengrad gesuchten Breitengrad vor Shanghai entsprach, also wohl irgendeiner imaginären Linie zwischen dem 30. und dem 32. Grad nördlicher Breite. Es könnte sich dementsprechend also zum Beispiel um ein Datum aus den Jahren 1930, 31 oder 32 handeln; schließlich werden in Japan Daten in der Reihenfolge Jahr/Monat/Tag angegeben. Und in diese Zeitspanne fiel in der Tat mindestens *ein* sehr wichtiges Datum. Plötzlich überkam es Gao wie eine explodierende Bombe: am 18. September 1931 hatte Japan über einen Sprengstoffanschlag ausgewählter Offiziere den sogenannten Mukden-Zwischenfall provoziert, der als Vorwand zur von langer Hand geplanten Besetzung der Mandschurei diente. An diesem Tag hatte die Eroberung Chinas definitiv begonnen. Und heute sollte sie sich vollenden. Gao war sich nun sicher, dass das U-Boot mit den verheerenden Sprengköpfen an Bord exakt auf dem Längengrad 31° 09' 18" Position bezogen hatte.

Da er das nun endlich wusste, endlich konkrete Angaben machen konnte, war es wohl an der Zeit, dass jemand abhob und ihm Gehör schenkte. Und so geschah es auch.

Shengsi, 7. Mai 2012. 3:53 Uhr

Als Kim Park dem ersten japanischen Marinesoldaten mit einem einzigen gewaltigen Schwung seines Tauchermessers den Kopf vom Hals trennte, hatte der selbigen gerade vom umgebenden Meer abgewandt, um Minato Motos unter gewaltigem Lärm in die Lüfte aufsteigenden Helikopter der aus dem Vietnamkrieg wohlbekannten »Huey«-Klasse mit den Augen zu verfolgen. Wer mochte wohl darin sitzen? Er sollte es nicht erfahren. Sein Kopf flog dem Helikopter ein kleines Stück hinterher, ohne ihn einzuholen, um dann, den Gesetzen der Schwerkraft folgend, jäh aufs Deck zu klatschen. Zweien seiner ähnlich abgelenkten Kollegen erging es ähnlich. In der Endfassung von *Yellow Submarine* sollte diese Szene später mit der Musik von Richard Wagners »Walkürenritt« dramatisch unterlegt werden.

Alles klappte wie am Schnürchen. Wenige Augenblicke später waren sie schon fünf Mann, die, aus verschiedenen Richtungen kommend, metzelnd und mordend über das Deck stürmten. Angst empfand Kim Park keine. Er war schon zweimal erschossen worden und fühlte, dass es ihm kein drittes Mal passieren würde.

Als er durch die gläserne Schiebetür, die hin zur Pantry führte, ins Innere des Schiffes stürmte, sah er links eine Gestalt die steilen Stufen des Niedergangs hinaufsteigen. Instinktiv wollte er abdrücken, doch im letzten Moment erkannte er den Butterstinker. Als einer von Huangs Männern auf das untere Deck herabgekommen war, hatte Jeremy sich hinter den Sprossenstufen des leiterartigen Niedergangs versteckt, bis der Schwerbewaffnete in einem der hinteren Zimmer verschwunden war. Dann war er die Stufen Richtung Pantry hinaufgeklettert. »Wo ist Cathy?«, rief Kim halblaut. »In Sicherheit«, bedeutete ihm Jeremy mit erhobenem Daumen. Kim nickte. Eine Sorge weniger.

In diesem Moment fielen von draußen erneut Schüsse. »Runter!«, schrie Kim und brachte seine Heckler & Koch MP 7 in Anschlag. Gehorsam verschwand Jeremys Kopf wieder in der Luke. Zwei japanische Marinesoldaten stürmten schreiend vom Sonnendeck heran. Kim wartete gar nicht erst, bis sich die automatische gläserne Schiebetür vor ihnen öffnete, sondern feuerte ein ganzes Magazin durch die Scheiben. Das heißt: fast ein ganzes Magazin. Er hatte ein erstaunliches Gespür dafür, genau in dem Moment aufzuhören, wenn nur noch zwei oder drei Kugeln im Lauf waren. Für Notfälle. Jeremy hob kurz den Kopf und sah, wie die beiden Männer von einer gigantischen Sturmböe umgeworfen wurden, wobei sie für einen Augenblick in einem Splitterregen zu schweben schienen, bevor sie mit seltsam verzerrten Gesichtern aufs Deck krachten und reglos liegenblieben.

Kim Park machte ein paar Schritte durch die zerborstene Tür, hob die Riot Gun eines der Toten vom Boden auf und warf sie Jeremy zu, der sie reflexartig auffing. »Kannst du damit umgehen? Nur für alle Fälle?« Jeremy nickte stumm. Er hatte schließlich erst kürzlich einen Menschen erschossen. »Dann komm ... Bleib hinter mir!«

Jetzt wurde auch auf dem Vordeck geschossen. Ein langgezogener Schrei ertönte. Und aus dem Bauch der Chiyo hörten sie zwei Detonationen. »Hört sich nach einer Handgranate an«, sagte Kim Park. »Gao Feng hat gute Leute.« Dann ratterten Maschinengewehre. In das unbarmherzige Knattern der kurzen Salven mischte sich ab und an der dumpfe, satte Knall einer Automatik. Jeremy wusste nun, dass er sich mitten in einem Krieg befand. Er umklammerte die Riot Gun, als suche er Halt. »Was machen wir jetzt, Kim?«

»Wenn Cathy wirklich in Sicherheit ist, wie du sagst, müssen wir jetzt diesen Huang erledigen. Aber ich hab keine Ahnung, wo er ist.«

»Er ist nach oben gerannt, als er den Hubschrauberlärm hörte. Wahrscheinlich ist er auf dem Heliport.«

»Gut, du kennst die Konstruktionspläne. Hier rechts die Treppen hinauf. Dort oben ist es momentan ruhig. Geh voran, Jeremy. Das hier ist dein Job. Ich geb dir Feuerschutz.« – »In Ordnung, Kim.«

»Und noch was: Bevor du schießen willst«, flüsterte Kim Park, »musst du das Ding durchladen.«

Am Ende der Stufen lagen zwei tote japanische Soldaten. Daneben krümmte sich einer von Gaos Männern, versuchte, sich am Geländer hochzuziehen, verlor den Halt und blieb reglos liegen. Berufsrisiko.

»Noch ein Deck«, flüsterte Kim. Jeremy war schon vorangestiegen, als von unten her neues Gewehrfeuer ertönte. Kim sah die steilen Sprossenstufen hinab. Durch die zerschossene Glastür unten stolperte eine Gestalt, ein Japaner. Kim hätte direkt auf sein blondgefärbtes Haar spucken können. Der Blonde ging rückwärts und feuerte dabei ununterbrochen. Er blickte nicht auf. Kim sah, dass er aus einer Schusswunde in der rechten Nierengegend blutete. Jetzt hörte er auf zu feuern. Keuchend versuchte er, das Magazin seiner Scorpion MP zu wechseln. Mit einem Schrei war Kim über ihm und zerschmetterte ihm den Schädel.

Während sich Jeremy oben auf dem verlassenen Landedeck suchend umblickte, schreckte unten Kim ein Geräusch aus der Pantry auf. Er vergaß Jeremy, den er doch hatte schützen wollen, und ging auf die Tür der Pantry zu. Da saß ganz ruhig ein Mann und blätterte in den Papieren einer rot-weißen Mappe mit der japanischen Kriegsflagge. Yukio Mishimas *Ethik der Tat*. Kim kannte den Mann aus den Fernsehnachrichten. Jetzt blickte der Mann gelassen auf und lächelte ein unangenehmes Lächeln. Kim lächelte nicht. Er legte seine Heckler & Koch an, in der er sich, wenn er keinen Fehler gemacht hatte, mindestens zwei oder drei Schuss aufgehoben hatte. Und ein Kim Park machte keine Fehler.

»Du wirst mir meine Cathy nicht nehmen können, John Huang.«

Der lächelte noch breiter. »Ah, noch so einer! Sag mal, wie viele von eurer Sorte laufen hier noch rum? Eure Cathy muss ja wirklich eine Granate im Bett sein.« Kim, der sich vorgenommen hatte, ohne zu zögern abzudrücken, hielt einen Moment inne. Diese armselige Kreatur war offenbar einfach nur komplett wahnsinnig. »Ich bring dich jetzt um, Huang.«

»Ja, mach nur. Aber dann kriegst du Ärger. Ach, warte: Die Stimme kenne ich doch. Woher kenn ich die denn bloß? Hab ich dich nicht mal heimlich abgehört? Damals, auf Cathys Geburtstagsparty? Als ich noch gar nicht das Vergnügen hatte, dein bezauberndes Betthäschen persönlich zu kennen. Bist du nicht ... Ja! Der *Stinke-Kimchi!* Ein scharfes Bürschchen, in der Tat. Und auch nicht so hässlich wie dieser Gouldens.« Huang stand auf und machte einen Schritt Richtung Kim. »Ich denke, ich werde dir die Haut abziehen und deinen blutigen, geschundenen Körper mit altem Kohl einreiben, und jedes Mal, wenn du zu verrecken drohst, werde ich dich wieder gesundpäppeln.« Er sollte nicht dazukommen. Kim, der jetzt definitiv genug von seinem Geschwätz hatte, drückte ab. Glassplitter flogen durch den Raum.

Schwerfällig und aus vielen Wunden blutend erhob sich John Huang aus dem zersplitterten Glastisch mit den eingelassenen Samuraischwertern und griff nach seinem Seitenholster. Jetzt würde er seine Waffe doch brauchen. Das war so bekümmernd banal, aber dieser phantasielose Kimchi war hartnäckig. Kim drückte erneut ab, aber es tat sich nichts. Er hatte einen Fehler gemacht, und es war ihm nach der Glastürenattacke vorhin nun doch keine Kugel mehr verblieben. Er warf die MP beiseite und griff durch die Splitter nach einem der freigelegten Samuraischwerter. Dass er sich dabei seine schönen Hände zerschnitt, gehörte zum Berufsrisiko.

Kim Parks und John Huangs Bewegungen wirkten wie aus einem verrückten Synchrontanz. In dem Moment, als Huang die Waffe auf Kim richtete, abdrückte und Kim die Kugel tief ins Hirn drang, war Huang das edle, alte Samuraischwert in den Bauch gefahren. Es traf ihn etwa vier Daumenbreit unter dem Nabel, drang durch die Bauchdecke und die dahinterliegenden Innereien, streifte die Bauchaorta, um im Rückgrat stecken zu bleiben. John Huang schrie nicht. Mit Erstaunen bemerkte Jeremy, der soeben durch die Tür zur Pantry getreten war, dass Huangs Gesichtszüge, während er zusammensackte, einen ganz entspannten, heiteren, ja belustigten Ausdruck annahmen.

Okinawa / Shanghai, 7. Mai 2012. 04:52 / 03:52 Uhr

»Shirer?« Die Stimme müde und gereizt zu nennen wäre stark untertrieben gewesen. Der Kommandierende General von Camp Courtney hatte heute Nacht extreme Probleme mit dem Einschlafen gehabt, sich Viertelstunde um Viertelstunde in den Laken gewälzt und war vor ein oder zwei Stunden endlich in erlösenden Tiefschlaf gefallen. Warum nur konnte man bei diesen modernen Telefonen nicht mehr einfach mit einer eleganten Bewegung den Hörer von der Gabel schubsen und seine Ruhe haben?

Und jetzt war am anderen Ende so ein opiumgeschwängerter Chinese mit einer eigentümlich hohen, einschläfernd singenden Altmännerstimme, der nicht auf den Punkt kommen konnte und ihm ständig irgendwelche rätselhaften Zahlen ins Ohr flüsterte. 07. 05. 2012, 6:03. 31° 09' 18" Nord. 122° 00' 57" Ost. 31° 09' 18" Nord. 122° 00' 57" Ost. 07. 05. 6:03. Und nichts weiter. Was das denn solle, hatte Shirer nachgefragt. Dann erst hatte der Chinese ausgeholt. Mukden-Zwischenfall, 18. September 1931. Das Datum von heute, durcheinandergewürfelt. 31° 09' 18" Nord. 122° 00' 57" Ost. Die unerbittlich herannahende Morgenröte. 6:03. Und vom Mandschurenkranich, dem Nationalvogel Japans, hatte er erzählt. Symbol für Glück und Frieden. Tancho hieß er. Wacher geworden hatte William Shirer sich mitsamt Telefon – das, immerhin, war doch ein Fortschritt – nach nebenan begeben, wo, von gestern Abend noch, die Seekarte vom Gelben Meer ausgebreitet lag, die knapp unterhalb von Shanghai bei den Shengsi-Inseln endete. Ein Blick hatte ihn überzeugt, dass die angegebene Position vorm Jangtse-Trichter exakt in der wahrscheinlichen Anfahrtsschneise jenes japanischen U-Boots lag, das ihn seit Nächten nicht schlafen ließ. Der alte Chinese versuchte noch, ihm, William Shirer, zu vermitteln, wie er in den Besitz des geheimen japanischen Aufmarschplans gelangt war, aber das klang bereits nach zwei Sätzen derart kompliziert und nebulös, dass Shirer abwinkte. Wir rufen Sie zurück, ja? Morgen sprechen wir weiter. Und legte auf.

Trotz der unmöglichen Stunde verspürte der Kommandierende General der »Third Marine Expeditionary Force« nun eine perverse Lust, sich einen Gin Tonic zu mixen. Aber zuvor müsste ein Funkspruch abgesetzt werden. Er freute sich auf seine Pensionierung.

Shengsi, 7. Mai 2012. 4:23 Uhr

Von dem Moment an, da man ihn aus seiner Kabine im Unterdeck befreite, hatte Minato Motos Schiffsarzt alle Hände voll zu tun. Für die vier tätowierten Japaner im Gang kam jede Hilfe zu spät. Auch für die drei Marinesoldaten und den muskulösen Chinesen im Taucheranzug am Niedergang. Aus einem verschlossenen Zimmer drang hohes, schrilles Kreischen, das ein bisschen wie die Schreie einer erregten Katze klang – einer Katze beim Liebesspiel vielleicht, oder einer Katze, die von einem Auto angefahren worden war. Als die beiden unverwundeten Männer in Taucheranzügen gemeinsam mit dem Arzt die Türe aufgetreten hatten, fanden sie zu ihrem Erstaunen zwei Frauen, die sich förmlich ineinander verbissen hatten. Die wilde Langbeinige hätte die Rehäugige inzwischen vermutlich regelrecht aufgefressen, wenn sie nicht Stunden zuvor jemand, der sie momentan nicht umbringen, aber eben mundtot hatte machen wollen, sorgfältig geknebelt hätte. In dieser unklaren Gemengelage wusste sich der gestresste Arzt, der noch viel vor sich hatte, auf die Schnelle keinen anderen Rat, als beiden fast ununterscheidbar verknäulten Frauen ein mildes Narkotikum zu spritzen. Mit Erfolg – da lagen sie nun leblos und friedlich, sozusagen Arm in Arm: rechts die mit den tiefen, verkrusteten Fleischwunden im Gesicht, der Platzwunde am Schädel und dem überdimensionierten Knebel, der ein bisschen wie ein Maulkorb aussah, links die zornige, schöne Frau, die er, der Schiffsarzt, heute Mittag gezwungenermaßen hatte operieren müssen.

Dann wurde er nach oben gerufen. Weder Kim Park noch John Huang war sofort tot gewesen, aber es sah nicht so aus, als hätte einer von beiden die geringsten Chancen, durchzukommen. Huangs Bauchaorta war angeritzt, und es gab an Bord keine Möglichkeit, die Blutung zu stoppen. Er würde wohl im Lauf etwa der nächsten halben Stunde verbluten. Anders als Kim Park, der einen Kopfschuss erhalten hatte, schien er noch bei Bewusstsein. Statt um den hoffnungslosen Huang kümmerte sich der Arzt zunächst nur um Kim, dessen Herzschlag nur noch sehr schwach war. Der Dritte im Raum, der Engländer, stand offenbar unter Schock, doch war er unverletzt, wenn man von einer schon etwas älteren Wunde am Hals absah.

Als Jeremy wieder einigermaßen zu sich kam, fielen ihm als Erstes die Kapsel in Cathy und der Auslöser beim Attentäter ein. Und noch bewegte sich die Bestie. »Halten Sie ihm die Hände fest!«, rief Jeremy dem Arzt zu. Doch der hatte anderes zu tun. Jeremy stürzte sich auf den schwer blutenden Huang. Zusammen mit einem von Gaos herbeigeeilten Männern zog er ihm sämtliche Kleider vom Leib. Huang, seiner Kleider beraubt, ließ alles mit einem leisen, nackten Lächeln über sich ergehen. Sie durchsuchten sämtliche Taschen mit der gleichen Sorgfalt, mit der kürzlich die CIA-Leute Jeremy durchsucht hatten. Aber sie fanden nichts, was einem versteckten Auslöser im Entferntesten geähnelt hätte – wie auch immer der aussehen mochte. Hatte er ihn versteckt? Oder trug ihn ein anderer? Oder gab es womöglich gar keinen Auslöser? Von Huang würde Jeremy die Antwort nicht mehr erfahren, das war klar.

Von wem dann? Suzuki und seine vier Yakuza waren tot wie auch insgesamt zwölf der Marinesoldaten. Drei waren schwer verletzt, die übrigen fünf waren überwältigt worden, bevor sie sich hatten entleiben können, oder hatten sich freiwillig ergeben. Von Gaos Männern waren zwei nun in einer besseren Welt. Die gefangene Besatzung der

Chiyo wie auch ihr Besitzer waren befreit worden. Einzig Energieminister Yamada, seine Kaiserliche Hoheit Prinz Taesu und Motos Hubschrauberpilot blieben ärgerlicherweise spurlos verschwunden. Wie auch der Bell 412 »Huey« der Moto Corporation.

Kapitän Jonas Ekström trat zusammen mit Minato Moto in die verwüstete Pantry. »Ein Rettungshubschrauber aus Shanghai ist unterwegs«, informierte der Schwede den Schiffsarzt. »Der holt die Schwerverletzten und die beiden verwundeten Frauen ab.« Jeremy war entsetzt, als er von Cathys neuerlichem Unglück mit der rüde abservierten Terroristenbraut hörte. Er hatte aber auch ein beklagenswertes Talent, Verhängnis über sie zu bringen! Andererseits war es vielleicht gut, dass sie in dieser Situation, wo alle gerettet waren und allein ihr noch weitaus schlimmeres Unheil drohte, nicht bei Bewusstsein war. Jeremy fragte den Arzt darüber aus, was er von der radioaktiven Kapsel wusste. Nichts, wie sich herausstellte. Mit vorgehaltener Waffe hatte er Cathy die vier Kapseln im Unterleib einpflanzen müssen; über deren Inhalt hatte sich der sanft lächelnde Psychopath ausgeschwiegen.

Es half also alles nichts: Das Schiff musste von oben bis unten gründlich nach dem Auslöser durchsucht werden. Vorher gab es keine Ruhe. Während der Schiffsarzt sich weiter um die Verletzen und Sterbenden bemühte und Moto mit der Bergung seiner kostbaren Samuraischwerter begonnen hatte, verschwand Jeremy treppauf, wo sich, wie er vom Arzt erfahren hatte, irgendwo Huangs Kabine befand. Dort oben war alles still. Draußen begann sich bereits die Nacht zu lichten.

Er wollte gerade mit der Durchsuchung der ersten Kabine beginnen, als sich links von ihm eine Tür öffnete. Ein höchst adelig wirkender Japaner trat heraus. Auch ihn kannte Jeremy vom Fernsehen: dieser kaiserliche Prinz. In der Hand hielt er etwas, was ein wenig einem silbernen Zippo-Feuerzeug glich. Jeremy war verwirrt. Er hatte gedacht, Taesu säße zusammen mit dem ehemaligen Energieminister im Hubschrauber. »Sind Sie Gouldens?«, fragte nun grußlos und barsch der nervös wirkende Prinz. Er trug nur einen Pyjama und darüber einen schwarzen seidenen Morgenrock, den er wahrscheinlich aus Minato Motos Garderobe entliehen hatte, denn das gute Stück war dem massigen Prinzen um mindestens zwei Nummern zu klein. Seine nackten Füße steckten in Halbschuhen aus Pferdeleder. Jeremy nickte und verbeugte sich leicht. »Dann darf ich Sie bitten, mich zu diesem lauten Schnellboot zu führen, mit dem Sie vorhin gekommen sind. Und diese hübsche junge Frau, Misses Wong, nehme ich mit. Sie wollten sie abholen, nicht wahr? Nun, daraus wird jetzt wohl nichts.« Der Prinz spielte mit dem silbernen Ding in seiner Hand. Huang hatte dem etwas begriffsstutzigen Prinzen die Bedienung geduldig immer wieder erläutert.

»Cathy ist transportunfähig, Hoheit«, sagte Jeremy leise. »Sie ist momentan ohne Bewusstsein. In wenigen Minuten kommt ein Hubschrauber und holt sie ab.«

»Gut! Dann werden wir uns beeilen. Hier auf dem Schiff wird es sicher irgendwo eine Trage für sie geben. Sind noch Marinesoldaten da? Oder haben sie die alle umgebracht?« Jeremy berichtete, dass sich die Letzten ergeben hätten. »Ein japanischer Soldat ergibt sich nicht! Na ja, in diesem Fall ist es ganz gut. Sie müssen mir die heil gebliebenen Männer als Träger, Diener und persönliche Garde mitgeben. Eine große Ehre für einen japanischen Soldaten! Das werden Sie doch veranlassen können, Gouldens-san? Schauen Sie, ich muss nur auf diesen Knopf drücken. Das ist wie bei einem Automobil, verstehen Sie?«

Jeremy starrte ihn stumm an. »Dann folgen Sie mir bitte die Treppe hinab. Ich bringe Sie zum Sonnendeck.« Der Prinz im Pyjama, dessen Augen vor Nervosität flackerten, folgte ihm gemessenen Schrittes. Ein groteskes Bild vor einem sich lichtenden Morgenhimmel.

Im Gang unten kam ihnen Kapitän Ekström entgegen. Sie näherten sich der Pantry. Taesu kommandierte mit schwankender Stimme: »Sagen Sie dem Mann, dass mir keiner zu nahe kommen darf. Dass Misses Wong tot ist, in dem Moment, wo mir jemand etwas antun will.« Er hielt den silbernen Auslöser fest in der geballt vorausgestreckten, zitternden Faust. Jeremy schrie gehorsam in den Raum hinaus: »Er hat in seiner rechten, vorausgestreckten Faust einen Auslöser, der einen Sprengsatz im Leib meiner Verlobten zündet, sobald ihm jemand etwas antut. Wir müssen alle tun, was er sagt. Er will das Schnellboot und eine Leibgarde aus japanischen Soldaten.« Sie näherten sich der Pantrytür. »Und Misses Wong auf einer Bahre«, ergänzte der über Jeremys Dienstfertigkeit hochzufriedene Prinz.

Jeremy kam nicht mehr dazu, die gewünschte Information zu ergänzen. In dem Moment, da Taesus weit vorausgereckte Faust vor der Öffnung der Pantrytür erschienen war, zischte blanker Stahl durch die Luft. Der Streich war so kräftig und gekonnt ausgeführt worden, dass die Hand des Prinzen mehrere Meter weiter durch den Gang und die zersplitterte Tür hinaus bis aufs Deck flog. Mit drei, vier großen Sprüngen war Jeremy bei ihr, riss das silberne Ding aus den schlaffen Fingern und warf es in hohem Bogen hinaus aufs Meer. Es klatschte auf die Wogen und versank im Stillen Ozean, wo es in etwa drei Metern Tiefe von einem zufällig vorbeischwimmenden jugendlichen *Carcharodon carcharias*, im Volksmund Weiß- oder Menschenhai, verschluckt wurde. Jeremy sollte das natürlich nie erfahren. Er blickte über die See hinaus, wo im Osten, über dem vorspringenden Nordkap von Gouqi Shan, noch zart die Venus blinkte und darunter der Himmel in einem Rausch von Farbe zu erglühen begann.

Während drinnen der Schiffsarzt angefangen hatte, sich um seinen neuen Patienten zu kümmern, stand in der Pantry noch immer der Baulöwe Minato Moto, aufrecht wie ein alter Samurai, und betrachtete versonnen die blutige Klinge seines knapp 400 Jahre alten *Katana* aus der berühmten *Yasutsugu*-Schmiede, das er zwei Jahre zuvor für die geradezu lächerliche Summe von zwei Millionen Dollar bei Sotheby's in Tokio ersteigert hatte. Er hatte nun endlich einen klaren Schnitt gemacht und aller Welt deutlich gezeigt, wo er stand. Natürlich war auch er Teil der Japan Inc., natürlich waren auch seine Geschäfte nicht immer hundertprozentig sauber gewesen, natürlich hatte auch er seine Seilschaften und verschlungenen Netze, und natürlich mussten hochrangige Mitarbeiter seines Unternehmens in die Aktion im SWFC verwickelt gewesen sein. Doch er selbst war ein aufrechter, liberalkonservativer Japaner, der stolz war auf die jahrtausendealte Geschichte seines Landes, aber ohne jegliche Ambitionen, andere Länder mit Gewalt zu beherrschen – Länder, die redliche, intelligente, arbeitsame Japaner doch so lange mit japanischer Technologie, japanischer Elektronik, japanischer Baukunst friedlich hatten erobern können. Und dafür, dass es auch in Zukunft dabei bleiben würde, sollte *sein* SWFC in Shanghai ein Zeichen sein. Nicht für den Auftakt eines neuen, blutrünstigen Vernichtungskampfes, der sich niemals auszahlen würde. Ein neues Japan musste aus der Vergangenheit lernen. Und darum hatte er soeben den radikalen Schnitt mit jener anderen, bösartigen, unbelehrbaren Seite der Japan Inc. vollzogen. »Einem guten Schwert merkt man die Jahrhunderte wirklich nicht an«, räsonierte er abschließend, während er das *Katana* zur Seite legte. »Wie heißt es so schön bei uns: Herausstehende Nägel müssen eingeschlagen werden.« Dann schritt er lächelnd hinaus in die glühende Morgenröte.

Chinesisches Meer (31° 12' Nord, 121° 46' Ost), 7. Mai 2012. 04:32
U 34 lag seit einigen Sunden vor den Toren Shanghais auf Grund und wartete. Kapitänleutnant Kühne war sich bewusst, dass ihre aktuelle Lage alles andere als Mut machend war. Wie sollten sie die Tancho bei

diesem regen Schiffsverkehr orten? Die Schraubengeräusche eines leisen U-Boots würden von dem Lärm der großen Handelsschiffe verschluckt werden. Andererseits war es brandgefährlich, auf Sehrohrtiefe herumzugondeln und womöglich die chinesische Küstenabwehr auf sich aufmerksam zu machen. Oder sich das Rohr von einem Frachtschiff abrasieren zu lassen. Nachdem Kühne zunehmend nervös geworden war, hatte er sich schließlich zu der Entscheidung durchgerungen, wider alle Vernunft auf Sehrohrtiefe steigen. Gerade jetzt, wo es bereits zu dämmern begonnen hatte, war das eigentlich Wahnsinn. Kühne ärgerte sich. Sie würden sich blamieren und gleichzeitig als die Totalversager dastehen. Sekt oder Selters, barfuß oder Lackschuh. Eine pulsierende Millionenmetropole oder ein lähmender Biowaffenanschlag mit möglicherweise verheerenden Folgen. Vielleicht. Das alles ruhte nun auf den Schultern von 27 Mann.

Kühne hatte die Hälfte der Mannschaft in die Kojen geschickt. Die andere Hälfte horchte. Und wartete. Alle zehn Minuten mussten die diensthabenden Mannschaftsdienstgrade Meldung machen. Das lange Warten zermürbte. Es machte müde und unaufmerksam. Alle sechs Torpedorohre von U 34 waren mit ihrer Standardwaffe bestückt. Sie waren scharf. Die Mannschaft hatte wieder die Tauchretter angelegt. Das Boot war gefechtsklar. Kaum hatte das Sero 15 nun wieder die Wasseroberfläche durchstoßen, hing Kühne auch schon wieder an der Optik. Zu sehen war nichts. Nur der ruhige, frühmorgendliche Pazifik. Eine endlose, graue See, die sich tief im Osten nun zu röten begann.

»KaLeu! Wir haben eben diesen verschlüsselten Funkspruch erhalten«, ertönte hinter ihm das rollende Fränkisch des Ersten Wachoffiziers Michael Markus. »Von General Shirer, Okinawa.« Kühne fuhr herum. Wenn Shirer ihn jetzt anfunkte, musste es etwas außerordentlich Wichtiges sein. Er überflog die Zeilen. Es war etwas außerordentlich Wichtiges. »Jetzt geht's los, I.WO. Sofortiger Kurswechsel. Wir gehen auf 31° 09' 18" Nord, 122° 00' 57" Ost. Klar Schiff zum Gefecht!« Karsten Kühne fiel ein Tonnengewicht vom Herzen. Die Position der Tancho war ganz in der Nähe, etwa 12 Meilen weiter im Osten tiefer im Meer. Und sie hatten noch fast anderthalb Stunden Zeit. Ihre *Mission Impossible* war mit einem Schlag fast zu einem Spaziergang geworden. *A piece of cake*, wie der Angelsachse zu sagen pflegt. 6:03 Uhr. Bis dahin würde es allerdings schon helllichter Tag sein, und sie mussten vorsichtig sein, nicht gesehen zu werden.

Shengsi, 7. Mai 2012. 04:44
»Weißt du, Gouldens, ich gehöre nicht zu denen, die anfangen zu bereuen und um Vergebung zu winseln, wenn's ans Ende geht. Wer wäre ich denn, wenn ich mein Leben und Tun hinterher verleugnen würde? Quatsch, ich stehe dazu. Nur so hat sein Unsinn einen Sinn. Schade nur, dass die Party nicht weitergeht – na ja, aber irgendwann ist der Spaß eben aus. Doch ich will nicht jammern. Zwei Dinge nur wollte ich dir noch mitteilen, Gouldens, und dann ist es gut.« Nur widerwillig war Jeremy der vom Arzt an ihn herangetragenen Bitte gefolgt, den sterbenden John Huang aufzusuchen, der jetzt, wo er die Hälfte seines Blutes verloren hatte, plötzlich noch einmal zu seiner alten Redseligkeit zurückgefunden hatte.

»Weißt du, Gouldens, das mit den radioaktiven Implantaten ist 'ne alte Lieblingsidee von diesem toten Professor – Tadashi Ishii. So hat er immer wieder Besucher seiner geheimen Labore verarztet, wenn er, oder vor allem sein misstrauischer Bruder, Bedenken bekamen, sie würden nicht dichthalten. Nur, wie so oft, ist seine Technik nicht richtig ausgereift. Da wären zunächst noch weitere Experimente vonnöten. Das stimmt zwar – mit den Halbwertszeiten und so weiter. Nur: Nach spätestens neun Monaten sind diese Implantate in der Regel sowieso korrodiert. Das zeigt die Erfahrung. Da lässt sich die Radioaktivität nicht mehr zurückhalten. Und dann braucht man auch nicht mehr auf die Halbwertszeiten warten. Kann sein, dass sie sich nach den ersten schweren Symptomen ein paar Tage lang scheinbar erholt, deine Cathy, und herumirrt wie ein wandelnder Geist, bevor sie in qualvollen Fieberdelirien dahinscheidet. Kann sogar sein, dass die Sache vergleichsweise glimpflich abgeht. He, beruhig dich, alter Freund! Ich will ja gar nicht sagen, dass deine Kleine zwingend gleich stirbt. Oder dass du armer, ängstlicher Kerl dir womöglich dein bestes Stück mitverstrahlst, wenn du mal über sie drübersteigst. Nein, womöglich kommt sie sogar nochmal davon, deine Cathy. Die ist ja recht zäh, wie ich gemerkt habe. Und Kuroi hat jetzt schließlich tolle Medikamente zur Minimierung der Strahlenschäden, wahrscheinlich erholt sie sich ja sogar und erlebt es noch mit, in zehn, zwölf Jahren an Leukämie oder Gebärmutterhalskrebs zu sterben. Vielleicht kann sie da regelrecht noch zum Werbeträger für Kuroi mutieren. Den Kinderwunsch würde ich allerdings erst einmal hintanstellen, Gouldens. Aber, gut, jetzt zählt der Augenblick. Wenn in ein paar Monaten die Kapsel korrodiert ist, wird ihr erst einmal übel werden, sie wird erbrechen müssen und Durchfall bekommen, Blutungen im Mund und unter der

Haut werden auftreten, von unzähligen Neutronen zerschossen, werden sich ihre weißen Blutkörperchen und ihr Rückenmark zersetzen; ihr werden alle Haare und vielleicht auch ein paar Zähne ausfallen. Kurz, unsere beiderseits hochgeschätzte Cathy wird leider sehr bald sehr krank, sehr alt, sehr hässlich sein. Wirst du sie dann noch immer lieben, Gouldens? Ich würde es nicht tun.«

Jeremy wünschte sich in diesem Moment nichts sehnlicher als einen gesunden, unversehrten, vitalen John Huang – damit er ihn eigenhändig ermorden, erwürgen, zerfleischen, zermetzeln konnte. Aber diesem sterbenden Etwas vor ihm, halb Teufel, halb Aas, würde er den Gefallen nicht tun – besonders weil er spürte, dass der womöglich eben darauf spekulierte. War es möglich, dass hier jemand mit seiner letzten Lust darauf drängte, ermordet zu werden? Nicht mit ihm. »Du bist so widerlich, Huang«, zischte er daher nur aus zusammengepressten Kiefern. Ein langes letztes Mal verzogen sich Huangs Lippen zu jenem altbekannten widerlichen Lächeln. Zunehmend strengte ihn jede Bewegung an. Aber er war noch nicht fertig. Jeremy musste sich zu ihm hinabbeugen, um ihn zu verstehen. »Kurzum: Du kannst sie nicht mehr retten, Gouldens«, flüsterte John Huang nachdenklich. »Und ich habe sie wirklich gemocht. Cathy, deine zweite Freundin. Nie kriegst du es hin mit deinen Freundinnen. Doch dann rette wenigstens deine erste. Noch ist es nicht zu spät, Gouldens. Rette Yukiko. Yukiko *Ishii.*«

Jeremy stellten sich die Haare zu Berge. »Yukiko ist tot, Huang, und das weißt du. Sie wurde mit zerschnittener Kehle auf einer Klippe im Meer nahe der Marinebasis Kure gefunden. Das hat mir Tadashi Ishii noch persönlich anvertraut. Hör auf, Huang! Es wird Zeit, dass du stirbst.«

Huangs ersterbendes Lächeln zerfloss in unbestimmte Breite. »Gemach, alter Freund. Ich werde dir den Gefallen gleich tun. Nur noch eins: Tadashi Ishii war ein seniler Alter, der sich alle möglichen Geschichten ausgedacht hat, je mehr er die Kontrolle über die Wirklichkeit verlor, Gouldens. Ich habe Yukikos Mann persönlich gut gekannt: Masao Ishii – wenn du mich widerlich findest, Gouldens, hättest du erst einmal *den* kennenlernen sollen. Wieder so ein humorloser vornehmer Japanesenknochen. Die sterben nie aus. Und er ist krankhaft eifersüchtig, weißt du das nicht?« Huangs Worte wurden immer stockender und leiser, immer weiter musste sich Jeremy seinem widerlichen Gesicht entgegenbeugen. »Masao Ishii hat sie nie aus den Augen gelassen, Gouldens. Nie! Er hätte sie auch niemals alleine sterben lassen. Nein: Sie musste schon mit ihm gehen, verlass dich drauf. Und da hat er sie eben mitgenommen. Mit nach Kure. Und weiter. Weißt du, wo er ist? Wo sie ist? Oh, sie lebt ja noch, deine Yukiko. *Surprise, surprise*, zur Stunde lebt sie noch. Vielleicht nicht mehr lange. Vergiss Cathy, die bald zerfressene, verstrahlte, blutig zerfallende. Aber du kannst Yukiko noch retten. Sie ist ganz in der Nähe, auf einem U-Boot namens Tancho, hier vor Shanghai, nur ein paar Kilometer von uns entfernt. Wahrscheinlich irgendwo fast direkt unter uns. Oh, ich kann sie förmlich riechen. Und sie riecht warm und verheißungsvoll, Jeremy! Wie spät ist es jetzt? Die Zeit drängt, aber noch ist es nicht zu spät. Das U-Boot wird in der schönsten Morgenröte mit einem Hagel aus Milzbrandgranaten die Stadt Shanghai auslöschen und sich danach selbst versenken. Um 7:31 Uhr oder so. Du ... musst es ... nur ... stoppen ...« Dann sprach John Huang nicht mehr. Nie mehr.

Jeremy blickte auf seine Uhr. 6:03 war die korrekte Zeit, die ihm Gao vorhin am Telefon genannt hatte. Jetzt war es kurz nach fünf. Yukiko lebte! Endlich hatte er die Gewissheit, nach der er so lange gesucht hatte. Wieso konnte er trotzdem nicht recht daran glauben? Auf jeden Fall musste er alles daran setzen, sie zu retten. Das Boot durfte nicht versenkt werden. Was kümmerten ihn Millionen Chinesen, wenn es noch eine Möglichkeit gab, Yukiko aus diesem schwimmenden Sarg rauszuhauen! Noch knapp eine Stunde blieb ihm, um Yukiko zu befreien. Aber wie, um Himmels willen, sollte das gehen? Das knirschend mahlende Weltgetriebe war in Gang und von einem Einzelnen nicht mehr zu stoppen. Er war auf einmal so müde. Gao hilf!

Chinesisches Meer (31° 09' Nord, 121° 49' Ost), 7. Mai 2012. 04:45
U 34 näherte sich dem anvisierten Ziel. Da noch über eine Stunde Zeit war und er unbedingt auf Nummer sicher gehen wollte, hatte sich Kühne entschlossen, mit dem Sehrohr noch einmal auf Panoramafahrt zu gehen und die Umgebung zu erkunden. Silbern blitzten die Wellen des Chinesischen Meeres im Licht des neuen Tages. Im Osten prangte ein herrliches Morgenrot. Jeden Moment würde die Sonne aufgehen. Für eine Operation, die »Morgenröte« heißt, doch eigentlich der passende Moment, dachte Kühne.

Da durchschoss ihn ein unangenehmer Verdacht. »I. WO: Wann soll die Tancho ihre todbringende Fracht auf Shanghai abfeuern?«

»KaLeu! Ich verstehe die Frage nicht recht. Um 6:03, das wissen Sie doch.«

»Ja, aber welcher Zeit?«

»In ganz China gilt einheitlich die gleiche Zeit: UTZ plus 8.«

»Ja, aber diese Zeit gilt nicht in Japan. Und die Informationen über die Abschusszeit können nur aus einem japanischen Dokument kommen.«

Michael Markus aus Escherndorf am Main kratzte sich am Kopf. Daran hatte offenbar noch keiner gedacht. »Ist es in Japan jetzt eine Stunde früher oder später, KaLeu?«

»Ich befürchte, dass es eine Stunde später ist, I. WO. UTZ plus 9.«

Noch einmal kratzte sich Markus. »Das hieße, der Abschuss wäre dann nach chinesischer Zeit in Wirklichkeit um 5:03. Bei Sonnenaufgang. Das ist in einigen Minuten, KaLeu. Wir müssen sofort diesen Shirer anfunken und uns Gewissheit verschaffen.«

»Dazu wird es, fürchte ich, zu spät sein, I. WO.«

Kapitänleutnant Kühne überlegte. Jetzt musste alles blitzschnell gehen. Sie hatten in etwa die vorgesehene Breitenposition des japanischen U-Bootes erreicht, aber die angegebene Länge lag noch knapp 10 Seemeilen weiter im Osten. Wenn sie jetzt mit Höchstgeschwindigkeit dorthin rasten, würden sie fast eine halbe Stunde brauchen. Bis dahin war vor Shanghai die Sonne aufgegangen. In mehrfacher Hinsicht. Plötzlich reichte ihnen die Zeit nicht mehr.

Da ihm nichts anderes einfiel, widmete sich Kühne noch einmal dem Sehrohr, starrte nach Osten in die feurige Glut der Morgenröte. Vielleicht war es eine Eingebung. Vielleicht gibt es doch eine gute Macht, die hier und da mal heimlich ins Steuerrad des Weltenbootes greift. Als er das Rohr bei 25,5 Grad Steuerbord hatte, glaubte er, da draußen ein kurzes Aufblitzen gesehen zu haben. Die Reflexion des ersten Lichts des neuen Tages im Glas eines Okulars. Kein Zweifel. Da war jetzt noch ein zweites Sehrohr. Ein zweites U-Boot.

»Haben wir dich«, flüsterte Kühne. Dann rief er: »Feindliches U-Boot in 25,5 Grad Steuerbord. Entfernung? Radar! – Sonar! – Ich will Meldungen. Schiff klar zum Gefecht! Raus aus den Kojen: Die Tancho hat geschrieben!« Die Japaner im anderen Boot hatten offenbar entweder einen Fehler bei der Positionsbestimmung gemacht oder sie kümmerten sich einfach nicht um historische Symbolik und hatten es vorgezogen, eine sichere, praktische Abschussposition zehn Meilen näher der Stadt zu beziehen. Kühne konnte es nur recht sein.

Innerhalb von 30 Sekunden summte das gesamte Boot. Jagdfieber hatte die Männer gepackt. »I. WO«, schrie Kühne, »halten Sie direkt auf das feindliche Boot zu. Vielleicht kriegen die Japse Schiss und drehen ab. Wir machen richtig Alarm. Diesel volle Kraft voraus!«

Diesem Manöver ging eine logische Überlegung voraus: Wenn es sich um die Tancho handelte, dann war auch anzunehmen, dass in ihren Torpedorohren bereits die Raketen steckten, die mit den Spezialgranaten bestückt waren. Das hieß, dass die Tancho sich nicht verteidigen konnte, wenn sie nicht ihre kostbare Biomunition verschwenden wollte.

»Radar hat feindliches Objekt erfasst!« – »Daten?« – »Mit Sicherheit ein U-Boot. Ungefähr 70 bis 80 Meter lang.« – »Das muss sie sein«, rief Kühne und gab den Befehl, die vier Bugrohre zu fluten. »Wir schicken ihnen einen Strauß zur Begrüßung!«

»Ziel in 2000 Meter Entfernung. Auf 16 Grad.«

»Das wird, wenn überhaupt, nur ein Glückstreffer. Aber vielleicht drehen sie ab ...« Kühne linste durchs Sehrohr. Das feindliche Sehrohr war verschwunden. Aber wo wollten die Japaner hin? Etwa unter ihnen durchrutschen?

»Entfernung 1900 Meter. Tiefe 30 Meter!«

»Ach, scheiß drauf«, sagte Kühne. »Feuer frei bei 1500 Metern.«

»1800 Meter ... 1700 ... 1600 ... 1550 Meter!«, betete der Radarposten herunter. »Rohre frei«, brüllte Kühne. »Wir drehen ab. Hart Steuerbord. Bloß weg hier!« Vier Torpedos rasten jetzt mit einer Geschwindigkeit von knapp 90 Stundenkilometern durchs Wasser.

»Noch fünf Sekunden bis zum möglichen Einschlag. Vier ... drei ... zwei ... eins ...!«

»Volltreffer!«, rief der Radarposten.

»Auf Sehrohrtiefe gehen!«, befahl Kühne. In diesem Moment hörte die Besatzung von U 34 zwei Detonationen hintereinander. Dann wurde das Boot wie von einer Riesenfaust durchgeschüttelt.

»Mann, oh Mann!«, sagte der I. WO, »Glückwunsch, KaLeu.«

»Die dürften nicht mal gemerkt haben, wie sie zur Hölle gefahren sind«, sagte der Sonarposten. Kommandant Kühne gab den Befehl zum Auftauchen. Um nach Wrackteilen zu suchen. Und nach Überlebenden. Es wunderte ihn, dass die Chinesen noch immer nicht gemerkt hatten, was gerade vor ihrer Haustüre ablief.

»Kriegen wir dafür eigentlich 'nen Orden?«, fragte I. WO Markus, der Lump aus Escherndorf. Und es hörte sich fast so an, als meine er es ernst. »Wohl eher nicht!«, sagte Kühne und lachte, obwohl sie, wenn er genauer über die Frage nachdachte, diesen Orden eigentlich mehr als verdient hatten. Aber wer weiß schon, grübelte er, wie die in Berlin das wieder beurteilen. Wir können wahrscheinlich noch froh sein, wenn am Ende alles wieder mal schön vertuscht werden kann und wir nicht vor irgendeinem Untersuchungsausschuss landen.

Shanghai, 7. Mai 2012. 08:15 Uhr

Unten am Bund von Shanghai, der berühmten Uferpromenade, herrschte wie üblich ein geschäftiges Treiben. Es war ein schöner Tag. Drüben, auf der anderen Seite des Huangpu, erstrahlten die futuristischen Türme von Pudong im Glanz der Morgensonne. Links der bunte Oriental Pearl Tower, rechts der pagodenartig aufsteigende Jin Mao Tower, unmittelbar dahinter, alles überragend, die silbrig-kalt schimmernde Spiegelglasfassade des World Financial Centers. Den herrlich sonnigen Tag nutzen wie immer zahlreiche gesundheitsbewusste Jogger, um sich trabend fit zu halten. Nur einer fehlte.

Hinter dem zum Himmel strebenden Glasbau des SWFC liegt, wenige Hundert Meter nordöstlich zwischen Pudong South Road und Jimo Road an der Pudong Avenue, der große Komplex des ultramodernen Shanghai East Hospitals, wo im vierten Stock ein graumelierter Mann mit kantig britischen Zügen auf seinem harten Stuhl eingeschlafen war. Nach seinem Telefongespräch mit Gao Feng in den frühen Morgenstunden hatte Jeremy sich nur langsam wieder beruhigt, und Schreck und Trauer waren schließlich bleierner Müdigkeit gewichen. »Du hast mehr getan, als in deiner Macht steht, Jeremy«, hatte Gao gesagt. »Aber niemand kann die Zeit umkehren.« Da war es etwa Viertel nach fünf gewesen. Wenn sich Yukiko wirklich in diesem U-Boot befunden hatte, dann war sie inzwischen mit großer Wahrscheinlichkeit tot. Shanghai jedenfalls lebte noch. Der ominöse Zeitpunkt, 5:03 chinesischer Zeit, war verstrichen, ohne dass der Raketen grelles, rotes Licht todbringend über der Stadt aufgeleuchtet wäre.

Die chinesische Ärztin brauchte einen Moment, um den schlafenden Engländer zu wecken. »Wir sind jetzt am Ende«, sagte sie in passablem Englisch. »Der Eingriff ist gut verlaufen. Sie schläft jetzt noch einige Stunden, dann können Sie zu ihr.«

»Haben Sie alle Implantate finden können?«

»Ja, Mr. Gouldens. Sie waren, ganz den Angaben des Arztes entsprechend, mit Hilfe einer polymerhaltigen Zuckerlösung an den Ovarien festgeklebt.«

»Was heißt das für meine Verlobte?«, fragte Jeremy besorgt.

»Nichts. Der Eingriff wird keinerlei Folgen haben. Auch war Ihre Aufregung völlig unbegründet. Alle vier Implantate waren harmlos, keinerlei Kontaminationen, weder radioaktiver noch bakteriologischer Art. Vier bloße Attrappen.«

Jeremy rieb sich erleichtert die verschlafenen Augen. Huang hatte ihnen also ein letztes Schnippchen geschlagen. Im gleichen Moment fiel ihm noch etwas anderes ein: Wenn Huang ihm die Geschichte von Cathys radioaktiven Implantaten kaltschnäuzig vorgelogen hatte, nur um ihn zu quälen, dann konnte es genauso auch eine Lüge gewesen sein, dass sich Yukiko mit auf der Tancho befunden hatte. Ob Jeremy das jemals erfahren würde? Und ob Huang sich wohl absichtlich über die Anweisungen seiner Auftraggeber in Tokio hinweggesetzt hatte; etwa weil er plante, sich mit Cathy abzusetzen, und er eben keine Frau mit einer radioaktiven Zeitbombe im Leib bei sich haben wollte? Andererseits wäre für einen perversen Verrückten wie ihn vielleicht gerade das ein besonderer Thrill gewesen und ihm hätte die Vorstellung, sie mit so einem Auslöser jederzeit zu allem erpressen zu können, sicher gefallen. Aber der entscheidende Punkt war wohl – und da begriff Jeremy Huangs Denken –: Leute wie er hatten es gar nicht nötig, über derart reale Druckmittel zu verfügen. Der hätte mit einer Wasserspritzpistole Banken überfallen, mit einem Plastikmesser schwer bewaffnete Angreifer in die Flucht geschlagen, und, wenn er wollte, mit dem bloßen Wort in irgendeiner Bananenrepublik die Regierung gestürzt und als Diktator die Macht ergriffen. Huang war es gewohnt gewesen, dass ihm die bloße Drohung stets reichte, um an seine Ziele zu gelangen. Reale Nuklearimplantate wären ihm wohl zu banal gewesen – einfach unter seiner Würde.

Jeremy blickte auf und sah, dass die chinesische Ärztin noch immer lächelnd vor ihm stand. »Sie werden sie bald besuchen können. Aber gehen Sie jetzt erst einmal nach Hause und schlafen ein paar Stunden. Sie sehen nicht so aus, als hätten Sie in der vergangenen Woche viel Zeit zum Schlafen gehabt. Kommen Sie heute Nachmittag wieder, dann dürfen Sie zu ihr. Die Stühle bei uns im Flur sind doch etwas hart, finden Sie nicht?«

Shanghai, 7. Mai 2012. 17:00 Uhr

Er saß an ihrem Bett und hielt ihre Hand. Über den rechten Ringfinger hatte er ihr soeben einen kostbaren Ring gezogen. Zwei hochkarätige Delfine in der Luft, über einem königsblauen Meer. Sie bemerkte es lächelnd. »Jeremy! *Das* ist ja eine Überraschung! Was für ein wunderbarer Ring.«

»Nimmst du ihn an?« Sie schwieg einen Moment und betrachtete ihn nachdenklich aus ihren tiefen Rehaugen. »Weißt du, Cathy«, fuhr er fort. »Ich habe meine Sache in Japan ins Reine gebracht. Das ist nun wirklich Vergangenheit. Jetzt ist alles gut. Ich bin von nun an nur noch für dich da. Aber ich hab in den letzten verrückten Tagen manchmal das Gefühl gehabt, dass da noch ein anderer Mann in deinem Leben ist.«

»Ja«, seufzte sie. »Das Gefühl hatte ich auch manchmal. Aber hast du nicht gerade selbst gesagt, wir sollten die Vergangenheit endlich ruhen lassen?«

Nein, so hatte er es eigentlich nicht gesagt. Und um wirklich ganz reinen Tisch zu machen, war da zudem noch eine kleine Sache, die herausmusste. Nur damit er sich nie mehr vorwerfen lassen musste, er hätte ihr etwas verheimlicht. »Weißt du, Cathy. Ich will gar nichts wissen über den anderen Mann. Klär du das, Cathy. Entscheide dich. Doch zuvor muss ich dir ein Geständnis machen. Ich nämlich *habe* dich betrogen, als ich jetzt in Japan war. Freilich nicht äußerlich, mit meinem Körper, sondern mit der Seele. Tief im Herzen. Für einen kurzen Moment musste ich dich ganz vergessen und wieder ganz zu Yukiko zurückfinden, um den Schlüssel zu ihrer Seele zu bergen. Nur so konnte ich meine Sendung erfüllen.«

Yukiko hinter allem. Die Menschen, Schicksale, Opfer, von denen man dann nicht mehr spricht.

Cathy aber wollte jetzt nichts mehr von Japan hören, das klang alles wirr und beunruhigend und machte sie nur noch konfuser. »Schon gut, ich verzeihe dir«, sagte sie darum schnell. Und setzte leise hinzu: »*Der Mann soll sich an das halten, was jeweils seine Pflicht ist; wenn er sich dauernd nach der Frau richten wollte, so wäre das für ihn ein Fehler.* Und jetzt lassen wir Japan endlich Japan sein, versprochen?«

Jeremy nickte. Ja, jetzt war alles gut. Insgeheim wunderte er sich allerdings über die sehr ungewohnten, fast unterwürfigen Töne, die nicht zu Cathy passten und ihm zudem bedenklich altmodisch klangen. Schließlich lebten sie im 21. Jahrhundert. Aber im Moment war etwas anderes wichtiger. Jetzt, wo er alles gebeichtet, seine Sühne geleistet und die Absolution erhalten hatte, blieb ihm nur noch, zügig eine letzte Frage zu stellen. »Cathy: Willst du meine Frau werden?«

Er bemerkte, dass sie zögerte. Noch hatte sie Schwierigkeiten, sich zurechtzufinden, und es ging ihr plötzlich alles ein wenig zu schnell. »Wollen wir vielleicht nicht noch ein bisschen warten? Bis ich mich erholt habe? Und dann einen kleinen Urlaub auf Hainan machen und dort bei einem schönen Cocktail alles in Ruhe besprechen?«

»Nein«, sagte Jeremy. »Ich bleibe jetzt so lange hier auf deiner Bettkante sitzen, bis du mir eine definitive Antwort gegeben hast.«

Sie blickte ihn nachdenklich an. Irgendwie hatte er sich während seiner beiden Tage in Japan verändert. Zum Positiven, wie sie fand. Für einen Moment dachte sie an Kim. Er würde sicher enttäuscht sein. Wo er wohl gerade steckte? Dass er sich in diesem Moment ganz in ihrer Nähe befand, nur zwei Stockwerke tiefer, wo auf der Intensivstation mehrere chinesische Ärzte um sein Leben kämpften, konnte sie nicht wissen. Sie wusste überhaupt noch recht wenig von den sich überstürzenden Ereignissen der beiden letzten Tage. Und sie sehnte sich nach Ruhe und Stille.

In diesem Moment erinnerte sich wiederum Jeremy daran, worum ihn sein im Kampf gefallener japanisch-amerikanischer Freund, der gestern 60 Jahre alt geworden wäre, noch vorgestern, am Nachmittag seines letzten Lebenstages, gebeten hatte. *Du musst es einfach singen. Dann ist alles geritzt. Happy End.* Und vielleicht würde es ja klappen. Ausnahmsweise. Jeremy hatte so seine berechtigten Zweifel. Aber was hatte er noch zu verlieren? Zögernd räusperte er sich. Dann blickte er Cathy, die nichts Böses ahnte, intensiv und zärtlich an und begann mit zugleich lauter und wackliger Stimme: »*Love me tender, love me sweet, never let me go. You have made my life complete and I …*«

Cathy hatte ihn einen Moment entgeistert angesehen. Aber jetzt brach es aus ihr heraus: »Sag mal, spinnst du? Wirst du auf der Stelle mit dem verdammten Gejodel aufhören? Wenn ich eins noch mehr hasse als deine altbackenen Beatles, dann ist es dieser schmalzige Kotelettenbarde! Jeremy! Schämst du dich nicht, eine Frau auf dem Krankenbett derart zu quälen? Ja, ja, schon gut, ich heirate dich ja, was denn sonst; aber versprich mir hoch und heilig, dass du nie, nie mehr wieder anfängst, Elvis zu singen!«

Ein fairer Deal, wie ihm schien.

Epilog

Es war an einem Samstagabend kurz vor 6:00 p.m., als der Expressbote von UPS im herrschaftlichen Backsteinbau in der King's Road am Sloane Square in Chelsea die Klingel neben dem goldfarbenen Messingschild betätigte, auf dem in zierlichen Schreibschriftbuchstaben der stolze Schriftzug *Cathy and Jeremy Gouldens* prangte. Cathy warf erst einen Blick auf den Absender, bevor sie den Empfang quittierte: Richard Woo von Lexman & Lexman in Shanghai. Das war in Ordnung. Erleichtert sah sie dem kantig britischen Zusteller nach, als er nach ein paar harsch gebellten, aber offensichtlich freundlich gemeinten Worten in einem unverständlichen Dialekt, der auf Konsonanten praktisch zu verzichten schien, wieder in den Londoner Schnürregen verschwand. Cathy verstand ihren Mann viel besser, seit sie in London lebten. Vieles von dem, was ihr an ihm immer so sonderbar vorgekommen war, erklärte sich hier praktisch von selbst. Was allerdings auch zur Folge hatte, dass sie sich nahezu jedes Mal, wenn sie in der Stadt unterwegs war, über dies oder das fürchterlich aufregen musste. Trotzdem: Wetter und Essen waren schrecklich, gewiss, und die Briten waren halt Briten, das kannte sie von Jeremy – aber ihre neue Redaktionsstelle bei *Vanity Vair* machte ihr großen Spaß, und wenn sie mal einen Sohn hatte, dann sollte der nach Eton gehen. Daneben hatten sie, Gott sei Dank, auch ihr Haus in der Französischen Konzession in Shanghai behalten – das ihnen der nun nicht mehr ganz so zwielichtige Gao Feng nobel als Hochzeitsgeschenk überschrieben hatte –, und wenn alles klappte, würden sie dort dem grässlichen, feuchtgrauen britischen Winter entfliehen.

»Wer war das denn Cathy?«, rief eine Stimme aus der Lounge, wo Jeremy noch immer mit der Satellitenanlage zugange war. »Ach, nur eine Sendung von Richard aus Shanghai«, rief Cathy zurück. »Ja gut! Das werden die Schriftsätze zur Wiederaufnahme des Kuroi-Prozesses sein. Ich bin jetzt gleich fertig, Cathy.«

Seit den dramatischen Ereignissen der ersten Maiwoche waren einige Monate vergangen, in denen sich die Welt womöglich ein wenig beruhigt hatte. Die befürchtete Kontamination des Ostchinesischen

Meeres war ausgeblieben. Die japanischen Forscher mochten den Milzbranderreger genetisch so modifiziert haben, dass er Japanern nichts anhaben konnte – sie hatten ihn aber nicht so modifiziert, dass ihm das salzige Meerwasser nichts anhaben konnte. Die Vereinigten Staaten von Amerika hatten in einer Meisterleistung der Geheimdiplomatie dafür gesorgt, dass die wahren Hintergründe des U-Boot-Unfalls vor Shanghai der Öffentlichkeit und den Medien verborgen blieben. Und die chinesischen Behörden agierten in bekannter Manier so verschwiegen, dass nicht einmal Insidern und Geheimdiensten so recht klar war, wer da jetzt eigentlich was wusste – wenn überhaupt. Weitere Anschläge, etwa durch jene eingeschleusten japanischen Agenten, von denen im Geheimdossier zur »Operation Morgenröte« die Rede gewesen war, waren ausgeblieben. In Japan waren die militärischen Verschwörer, sofern sie sich nicht selbst gerichtet hatten, zur Rechenschaft gezogen worden und auch gegen ihre mutmaßlichen Hintermänner im Bereich von Finanzen und Wirtschaft waren verschiedene Prozesse in Gang. Allein gegen die inzwischen insolvente Kuroi-Juchi K.K. – an der ein US-Pharmariese größtes Interesse bekundet hatte – und ihren ehemaligen Leiter Tatsu Ishii liefen eine ganze Reihe von Verfahren, an denen auch namhafte internationale Kanzleien beteiligt waren. Unter anderem eben Lexman & Lexman. Der gebrechliche ehemalige Firmenleiter selbst allerdings war krankheitshalber bislang nicht vernehmungsfähig gewesen. Seine rechte Hand, Masao Ishii, sowie dessen Frau blieben verschollen. Eine vor Kure gefundene Frauenleiche konnte nie eindeutig identifiziert werden.

Dem kaiserlichen Prinzen Taesu wiederum hatte man die rechte Hand wieder annähen können, auch wenn sie weitgehend gelähmt geblieben war. Aufgrund seiner Zugehörigkeit zur kaiserlichen Familie hatte man auf eine Anklage vorerst verzichtet, schon um die so stark gedemütigten Gemüter der ultranationalistischen Kreise im Land nicht noch weiter zu erhitzen. Der abgesetzte Energieminister Takumi Yamada, einer der beiden hochrangigsten Verschwörer aus dem politischen Bereich, blieb ebenso spurlos verschwunden wie sein Bruder Admiral Toru Yamada. Während es über den Verbleib des Admirals verschiedene Spekulationen gab, war es im Fall des Energieministers nahezu sicher, dass ihm auf seiner schmählichen Flucht kurz vor Erreichen der japanischen Küste der Treibstoff ausgegangen war, woraufhin er mitsamt seinem Piloten und dem Fluchthelikopter ins Ostchinesische Meer stürzte. Dieses klägliche Ende des namhaften Ressourcenexperten, der immer wieder mahnend auf die äußerst angespannte Versorgungslage Nippons hingewiesen hatte, stellte erneut eindrucksvoll unter Beweis, wie dringlich die fortbestehende Energieknappheit im Land einer nachhaltigen Lösung harrte.

»Ich glaube, ich habe den Sender jetzt gefunden«, rief Jeremy aus der von rotem Plüsch dominierten Lounge der mittlerweile etwas renovierungsbedürftigen Nobelwohnung seiner Eltern in bester Londoner Lage. Wenn man Ian Fleming Glauben schenken darf, hatte nebenan einst sogar James Bond gewohnt. Von den Beatles, den Stones und den Sex Pistols ganz zu schweigen. »In fünf Minuten geht es los. Komm her und bring die Kristallgläser mit.«

Die in Ostasien beliebte Sendung von CNN Asia, die aber in Europa nur auf recht kompliziertem Weg über Satellit zu empfangen war, sollte heute eine ganz besondere Persönlichkeit zu Gast haben. Zum ersten Mal würde ein gemeinhin eher öffentlichkeitsscheuer einflussreicher chinesischer Geschäftsmann, der es gewohnt war, an großen Rädern zu drehen, vor einer Fernsehkamera Rede und Antwort stehen. Dass die Moderation der Sendung – was kaum einer wusste – nun ausgerechnet einer langjährigen Vertrauten oblag, die er über gewisse Verbindungskanäle selbst an dieser freigewordenen Position platziert hatte, erleichterte für ihn die Sache. Dank Moderatorin Lan Liang war gewährleistet, dass gewisse allzu profane Fragen zu Themen, die für eine breite Öffentlichkeit viel zu speziell waren, unterbleiben würden. Ohnehin war der heutige Auftritt nicht unumstritten gewesen, wurden besagtem Geschäftsmann doch Verbindungen zur organisierten Kriminalität nachgesagt – alles allerdings Gerüchte, für die sich nie hatten Beweise finden lassen. Und heute ging es schließlich um einen guten Zweck: die jüngst erfolgte Gründung der Gao-Feng-Stiftung mit Sitz im Schweizerischen Zug, ausgestattet mit einem Grundkapital von fünf Milliarden Dollar und dem Motto »Verarbeiten statt Vergessen«. Es ging das Gerücht, dass sich der Kapitalstock bereits wenige Tage nach der Gründung um eine weitere Milliarde erhöht habe, als bei der Schweizer UBS-Bank eine anonyme Spende einging. Wie man munkelt, stammte das Geld aus der Privatschatulle eines renommierten japanischen Bauunternehmers.

Als Vorsitzender des Stiftungsrats war der Stiftungsgründer und -namensgeber, der 85-jährige Chinese Gao Feng, eingetragen. Zum Geschäftsführer war der britische Rechtsanwalt Jeremy William Carl Gouldens berufen worden. Die Stiftung unterhält ein Büro in Kyoto sowie ein zweites Büro in Shanghai und ein weiteres in London, wo sich Mr. Gouldens aus Familienrücksichten momentan bevorzugt aufhält. Hauptaufgabe der Stiftung, so hatte Gouldens in einem ersten Kommuniqué formuliert, sei die Förderung der Aussöhnung zwischen China, Korea und Japan, die etwa mittels Austauschprogrammen für Schüler und Studenten und der Entschädigung und Unterstützung der überlebenden Opfer japanischer Kriegsverbrechen und deren Hinterbliebenen im ostasiatischen Raum erfolgen sollte. Zudem war mit dem Aufbau zweier gut vernetzter Informationszentren in Kyoto und Nanking begonnen worden.

»Komm jetzt endlich, es geht los!«

»Jeremy. Hast du vergessen, dass heute Samstag ist?«

»Ich weiß sehr wohl, dass heute Samstag ist.«

»Und dass ich heute meinen Eisprung habe?«

Gut, das hatte er vergessen. »Aber doch wohl nicht um Punkt 18:15 Uhr, oder? Komm Cathy, ich will jetzt Gao Feng sehen; um deinen Eisprung kümmern wir uns später. Und bring die Kristallgläser mit.«

»Ich genehmige dir einen Whisky, nicht mehr. Heut musst du auf dem Sprung sein, alter Mann.«

Da ertönte auch schon die rauchige Stimme der Moderatorin. Wie schon in ihren beiden ersten Sendungen begann sie mit einem Hinweis auf den Mann, der heute eigentlich auf ihrem Sessel sitzen sollte und nun schon seit Monaten mit schweren Hirnschädigungen im Koma lag. Dann begrüßte sie in ihrer volltönenden tiefen Stimme, die Jeremy unwillkürlich einen Schauer über den Rücken jagte, ihren heutigen, besonderen Gast, den der Japan-Koreaner sicher gerne selbst interviewt hätte.

Der unerhört erotischen Moderatorinnenstimme zum Trotz hatte Jeremy anfänglich Mühe, sich zu konzentrieren, da er sich nebenbei in die soeben von Richard Koo erhaltenen Dokumente vertieft hatte. Da ging es nicht allein um den wiederaufgenommenen Kuroi-Prozess, der sich nun mit der zweiten Insolvenz seiner langen Geschichte konfrontiert sah, sondern auch um die Verteidigung von Cathys Cousin Chen. Und da, immerhin, gab es gute Nachrichten: David Morgan, der wundersamerweise aus dem Koma erwachte Korrespondent des *Time*-Magazins, hatte sich, noch wundersamer, daran erinnern können, dass es ausgerechnet der undurchsichtige Mensch hinter diesem nahezu kahlrasierten Kopf gewesen war, der ihm jenes Plastikmesser zugesteckt hatte, das, von Medien und Geschichte etwas verklärt, im Nachhinein geradezu zum Symbol der Erhebung der Geiseln gegen ihre Unterdrücker im SWFC aufgestiegen war. Eine baldige Haftentlassung schien nun nicht ausgeschlossen.

»Ich finde immer noch, dass er reichlich sonderbar aussieht«, murmelte derweil Cathy. »Irgendwie extravagant.« Auf dem Sitz neben Lan Liang hatte soeben ein zartgliedriges, drahtiges Männchen im perfekt geschnittenen Nadelstreifenanzug und mit einer grauen Melone auf dem Kopf Platz genommen. Um den Hals des älteren Herrn schmiegte sich ein kostbarer Schal aus weißer Seide, im Knopfloch steckte eine rosa Nelke.

In einem freundlichen Plauderton begann Gao Feng von seiner Kindheit zu erzählen. Als behüteter Sohn einer alteingesessenen Gerberfamilie in Nanking. Aus einem silbernen Zigarettenetui in seiner Anzugtasche zog er ein vergilbtes Schwarz-Weiß-Foto, das eine grazile, schöne Chinesin zeigte, auf deren Schoß ein etwa neunjähriger Junge saß, eingerahmt von drei hübschen Mädchen zwischen zehn und 13 Jahren, die an zarte Porzellanpüppchen erinnerten. Neben der Frau blickte stolz ein dunkel gekleideter Chinese mit feinem Oberlippenbart in die Kamera. Im Hintergrund eine fröhliche Schar weiterer Verwandtschaft. Gao steckte das Bild wieder ein und begann davon zu berichten, wie es all diesen Menschen etwa ein Jahr später ergangen war, als im Dezember 1937 Japans kaiserliche Truppen in Nanking einmarschierten und in wenigen Wochen etwa 300000 Soldaten und Zivilisten auf die bestialischste Weise ermordeten und bis zu 80000 Frauen vergewaltigten. Von den Fengs sollte nie wieder ein Familienbild aufgenommen werden.

»Da fragt man sich doch, wieweit es sich überhaupt noch verantworten lässt, neue Menschen in eine solche Welt zu setzen.«

Cathy hatte sich zwar die Ohren zugehalten, während Gao von gepfählten Frauen und mit Stacheldraht zusammengeschnürten und mit Benzin übergossenen Männern berichtete. Jeremys Satz aber hörte sie. »Grade darum. Um es in Zukunft besser zu machen. Wir haben jetzt eine andere Welt, Jeremy. Wir haben aus der Geschichte gelernt. Und die Menschen *sind* besser geworden. Wir brauchen den neuen Menschen!«

»Aber bitte nicht den genoptimierten«, ergänzte leise ihr Gemahl.

Im Bildschirm hatte sich Gao, der vor wenigen Wochen seinen 85. Geburtstag gefeiert hatte – was man ihm freilich nicht ansah –, inzwischen von der düsteren Vergangenheit ab- und der besseren Zukunft zugewandt. Er erzählte von den Aktivitäten und Zielen seiner neuen Stiftung, um am Ende einige nebulöse Anmerkungen über ein spannendes Filmprojekt anzuschließen, zu dem das Drehbuch nun endlich in Endfassung vorliege. Dann wandte sich die Moderatorin mit der tiefen Stimme lächelnd der Kamera zu, die ihre großen, warmen Augen und ihren sinnlichen Mund aufregend nahe heranzoomte.

»Und genau darüber werden wir uns in unserer nächsten Sendung unterhalten, wenn es wieder heißt *An Appointment with Lan Liang*. In vier Wochen werde ich das Vergnügen haben, Ihnen einen ganz besonderen Gast vorzustellen, der uns in die Details des eben erwähnten Filmprojekts einweihen wird. Wenn Sie seinen Namen bisher auch noch nicht kennen dürften, so wird er doch bald aller Welt bis nach Hollywood geläufig sein. Meine Damen und Herren: Freuen wir uns gemeinsam auf den ersten Fernsehauftritt von Julian Peek! Und damit auf Wiedersehen.«

Cathy fand als Erste Worte. »Jeremy. Du hast mir gesagt, du bist raus aus dem Ganzen.«

Der legte die Stirn in Falten. »Ja, das dachte ich auch. Ist wohl mal wieder so eine extravagante Idee von Gao, in die ich nicht eingeweiht bin. Außerdem: Wer ist Julian Peek? Mein Name ist Gouldens. Jeremy William Carl Gouldens, und ich habe als Geschäftsführer und Anwalt alle Hände voll zu tun. *By the way*, weißt du, was 10000 Anwälte auf dem Meeresgrund sind?«

»Och Jeremy.« Mit einem gequälten Lächeln richtete Cathy sich auf. »Der Witz ist älter als die Tafeln mit den Zehn Geboten – ich glaube, seitdem du nicht mehr als Prozessanwalt arbeitest, bist du sogar eher noch unerträglicher als früher.«

»Komm schon, was sind 10000 Anwälte auf dem Meeresgrund?«

»Keine Ahnung. Ich bin, trotz allem, jedenfalls froh über den einen Anwalt bei mir. Und dass der heute nicht dort unten auf dem Meeresgrund liegt wie so manch anderer. Und genau diesen einen Anwalt möchte ich jetzt bei mir im Bett haben. In diesem Fall lautet die Antwort also: ein gutes Ende, hoffe ich. Oder gar ein neuer Anfang?«

Nachbemerkung

Das vorliegende Buch aus dem Jahre 2012, geschrieben bis Juni 2011, wagt den Blick in die nahe Zukunft – in der Hoffnung, dass die geschilderten Ereignisse einmal *nicht* von der Wirklichkeit eingeholt oder übertroffen werden. Die Vergangenheit jedoch gibt keinen Raum mehr für solche Hoffnungen. Es sei an dieser Stelle darauf hingewiesen, dass sorgsam darauf geachtet wurde, die geschichtlichen Angaben (Fakten, Daten, Zahlen usw.) möglichst auf verbürgte historische Quellen zu stützen, insbesondere was die erwähnten Kriegsverbrechen angeht – von den Massakern von Nanking und dem Schicksal der »Trostfrauen« über Menschenversuche und Biokriegsführung durch Shiro Ishii und seine Einheit 731 bis hin zur unrühmlichen Rolle der USA nach Kriegsende und zu der schwierigen Aufarbeitung dieser Geschichte in Japan. Als eine der wichtigsten Quellen diente das im Text erwähnte Buch *A Plague upon Humanity. The Hidden History of Japan's Biological Warfare Program* von Daniel Barenblatt. Auf dessen Angaben basiert auch der Bericht vom Ausbruch aus dem Komplex von Beiyinhe im Herbst 1934 – der einzige bekannte Fall, wo sich Opfer des japanischen Menschenversuchsprogramms ihren Peinigern zu entziehen vermochten. Auch die Verweise zu Iris Chang, deren Buch *Die Vergewaltigung von Nanking* auf Deutsch vorliegt, entsprechen den Fakten. Die technischen Daten zu U 34 stützen sich auf den BITS-Artikel *Die deutschen Export-U-Boote der Klasse 214* von Otfried Nassauer (nachzulesen unter http://www.bits.de/public/researchnote/rn09-1.htm). Selbst die Fahrten von U 234 und I-52 haben wie beschrieben stattgefunden – wiewohl nicht überliefert ist, ob denn wirklich Wissenschaftler von der japanischen I-52 auf jenes deutsche U-Boot, die U 530, wechselten, das tatsächlich unter obskuren Umständen am 12. Juli 1945 in Argentinien kapitulierte: Hier und überall dort, wo es darum ging, die Fiktion in der Realität zu verankern, mussten die dafür unverzichtbaren Grauzonen geschaffen werden. Dagegen wurde insbesondere bei der Schilderung der Verbrechen von Einheit 731 darauf geachtet, allein die dokumentarisch überlieferten Tatsachen davon berichten zu lassen, welche Ausgeburten des menschlichen Geistes mitunter grausame Wirklichkeit werden. Alle Hinzufügungen durch die Phantasie des Thrillerautors würden hier die realen Schrecken nur maskieren und letztlich verharmlosen.

Glossar japanischer Begriffe

Amakudari	Bezeichnung für den Wechsel hoher Regierungsbeamter in die freie Wirtschaft nach ihrer Pensionierung.
Bosozoku	Oft gewaltbereite Jugendgangs mit frisierten Motorrädern.
Fuzoku	Bezeichnung für die Prostitution in Japan.
Gaijin	Oft auch als Schimpfwort verwendete Bezeichnung für einen Nichtjapaner, vornehmlich Europäer oder Amerikaner.
Ikebana	Japanische Blumenarrangierkunst.
Kakemono	Rollbild; Bestandteil der traditionellen *Tokonoma*-Bildnische.
Kanji	Japanische Schriftzeichen; ähnlich der chinesischen Schrift.
Katana	Japanisches Langschwert.
Koan	Für die Vernunft unzugänglicher buddhistischer Rätselspruch (z.B. die Frage nach dem Geräusch einer einzelnen klatschenden Hand), der dem Zenschüler zu einer vertieften Erkenntnis des Wahren verhelfen soll.
Koromo	Buddhistische Mönchskutte.
Maruta	»Holzklotz«; zynische Bezeichnung für die Opfer der Menschenversuche der Einheit 731.
Mizu Shobai	»Wasserhandel«; weiter Begriff für die japanische Amüsier- und Rotlichtbranche im legalen wie illegalen Bereich.
Nihonjinron	Bezeichnung für eine meist pseudo- oder populärwissenschaftliche Richtung japanischer Literatur, die sich mit der vermeintlichen Einzigartigkeit des japanischen Volks befasst.
Obi	Breiter, schärpenartiger Gürtel.
Pachinko	In Japan sehr beliebtes Automaten-Glücksspiel.
Seppuku	Traditioneller japanischer Selbstmord, außerhalb Japans als »Harakiri« bekannt.

Shoji Traditionelle japanische Raumteiler; mit Japanpapier bespannt.

Tatami Japanische Reisstroh-Bodenmatten einer normierten Größe.

Tokonoma Klassische japanische Wandnische als Bestandteil der Innenarchitektur.

Wakizashi Kurzschwert der Samurai, das unter anderem für *Seppuku* verwendet wurde.

Washi Traditionell handgeschöpftes Japanpapier aus den Fasern verschiedener Pflanzen wie etwa dem Maulbeerbaum und den Seidelbastgewächsen *Gampi* und *Mitsumata*.

Washitsu Traditioneller japanischer Raum, der mit *Tatami* ausgelegt und mit *Shoji* sowie einer *Tokonoma* ausgestattet ist.

Yakuza Sammelbezeichnung für die organisierte Bandenkriminalität Japans.

Zaibatsu Bezeichnung für die großen japanischen Firmenkonglomerate, vornehmlich bis zum Zweiten Weltkrieg. Heute ist hierfür meist der Begriff *Keiretsu* üblich.